第十二秒

从阳 著

SUNNESS

上

The twelfth second

中国出版集团　现代出版社

图书在版编目（CIP）数据

第十二秒 / 从阳著. -- 北京 ： 现代出版社，
2021.9
ISBN 978-7-5143-9543-3

Ⅰ．①第… Ⅱ．①从… Ⅲ．①长篇小说－中国－当代
Ⅳ．①I247.5

中国版本图书馆CIP数据核字（2021）第197275号

著　　者	从　阳
责任编辑	姜　军
出版发行	现代出版社
通讯地址	北京市安定门外安华里504号
邮政编码	100011
电　　话	010-64267325　64245264（传真）
网　　址	www.1980xd.com
电子邮箱	xiandai@cnpitc.com.cn
印　　刷	三河市金泰源印务有限公司
开　　本	710mm×1000mm　1/16
印　　张	30.25
版次印次	2021年10月第1版　2021年10月第1次印刷
标准书号	ISBN 978-7-5143-9543-3
定　　价	66.00元（全二册）

我本可以忍受黑暗，

如果我不曾见过太阳，

然而阳光已使我的荒凉，

成为更新的荒凉……

——狄金森

目 录

序 十年生死两茫茫

我忘记了欢笑，

也忘记了叹息，

终生在猜测，

没有谜底的谜语。

——顾城

赵亦晨把车停在了十五栋楼底。

　　凌晨两点，小区内几乎所有的露天停车位都被占满。这两年业主没有剧增，私家车的数量却暴涨。他住六栋，通常只能把车停在十五栋，再步行绕过小区中心广场回家。

　　动手给车熄了火，这会儿赵亦晨却没想下车。

　　他太累了，后脑勺靠上车座头枕，合眼小憩。做刑警的头几年，跟同事轮流盯梢的时候，他们都习惯在车里休息。那时候信息网络不像如今这么发达，人们由于在车内过夜而窒息死亡的新闻报道还很少见。不过哪怕是近五年，在他们这些警察里，真正因为窒息死在车里的也屈指可数。他们更可能殉职、患癌、遇上车祸，或者从把人送进监狱变成被人送进监狱，最后死在曾经同僚的枪口下。

　　人的死法有很多种，不到那一刻，谁也不知道自己最终会怎么丧命。

　　有人敲响了车窗，赵亦晨从睡梦中惊醒。

　　最近半夜敲窗抢劫的案件增多，他本能地摸向腰间的枪，余光从后视镜里瞥见站在车窗外的是个女人，染黄的头发乱糟糟地绾在脑后，五官扁平的脸看上去毫无特色，大龄主妇的年纪，却在睡衣外头裹着嫩粉色的针织外套，在浓稠的夜色中尤其显眼。这个女人是他的姐姐，赵亦清。

　　赵亦晨拔出车钥匙打开车门，在钻出车子迎上湿凉夜风的同时捏了捏眉心，将身后的车门甩上："这么晚出来干什么？"

　　"这不一直看你没回来，怕你出事吗？"两条胳膊环抱在胸前，赵亦清语带责备，"办公室电话又打不通。"

三年前赵亦晨当上刑侦支队支队长的时候，局里给他在新社区分配了一套房子。他没要，固执地住在这个旧居民小区里。赵亦清拿他没辙，又实在放心不下他一个人住，便在儿子上中学以后买下赵亦晨家楼上那套房子，一家子搬了过来，好相互照应。这些年赵亦晨办公室里接到的私人电话，也多是赵亦清打来的：过节回不回家吃饭？怎么凌晨都过了还不见回来？新案子棘手吗，危险吗？按时吃饭了吗，睡觉了吗？

　　这些本该是妻子或父母关心的，她一概揽下了。

　　赵亦晨又捏了捏眉心，和她一起穿过中心广场，走向六栋。其实他们可以抄小路回去，可那条小路光线暗，又是监控死角，赵亦晨从不让他们走小路。此刻他脑仁跳痛得厉害，但也没有因此而表现出一点烦躁的情绪，只说："紧急警力调度，也就剩两个接警的还在局里，估计是没听到。"

　　"我是看警车全都呜呜哇哇开出去了。"赵亦清抬起一只手来在空中比画了一下，"出什么事了？"

　　警察的家属大多对警车鸣笛声敏感。即便隔个好几条街，他们也能听得一清二楚，下意识地心头一紧。这算是一种本能，就像一个母亲听到孩子的哭声总会忍不住停下来四处张望，哪怕知道那不是自己的孩子。

　　赵亦清就是这种家属。她会在听到警车呼啸而过后开始焦虑。她是个普通的女人，这辈子害怕的事情有很多：父母在时，她怕自己被遗弃；儿子出生之后，她怕儿子会生病，怕一切能把她儿子从她身边夺走的人事物；弟弟当上刑警，她怕有天会有人打电话给她，让她去认领他的尸体。所幸现在父母走了，儿子还好好的；弟弟当上了刑侦队长，命还好好的。她唯一需要克制的，就是她的担忧和焦虑。

　　赵亦晨知道她有这个毛病。这不怪她，他们的父母死得早，她从十几岁开始就要操心很多事，所以赵亦晨能体谅她，总是尽可能安抚她。

　　"九龙村村民袭警。"晚风扑向他的脸，他从兜里掏出打火机，给自己点了一根烟。

　　"九龙村？就那个……有好多人收买被拐妇女儿童的村子？"赵亦清裹紧

了外套诧异道，"怎么会袭警呢？"

已经快到凌晨气温最低的时候，路灯昏黄的光线似乎都失去了温度，拉扯着他们并肩而行的影子，听路旁的杧果树在风中发出哀求似的呜咽声。

"一个寻亲互助会，不知道从哪儿弄来消息，说他们当中一对父母被拐走的孩子就在九龙村。"赵亦晨两指夹着香烟，一手插到裤兜里，缓缓吐了口烟圈，语气平静，难以分辨情绪，"夫妻两个溜进村子偷走了孩子，跑出来的时候被村民发现，全村的人抄着棍子和刀追着他们打，正好碰上互助会的人来帮忙，两拨人就发生了械斗。那边的派出所出面调解不成，也被村民围攻，只好通知了区刑侦支队。支队鸣枪无效，又请求我们调动警力支援。"

"唉……这些个村民也是，都几十年了，还跟群土匪流氓似的。"赵亦清叹口气，她还记得从大约二十年前开始，就常有这类恶性事件发生，没想到一晃二十年，城市里的高楼砌起来了，乡村里的路修平整了，有些地方却从没跟着世界一块儿变过，"你也去现场了？没受伤吧？"

赵亦晨摇头："没事。"

他们已经走到六栋三单元楼下。赵亦晨住三楼，赵亦清一家住四楼。他掏出钥匙站在自家门前开门，一回头，发现她还立在他后头，张张嘴好像有话想说，却欲言又止。

握住门把手拉开门，赵亦晨走进玄关，低下头脱鞋："上去吧，早点休息。明天还要送阿磊去学校。"

原本就有些犹豫，这时再听他这么开口，赵亦清心里便打起了退堂鼓。

几秒钟之后，她吁了口气妥协："行，你也赶紧休息。"说完便转身朝楼上走。可没走两步，她又停了下来，回过身看他。

"亦晨，那个九龙村是不是珈瑛……"一提到那个名字，她就注意到赵亦晨拉住门把打算关门的动作顿了一顿，这让她条件反射地收了声，接着又换了个说法，小心翼翼问他，"我的意思是，你还准备继续找珈瑛？"

赵亦晨沉默地站在门边，右手搭在门把上，小半边身子还被笼罩在楼道的灯光里。她停在高出他几级台阶的地方，看不到他被睫毛挡住的眼睛。

大约过了十秒，他才平静地回答："已经习惯了。"

是习惯自己一个人了，还是习惯一直找她了？赵亦清没忍心问出口，只能长叹一声。

"你进去休息吧，"她冲他摆了摆手，"晚安。"

赵亦晨抬头目送她的背影消失在楼道拐角。直到听到她开了门又关门的动静，他才合上门，反锁，扣好防盗闩，回身走进屋里。

阳台的落地窗紧合，外头还有不锈钢防盗门，用粗硬的锁闩住。厚重的窗帘挡住了外头街灯的光，屋子里一片漆黑。他没有开灯，径自走向客厅的沙发。他在这间房子里住了十一年，闭着眼也能找到方向。

坐上沙发，他合上眼，在黑暗中一动不动。屋内很安静，可以听见壁钟秒针转动的声响。

许久，他睁开了眼。沙发缝隙里有个表壳磨损得厉害的MP3，常年插着耳机线，一圈又一圈地缠紧。他把它捞出来，解开耳机线，将耳机塞进耳朵里，拨开了开关。小小的长方形屏幕亮起，成了黑暗里唯一的光。

MP3里只有一个音乐文件，很短，只有十一秒。

他点开它，听到了那个他再熟悉不过的声音。

——"我想找我丈夫，他叫赵亦晨，是刑侦支队缉毒组的警察……能不能帮我告诉他——"

是个女声。气喘吁吁，尾音发颤，戛然而止。

播放方式早已被设置成了单曲循环，于是短暂的杂音过后，他再次听到了她的声音。

——"我想找我丈夫，他叫赵亦晨，是刑侦支队缉毒组的警察……能不能帮我告诉他——"

——"我想找我丈夫，他叫赵亦晨，是刑侦支队缉毒组的警察……能不能帮我告诉他——"

　　——"我想找我丈夫，他叫赵亦晨，是刑侦支队缉毒组的警察……能不能帮我告诉他——"

　　…………

　　赵亦晨闭上眼，仰头将沉甸甸的后脑勺压向沙发的靠背。

　　他知道，现在是二〇一五年十月六日，凌晨三点二十三分。

　　二〇〇六年十月五日，他的妻子胡珈瑛拨通了报警电话，通话却在进行到十一秒时忽然终止。胡珈瑛自此失踪。

　　那天赵亦晨还在毒枭眼皮子底下当卧底。这段录音是接警电话录音原件的拷贝文件，两天后，他的同事把它交给了他。

　　九年了，他已经将这段录音听了无数遍。他对她话语里的每一处停顿、每一次颤抖、每一个音节的长短都早已烂熟于心。但他依然找不到她。

　　他失去的不仅仅是胡珈瑛，他深爱的妻子。

　　谁都知道，在她失踪前，她已经怀孕六个月。

　　他也因此失去了他们的孩子。

CHAPTER 1

告别天堂

我们只能一次次告别天堂，
一次次梦想着与地狱告别。
——艾米丽·狄金森

01

二〇〇三年，赵亦晨从派出所被调到区刑侦支队，师从当时的支队长吴政良。

赵亦晨参与侦破的第一个案子，就是一起特大团伙贩毒案。三十名犯罪嫌疑人，其中唯一一名女嫌犯由赵亦晨和另一名警察负责审讯。

她坐在讯问室的凳子上，耷拉着脑袋，形容憔悴，身上穿的是女警给她临时找来的衣服，因为被捕时她正和团伙头目佘昌志一块儿赤条条地躺在床上。审讯持续了六个小时，她从头到尾没有说过一个字，只是沉默地坐在那里，脸色灰白，像是已经成了半个死人。

警方很快查明了她的身份：李君，二十五岁，本省人，籍贯在某个小村镇，曾经在X市一家洗脚店打工。如今那家洗脚店已经被查封，它是当地另一伙黑势力管理的色情行当之一。

隔着铁窗仔细瞧了她一眼，赵亦晨想，她可真不像二十五岁。瘦骨嶙峋，皮肤松弛，满脸烂疮，双眼呆滞无神，怕是长期吸毒造成的。

"不想说佘昌志，就说你之前的事吧。"赵亦晨换了个方式开口，"一九九九年你还在一家洗脚店打工。记不记得那家洗脚店的名字？"

李君还是不说话。

又过了两天，她浑身哆嗦地倒在地上，四肢痉挛，翻着白眼，几乎要晕厥过去。

赵亦晨和另外两个警察上去扶她的时候，她终于出声了。

"给我……给我一根烟……"她说。

李君十八岁那年高考，考进了X市一所名牌大学。

但她早几年就死了父母，一直借住在姑妈家。姑妈告诉她，没钱给她交学费。

每晚李君都会梦到那所大学。想到将要失去这次机会，她就整日以泪洗面。一个月后，她独自来到城里，想要找份工作，半工半读挨过这四年。没想到刚到火车站，便被骗去拍了色情影片，"导演"就是那家洗脚店的老板。老板把她带进洗脚店，她成了洗脚妹，给客人"按摩"，从此再没有去过她梦里的那所大学。

结案以后，赵亦晨从菜市场买了条鱼回家。

他到家时是晚上十点，胡珈瑛已经洗了澡，正在客厅看电视。见他回来，她又跑去厨房给他做饭、蒸鱼。夏天晚上闷热，家里没有安空调，只有一台旧电扇咯吱咯吱地响。她把它摆在客厅，给他吹。

赵亦晨没待在客厅。他拎着电扇走到厨房门口，插好插头，将电扇对着她，好让她凉快凉快。然后他上前，从背后抱住她的腰。才忙活了一阵，她早已出了一身的汗，睡衣贴着汗津津的背，能用手抓出水来。

胡珈瑛拿手肘轻轻捅他："到厨房来干什么，这里热，你去客厅。"

低低应了一声，赵亦晨把下巴搁到她肩窝里："再抱一会儿，等下我炒菜。"

"怎么今天突然腻歪起来了，也不嫌热。"她被他下巴上的胡楂儿刮得痒痒，却也只是取笑他，没有躲开。

"没事。"他沉吟了几秒，"你当年怎么来X市的？"

讯问李君的时候，赵亦晨想起了胡珈瑛。她今年也是二十五岁，读大学前也没了父母。更凑巧的是，她是从李君梦里的那所大学毕业的。那四年她半工半读，过上了李君原本想过的日子。

手里择着菜，胡珈瑛心不在焉地道："还能怎么来。从乡下搭三轮车，出了镇子走到火车站，搭火车来的。"

"东站？"

"对。"

"那时候飞车党还在。"

"是啊。"她话语间略有停顿，"所以一出站就被抢了包。"

赵亦晨揽紧了她。这事他从前没听她提起过。

"钱都没了？"

"我只装了几块钱在包里，存折藏内衣里了，没被抢。"她笑笑，终于拿沾了水的手拨了拨他的胳膊，示意他松点劲，"出来前四处打听过，知道该怎么办。"

这回答倒是意想不到的。赵亦晨愣了愣，而后微微低下头，轻笑一声。

"笑什么？"胡珈瑛转过头来看他。

"笑你聪明。"他抬手替她把垂在脸庞的头发拨到耳后。

那时候从农村进城的，有大半走了弯路。像李君那样最终锒铛入狱的也不在少数。但赵亦晨没有怀疑过胡珈瑛的话，他相信她聪明，运气好，所以他后来才有机会遇上她。

直到二〇〇六年，胡珈瑛失踪五天后，吴政良把赵亦晨单独叫到了办公室。

"小赵，你知不知道你岳父岳母的名字？"

"胡义强，胡凤娟。都是胡家村的人。"

吴政良坐在办公桌后的椅子上，微微皱着眉头，搁在桌面上的右手握了一支铅笔，笔端一下一下点着桌沿，"嗒……嗒……嗒……嗒"。

"老刘带人去胡家村调查过了，"半晌，他才重新开口，"胡义强和胡凤娟夫妇确实有个女儿叫胡珈瑛，他们死后也把遗产都留给了她，供她去城里读书。但是胡珈瑛在学校的档案里登记的家庭成员不是胡义强和胡凤娟。她的户口是买来的，身份证也是买的。胡家村的人说，胡义强和胡凤娟结婚十几年，一直没有孩子。有一回他们夫妻俩去东北探亲，一年之后回来，就带着胡珈

瑛。当时她已经十二三岁了。"

赵亦晨沉默地站在办公桌前,脸上的表情没有一丝一毫的变化。

而吴政良抬起头,对上他的视线:"她跟你说过她是生身父母过继给胡义强和胡凤娟的吗?"

"没有。"他说。

"我们又联系了东北那边的派出所,明确了一下这个事。但是胡义强在那边的亲戚也无儿无女,他们一家子恐怕都是有这个不育的基因。"吴政良依旧目不转睛地盯着他的脸,"小赵,胡珈瑛很可能是胡义强夫妇从人贩子手里买来的。"

赵亦晨立得笔直的身体终于细微地一动,他沉默了几秒,才动了动嘴唇。

"她没跟我提过。"

"你说她大学是半工半读,她在哪里打工?"

"一家餐馆。她没告诉我餐馆的名字。"

"你们大二认识的,她当时经济状况怎么样?"

"不太好。"

"我听说她毕业之后就进了律所,跟王绍丰这个师傅学习。"目光落回手中那支铅笔,吴政良不自觉减缓了用笔端轻敲桌面的频率,就像他的语气,不紧不慢,引他进入一个极有可能激怒眼前这个年轻人的逻辑,"当时毕业生进律所很难,要找个师傅带更难,尤其是像王绍丰这种资深的老律师。"

"她说王律师觉得她有实力。"赵亦晨语速平稳,却几乎是在他话音刚刚落下时就开了口。

吴政良知道,他已经猜到了自己要说什么。

"那她说过她那三年给王绍丰倒贴学费的事没有?"吴政良继续问道。

赵亦晨再次沉默下来,最后他说:"没有。"

放下手中的笔,吴政良抬起左手搁上桌,十指交叠。

"小赵,我下面的问题可能有点难听,但是希望你能保持冷静。"他望向赵亦晨的眼睛,缓慢地、不容置喙地问他,"你和胡珈瑛是夫妻,你最清楚。

在你之前，她还有没有过别的男人？"

那天下着雨。十月的天气，在这座南方城市，依然没有带来半点凉意。

赵亦晨听得到此刻头顶吊扇呜呜转动的声音，意识却已经回到了二〇〇〇年六月的那个晚上。那天白天，他和胡珈瑛到民政局领了结婚证。夜里他们挤在出租屋那张小小的床上，第一次睡在了一起。

她很疼，疼得一直在哭，但没有流血。赵亦晨知道她从前在农村干重活，没流血，很正常。因此他没有问她，只是把她搂进怀里，摸着她的背给她顺气，亲吻她的发顶。

胡珈瑛很少在他面前掉眼泪。那晚是她哭得最厉害的一次。

有那么一个瞬间赵亦晨甚至觉得，她哭并不是因为疼。

而他能做的只有给她一双坚实的臂膀，让她有个能够安睡的地方。

一直到现在，赵亦晨还会梦到胡珈瑛偎在他身边熟睡的模样。

他以为她回来了，他想问她这九年去了哪里。可是看到她睡得又沉又香，他没有叫醒她。梦里她还挺着大肚子，肚子里是他们俩的孩子。他撑起身子，替她翻了个身。他记得医生说过，孕妇不能长时间保持同一个姿势侧卧。

最终是电话铃声吵醒了他。

赵亦晨睁开眼，捏了捏眉心。屋子里依旧一片漆黑，一只耳机已经从他耳朵里滑下来，MP3仍在播放那段十一秒的录音，沙发尽头的电话吵个不停。他摘下剩下的那只耳机，侧过身捞起了电话。

"喂？"

电话那头没有声音。

毫无征兆的沉默让赵亦晨皱紧眉头，忽然彻底清醒。他拿出手机，解锁屏幕，看了眼时间。

凌晨四点二十分。

他眉心拧得更紧。

"您找哪位？"握着话筒，他再一次启唇出声。

这回电话那头的人只沉默了几秒，便开了腔。

"你女儿在这里。"是个男人的声音，经过了变声器的处理，沉闷、冰冷而又怪异，"过来找她，不然她就会死。"而后啪地挂断了电话。

02

一九八六年的冬天，八岁的胡珈瑛赤脚来到了X市。

那个时候她还不叫胡珈瑛，她的名字是许菡。许菡头一次到这个城市，便看到了满街的大学生。她想要过桥，却见桥上挤满了人，或站或坐，还举着竹竿挑的旗子和横幅，上头写着好些大字。傻傻站在桥头，她觉得脚底的桥都在跟着他们的脚步打战。

有人看到了她，在她脚边丢下两枚硬币，哐当哐当，吓得她拔腿跑开。

她身上只裹了件脏兮兮的单衣，裸露在外的皮肤上有一块块鲜红的疹子，乱糟糟的头发里尽是黑色的泥污和跳蚤，臭得像只从下水道里钻出来的老鼠。

但许菡知道，桥上那些人没把她当老鼠。他们把她当叫花子。

十天之后，南方的隆冬悄然而至。

骑楼老街底下的商铺挂起了年货，天不亮就开了张，铺主拿着竹帚扫去门前的灰尘，也扫去那些蜷缩在长廊里的乞丐。他们通常以天为盖，以地为庐。偶尔在身子底下垫上两张报纸，睡在油墨的气味里，也死在油墨的气味里。

包子铺的老板娘抬了蒸笼出来，瞥见一个小小的人影缩在铺面边的墙角，身下的报纸被吹过地板的风刮得哗哗作响。她走出铺子仔细看了会儿，发现那是个女孩儿，一动不动抱着膝盖缩在那里，光着的脚丫长满了狰狞的冻疮。

"喂，细路（小孩）？"老板娘随手抄起擀面杖，小心弯腰拨了拨她，"死咗啊（死了吗）？"

那蓬头垢面的小姑娘还是没动，瘦小的身躯硬邦邦的，也不知是只剩了皮包骨头，还是早被冻僵了四肢。这时候老板走出来，伸长脖子瞅了瞅："乜事啊（什么事）？"

"唔知（不知道）……"又拿擀面杖拍拍那姑娘的胳膊，老板娘见她没有半点反应，迟疑着嘀咕，"好似系死咗噢（好像是死了噢）……"

刚开张就碰上个死人，实在不吉利。

老板赶忙裹了袄子跑出去找人来抬尸体。而老板娘回身走进铺子洗干净擀面杖，出来时已瞧不见那小乞丐硬邦邦的尸体，只有冰凉的报纸翻滚着朝长廊的尽头远去。

再抬头，便发现堆得比人高的蒸笼上少了笼包子。

许菡抱着那笼包子使劲往前跑。

滚烫的热气冒出笼屉，打湿了她的衣襟，烫红了她的胸口。路边尖利的石子刺破乌紫色的冻疮，扎穿她的脚底，捅进她的脚心。她疼得脚趾都蜷缩起来，却不敢喊疼，更不敢停下脚步。

可她最终也没跑过第二个拐角。

老板带了人回来，刚好跟她迎面撞上。包子撒了一地，许菡闭上眼，只觉得星星点点的拳头砸下来，包子在滚，她也在滚。不同的是，包子不会叫，她会叫。直叫到喉咙嘶哑，再没了声音。

他们把她丢到了桥墩下的臭水沟边。入夜后，有什么滑溜溜的东西贴着她的脸爬过，她醒过来，才知道自己还活着。月色清冷，从她指间滑过去的是条泥土色的水蛇，她抬起眼皮，看到还有个被污水泡肿的人躺在她身边。

她想吐，胃里却空空荡荡，连一口酸水都吐不出来。

许久，她挪动手指，慢慢爬到了这个脸已经肿得看不清五官的人身边。

她在他的裤兜里摸到了一枚五毛钱的硬币。

桥西的夜市有家包子铺，铺子门口竖着块硬纸板，上头写着：肉包子五毛一两，一两两个。

许菡把五毛钱的硬币给老板娘，老板娘给了她两个包子。她用红肿哆嗦的手掰开白面皮，里头是白菜。

巷子口站着条大黑狗，一个劲地冲她吠。她跑，狗追着她跑。掰开的包子落下了馅儿，那团白菜掉在地上，大黑狗停下来，伸出鲜红的舌头把它舔进了嘴里。

最后许菡躲回桥墩底下，在黑暗中看着那具泡肿的尸体，发着抖，一面作呕，一面狼吞虎咽地啃着已经变冷的包子。包子是咸的，一半面皮，一半眼泪。

那是那年冬天最冷的一晚，许菡在熏天的臭气中睡去。

第二天黎明，她睁开了眼睛。

她找到一块锥子似的石头，爬上桥，摇摇晃晃，走向桥西静悄悄的市集。

等到天光微亮，早点铺子渐渐热闹起来。有人发现，裁缝铺养的那条大黑狗死在了巷子里。狗脖子不知被什么东西捅了个大窟窿，刺穿发紫的舌头，猩红的血一股一股往外冒。

老裁缝跑出来，扑在大黑狗跟前号啕大哭，如丧考妣。

到了中午，他给小孙子做了顿大餐。

小孙子吃着爷爷喂的肉，嘬干净手指头上的油问："爷爷，这是什么肉啊？"

老裁缝给他擦嘴，笑眯眯地告诉他，是狗肉。

CHAPTER 2

角落里的珍珠

去吧，人世间的孩子，

到那溪水边和田野上去，

与精灵手牵着手，

这世上的哭声太多，你不懂。

——威廉·巴特勒·叶芝

01

一九九七年，警校放假，赵亦晨只身找去了胡珈瑛读的那所大学。

大学东门外有间律师事务所，附属于学校法政学院，给校内的学生提供实习场所。胡珈瑛刚念大二，时常会往律所跑，打打杂，替律师整理案卷。那天轮到她值日打扫，事务所已经关了门，玻璃门内只有她弯着腰扫地，一手扫帚一手撮箕，长长的头发扎成马尾，黑色长裙的裙摆下边露出半截小腿，白衬衫的袖口套着袖套。

赵亦晨远远瞧着她，发觉她喜欢穿黑白灰三色的衣服，不像其他姑娘赶着时髦穿得艳丽。但她身上有股说不出来的气质，像是从水墨画里走出来的，不动的时候沉静，活动起来沉稳，一点儿没有这个年纪的姑娘活泼的特质，却也讨人喜欢。

他叩响玻璃门，胡珈瑛这才抬起头来看见他，微微一愣。

"哎，是你啊？"她放下撮箕，把扫帚靠墙搁好，擦了擦手走上前来给他开了门，"你来找律师吗？都已经下班了。"

"我来找你。"赵亦晨没有进门，只站在原地，好平视她的眼睛。她个头比较小，而他又高又结实，铁铸的墙似的立在那儿，要是不借着台阶的高度减少两人的身高差，怕是会给她太多的压迫感。

胡珈瑛还扶着玻璃门，一时间没反应过来："找我干什么？"

"我想和你处对象。"他说。

然后他看到她红了耳朵，眼底的慌乱转瞬即逝。她侧开身对他说："你先进来。"

赵亦晨控制住已经快要浮上嘴角的笑意，点点头走了进去。胡珈瑛飞快地关上玻璃门，转过身来拿背紧挨着它，好像要借那冰冰凉凉的感觉醒醒神："你跟我开玩笑呢吧？"

赵亦晨正对上她的视线，严肃地板着脸，认真道："没开玩笑，我中意你，我要跟你处对象。"

"我们才见过三次面，你都还不了解我，怎么就知道你会中意我了。"她回嘴，一双黑眼睛眨啊眨，眼里有水光似的亮。

"只有三次，也看得出来你的人品。"早料到她会这么说，赵亦晨一脸平静，不慌不忙地看着她的眼睛，几乎都要看清她眼里的自己，"而且我知道你学习好，爱看书，喜欢骑单车，早上会绕着操场散步，边走边背英语单词。"

"知道的还不少。"

"我将来要做警察，知道该怎么搜集情报。"

"你说这话就不害臊吗？"

"害臊，从看到你开始我就害臊。"

"我没看出来。"

"我将来要做警察，知道该怎么控制情绪。"

胡珈瑛笑了。他觉得她笑起来最漂亮，蒙娜丽莎的微笑也比不上她。

"你这么想做警察啊？"她问他。

"对。"

"为什么？"

"我妈是警察，我爸不是。我妈没有我爸富有，但她一辈子都比我爸过得踏实，对得起良心。"

她还在笑，但笑容里的意味不一样了。那时候赵亦晨感觉得到，她看他的眼神是柔的，柔得像水，海水。

"那我考考你。"她走过他身边，从事务所前台后头拎出一袋水果。塑料袋哗啦啦地响，她拿出一颗杧果，抬起脸对他说："我想吃杧果，你帮我去洗洗吧。"

这考题出得怪，赵亦晨接过杧果想了想，转身走出了律所。

几分钟之后，他带着杧果回来，已经把它去了皮切片，盛在不知从哪儿弄来的盘子里。

胡珈瑛好奇地瞧了瞧盘子里的杧果片："为什么把皮剥了？"

"我不确定你对杧果过不过敏，不过只要去了皮，过敏的人也能吃。"

赵亦晨这么一本正经地讲完，便见她又一次笑了。这一笑很短暂，她只是弯了眉眼，嘴角略微上翘，紧接着就摆出似笑非笑的表情，接过盘子好整以暇地迎上他的目光："我不了解你，你也不够了解我。你倒是有胆量，敢直接过来跟我说想和我处对象。"

他也算是把处变不惊的本事发挥了出来："我知道你会答应。"

"这么有自信？"

"你不常笑，但我们见过三次，你冲我笑了两次。"终于不再克制嘴边的笑意，赵亦晨两手插兜里，直勾勾瞧着她，语气变得愉快而又肯定，"刚才你又笑了两次。这证明你也中意我。"

那一刻他觉得自己不像个警察，倒挺像流氓。在此之前，他从没想过自己会因为这种感觉而高兴。

所幸高兴的不单只是他。胡珈瑛也弯了眼笑。

她说："是，我也中意你。"

赵亦晨见过很多种眼睛，有的眼睛是天生会笑的，有的眼睛是不爱笑的。胡珈瑛的眼漆黑、深邃，但那黑色里头还有更深的阴影，压在眼底，压住了她本该有的情绪。她那双眼睛是不常笑的眼睛。

可她喜欢对他笑，笑起来眼里有亮光。

就像破晓时分，要是没有前头的黑夜，日出便带不来后头的光明。

电话铃声大作。

赵亦晨再一次惊醒，眼球被一束打进客厅的阳光刺痛。盖在他身上的毛毯滑了下来，面前的茶几上摆着一杯豆浆和一只用不锈钢盘子盖住的碗，他恍惚了几秒，知道这是赵亦清来过了。

边伸手捞电话边抬起胳膊看了眼腕表上的时间，已是早晨六点五十分。

来电显示是刑侦支队副支队长陈智的号码，他值晚班。赵亦晨两个多小时前接到那个古怪的警告电话之后，就通知了陈智去查号码的所在地，这时候应该是有结果了。他接起电话，感到太阳穴隐隐作痛，只拿食指压了压："喂？"

"赵队，查到那个号码的地址了。"陈智的声音从电话那头传来，"是Y市的固话，在外省。"

"通知当地的派出所，让他们去看看情况。"掀开滑到腿上的毛毯，赵亦晨抓了把自己的后脑勺，已然清醒不少，"把情况说明清楚，还要记得提醒他们，便衣过去。"

"好，我去办。"毫无异议地答应下来，陈智顿了会儿，又说，"您再休息会儿吧，这几个月太辛苦了。"

"没事。"赵亦晨前倾身子揭起盖在那只碗上的不锈钢盘，"我待会儿就回局里。"

碗里的肉包子还冒着热气，赵亦清知道他习惯什么时间出门上班，所以总能及时把早餐送过来。换作往常，赵亦晨会起身洗脸刷牙，吃完早餐便出发。但这天他没有。

他挂断电话，来到阳台落地窗前，拉开已经被赵亦清扯出一条缝隙的窗帘，站在了清晨的阳光下。落地窗外的防盗门将光割裂，阴影和天光同时投向他的身躯。这道防盗门是胡珈瑛失踪后安上的。他伫立在它后边，好像囚犯伫立在监狱的铁窗里边。

唯一不同的是，监狱里没有阳光。

晚上八点，陈智敲响了赵亦晨办公室的门。

"小陈。"他抬头见是陈智，便放下了手里的笔，"早上我叫你查的那个号码，后来怎么处理的？"

"正要跟您说。"陈智关上身后的门走到他办公桌前，手里还拿着一沓刚整理好的档案，是上个月阅兵前"扫黄打非专项行动"的报告，"是这样，他们派出所派人去看了，那家人姓许，还挺有钱的，家里有个八岁大的孩子，看起来不像会勒索别人，倒是有被勒索的条件。便衣试探了一下，许家人都在，没有多出来的孩子，他们一家子的行动也没什么可疑的迹象。"

陈智有点胖，人憨厚，娃娃脸，看上去年轻，却也是有十年经验的刑警。这几个月专项行动过后又是"十一"长假，大量的警力都被调出开展安保工作，加上九龙村的事，他好几天没回过家，眼看着瘦了一大圈。赵亦晨原想再交代后边的事，瞥见他眼底的黑眼圈，开口时便话锋一转："知道了，我再联系他们郑队多留心，暂时不打草惊蛇。你今晚回去休息，剩下的事我来处理。"

陈智张了张嘴，想说自己还能再干两天，但他和赵亦晨共事六年，知道赵亦晨的脾气。如果这时候真把话说出来，想必又会挨一通训：不花点时间养精蓄锐，只会事倍功半。于是陈智叹了口气道："哎，好，赵队您辛苦了。"

重新拾起笔，赵亦晨示意他把手里的报告放桌上。陈智顺从地放下了东西，又忽然想起点什么："对了赵队，其实这个事会不会……不单纯是许家人的事？您看，打外地号码还要加区号，就算打错了，也不该正好打到您这儿来。而且那小姑娘八岁，二〇〇七年出生的……"

说到这里，他停下来几秒，小心观察着赵亦晨的脸色："有没有可能，跟嫂子有关系？"

赵亦晨没有说话。他脸上没什么表情，这是他思考时的一贯表现。可陈智总觉得，这没有表情的表情，其实也藏了某种情绪在里头。——他认识赵亦晨的时候，胡珈瑛已经失踪了三年。关于她的事，他从没听赵亦晨谈起过。只不过这是队里公开的秘密，赵亦晨大抵也清楚他们知情。别人说起时，他却总是不说话。每到那时，他脸上露出的就是这种没有表情的表情。

从前陈智想过，或许赵亦晨早就看淡了，不想提，索性就不提。至于之后为什么没再找老婆，怕也只是刑侦队的事太忙，实在没工夫操心别的。直到那回队里来了个计算机技术水平高超的年轻技术员，有天突然神神秘秘地找到陈智问他："赵队的老婆是不是失踪了？"

陈智问他听谁说的，那技术员只说："没人告诉我。就是前两天赵队私下里找我，让我看看能不能帮他用电脑分析一段录音里的背景杂音。就那个十一秒的接警录音，您知道吧？"

那时陈智才明白过来，原来赵亦晨从没放弃过寻找胡珈瑛。

因此这会儿见赵亦晨沉默下来，陈智没有轻易收口。他考虑了一阵，又试探性地问："'十一'也快过了，不然到时您亲自去看看？"

赵亦晨总算没有再置若罔闻。他颔首，将报告拉到跟前："我会安排，你回去休息吧。"

稍稍松了口气，陈智应下来，离开办公室时不忘关上了门。

等他合好门，赵亦晨才搁下笔，伸手去拿电话联系Y市刑警队长郑国强。他去Y市出过几次差，和郑国强算是有些交情。正要拨号，余光扫见刚放下的黑色中性笔，赵亦晨身形一顿。

他记得还是二〇〇三年的时候，他刚被调到区刑侦支队，胡珈瑛送了他一支钢笔。

英雄100全钢的笔，对于当时省吃俭用过日子的他们来说，贵得很。她平时自己稍微多花几块钱都会心疼，买了那支笔给他，却只是乐呵呵地笑。赵亦晨宁可她多吃些，吃饱些，长胖些。不过见她笑得高兴，他也就没说什么，只状似无所谓地一笑："买钢笔干什么，我在一线工作，又不是文员。"

"在一线工作也会需要笔啊，你们吴队不是也要坐办公室的嘛。"胡珈瑛忙着替他盛汤，袖管卷到手肘上，小臂瘦得可怜，一张小脸却红光满面，"等将来你做了队长，也会用得上的。"

"你倒是想得早。"赵亦晨把两盘菜从厨房里端出来，"等我做队长的时候，这笔估计都不知道滚到哪个角落去了。"

她笑笑，满不在乎的样子："怕什么，到时候我再给你买一支不就

好了。"

那个时候他们的生活里没有贫贱夫妻百事哀的说法，有的只是一日夫妻百日恩。

当初胡珈瑛送给他的那支钢笔，倒确实如他所料，早已不知去了哪个角落。这么些年过去了，如今比起钢笔，中性笔要实用得多。

然而赵亦晨想要的，还是胡珈瑛允诺过要再送他的那支笔。

他合眼片刻，把桌上的黑色中性笔放回抽屉，锁上。

然后，他拨通了郑国强的号码。

02

许菡遇到马老头，也是在一九八六年的冬天。

杀了大黑狗，她没再回桥墩底下，只摇摇晃晃往前走，走过那座桥，找到一处死胡同。胡同尽头有几根竹竿和几块破布搭的篷，许菡爬进篷里，躺下来，闭上眼。她拿石头扎进了裁缝家大黑狗的脖子，裤管上尽是大片暗红色的血，有狗的，也有她自己的。那条被大黑狗咬得鲜血淋淋的胳膊又疼又冷，最后麻木得没了知觉。

冷风呜咽个不停，一个劲地灌进这残破的篷里，吹冷了她的四肢，她的眼皮。

不知过了多久，她依稀听到有人进来，拿什么冷冰冰的东西拨了拨她的胳膊："丫头，一身的血，杀人了？"

是个沙哑苍老的声音。许菡一动不动躺在那儿，却不是想要装死。她觉得很冷，浑身上下没有哪一个地方是不冷的。她知道自己快要死了，眼皮像是被冻得结了冰。

那人见她闭着眼没有丝毫反应，便蹲下来探了一探她的鼻息。

她以为他会打她，可他没打。

老人离开了一阵，许菡不确定有多久。

他再回来时，一脚踹上了她的腰："还躺着呢，不打算挪地儿了？"他力气不大，却一脚接一脚地上来，直把她踹得往粗糙的水泥墙撞，"这是你爷爷我的地盘，晓得不？啊？"

许菡没吭声，没动弹，活像个死人。踢久了，老人便觉得没趣。他又吐了口痰，喃喃自语道："是个哑巴。"

于是他索性不再管她，铺好报纸坐下来拾掇拾掇，生起了火。

刚从桥西夜市讨了饭回来，他的小铁盆里还剩两块馒头一张饼。他在脏兮兮的裤子上擦了擦手，抓起馒头大口大口地啃。等两块馒头都下了肚，他才扭头瞅了眼那个歪着身子躺在墙角的小姑娘，发现她那青肿的眼睛睁开了一条缝，漆黑的眼珠子映着火光，一闪一闪，成了她身上唯一还有些生气的地方。她胳膊上的咬痕不再冒血，也不知道是伤口结了痂，还是血已经流了个干净。

"桥西裁缝铺的那条狗，是你杀的吧？"他又抓了饼啃起来，歪着脑袋一面呲巴嘴一面含糊不清地说着，"养了十年的狗啊，就这么被你给宰了。那老裁缝哇哇哭得，跟死了老婆似的。"

小姑娘还是不出声，干燥开裂的嘴毫无血色地张着，两眼依旧只睁一条缝，像是真的死了。老人啃完了饼，又一点一点捏起掉在身上的碎屑塞进嘴里，说："要让他们晓得是你干的，宰你可比宰条狗容易。"

许菡躺在那里，脸上僵硬如死尸的表情一点儿没变，却有泪水从眼角淌下来，一股一股，好像从那条被她捅破脖子的狗身体里冒出来的血，淌个不断。

那是许菡头一次知道，原来人再冷，身体里流出的血和泪都一样是热的。

第二天早晨，老人拆下篷上挂着的破布，捆柴火似的把许菡捆起来，一路背到了市中心。

他跪在那条挤满了大学生的街边，哭天抢地地乞讨。许菡死人一般仰躺在那块破布上，意识渐渐模糊。影影绰绰中，她听到老人的声音："我作孽的孙

女儿啊！没了爹没了娘，跟着我这个残废的老头子出来讨饭啊！"

　　哐当哐当，有人把硬币丢进了他膝盖跟前的碗里。

　　"我作孽的孙女儿啊！被恶狗咬残了手，眼看着就要下地见阎王了啊！"

　　一个年轻学生经过，从兜里掏出两角钱。

　　"我上辈子造了什么孽啊！我就这么一个孙女儿啊！"

　　硬币在碗里弹跳，响亮而刺耳。

　　许菡看到有几个人影围上来，嗡嗡议论。她躺在那儿，就像砧板上被剖开了肚子的鱼。

　　她的眼泪已经流尽。眼泪流过的地方，皮肤皲裂，伤口发炎。红肿破皮的口子里渗出脓水，被阵阵冷风刮得生疼。

　　她想，至少她还是会疼的。

时间藏起记忆

记忆就像滚滚浪潮，

撞上海湾里的礁石激出巨响。

记忆的巨响人们是听不到的。

——木心

01

十月中旬，刑侦队的工作步入常规，赵亦晨终于得空和赵亦清一家一块儿吃了顿晚饭。

第二天他起得早，蒸好馒头包子，又煮了锅粥端到楼上。赵亦清给他开门时还穿着睡衣，见是他做好早餐端上来了，惊讶得眼珠子都要瞪出来。她丈夫刘志远笑得合不拢嘴，趁她还愣着，赶紧接过那锅粥搁到了厨房的灶上。

夫妻俩的儿子刘磊正好从洗手间探出头来，嘴里塞着牙刷，一瞧见是舅舅上来了，吓得差点儿把牙膏沫子吞进肚里。他自小就格外怕赵亦晨，也不知道是因为他坯子太结实，还是因为他是个警察。

一家子吃完了早餐，快到赵亦晨上班的时间，赵亦清就挥挥手赶苍蝇似的把他打发走了，自个儿留在厨房洗碗。她是个全职主妇，工作日出个门也就是送儿子去学校，到菜市场买买菜，这天刚巧是周末，连这些工夫都省了。

赵亦晨拿上钥匙下楼，经过一楼的信件室时，余光瞥见有个信箱不知被谁强行拽开，锁扣触角似的扭曲地伸在半敞的信箱门外头，传单、信件和黄色名片撒了一地。

这栋楼里的信件室可以随意出入，每户业主都配有自家信箱的钥匙，却时常有遗失了钥匙的业主蛮力拽坏信箱的锁取信，从此再不修理。毕竟信箱里鲜少有重要或值钱的东西，那脆弱的锁的存在也并不是那么必要。

赵亦晨在信件室门口停下了脚步，因为他发现这回被拽开的信箱是自己家的。

他有钥匙，从来不会去拽锁，赵亦清更不会这么做。

是谁动了他的信箱？

在信箱墙面前驻足，出于习惯，赵亦晨掏出兜里的手套戴上，又用手机给现场拍了几张照片，才看看与自己一般高的信箱，然后蹲下来，捡起撒落在地上的杂物。

有几张物业缴费通知单，被放在统一的白色信封里。这样的通知单他每个月都会收到，通常赵亦晨会把它们留在信箱里，直到信箱再塞不下别的信件才一次性清理掉。

除此之外，还有一个特别的白色信封。

赵亦晨几乎一眼就注意到了它：与物业的白色信封大小不一样，没有邮戳，没有可以填写邮编和地址的印刷，封口也没有粘上。看起来像是贺卡中附赠的那种信封，很薄。他蹲在原地，动手拆开了它。

信封里是两张照片，赵亦晨把它们抽出来时首先看到的是照片背面上写的字。

其中一张写着"Y市景秀湾别墅区A11"，另一张写的则是"来找她"。字迹潦草，歪歪扭扭，依他的经验来看，像有人故意用左手书写，为的是避免被鉴定出字迹。这样的反侦查手段让赵亦晨皱起了眉头。他把第一张照片翻到正面，在看清它的瞬间，猛地一怔。

照片拍下的是个女人。她坐在一张吊椅上，穿着一件杏色的中袖连衣裙，青黑的长发梳成低马尾，从瘦削的肩头滑到襟前。她就坐在那里，背景是蓊郁枝叶中探出头角的红月季。她在对着镜头微笑，由于不常笑，眼角甚至见不到笑纹。

珈瑛。

这个名字顿时在脑子里炸开。

有那么几秒，赵亦晨忘记了呼吸。他盯着照片里的女人，脑海里有片刻的空白。这是胡珈瑛，他确信。她比九年前老了些，女人在这个年纪似乎总是老得很快。他不知道她老了是什么样子，但他知道，如果她还活着，那她现在的长相一定就是照片里的模样。

他和她相处九年，夫妻六年。除非她化成灰，不然他不会认不出她。

可她在哪里？Y市景秀湾别墅区A11？为什么？

回过神来的时候，赵亦晨发现自己的手在隐隐发抖。

他把另一张照片翻过来，这张照片背面写的是"来找她"。一秒不到的时间里，他想到好几种可能性：照片上或许是她被绑在某间阴暗屋子里的惨相，或许是她倒在某个角落的背影，又或许只有她的一条胳膊、一根手指……

全都不是。照片的背景依然是那个花园，那张吊椅。胡珈瑛依然穿着那条杏色连衣裙，笑着坐在吊椅上。唯一不同的是，她身旁还坐着一个小姑娘。

小姑娘看起来不过六七岁，扎着两个羊角辫，和胡珈瑛穿同一个颜色的连衣裙，像是亲子款。她偎在胡珈瑛身边，两只小手撑在膝盖前，红扑扑的脸蛋上一双大眼睛弯成了小月牙，咧嘴笑得很开心，露出门牙旁缺掉一颗牙齿的小窟窿。胡珈瑛两手扶着她的肩，也咧了嘴在笑。

定定地看了会儿照片里的小姑娘，赵亦晨猛然起身，冲出信件室跑上四楼。

赵亦清被急促的敲门声吓了一跳，还没来到玄关便在喊："来了来了！"打开门看到是赵亦晨，她愣了愣，"你还没去上班啊？"

他好像根本没听见她的话，只说："姐，家里的相册在哪儿？"

不明所以地指了指身后，她张张嘴，换了只手拿洗碗布："书房放着呢。"

"拿出来。"赵亦晨丢下这句话，不等赵亦清反应过来，便侧过身子绕开她直奔书房。他知道赵亦清平时会把相册放在书柜里，于是一进书房就翻箱倒柜找起来。

匆忙追上他，赵亦清被他一反往常的表现吓得忧心忡忡，嘴里不住念叨："这么急急忙忙是干什么啊……"刚到他身后，她瞄见他搁在书桌上的照片，眯眼仔细一瞧，手里的洗碗布就掉下来，"珈、珈瑛？"下意识伸手拿起照片，她又翻到第二张，瞪大眼睛，整个人结巴起来，"这小姑娘怎么……怎么……"

这时候赵亦晨已经找出一本旧相册，哗啦啦翻开，找到某张照片，转身从她手中抽出那两张照片，将小姑娘入镜的那张放在上头，压到相册上和刚刚找出来的照片对比——那是他八岁时拍的照片，一身汗衫短裤，抬着下巴站在一棵梧桐树底下，笑容愉快而自得。

"你找到她了？"赵亦清终于缓过劲，凑过脑袋瞧瞧两张照片，"这是……你跟珈瑛的孩子？跟你小时候的样子太像了……"

何止是像。小姑娘的眉眼和他小时候的眉眼简直如出一辙。

赵亦晨拿上照片，回身疾步走向玄关。他脸上神情紧绷，要换作往常，赵亦清一定不会去阻止他。可她这回没忍住追了上去，趁着他还没有下楼，赶忙在楼道里拽住他的胳膊："等等，等等，这到底是怎么回事？"

"我先回局里，等确定了再告诉你。"他拉开她的手，片刻不停地跨下台阶，身影消失在转角，脚步声也很快远去。

赵亦晨没来得及把结果告诉赵亦清。

他联系了郑国强，确认上回那个古怪电话的地址就是"Y市景秀湾别墅区A11"，便向陈智交代了队里的事，带上重案三组的两个刑警坐上了驶往邻省的最早一班高铁。

捏着车票从候车室飞奔向站台的时候，他极快地跑下楼梯，一段久远的记忆毫无征兆地闯进了脑海。

那是二〇〇六年五月二日，赵亦晨刚下班回家，正和胡珈瑛一起吃晚饭，忽然就接到了吴政良的紧急电话。市郊区发生一起特大枪击案，刑警队人手不够，要调区刑侦队的警力支援。

赵亦晨挂了电话，抓起椅背上的外套就要走。

胡珈瑛连忙放下筷子和碗站起来："有案子？"

"枪击案，紧急警力调动。"他轻车熟路地穿上外套，已经走到了玄关。

"你晚饭还没吃，带个鸡蛋。"匆匆从碗里拿出一个煮鸡蛋在桌角敲开壳，她追上来，手忙脚乱剥下鸡蛋壳攥进手心里，停到他跟前时还在试着捏掉

煮鸡蛋光滑的表面上沾着的壳屑，手心的碎蛋壳掉下来她也顾不上，"嘴张开，现在就吃，别待会儿噎着了。"

刚穿好一只鞋，赵亦晨抬头张嘴接了她塞过来的鸡蛋，胡乱嚼了几下便咽下去，边穿鞋边说："你不是有事告诉我吗？现在说吧。"

"等你回来再说。"她没答应，"一定要注意安全。"

知道她这是要给他留下点念想好记着一定安全回来，他也就没追问。"这两天律所要是没什么事，你就少出门。"穿了鞋站起身，他打开门跑出去，头都来不及回，"走了。"

那天赵亦晨只顾着飞快地下楼，每转过一个拐角跑下几级台阶，就看到头顶的灯一亮。楼道里的灯不感声，要手动开关。他知道是胡珈瑛怕他一个不小心踩空，追在他后头替他开了灯。

难为她穿着拖鞋还追这么紧，有那么一个瞬间，赵亦晨真担心她摔着了，想回头叫她回去。但他是警察，得争分夺秒。他没有回头。

九个小时以后，赵亦晨才踩着夜色回了家。

已是凌晨三点，他拿钥匙开门，轻手轻脚进屋来到客厅，竟看到有个人影坐在沙发上，在他从玄关走过来时动了一动。

"珈瑛？"借着窗外透进来的光认出了她的身形，赵亦晨皱起眉头，"坐这里干什么？"

"等你回来。"胡珈瑛嗓音有些沙哑，像是哭过。

他摸上顶灯开关的手顿了顿，最后垂回身侧。

"也不开灯。"摸黑走到沙发跟前，他坐到她身边，揽过她的肩膀。

"省电嘛。"声音还闷闷的，她在黑暗中问他，"你洗不洗澡？"

"累了，明天洗。"他其实累得想倒头就睡。要不是记得她可能还在等他回家，赵亦晨指不定会睡在队里，明天再回来。这会儿也是因为看出她有心事，他才没拽了她就回卧室睡觉。

"嗯。"她侧过身子，脑袋靠在了他的胸口。

赵亦晨揽着她肩的手捏了捏她的肩头："怎么了？"

"你真回来了吧？"她叹了口气，不答反问，耳朵挨着他心口，像是在听他的心跳。

"真回来了。"隐约感觉到她是怕自己出事，他抬手揉揉她的耳垂，"好好的，没缺胳膊少腿。"

胡珈瑛不作声。他见状低下头看她，故意换了调侃的口吻取笑："平时我出警也没见你紧张，今天是怎么了？"

沉默了一会儿，她终于开口："亦晨，我怀孕了。"

刚还沉甸甸的脑袋突然一紧，赵亦晨愣了愣："什么？"

"我怀孕了，一个月。"胡珈瑛还靠在他胸前，慢慢又说了一遍，"你要当爸爸了。"

"真的？"他问她。

"真的。"她说。

赵亦晨一下子就把她推倒在了沙发上。他已经彻底清醒过来，脑子里的疲乏不知被扫去了哪个角落，所幸手上还知轻重，语气里的笑意却是克制不住的："真的？"

胡珈瑛被他突如其来的这么一出给逗笑了。他低头蹭她的颈窝，她痒得直笑，扭动身子想躲开，说："赵亦晨你疯了，别闹，别闹。"

等她笑得快喘不过气了，他才停下来，额头轻轻抵住她的前额："去医院看过了吗？"

"看过了。"她腾出手来抱住他的脖子，两人挨得那么近，近到甚至可以在黑暗中看清对方含笑的眼睛，"没什么问题。我很健康，孩子也会很健康。"

"那就好。"从她身上翻下来，赵亦晨打横抱起她往卧室走，"要注意点什么？能不能上班？"

"这会儿能上班，后期可能不行。"

"没事，我养你。"拿脚拨开卧室虚掩的门，他把她放上床，没开灯，直

起身子就想转身去客厅，"你先躺着，我去打个电话问问我姐，她知道这阵子吃什么好。"

"哎——这时候打什么电话，都几点了。"胡珈瑛手疾眼快地拽住他的胳膊，"赶紧睡吧，明天再说。"

"行。"他脑子里还没意识过来凌晨三点意味着什么，只是觉得高兴，下意识地就顺着她，脱了衣服换上床头的睡衣，掀开毯子在她身旁躺下，伸了手把她搂进怀里，早没了困劲："我们是不是该给孩子想名字了？知道是男是女了吗？"

胡珈瑛推推他，嫌他没洗澡："还早，再过几个月才知道。"

他想了想："再过几个月就要生了吧？"

"还要八个月才生，你怎么这点常识都没有了。"卧室里光线比客厅更暗，他看不见她的表情，却听得出她是笑着说这话的。

赵亦晨也笑，他觉得他这一整个月笑的次数都没有这晚多："一高兴就忘了。"

说完又想起她追着他下楼给他开灯的事，便说："下次记得别追出来给我开灯，不安全。"

"那你自己要记得开。"她不轻易答应他，"楼道晚上黑，别还没到现场就摔掉门牙了。"

他笑笑，亲了亲她的额头："都听你的。"

02

一九八七年年初，寒潮南下，与沿海涌来的热流相撞，挤压成了南方城市的回南天。

许菡天不亮便睁开了眼，揭开潮湿发霉的被子，推醒身边的老人。他就是在她被大黑狗咬伤后把她背到城里讨饭的老人，姓马，别的叫花子都叫他马老头。那会儿马老头趁着许菡还留了一口气，成天带着她上人多的地方讨饭。有一回碰上鸣警笛，街上的大学生开始四处逃窜，马老头也跑，卷了铺盖跑，唯一落下的就是许菡这个活生生的"孙女儿"。许菡躺在地上不动，她动不了。有人从她身上踩过去，有脚板碾过她的胳膊，但都没把她踩死。她吊着最后那口气，睁着眼睛，看着青白的天和黑色的人。

后来警笛远了，大学生跑光了，马老头回来了。

"丫头，还留着口气呀？"他蹲到她身边，手里拿着块饼，一边打量她半死不活的样子，一边大口大口啃着饼。饼里的碎馅儿掉下来，砸在许菡脸上，又掉到了沥青路上。许菡不吭声。

马老头啃完了饼，捏起那绿豆大小的碎馅儿，塞进了她微微张开的嘴里。

从那以后，他每回买了饼回来，都会分给她一小块。他喜欢吃带馅儿的饼，白菜馅儿。

许菡胳膊上的伤一天天见好了。她没死，马老头还是带着她到处讨饭。他给她两条细瘦的胳膊画脓疮，往她脸上抹煤灰。一到马路边，他就让她跪在他旁边，自己也跪下来，在破铁碗跟前抹眼泪。

马老头是个独眼，脚有点跛，瘦骨嶙峋，一年四季披着件破旧发臭的军大衣。他说他打过仗，眼睛就是被子弹打瞎的，军大衣也是上过战场留下的。许菡不信他。她知道那军大衣是从计生委后院的垃圾桶里翻出来的，就跟他俩身上盖着的棉被一样。至于他那只眼睛究竟是怎么瞎的，许菡不知道。但独眼总归有个好处：一个独眼的老人领着一个浑身脓疮的孙女儿，就算不编故事，光往那儿一跪，抹两滴眼泪，便会有硬币哐哐掉进破铁碗里。

他们白天讨饭，晚上睡火车站，早晨天未亮就摸黑去计生委的院子里捡破烂。有次许菡翻墙时脚下打了滑，被当作小偷逮住毒打了一顿。第二天夜里，马老头就领她去偷光了一个干部屋里的钱。大约都是罚款罚来的，数得马老头手发抖。

那晚溜出院子之前，马老头对着墙上"计划生育好，政府来养老"的标语恶狠狠地吐了口痰。

很久以后许菡才知道，他其实不识字。

马老头偷到了钱，吃的还是白菜馅儿的饼，睡的还是火车站。

没人听说计生委失窃的消息，那些个大小干部照样忙碌奔波，席不暇暖。许菡和马老头却再没去过他们的后院。

晚上马老头总会把许菡留在火车站，自己不知上哪儿溜达，深更半夜才回来。许菡偷偷跟去过，看到他蹲在公园的灌木丛后边，颤抖的手捧着一张薄薄的纸，拿粗糙发黑的手指压住一边的鼻孔，把纸上白色的粉末吸进鼻子里。

几天之后，马老头不再往公园跑。他又去了那个桥西的市集，连着两天不见人影。

第三天，两个男人把他扛回了火车站。他被打得鼻青脸肿，摔到地上，还发着抖，揪住其中一人的裤管，嘴里淌出口水，哆哆嗦嗦地讲着什么。许菡听清了，他说的是"再给我一点"。

"这是你爷爷？"那人一脚踹上他的脑壳，抬头看缩在墙角的许菡，操着一口东北口音说，"他欠了我们钱。你有没有？"

许菡看着他们，不说话。

另一个人踩住马老头的脑袋，把他踩在水泥地上，用力地碾。

许菡又去看马老头。他抓住那裤管的手垂下来，人已经没了声。那人抬脚，作势要踩上去。

她说："我有。"然后脱下鞋子，从鞋里掏出几张钞票。

等那两个人走了，许菡才站起来，拽着马老头的胳膊，把他拖到了墙角。

他额头上破了个大口子，鼻子也磨得血肉模糊，一脸猩红的颜色，却瞪大了眼睛，好像要把整个世界瞧清楚。许菡拿衣袖擦他脸上的血，他瞪着眼看她，张张嘴说："丫头，你会讲话。你不是哑巴。"

"我会。"她低下眼睛，"我不叫丫头，我叫许菡。"

CHAPTER 4

眼中的烛火

亲爱的，贴靠近我；

自从你离去，

我荒凉的思想已寒透进骨头。

——威廉·巴勒特·叶芝

01

景秀湾的别墅群在全省单体市值最为昂贵，十一个半岛，占地一百公顷，一百五十幢别墅环山环水，相互间有水系相隔，供小船划行垂钓。别墅依据占地面积分为A、B两型，每幢别墅又因设计档次不同而售价不同。

A11并不是整个别墅区内售价最高的别墅，却也市值惊人。

住在这里的多是名商巨贾，当然还有不少政要。所以在申请搜查证的时候，郑国强着实费了不少功夫。只不过他之所以肯这么费功夫，倒不单单是为了赵亦晨——这一点在刚赶到Y市便被郑国强接去直接奔赴景秀湾时，赵亦晨就注意到了。

"这幢别墅是许云飞在一九九〇年买的，"路途中郑国强从膝盖上厚厚一沓资料里抽出几张照片给他，简单介绍许家的情况，"他两年前因为癌症死了，留遗嘱把别墅留给小女儿许涟，其他遗产全部给大女儿许菡。根据我们的调查，这两姐妹之前一直是一起住在这里的。不过许菡小时候被人拐卖，九年前才被许云飞找回来，重新补办了身份证。你看看，是不是跟你老婆长得一样。"

赵亦晨一张张翻看那些照片：头几张都是从不同角度拍下的别墅外景，灰白为主色调的花园洋房，周围环水环木，靠近水岸的地方扎着一圈低矮的花园木栅栏，后院被枝叶繁密的草木围挡得结实，隐隐可以看到露天阳台的一角。

最后那张照片是一张放大的证件照。女人，三十出头的年纪，细软的黑色长发拢在耳后，露出一张苍白素净的脸。她脸上没有笑容，神情平静，清黑的眼望着镜头。

半垂眼睑盯着她看了许久，他启唇道："是她。"

郑国强点了点头："你老婆会不会游泳？"

这个问题来得似乎有些没头没脑，却让赵亦晨起了警惕心。他皱起眉头看向他："为什么要问这个？"

对方迎着他的视线，一时竟没吭声。

"老赵。"十几秒过去，郑国强才盯着他的眼睛开口，"如果许菡就是胡珈瑛，你得做个心理准备。"

他看到赵亦晨的嘴角微微一动，虽然面上表情没变，但眼神已经暗了下去。

斟酌片刻，郑国强说："许菡去年五月二十八号晚上，意外落水死了。"

有那么一瞬间，赵亦晨脑子里闪过大量的信息：那通古怪的警告电话，那两张写有地址和"来找她"的照片，还有照片里对着镜头微笑的胡珈瑛。他做了十几年的刑警，虽然远不及犯罪心理学专家，但有经验做底子，对于绑匪勒索措辞中透露出的信息向来敏感。

警告电话里说的是"你女儿在这里，来找她，不然她会死"，对方用"会死"而不是"会被杀"，证明打电话来的人有可能不是主犯，主观上并不打算杀害人质，又或者人质的确面临生命危险，却并不是来自外界的暴力威胁。更重要的是，那张胡珈瑛和小女孩的照片背面写的是"来找她"，不是"来找她们"。

这只能说明两种可能性：寄照片的人是胡珈瑛本人，或者虽然照片里有两个人，活着的却只有一个人。

再联系那通电话，其实赵亦晨早有一种预感和经验判断。

可他沉默片刻，只回答了郑国强先前的问题："她会游泳。"

她会游泳，所以不可能溺死。至少不可能意外溺死。

仔细留意着他的神态，郑国强确认他没有情绪不稳，便略略颔首，又递给他另一张照片。

"再看看这张。"他说，"这是妹妹许涟。她们是双胞胎。"

同样是一张证件照。照片里的女人留着及肩的短发，脸旁的碎发被拢在耳后。她平视镜头，没有任何表情。从长相上来看，除了发型，她和胡珈瑛几乎是一个模子里刻出来的。

　　赵亦晨锁紧眉心，忽然明白了郑国强的用意。证件照通常看不出一个人的气质特征，如果他先给他看的是许涟的照片，赵亦晨或许也会认为照片里的女人就是胡珈瑛。

　　"当时值班的是几个年轻警察，因为觉得案件事实清楚，所以判断她是意外溺死。时间紧急，我们还没来得及调出更多资料，但是光看这两张照片你也知道……那个'意外落水'死的究竟是姐姐还是妹妹，并不清楚。"果然，郑国强很快便沉着嗓子说道，"更何况你刚刚也说了，如果许菡真是你老婆，她是肯定会游泳的。"

　　"会游泳也不代表不会死在水里。"赵亦晨不知道自己说出这句话时脸上神情如何，但他听得见自己沉稳到近乎冷漠的声音，"如果有人想要杀她，她是世界锦标赛冠军也不管用。"

　　似乎察觉到他情绪还是有所波动，郑国强默了一会儿，重新拿捏语气："不管怎么说，现在哪种可能都存在。调整好心态。"接着他把最后一张照片给他，"另外，这是孩子的照片。"

　　还是证件照。赵亦晨接过照片，听郑国强在一旁介绍："孩子名字叫赵希善，小名善善，非婚生子，上了户口，从去年许菡落水死亡开始就没再去学校读书了，据说是受了刺激，留在家里调养。现在许涟是她的监护人。"顿了顿，又补充，"他们家没有人姓赵。"

　　目光落在手里的照片上，赵亦晨没有应声。他感觉得到不只郑国强，跟着他一起来Y市的魏翔和程欧也在看着他。现在他们都知道，赵希善是非婚生子，而许家没有人姓赵。也就是说，她很有可能是随父姓的。

　　赵。他的姓。

　　半晌，赵亦晨终于出了声，却只是平平淡淡地陈述："根据目前的情况，我们的搜查理由只可能是许涟涉嫌计划谋财害命，孩子的生命受到威胁。"

"可以以保护孩子为由暂时带走孩子。"郑国强随即附和，"等确定了你们的亲子关系，你就有权利主张孩子的监护权。然后我们慢慢查这里头究竟发生了什么事。"

他颔首，对后座的魏翔和程欧示意："待会儿都听郑队指挥。"

两人点点头应下了。

正好这时郑国强的手机响起来，他接起电话，是已经到景秀湾布控待命的派出所民警打来的。

赵亦晨的视线便又回到手里那张照片上。赵希善还是个懵懂的孩子，但对着镜头都笑眯眯地咧着嘴，眉眼神气得很。他垂眼看着她，深知这个小姑娘极有可能是自己的女儿。但此时此刻，除了觉得陌生，他居然没有别的任何感觉。

又或者说，其实最开始看到她和胡珈瑛的合照时，他的心绪是乱的。

直到得知胡珈瑛很可能在去年五月就已经离开了人世，他悬起的心一沉，跌到的不是地底，而是无底深渊。

就好像他和照片中这个小姑娘唯一的联系断了，她究竟是不是他的孩子，已经无关紧要。

进入别墅必须走水路，不可能不引起许家人的注意。

因此郑国强采取的策略是便衣突击搜查，速战速决。开门的是菲佣，见他们出示了搜查证也没有表现出紧张的迹象，只是愣了一愣，便侧开身让他们进屋。她告诉郑国强，家里的女主人许涟早上出门还没回来，男主人杨骞还在楼上卧室睡觉。

"家里的孩子呢？"

"在三楼钢琴房。"她搓了搓交握在身前的手，语气从平静变得有些迟疑，神色也焦虑起来，"请不要吓到她，孩子这段时间情绪很不稳定，正在看心理医生。"

赵亦晨和郑国强交换了一个眼神，便转身走向三楼。

钢琴房在三楼走廊的尽头，墙壁和门缝都做了隔音设施，走到门前也听不见里头的半点声响。赵亦晨抬手搭上门把，轻轻往下压。门没有锁。

推门而入的瞬间，他被日光扎得微微眯起了眼。巨大的落地窗正对着门，只拉上了一层白色的纱帘，被灌进琴房的风吹得飘了起来。奶白色的三角钢琴摆在琴房正中央，采光最好的位置。他记得刚才进别墅之前隐隐有听到钢琴声，可现在琴房里空无一人。

来到钢琴前的椅子边，赵亦晨用指尖触了触椅子，还有温度，刚刚的确有人坐在这里弹琴。

他便直起身环顾一眼四周。四个角落里分别摆着一张沙发，左手边的那面墙上还有一扇门。脚步无声地走上前，他动手打开门——是衣帽间。除去正对面的壁柜有半边封闭式柜门，周围的其他壁柜都是开放式壁柜，一目了然。

赵亦晨又拉开了柜门。

衣柜很浅，挂衣杆上没有挂任何衣服。小姑娘缩在柜底，紧紧抱住自己的膝盖，低着脑袋把下巴抵在膝前，在他打开柜门时才抬起头来。她穿着一套印有熊猫图案的睡衣，长袖长裤，松松垮垮地套在瘦小的身子上，让她看起来瘦得可怜。不像照片里的样子，她没有扎起精神的羊角辫，而是披散着头发，巴掌大的小脸脸色苍白，嘴唇毫无血色，由于实在太瘦，颧骨显得格外凸出。她仰头看向他，抬着那双大眼睛，清澈的眼底映出他的身形、他的脸。明明才七八岁的年纪，眼眶底下竟然有一抹浅淡的黑眼圈。

对上她视线的那一刻，赵亦晨心头一紧。

他知道她很可能就躲在柜子里，所以也是有心理准备的。但真正看到她的时候，他还是忍不住一怔。

小姑娘不说话。她安静地盯着他瞧，一开始好像有点儿迷惑，而后眼眶竟渐渐红起来。赵亦晨尚且没有反应过来，就见她皱起小脸，豆大的眼泪滚出眼眶，一颗接一颗往下掉。她已经不像照片里那样好看了，哭起来更是不好看。可赵亦晨一看到她掉眼泪，心就越发的紧。

孩子在这种情况下哭通常是因为受到了惊吓，他于是蹲下身，想要说点什么安抚她。

抬起手覆上她头顶细软的头发，赵亦晨本意是要摸摸她的脑袋，却没有料到就在他碰到她的瞬间，她动了。

她松开抱住膝盖的手，挪动那瘦小的身躯，一边掉眼泪，一边缓慢地爬出来，抱住了他的脖子。滚烫的泪珠子摔在他颈窝里，孩子身上特有的奶香扑过来，混杂着眼泪，好像沾上了咸味。

一种前所未有的情绪吞没了他。他愣在那里，脑子里一片空白。

赵亦晨直到这时才意识到，她哭了这么久，居然是没有声音的。他头一次看到像她这么小的孩子，哭的时候不出声。

那是普通孩子从出生的那一刻起就拥有的能力。

她却好像早已失去，再也找不回来。

02

许菡把马老头拖到公园，在树丫下拿几块破布搭了个漏风的篷，用两根皮带捆住了他的手脚。

白天她还是去讨饭，晚上带了白菜馅儿的饼回来，撕成小块，一口喂给马老头，一口塞到自己嘴里。马老头瘾一犯，就会怪叫、呻吟，身子像蚯蚓一样拱动，抬起脑袋磕地上的石子，磕得满脸的血。有一回许菡夜里回来，看到他趴在地上一动不动，手腕上是血，脚腕上是血，脑袋底下还有一摊血。她把他翻过来，摸摸他的鼻子，探到一手黏糊糊的红色，还有他的呼吸。

许菡便找来绳子，把他绑到了树干底下。每天早上去讨饭之前，她都会拿一块布塞住马老头的嘴，不让他咬自己的舌头。

马老头吃得不多，渐渐枯瘦下来。许菡想，他可能快死了。他自己好像也是这么想的。

一天早上，趁许菡还没用那块布堵住他的嘴，马老头说："你要是不回来

了，就别塞这脏东西给我，好歹让我选个死法。"

许菡蹲在他跟前，手里还捏着那块破布，一时只盯着他，没吭声。

她的眼睛很黑，黑得看不清瞳孔。马老头记起他头一次碰上她的那天，她奄奄一息，像条死鱼一样躺在那里。眼泪就是从这样一双眼睛里淌出来的。他那时候觉得她是个哑巴，因为踢她她不出声，她自个儿哭也没个声响。

可是转眼才半年不到，快死的就变成了他。

最后许菡还是把布塞向他的嘴。马老头咬紧牙根反抗，她就伸手去掰他的牙齿。他咬她的手，使劲咬，咬得腥味扑鼻，喉结也咯噔咯噔滚动起来，吞下满嘴的腥气。许菡痛了，使劲打他。她屁大点的孩子，哪有什么力气，但马老头已经是个半死的人，被她这么一打，居然咳嗽起来，牙关也松了。

许菡赶紧伸出手，又把揉成一团的、沾了血和口水的布塞进他半张的嘴里。

马老头呜呜地叫，她却只是站起来，捡了脚边的破铁碗，撒腿跑开。

她一只手还冒着猩红的血，那血晃啊晃啊，晃成了马老头视野里唯一的颜色。

第一个晚上，许菡没有去公园找马老头。

她来到火车站，睡在那些赶夜车的人中间。空气里飘浮着一股子酸臭味，她把脸紧挨着身子底下的报纸，便感觉自己一半泡在油墨味里，一半露在汗臭味里。她做了个梦。梦里有小姑娘撕心裂肺的哭声，还有人群的嘈杂声。她仿佛又回到了刚被马老头捡到的那段时间，警笛鸣响了，所有人都跑了。他们从她身上踩过去，她看到的除了青白的天，就是黑色的人。

后来许菡开始哭。她慢慢哭醒了，睁开眼，见睡在对面的乞丐背对着她，睡梦里把手伸到背后，一面咂巴嘴，一面挠着背。他背上长满了红色的疹子，他可能一辈子也瞧不见。

第二天一早，她用讨来的钱买了一个白菜馅儿的饼，回到公园。

马老头吊着脑袋坐在树干底下，脸色发黑，活像个死人。

见许菡回来，他也没说话。

她撕下一块饼挨到他嘴边，他张张嘴，吃了。

几天过去，马老头恢复了些精神。每晚许菡回来，他会找她说说话。

"丫头，你会写你的名字不？"他还是喜欢叫她丫头，却让她写她的名字给他看。

许菡于是捡来一块尖石头，在硬泥地上画。画好了，歪歪扭扭，勉强看得出来是"许菡"。马老头咻咻笑。他说："写得还挺好看。"

过了会儿，他又问她："丫头，你识不识字？"

抱着膝盖点点头，许菡小半天没说过半个字了，这会儿终于讷讷地开了口："你全名叫什么？我会写。"

"马富贵，有钱的那个富贵。"

许菡拿石头画出来。

"还真会写。"马老头伸长脖子瞅了瞅，又咻咻地笑起来，"我就认得这三个字。"

抬起眼睛看他，许菡头一回主动问他："你不识字？"

"我识个屁字。"有力气骂句脏话，马老头很高兴。他喉咙里发出那种她熟悉的怪叫。她知道他又要吐痰了，但他喀喀一阵，到底没力气吐出来，只把脖子憋得通红，然后大口大口喘着气。

好一会儿他才不再喘，只再问她："丫头，你有名字，还不是哑巴。你从哪儿来的？"

"不记得了。"许菡重新低下脑袋，捏着石子在泥地上描出自己脚的形状。

"真不记得了？"

"真不记得。"

"你个骗鬼的小杂种。"马老头咧了嘴，露出一口玉米色的牙齿，门牙缺了一颗，是上回被那两个男人揍的。许菡那天在火车站找了好一阵，没找回他

那颗牙。

"我认得一个牙子。晓得牙子是什么不？"

许菡摇摇头。

"就是专门拐你们这些小屁股的。"还咧着嘴神经质地笑，马老头眯起他那只独眼，眼底是树梢上头的月亮，仿佛干净得很，"他给弄来过一个丫头，太大了。太大的丫头不好，天天哭，吵着要娘。她还记得名字，记得她家哪个村的。所以她哭一次，牙子就打她一次。后来打得她脑袋撞到墙上，人没死，就是不记事了。再问她家在哪里，她不知道。原先识字的，也再不认得自己的名字了。"

绕着脚画圈的石子一滑，在长了冻疮的脚上划出一道口子。殷红的血珠子渗出来，居然不大疼。许菡一声不响地盯着那道口子看，没听到马老头讲的话似的，出了神。

马老头继续说："那个牙子以为这法子管用，以后大的抓回来，都揪着脑袋往墙上撞。结果你猜怎么着？都撞死啦——没一个活的。"

讲到这里，他咪咪地笑。笑着笑着，那只独眼就眯起来，眯成一条细细的缝，缝里头亮晶晶地闪着光。

"我家老幺也这么死的。我养不起，就把老幺卖给他。"他说，"换了几块钱，最后都给用来下葬了。"

一场无尽的道别

在河畔的旷野，我的爱人与我伫立，

她柔白的手倚在我微倾的肩膀。

她要我简单生活，如河堰出韧草；

但我年少无知，而今满盈泪水。

——威廉·巴勒特·叶芝

01

"你是谁？"

陌生的男声在身后响起，语气里克制的敌意猛地拉回了赵亦晨的神志。

颈窝里小姑娘的脑袋动了动，抱住他脖子的两条瘦小胳膊收紧了些。

这样的反应让赵亦晨忍不住蹙眉，抬手捉住她的手腕轻轻拉开，顺势拉住她的小手起身回头，看到一个瘦削的男人正站在衣帽间大敞的门口，紧锁眉头一脸警惕地盯着他。在瞧清赵亦晨的长相时，男人的表情略微一变。

赵亦晨认出了他——杨骞，许涟的男友。郑国强给他看过他的照片。

从杨骞刚才的表情来看……他也认识他？

还不等赵亦晨有所反应，杨骞就疾步走上前，一把拽住小姑娘的手腕拉扯，厉声道："善善，过来！"

赵希善几乎是在第一时间挣开了赵亦晨的手，像是生怕他甩开自己似的，死死抱住他的腿，小脑袋紧紧抵住它，还沾着眼泪的脸埋在那面料粗糙的裤子上，任杨骞怎么拽都不撒手！

没有料到小姑娘会是这样抗拒，赵亦晨察觉到她还在哭，温热的泪水浸透了他的单裤。胸口顿时有些发紧，他说不清那是什么样的感觉，但他已经没法控制自己的冲动，当即就一掐杨骞的虎口，在他松手的瞬间挥开他的胳膊，不由分说地弯腰抱起了赵希善。小姑娘一点儿不怕他，赶紧又圈住他的脖子，眼泪啪嗒嗒往下掉。

"对孩子动什么手。"一手覆上她的后脑勺好给她安全感，赵亦晨转向杨骞，将他牢牢锁在眼仁里，眉心紧拧，口吻冷硬，"我是警察。"

"警察？"杨骞眉梢一挑，竭力表现得惊疑不定，"那我可以看看证件吧？"

赵亦晨注意到他在尽力表现出常人碰见这种情况的正常反应，以此掩盖真实的情绪。如果换作往常，赵亦晨会拿出证件接着试探他。但这回他不仅是警察，还是这个案子的利害关系人。他其实不该以警察的身份自居。

所幸这时候郑国强已经带着另外两名刑警赶到了琴房。

"杨先生。"他边掏出证件上前，边扬声解释，"我们是市刑警大队的警察。因为许涟涉嫌一起谋杀案，还请你们配合调查，跟我们走一趟。"

在听到"谋杀案"的瞬间愣了一愣，杨骞回过头，面向郑国强时已经镇定下来，盯着他手里的证件看了一会儿，抿紧嘴唇像是在思考。

"许涟不会杀人，不过配合调查是肯定要的，这也是我们的责任。"片刻之后，他才配合地开口，而后扭头看了眼还抱着赵希善的赵亦晨，视线很快掠过他，又落到了小姑娘消瘦的背脊上，"就是希望这位警官不要吓到我们家孩子。她现在精神状态很不好，不能受到惊吓。"换了种商量的语气，杨骞转过头恳求郑国强，"先把孩子交给伊美达安顿好，行吗？就是家里雇的菲佣。平时都是她在照顾孩子的。"

怀里的小姑娘扭动瘦小的身子挣扎了一下，使劲搂住赵亦晨的脖子。他抱稳她，忽然有种错觉，好像臂弯里的重量沉甸甸的，足足有千斤重——明知道扛不住这分量，他还是怕它脱了手，于是只能出于本能更紧地留住。

他知道不论杨骞找什么借口，他都不会再把赵希善交出去。所以他看向郑国强，正好对上他投过来的目光。

两人视线相撞不过一秒的时间，郑国强显然已经会了意。他张嘴正要说点什么，却被另一个声音抢了先。

"杨骞。"一个女人跟着两名警察一起踏进琴房，刻意抬高了音调，态度冷淡而不容置疑，"我们直接跟郑队长走就行。善善有亲生父亲照顾着，不会有问题。"

赵亦晨抬眼便看清了她。和胡珈瑛一模一样的脸，就连身形也极其相似。

她穿着一件米色的半袖紧身连衣裙，手里还拎着自己的手袋，乌黑的头发仍然只有及肩的长度，瘦削的脸上眉头微蹙，凌厉的目光直直定在他的眼睛里。

本人和照片不同。真正看到她的这一刻，赵亦晨已经确定，她不是胡珈瑛。

另一个才是她。

"亲生父亲？"他听到杨骞佯装不解地反问。

"赵亦晨，赵队长——没错吧？"女人对他的反问置若罔闻，只直勾勾地盯住赵亦晨，板着一张清秀的脸，嘴里说的却是与表情完全相反的话，"我听我姐姐提起过你。幸会。"

扶着小姑娘后脑勺的手微微收拢了五指，赵亦晨面色平静地迎上她的视线："你姐姐，许菡？"

"许菡。"许涟颔首，又轻描淡写补充了一句，"也就是你老婆，胡珈瑛。"

赵亦晨一动不动地望着她，短暂地沉默下来。

几秒之后，他听见自己的声音："她人在哪里？"

"一年前已经过世了。"像是早就料到他的问题，许涟脸上没有任何表情，张嘴毫无感情地陈述道，"火葬，骨灰埋在南郊的公墓里。"

在那之后，赵亦晨一切的感官都仿佛失了灵。他再没有听见任何声音，也再感觉不到臂弯里小姑娘那让他难以撒手的重量。警察把许涟和杨骞带走，魏翔和程欧闻讯赶来琴房，面露迟疑地看着他。所有这些画面都映在了赵亦晨眼里，可他觉得它们都和他毫无联系。

他脑子里没有任何思绪，只有一片空荡荡的白色。最后，他看到郑国强来到了自己跟前。

"先带孩子去医院做个检查吧。"他说。

孩子抽泣时急促的呼吸扫过后颈，赵亦晨终于重新明白了它的含义。

他点了点头，嗓音出乎意料的沙哑："走吧。"

他们坐来时的那条船回去。

赵希善一路上都没有说话，而赵亦晨稳稳抱着她，和她一块儿沉默了一路。到了船上，他扶着她的两腋将她调了个身，坐到自己腿上。小姑娘挪了挪身子，再一次伸出两条细瘦的胳膊，低下脑袋，轻轻搂住他的脖子。

抬起手想要拿拇指刮去她脸上挂着的泪痕，赵亦晨动作一顿，记起自己长满茧子的手太糙，便只替她把垂在眼睛前面的一缕头发捋到了耳后。那个瞬间，他想到了胡珈瑛。他曾经无数次替她捋过头发。可今后他不会再有机会这么做了。

"你叫善善？"他略微低头，压低声音问怀中的小姑娘。

赵希善仰起头，抬高一双眼眶微红的大眼睛看向他。她慢慢地点了头。

"善善。"他于是叫她，接着又沉默了会儿，好让自己沙哑得过头的声音听起来不那么吓人，"你是不是认识我？"

这回小姑娘没有点头。她收回搂着他脖子的两条小胳膊，一声不吭地低下头来，两手抓住衣领，从衣服里头扯出一条细细的银链子。赵亦晨这才注意到她脖子上还挂着这么一条链子。她小小的手一点一点把链子拽出来，最后露出了挂在链子底端的椭圆形吊坠。抬高两只小手取下它，她把吊坠捏在手里，小心翼翼地递到他手边，而后再次抬起眼睛，安静地凝视他的双眼。

赵亦晨从她微凉的小手上抓起了那个吊坠。

那是个相片吊坠，光滑的外壳上刻着两个字：爸爸。

他打开它，落入眼帘的是他的照片。

还是他刚当上刑警那会儿拍的证件照，一身警服穿戴整齐，脸庞的轮廓窄长而线条刚劲，高直的鼻梁下双唇紧抿，神情严肃地望着镜头。

赵亦晨半垂眼睑目不转睛地瞧着这张照片。

他摁在吊坠外壳上的拇指微动，指腹还能摸清"爸爸"那两个字的轮廓。

许久，他合上吊坠，重新将它放在小姑娘摊开的手心里。

然后，他用自己的手裹住她的手，把它紧紧裹进掌心。

他一句话也没说，仅仅是拉了她的小手送到自己跟前，两手紧握，低下前

额轻轻抵住自己的拇指，拿那双与她一样充血泛红的眼睛对上她的目光，只字不语地对视。

小姑娘亦不讲话，只看着他。看着看着，眼里又有了水汽。

她似乎已经不晓得出声，只有泪珠子掉啊、掉啊，掉尽了所有的音节。

就好像明白他的沉默，所以静悄悄地哭，要替他把他的那份也哭完。

"赵队……"坐在对面的程欧开了口，原本想要说点什么，话到嘴边却又咽回了肚子里。他进重案三组四年，跟着赵亦晨做了五年的刑警，却是第一回在赵亦晨脸上看到这样的表情。

或许也是最后一次。

02

二〇〇四年八月，赵亦晨和胡珈瑛搬进了他们的第一套房子。

当年领结婚证的时候，因为生活拮据，他们没有摆酒席。后来赵亦晨工作太忙，这个婚礼也就一直拖着没办。这年装修房子，有一回他得空来帮她刷漆，手里拿着刷子蹲在墙角，忽然就说："到时候搬进来那天，我们摆桌酒，把婚礼补办了。"

胡珈瑛正两手扶住茶几，弯着腰检查它站不站得稳。冷不丁听他这么一说，她愣了愣，回过头来瞧他："你跟我说话？"

两眼依然盯着面前的墙，他严肃地摇了摇脑袋，好像还专注着手里的活儿呢："不是，我跟墙说话。"

胡珈瑛笑了。

但到了搬进新房的那天，婚礼没有办成。赵亦晨头一天半夜接到吴政良的电话，说是公安部安插在某个犯罪集团的卧底联系了市局，要调动所有警力对几个首要分子进行围捕。他掀了薄毛毯翻身下床，额头撞上了胡珈瑛手中的蒲扇也没吭声。

小区停电，她夜里怕他热，见他回到家累得倒头就睡，便躺在他身边一面拿蒲扇给他扇风，一面合着眼小憩。他接电话的时候她正迷迷糊糊，一只手里摇扇子的动作没有停下，这会儿被他突如其来的动作惊得清醒过来。

"要出警？"

"对。"他摸黑抓起床头的衣服套上，边系扣子边转头看她，"可能明天回不来，你……"

"没事，往后推就是了。"打断他的话，她暗色的身影动了动，像是从床上爬了起来，"你注意安全。"

情况紧急，他再没有时间对她多交代几句，于是只说："好好休息。"话音还没落下，人已经冲出了房间。

赵亦晨一走就是五天。等再回到家还是白天，他先去了他俩租的小平房，打开门发现屋子里空荡荡的，才记起已经搬了家。他只好头脑发涨地回去新房，拿钥匙串上崭新的钥匙开了门。那个时间胡珈瑛还在律所上班，家里收拾得干净温馨，却静悄悄的，看着倒陌生。

他又饿又累，到厨房想做点什么吃，竟发现一边灶上温着一锅鸡汤，另一边则摆着一口锅，锅里盛好了水，纸包装裹着的面条搁在一旁的碗口，露出一把被人稍稍抽出来的面条。他于是煮了一碗面，打开锅盖闻到鸡汤的鲜香时，悬着的心总算稳稳落了地。

之后赵亦晨睡了整整一个白天。晚上能醒过来，还是因为感觉到有只凉凉的手抓住了自己的脚。

他睁开眼歪起脖子看了看，便见胡珈瑛坐在床尾，正把他的左脚搁到自己腿上，捉着他的脚趾给他剪脚指甲。他屈起腿想把脚缩回来，被她手疾眼快抓了回去。见她抬起头瞪了他一眼，他有些好笑："没洗脚。"

胡珈瑛却没搭理他，重新低头，拿剪刀小心剪掉他长得不像话的脚指甲。

知道她肯定是看到了他破洞的袜子，赵亦晨便没再多话。他歪着脑袋一言不发地瞧着她，突然意识到，他已经很久没有好好看过她了。她素着一张脸，垂着眼睛，手里捉着他又脏又臭的脚。头顶昏黄的灯光打在她脸上，被她漆黑的睫毛托起，在她眼睛底下投出一片阴影。这么暗的光线，她应该是瞧不清

的。所以她很是专注，一点一点替他把多余的脚指甲剪下来。

其实胡珈瑛不算漂亮。加上这几年工作太累，她又瘦得几乎脱了形。没化妆的时候，她脸色也都是蜡黄的。偏偏她只要一在家，就很少化妆。

赵亦晨望着她，望着这个和他一起走过最艰难的这几年的女人，只觉得嗓子眼涩得发紧。

他从没告诉过她，他仍然觉得她很漂亮，就像她还在读大学时一样漂亮。

甚至起初在他眼里，她最好看的是她笑起来的样子。到了现在，连不笑的样子也好看。

微微皱着眉头最后给赵亦晨剪下了右脚小趾的脚指甲，胡珈瑛抬起头吁一口气，无意间一瞥才发现他两手枕在脑袋后边，还在两眼一眨不眨地盯着她瞧。大概原本是以为他睡了，她愣了一下问："眼睛瞪那么大看什么？不再睡会儿？"

"睡够了。"抽出手撑着床板坐起身，他忍着浑身的疲乏劲儿靠到床头，拍了拍身边的位置，"剪完了？上来吧。"

她不急着过去，任耳边的头发滑过耳际遮住半张脸，随口问他："饿不饿？"听她这么一问，他才隐约感觉到饿了。扫一眼床头柜上的闹钟，已经是晚上九点。他便摇摇头，否认起来轻描淡写，还真能唬住人："不饿。你上来，我抱抱你。"

转过脸来深深看他一眼，她一手拿着剪刀一手兜着剪下来的脚指甲，拍拍腿起身："我先去洗个手。"

等再回来却过了十分钟，手里还端着塑料食品托盘，上头两只碗，分别盛了馒头和榨菜。

赵亦晨倚在床头对她笑。

她将托盘搁到他腿上，见他伸手稳住，才脱鞋爬上床，挪到他身旁。

"你吃了没有？"

"早吃过了。"学着他的模样倚到床头，她脸上略有疲色，"刚蒸好，别烫了手。"

注意到她情绪比往常低落，赵亦晨抓起馒头咬了一口，视线却还落在她脸上："怎么了？脸色不好。"

她眨眨眼算是同意："今天律所接了个案子，师傅交给我了。"

"很棘手？"

"也不是。"轻轻扯起毛毯盖到胸口，胡珈瑛摇了摇头，一字一顿说得缓慢，"当事人的父亲早年过世了，这两年母亲又得了肺癌。她经济条件不好，请不起人照顾母亲，所以辞了工作，每天守在医院，熬了一年半。老人家快走到头了，一开始还能说话，最后都已经没了意识。所以有天早上，当事人拔掉了她母亲的呼吸管。"

当了四年的警察，赵亦晨虽说没有真正碰上过这类案子，却也听过不少。

他咽下嘴里的馒头，心里已经有了数："检方那边准备以故意杀人罪起诉？"

动了动下巴颔首，她慢吞吞道："其实头两年也有类似的案子，只不过我这是第一次真正接触。怎么说呢，见过当事人之后，我想起以前看过的一本书里有一句话，是主角说的。"她停顿下来像是在仔细回忆，过了好几秒才继续，"'人只要智力健全，都或多或少地希望自己所爱的人死去。'"

咀嚼馒头的动作顿住，赵亦晨低下头去瞧她，只能看见她浓长的睫毛。

"哪本书里的？"他问她。

"加缪的《局外人》。"

他不动声色地瞥了眼她那边的床头柜，发现柜面上还倒扣着一本书。不是她说的那本。

胡珈瑛有睡前翻翻书的习惯，不像他常常沾床就睡，顶多早上醒得早的时候看看报纸。他一向觉得书读得越多，心思就越多。而他心思向来不多，不指望她和他一样想得少，却也不希望她被这些心思影响了心情。

"你知道我文学素养没你高。"沉吟一会儿，赵亦晨腾出干净的左手搭上她的脑袋，总算找到合适的方式开口，"像这种比较有哲理的话，我不懂。不

过我觉得你最好还是不要太往深的想了，不然会影响心情。"

捞来床头柜上一小盒喜糖，她拆开纸盒，捏出颗糖在手里把玩，半晌没吭声。

再出声时，她抛给他的问题显得有些没头没脑："要是我说我也这么想过，你信不信？"

"怎么想过？"赵亦晨已经拿起了第二个馒头，却半天没动另一只碗里的榨菜。

"有时候，会希望你死。"她低着眼睑好像正盯着指间那颗喜糖，食指和中指夹着包装纸的一端有一下没一下地拉扯，在感觉到他胳膊细微地一僵时也刻意顿了顿，"比方说你有紧急任务出警的时候。我经常会在家里等你回来，就算是出去上班，回家的路上也很希望一到家就能看到你。但是通常我等不到你。我收不到你的消息，不知道你有没有受伤，或者有没有遇到危险。只要一有电话打过来，都会觉得心惊肉跳。那段时间太难熬了，一个小时比一天还长，每一秒钟都等得很难受。"

她语速很慢，讲得又轻又稳，到这儿才略微停下。赵亦晨听到她吸了吸鼻子，很轻，轻得几乎难以察觉。

"所以有时候会希望有个电话打来，告诉我你死了。那样这种没完没了的折磨就会结束了。"短叹一声，胡珈瑛讲起话来有了轻微的鼻音，"但是半夜睡得迷迷糊糊突然感觉到你回来了、钻到被子里的时候，我又会觉得，你还活着啊，真好，真的太好了。"

把手里啃了一半的馒头放回碗里，赵亦晨一只手端起托盘搁在一旁的床头柜上，而后一言不发地伸手揽住了她的肩。

一时间他们都不说话，谁也没看谁。好一会儿过去，胡珈瑛才歪过身子靠在他胸口："生气吗？"

"仔细想了一下，不生气。"手掌覆上她瘦削的肩头，他平静道，"毕竟人要是一直被一点希望吊着，会比没有希望还痛苦。"

作为警察，他最清楚这一点。他见过太多既绝望又饱含希望的眼睛，不论多少年过去，都能被一句话点燃希望，又因为一句话变得黯淡无光。所以吴政良才告诉他，他们要竭尽全力侦办手头的每一个案子，但最好不要给受害者家属承诺。因为希望可以让人活，也可以让人死。

不过最开始听到胡珈瑛的这番话，赵亦晨的脑子里是一片空白的。他从没想过她会希望他死，哪怕只是几个瞬间。所幸真正明白过来之后，他第一个想到的是他从前晚上出警，回到家总会看到她缩在沙发上睡着的样子。她说想给他留灯，又怕开一整晚太耗电，所以干脆在客厅等他回来，好第一时间给他开灯。

胡珈瑛枕在他胸口的后脑勺微微一动。

"我知道你是个好警察。"她光明正大地吸了下鼻子，开腔时终于不再带着鼻音，"但是如果能选，还是尽量不要死，好不好？"

被她一句话拉回了思绪，赵亦晨轻笑："刚才不是还说希望我死吗？"

"要是你真死了，我可能确实会松一口气。"她说，"可是仔细一想，又觉得怪可怕的。"

"哪里可怕了？"

"想到你不会再在这屋子里走动，也不会再喊我的名字了，就觉得怪可怕的。"重新垂下双眼捏搓着红彤彤的糖纸，她依旧没有抬头看他，只是慢慢地、好像每个字都带着叹息似的回答，"那种日子我可能过不了。你看啊，光是想都觉得怕了，要真来了该怎么熬啊。"

他搂着她，忽然就沉默下来。

"难熬也要熬过去。"良久，他才启唇说道，"吃好，喝好，睡好。总能过去的。"

一点点拧开喜糖的螺纹糖纸，她叹了口气，又朝反方向拧紧："我怀疑我做不到。"

"你这么坚强，难不倒你。"

"万一呢？"

噤声片刻，他也没再强求："那就尽力去做吧。"

"好，我尽力。"点点头，她答应下来，却还是低着脑袋，叫他瞧不见她的表情，"那你也答应我一件事吧。"

他不轻不重地捏了捏她的肩膀："说。"

"如果我比你先死，你一定要赶紧再找个老婆。"想了想，她又补充，"最好是找个比我对你更好的。"

短暂地一愣，赵亦晨倒没想到她会这么说："心这么宽？"

"你这么忙，都没工夫顾自己的身体。我在的时候还能监督监督你，等我不在了，谁来监督你？你姐姐也有自己的家，不能时时刻刻顾着你啊。"捏着喜糖的两手垂下来，胡珈瑛垂着眼睑淡淡解释，"所以还是有个人陪着你比较好。"

而后，她半天没再听到他吭声。

等她动了动脑袋想要去瞧他的时候，他搭在她肩头的手又突然一动，宽厚的掌心遮住了她的眼睛，让她没法去看他的脸。

"干吗呢？"她问他。

黑暗中她感觉到他低下头，下巴不轻不重地抵着她的后脑勺，嘴唇落在她的发顶。

"珈瑛。"她听见他叫她，"对不起。"

他的掌心于是就兜住了一汪咸涩的水。

"你也尽力去做吧。"她讲话有些哽，"好不好？"

赵亦晨没有答应她。手心里湿漉漉的感觉越发严重，他却怎么也说不出那个"好"字。

等了太久，她隐忍着，只好又说："怎么出那么多手汗。"最后一个音节打着战，尾音消失在一声哽咽里。

他翻了个身，收紧胳膊将她彻底圈进怀里搂紧。

那个时候他想，他也是做不到的。

如果知更鸟来临

一个波涛汹涌的自然，

在知更鸟眼中，

无穷无尽。

当内心的铁出现，

她死去，先于自己。

——艾米丽·狄金森

01

医院心理科的诊室十分安静。

程欧找到赵亦晨的时候，他正站在一扇玻璃窗前，微垂着眼睑透过玻璃窗望着诊室内的小姑娘，面上神色平静，瞧不出情绪。整条走廊里只有他一个人，身形笔直，两手插在裤兜里，姿态一如往常，只被走廊尽头的光线描上了一层深色的阴影。

小跑着上前，程欧在他身旁刹住脚步，吞了口唾沫好让自己喘得不那么急："样本两边都送过去了，医院最快八小时可以出结果，鉴定部门那边说加急也得三天。"他尽力压低嗓音，"不过对方也承认您就是孩子的父亲，应该不会有太大问题……"

略微颔首，赵亦晨的视线依然落在玻璃窗后："小魏跟着郑队回局里了？"

程欧点点头："郑队看您一时抽不开身，就让小魏跟去了。"

简单应了一声，赵亦晨便没再说话。程欧顺着他的视线看向玻璃窗，见小姑娘还坐在诊室里头，正在医生的指导下填写什么东西。诊室是专门为儿童设置的，明亮温馨，墙壁刷成漂亮的天蓝色，天花板上贴着星星月亮，不少玩具和布娃娃被搁放在彩色泡沫地垫上，孩子见了恐怕都会喜欢。

但赵希善没有。她坐在那张小小的桌子前，垂在脸侧的头发令她看上去无精打采，一张瘦得可怜的小脸微微绷紧，嘴角下垮，手里握着笔，低着脑袋直勾勾地盯住跟前的纸，也不知道在想些什么。医生就蹲在她身边，伏在她身旁小声而温柔地同她说话，时不时指指纸上的内容，像是在告诉她什么。她很少给医生回应，半天才缓慢地挪动一下笔，在纸张上写下一个字，或者干脆摇摇头不写。

还是不说话。程欧见了忍不住想道，难不成真有心理方面的问题？

"医生说孩子没有受到身体上的虐待，嗓子也没有问题。"他正这么想着，一旁的赵亦晨冷不丁开了腔，"不讲话，可能是心理方面的原因。"

他口吻冷静，更让程欧有些不知所措。

"这……"他张张嘴，最终还是根据经验安慰，"您先别担心，这不还没确定吗，再说现在这些心理医生也都很厉害，孩子最后肯定能说话的。"

赵亦晨的目光仍旧没有离开赵希善："以前没发现，你还挺会说话。"

分明是调侃的话，他脸上的表情却不见半分松动。程欧明白过来，这是在告诉他不需要那么谨小慎微。

自己资历浅，不像魏翔跟了赵亦晨近十年，这回能和他一块儿来处理这事儿，程欧本来就是感激的。他知道赵亦晨是有意锻炼自己，可眼下他不仅派不上用场，还表现得比作为当事人的赵亦晨更加慌乱。程欧不禁暗骂自己不中用，只得叹一口气："赵队……"

"你入队晚，没跟着肖局干过。"谁知赵亦晨却张口打断了他的话，兀自回忆起了从前的案子，"肖局还是队长的时候，破获过一个诱拐幼女卖淫的组织。当时我负责追捕嫌犯，事后才听负责救援的同事说，有好几个被救出来的小姑娘不会说话。到医院检查，说是精神受创导致失语。"他停顿片刻，才淡淡补充，"没想到我的孩子也会变成这样。"

程欧重新望向玻璃窗后头的赵希善。

大约是见头发挡住了小姑娘的光线，医生抬手想替她将脸旁的长发捋到耳后，不料小姑娘立马缩起身子躲开了。意识到她的抗拒，医生收回手，又歪着脑袋对她说了几句话，而后站起身，从诊室靠墙摆放的小橱柜里拿来几根漂亮的头花，递到她面前对她笑笑，嘴唇一张一合，应该是在征求小姑娘的意见。

"那赵队……您打算主张孩子的抚养权吗？"程欧见状犹豫了一会儿，还是问出了最要紧的问题。毕竟孩子状态不好，目前对赵亦晨来说，首要的还是决定要不要争取抚养权。

赵亦晨当然也清楚这一点。他注视着那个眉眼与他极其相似的女孩儿，拢在裤兜中的手还紧紧握着那个相片吊坠。微凉的金属表壳早已被他的手心焐热，如果不用力握紧，就感觉不到它的存在。他一时没有出声。

"如果孩子真是因为抑郁症而失语，就会需要很多照顾。"半晌，赵亦晨才听到了自己沙哑的声音，"程欧，我们都是刑警，你知道我们最不可能给家人的就是每时每刻的照顾。"

看着医生拿手指给小姑娘梳理头发，赵亦晨的脑子里有一阵短暂的空白。

原本应该是胡珈瑛站在那里。可她不在了，永远不会回来了。

那一刻赵亦晨忽然有些恨她。他开始记不起她的模样，只有一股恨意从胸口涌上来，又被另一种情绪硬生生地压在了喉头。

嗓子眼里挤出一声微不可闻的轻哼，他想笑，但始终无法提起嘴角："我也是没想到，珈瑛会这么狠心。"

狠心丢下这样一个需要母亲的孩子，还有找了她九年的他。

这时医生已轻轻抓起小姑娘细软的长发，想要用头花给她绑一个马尾辫。前一秒还乖乖低着小脸的赵希善却突然哭了起来。

她鼻子一皱，眼泪便掉了下来，整个人都好像失了控，推开医生的手，摇摇晃晃站起身，跑向玻璃窗这边。瘦小的身躯撞到墙边，她举起两只小手重重地拍起了窗户，隔着那厚重隔音的玻璃，一面哭一面仰着脸，用那眼眶通红的眼睛求助似的看着赵亦晨。

他怔住。她仍然没有开口讲话，仅仅是眼巴巴地望着他掉眼泪，使劲拍着玻璃窗。

但他好像能听到她在喊他。她喊爸爸、爸爸。一遍又一遍，带着哭腔，不曾停下。

而与此同时，派出所的讯问室里，许涟皱紧眉头，正感到心烦意乱。

"那次我把我知道的都已经交代清楚了。"她环抱双臂，丝毫不掩饰眉眼

间烦躁的情绪，"她没说要在外面过夜，但是一整晚没回来。电话联系不上，所以我们去找她。我怀疑她是心情不好想去划船散心，结果我们顺着水道往下游找，只发现一条没有人的船漂在湖面上。掉在船上的一个手链是她的。"说到这里，她抿紧双唇，低下前额揉了揉太阳穴，"后来我们打捞出她的尸体，报了警。"

魏翔与她相隔一桌坐在她对面，手中的笔从头至尾没几次挨上用来制作笔录的纸张，倒是一直在留意她的一举一动："她失踪前有心情不好的迹象吗？"

放下按在太阳穴边的手，许涟眯起眼："人心情不好还能有什么特别的表现？"

负责讯问的有两名警察，魏翔没有暴露过自己的身份，却明显注意到比起另一名警察，她更多地在提防他。

"那你知不知道她是因为什么事心情不好？"他不打草惊蛇，只继续提问。

"不知道。"她说，"她离家那么多年，回来以后性格一直很怪。我尽量不去招惹她。"

讯问室顶灯投下的光线打上她的脸庞，描深她每一处凸出的轮廓。魏翔见过胡珈瑛多次，自然看得出来她俩的长相如出一辙，但她们举手投足间的气质完全不同，所以他没有受到这张脸的影响。

"她离家那么多年，也从没尽过孝顺父母的义务。结果突然回来，你父亲还把大部分遗产都留给了她。你心里就没有什么想法吗？"

"你们觉得我会因为这个杀她？"冷笑一声，她依然沉着脸，一点儿不为自己成为警方眼中的嫌疑人而感到紧张，"我确实觉得遗产的分配不公平，但是还不至于因为这个就杀了我亲姐姐。再说她被拐卖，也是吃了不少苦。"语毕，她动了动身子靠向身后的椅背，抬头迎上魏翔的视线，脸色平静如常，"等你们有切实的证据再来问我吧。"

魏翔面无表情地同她对视了良久，才又再次开口。

"我们在孩子的房间发现了你姐姐的丈夫——赵亦晨的照片。"他双眼紧

盯着她的脸，不肯放过她一丝一毫的表情变化，"而且你也知道他就是孩子的父亲。照片是谁放的？你是怎么知道赵亦晨就是孩子的父亲的？"

提到赵希善，坐在魏翔面前的女人下意识低下眼睑，细长的眼睫毛遮去了那双黑眼睛里冷静到无情的目光。

"我姐。她从孩子会讲话开始就拿着赵亦晨的照片教孩子认爸爸，所以我也知道孩子他爸是谁。"

"杨骞知不知道？"

不紧不慢地抬眼对上他的双目，许涟在恰到好处的反应时间内回答了他的问题："他知道。"

魏翔突然意识到，她可能是个惯犯。她的一切反应都在向他展示这一点。但这些都没有切实的证据，只是他的经验判断。

他试图套出更多的信息："许菡是怎么给孩子说爸爸的事情的？孩子从没问过爸爸在哪里？"

"她告诉善善赵亦晨在很远的地方工作。刑警很忙，没时间回家。"

"这么说她还是想让孩子见爸爸，不然完全可以告诉孩子爸爸已经死了。"转动一下手中的笔，他目不转睛地瞧着她，"那为什么这九年她完全没有联系过赵亦晨？"

"这你该问她。"

"她从没有跟你谈起过？"

"我问过她。她不肯说。"

"不肯说？也有另一种可能吧。她不是不想联系，而是联系不了。"

"你怀疑我监禁她？"听出他的言下之意，许涟扯起嘴角一笑，眉梢眼角尽是讥讽，"不好意思，孩子正常上学，许菡也每天去接她。你们问问善善学校里的老师同学，或者我们的邻居——他们都知道她们母女两个是活动自由的。"

他能从她的肢体语言看出来她很放松，这代表即便她说的不是实话，也有自信不会让他们查出任何蛛丝马迹。因此他应得处变不惊："这个我们会去核实。"

正打算继续套她的话，讯问室的门却被敲响。郑国强打开门，静立在门边冲扭头望向他的魏翔招了招手。魏翔拧眉，猜到情况有变，不露声色地起身离开讯问室，换了另一名警察进去。

果然，刚合上身后的门，他便听郑国强说："他们的私人律师过来了。现在只能先放人。"

揉了把自己的鼻子，魏翔摇摇脑袋："时间完全不够。"

"我知道。"郑国强像是早料到他会这么说，"但只能之后再想办法调查了。"

恰好低下眼睛盯着脚尖找对策，魏翔没有注意到他语气里微妙的变化。

"其实这整件事都说不通——太怪异了。刚刚应该把他们家里那几个菲佣也带过来的，如果许菡的死真的和这两个人有关系，那打电话给赵队的就只可能是这屋子里的其他人。"他自顾自地嘀咕，紧接着又想起了另一条线索，这才抬起脑袋来，"对了，还有当时出警的那几个警察，我们得再把他们带来问清楚当时的情况……"

郑国强抬起手示意他就此打住。

"这些我们会安排的。"他神态平静，没有表现出半点异样，却毫无征兆地下起了逐客令，"小魏，这件事就先到这里，之后的事情我们来处理。你先去你们赵队那边看看有没有什么需要帮忙。"

这样的态度和他两小时前的热心与配合截然相反。魏翔一愣，很快又敛下惊异的神色，点头答应："好，我现在过去。辛苦你们了。"

他记起分开行动之前，赵亦晨悄声交代他的四个字：注意郑队。

现在，他终于知道了原因。

02

医生悄悄离开诊室的时候，赵希善的情绪已经稳定下来，正在两个护士的

陪伴下拿起彩笔画画。

　　直到听见诊室大门轻轻合上的声响，赵亦晨才撤回逗留在小姑娘那儿的视线，偏过身面向医生。

　　"目前来看，孩子可能是因为母亲过世而受到了很大的刺激。"不等他开口，对方便先一步不疾不徐地出声道，"比较像儿童抑郁症，同时由于某些诱因引发了失语。"

　　语罢，她像是突然记起面前两人警察的特殊身份，视线在他们之间转了一圈，最终落回赵亦晨脸上："您是孩子的父亲？"

　　"父亲"这个词出现在脑海里的那一刻，赵亦晨略微翕张了一下嘴唇，却并没有回答。

　　这片刻的犹疑并不足以引起程欧的注意，但赵亦晨看到医生皱了皱眉。

　　几乎是在她蹙眉的同一时间，他开了口："对。"

　　对方抿唇注视他两秒，才将两手拢进白大褂的衣兜里："孩子之前应该是接受过治疗的，但是成效不大，因为孩子的内心很封闭。"她顿了顿，"刚才跟孩子交流，我发现孩子对你很依赖。所以我的建议是，你多花些时间陪孩子，然后带她去专门的儿童心理诊所接受治疗。现在这个阶段，你的陪伴很重要。不要强迫或者诱导她说话，否则可能会引起她更强烈的抵触心理。"

　　情况不出他的意料。赵亦晨垂下眼睑，刚想要说点什么，又听到诊室的门再次被打开。

　　护士牵着赵希善走了出来。小姑娘一看到他，便挣开了护士的手跑过来，一把抱住他的腿，将哭过后还有些充血的小脸埋进他的裤腿。赵亦晨弯腰抱起她，感觉到她的小脑袋蹭过自己的下颌，于是抬起一只手顺了顺她的头发。

　　余光瞥见小姑娘的发顶有两个发旋，和他一样。赵亦晨心里有些空。

　　他做警察十余年，保护孩子已经成了一种本能。所以他不知道自己坚持护着她，究竟是因为她是他的孩子，还是因为她看起来太过弱小。

　　"我知道了。"重新看向医生，他右手覆上小姑娘温热的后脑勺，将适才已到嘴边的话咽回去，只微微颔首，"谢谢。"

最后瞄了眼紧抱着父亲的孩子，医生不再多言，点了点头便转身踱回诊室。

郑国强指派过来的两名民警还在医院外头等候，赵亦晨侧过身向程欧示意，而后抱着赵希善同他一起走向电梯间。孩子的下巴挨着赵亦晨的胸口，他稍稍低下头就能看见她微湿的睫毛，细长上翘，像极了他。哪怕已经回到父亲身边，赵希善的鼻息也依然不大稳定，仍有些细微的抽泣。他有心要问她为什么突然哭起来，见她情绪没有完全稳定，才选择了沉默。

换作别人的孩子，他会知道这种时候该说些什么。

可她是他的孩子，他竟不知道该如何开口。

快要踏进电梯间时，兜里的手机振动起来。赵亦晨停下脚步，一手抱稳赵希善，好腾出另一只手掏出手机。

屏幕上的来电显示让他皱起了眉头。

肖杨，X市公安局局长。

程欧跟着赵亦晨停下来，以为他抱孩子不方便接电话，便主动伸出两只手："孩子先给我抱着吧？"

赵亦晨却只是摇摇头："没事。"说完便接通了电话，反身走回走廊："肖局。"

"我刚刚联系过郑国强，了解了一下进展。二十分钟前许家的律师已经把许涟和杨骞带走了，小魏正在往你们那里赶，会告诉你们具体情况。"耳边响起肖杨冷淡而疏远的声音，"孩子怎么样了？"

目光移向还趴在自己肩头的赵希善，赵亦晨有意压低了声线："抑郁症，失语。医生说可能是因为母亲过世，受了刺激。"

电话那头的肖杨应了一声，平静的口吻一如往常，没有透露出任何情绪："你好好陪孩子，如果要主张监护权，就尽快联系许涟，把孩子监护人的事确定下来。有必要的话可以请律师，走诉讼程序。"

"我会尽快安排。"

"安排好了就回来。"肖杨简单交代，"许菡的事情暂时不会立案，所以你也不要再查下去了。这是领导的意思。"

他的叙述太过平静，以至于赵亦晨脚步一顿，以为自己听错了什么："什么？"

"暂时不会立案。"重复一遍自己刚才的话，肖杨不轻不重的强调就这么钻进了赵亦晨的耳朵里，"是上面的通知，不是商量。"

他驻足，手里还稳稳当当握着手机，却忽然失语似的沉默下来。

二〇〇七年被调到市刑侦支队之后，赵亦晨渐渐成了当时还是刑侦支队支队长的肖杨的心腹。从前赵亦清时常会埋怨，说赵亦晨性格变得越来越沉闷严肃，都是受了肖杨的影响。只有赵亦晨自己知道，他和肖杨其实并不一样，至少他没法做到在任何情况下都冷静自持。

而电话另一头的肖杨一时也没有开口，像是在等待他的反应。

"我知道你是怎么想的，小赵。"十余秒过去，肖杨率先出声，一字一句平稳而不容置疑，"先把孩子的问题处理好，等你们回来我再跟你解释。"

赵亦晨比谁都清楚，不论是有什么原因不能立案，只要他现在妥协，将来就不可能再参与这起案子的调查。他静立原地，感觉到赵希善颤抖的呼吸扫过他的颈窝。

这让他记起那段十一秒的录音。

"我想找我丈夫，他叫赵亦晨，是刑侦支队缉毒组的警察……能不能帮我告诉他——"

她当时究竟想说什么？他可能一辈子都不会得到答案。

"好。"许久，赵亦晨听到自己的回应，"等处理好这边的事我再联系您。"

挂断了电话，他回身便发现程欧正从走廊的另一头小跑过来，右手抓着手机，还没刹住脚步便远远同他汇报："赵队，魏翔刚才来过电话了，他大概十分钟就到。"总算来到他跟前，程欧又抬起胳膊看了看腕表上的时间，"我看现在时间也不早了，不如我们先跟下面郑队的人说一声，带着孩子去吃点东西。"

已经快到下午六点，孩子中午就被带过来，甚至没有吃午饭。

赵亦晨点头，低下脸问趴在自己臂弯里的小姑娘："饿不饿？"

没有给他回答，赵希善只转过脸来，用仍有点儿泛红的眼睛望着程欧，不知是在发呆还是在思考。

再一次这样近距离地瞧她那张消瘦的小脸，程欧禁不住感叹："看她这瘦的……"转念一想，又有些心疼，"可能也是胃口不好。不然我们找点清淡的吃？"

赵亦晨好像没有听到他这句话，只不置可否地捋了捋小姑娘鬓间的头发，面上神态自若，眼里则眸色沉沉，看不出半点情绪波动。程欧留意着他的一举一动，心底竟生出一种异样的感觉，令他不大自在。

所幸当他再提出吃粤菜的时候，赵亦晨没有反对。

魏翔在他们找到餐馆坐下后不久便赶了过来，匆匆忙忙地坐下，给自己灌了一大杯茶。将自己手里那份菜单推到他跟前，赵亦晨只留一份菜单给赵希善，扬了扬下巴示意两人："看看你们想吃什么，自己点。"

魏翔探过脑袋瞧一眼程欧点的东西，当下就有了决定："我就跟程欧一样来一碗云吞面吧，主要是看孩子想吃点什么。"转脸对上小姑娘，他咧嘴笑起来，一改方才大大咧咧的模样，微低下身子问她："善善是吧？认识菜单上的字吗？"

小姑娘坐在赵亦晨身旁，两只小手扒在桌沿，正低头盯着摆在她面前的菜单。听到魏翔的声音，她慢慢抬起头看向他。或许是因为脸生，她忽略了他的问题，没有摇头也没有点头，只目不转睛地看着他的脸，眼神多少有些呆滞。

"这是魏叔叔，也是我的同事。"赵亦晨低声给她介绍，又伸手挪了挪她跟前的菜单，"想吃什么？"

扭头看了看他，赵希善一声不吭，转而垂下眼皮直愣愣地盯着自己的手瞧。

赵亦晨意识到，她恐怕不是每句话都能"听得到"的。抬手摸了摸她的发顶，他没有勉强她，自己扫了眼菜单，想找到适合她吃的食物。

一旁的程欧帮着出主意："要不先点个粥或者开胃一点的汤？"

赵亦晨的视线落在菜单上的粥汤部分，刚要拿起笔勾选，就感到兜里的手机振了振。

Y市移动的陌生号码。

抬眼望向对面的魏翔，赵亦晨挪动拇指接通电话，将手机搁到耳边，一言不发地等待对方先出声。

"赵亦晨。"几秒过后，手机里传来熟悉的女声，"我是许涟。"

不只是长相，她和胡珈瑛就连声音都十分相似。

环视一圈周围，赵亦晨嗓音低稳："我正准备联系你。"

程欧和魏翔的视线同时投向了他。

"我猜到了。"许涟话锋一转，"你带善善吃饭了吗？"

低眉瞥向身边的小姑娘，赵亦晨发现她正把右手放到嘴边，呆呆地咬着拇指的指甲。

伸手握住她微凉的小手，他稍稍用力将它拿开，稳稳抓在手心里："现在就在餐厅。"

许涟在电话那头简短地回应了他。

"她这段时间不肯吃东西，肠胃不好。你别给她吃酸的。"她说，"最好是让她喝点粥，她喜欢香菇鸡肉粥。另外你们带她去医院看过了，应该知道她目前状态很差，吃得少是正常的。尽量让她多吃，但不要强迫她。可以买点全麦面包带着，她饿了会吃。"

没有了右手，小姑娘便咬起了左手。她自始至终都盯着桌上的某一处，双眼无神，咬指甲似乎也只是惯性的动作，并不像故意同他作对。

"嗯。"赵亦晨于是松开她的右手，又捉住了她的左手，"你什么时候有时间，我们谈谈。"

"谈善善监护权的事？"

"对。"

　　"明天上午九点，万达广场的星巴克。"好像早已料到他的要求，许涟没有多做思考便给了回应，"我不想见到别的警察。"

　　即便他已经捉住了小姑娘的左手，她也依旧像是感觉不到似的，继续咬自己的指甲。赵亦晨把拇指上挪抵到她嘴边，她毫无反应。

　　他因此对许涟的话置若罔闻："她咬指甲吗？"

　　"什么？"

　　"善善。"

　　电话另一头的女人缄默了几秒。

　　"三岁之前会咬，被我姐纠正过来了。"再开腔时，她的语气有了微不可察的变化，"她又开始咬指甲了？"

　　"没有。"赵亦晨从赵希善嘴边拿开她的左手，面不改色地否认，"明天我一个人过去。"

　　小姑娘终于不再试图咬另一只手。她一动不动坐在他身旁，仍然盯着某一处瞧，苍白的小脸神情呆滞，就像一个小小的木头人。

　　赵亦晨等待了近十秒，才听电话那头的许涟冷冰冰道了别："那明天见。"

　　"明天见。"他说。

　　见他挂断了电话，魏翔按捺不住挪了挪身子："是许涟？"

　　把手机放回兜里，赵亦晨对上他的视线，不答反问："她走之前要了我的电话？"

　　魏翔在他面前一向老实，点点头承认："说是要跟你谈监护权的事，我就告诉她了。"

　　颔首以示无碍，赵亦晨只淡道："我明天去见她。"接着便指了指菜单上的一处，偏首问望着前方发呆的赵希善，"香菇鸡肉粥？"

　　熟悉的名字溜进耳朵里，小姑娘总算有了反应。她动了动小脑袋，仰起脸朝赵亦晨望过去。然后慢慢地，幅度极小地点了点头。

按照规定，亲子鉴定尚未出结果，这一晚赵希善必须留在派出所。

从餐馆出来搭上警车，她已经趴在赵亦晨肩头睡得很沉。他把她交给派出所的女民警，自己跟魏翔和程欧一起在附近的宾馆办理了入住手续。

走进房间时不过晚上九点，三人都没有睡意。

赵亦晨来到窗前，给自己点燃了一根香烟。一盏床头灯的灯泡已经烧坏，屋子里光线昏暗，他就这么面朝窗外浓稠的夜色，侧脸一半没在背光的阴影中，一半隐在唇齿间溢出的烟雾里。

不习惯这样长时间的沉默，坐到床边的程欧思忖一会儿，还是望着他的背影主动开口道："老实说，我觉得这一家人都很奇怪。"他舔了舔下唇，将自己注意到的疑点捋顺，"知道我们是警察的时候，那几个菲佣都表现得很冷静——要么是见惯了这种情况，要么是早有准备。但是从杨骞的反应来看，前者的可能性更大。"

"而且如果许涟说的是真话，那杨骞装作不认识您，就是不想把孩子给您。"接过他的话，魏翔亦将目光转向赵亦晨，"但是许涟的态度不一样。我从她提到孩子时的反应来看，觉得她对孩子应该有感情，可是她不怕让您知道孩子的存在。"

"所以她答应明天见我。"缓慢地吐出一口烟圈，赵亦晨声线平稳，却不回身面向他们，"也许比起孩子，他们更在乎那笔遗产。"说到这里，他侧过脸示意魏翔，波澜不惊的神情被昏暗的光线蒙上一层阴影，"要你留心的事怎么样？"

"郑队不想让您参与这个案子，这点是肯定的。"魏翔两手撑在膝前，不自觉拧紧了眉心，"所以我想，之前那么配合我们，可能是因为郑队有别的目的。"

"肖局也通知我不要再继续查下去。"掐灭烟头转过了身，赵亦晨弯腰，随手将香烟摁进床头柜上的烟灰缸里，神色平静如旧，"结合许家人的反应，我推测之所以这么处理，是因为许家涉嫌另外一起大案。老郑调动大量警力配合我们，就是要打着救孩子的旗号，闯进许家搜集某些证据，同时又不打草惊蛇。"

这番推测有理有据，但他的态度不免冷静得异乎寻常。程欧低下头不吭声，只有魏翔及时跟上赵亦晨的思路："既然连肖局都发话了，那是不是这起大案也跟我们的辖区有关？"他想了想，"陈副队知道这事吗？"

"小陈不知道。"直起身倚到窗边，赵亦晨将右手拢进裤兜，指尖又触碰到了那块冰凉的挂坠。五指触电似的缩回来，他微垂眼睑，面色不改："如果真有这事，他就算不把案子的内容告诉我，也会把前因后果讲清楚。"

"那就是不归咱们队管。"魏翔眉头因而拧得越发的紧，"有没有可能……跟经侦队那边有关？"

颔首认同他的推测，赵亦晨瞥见自己搁在床头的手机亮起了屏幕："许家家业大，不是没有这个可能。我会问问严队。"起身捞来手机，他接通电话，习惯性地转身推开了窗户："喂？"

"赵队？我是刚刚在派出所抱孩子的小刘。"这里十月的夜晚不如X市闷热，猎猎冷风刮过耳旁，模糊了电话那头的声音，"是这样，孩子刚才醒了，找不到您所以一直在哭，怎么哄都停不下来。我们看孩子的状况实在不好……您能不能过来一趟？如果孩子有需要，今晚就您先陪着孩子吧？"

他们的房间在十九楼，站在窗口能够瞧清小半个城市。Y市不是省会，火车拉来的二线城市，经过近几年的创文活动也已经有了大城市的风范，入夜后的街道火树银花，霓虹灯的光亮在漆黑夜幕的一角抹上深沉的酒红色。

他看向的地方却不是最繁华的市中心。

"我马上过去。"他挂断电话，旋身抓起床头的外套，疾步走向房门。

"怎么了赵队？"魏翔的声音在身后响起。

赵亦晨穿上外套，轻车熟路地理了理衣领："孩子醒了，情绪不稳定，我去看看。"

沉默已久的程欧好像终于找回了神志，站起身道："我跟您一块儿去吧。"

"不用，你们两个早点睡，养足精神。"赵亦晨却已扣好襟前的纽扣，步履如飞地出了门。

房门砰的一声轻响，屋子里便又一次安静下来。

程欧和魏翔两人面面相觑。最终还是魏翔先叹了口气，摊开四肢倒在床上，冲程欧挥挥手："去洗个澡睡吧。"

他站在床边不肯动弹，沉默良久才道："你觉不觉得赵队有点奇怪？"

"奇怪？哪里奇怪？"

"我也说不上来。"程欧抿了抿干燥的嘴唇，"下午在医院的时候，孩子有一阵子突然情绪很激动，跑到玻璃窗边上看着赵队使劲拍窗户，那样子怪可怜的，我看着都心疼。"转身坐到魏翔旁边，他停顿了一会儿，"但是赵队当时……好像没什么特别大的反应。我觉得他只是吓了一跳，顶多有点震惊……总之就是不像个爸爸的样子。"

"赵队一向都挺冷静的。"魏翔摇摇脑袋不以为意，"再说嫂子这都失踪九年了，赵队突然知道自己有个女儿，肯定一时半会儿不习惯啊。"

"我知道。我不是说赵队这么做有什么错，我就是担心赵队。"烦躁地撑着膝盖站起来，程欧紧抿双唇来回走了几圈，等到掂量好措辞，才管住了自己的脚步，"你看看他刚才跟我们讨论的时候那语气，就跟不是在说自己的事儿似的——我是怕嫂子死得太突然，赵队其实不能接受这个事实，所以压根儿就不相信，也不把那孩子当自己的女儿。"

"换你，你受得了？总要有个接受的时间。"显然认为他这是小题大做，魏翔抬起胳膊赶苍蝇一般晃了晃，两句话便给他应付了过去，"你赶紧去洗澡。这事儿我会注意的，如果赵队状态真的不好，我再找陈副队一起跟他谈谈。"

知道他比自己更了解赵亦晨，程欧心里头虽然还有些忧虑，但也只能作罢。

在行李中捡出两件换洗的衣服，他便走进了浴室。

魏翔闭着眼任自己仰躺在床上，等浴室传来水声，才睁开了眼。

他起身来到窗边，停在刚刚赵亦晨站着的位置，朝他适才一直望着的方向看去。

那是Y市的南边，远离市中心，脱离了一整座城市的喧嚣，在渐渐稀疏的灯光里沉睡。

不出他所料，是南郊的公墓。他想。

埋葬胡珈瑛的地方。

如果确定我们将相聚

如果确定我们将相聚，

在你我生命终结之时，

我愿意把生命像果皮一样，

远远地抛弃。

——艾米丽·狄金森

01

一九八七年的冬天，许菡在垃圾箱里找到了一个孩子。

是个女婴。皱皱巴巴的身体冻得发紫，脐带还缠在脖子上，露出巴掌大的脸。她似乎睁不开眼，只有青紫的小嘴半张，摆出一副啼哭的姿态，却发不出半点声音。

许菡趴在垃圾箱边，直愣愣地盯着她瞧。

许久，她伸出自己红肿的手，挨了挨女婴冰凉的鼻子，探到她的呼吸。

触电似的收回手，许菡转过身便跑。跑出两步，她又停下来。她记起她独自睡在火车站的那个晚上，闭上眼就能听见哭声。小姑娘撕心裂肺的哭声。

风刮疼了她的脸。她扭头冲回垃圾箱旁，抱出了那具小小的、冰冷的身体。

那一年，九岁的赵亦晨坐在母亲单车的后座，经过通往市立图书馆的大桥。

母亲哼着《冬天里的一把火》，微微晃动的身子替他挡住了迎面扑来的寒风。他紧紧抓着母亲的大衣，看到桥头跪着一个独眼的老人，还有一个脏兮兮的小姑娘。老人肩头披了一件满是补丁的军大衣，手里端着一只破铁碗，不住哆嗦的手五指乌青，就像他的脸，黑不溜秋，堆满皱纹、斑点和细细的血痕。眼泪从他还能睁开的那只眼里溢出来，爬过他的脸颊，滑进他的嘴角。

跪在老人身旁的姑娘看上去和赵亦晨一般大。她只着了件破洞的单衣，瘦小的脸被煤灰抹得瞧不清面孔，赤裸的手脚结着冻疮，肿得像萝卜似的手指肮脏，臂弯里还抱着一个尚且裹在襁褓中的婴儿。

婴儿紧闭着眼，嘴唇发青，小脑袋垂下来，脖子折成了一个怪异的模样。

单车还在前行，赵亦晨的视线定在那个婴儿的脸上，忽然意识到，婴儿的脖子被折断了。

他怔愣了好一阵，直到母亲载着他骑过大桥，才慢慢回过神来。

"妈妈，"轻轻扯了扯母亲的衣摆，赵亦晨叫她，"刚才那个小孩子怎么了？"

回过头来瞧他一眼，母亲不再哼歌："哪个小孩子？"

"桥头那个。"他抬起一条胳膊指向桥头，"我看到那婴儿的脖子好像断了……"

放下踩在脚踏板上的左脚，母亲两手扶着单车，扭过头朝他指的方向张望了一会儿，皱起了眉头。"我们过去看看。"她这么小声告诉赵亦晨，接着便抬起车头掉转了方向，又载他骑往来时的路。

母亲踩着脚踏板，身子又轻微地摇摆起来。赵亦晨从她背后探出脑袋，在颠簸中仔细望着小姑娘越来越近的身影。她依然石像似的跪在那里，好像从来没有动过，也不知道是不是早已被冻僵了身体。

单车停在老人和小姑娘跟前，她一动不动，只有独眼的老人抬起了头。

母亲却停好车，走到小姑娘面前，蹲下身问她："小姑娘，你爸爸妈妈呢？"

从单车后座跳下来，赵亦晨扶着车，见小姑娘呆呆地望着前方，半张着青紫干裂的小嘴，一声不吭。

"我大孙女儿是个哑巴。"独眼的老人望过来，抹着眼泪插嘴，"爹妈都病死了。"

那天母亲没有穿警服，兜里揣着手铐。赵亦晨见她将手伸进兜里，转头看了眼那独眼的老人，他便畏畏缩缩地敛起眉眼，嗫了声。

母亲又去看那个蓬头垢面的小姑娘："这是你爷爷吗？"

僵硬的胳膊动了动，小姑娘终于仰起了小脸。赵亦晨站在单车旁，看见她怀里吊着脑袋的婴儿也毫无生气地晃了晃头。襁褓敞开了一些，他发现那婴儿被折断的脖子边有几个青黑的印记。他记得母亲曾告诉过他，那是掐痕。

而小姑娘还是没有开口。她仰头看向母亲，一双漆黑无神的眼睛里淌出眼泪。那咸涩的泪水卷起她脸上的煤污，让她哭成了花脸。

她穿得那样少，跪在隆冬凛冽的寒风里，瘦骨嶙峋的身子抖成了筛糠。

他想，她的眼泪或许也是冷的。

母亲握住了她抱着孩子的手。

"孩子啊，别怕。"赵亦晨盯着母亲的背影，听她用她最柔和的声音，温声细语地鼓励，"告诉阿姨，这是你爷爷吗？"

小姑娘颤抖着，瑟缩着。眼泪淌个不停。

赵亦晨呼出一口白汽，突然觉得四周很安静，静得他能听见自己的心跳。扑通，扑通，扑通。

那是小姑娘怀里那具小小的身体不再有的声音。

白汽模糊了她们的身形。等到水汽散开，他便看到母亲从兜中掏出零钱，统统放进了老人端着的破碗里。然后她站起来，回到单车边，跨上了车。

赵亦晨也重新爬上后座，抓紧母亲的大衣，感觉到母亲踢开支架，使劲踩起了脚踏板。

回头往桥头望过去，他见小姑娘和独眼的老人仍然跪在原地，他没再问母亲任何问题。

因为他知道，小姑娘最终点了头。

母亲载着他越骑越远。他一直扭头望着那个方向，直至那渐渐缩成一个小黑点的身影消失在视野里。

自此，也消失在茫茫人海里。

02

从民警怀里接过赵希善时，已经将近晚上九点。

女警先前给小姑娘换上了家里孩子的衣服，以防她着凉。赵亦晨抱起她，便觉得比白天要沉一些。

鉴于孩子情况特殊，他得到批准，可以带她回宾馆过夜。

派出所距离宾馆只有二十分钟的脚程，赵亦晨没有打车，只抱着小姑娘沿人行道慢慢走回去。夜里风大，所幸她穿得厚实，外套后头还有一个带着兔耳朵的兜帽。他替她戴上帽子，听着一旁马路上车辆疾驰而过的声音，沉默地目视前方，走了许久才问她："要不要自己下来走？"

小姑娘趴在他肩头，动了动小脑袋。是在点头。

等到赵亦晨把她放下来，她便抬高细瘦的胳膊，伸出小手抓住了他垂在身侧的手。他身形一顿，而后回握她柔软冰凉的小手，牵着她往前走。

他们的影子连在了一起。

低下自己的小脑袋，赵希善只字不语地瞧着那一会儿缩短、一会儿又伸长的影子，一边走一边尝试性地抬高小脚拉长自己的影子，然后重新放下脚，在踏出下一步时抬高另一条腿，瘦小的身子随着这循环往复的动作轻微摇摆，帽子顶端的兔耳朵也在晃动。

光看影子，就好像他牵了一只小兔子。

"善善。"没有打扰她的"乐趣"，赵亦晨只注意牵稳了她，以防她跌倒，"爸爸工作很忙，不可能一直陪着你。如果你和爸爸一起生活，就要经常跟姑姑在一起，听姑姑的话。"低头见小姑娘依然专心致志地研究影子，他才停顿片刻，捏了捏她的小手，"知不知道什么是姑姑？"

她摇摇头，没有抬起脸看他，继续抬起自己的小脚。

"就是爸爸的姐姐。除了姑姑，还有姑父和一个哥哥。"只好自说自话，他重新看向前方，盏盏路灯照亮他们的前路，最终成为漆黑夜幕里一个明亮的光点。他忽然就想起了胡珈瑛。也许过去的几年里，她也曾牵着赵希善走过这条路。

鬼使神差地，赵亦晨低头问她："这些妈妈有没有告诉过你？"

小姑娘抬高的小腿重重地落在了自己的影子上。她停下脚步，不再走动。

死死抓着他的手，她仰起小脸，眼里盈着那刺眼的灯光，满脸眼泪地对上他的视线。

赵亦晨脑仁一紧，蹲下身来，轻轻掰过她的肩膀，伸手覆上她微凉的耳朵，拿拇指刮去她脸上的泪水。她却还在哭，直直地看着他，红着鼻子，温热的泪水不住淌下来，流过脸庞，滑进他的指缝。

"对不起，我不该提妈妈。"低声同她道歉，赵亦晨没有注意到自己的嗓音变得沙哑而低沉，仅仅是一遍又一遍重复着同样的话，徒劳地拭去她的眼泪，"对不起善善，对不起。"

联想到她白天在医院的反应，他意识到她或许不仅是因为失去了母亲而患上抑郁症。她极有可能看到了什么，那是与胡珈瑛的死密切相关的。可她还那么小，一提到妈妈，就哭得那样伤心，他怎么忍心问她。

最后，赵亦晨把小姑娘背回了宾馆。

到了宾馆，她已经沉沉睡去。赵亦晨出示自己的证件，重新开了一间房，将她背回房间，轻轻放上床，盖好被子。小姑娘从头到尾都没有醒来，只在他替她拨开额前的头发时抽了抽鼻子。兴许是刚哭过，睡梦里还有些委屈。

赵亦晨从洗手间拿来一条热毛巾，给她擦掉脸上的泪痕，又擦干净了黏糊糊的小手。

他知道小孩子的手总是有些凉的，赵希善的手却总是格外的凉。恐怕是因为生病一年，身体已经开始虚了。把毛巾攥在手里，他将她两条小胳膊搁回被窝，坐在床边垂眼看她。

乍一看她和他小时候的模样很像。但仔细观察，会发现她的鼻子和嘴更像胡珈瑛。

捋了捋小姑娘胡乱散在枕头上的头发，赵亦晨想，她的发质也像她。

就这么坐在床畔凝视着孩子的脸，他许久都没有动弹。

小姑娘睡得不安稳，似乎正做梦，皱起眉头垮下嘴角，不安地抬了抬小脑袋，嘴唇一张一合像是说了什么，但没有发出声音。

赵亦晨看懂了。她在喊"妈妈"。

伸手摸一摸她的额头，赵亦晨没有叫醒她。他记得在他小时候，有时他做噩梦，他的母亲也会这样摸他的额头。直到她遭遇车祸离开人世。

这样的触碰终于让小姑娘安了心。她的呼吸逐渐平稳，眉头也慢慢松开，侧过脸平静下来。

又守了她一会儿，赵亦晨才悄悄起身离开。

拎起回来时被自己搁在椅背上的外套，他拉开内侧的拉链，拿出一个小小的皮面记事本，脚步无声地走进洗手间，关上了门。

来到盥洗台前，赵亦晨从裤兜里掏出一个自封袋。袋子里装的是一张便签的副本，许菡的字迹。据说是郑国强带人搜查许家别墅时扣下的，他给了魏翔副本让他带给赵亦晨，方便对比笔迹。

便签上的内容很简单，是从前许菡写给赵希善的留言：善善，妈妈晚上回来，要记得写作业，听小姨的话。

隔着自封袋将这行字看了不下十次，赵亦晨收回目光，将它搁到盥洗台边，视线又转向了另一只手里拿着的记事本——已经有些年头，皮面的边角被磨开，纸张泛黄。这是他拿到第一笔工资的时候给胡珈瑛买的礼物，因为她喜欢摘抄。

这些年他一直把它带在身边，却从来没有翻动过。

打开皮扣，他翻开记事本。第一页是一首诗，狄金森的《如果我不曾见过太阳》。

她抄下了英文原诗，把自己最喜欢的翻译抄在另一边。

　　我本可以忍受黑暗

　　如果我不曾见过太阳

　　然而阳光已使我的荒凉

　　成为更新的荒凉

没有可以对比的字眼，赵亦晨继续往后翻看。

胡珈瑛只有在读文学作品时会习惯摘抄，没有什么规律，只将自己喜欢的部分抄下来：有时是一句话，有时是一首诗，有时是一段对白，或者一个场景。她写中文不如英文好看，不过字迹清秀，哪怕是密密麻麻写满一整页，也从不会乱了套。

翻到某一页，视线触及某句话，他停下了手中要接着翻页的动作。

这一面抄的也是一首诗。叶芝的《当你老了》。

赵亦晨还记得她抄下这首诗的那天。当时他在区支队工作，休年假的头一天回到家睡了整整一个白天。傍晚醒来，便见胡珈瑛下了班，正坐在窗边替他补袜子。无意间抬头发现他醒了，她就冲他笑起来，搁下手里的活儿，拿上手边的记事本爬上了床。

"我今天看到一段很好很好的翻译，译的是首英文诗。"爬到他身边侧躺下来，她一双漆黑的眼睛被床头灯映得亮晶晶的，眸中盈满了喜悦，"抄下来了，我读给你听吧？"

伸出胳膊揽住她的肩，他把她拉到怀里，见她高兴，便亲了亲她的发顶："你读。"

她于是翻开记事本，后脑勺枕在他胸口，垂眼读起来。

当你老了，头发花白，睡意沉沉，
倦坐在炉边，取下这本书来，
慢慢读着，追梦当年的眼神，
你那柔美的神采与深幽的晕影。
多少人爱过你昙花一现的身影，
爱过你的美貌，以虚伪或真情，
唯独一人曾爱你那朝圣者的心，
爱你衰戚的脸上岁月的留痕。
在炉罩边低眉弯腰，

忧戚沉思，喃喃而语，

爱情是怎样逝去，又怎样步上群山，

怎样在繁星之间藏住了脸。

　　她的普通话算不上标准，就和大多南方人一样，说起话来腔调平平，不如北方人那样起伏鲜明。但也得益于这样的口音，她读诗时总是显得克制而又极富感情，听上去别有一番韵味。

　　安安静静地听完，赵亦晨感觉到她仰头看向了自己，才拿过她手中的记事本扫了眼全诗的内容，笑笑道："是翻译得挺好。就是光听话，有些词都不知道是哪两个字。"

　　"知道你会嫌它太文绉绉了。"一点没埋怨他的话煞风景，她从他手里抽回本子，弯了眼笑着扣到胸前，"我觉得喜欢，主要是因为想起前几天在超市排队结账，前面站的是个七八十岁的老人家，只买了两根冰棍。一开始我还奇怪，这么大年纪的老人家居然吃冰棍，而且还吃两支。结完账走出去才看到，他和他老伴就站在超市门口，一人手里一根冰棍，慢慢咬。"长吁一口气，她歪了歪脑袋将耳朵贴近他的左胸腔，好像在借此听他沉稳的心跳，"当时太阳快落山了，刚好看见他们这样，我觉得很感动。"

　　每回见到她这副感动满足的模样，他都有些想逗她。

　　"人家也不一定是老伴。"这么说完，余光瞥见她拿眼角瞧了自己一眼，赵亦晨才笑着用食指刮了刮她的下巴，"开个玩笑，我知道什么意思。白头偕老，对吧。"

　　她没有回答，只问他："你说我们老了还能牙口那么好吗？"

　　摇摇脑袋，他选择诚实："我估计不行了。我抽烟。"

　　"你也是压力大才抽。"她语气一本正经，甚至有些严厉，"不过还是得控制着点。"

　　赵亦晨笑了。

　　"笑什么？"她回过头，很是严肃地瞧着他，"我说真的，你一次不能抽那么多。"

"我是想，其实不用牙口好。"随手帮她把垂在脸边的长发捋到耳后，他拿拇指搓了搓她皱起来的眉心，难得地将一次笑容保持了很久，"等我们也到了那个岁数，你还像现在这样管着我，就够了。"

这才舒展开眉头，她也翘起嘴角笑了笑，又靠回他胸口，重新拾起记事本，翻看前面的内容。她在看摘抄，他则在看她。

"有时候我挺想不通的。"翻了翻她头顶的头发，他找出几根白发来，一一连根拔掉，"你这么感性，为什么要去当律师？"

"我感性吗？"

"感性。"

"哦。"胡珈瑛应得随意，"那可能我只在你面前感性吧。"

赵亦晨拽住一根白发的动作一顿："为什么？"

"因为你最好。"她侧躺到他身旁，一小半脸埋进枕头里，面朝着他微笑，"有你在，生活就最好。只有在境况最好的时候，我才能感性。"

鲜少听她说情话，他愣了愣，一时竟有些嘴拙，便只揉了揉她细软的头发，回她一笑："书读得多，话也讲得漂亮。"

那已经是十余年前的事了。如今回想起来，却仍旧历历在目。

赵亦晨捧着记事本静立良久，又将它翻回了最开始的那一页。

　　我本可以忍受黑暗

　　　如果我不曾见过太阳

他抬起一只手，捂住了自己的眼睛。

把那通红的眼眶埋进黑暗里。

就像从来不曾见过阳光。

••• C H A P T E R   8 •••

无名的地方

除了婴儿的啼哭，

我再不相信人话；

因为可怕的私欲，

已将真实扼杀。

——顾城

01

　　许涟推开赵希善的房门，悄无声息地走进房间，合上身后的门板。

　　孩子的卧室当初是由许菡布置的，四周的墙和天花板都贴上了夜光壁纸，白天吸足了光线，入夜后便发出淡绿的荧光，像极了漫天星光。不过荧光只会持续十分钟，而后渐渐黯淡下来，最终回归黑暗。

　　靠着门静立好一阵，待那荧荧光点彻底被黑暗吞没，许涟才动手打开了卧室的顶灯。

　　床铺上被褥铺得平整，再没有赵希善小小的身影。走到衣柜前，许涟打开柜门，眼前是挂得整整齐齐的衣物，瞧不见别的东西。过去的一年里，她几乎每晚都会来看赵希善一次。她知道小姑娘总是睡不安稳，夜里常常哭醒，然后爬起来躲进衣柜里。

　　从今往后，恐怕打开衣柜再也不会找到她了。

　　许涟弯腰从柜子底端的抽屉里取出一个旅行袋，又拿上几套小姑娘从前爱穿的衣服，按季节将衣物叠放好，一一收进旅行袋里。

　　房门又一次被打开，发出轻微的声响。

　　许涟没有回头，只继续手里的动作，好像根本没有听见动静。

　　直到站在门口的杨骞问她："你这是什么意思？"

　　"明天我会去见赵亦晨。"头也不抬地回答，她拎起一件印有西瓜图案的白色T恤，搁在腿上熟练地叠好，"谈善善监护权的事。"

　　杨骞沉默数秒："他是不是你叫来的？"

　　"我有事没事干吗叫他过来？"

"那他为什么会知道这里？"

"他一直都在找许菡，你不是不知道。"不耐烦地放下手中的衣服，许涟将脸别到一边，抿紧嘴唇闭上双眼，眉心隐忍地微蹙，停顿片刻才继续道，"再说郑国强那边已经盯我们很久了，故意透露线索给赵亦晨，然后趁这个机会闯进来搜查的可能性也有。"

紧紧盯着她的背影，杨骞思量一阵，最终没再纠缠这个话题："善善的监护权你打算怎么办？"

"给他。"

他皱起眉头："你疯了？"

许涟微微侧回了脸，语气忽而冷淡下来："我会想办法把遗产留下来，但是善善必须跟赵亦晨走。"

"这不可能。"没有在意她口吻的变化，他亦不自觉沉下了声线，铜墙铁壁似的戳在门边，不打算退让，"就算他不贪这笔遗产，也会发现你态度怪异，然后找理由跟我们周旋。别忘了他是条子。"

扭过头将冰冷的视线投向他，许涟反问："那你想怎么样？眼睁睁看着善善在这里病死？"

脸上愠怒的神情一僵，杨骞稍稍收敛了神色同她对视，语调重新缓和下来："这个心理医生不行，我们还可以再找别的。"

"没有别的了！"抓起手边的衣服往床头狠狠一甩，她忽地抬高了音量，变得声色俱厉，"善善只要待在这里，就不可能好转！你别忘了她是怎么生病的！"

紧绷的双肩垮下来，杨骞松开门把手走进房间，放软了表情，一面走向她一面安抚："你别激动。"

霍地站起身，许涟警惕地面向他，浑身的肌肉都绷得僵紧，嘴角隐隐抽动。

"我不激动谁激动？你吗？"她眯起眼冷笑，"那是我外甥女！我看着她出生，看着她长大！"

"我知道你关心孩子，但是也不能冒这么大的风险……"总算走到她跟前，杨骞伸出手扶住她瘦削的肩膀，轻轻摩挲起来，"乖，不要这么冲动。"

"我告诉过你不要再碰我。"一把拍开他的手，她警惕地退后两步，冷冷瞧着他神情温柔的脸，"许菡的事查清楚之前，我不会相信你。"

不出她所料，一提起这件事，杨骞就一改方才的态度，拧起眉头摆出一副已经厌烦的模样。

"那事真不是我策划的。"他说，"是你自己说的，只要她……"

"出去。"打断他的辩解，许涟面无表情地抬手指向房门。

意识到自己说错了话，杨骞的神情松了松，终于妥协一般叹了口气，上前吻了吻她的额头："早点睡。"

语罢，便转身离开了卧室。

等他将房门合紧，许涟才扶着身侧的墙壁，重新坐回赵希善的那张小床边。衣服刚整理到一半，她已有些疲累。因此她脱下鞋，缩到床靠墙的一边，抱紧了自己的膝盖。记得小时候，她和许菡的房间里有一个小小的帐篷。每到害怕时，许涟就会藏进帐篷里，抱着膝盖缩成小小的一团。总要许菡爬进去，哄她好一会儿，才肯出来。

后来许菡走了，父亲拆掉了那个帐篷。许涟再也没有能够躲藏的地方。

合眼沉吟许久，她将手伸进赵希善的枕头底下，摸索一阵，找到了小姑娘藏在那里的照片。是张半身照，赵希善在中间，许菡揽着她的肩膀，另一边则是穿着警服一脸严肃的赵亦晨。

照片是合成的，所以赵亦晨看起来总有些格格不入。许菡刚去世的那段时间，赵希善情绪崩溃，每天都行尸走肉似的呆呆地坐在床上，谁也不搭理。为了讨好她，许涟就合成了这张照片送给她。结果很久以后她才发现，小姑娘每晚都会趴在被窝里，打着小小的手电筒，看着这张照片哭。

"你从没问过我恨不恨你，可能你也根本不在乎。"盯着照片里许菡望着镜头微笑的脸，许涟喃喃自语，"但你怎么忍心这样对善善。"

照片上的女人当然不可能给她答案。

漫长的沉默过后，许涟捏着照片，将脸埋向了自己硬邦邦的膝盖。她眨了眨眼，又眨了眨眼。她想，或许是因为太多年没有哭过，她早已忘了该怎样流泪。

　　黎明一过，晨光微亮，赵亦晨便睁开了眼。

　　身边的赵希善还在酣睡，两条细瘦的手臂抱着他的胳膊，膝盖蜷到肚子前，低着脑袋，微微张着小嘴。这是个缺乏安全感的姿势，就像蜷缩在母亲温暖的子宫里。赵亦晨轻轻抽出自己的胳膊，无声无息地下了床，没有惊醒她。

　　给她掖好被子，他悄声走进洗手间，转过身刚要关门，就听见小脚丫踩在木板地上啪嗒啪嗒的脚步声——小姑娘不知道什么时候醒了过来，赤着脚跑到房间里唯一亮着灯的这扇门前，刹住脚步表情呆滞地看了看他，随即便冲上前，抱住了他的腿。

　　她不能说话，但他好像明白过来，她是醒来发现他不在，以为爸爸也像妈妈一样不见了。

　　摸了摸小姑娘的后脑勺，赵亦晨把她抱起来，回到床边给她穿上了鞋。

　　他去洗手间洗漱，她也跟在他身边。于是他拆开一副牙膏和牙刷递给她："今天我们去见小姨。"顿了顿，又问，"知道小姨吗？"

　　许菡留给赵希善的便签上，是管许涟叫"小姨"。但赵亦晨不确定，以赵希善目前的状态是不是明白这个词的意思。

　　所幸小姑娘点了点头，接过牙膏和牙刷，认认真真在牙刷柔软的刷子上挤出一条牙膏。

　　赵亦晨刚拆开自己那副牙刷，就从镜子里看见小姑娘举起小胳膊，把挤好了牙膏的牙刷递到他手边。他一愣，低头看向她。赵希善抬着小脸眼睛一眨不眨地瞧他，像是在等待什么。

　　"给我？"

　　小姑娘点头。

　　赵亦晨明白了她的意思。他给自己手中的牙刷挤上牙膏，一手递给她，一手从她手里接过她那支牙刷。小姑娘这才转过身去，端起杯子漱了口，将牙刷塞进嘴里。她在同龄人中算不上高，但踮起脚勉强可以刷牙，不需要踩小板凳。

一大一小站在镜子面前，刷牙的习惯一样是从左到右，从上到下。小姑娘刷得慢，父女俩的动作便渐渐同步。她低着眼睛没有留意，赵亦晨却看得清清楚楚。

刷完牙，他搓好毛巾给小姑娘擦脸。下手重了些，隔着毛巾擦她眼角时，她便使劲往后躲。

蹲到她跟前，赵亦晨又帮她擦了擦耳朵："想不想跟爸爸一起生活？"

小姑娘顶着一张被他擦红的小脸，认真地颔首。

"好。"腾出一只手来拨了拨她额前的头发，赵亦晨说，"爸爸带你回家。"

八点五十分，赵亦晨牵着赵希善抵达了万达广场的星巴克。

许涟比他们到得更早。这个时间段店里人少，她坐在角落的位置，脚边搁着一个旅行包，点了杯拿铁，加了好几包糖。他带小姑娘坐到她对面，要了一杯柠檬茶和一杯中式茶。

"怎么把善善也带来了？"没等他坐下，许涟就先开了口。

拉开赵希善无意识地放进嘴里的手，赵亦晨掀了掀眼皮："顺便给她买几件衣服。"

"我带了她的几套旧衣服过来。"瞥了眼脚边的旅行包，许涟望向小姑娘，"昨天睡得好不好？"

小姑娘又把另一只手放进嘴里啃指甲，直愣愣地望着她，没有反应。

赵亦晨注意到许涟的眼神暗了下去。

"气色好些了。"她得不到回应，便自说自话，脸上神情有些麻木，"看来还是亲爸爸一些。"

"昨天听你们的菲佣说，她在看心理医生。"他不动声色地观察她的神

色。与昨天不同，她今天穿了条黑色连衣裙，搭一件白色小坎肩，衬得肤色有点苍白。大约是因为脸色不好，她看上去不如昨天那样具有攻击性。

微微颔首，她抬起一只手按了按太阳穴。

"儿童抑郁症，还有失语。"她停顿片刻，"善善和我姐感情很好。"

赵亦晨沉默了两秒："看得出来。"

抿紧双唇，许涟略微眯起眼睛，漆黑的眼仁里神色疲累。

"经常躲在被子里抱着你们的照片哭，所以我想她还是更需要你。"她说完便撩起眼皮朝他看过去，"你决定要她的监护权了？"

表情平静地迎上她的目光，他不从正面回答，只是语气平平地判断："听你的口气，好像你不想要。"

"取决于你。"她收拢眉心，身子后仰靠向椅背，环抱起双臂的同时，也换上了昨天那高人一等的冷淡模样，"监护权可以给你，但是许菡留下的遗产你只能拿走一千万。这是我的条件，如果你不同意，善善就还是我带。"

一千万。

这是赵亦晨头一次听到与那笔遗产有关的具体数字。

"我是她的父亲。"他面色不改，好像并未把那一千万放在心上。

许涟仔细打量他的脸，短暂地沉默下来，没有接话。

"你还是个刑侦队长，根本没时间带孩子。"十余秒过去，她才再次开口，语速不疾不徐，有恃无恐，"而且你不要忘了，我也是陪着善善长大的。只要我想留住她的监护权，你就拿我没办法。法律不会向着你。"

显然对于他可能给出的反应，她早已想好了对策。

"她有多少遗产？"他问她。

"折合下来，大约八十亿。"她伸出一只手摆弄了一下咖啡杯，"我爸留给她的。"

他神色波澜无惊："就是因为这个，她才一直没有和我联系？"

摆弄咖啡杯的动作停下来，许涟皱紧眉头，抬眼对上他的视线。

"我不知道。"她神情变得有些阴冷，"你是这么想她的？"

"我想不到别的理由。"始终未碰自己点的中式茶，赵亦晨的目光落在她漆黑的眼睛里，脸上没有任何表情，"除非是你们强迫她。"

意识到他在试探，许涟敛下愠色，突然翘起嘴角一笑。

"难怪他们说那个魏警官是你一手带上来的徒弟。"重新放松下来，她接着拨弄咖啡杯，眉眼间尽是嘲讽，"想法都一样。"

"你否认？"

"难道我要承认？"

赵亦晨没有回应。

坐在他身旁的赵希善把指甲咬出轻微的咔嘣声。他垂眼看向她，从她嘴里拉出她的小手，又将柠檬茶的吸管送到她嘴边。小姑娘含住吸管，两只小手慢慢抱住杯子，咬着吸管发起了呆。

他摸摸她的脑袋，没再看许涟的表情，只慢条斯理地替小姑娘将有点儿松动的杯盖扣紧："遗产我不要，包括那一千万。"

随后，眸子一转，再次望进她的眼底："我只要善善的监护权。"

未曾料想赵亦晨会这样回答，许涟微愣，接着便敛了敛眉梢眼角的讥诮，端起杯子喝了口咖啡。再将杯子搁回桌面时，她说："一千万你还是收下，对孩子有用。"

"不需要。"赵亦晨却不等她话音落下就启唇拒绝，语态冷静而从容，"我能养好她。"

抬眼对上他的视线，她思忖几秒，暂时将这个问题搁置到一边："那我姐的坟，你要不要迁回去？"

沉默地与她对视，他眸色深沉，没有任何情绪的脸看上去冷漠至极："为什么要迁回去？"

不知是第几次收拢了眉心，许涟浅吸一口气，克制住了烦躁的口吻："她是你老婆。"

对方并没有因此而收敛。"八年。她从来没有想过要联系我。"他面无表

情，好像在谈论一件与自己毫无关系的事，一字一句都同他此刻的眼神一样不近人情，"我宁可她在失踪那年就死了。"

被最后一句话刺痛了耳膜，她眯起眼，突然将面前的半杯咖啡往前一推。

"别说了，孩子听得懂。"有那么几秒钟的时间，她感到胸口发闷，以至于无法控制自己的言语，"要是她肯定就不会让孩子听这些。"

"她还在乎孩子？"没有因为孩子在场而就此打住，赵亦晨把她的身影牢牢锁在瞳仁里，不给她任何喘息的机会，反问的语气漠然如旧，"那她为什么要丢下孩子？连你都知道以我的条件不能照顾好善善，她怎么可能不知道？"

许涟几乎被他的咄咄逼人彻底激怒。但怒火达到一个顶点时，她忽然冷静下来。

"你在试探我。"她紧紧盯住他的脸，将疑问换成了陈述。

赵亦晨仍旧拿他那古井无波的眼睛回视她："我在陈述事实。"

"我昨天已经跟魏警官说过了，我不知道她为什么不联系你。但她从小就教善善认爸爸，这就证明她是希望回到你身边的。"把自己昨天的话大致复述了一遍，许涟重新放松下来，好整以暇地将咖啡杯拉回自己跟前，"你这么说对她不公平。"

"如果你真的觉得不公平，就告诉我真相。"

她扯了扯嘴角："说到底你还是在怀疑我。"

"她当初是怎么回许家的？"

话题转换得毫无征兆，许涟默了默，已经完全确定他刚才的一切表现都不过是为了试探自己。抬手捏了捏耳边的发丝，她不紧不慢地答道："我爸爸找到她的。说是有人愿意拿钱换线索，所以他知道了她被卖去的地方，然后四处打听，找到X市，把她接回了家。"

"'接'回了'家'。"鹦鹉学舌似的重复一次这个用词，赵亦晨的目光从头至尾都没有离开过她的眼睛，"她失踪前打了一通报警电话，你知道吗？"

震惊在她眼里转瞬即逝。这足以让他确定，她不知道。

… 93

"我和她在一起九年，从来没有听过她那样的声音。"他看着面前这个与胡珈瑛如出一辙的女人，无法从她漆黑的眼仁里瞧清自己的面孔，"她在求救。在向我求救。"

他记得最开始的两年，只要一闭上眼，他就能听到她的声音，紧张、恐惧、颤抖、绝望。它反反复复出现在他的耳边，他的梦里，他脑海的最深处。有时候，他记不起她的脸，却能清晰地回想起她那只有十一秒的声音。他无数次梦到她抓着电话报警求救，但从没有梦见过结局。

"我是她丈夫，还是个警察。那是我老婆唯一一次向我求救，我却救不了她。"他听见自己的声音，低哑而平稳，某一个瞬间却仿佛与她的呼救重合在了一起，"你让我怎么相信她这么荒唐的死法？"

坐在对面的许涟缄默不语。半分钟的沉默过后，她站起了身。

"善善的监护权变更手续过阵子就办，你可以先带她回家。"弯腰把脚边的旅行包拎上桌子，她兀自结束这场谈话，"至于那一千万和迁坟的事，你想改主意就随时联系我。"说完又探出手来，摸了摸小姑娘的额头，"善善，要听爸爸的话，知道吗？"

已经把含在嘴里的那截吸管咬变了形，小姑娘缓缓抬头，目光有些呆滞地望向她，没有回应。

许涟固执地等待了一会儿，最终还是收回手，提步离开。

低头瞧了眼身旁的小姑娘，赵亦晨发现她依然呆呆地把盛着柠檬茶的玻璃杯捧在手里，全神贯注地咬着吸管，好像自始至终都没有注意他和许涟说了什么。他拨开她垂在脸边的长发，替她摘下耳朵里的耳塞。

小姑娘似乎觉得有点儿痒，缩起肩膀往后躲了躲。他便把她抱到腿上，给她顺了顺头发。她又将手送到嘴边，不自觉啃起了指甲。

耳塞只能削弱声音。赵亦晨不知道，她究竟有没有听见。

他一边拉开她放在嘴边的小手，一边掏出手机，拨通了陈智的号码。

对方接通得很快："赵队？"

"小陈，帮我和小魏、小程还有……"下意识地一顿，赵亦晨看了眼怀里

的赵希善，抬手覆上她毛茸茸的小脑袋，"还有我女儿，订四张高铁票，今天下午回X市。尽量早一点。"

"好。"电话那头的嘈杂声渐渐远离，"那赵姐那边……"

直到这时才想起还在家中等消息的赵亦清，他张了张嘴，随即又把到了嘴边的话咽回去。

"跟她打声招呼吧。我还没来得及告诉她。"

陈智赶紧应下来："我马上就联系她！"

"另外还有一件事。"趁他还没有挂断电话，赵亦晨再度出声交代，"下个星期我要见曾景元。你跟那边的狱警协商一下，看我能不能用他家属的身份去探监。我担心他如果知道是我，就不会出来。"

"您又要去见他？"另一头儿的陈智变了声色，"可是肖局说过……"

"我已经知道他和珈瑛的失踪没有关系。"赵亦晨打断他，语调沉稳，不容置疑，"不会对他动手。"

那头儿的陈智犹豫片刻，最终妥协："好吧，我联系看看。"

结束了通话，赵亦晨把手机揣回兜里，抱着赵希善站起来，停顿片刻，将许涟留下的旅行包也一并拎起。

"待会儿带你去买两套新衣服。"转头蹭了蹭小姑娘近在咫尺的额头，他告诉她，"下午我们就回家。"

小姑娘安静地看着他，搂着他的脖子，点了点头。

陈智帮他们订的票在下午两点，抵达X市则是下午四点。

刚走出出站口，赵亦晨就在人群中发现了赵亦清的身影。她在眯着眼四处张望，直到他快走到她跟前才瞧见了他。

魏翔和程欧同她打了招呼便先行离开，留下赵亦晨停步在她跟前，弯腰放下了怀里的赵希善："怎么还跑到车站来了。"

"等你的消息得等多久啊？"责备地横他一眼，赵亦清小心地蹲到赵希善面前，"这就是善善吧？"

小姑娘抓住赵亦晨垂在身侧的手，睁着大眼睛望着她陌生的脸孔，眼神有些迷茫。

握着她的小手轻微地晃了一下，赵亦晨示意她："这是姑姑。"而后又看向赵亦清："她现在不能讲话。"

"我知道，我知道……小陈都跟我说了。"胡乱点头，赵亦清仔细打量一番小姑娘，慢慢红了眼眶，抬起一只手想要摸摸她的脸，却又停在半空中再收回来，担心吓着她，"这才多大的孩子，怎么就瘦成了这样……"话还没说完，眼泪便成串地掉了下来。

赵亦晨想说点什么安慰她，却见小姑娘一言不发地伸出手，轻轻地、小心翼翼地挨上赵亦清的脸，用冰凉的手指抹开了她的眼泪。

因她这突然的举动而一愣，赵亦清傻傻瞧着她，一时竟忘了掉眼泪。

赵亦晨于是淡淡解释："是让你不要哭了。"

恍惚间回过神，赵亦清反应过来，赶忙拿袖子擦干了眼泪："好，好——姑姑不哭。"下一秒眼里再次溢满眼泪，低下头悄悄揩尽，"多懂事呀……"

叹了口气，他弯下腰扶起她，一手牵着赵希善，一手揽住赵亦清日渐单薄的肩膀，带她们走向东门。

赵亦清的车停在高铁站外头的停车场。赵亦晨送她们上车，又给坐在副驾驶座的赵希善系好安全带，摸了摸她的额头："爸爸要去工作，你先跟姑姑回家。记得我昨天说的，要听姑姑的话。"

两眼一眨不眨地望着他的眼睛，小姑娘过了好一会儿才慢慢点头，伸出手来抱住他的脖子，转过脸亲了亲他冒出了点儿胡楂儿的脸颊。

那个瞬间，赵亦晨记起了胡珈瑛。

他记起了楼道里那一盏接一盏亮起的灯。

从今往后，再也不会有了。

赵亦晨驻足在局长办公室大敞的门边，抬手叩响了门板："肖局。"

正背着双手身形笔直地静立窗前，肖杨听到敲门声才回过头将视线投向他，神情平淡地抬了抬下巴示意："进来坐。"接着便径自走回办公桌，拉开转椅弯腰坐下，"孩子送回家了？"

"我姐接回去了。"赵亦晨踱向办公桌。

"跟许家那边是怎么说的？"

"上午和许涟见了一次面。"拉动了一下办公桌前的椅子，他同他隔着一张桌子相向而坐，"她提出条件，孩子的监护权可以给我，但遗产只能分我一千万。"

"同意了吗？"

"我告诉她遗产我一分不要，只要孩子的监护权。"

微微颔首，肖杨从左手边的抽屉里拿出一份材料，并没有因为他的决定而惊讶："你是怎么考虑的？"

"我认为Y市警方正在调查许家，那笔遗产很可能是黑色收入。"

不轻不重地将抽屉合上，肖杨随手把材料搁到桌面，又拿出一支笔放到手边。等完成这一切，他才抬起头，迎上赵亦晨的视线。已经是下午六点，夕阳挣扎在地平线的上方，将末路的光投进办公室内，打在赵亦晨身上。他归队时换上了警服，但没有来得及刮胡子，两手搭放在两膝之间，十指交叠，拳心半握，沉默的身影一半暴露在渐暗的阳光中，一半深陷在素描色的阴影里。

正如肖杨一直以来对他的印象。极端的理智，以及极端的冲动。

"那你应该已经知道我为什么通知你不要再查下去。"肖杨掀了掀薄唇道。

"我不明白。"赵亦晨却只是不露情绪地与他对视，棕褐色的眼眸里映出他模糊的剪影，"据我所知，许云飞虽然把绝大部分遗产都留给了许菡，但在他死后，许家的基金管理公司一直是由许涟打理。即使那笔遗产来源有问题，也只可能和许云飞、许涟有关。既然如此，不论我是否参与调查，都不会影响这个案子的结果。"

"许家的问题没有这么简单。上头通知不让你参与，也是为了你好。"收回落在他眼里的目光，肖杨拾起手边的笔，快速在手中那份材料上签下自己的名字，"这段时间没什么事，给你批半个月的假。队里的事小陈先替你代理，你趁着放假带孩子去找个靠谱的心理医生，顺便也把自己的心态调整好。"语毕，他放下笔，将材料推到他面前，"走之前把这个拿给小陈，该交代的都交代清楚。两个星期后再来见我，到时看你的状态决定是否让你即刻归队。"

垂下眼睑，赵亦晨的视线转向那份材料。

"我知道了，谢谢肖局。"他没有半点犹豫或是疑问，站起身伸出左手拿起那份文件，然后抬起右臂，微拧着眉，向他行了一个举手礼。

陈智帮着赵亦晨处理刑侦支队的事务三年，对于七七八八的杂事，不需要他过多叮嘱。

交代了近期要注意的案子，赵亦晨最后问他："跟狱警联系过了吗？"

眉心紧了紧，陈智显然明白他在说什么，却过了好一会儿才回答："商量好了，下星期三上午。就说您是曾景元的表哥——这几年也只有他表哥来看过他。"

对他明显的停顿置若罔闻，赵亦晨点点头，站在办公桌后头整理好最后一份材料，摞成一沓收进抽屉里："这件事暂时不要让肖局知道。"

陈智没有即刻给他答复，低下头沉默了一会儿，才又抬起头来看向他："我听魏翔说了那边的情况，您现在……是想自己调查？"

"小陈，还有很多事情根据现有的线索根本无法解释。"拧转钥匙给抽屉上了锁，赵亦晨抬眼对上他的视线，腰杆挺直的身影背着光，昏暗的光线中瞧不清脸上的表情，"我必须弄清楚。"

拧眉难掩目中的忧虑，陈智远远望着他那双眼睛，紧抿的嘴角已有些僵硬。

"这段时间队里的事你先辛苦一下。"绕过办公桌停步在他身旁，赵亦晨拍了拍他的肩膀，"等把孩子安排好了，我就回来。其他方面都不会有影响。"

知道这事不再有转圜的余地，陈智叹了口气，只得点头："您放心。"

搭在他肩头的那只手松开了，赵亦晨与他错身而过，离开了办公室。

外头响起魏翔的声音："赵队慢走，好好休息。"

赵亦晨似乎对他说了什么，站在陈智的位置听不大清。他转身正要出去，就见魏翔忽然闪了进来，鬼鬼祟祟地扒在门边往外瞧了一会儿，而后关上门扭头问他："怎么样？"

"赵队要自己调查。"陈智见状挪了两步坐到办公室的沙发上，一想到刚才赵亦晨的态度，便忍不住心烦意乱，下意识低头挠了挠自己扎人的头发，"而且我觉得，他除了想查出嫂子的死因，还想把嫂子隐瞒的事情全部查清楚。"

"那不是有很多？"魏翔眉梢一挑，走到沙发旁抱着胳膊凝神思索起来，"我想想……那通报警电话断了之后到底发生了什么，曾景元当年说谎的原因，嫂子去九龙村看望的姑娘，王绍丰和嫂子的关系，寄那两张照片的人是谁，嫂子为什么八年没和赵队联系，再加一个嫂子真正的死因……"懒于掰着指头细数这些疑点，他摇摇脑袋，长叹一声，"也不知道他会先从哪里查起啊。"

从他的话语里听出一丝不对劲，陈智歪过脑袋将他上下打量一眼："要知道他从哪里查起干什么？难道你还要帮他？"

魏翔低眉答得理所当然："赵队是我师傅，我当然要帮他。"

闻言板起了脸，陈智坐直身子，指了指前边的椅子："坐下，我跟你谈谈。"

看出来他这是要训话，魏翔戳在原地没有动弹。

等待许久不见他就范，陈智犟不过他，只好自个儿起身站到他面前，拧着眉头一脸严肃："魏翔，我可要提醒你，现在赵队的情绪很不稳定。这个案子涉及嫂子，按规矩，哪怕要立案，赵队也不能参与调查。更何况这个案子没有立案，肖局又特地交代我们看住赵队、尽量劝他——这就代表赵队确实是不适合继续追查下去的。"顿了顿，又缓了语气补充，"我们作为还能和赵队说得上话的人，不能劝他就算了，总不能还帮着他查吧？"

"陈副队，我知道你的意思。"哪想魏翔张口便回嘴，同样皱紧了眉头神色凝重，"但赵队和我们一样，都是刑警。我们的责任就是追查真相。更何况赵队他不只是一个刑警，在这个案子里他还是一个丈夫。平心而论，如果把嫂子换成我老婆，她怀着孩子打报警电话求救，话还没讲完就失踪了，之后为了找她我发现她不仅身份是假的，还可能背着我做了很多见不得光的事——我也会觉得匪夷所思，不可置信。"语速不自觉加快，他情绪竟渐渐激动起来，眼睛直勾勾地盯着陈智的脚尖，抻直了微微涨红的脖子，几乎每说一句话都会重重地点一次头，"哪怕她现在死了，我也想知道真相，想知道她为什么在我找到她之前就死了，想知道曾经跟我躺在同一张床上的那个女人究竟是什么样的人，想知道接下来的几十年里我是该恨她还是该爱她。"

忽然收了声，他合上嘴深吸一口气，平复了情绪才又缓缓补充："再说另一方面，我觉得善善这孩子挺可怜的。她变成现在这样，很可能跟嫂子的死有关。如果查出了真相，说不定会对她的病情有帮助。"

陈智只字不语地听着他的话，微眯着双眼一眨不眨地盯着他的脸瞧，好一会儿没有作声。

两人相顾无言，谁也不肯退让。

良久，陈智才突然开口："你老婆是不是怀孕了？"

魏翔神色一变，倒没想到他看了自己这么久，居然读出了这么条信息："这跟我们现在讨论的话题没关系……"

"行了，我知道了。你想怎么样就怎么样吧，只要不耽误工作，我就睁一只眼闭一只眼。"不再同他纠缠这个话题，陈智见自己猜对，便装模作样地给了他左肩一拳，顺势调侃道，"这么大的喜事都不告诉我们，啊？准爸爸？"

到底是比他们年轻一些，魏翔一下子就松了方才紧绷的神经，低下脸抓耳

挠腮，竟有点儿不好意思。

陈智却趁他低头，悄悄叹气。他想，当初胡珈瑛怀孕，赵亦晨或许也是这么高兴的。

夜里晾好了衣服，赵亦清拉紧阳台的门，扣上锁便往屋里走。

主卧早已关了灯，只留一条门缝透进点儿走廊的光，防止孩子害怕。她轻手轻脚地推门进去，来到床边想要看看赵希善有没有睡着，却猛然发现被褥掀开了一角，孩子已经不见踪影。赵亦清吓了一跳，赶忙打开床头灯，轻轻叫道："善善？"四下里没有任何回应或响动，她左瞧右瞧，怎么也找不着孩子。

心里顿时慌了起来，赵亦清急急忙忙跑出主卧，一面喊着一面冲向洗手间："善善！"

洗手间的门关着，丈夫刘志远的声音从里头传出来："怎——怎么了？"

赵亦清急得脑子里一团糨糊，不管不顾地拍起门板吼道："善善在不在里面啊？"

他也被她焦急的情绪影响得有些急躁："哎呀我在这里蹲大号呢，善善怎么可能在啊！"

赵亦清正要无头苍蝇似的继续找，倏尔瞥见走廊尽头的玄关坐着一个小小的身影，连忙定睛一看——果真是小姑娘穿着新买的睡衣坐在从客厅搬来的小板凳上，怀里还抱着赵亦清在她睡前给她的小熊公仔。

大概是听到了姑姑的声音，小姑娘扭过头木讷地望着她，叫她又好笑又想哭。

"哎哟善善！你怎么一声不响跑这里来了！"赵亦清几乎是扑到她跟前抱住了她，好一阵才松开，擦了擦眼角的眼泪，"坐这里干什么呢？啊？走，上床睡觉了。"说完便要拉她起来。

小姑娘却像被粘在了小板凳上似的，挣着她的手使劲摇脑袋，一会儿看看自己正对着的门板，一会儿仰头哀求一般边摇脑袋边泪眼婆娑地看着她，怎么也不肯起身。

　　担心拉伤她的胳膊，赵亦清便松了松手上的力道，瞅瞅大门，又瞧瞧她，突然好像明白了她的意思。重新蹲下来，赵亦清替小姑娘拨开额前的头发，小心翼翼地问她："你是要等爸爸呀？"

　　怯怯地点了点头，小姑娘抱紧怀里的小熊，依然没有吭声。

　　泪水禁不住又涌上眼眶，赵亦清想起这些年自己每天夜里辗转反侧留意赵亦晨有没有回家的夜晚，再看看小姑娘消瘦的小脸上那乌青的黑眼圈，既心疼又难过。明明还是这么小的孩子，她想。从前她儿子这么大年纪的时候，她偶尔晚归，他也是从来不受影响，照样睡得香香甜甜的。

　　她摸了摸小姑娘的脑袋，忍着没有落泪，细声细语地劝她："爸爸要工作，经常晚上不回家的。善善听姑姑的话，先去睡觉好不好？姑姑一会儿洗完澡了就去陪你睡。"

　　小姑娘摇摇头，再次将目光投向那紧合的大门，眼巴巴地望着。

　　这时刘志远从洗手间跑了出来，匆匆忙忙的，手里还在系着腰带："怎么了这是？"

　　叹一声长气，赵亦清抬头看他："不肯睡觉，要等爸爸。"

　　"打过电话给亦晨了吗？"他问她。

　　抿着嘴不答，赵亦清站起身，将他拉到一旁，才悄声说："打过了。还是老样子，打手机不接，打办公室电话小陈接了，说他早就不在队里了。"

　　刘志远不由得皱起眉头："那这是去哪儿了啊？"

　　"可能还没从珈瑛的事儿里缓过来吧。"回头瞧了眼还坐在玄关呆呆地盯着大门的赵希善，赵亦清低头抹了抹眼泪，终于有些克制不住声线里颤抖的哭腔，"你说他这样，善善要怎么办呢……"

　　抿了抿嘴唇把她揽进怀里，刘志远轻轻拍着她的背安抚："也不怪他。这种事，换谁都受不了。"

　　"要是他明天也不回来，我们就得先帮善善联系心理医生。这孩子的问题不能再拖了。"她将脸埋在他胸口瓮声瓮气地说着，忽然又记起了什么，抬起

头来满脸泪痕地看看他，"哎，你们学校心理学院不是也设了什么心理咨询中心吗？"

"那是针对大学生的，在儿童心理方面也不知道做得行不行。"料到她会提起这个，他摇一下脑袋便否决了，脑子里却灵光一闪，眼里的光彩也跟着亮了亮，"对了，珈瑛以前……不是有个朋友，叫……叫秦妍？学心理的？"

"秦妍？"咕哝了一遍这个有点儿耳熟的名字，赵亦清收紧眉心回想了一会儿，总算有了印象，"哦……好像是，珈瑛失踪以后还来看过我们，后来出国深造了。是个姑娘是吧？"

"对对对。我上次在报纸上看到我们市有个办得挺好的儿童心理康复中心，里面一个从国外进修回来的医生就叫秦妍。"他提议，"要不我们联系一下珈瑛的那个朋友，看看是不是她？就算不是，她这个领域的，应该也认得比较好的儿童心理医生吧？打听一下。"

"对，这样可以。"她深以为然地点了点头，"她那次过来还留了电话给我……不过这么多年了，也不知道换号码了没有，我去找出来打打看。"说着便抽身要往书房去。刘志远赶紧拉住她提醒道："哎，等等，都这么晚了，要打也得明天打。"

赵亦清掰开他的手，忍不住白他一眼："这才九点，阿磊他们晚自习都还没下呢，你以为现在年轻人都跟你一样十点就睡啊？"接着又动了动下巴示意他，"先去陪着善善。"

等目送他走到小姑娘身边蹲下了，她才三步一回头地走向了书房。

家里的电话簿和名片都存在同一个抽屉里，她戴上眼镜，很快就翻出了秦妍当初留给她的号码。拿起书房书桌上的电话分机，赵亦清在台灯底下仔细瞧了瞧，确认那是私人的手机号码，便一个键一个键地拨了过去。

没等多久电话就被接通，那头十分安静，只传来一个清润的女声："喂？您好。"

赵亦清握紧电话，口吻不经意间变得有些急切："喂？是小秦吗？我是赵亦清——就是赵亦晨的姐姐，你还记得我吗？"

电话那头的秦妍沉默了两秒，不知是因为惊讶还是因为正在凝神回想："哦，是赵姐。我记得。"她似乎笑了笑，语调柔和而稳重，听上去很是舒服，"好久不见了，身体还好吗？我记得你一直睡不太好。"

"都还好，都还好。失眠的问题也好多了。"没想到她还记得自己失眠的问题，赵亦清心头一软，但仍旧记得要紧的正事，便随意将这个话题揭了过去，迟疑了会儿道，"今天打给你，主要是想告诉你……我们有珈瑛的消息了。"

秦妍又一次无言了片刻："你们……找到她了？"

"可以这么说。只不过……她去年已经过了身。"想要给她言简意赅地说清楚事情的经过，赵亦清却喉中一哽，最终只能压抑着哭腔叹息，"唉，一言难尽。"

这回对方在电话那头静了近十秒，才迟迟出声："请节哀。"

只有三个字，却每一个字音里都带着颤音，极力抑制的哭腔也伴着呼吸哽在了尾音中。

意识到她刚得知这个消息想必要比自己更加惊恸，赵亦清抬起袖子拭去脸上的泪水，反过来安慰她："你也别太难过。我知道你们感情好。"

"嗯。"她的回应里还带着一丝颤抖。

两人都不约而同地安静下来，留给对方一段缓冲的时间。

"小秦啊，其实还有一件事我们想拜托你。"许久，等到能够说出一段完整的话了，赵亦清才说，"珈瑛和亦晨的女儿……今年八岁，我们已经把她接回来了。但是现在……孩子因为妈妈不在了，得了儿童抑郁症，还不能讲话——好像是因为失语吧。我就想问问你，有没有什么认识的儿童心理方面的专家能介绍一下，我们带孩子去看看。"

那头的秦妍好像已经平复了情绪，只是说话还有些鼻音："孩子现在在赵亦晨家还是？"

"在我们这儿。"说完觉得有那么点儿含糊，赵亦清便又补充，"我们头几年已经搬到亦晨楼上了，还是原来那个小区。"

"好，那我明天上午过去一趟，你看方便吗？"她那头响起了纸张翻动的哗哗响声，轻微，不紧不慢，就像她此刻的语气，平和而从容，"其实我自己就是做儿童心理的，这几年在一家儿童心理康复中心工作。心理治疗这方面，要取得比较好的效果，关键也是要患者和医生之间建立良好的信任关系。所以有时候，合适比专业重要。"翻动纸页的声响停下来，她说，"我先去看看善善，如果她能接受我，就由我来帮她康复，好吗？"

"好，好……你亲自来，我们也放心些。"摘下眼镜擦着眼泪点头，赵亦清吸了吸鼻子，"不过……你怎么知道孩子叫善善？"

电话那头的女人极为短暂地一顿，语调平稳如常："你刚刚说过了。"

"哦哦，我说了是吧？不好意思……我记性不大好。"没有怀疑她的话，赵亦清重新戴上眼镜，"那我待会儿把地址发给你吧？"

同一时间，夜幕包裹京珠高速的上空，路灯绵延至视野尽头，赵亦晨驱车疾驰，一路向北。

明黄的灯光一片片划过他的眼底，他没有抽烟，两手握着方向盘，专注于超车和前行。

这是这么多年以来，他头一次不需要尼古丁的帮助，便能不去思考任何事情。

X市距离Y市六百一十六公里，统共七小时的车程。赵亦晨抵达南郊的公墓时，已是凌晨三点。公墓管理员不放他进去，他便把车停在离入口不远的平地，后脑勺枕上车座头枕，合眼休息。

他梦见了母亲。

那是过小年那天，她拎了一只母鸡回来，在院子里忙上忙下，杀鸡，给他和赵亦清炖鸡汤。父亲破产自杀后，他们便有好几年没再吃过鸡。赵亦晨和赵亦清手牵着手站在院门口，饥肠辘辘地看着母亲放光了鸡血。

当晚，姐弟俩喝到了香喷喷的鸡汤。

母亲把鸡肉都分给了他们，自己只喝了半碗汤。第二天她便在骑着单车追小偷的时候，撞上了一台黑色的小汽车。

有人敲响了车窗，赵亦晨从梦中惊醒。

他的手反射性地摸向腰间的枪，转头却见墓地管理员弯着腰站在他的车窗边，抬高嗓门对他说："可以进去了。"

天方微亮，朝阳尚且没有挣脱地平线的束缚。赵亦晨却好像被这微弱的天光刺痛了眼睛，下意识地伸手挡住双眼，他从指缝里看到了风挡玻璃上细密的露珠。

天亮了。他告诉自己。

通过墓地管理员的指引，他找到了许菡的墓。

与其他的坟墓没有多少区别。墓碑上有她的照片，还刻着她的名字。立碑人是许涟。

他记得许涟说过，她是被火化的。

人死只是一瞬间的事，濒死的挣扎却或长或短。他的母亲被车撞死，身体飞出了几米远。当时赵亦晨就立在街头，目睹了这一幕。她身子底下全是血。在他跑到她身边之前，她已经断了气。

他想，她走得应该不会太痛苦。

但是胡珈瑛不同。他对她离开的方式不得而知，更不知道她走得是否痛苦。

这九年里，他无数次记起她曾经说过的话。他也明白了为什么有的时候她会希望他死。正如这九年来，他无数次希望听到她的死讯。

可一旦到了梦里，她回到他身边，他就会松一口气。他会想，再也没有比这更好的事。

缓慢地蹲下身，赵亦晨伸出手，指尖触碰到照片中她微笑的脸。

其实他很少梦到胡珈瑛。他的生活太忙、太累。就像她说过的那样，没了她，他根本不会照顾自己。但就是在那偶尔几次的梦境中，他总是猝不及防地看到她出现在家里：在厨房洗碗，或者在卧室床头的台灯下替他补袜子。他叫她，她便抬起头冲他笑，仿佛她从来不曾离开。

直到他来到她坟前的这一刻。

他知道，他该醒了。

CHAPTER 9

黑暗不接受光

生命在他里头，

这生命就是人的光。

光照在黑暗里，

黑暗却不接受光。

——《圣经》

01

一九八八年初，马老头倒在了许菡杀死大黑狗的巷子里。

她找到他的时候，他已经奄奄一息，四肢抽搐，翻着白眼，口吐白沫，鼻青脸肿地在巷子里躺了一个晚上。许菡揪住他的衣服，想要把他拉起来。可他太沉，她根本拉不动。她流着眼泪，闻到他那件军大衣潮湿酸臭的味道，还有他瘦得只剩一把骨头的身体里散发出来的腥臭的气味。

她没能把他拖出巷口。

两个男人突然冲进巷子里，抓着她的胳膊，捂住她的嘴，把麻布袋往她脑袋上套。她不要命地挣扎，对他们又抓又挠。巴掌抡上她的脸，她左耳一阵嗡鸣。

一个胖墩墩的小男孩跑到巷子口。她看到老裁缝慌慌张张冲出来，抱走了他。

然后，她的视野一黑。麻布袋罩住了她的脑袋。

许菡被装在麻布袋里，扔到了硬邦邦的水泥地上。

有水泼下来，砸在她身边。水花飞溅，濡湿了袋子。她听到有人咳嗽。起先是微弱的声音，后来又发出一声喀喀怪叫。她知道那是马老头。她缩在麻布袋里，一动不动。

过了一会儿，有人重重踢了她一脚。隔着麻布袋，正好踢中她的脑壳。她视线一震，看到的所有东西都变成了蓝色。那人扯开麻布袋，把她拎出来。她摔在蓝色的水泥地上，磕掉了一颗蓝色的牙齿，流出蓝色的血。

马老头趴在她身旁，颤颤巍巍地爬起来，脑袋底下有摊蓝色的水。他也是蓝色的。

"这是你从谢老那儿买来的丫头？"她听见一个陌生的声音。一阵脚步声走近她，她看到一双蓝色的鞋子。一只手抓着她的头发，拿着一块沾了汽油味儿的布，擦干净了她的脸。刚才的那个声音又响起来，操着东北口音，还吐了口浓痰："还行。带回去洗干净检查一下，没病就送去洗脚店。要还是个雏儿，你欠我的钱就算免了。"

揪着许菡头发的人便使了点劲，拽住她的衣领往后拖。粗粝的地板磨着她的胳膊、她的腿。她徒劳地扭动一下胳膊，满嘴的腥气。

"不行、不行……"她看到马老头哆嗦着爬起来，一路爬到那个人的脚边，抱住了他的脚，"这是我亲孙女儿啊……你放过她、放过她……求求你……"

"亲孙女儿？"那个声音问他。

"放他娘的狗屁！"另一只脚把他踹开，冲他脸上啐了口唾沫，"都说是捡来的！老不死的这是看上那小女娃了——"

马老头倒在他脚边，发着抖的手慢慢伸出来，还去抓那人的裤腿。

一顿拳脚落在他身上。他一手抱着脑袋，扭动，挣扎，就像一条丑陋的蚯蚓。

许菡看到他眼角的血。红色的血。

他抓着那人的裤腿，疼得蜷紧了身子，颤抖着嘴唇，一直在说："真是我亲孙女儿……真是、真是……"

许菡便呆呆地看着他，记起她发现女婴那天，他掐断了女婴的脖子。

争不过他，许菡便发了疯地对他又踢又打。

"不要打了！"他拧着她的胳膊，堆满了皱纹的脸被她抓出一道道鲜红的口子，"我们根本救不了她！她死了我们还能多讨点钱！"

她却只是打他，踢他。她什么也不听。

"丫头、丫头！听我说！"扒开她瘦得一拧就断的胳膊，马老头扯着脖子嘶吼起来，狠狠推了一把她的肩膀，把她推得跌到地上，蹭破了膝盖。她爬起来，忽然便坐在那儿不再动弹，漆黑的眼睛望着他怀里那吊着脖子的女婴，眼神空洞，表情麻木，膝盖冒着血也不喊疼. 丢了魂儿似的僵住了。

马老头跪下来，跪到她身前。

他说："丫头……我们已经没有办法了……曾景元那帮东北佬天天过来催债……我们再还不了钱就要被他们活活打死……"

"那是你活该！"她原是一句话也不说的，却突然尖叫起来，扑到他跟前，一个劲地打他，"本来都帮你戒了……是你活该！你活该！"她喊哑了嗓子，眼泪淌出来，淌进她的嘴角，又和着血，摔进那婴儿的襁褓。

"你以为他们会放过你啊？！"他顶着一脸的血花，推搡着她的肩，唾沫星子飞上她的脸颊，一张嘴便是满口的腥臭，"等你爷爷我死了，他们就把你逮进洗脚店！你晓不晓得啊！？"

她想，现在他真的要死了。

"不要打了……不要打了……"她抓着自己被揪紧的头发，疼得眼泪直淌。

头顶传来一个声音："曾少，这女娃会讲话。"

她埋下脑袋，流着泪，颤抖地喃喃自语，嗓音细若蚊蝇："求你保护我……"

"不是个哑巴啊。"被马老头抓住裤脚的人笑了笑，"过来。"

站在许菡身后的男人便拎起她的衣领，把她扔到了他的脚边。

她扑在他脚尖前，歪着脑袋，看到马老头的脸。他缩成一团，还睁得开的那只眼只睁开一条缝，玉米粒似的牙齿被血染成了红色。她被他捡到那天，可能也是这个样子。像一条脱了水的鱼，濒死的鱼。

"爬起来。"站在她面前的人命令。

许菡撑着胳膊爬起来，抖成了筛糠。

"自己说，你叫什么名字？"

她不说话。

那人挪动一只脚，踩上她撑在地板上的手，抬起脚跟，见她缩起身子，慢慢地碾："说。"

"许菡……"她哑着嗓子，"我叫许菡……"

"哦，不姓马。"抬脚松开她的手，那人又问她，"听别的乞丐说，你还会写字。挺聪明，是吧？"

她缩回手，低着头，没有吭声。

然后听他继续说："这样，你想法子给我弄个比你小点儿的丫头来。我送去给牙子卖了，就算你们还了钱。干不干？"

仰起脸，许菡看清了他的模样。剃着光头，眯着眼睛，嘴有点歪，额头上还有条狰狞的疤。

他看着她，就像在看一条狗。

第二天，一个母亲牵着自己五岁的女儿，走到街口的菜市场买菜。

刚踩上台阶，女儿就晃了晃母亲的手，抬起小胳膊指向一旁："妈妈，我要看姐姐折纸。"

母亲顺着她小手指的方向看过去：是个小姑娘，看上去不过十岁，穿着干净的棉裤和小袄子，坐在一个菜摊旁的台阶上，正低着头折纸。她脚边已经放了几只纸灯笼，还有小纸鹤，都是用红彤彤的糖纸折的，模样很是漂亮。

扭头看了眼那个菜摊，母亲见青菜新鲜，便松了女儿的手："行，那你就跟姐姐在这儿玩，不要跑远啊。"

目送女儿跑到小姑娘身旁，她才走上台阶来到菜摊前，拎了一把菜薹："老板，今天菜薹怎么卖？"

老板报了价钱，给她称好装进袋子里。

她又挑了几颗小土豆："再拿两根葱给我吧。"说完就探过脑袋冲台阶那头喊："雯雯？要走啦，跟妈妈去买鱼。"

没有人答应。

猛地抬起头来，母亲扔下手里的土豆，跑到外头的台阶边。两个小姑娘的身影早已不见。

"雯雯？！"她顿时慌了神，左右张望着，手足无措地大喊，"雯雯？！"

末了又冲回菜摊边，瞪大眼睛问老板："我家孩子呢？！"

"孩子不见了？"老板一脸茫然。

"她不是跟你们家孩子在那里玩吗？！"

"不是，你别急，什么我们家孩子啊？我都还没结婚呢，哪来的孩子……"

人群聚集过来，母亲意识到了什么。

"刚才坐那里折纸的不是你们家孩子？"没等老板回答，她便抱住脑袋抓住了自己的头发，神情恍惚地念起来，"雯雯……雯雯……"

周围嘈杂声渐起，她突然丢下手里的包，发了疯似的拔腿往外跑，边跑边哭喊："雯雯——雯雯——"

街头巷尾，只有她歇斯底里的喊声，无人应答。

远处的巷子里，许菡拉着女孩儿的小手，一声不吭地往前走。

另一只肉嘟嘟的手里还抓着她给的纸鹤，女孩儿磕磕绊绊地走着，忽然回头望了一下，又抬起脑袋去瞧她："姐姐，我好像听到妈妈在叫我。"

许菡不作声，从兜里掏出一只纸叠的小青蛙塞给她。

女孩儿笑起来，把小青蛙捏在手里，一边低着小脑袋打量它，一边问："姐姐，我们要去哪里看漂亮的纸鹤啊？"等了一会儿没等到回应，她便抬起头来，傻傻地张开了小嘴巴，"姐姐你怎么哭了……"

抬起胳膊擦掉眼泪，许菡埋下脸，停了停脚步，又接着朝前走。

两年前，她也是这么牵着妹妹的手，躲进了狭小黑暗的柜子里。

车子开动的时候，妹妹问她："姐姐，他们会不会发现我们？"

她没有吭声。小姑娘便放开她的手，缩在那小小的角落里，双手合十，小声地祈求："求你保护我，如同保护眼中的苹果。"

"是瞳仁。"许菡说。

"哦。"她咕哝了一声，重新祈祷。

"求你保护我，如同保护眼中的瞳仁……"

求你保护我。

许菡握紧女孩儿胖嘟嘟的手，在死胡同里刹住脚步，扯出兜中蘸了药水的帕子。

拿帕子捂住女孩儿的口鼻时，许菡闭上了眼。

如同保护眼中的苹果。

02

在派出所值了一整晚的班，快到轮班的时间，刘敏才按按太阳穴，悄悄伸了个懒腰。

脚边的塑料袋里还装着女儿的衣服，兜帽上的兔子耳朵露出来，她伸手便将它按了回去。这是她头一天晚上担心赵希善留在派出所过夜会着凉，便特地从家里带来的。赵亦晨带着小姑娘回X市之前把衣服还了回来，刘敏刚好值完班回家休息，直到昨晚才从同事手里拿到衣服。

记起小姑娘瘦得可怜的小脸上满是泪水的模样，刘敏忍不住叹息。

轻微的脚步声传来，她抬起头，看清来人的面孔时吓一跳。

"呃，赵队……"手忙脚乱地站起来，她险些踢倒脚边的塑料袋，"你们不是已经回去了吗？"

通往档案室的这条走廊十分安静，赵亦晨身形高大结实、脚步却轻，忽然

出现在她的办公桌前，自然把她吓得不轻。他还穿着前天那身衣服，一手拢在裤兜里，外套就势搭在臂弯。只微微冲她颔首，他没有解释自己为什么又会来Y市："我想要许菡的死亡证明副本，还有当时出警的警员、做鉴定的法医的姓名。"

刘敏一愣，张了张嘴，拧起眉头面露难色："您知道这些没有批准我们是不能……"

"我是赵亦晨。"赵亦晨打断她。

"我知道，可是……"

"是死者家属。"仿佛没有听到她的争辩，他神色平静地看着她的眼睛，借着头顶灯光投下的阴影掩去了脸上的疲色，嘴唇一翕一张，每个字句都平缓而笃定，"我到这里来，只有这一个身份。"

下午两点，Y市河东洗煤厂居民区的旧平房里，侯德平给午睡醒来的女儿洗了脸，而后抱着她走出屋子，将洗脸盆中的水倒在了门前的果树底下。转身要回屋时，还在咿呀学语的女儿趴在他肩头，突然抬起肉乎乎的小胳膊含糊不清地咕哝了一句什么。他回头，恰好撞上一束视线。

是个脸生的男人，停在那棵果树底下，高高壮壮的身子瞧上去就像一堵铁铸的墙，脸型窄长却线条刚劲，微微上挑的浓眉底下是双眸色深沉的眼睛。他垂在身侧的左手抓着一件外套，身上穿的是普普通通的汗衫和深色长裤。

侯德平认出来，那是警裤。

"你找哪个？"见对方正看着自己，侯德平便转过身开口问道。

他说的当地方言，对方回的却是带点儿南方口音的普通话："侯先生，我找您。"被果树繁密的枝叶割得破碎的阳光打在他脸上，阴影在微风里摇晃，模糊了他的表情，"我是许菡的丈夫，赵亦晨。"

听到"许菡"这个名字，侯德平面色一僵。女儿抱住他的脖子好奇地扭过头来，细软的发丝蹭过他的下巴，发顶还带着点儿奶香味，钻进他的鼻腔。

他缓了缓神色，旋身示意对方："进屋说吧。"

赵亦晨随他进了屋。

房子里陈设简单，家具大多是二手货，就连侯德平手里的脸盆也生了锈斑，可见他们生活拮据。他把赵亦晨领到客厅的沙发边，自己则抱着女儿走进厨房烧了壶白开水，盛满一杯端上茶几。

从餐桌底下拉出一张小板凳摆到茶几前，侯德平同赵亦晨隔着茶几坐下来，将女儿抱到腿上坐稳，才仰头对上赵亦晨的视线，抿了抿唇道："我不知道许小姐还有丈夫。"

掏出手机，赵亦晨调出他给胡珈瑛的身份证拍的照片，还有他们的结婚证、户口本。

"出于一些原因，她曾经有一段时间用过这个假身份，和我结了婚。"把手机递到侯德平面前，他语速不疾不徐，"九年前她怀孕六个月的时候，突然失踪。前两天我得到消息去许家找她，结果听说她已经过世一年了。"

女儿伸手去扒拉，侯德平轻轻拉开她的小手，接下手机仔细看过几张照片，便递还给他，动了动嘴唇："节哀。"

见他面色平静，赵亦晨就将手机拢回兜里，直截了当地说明来意："我来找你，是有几个问题想要问你。在这之前我想说清楚几点，以免让你认为我有所隐瞒。"他微微弯下腰，好让自己的视线与他齐平，手肘习惯性地搁上大腿，十指交叠在两膝之间，"我现在是X市的刑侦支队支队长，已经做了十五年的警察。但我今天来这里，不是作为一个警察，而是一个丈夫。这一方面是因为我的上级通知我不要再调查这件事；另一方面，我不想让你因为觉得这是警方在介入而有压力。"

小姑娘无所事事地抓了抓侯德平的下巴，摸他的胡楂儿。他借此低下眼睑去拉她的小手，避开了赵亦晨的目光。

"我懂了。"等一手握住女儿的一只手，侯德平才重新仰起脸迎上他的眼睛，面上神情寡淡，"赵先生，我很感谢你尊重我。但如果你想问的是许小姐的死因，那么法医的鉴定报告里面已经写得很清楚。我在材料上签过字，这也是我的态度。我认为法医的鉴定没有问题。"

目不转睛地望着他的双眼，赵亦晨面色不改，像是早已料到他的回答，并未因此而惊讶。

"那时候你刚当上警察一年。"他淡淡陈述，"在警校你的成绩就很优秀，也立志要做一名刑警。可是这件事发生一个月之后，你突然辞了职。"

略微眯起了眼，侯德平抿紧双唇，以不耐烦的神色掩饰眼里转瞬即逝的情绪。

"看来你说是不以警察的身份过来，其实来之前也已经调查过我了。"他张口换上一副生硬的口气，回避他话中暗含的问题，态度不再如刚才那般配合，"我辞职是有私人原因，和许小姐的事没关系。"

"这个私人原因要紧到你还没有找好退路，就辞职了？"赵亦晨却紧接着追问，从头至尾不露情绪，一点儿没有因他态度的转变而慌了手脚，"听说这一年半你换了三次工作，现在还处于无业的状态。你不像这么没有规划的人。"

抱着女儿站起了身，侯德平彻底板起脸："这些都是我私人的问题。如果你没有别的要问，就请回吧。"语罢便转身要带女儿回卧室。

孩子天真无邪，完全没有察觉到两人之间气氛紧张，只感觉爸爸抱着自己转了个身，于是咯咯笑起来，吐了个口水泡泡。

清脆的笑声击打着耳膜，在沉闷的氛围中尤其刺耳。

"我和许菡的女儿，今年已经八岁了。"赵亦晨听不出情绪的声音忽然在身后响起。

侯德平停下脚步。

"孩子因为妈妈的死，得了儿童抑郁症。除此之外，还由于某些诱因导致了失语，不能讲话。"他听到他说，"她长到八岁，我从没见过她。现在我找到她了，也没有办法听到她叫我爸爸。"

或许以为这又是大人在逗自己讲话，侯德平怀里的女儿咧嘴笑得开心，抬了抬小屁股，跟着吐字不清地喊了一声："爸爸！"

心头一震，侯德平转过脸来，看向女儿肉嘟嘟的脸。她什么都不懂，凑上前"啵"地亲了一下他的脸颊，小手掌心里的口水蹭在了他的衣领上。他顿了顿，拿她襟前的围兜小心翼翼擦去她手上的口水，亲了亲她带着奶香味儿的额头。

小姑娘被他没有刮干净的胡楂儿刺得痒痒，一个劲地往后躲，嘴里咯咯直笑。

回过身再次对上赵亦晨的视线，侯德平发现他仍旧坐在那里，维持着方才的姿势，静静看着自己。像在等待，等一个迟到了多年的结果，以及一个未知的未来。

抬起脚走回茶几前，侯德平重新在小板凳上坐下，将孩子抱到自己腿上。

"我辞职，是因为我发现我不适合做警察，更不适合做刑警。"他回视赵亦晨那双棕褐色的眼，依旧拧着眉头，却不再像刚才那样拒人千里，"坚持自己的怀疑，寻找线索追查到底——这种精神我没有。比起真相，我更担心追查下去会给我和我的家人带来什么负面影响。"

赵亦晨听懂了他的言下之意。

"你觉得她不是意外落水。"他说。

"她不是。"紧紧盯着他的脸，侯德平一字一顿，语气肯定，"您干了这么多年的刑警，应该知道意外落水溺亡的尸体是什么样的。我们赶到的时候，许家人已经把尸体打捞上来。她的确全身都湿透了，但单从外观来看，鼻腔、口腔和衣服都很'干净'。"

沉默片刻，赵亦晨接上他的话："意外落水，一般会在鼻腔和衣服这类地方留下泥沙或者其他污物。"

侯德平颔首同意："至于肺部积水和肺里有没有检测出别的藻类浮游生物，我不清楚。那是法医的事。"他停顿一会儿，又说，"但尸体的脸部皮肤发红，这和意外溺水不同。"

"外力导致血管破裂出血。"出乎他的意料，赵亦晨的神色没有变化，甚至不需要多做思考就下了判断，口吻冷静到近乎冷漠，"她不是意外溺死，是因为窒息。"

"我认为是这样。"小心留意他的反应，侯德平尽可能措辞委婉，"但也有不能解释的地方，比如死者脖子上没有勒痕或者掐痕……"

"头部被按在水中窒息而死。"对方平静地出声打断，"这也是一种可能性。"

下意识噤了声，侯德平垂下眼皮，沉默下来。

"谢谢。"许久，赵亦晨再次开了腔。他从外套的口袋里拿出一个崭新的红包，搁在茶几上推到侯德平面前，声线沉稳，叫人听不出半点情绪的起伏："我知道孩子下个月满周岁。这些给孩子。"

说完他便起身，走向了半敞的大门。

咬了咬下唇，侯德平抬起脸，望向他背光的背影。

"赵队长。"他嗓音沙哑地开口，"对不起。"

赵亦晨在门边驻足，抬手扶上门把，没有回头。

"如果不做警察，就多陪陪家人。"

这是他留给侯德平的最后一句话。

开车回X市的路上，赵亦晨在经过南郊公墓时停了车。

他摇开车窗，给自己点燃一根香烟，没有下车。这个时节少有人扫墓，墓地管理员搬了张板凳坐在入口，远远地瞧了他的车一会儿，便弓着背回了屋。

荒郊野岭，远山远水，满目寂静。

十月中旬，这片地区已弥漫了些寒意。不如X市那样的南方城市，要到十二月才迟迟步入冬季。

赵亦晨依稀想起来，两年前的五月，他曾经为了追捕一名嫌犯，途经这座城市。

当时他在公园接了捧水洗脸。那水很凉。

而胡珈瑛最终就是在那样凉的水里，沉入了水底。

七个小时后，赵亦晨如常把车停在了十五栋楼底。

拔下车钥匙正要下车，两束刺眼的光却忽然打向了他的眼睛。他条件反射地抬手遮了遮，意识到是停在对面的车打开了远光灯。下一秒，远光灯熄灭，他听见车门关上的声响。昏暗的光线中，有人走下那台车，朝他的车踱来。

双眼适应了光线变化的第一时间，赵亦晨就看清了她，是秦妍。

她比他们最后一次见面时要瘦了不少，棕红色的长发随意地扎在脑后，穿着一条宽松的薰衣草色亚麻长裙，一手拎着包，一手插在兜里，缓慢地走向他。大约是注意到了他的车牌，她才开了远光灯好引起他的注意。

赵亦晨下了车，碰上身后的车门。

"好久不见。"她在他跟前驻足，冲他微微一笑。

秦妍和胡珈瑛不同，她爱笑，也不大在意保养，这些年过去，眼角便早已有了细纹。幸好她天生一张鹅蛋脸，眉眼柔和可亲，哪怕是老了一些，都总叫人讨厌不起来。

多年没有联系，赵亦晨不像她这么坦然自若，只看她一眼，脸色平静地点了点头："我姐联系你的？"

"赵姐跟我说了珈瑛和善善的事。"把另一只手也拢进衣兜里，秦妍颔首，不紧不慢的语态一如从前，"我是儿童心理医生，所以过来看看能不能帮忙。"

"麻烦你了。"夜色浓稠，低矮的街灯只照亮他一半的脸，眉眼间的神色同他此刻的语气一样冷淡而疏远，"孩子的情况怎么样？"

敛了敛笑容，她抬着眼望进他眼底，眼里盈满了橙色的灯光。

"已经和赵姐说过了。既然正好碰上你，就再跟你说说吧。"语调仍然平和如初，她丝毫没有受到他冷淡态度的影响，言简意赅道，"善善目前厌食和失眠的症状很严重，情绪长时间低落、忧郁，经常流泪，属于内向型抑郁症状。我给她做了测试，回去才能分析结果。不过现在来看，我认为她有很强烈的自责自罪情绪，这是导致她生病的重要原因。"说到这里，她略一停顿，"另外一点你也知道，是失去母亲。"

仿佛没有听到她最后的补充，赵亦晨神色不改，只重复了一遍她刚才的用

词："自责自罪情绪。"

秦妍点头。

"就像一些因为父母离异而引发儿童抑郁症的孩子，他们无法接受父母分开的事实，从父母的言语、行为或是自我的怀疑中把责任归咎于自己，产生强烈的自责自罪感。孩子不懂排解，一旦陷于过度的自责自罪中，就很难走出来。久而久之，便成了儿童抑郁症。"

脑海中浮现出那晚小姑娘仰起脸望着自己流泪的模样，赵亦晨缄口不语。

"所以善善是把许菡的死归责于自己。"半晌，他才找回自己的声音，"失语也是这个原因？"

"这只是我的初步猜测。失语的诱因还要继续治疗才能慢慢摸清。"秦妍挪动一下右手，让勒住手腕的包带滑向了手掌，"今天见过了善善，她对我并不是很排斥，我们也建立了一定程度的信任关系。如果你放心让我来，我会尽我所能帮助善善。抗抑郁药物对孩子的伤害很大，我有处方权，但一向不主张药物治疗。孩子暂时没有自虐自杀的症状，可以通过非药物的方法来引导。"

颔首以示同意，赵亦晨问她："接下来怎么安排？每周带善善去你们康复中心？"

不曾料想他知道她在康复中心工作，秦妍微微一愣。

"你们要是方便，就下周四上午十点来一趟，先看看善善喜不喜欢康复中心的环境。如果她在家里更放松，就换我每周过来。"抽出手从包里拿出一张名片，她将它递给他，"有特殊情况就立刻联系我，我手机二十四小时开机。"

"好。"接过名片，他眼睑微垂，神情一如最初，镇定而淡漠，"这段时间我能做什么？"

"听说你们肖局给你批了两个星期的假。"收回落在他身上的视线，秦妍无声地叹了口气，"你多陪善善吧。多和她交流，陪她吃饭，带她出去散步，或者短途旅行。关键是多和她交流。她现在不说话，对别人讲话的反应也好像没有听见，但其实大多能听到，也能听懂。所以不要说些可能会伤害她的话，也不要因为她没有回应就不说。"

他简单应了一句："我知道了。"

再度抬眼去看他，秦妍只犹豫了半秒，便问："你昨晚和今天去哪里了？"

"这是我的事。"赵亦晨把外套搭上肩膀，没有看她的眼睛。

合了合眼，她感觉到夜里的微风拂过她的眼角，卷起他身上淡淡的烟草气息，扑进她的鼻腔。

"心理学上的伤逝有七个阶段。震动和否认，痛苦和内疚，愤怒和许愿，消沉、回忆和孤独，好转，重建生活，接受现实。"唇齿间溢出这些烂熟于心的字句，她听见自己慢慢回忆，"我最后一次见到你是八年多以前。当时你放年假，家里一团糟。衣服不洗，东西乱扔，厕所臭气熏天，啤酒瓶和方便面堆满茶几，厨房的池子里全是没洗的碗筷和苍蝇、蟑螂。不论谁跟你说话，你都只会发脾气。"

止住嘴边的话，她睁开眼，看向他眼里自己的剪影。

"那是第三阶段。后来我和赵姐联系过几次，从她的描述来看，我认为你已经慢慢好转，开始重建生活了。"她说，"但我觉得你现在正在从头开始重新经历这七个阶段，或者根本就还没有接受现实。"

赵亦晨只字不语地同她对视。他脸上没有任何表情，冷淡得好像与八年前那个躺在一屋子狼藉里的男人不是同一个人。

就在秦妍以为他不会再开口的时候，她看到他嘴唇微动。

"你想太多了。"他说。

"你刚刚说的是'许菡的死'。"秦妍眉梢低垂，轻声问他，"许菡和胡珈瑛是同一个人。你没明白吗？"

忽然劲起的风掠过耳际，她没有得到他的回答。

"孩子很敏感，你的状态也会影响到善善的状态。好好想想吧，我先回去了。"她低下头，反身离开。

"我去看了她的墓。"背后却传来他的声音，"她是被火化的。除了一把

骨灰，什么都没留下。"

顿住脚下的步伐，秦妍背对着他站在了原地。

"九年前珈瑛失踪之后，我保留了她的指纹。"她听见他低哑而平稳的声线，顺着风缓缓滑进她的耳中，"昨天和许涟见面，我把她在星巴克用过的咖啡杯买下来，带回队里做指纹采集。法医昨晚已经把对比结果发给我了。许涟不是珈瑛。"

她回过头，在路灯的映照下红了眼眶。

正如他神情冷硬的脸上，那双带着血丝，却克制而隐忍的眼睛。

"所以我知道，那把骨灰是她。"他这么告诉她。

这回沉默的人，变成了她。

"早点回去。"等待许久，他最终提步走向她，同她擦肩而过的同时，不咸不淡地嘱咐，"开车注意安全。"

秦妍直到最后都没有应声。

她听着他渐远的脚步声，等到整个中心广场只剩下自己，才缓慢地蹲下身，捂住了满是泪水的脸。

已经过了晚上十点，六栋三单元的楼道里很是安静。

楼道的灯早在五年前就换成了声控灯，赵亦晨每上一层楼，都会有新的灯亮起来，为他照亮前路。他原本是要去四楼赵亦清家接赵希善，却在经过三楼自家门前时，发现门边摆着赵亦清的鞋。

因此他掏出钥匙，打开了门。

刚将门推开，便见小姑娘从客厅的沙发边跑过来，赤着小小的脚丫，抱住了他的腿。他弯腰抱起她，抬头看到穿着睡衣的赵亦清拎着鞋追过来，撞上他的视线才刹住脚步，垮下肩松了口气。

她看了眼小姑娘瘦削的背，又看向他："非要等你回来，昨天已经熬了一个晚上。"

赵亦晨略略点头，没有说话，仅仅是抱着小姑娘走到了自己的主卧，拉开被子的一角，将她放上了床。

"睡吧。"给她掖好被子，他俯下身拿宽厚的掌心抚了抚她的额头，"爸爸洗个澡就过来陪你。"

大概是刚洗完澡，小姑娘身上还有些皂香。她躺在被窝里，两只小手扒着被子的边角，大而疲惫的眼睛目不转睛地瞅着他，好半天才动下巴，点了点头。

赵亦清候在客厅里，等赵亦晨出来，才起身走上前小声对他说："我昨天打了个电话给珈瑛的那个朋友……"

"我知道。"猜到她要说什么，他合上身后的房门，打断得不轻不重，"刚刚停车的时候碰到了秦妍。"

原本还要再问几句，她瞅见他眼底的疲惫，便欲言又止了一阵，最后改口道："你出去一天，也累了。去洗个澡吧。"末了还不忘问他，"吃晚饭了吗？我去给你下碗面。"说着便要去厨房。

"姐。"赵亦晨拉住她，迟疑片刻，还是微微沉了嗓音，"谢谢。"

眼泪霎时间模糊了视野，赵亦清僵在原地没有动弹。

几秒过去，他把她拉到怀里，轻轻拍了拍她的背。就像小时候母亲过世，她抱着他，轻拍他的后背。

二十分钟后，赵亦晨洗过澡，回到了卧室。

床头灯已经打到最暗的光线，小姑娘缩在被窝里，呆呆地盯着天花板瞧。听见他开门的动静，她才扭过头，朝他望过来。

他躺到她身旁，她便挪动小小的身子，蜷到他身边。

替她捂紧被子，赵亦晨拨开她额前的碎发："喜不喜欢姑姑？"

小姑娘依然目光空洞地睁着眼，点了点脑袋。

"也见过姑父和哥哥了。"他放缓了声线，继续问她，"喜欢他们吗？"

没有表情地点头，小姑娘动作迟缓而机械，不知道是不是真的听懂了他的

问题。赵亦晨沉默下来，摸摸她的脑袋。转念记起秦妍叮嘱过的话，他便想了想，又问她："听姑姑说你今天吃得很少，是不是姑姑做的菜不好吃？"

小姑娘慢慢摇头。她是听得懂的。

"那你喜不喜欢姑姑做的菜？"

她再一次点了头。

赵亦晨低下眼睑看向她长长的睫毛，还有瘦得颧骨微凸的脸颊。"爸爸小时候也喜欢吃你姑姑做的菜。"他伸出一条胳膊绕过她的小脑袋，学着儿时母亲哄他入睡的动作，轻轻捏她的耳朵，"她六岁开始学着做菜，煎的第一个荷包蛋是给我吃的。据说煎煳了，但是我吃得很香。"

一言不发地听着，小姑娘缓缓眨了眨眼睛。

竖起手肘托住自己的下颌，他侧过身看她，温热的手停在她的耳后："明天爸爸不去上班。教你煎荷包蛋，好不好？"

小姑娘看着他，目光有些呆滞。他凝视她的眼睛，安静地等待。

良久，她才好像后知后觉地反应过来，和方才一样，认真地点头。

脑子里紧绷的一根弦于是渐渐松下来，赵亦晨顺势摸了摸她的前额。

"那就早点睡。"他低声告诉她，"明天我们早起给姑姑、姑父还有哥哥做早餐。"

小姑娘听懂他的话，乖乖闭上了眼。

动手关掉床头的台灯，他把她蜷成一团的瘦小身躯搂进怀里，在黑暗中合上双眼。

孩子的呼吸时长时短，却真实可触。

这是多年以来，他头一次希望，胡珈瑛不要出现在他们的梦里。

他和女儿的梦里。

CHAPTER 10

过去的已如尘烟

云海浮沉，

往日历历在目，

未来的似已惘然，

过去的已如尘烟。

生死乃一线之隔。

——威廉·巴勒特·叶芝

01

桥西有片居民楼，一楼都被私改成了商铺。

曾景元的赌场开在地下，洗脚店开在地上。一楼店面，二楼包间，三楼四楼住着原来的业主，五楼六楼的每一道门后都藏着尖叫和呻吟。

洗脚店旁边开了一家面馆。每个星期二都有乞丐聚在这里，等店家施舍一碗热气腾腾的面条。许菡在他们闹哄哄的背景里，偷偷溜进了面馆的后门，爬上洗脚店潮湿生锈的楼梯。

一楼和二楼之间的拐角被凿开一个洞。上个月的某天，有人半夜从这儿摔出去，摔断了脖子。第二天她正好过来，就瞧见了那人的模样。打着赤膊，只穿一条底裤。据说脑袋磕到楼梯的一角，碰碎了颅骨。没有血。

许菡从那个洞跳进楼道。开出洞的那面墙底下是面馆的厨房，墙壁黑黢黢的，像是经历过火灾。马老头曾经告诉她，曾景元在那儿烧过人。活生生的人，烧成一摊油，一堆骨头，最后剩下一把骨灰。

楼道里洒过水，六月的天气又湿又热。许菡拾级而上，经过三楼，路过四楼。瞎子在五楼的拐角等她。他四十出头，是个驼背，不瞎。去年年初，他揪着她的头发，听曾景元的吩咐，差一步就把她送到这里。

领她走到五楼尽头的那间屋子，瞎子掏钥匙开了门。

客厅乌烟瘴气，飘着的却不是香烟的气味。摊开的沙发床上趴着一个小姑娘，头发散乱地盖住脸，光不溜秋的身上搭着被子的一角，只露出满是青紫的屁股和竹竿似的腿。

曾景元就坐在阳台的落地窗前，背着光，手里捏了一根烟卷。烟头的火星忽明忽暗。

　　他歪着脑袋，冲许菡招了招手。瞎子推搡着她的肩，让她站到他跟前。

　　走近了，许菡才发现曾景元脚边摆着一个大蛋糕。雪白的奶油，五颜六色的蜡烛。十一根。她僵在了原地。

　　"今天你生日。"曾景元抬了抬翘起的脚，示意她，"给你买的蛋糕。"

　　许菡垂着脑袋，没有动弹，也没有吭声。

　　扯了嘴角笑起来，曾景元眯起眼，把手里的烟卷送到嘴边："先吃吧？不吃怎么谈正事儿啊？"

　　站在许菡身后的瞎子一顶她的膝窝，她扑通一声跪下来。他抓住她的头发，按着她的脑袋，将她的脸摁进了蛋糕里。蛋糕塌了一半，奶油埋住她的脸，沾上她的头发。她闭着眼，张开嘴，被瞎子推着脑袋，大口大口地咬。

　　甜腻的奶油被咽进喉咙，她趴在曾景元脚边，忍着作呕的感觉，狼吞虎咽。活像一条狗。

　　"好不好吃？"她听到曾景元问她。

　　瞎子拎起她的脸。她睫毛上沾满了奶油，睁不开眼，只在黑暗中点了点头。

　　"又哑巴了。"曾景元说。

　　瞎子便一巴掌抽上她的脸。

　　"好吃……"许菡哆嗦着嘴唇发出声音，半个脑袋都发麻发烫，"好吃……"

　　"不好吃。"曾景元笑了，"你以前肯定吃过比这更好的。"

　　浑身上下发起了抖，她不应声。

　　挥挥手让瞎子出去，等他关紧了门，曾景元才弯下腰，拿空着的手揩掉了许菡眼睛上的奶油。"听说最近你们这帮娃娃，好多被抓到所里去了。"他凑到她脸前，嘴里一股香甜的气味，"怎么搞的？头三个月不是好好的吗？"

　　许菡紧紧合着嘴巴，抖得找不到自己的声音。

　　"别光顾着抖啊，说说呗？"他又替她揩去脸颊上的奶油，甩了甩手。

　　终于克制住了打战的牙关，她张张嘴，嗓音发哑："条子知道我们在

送货。"

"这年头条子都变聪明了。"重新靠回椅背前，曾景元吸了口烟，"咱用小叫花子送货，他们也知道？"

"下线，"许菡说，"下线太多。"

沉默了一会儿，他好像没有听到她的话，许久才又问："被抓的娃娃都跟他们说什么了？"

"没说。"

"没说？"

许菡跪在他脚边，身子隐隐发颤，埋着脑袋，不再出声。

"傻的傻，残的残，是没什么好说的。"曾景元喃喃自语，替她答了。

放下翘起的腿，他坐直身体："下线留着不安全。你比马老头聪明。"掐灭手里的烟头，他弯下腰问她，"还想跪大街不？要不你来这里，干这个。"

指了指沙发床上死人一般趴着的姑娘，曾景元咧嘴一笑："这活儿你熟，是吧？"

许菡跪直的腿开始打抖，却依然低着脸，一声不吭。

"我就说许菡这个名字怎么听着那么耳熟。"他还在笑，"原来你真是许云飞的闺女呀！"

听到那个名字，许菡趴下来，两只脏兮兮的手撑在冰凉的地板上，胳膊直哆嗦。

"你们有钱，平时都是怎么玩的？跟这里的玩法不一样吧？"曾景元的声音在她脑袋顶上响，慢条斯理，字字针扎似的刺着她的耳膜，"马老头捡到你那会儿，你也没过八岁吧？那你开苞的时候几岁？那么小的女娃，我都没玩过。"

身子不受控制地发着抖，许菡眼前发黑，听他继续问她："陪过几个？有没有洋鬼子？"

恐惧淹没了她。那感觉就像把脸埋进了蛋糕里，甜腻、恶心、窒息、羞耻。她不能呼吸。

"识得字，还说不记得自己打哪儿来的。你爸爸在到处找你，知道不？他们没通知条子。这事儿条子不能知道。"弯着腰低下脑袋，曾景元咧开他那张歪嘴，"要是条子知道你为什么跑出来，那还得了啊？"

说完他又笑，拈掉她头发上一团白花花的奶油，抹在她惨白的脸上："许菡，你说我要不要做个人情，干脆把你送回你爸爸那里得了？"

许菡伏下身，狗似的抱住他的脚，颤声流泪："求求你……求求你……"

在抖得厉害的视野里，她看到了那个趴在沙发床上的姑娘。她趴在那里，一动不动，凌乱的头发底下只露出一双眼睛。黑色的眼仁，红色的血丝，直勾勾的眼神，湿漉漉的眼角。一片死气。

她死了，许菡想。

"放心，这事儿就我一个人知道。"她感觉到曾景元摸了摸她的头发，用他也摸过那具死尸的手，"我觉得你爸爸就是一畜生。咱那边穷得饿死，也没见过把闺女洗干净做童子鸡的。你说有钱人是不是脑子都长得跟两条腿中间那玩意儿似的？"

许菡望着那个姑娘，忘记了开腔。她身子还在抖，本能地抖。

"这样，明天开始，马老头做马老头的，你做你的。"曾景元说，"咱区那所美术学院对面的附小，听过吧？我给你弄套校服过来。你每个星期从我这里拿货，就管那块儿，把货都出手了，我给你分成。干不干？"

半个钟头后，许菡从楼道的洞眼爬出来，爬到咯吱作响的楼梯上。

正午阳光刺眼，她头晕目眩，脚下一滑，摔下了楼梯。面馆的厨房扑出油烟，和着她满脸奶油的气味，让她一阵作呕。

她抖着身子爬起来，蹲在那个男人摔死的地方，张开嘴呕吐。

这天夜里，她没有回马老头睡的火车站。

市区的骑楼开了夜市，七拐八拐的巷子里有间小教堂。许菡蜷在教堂的铁栅栏外，合上了眼。

翌日清晨，她睁开眼，看到手边摆着一只干净的碗。碗里盛了两个包子。

她伸手去拿。包子捧在手里，还有温度。动手掰开，是叉烧。

愣怔一阵，许菡低下头，咬了口包子。馅是甜的，甜得发涩。她终于大口咬起来，就好像昨天跪在曾景元脚边，大口大口咬那个蛋糕。

流着泪，发着抖。

太阳出来的时候，美术学院的教职工宿舍里，陆续有大人牵着孩子出来。

孩子们穿着附小的校服，脖子上系了鲜红的红领巾。他们穿过大半个美术学院，走向马路对面的那所小学。

一个穿着校服的小姑娘悄悄走到一幢学生宿舍楼前，踮起脚，敲了敲一楼的一扇窗。

"谁啊？"里头传来女人的声音。

"送早报。"小姑娘说。

窗帘被拉开，露出一张年轻的脸。是美术学院的女学生，瓜子脸，大眼睛，柳叶似的眉毛。她打量小姑娘一番，告诉她："你从门口进来，116。"

小姑娘便溜进了宿舍。

116的房门敞开一条缝，她推门进去，又关紧了门。窗帘拉得严实，只透进一点微弱的光。女学生穿着一件内衣，走到一张椅子边，拿起椅背上的旗袍。

"东西呢？"

脱下鼓鼓囊囊的书包，小姑娘打开它，翻出一袋白色的粉末。

女学生瞄了一眼，穿上旗袍，款款来到门边的镜子跟前，绾好漆黑的头发。

"你叫什么名字？"她看着镜子里那个瘦瘦小小的姑娘。

"丫头。"

"几岁了？"

"十一。"

放下纤细的手腕，女学生拿钥匙打开抽屉，把钱给了她。

"等我出去了，你再偷偷走。"她交代，"记得把门碰上。"

小姑娘接过钱，神情麻木地点头。

她安静地站在窗边，拨开窗帘的缝隙，看到女学生走出了宿舍。

宿舍门前的平地上，停着一台黑色的广本。那身着蓝色旗袍的身影停在车边，打开车门，跨进了车里。

重新拉紧窗帘，许菡转身，慢慢走到女学生梳头照的镜子面前。

昏暗的光线里，她看不清自己的脸。

但她知道，她没有流泪。

02

早上六点，赵希善跟着赵亦晨起了床。

父女俩一起洗漱完，他又从客厅茶几的抽屉里找出一张报纸，铺在卧室的房门边。让小姑娘脱了鞋踩到报纸上，赵亦晨拿卷尺给她量了身高，而后用马克笔在门框上做下标记，蹲下身一笔一画写起了字。

小姑娘站在他身旁，安静地盯着他的手。

他写的是，"善善8岁，125cm"。

余光瞥见小姑娘扭头看向了自己，赵亦晨也偏过脸来回视她，伸手揉了揉她的小脑袋："以后每年记一次。"

仍旧是一副木讷的模样，小姑娘缓缓点头，好像对此无甚感想。等他起身牵她去厨房，她却呆呆地回头，看了眼门框上的记号。

所以赵亦晨知道，她是喜欢的。

说好要教赵希善煎荷包蛋，赵亦晨没有食言。他替她找来一张小板凳，好让她够得着锅铲。先手把手教她倒了些油进锅，他再端起锅子轻微晃动两下，撒下盐，见热油铺平了锅底，才抓着她的小手拿起一个鸡蛋，在锅沿磕开一道小裂口。

两滴蛋清跌到锅底，噼里啪啦地响起来。

小姑娘吓了一跳，下意识地往后缩。赵亦晨弯腰立在她身后，宽厚的胸膛挡住了她的退路。他伸出左臂绕过她瘦小的身子，握住鸡蛋的另一头，右手则稍稍压低了她的手："不怕，放低点油就不会溅出来。"

接着便用左手的拇指掐住那道裂口，掰开了蛋壳。

黄澄澄的蛋黄和蛋清一块儿摔进油锅，响声很大，却没有溅起油花。

怀里的小姑娘这才慢慢放松了紧绷的肩膀，傻傻盯着那迅速变白、顶起气泡的蛋清。

低头看她一眼，赵亦晨不自觉笑笑，把着她的手抓起锅铲的握柄："要不要吃溏心的？"

小姑娘摇摇脑袋。他于是教她用锅铲铲破那个晃晃颤颤的蛋黄，又将鸡蛋翻了一个面。不过一分钟，便已经煎好。没有急着把荷包蛋盛进盘子里，赵亦晨抄起手边的筷子，夹起一小块吹凉，送到她嘴边。她张开小嘴咬下去，嚼了嚼，咽进肚子里。

"好吃吗？"

认真地点了点头，小姑娘还舔了舔嘴唇，大眼睛牢牢盯住锅里剩下的荷包蛋，像是意犹未尽。赵亦晨轻笑，轻车熟路地将荷包蛋铲进盘子，再拿起另外两个鸡蛋："再煎两个溏心的，姑姑和哥哥喜欢吃。"

她便跳下小板凳，捧来了他刚刚搁在一旁架子上的花生油。

刘磊正在念高三，赵亦清因此每天都要早起给他做早餐，然后送他去学校。

赵亦晨带着赵希善把煎好的鸡蛋和刚打的豆浆端上去的时候，他们一家才刚刚起床。听说荷包蛋是小姑娘亲手做的，赵亦清惊喜得瞪大了眼，低下脑袋瞅瞅她："善善煎的啊？"

见小姑娘点头，她便咧了嘴笑，眼眶又渐渐湿起来，忍不住蹲下身抱住赵希善瘦瘦小小的身子，狠狠亲了一下她的脸颊。正帮着赵亦晨把早餐端上餐桌，刘志远回头瞧了瞧她们姑侄，笑着对他说："到底是爸爸，善善还是亲你一些。你一回来，她气色都好多了。"

赵亦晨搁下手里那盘醋熘莴笋丝，也弯起嘴角笑了笑，没有应声。倒是刘磊刚好磨磨蹭蹭走到餐桌边，无意间见舅舅笑了，愣了好一阵。

在他的印象里，赵亦晨这些年从来没有笑过。

餐桌上他还难得问起了刘磊的学业："上次月考成绩怎么样？"

原本正闷头吃着馒头和莴笋丝，刘磊听到他的声音险些一呛，赶紧喝一口豆浆，慌慌张张答道："还行，年级第三。"语罢还小心翼翼地瞧他，生怕他不满意似的。

好在赵亦晨只稍微颔首，给赵亦清碗里添了一筷子莴笋丝，脸上不见任何不悦的神色。

"继续努力。"他说。

胡乱点了头，刘磊再一次埋下脸喝豆浆，顺势悄悄看了眼坐在对面的小姑娘。

她一手拿着馒头，一手握着筷子，慢吞吞地把莴笋丝送进嘴里。馒头已经吃了一小半，还吃完了一个荷包蛋。比前一天早上要吃得多些。

刘磊发现，赵希善握筷子的手势不对。和他舅舅赵亦晨一样。

他想，老话都说女儿像爸爸，大概也不是没道理的。

趁着艳阳天好，赵亦晨带赵希善去了趟老城区。

原先的骑楼已经改成了步行街，热闹繁华，却不是他们的目的地。车子拐进城中村，花花绿绿的店面远去，老旧的居民屋闯进视野，电线架在屋檐底下，又低又乱。街头巷尾偶尔有闲居在家的老人聚坐在一起，有的巷口白天还亮着招牌，白底红字，印的是四川酸菜鱼。

巷子狭窄，只能容一台车穿行。

赵亦晨把车停在一处死胡同里，抱小姑娘下车，牵着她的手往前边那幢居民楼走。

"这是爸爸、姑姑还有奶奶以前住的地方。"他告诉她，"奶奶是我跟你姑姑的妈妈。"

仍旧一声不吭地跟在他身旁，小姑娘直直望着自己的脚尖，似乎根本没有听见他的声音。

　　远远瞧见楼底下有群小姑娘聚在一块儿跳皮筋，赵亦晨便捏了捏掌心里她的小手："你姑姑小时候也喜欢跳皮筋。她在这栋楼里跳得最好。"

　　小姑娘总算有了反应，抬起头来，循着声音望向那些同她年纪一般大的孩子。

　　她们嬉笑打闹，跑跑跳跳。而她抓着赵亦晨的手，一脸木然。

　　"会不会跳？"他低声问她。

　　置若罔闻地凝望她们许久，小姑娘才慢腾腾地点了头。

　　他默了数秒，又轻轻顺了顺她额前柔软的头发："那要不要跟小朋友一起玩会儿？"

　　赵希善摇头。

　　赵亦晨便重新握紧她的手："没事，不想跳我们就进屋看看。"

　　父女俩经过那群嬉闹的孩子身边，踏进阴凉的楼道。赵亦晨母亲留下的房子在一楼，长期闲置着，没有出租。他掏出钥匙打开门，领小姑娘进了屋。

　　姐弟各自成家以后，一有空都会过来打扫。屋子里干干净净，还像从前母亲在世时的模样。只是桌台上摆着两位老人的遗照，时不时会提醒他们，这间静悄悄的屋子经过这些年的洗礼，早已物是人非。

　　把小姑娘带到桌台前，赵亦晨弯腰抱起她，示意她看看照片里的人："这就是奶奶和爷爷。"

　　视线在两张照片上转了一圈，小姑娘最后看向了他的母亲。她抬起小手，握住自己脖子上挂着的相片吊坠。照片中的女人身穿警服，戴着警帽。就像赵希善的相片吊坠里，那个年轻时候的赵亦晨。

　　"奶奶跟爸爸一样，都是警察。"猜到她在想些什么，赵亦晨的视线也转向照片里的母亲，不紧不慢地同小姑娘解释，"当警察很忙，所以你奶奶很少有时间陪我们。但是她对我们很好。买不起玩具的时候，她就趁着过年去乡下探亲，用木头给我削了把枪，还砍了竹子给你姑姑做弓箭。"伸出手拉开桌台底下的抽屉，他从里头找出一把木枪和一支竹箭，一一摆上桌台，"都是奶奶亲手做的。厉不厉害？"

都是儿时的玩具，凹槽有些脏，枪柄和箭头早已被磨得粗糙扎手。

赵希善探出一条小胳膊，拿起那把木枪，垂下眼睛木木地看着。

赵亦晨侧过脸，视线落在她瘦削的脸颊上。

"爷爷在爸爸很小的时候就过世了。一直是奶奶在照顾我和你姑姑。"他停顿片刻，而后动了动嘴唇，继续道，"后来奶奶也跟着爷爷走了。剩下爸爸跟姑姑。"

臂弯里的小姑娘依旧目不转睛地盯着手里的木枪。

"善善，爷爷奶奶都是好人，过世以后会去天堂。"平静地注视着她的侧脸，赵亦晨放缓了口吻，一字一句认真而郑重，"那里很好。有花，有草，天气很好。他们不会生病，不会痛。有神仙陪着他们。他们每天都会过得很高兴。"

他看到小姑娘渐渐红了眼眶。

"所以没什么不好的。"再一次替她捋顺细软的头发，他告诉她，"也不是因为谁犯了错，他们才去那里。知道吗？"

小姑娘握着木枪，呆呆的脸，收不住的眼泪。

赵亦晨知道她听懂了他的话。他抬手用自己粗糙的拇指替她揩去泪水。

多年以前，他也是在这张桌台面前，一声不响地掉眼泪。

那时赵亦清告诉他，天堂很好。有花，有草，天气很好。妈妈会和爸爸在一起，不生病，不痛。神仙天天陪着他们，他们每天都很高兴。

"所以不哭了，好不好？"她哭着轻拍他的背，"没什么不好的。也不是你的错。知道吗？"

他知道。

一直都知道。

••• C H A P T E R 1 1 •••

跃下云端

所谓深渊，

下去，也是前程万里；

所谓云端，

跃下，便也深渊万里。

——木心

01

近正午，赵亦晨把车开到了老城区附近的万达广场。

地下停车场光线昏暗，赵希善或许是有些害怕，怔怔地坐在副驾驶座上，望着车窗外一排排灰色的梁柱和没有温度的汽车，甚至忘了解开安全带。赵亦晨先下了车，绕过车子替她打开车门，弯下腰便发现她呆呆地坐在车里，又将右手伸到嘴边，咬起了指甲。

她咬着指甲，缩在车顶投下的阴影里，用那双眼眶微红的眼睛怯怯地瞧他。

赵亦晨身形一顿，原是要牵她出来，却改了主意。他探过身子帮她解开安全带，把她抱出了车。

没有像往常一样抱住他的脖子，小姑娘依然抬着小手把拇指放在嘴里，乌黑的大眼睛慢慢地环顾四周，有些呆滞而迷茫。察觉到周围的环境让她紧张，赵亦晨抱她穿过停车场，走向通往沃尔玛的电梯间。

他脚步不紧不慢，想要借此让她放松下来，明白这里并没有什么危险："中午想吃什么？"

小姑娘不吭声，瘦小的身子坐在他结实的胳膊上，扭过头，望向不远处亮着灯的电梯间。"这里吃的很多，待会儿上去就能看到。"赵亦晨面色不改，好像没有注意到她情绪的变化，语速同步速一样平稳如常，"等下还会经过超市。要是想吃水果，我们就买些回家。"

或许是受到了他的影响，小姑娘总算对他的话有了反应，轻微地点动小脑袋。

腾出一只手来从裤兜里掏出一包纸巾，赵亦晨又问她："喜不喜欢吃香蕉？"

小姑娘再次点了点头。

稍稍勾起嘴角，他捉住她的手背将她举在嘴边的小手不轻不重地拿开，替她擦干净手指："香蕉是快乐水果。"

小姑娘慢慢展开微蜷的五指，轻轻抓住他手里的纸巾，握进手心里。她的眼神依旧有点儿发直，却缓慢地抬起左手，捏着纸巾将右手手指上沾到的口水一点一点擦干净。

赵亦晨感觉得到，她在努力，努力地克服紧张和恐惧。

摸摸她的小脑袋以示鼓励，他抱着她踏进灯光明亮的电梯间，摁亮上楼的按键。直达电梯从五楼下来，发出隆隆轻响。

兜里的手机恰好在这时振动起来。

电梯抵达负一层，厚重的金属门自动打开。他抱小姑娘走进电梯厢，拿出手机扫了眼来电显示：徐贞。

微微蹙眉，他接通电话："小徐。"

"赵队。"那头传来稍显年轻的女声，迟疑片刻才来了句不痛不痒的汇报，"那个……我刚回到队里。"

"案子处理完了？"他问她。

"嗯，已经给陈副队报告过了。"对方话语间略有停顿，"我听说……您找到女儿了？是叫善善对吧？"

"对，我现在陪她在外面。"从电梯门映出的模糊身影中瞧见怀里的小姑娘扭头望向了自己，赵亦晨神色平静，低下眼睑对上她的视线，挪动脚步来到那排按键前，用唇形示意她按数字"1"，"早上看到新闻，那个坠楼女大学生的案子可能会交给市局。你到时候帮着小陈处理，如果有困难再找魏翔。"

读懂了他的唇语，小姑娘伸出手来，摁下了"1"。

"哎，好。"徐贞几乎是在同一时间应下来，浅吸一口气，似乎欲言又止，"那……您好好休息，多陪陪孩子。别太操心队里的事了。"

喉咙里发出一个简单的音节，赵亦晨答得轻描淡写："我开车，先挂了。"

小姑娘的脑袋动了动，头发蹭过他的颈窝。他知道她在看他。

电梯已经到达一楼。

赵希善任他抱自己走出电梯，然后将她放下来。双脚挨着地之后，她没有撒开她逗留在他脸上的视线，睁着大眼睛，两眼一眨不眨地看着他。蹲下身与她视线齐平，赵亦晨沉默地同她对视了一会儿。身边人来人往，他们父女俩却大眼瞪小眼，一时谁都没出声。

最终他嘴唇微动，只说："不学爸爸撒谎。"

小姑娘盯着他，好一阵才微微点了头。

揉一把她额前的头发，赵亦晨起身，牵起了她的小手。他带她在附近的商圈逛了一圈，留意到小姑娘脚步略停，才在一家必胜客欢乐餐厅门口驻足。正是午餐时间，又逢周末，已有几个客人把队排到了店门外。

目光掠过其中一个身影，赵亦晨略略收紧了眉心。

那是个年轻的男人，穿着一件红色的连帽衫和牛仔裤，衣服的花色就同他头上戴的包耳耳机一样夸张。他两手插在兜里，微驼着背，嘴里像是在嚼什么，半天才无所事事地吹出一个粉红色的泡泡。看上去很潮，像个尚未走出校门的学生。

不过多年来的经验告诉赵亦晨，这是个警察。

回头见赵希善还转头望着餐厅的玻璃落地窗，赵亦晨垂眼问她："想吃这个？"

小姑娘点头，他便带着她排队。

店门口的服务生为他们挪来两张椅子，又递给他们一份菜单。赵亦晨摊开菜单搁到小姑娘面前："看看想吃什么，等会儿进去就点。"

抱过他递来的菜单，小姑娘垂下脑袋，发起了呆。

不着痕迹地留意四周，赵亦晨的视线一扫那个年轻男人，接着便转向了店内。透过落地窗可以轻易窥见餐厅里部分用餐的客人，他很快注意到一对靠窗

而坐的情侣，还有一个一直站在茶水台边，时不时为客人添柠檬水的服务生。

面孔眼生，但都是警察。

迅速做下判断，赵亦晨收回视线，堑向赵希善捧着的菜单。

在布控。目标是谁？

这时有人推门走出餐厅，赵亦晨余光瞥见那个身穿红色连帽衫的男人略微一动，拧紧眉心状似不耐烦地从口袋里掏出手机，划动屏幕送到耳边："喂？你怎么还没到？都快排到我们了……"

赵亦晨于是不动声色地打量一眼出来的人，等看清对方的脸，却身形一顿。

已知天命的老人，西装革履，牵着一个看起来不过六岁的小男孩。老人身体略微发福，面色红润，年轻时有些咄咄逼人的剑眉星目早已被眼尾的皱纹柔化，嘴边带笑，正低头轻声细语地同小男孩说着什么。

轻轻握住身旁小姑娘的手，赵亦晨站起身，对快要经过他跟前的老人开口："王律师。"

老人刹住脚步，抬头迎上他的目光，嘴角的笑容一僵："赵警官。"

赵亦晨略一颔首，面色平静而从容，视线落在了他身旁的小男孩身上："带孙子出来吃饭？"

好奇地打量着躲在赵亦晨身后的赵希善，小男孩听见他问起自己，才仰起小脑袋，瞪大眼睛有些胆怯地看看他。

"小孩子都喜欢吃这些。"王绍丰点点头，松开孩子的手，改为扶住他的小脑袋把他护到身旁，脸上挂着笑，把询问的视线投向赵亦晨身后，"这是？"

小姑娘拉着爸爸的手，从他背后探出半个脑袋，表情木然，没有说话。

"我女儿，善善。"悄悄捏了捏她的手，他说，"她现在生病，讲不了话。"

"哦哦，这样。你是……再婚了？"

"善善是我跟珈瑛的孩子。"

面对他那张藏住了所有情绪的脸，王绍丰眼里的诧异转瞬即逝："找到小胡啦？"

手里握着小姑娘微凉的手，赵亦晨没有正面回答："孩子状态不好，下次找机会再跟您聊这个。"

正好候在门口的服务生走过来："先生，现在有空位，可以进去了。"

趁此机会颔首表示理解，王绍丰笑笑："好，有机会再聊。"他又牵起小男孩的手，"那我们先走了，你也赶紧带着孩子去吃饭吧。"

两人相互道别，老人带着男孩离开。

马路对面的公交车站边，一个身形瘦高的男人微不可察地抬了抬眼，隔着一条马路，埋首与他们走向同一个方向。餐厅里的便衣也陆续行动起来。

赵亦晨捉着赵希善的左手等她跳下椅子，同时瞧了眼那个匆匆跟上王绍丰的男人。

那是唯一眼熟的脸，他认出了他。

中午十二点二十五分，魏翔接到了赵亦晨打来的电话。

他忙了一夜，原本正在刑侦队的休息室打盹儿，掏出手机见是赵亦晨的来电，赶忙起了身，一边接起电话一边疾步走到走廊，压低声音道："喂？师傅？"

电话里赵亦晨开门见山："这两天局里有没有王绍丰的消息？"

"啊？没有啊。您在查他？"

"刚才带孩子吃饭，正好碰上。"那头的确略显嘈杂，只有他的声音沉稳而清晰，"你留意一下。如果局里没消息，就去检察院那边打听。"

"好，我知道了。"魏翔二话不说便答应，"他是犯什么事儿了？"

"现在不清楚，但已经有人在盯他。"赵亦晨语气冷静如常，"我看像张检的人，事情恐怕不小。"

张检察长？魏翔一愣。

"那我打听到消息了就马上告诉您。"习惯性地把手伸进口袋，他摸到

兜里的东西，才忽然想起自己差点儿忘记一件重要的事，"哦，还有啊师傅，上午有个农村教师送了封信过来，说是要给赵队长的。我听说他是从九龙村来的，怕是那个沈秋萍给你送的信，就暂时收着了，没让陈副队知道。"

赵亦晨在电话另一头缄默了两秒："拆了吗？"

"还没。"摸摸鼻子，魏翔抬起手腕看了眼手表上的时间，"我这会儿没什么事，您在哪儿？我给您送过去吧？"

"万达这边的必胜客。"

距离不远，十分钟车程。

魏翔点头："我马上给您送过去。"接着便挂断电话，反身要走。

没想到刚回过身，就险些撞上身后一个人！他吓一大跳，看到对方也随即后退两步——高挑的身段，一身衬衫和牛仔裤的简单搭配，掩不住纤长的四肢和漂亮的脖颈。她标准的瓜子脸上神色有些阴沉，眉头紧拧，凤眼微挑。

"徐贞！"魏翔反应过来，微微抬高了音量，一半是因为恼火，一半则是因为心虚，"你吓我一跳！"

徐贞环抱起胳膊："沈秋萍是谁？"

"你偷听我打电话啊？"他横眉竖目，佯装发火。

"你站在这里打，我路过，这也算偷听？"徐贞却不吃他这套，目不转睛地将他的身影锁在自己的眼仁里，语气严肃如她的表情，"不要扯别的。沈秋萍是谁？九龙村的？为什么要给赵队送信？"

她和魏翔同期，警队一枝花，精明能干，也是被赵亦晨一手带上来的。整个队里，魏翔拿她最没办法。支支吾吾一阵，只能试图搪塞："这是赵队的私事。"

见他这副遮遮掩掩的模样，徐贞松了松眉头，心中已有数："是不是跟珈瑛姐有关？"

魏翔挠挠脑袋，盯住自己的脚尖，没吭声。她见了便冷笑："你以为你不说我就不会去查吗？到时候要是破坏了你们的什么计划，可别怪我。"

屏息咬牙，他肩膀一松，终于泄了气："嫂子当年失踪，不是立了案吗？

我们调查嫂子接过的案子那时候，发现嫂子失踪前两年，几乎每个月都会偷偷去一趟九龙村——探望一个叫沈秋萍的姑娘。"顿了顿，他抬起脑袋，眯了眯眼，"后来我们就去九龙村找这个沈秋萍，结果被那些村民追着打。人没见着，倒是差点丢了命。那个时候我们就猜测沈秋萍是被拐来的，可能是嫂子的朋友或者亲戚，跟嫂子被同一个拐卖团伙拐走的。所以赵队觉得没准能从沈秋萍那里了解到一些线索，这些年就去过好几次九龙村。"

不自觉又收拢眉心，徐贞抿抿唇："那见到面了吗？"

"见是见过了，但没能说上几句话。那里的村民都警惕得很，一发现势头不对，就马上纠集群众闹事。赵队去得频繁，当然也被盯得紧。"讲到这里，魏翔把手伸进兜内捏紧那封信，兀自咕哝，"不知道沈秋萍这回是想了什么办法，居然能让人家给她送信过来……"

徐贞没有开腔。她接触的拐卖案不多，关于九龙村的事只听同事提起过，上个月九龙村村民袭警时她又刚巧在外地，便至今没有真正去过那里。但她能够想象，如果沈秋萍真是被拐卖到九龙村的，那这封送到队里的信一定是她想方设法不惜代价换来的。

"你现在是要去给赵队送信？"徐贞抬眼问魏翔。

"是啊。"

"我跟你一起去。"

他眼珠一转，不大乐意："不好吧？"

"我还没去过九龙村。"她看向他的眼睛，适才紧绷的身体已然放松，不慌不忙道出理由，"珈瑛姐当年能去探望沈秋萍，就说明那里的村民对女人没那么警惕，说不定我还能帮上忙。"

02

一九八九年的深秋，许菡溜到美术学院一幢红砖砌的学生宿舍后头，踩上墙脚的碎砖，悄悄叩响一楼的某扇窗户。

没有回应。

她再叩一次。嗒、嗒、嗒，正好三下。

紧拉的窗帘后边依然不见人声。许菡踮起脚，把手伸进窗扇微敞的缝隙里，摸索着钩起了插销。小小的金属杆上生着粗糙的锈斑，她收回手，指尖成了红色。

拉开窗帘，阳光便打进昏暗的屋内，粉尘逃窜。她趴到窗口，看到寝室中央倒着一张椅子。那个穿旗袍的女学生被捆在椅子上，头发散乱，歪着脑袋，一动不动，像个死人。怔怔地望了她一会儿，许菡跳下碎砖，搬来两块大砖头，踩着它们翻进了屋里。

从窗沿摔下来的时候，她没喊疼，也没吭声。只爬起来，摇摇晃晃扑到穿旗袍的女学生跟前。她嘴里塞着一条毛巾。许菡伸出手，扯下那条毛巾，探到她的呼吸。

绕到她身后，许菡蹲下来，给她解开捆住手的皮带。纤细的手腕，青紫的勒痕。

女学生不动弹。许菡拽着她的胳膊，没能把她拽起来。她便站起来，四下里看看。寝室里四张床，只有一张还铺着被褥，其他三张只剩下光秃秃的床板。床下的桌子也干干净净。

许菡每隔一个星期来送一次货。她上次过来，那三张床还有人睡。

走到堆了书的书桌前，她找到一只杯子。黏黏糊糊，里头趴了只蟑螂，晃着长须。

她放下杯子，拿起桌脚的暖壶，把水倒进暖壶的盖子里。

水是冷的。

跪到女学生身旁，许菡抱起她的脑袋，让她枕着自己的腿，喝下一口水。

凉水滑过她干燥起皮的嘴角，也滑过她的唇齿，淌过她的咽喉。她动了动，慢慢抬手，颤抖着抱住了暖壶的盖子。

许菡感觉到腿上的重量一轻。是女学生抬起了脑袋，把嘴凑到盖子边，狼吞虎咽地喝起了水。

只字不语地爬起身，许菡踱到了门边。

离开之前，她回头看了女学生一眼。

她还趴在冰凉的地板上，衣衫凌乱，蓬头垢面。浑身哆嗦着，发抖的手捏着暖壶的盖子，指节发白。窗外的阳光扑在她脚边，她蜷缩在那里，就像濒死的动物。喘着气，流着泪。缩紧肩膀，呜咽着哀号。

两个星期后，许菡又来到这里。

还和第一回一样，女学生叫她从正门溜进去。116的寝室门为她留了一条缝，她推门进屋，合紧身后的门板。窗帘如常拉得严实，屋子里便只有一点朦胧昏暗的光线。窗前支着一个搁了画板的画架，逆着光，许菡瞧不清画布上的东西。

女学生坐在桌前，手里正握着眉笔，对着一面小小的镜子描眉。她穿了一件新的旗袍，白底，水墨色的花。

"你叫丫头？"她问许菡。

许菡点头，脱下书包，找出一包白色的粉末。

从镜子里看她一眼，女学生咕哝一句："十一岁。"然后又看向镜子里的自己，细细描上眉尾，心不在焉道，"一会儿给你钱。东西你帮我处理掉，我不要了。"

站在门边没动，许菡手里还抓着那包东西，直勾勾地看着她。

半天没有等到她的回应，女学生便再从镜子里瞧她，对上她那双漆黑的眼睛："看我干什么？脱不了手会被打吧。你上次救我一命，算回报你的。"

许菡的视线转向她在镜子里的脸，女学生重新画起了眉。

半晌，许菡才低下头，把手中那包白色粉末塞回了书包里，沉默地背起来。她棍子似的戳在门口，盯着女学生的后脑勺，一句话也不说。

画好了眉毛，女学生搁下眉笔转向她："过来。"

顺从地走到她跟前，许菡停下脚步。女学生翘着一条腿，仔细打量她，几秒过后，忽然一笑："长得倒还算俊。"说完又拉起许菡的左手，垂下眼睛，

146 ...

轻轻捏了捏她的掌心，"手心薄。"

许菡发现，女学生的手有点儿糙。修长的五指却长着茧子，硬硬的，硌人，是双常年干活的手。

但她长相很漂亮，瓜子脸，唇鼻秀气，柳叶眉。眼睛很大，也修长，眼尾还有些上挑。低下眼笑的时候，浓长的睫毛垂下来，小扇子似的，微微地抖。不仅漂亮，还很有韵味。玲珑的身段，慢条斯理的动作。眉梢眼角尽是风情。

直直地瞧着她，许菡记起她蜷缩在地板上的样子，狼狈、痛苦。脏兮兮的头发底下那双流着泪的眼睛，像是不会笑的。

"我妈告诉我，手心薄的女人，福也薄。"不知道她在看自己，女学生伸出自己的手来，"捏捏看，我的也薄。"

许菡拿右手捏了一下她伸过来的手，而后又低下脑袋，捏一捏自己的左手。

她说："你的厚些。"

女学生又笑了。轻轻的，从胸腔里发出声音。

"读过书吗？"她问她。

许菡摇头。

"还上学吗？"

还是摇头。

"也是。你这样上不了学。"默了默，女学生从抽屉里拿出钱给她，"你下星期这个时候再来一趟，我有东西给你。"

许菡点头，将钱塞进裤兜里。她仍旧穿着那套校服，衣摆被划开一道口子，是上回翻窗时钩到的。女学生见了，伸手摸了摸那道破口。

"丫头。"她忽然叫她，"你知不知道我叫什么名字？"

抬起脸，许菡望向她背光的眼睛。

"周楠。"她说。

这天晚上，许菡回到公园过夜。

马老头在滑梯底下铺了张捡来的被子，半躺在阴影里，手伸进领口，闭着眼睛抓痒。她坐到他身旁，把一个白菜馅儿的饼给他。她买了两个，裹在纸袋里，还有些烫。

抓着饼爬起来，他打了个哈欠，问她："今天的都送完了？"

许菡咬一口饼，表情木木的，没有情绪："周楠不买了。"

"周楠？哪个周楠？"

"美术学院那个。"

"哦，那个。那个我知道。"马老头歪起脑袋吃饼，馅儿从嘴边掉下来，掉在那发了霉的被子上。他抹一把嘴，捏起那团白菜送进嘴里："她还会要的，你不用急着找下家。"

她没再咬饼："为什么？"

喉咙里响起喀喀怪叫，马老头别过脸，吐了口痰。扭回头来，他继续吃他的饼，嘴里嚼着面皮，讲得含糊不清："丫头，信你爷爷我的。哪个会怕穷一辈子？怕就怕富过以后再穷得叮当响。"眯起那只独眼，他又拿手擦了擦鼻涕，"那女的只要还坐豪车一天，就还会要你的货。"

撑着地板站起来，许菡不作声，走出滑梯底下的阴影。

"上哪儿去？"她听到马老头在后边问她。

她没给他回答，只慢慢地走，走进路灯投下的光里，又消失在光晕尽头的黑暗里。

公园的垃圾箱边有流浪狗徘徊。

一条老狗，秃了毛，满身的癞痢。它嗅嗅垃圾，用头拱动袋子，爪子刨开塑料袋，扑进酸臭的气味里。

许菡驻足在距离它不远的地方。听到她的脚步声，它停下来，抬起头看她。

她蹲下来，把手里的饼扔过去，喂了狗。

再去116的时候，许菡看到了那幅画。

周楠把窗帘拉开，整间屋子都亮堂起来。她穿一件白色的睡裙，披散着乌黑的长发，坐在画架前的长脚凳上。裙脚和袖口沾上的颜料还没有干透，深沉的绿色，就像画布上满目的水稻田。也有蓝色，是田间弯腰劳作的剪影。

"好不好看？"周楠回过头问她。

许菡讷讷地点头，而后去瞧她。她眼里盈着亮光，比画还好看。

周楠却看向了自己的画，没有笑。她捞起窗台上的烟盒，给自己点燃了一根香烟："好多人都能画成这样，但是只有我画的卖得出好价钱。"吐出第一口烟圈，她在那白色的烟雾里转头看她，"知道为什么吗？"

隔着烟雾，许菡只能瞧清她纤细漂亮的脖子。她没有回答。

周楠抽着烟，沉默地吞云吐雾。良久，她起身，来到书桌旁，拾起一本书，抵到许菡面前："给你的。"又说，"这本送你，多认点字。要是还有想看的书，可以到我这里来借。"

许菡接过来。蓝皮的，砖头那么厚。封面上写着"新华字典"。

捧着书僵立在门边，她垂着脑袋，不出声。

"怎么了？不高兴？"嘴里溢出几股白烟，周楠一手夹着香烟，一手扶了扶她的脑袋，左右瞅瞅，"挨打了？"

躲开她的手，许菡摇摇头。

不语一会儿，周楠走回窗边，在窗台摁灭烟头，拉上了窗帘："找好下家了吗？"

捏紧字典的边角，许菡低着头张了嘴。

"他们说你还会买。"她听见自己的声音。

周楠停了停脚步，又接着走到椅子前，脱下睡裙，扔到脚边。

"谁说的？"

许菡不吭声，也没有抬头。

"我戒过几次，都没超过两个月。"周楠换上旗袍，窸窸窣窣地响，"这东西一沾就很难戒掉了。"背过手，她给自己拉上拉链，只顿了一顿，"今天带了没有？"

站在门边的小姑娘晃动脑袋，好像只会摇头。

最后在镜子里瞧她一眼，周楠叼住一根红色的头绳，抬高胳膊绾起头发。

"下星期带来。还跟以前一样，隔一星期送一次。"她嘴皮微动，"你走吧。"

许菡转身离开。

从宿舍大门溜出去时，她又看到那台黑色的广本，乌黑、光亮，像极了周楠的头发，却从未出现在她的画里。

第二天傍晚，许菡被套上麻布袋，扔上了这台广本。

有人把她压在主驾和副驾之间，扯下袋子，冲她脸上狠狠啐一口痰："这细佬（小孩）跑得快。"

南方的口音。她的脑袋紧贴着冰冷的烟灰盒，脸已经挤变了形。另一个声音问她："你是曾少手底下的人？"

她不说话。滚烫的烟头便摁向她的脖子。身体打了个恶战，她浑身紧绷，蜷紧了脚趾。

"帮我转告曾少，就说王绍丰让他在周楠的货里掺点料，轻易戒不掉。"那个人告诉她，"记住了吗？"

烟头还烫着她的颈窝。她发着抖，点了点头。

车停下来，他们把许菡扔到路边。

一起扔下来的，还有她的书包。粗粝的柏油马路磨开了扣带，那本蓝皮的字典滚出来，滚到她手边。

沥青混凝土还带着余温，磕破了她的鼻子，也磕破了她的嘴角。她趴在地上，满嘴的腥咸。

她想起那天周楠倒在寝室里哭的模样。阳光就扑在她脚边，她却蜷缩在那里，像濒死的动物。

喘着气，流着泪。缩紧肩膀，呜咽着哀号。

CHAPTER 12

被埋葬的种子

我相信，

那一切都是种子。

只有经过埋葬，

才有生机。

——顾城

01

魏翔带着徐贞一起出现在必胜客的时候，神情有些尴尬。

赵亦晨远远便瞧见了他们，举起胳膊示意。赶忙快步走过来，魏翔在桌边刹住脚步，还没来得及说点什么，就听见身后徐贞的脚步已经跟了过来。他只好清清嗓子，使劲冲赵亦晨使眼色，语气自然道："徐贞说没准能帮上忙，所以一起过来了。"

驻足在魏翔身旁，徐贞偷偷掐了把他的后腰，不顾他疼得一缩的反应，只对赵亦晨笑笑："赵队。"

他颔首，面色平静："坐。"

等到两人都在对面坐下，他才转头看看身边的赵希善。小姑娘两条胳膊摆在桌面，正无意识地拧着手指。她两眼直勾勾望着魏翔，像是被他因忍痛而扭曲的脸吸引了注意力，但表情依旧木木的，瞧不出情绪。

"这是魏叔叔，你上次见过的。"抬手摸摸她的小脑袋，赵亦晨给她介绍，"那边那个徐阿姨，也是爸爸的同事。"

听到他的声音，小姑娘才慢慢转眼，又望向一旁的徐贞。

"这就是善善是吧？"一对上小姑娘的视线，徐贞便笑着稍稍俯下身子，好与她视线齐平，不给她造成压力，"善善你好，我是徐贞，徐阿姨。"

小姑娘瞧着她，一下一下抠着手指，还是那副呆呆的模样，既不说话，也不笑。

所幸徐贞没有尴尬，细细打量她一会儿，抬起头对赵亦晨笑道："跟您真像。"

"眉毛眼睛像我。"低下眼错开两人的视线,赵亦晨替小姑娘理了理头发,答得轻描淡写,"鼻子嘴巴像珈瑛。"

脸上的笑容顿时僵下来,徐贞支了支嘴角,点头附和:"是,也像珈瑛姐。"

察觉到气氛不大对,魏翔揉揉被掐得隐隐发疼的后腰,冲着小姑娘咧嘴笑:"善善气色比前两天好多了。"

忽略他这句不痛不痒的话,赵亦晨拿起菜单递给徐贞,一举一动从容不迫:"你们还没吃饭,想吃什么先点。"说完又将目光转向魏翔:"信呢?"

"哦,在这里。"这才想起正事,他在口袋里掏了掏,急急忙忙把那封信给他。

赵亦晨接过信,听见正翻看菜单的徐贞随口问他:"善善点了什么?"

"一份意大利肉酱面。"他动手拆开信封。封口被碾碎了的米饭糊住,不紧。

颇为惊讶地抬起头,徐贞瞧瞧赵希善,又看看他:"这么少?吃得饱吗?"

小姑娘低着脑袋,仍在出神地抠弄手指。而赵亦晨抽出信封里头薄薄的米黄色信纸,没有抬头,只垂眼阅览信中的内容:"她现在吃不了太多。"

"也好,面食好消化。"点点头咕哝,她合上菜单推到魏翔面前,"那我也要一份意大利肉酱面吧。"

随手翻几页菜单,魏翔胡乱挑了个饭:"我……我要个海鲜焗饭。"而后对站在茶水台前的服务生招招手,点好菜,转过脸来面向赵亦晨,稍微探出搭在桌面的胳膊,以此引起他的注意:"这顿我请吧,赵队。还没跟你们说,我老婆怀孕了。"

赵亦晨果然抬眼看向了他。

乍一听这个消息,徐贞愣了愣,首先反应过来:"你小子手脚倒是挺快啊?"她好笑地捶一拳他的肩膀,满脸惊喜,"恭喜啦。几个月了?"

装模作样倒抽一口冷气,魏翔瞄她:"三个月了,挺健康的。"

"跟小陈说了？"赵亦晨出声。他不像徐贞，面上不见一丝笑意，好像平时训他们话似的，表情平静而严肃。魏翔立马收敛，正襟危坐，认真点头："陈副队知道了。"

　　或许是听到他们突然正儿八经说起了话，坐在赵亦晨旁边的赵希善也仰起小脸，看了看赵亦晨的下巴。余光瞥见她的动作，他抬手覆上她带着点儿温度的发顶："请客等孩子满月，这顿还是算我的。"再撞上魏翔的视线时，他的神色已经缓和下来，不再像刚才那样冷硬，"既然老婆怀上了，工资就留着买点进补的给她。以后有了孩子，用钱的地方多着呢。"

　　虽说赵亦晨只年长魏翔八岁，但论资历，他无论如何都是前辈。魏翔不好拒绝，便只能挠挠脑袋，一时笑得腼腆："那就等孩子满月再请你们。"接着又探了探脑袋，瞅瞅赵亦晨手里的信，"对了赵队，信里都写什么了？"

　　重新把信纸叠好，赵亦晨将它递到他面前："沈秋萍十年前的身份证号码，还有她家里的地址、父母的名字。"

　　魏翔接过来展开。信上字迹潦草，像是匆匆忙忙写出来的。除了赵亦晨说的内容，最底下还写着一行字，歪歪扭扭，带着反复描写加粗的痕迹，尤其扎眼："赵队长，我是被拐卖来的，请求你联系我的家人，帮助我离开九龙村！我会告诉你胡律师的事情！"

　　徐贞也凑上前扫了遍那几行字，大约第一眼就瞧见了这加粗的内容，拧紧秀气的眉毛。

　　"您要帮她吗？"她问赵亦晨。

　　摇摇头，他从魏翔手里抽回信纸，折好放回信封中，才又递给他："把信给小陈，先联系沈秋萍的家人。这件事解决起来困难，要交给公安来办。我个人办不了。"

　　这样平淡的反应超乎两人的意料。魏翔迟疑了会儿便接下信，悄悄同徐贞交换了一个眼神。

　　服务生端来一份意大利肉酱面，徐贞将盘子推到了小姑娘面前。

　　慢腾腾地把注意力转向面前这盘意大利面，赵希善两只小手还缠在一块

儿，相互抠弄。见她光盯着食物瞧却半天不动手，赵亦晨便拿起餐叉送到她手边，轻轻碰了碰她的胳膊："自己会用叉子吗？"

小姑娘终于回过神，点了点头。她张开小手抓住爸爸递来的餐叉，慢慢伸进盘子里，挑起几根面条。然后又伸出另一只小手，帮着转动叉子，一点一点卷起面条。等卷成一大团，才将小脑袋凑近，张开嘴，缓慢地送进嘴里。

难得吃了一大口。

看着她鼓起腮帮嚼咽，赵亦晨摸摸她的脑袋，算作鼓励。

他记得，从前侄子刘磊生病，胡珈瑛帮着照看的时候，也是这样喂刘磊吃面条的。

鉴于徐贞在场，魏翔没再多说什么，吃过饭便和她一同离开。

赵亦晨带着赵希善回家之前，给赵亦清打了个电话。手机打不通，家里的座机也没人接听。他略微收拢眉心，一边系安全带，一边抬起手腕看了眼腕表上的时间。

下午一点半。往常这个时间，赵亦清应该是在家的。她没有午睡的习惯。

拧动车钥匙，他把车倒出停车位，开出了地下车库。

四十分钟过后，他们回到了小区的露天停车场。赵希善迷迷糊糊地睡了一会儿，等到车停下来，便又睁开了眼。赵亦晨先下车，绕到副驾这边抱她出来，她搂住他的脖子伏在他肩头，耷拉着小脑袋，仍在犯困。

上楼时他问她："要不要去看看姑姑？"

小姑娘动了动脑袋，是在点头。他便直接带她上了四楼。

按下门铃，没有人开门，也没有声音回应。

出去了？赵亦晨锁紧眉头，一只手抱稳赵希善，腾出另一只手来掏出钥匙串，用备用钥匙开了门。屋里头安安静静，玄关的鞋架上还摆着赵亦清常穿的那双坡跟鞋。

"姐？"他脱了鞋进屋，朝卧室的方向喊了一句，仍旧无人应答。

走到客厅把小姑娘放上沙发，赵亦晨又踱向里屋。

书房和卫生间都不见半个人影，仅仅主卧的门半敞，似乎拉上了窗帘，光线昏暗。

下意识停下脚步，他出于习惯，即刻提高了警惕。无声无息走到主卧门边，他猛地推开门，确认门后没有躲人，才将视线投向床头靠墙的那张双人床。

血腥味扑鼻。

房间里的飘窗被拉紧的窗帘遮挡，只投进一层灰蒙蒙的光。所有家具、物品都摆放整齐，没有被翻动的迹象。赵亦清侧躺在床上，只有一条没来得及铺开的毛毯被扯开一角盖在她腰间，却挡不住她身下刺目的猩红。

鲜血浸透她的睡裤，染红了大片床单。

而她蜷紧了身子，长发披散，脸色惨白，双眼紧合，微张的嘴唇毫无血色。

02

一九八九年的隆冬，居住在南方的人们也换上了厚实的棉袄。

小年刚过，母亲便要回派出所值班。清早天光未亮，赵亦晨跟着她爬起来，洗漱着衣，爬上她单车的后座。

天幕上还挂着一轮弯月，他抱紧怀里的电风扇，呵着白汽，望过沿街大树光秃秃的枝丫，瞧那被月光映成深蓝色的天。电风扇是头一天过小年时，母亲买回来的。说是旧风扇，冬天买比夏天要便宜，只不过出了点故障，得拿去警队，给看门的师傅修。

一阵冷风刮过来，灌进赵亦晨领口。他低下头缩了缩脖子，躲到母亲身后避风。经过老街区，骑楼底下的早餐铺已经打起了灯。赶早班的人们来往匆匆，踩着还没褪尽的夜色，聚在铺子前买早点。老板娘吆喝着让顾客排队，蒸笼每掀开一次，都有腾腾白汽蹿上来，扑进冷空气里，消失不见。

母亲把单车停在路边，小跑着上前，排队买包子。赵亦晨也跳下后座，

抱着电风扇站在车边等她。人声嘈杂中，他看到一个尖嘴猴腮的男人站在最外围，偷偷摸摸将手伸进了一个姑娘的包里。再拿出来时，指间已经捏出了她的钱包，动作极快地塞到兜里，四下里瞧瞧，转身就要走。

赵亦晨条件反射地大喊："妈妈，有人偷东西！"

就在穿着警服的母亲同其他人一起回头的时候，那个男人也反应过来，拔腿便跑。

母亲随即认准了他，飞快跑到单车边，丢给赵亦晨一句"站在这里不要走开"，骑上车追过去。

早餐铺顿时乱成一团，有人催促，有人回头张望。赵亦晨想要跟上前，却又怕跟丢了母亲，只好抱着电风扇追了几步便停下来，喘着气，望着母亲的背影逐渐远去。她奋力蹬着脚踏板，骑得那么快。快到经过十字路口的那个瞬间，来不及留意周围。

一辆黑色的小轿车横过来，撞上了她的单车。

单车被撞翻，她单薄的身子飞出去，从路口摔到了路中间。

有人尖叫，有人惊呼。小轿车刹住了车，司机慌慌张张跑下来，跌跌撞撞扑上前。

赵亦晨呆呆立在街头，远远盯着那个倒在路中间的身影。她一动不动，黑色的一片，像一根加粗的线。

人们跑过他身边，渐渐围聚在那里。有人推搡他的肩膀，他挪动了脚步。起初是慢慢地走，然后越走越快，越走越快。他发了疯地跑起来，抱着那台咯吱响的旧电扇，一头扎进人堆里。他推着、挤着，使出全身的劲儿，穿过重重人墙。风扇被挤掉，他没再去捡。

终于，他停下来。他看到母亲倒在血泊中。

猩红的颜色浸透了她的警服、她的头发。而后慢慢爬开，爬向更远的地方。

这是那一年新年，赵亦晨最后看到的颜色。

急诊室的门被推开，怀里的小姑娘因而动了动。赵亦晨回过神，把坐在自己腿上的赵希善放下来，牵着她的小手站起了身。

"失血性休克。"医生走出急诊室，有条不紊地摘下口罩，看向他的双眼，"目前看来是经期出血过多引起的。还要再做检查，看看有没有病变。"

颔首应下来，赵亦晨合眼，按了按跳痛的太阳穴。他从前听刘志远说过这种情况，但赵亦清也只是偶尔一两回失血过多，从来到不了休克的地步。而赵亦晨是警察，少有时间在家。今天头一次碰上，要不是理智尚存，恐怕会以为家里发生了命案。

他垂眼去瞧身边的小姑娘，她似乎有所感应，也仰起小脸看他。发现赵亦清休克的第一时间，赵亦晨就拿毛毯裹住了她，给她保暖。接着便拨打急救电话，按医生的指示处理。这期间小姑娘一直在客厅打盹儿，等听到动静跑到主卧，已经看不到那吓人的血迹。

此刻她拉着赵亦晨的手，一会儿看看他，一会儿又往急诊室的门望望，好像在等姑姑出来。他揉了揉她额前柔软的头发，庆幸这回没有吓到她。

赵亦清总算被推了出来。

护士给她换了衣服，两只手都在输液。她躺在病床上，脸上仍旧没什么血色。病床轮子滚过急诊室的大门，轻微颠簸了一下。她虚了虚眼，似乎恢复了意识。

赵亦晨牵着赵希善跟在一旁，握了握她冰凉的手，低声叫她："姐。"

两眼吃力地睁开了一些，赵亦清勉强回握一下他的手指，翕张着发青的嘴唇，嗓音干哑地安抚："我睡会儿……没事……"

他点头，握紧那只手，见她疲惫地微张着嘴，合上了眼。

医护人员把她送到病房，刘志远也匆匆赶到了医院。

父女俩老远便瞧见他神色紧张地跑来，一路上不小心连着撞到了好几个人，好不容易冲到他们跟前，刘志远才气喘吁吁停下来："怎么样了？"

"经期出血过多引起休克，具体原因还要检查。"

听到问题不严重，刘志远稍稍松了口气，揩一把额角的汗珠，喘着粗气望

了眼病房半敞的门，又问："人呢？醒来了吗？"

"还在里面输液。"赵亦晨往病房的方向偏了偏脸示意他，"刚刚醒了一阵，又睡了。"

刘志远点点头："好，那我进去看看……"说着便提步朝病房里走，却又忽然刹住脚步，想起点什么似的回过身，"对了——阿磊今天没有晚自习，五点半就会下课……"

往常都是赵亦清开车去接刘磊。

赵亦晨没多想，主动揽下这个任务："我去接。"然后晃了晃胳膊，问牵着的小姑娘："要跟爸爸去接哥哥，还是留在这里陪姑姑？"

赵希善慢慢转过头来，表情还是那样木木的，不知在想些什么。

"还是跟你走吧，别吓着了。"刘志远便替她拿了主意，"你先带两个孩子回去吃饭。别跟阿磊说得太严重……我怕他太担心会影响学习，毕竟都高三了。"

思忖片刻，赵亦晨最终没有异议，只神情平静地颔首："我知道。"

下午五点四十分，高三毕业班准时下了课。

不少学生收拾起作业，一股脑跟着老师钻进小教室，开始额外的补课。刘磊一早便收好了书包，一溜烟蹿出教室，想在回家之前把买复习资料的钱交给班主任。

毕业班的教室都集中在顶楼的一侧，隔着天井的另一侧则是少有人去的实验室。教学楼四个角都有楼道，实验室这一侧的楼道几乎无人出没，下楼便也最快捷。他冲进楼道里，一手扶着扶手，一手拎着书包带往肩上扣，脚步飞快地往下跑。

刚跳到拐角，就被靠着墙候在那儿的三个人影堵住了脚步。

刘磊认出了其中一个人——瘦瘦高高的男生，穿的校服，留着长长的刘海儿，手里掐了一根香烟。是同年级平行班的李瀚。

听到他的脚步声，李瀚抬起头来，冲他咧嘴一笑："哟，学霸。今天又没有回宿舍午休，泡了一中午图书馆啊？"

刘磊反身就要往楼上跑。

楼梯口却又冒出另外两个男生来，猛地一推他的肩膀，硬生生断了他的退路。

及时扶住扶手，刘磊稳住脚步，以防摔下楼梯。他退到扶手这边，后背紧紧抵着它，咬紧牙根，一声不吭地低下了头。

外头下起了雨。阴沉沉的天气，淅淅沥沥的雨声。

"怎么不说话啦？"李瀚两手插在裤兜里，一步步踩上台阶，走到他身边，"作业写完没有？借我们参考参考呗？"

五指收拢，死死抠住扶手。刘磊盯着自己的脚尖，不肯出声。

对方便别有深意地笑起来，随手拿烟头摁上他抓着扶手的那只手："哦，差点忘了。你们实验班的作业跟我们平行班的作业不一样，是吧？"

刘磊吃痛地抽出手，猛然转过身硬着头皮往上冲。堵住他去路的那两人却早有预料一般，下来一步逼上前，狠狠将他推了回去。脚下一个趔趄，他翻身摔下了楼梯。背脊擦过一级级台阶硬邦邦的边角，脑门撞上拐角的墙壁。他眼前一黑。

"干吗呀？想跑啊？"李瀚的声音由远及近，带着笑意，最终停在他头顶上方，"带钱了吗？"

视野渐渐恢复清明，刘磊半瘫在墙角，眯眼看着他痞笑的脸，攥紧了拳头。

李瀚笑笑，把烟灰弹到他脸上："没带？"

另外两个人围上来，一人一边按住刘磊的胳膊，抬起一只膝盖用力顶上他的胸口。还有一个人一屁股坐到他腿上，伸手扯开他校服裤的裤带，一把扒下他的裤子。

"干什么！"刘磊即刻红了眼，发了狂地挣扎起来，梗着脖子嘶吼，"放手！放手！"

裤腿卡在他的运动鞋上边，那人用力拽了拽，最后把鞋子也给拽了下来。

楼道窄长的玻璃窗外，只透进一点灰暗的光。刘磊光着两条腿，歇斯底里地踢蹬。他看得到头顶亮着的白炽灯。灯光让他晕眩、恶心。他疯狂地吼叫，扯着脖子，红着眼。按着他胳膊的人却伸出手来，把他抬起的脑袋推向冰冷的地板。他视野震荡，后脑发麻。

回响在楼道里的喊叫声戛然而止。

李瀚拎起他的裤子，慢条斯理地掏起了裤口袋。

"这不是钱？还说没带，骗谁啊？"掏出那五十块钱，他蹲到台阶上，自上而下俯视刘磊，"哎呀，眼睛还红了？怎么？要哭啊？想哭就哭呗，不过我们不是你妈，可不会帮你擦眼泪啊。"

其余四人都笑了。那两人松开刘磊的胳膊，任他躺在那里，自顾自地站起了身。李瀚把裤子扔到他脸上，遮住了那令他恶心作呕的光。刹那间，屈辱、疼痛、仇恨——一切感官都在黑暗中清晰起来。

刘磊发起了抖。狼狈地爬起身，他低着头，用哆嗦的手穿上裤子。

"录了没？"他听到李瀚的声音。

抓着裤腰的手一颤。

"录了。"有人回答。

另一个人嗤笑："看他下次还敢牛？"

胡乱穿好裤子，刘磊拔腿冲下了楼。

没有人阻拦他，也没有人追上来。他却不要命地跑着，大口大口喘着粗气，好像后头有野兽追赶。

脚下的道路在中段变暗。到了拐角，又重新被灯光照亮。循环往复，仿佛再也没有尽头。

他想，刚才对他动手的有三个人。在场的五个人里，还有一个自始至终没上来，因为他在录像。

冲出教学楼的时候，刘磊没有打伞。他一头扎进雨里，踩着满地积水，往校门的方向跑。家长们撑着伞等在校门前，伸长了脖子张望。他觉得每一双眼睛都在看他。看他跑，看他不敢吭声。看他被摁倒在楼道里，扒掉裤子。

一只手捉住了他的手腕，他听见一个男声响起："急急忙忙跑什么？"

下意识地一抖，刘磊转过身来，恰好对上来人的眼睛。

"舅、舅舅……"他止不住结巴，"你怎么来了？"

赵亦晨左手打着一把黑色的大伞，右手抓着他的手腕，微微蹙起了眉头。

"你爸妈有事，我来接你回去。"他审视他一眼，视线落在他腰间，"裤带子散了。"

神色一慌，刘磊低下头，急急忙忙要系上。

伸手把他背在右肩上的书包拉下来，赵亦晨不轻不重道："书包背前面，上车再系。"

这才想起周围全是家长和学生，刘磊红了脸，点点头，把书包背到了身前，遮去那两根垂在裆前的裤带。

他一路心神不宁，等到上了车，才注意到赵希善坐在副驾驶座上。

愣了一愣，他说："妹妹也来啦……"

小姑娘透过后视镜瞧着他，还是呆呆的模样，眼神发直，只字不语。

收了伞跨进车里，赵亦晨重重地关上车门，拿起车上的一盒抽纸递给刘磊："你怎么回事？"

"啊？"他接过抽纸盒。

一言不发地从后视镜里看他，赵亦晨目光平静，却叫刘磊喉咙一紧。舅舅天生就有一种不怒自威的气势，这一点刘磊最清楚。他怕他，也是因为这个。

有那么一瞬间，他想把实情说出来。可那让他头晕目眩的白炽灯灯光又闪过他的脑海。他记起他们的笑声，记起李瀚拎着他裤子的动作，也记起那台录了像的手机。他抓紧自己的裤腿，喉咙越发的紧。

良久，他才垂下眼睑，听到自己吞吞吐吐地解释："我……我把买复习资料的钱弄丢了……怕我妈又骂我……"

坐在驾驶座上的赵亦晨沉默了一会儿："丢了还是花了？"

"丢了……"他每说一个字，都感觉到喉咙眼里好像有团火在烧，"真是

丢了……"

又是沉默。

雨刷反复刮着风挡玻璃，发出有节奏的轻响，嗒嗒、嗒嗒。

刘磊悄悄揪紧裤腿，手心里全是汗。

"多少钱？"半晌，赵亦晨才再度开控。

"五十……"他说。

然后便是一阵窸窸窣窣的声响。刘磊偷偷抬眼，看到赵亦晨从钱包里拿出一张红色的钞票，反手给他。犹豫几秒，刘磊接过来，攥在了手里。

"这么大人了，不要再丢三落四。"赵亦晨收回手，打开车里的暖气，眉眼间神色平淡如常，"这事我不告诉你妈，但是不要有下次。"

刘磊吞了口唾沫，埋首点头："谢谢舅舅。"说完又问，"爸妈是有什么事啊？"

"都在医院。"对方答得随意，"你妈经期出血过多，要输液。"

"这个也会……出血过多？"他诧异，"严不严重啊？"

"可能要进一步检查。应该没什么大事。"推动换挡杆，赵亦晨把车倒出车位，"等下回去我做饭，你照常复习，等你爸回来就知道了。"

"哦……"含糊地应下来，刘磊没有多疑，转头看向窗外。

车子经过学校后门那条小路，校门外的便利店亮着灯，正好有人推门走出来，三五结伴，嘻嘻哈哈。是李瀚。

赵希善安静地坐在车窗边，歪着脑袋看玻璃窗上的雨点汇聚成水珠，沉甸甸地滑落。

从她的角度，可以通过倒车镜看到后座的刘磊。他直勾勾地望着窗外的某一处，被倒车镜表面的雨水模糊了表情。

她循着他的视线看过去，只看到灰色的天，还有黑色的人，再无其他。

CHAPTER 13

如果我未荒度一生

如果我能让一颗心不再疼痛,

我就没有白活这一生。

——艾米丽·狄金森

01

许菡推开116的门。

"唰"的一声，窗帘被拉上，周楠站在窗边，只着了一件宽松的上衣，光着两条纤细笔直的腿。那窗帘许久没有拆洗，扬起不少灰尘，惊慌失措地暴露在昏暗的光线里。她回头瞧了许菡一眼，而后一言不发地走到自己的桌前，拎起椅背上的裤子，弯腰抬起脚踩进裤腿。

合紧身后的门，许菡戳在门边，不像以往那样脱下书包翻出货来，就这么站着，直勾勾地盯着她。

半响，她说："《圣经故事》。"

周楠手里攥着两条裤腿，眉眼一抬："什么？"

"我想看《圣经故事》。"许菡两眼一眨不眨地同她对视，"你可不可以借给我。"

拉开椅子坐下来，周楠勾起嘴角笑笑，像是来了兴致。

"你信这些？"她一面穿袜子一面问她，乌黑的头发滑过肩头，垂到脸边，"基督教，还是天主教？"

立在门边的姑娘没有说话。

周楠穿好了袜子，抬起头看她。她背着书包缩在门上行李架投下来的阴影里，身上穿的还是那所小学夏天的校服，短裤短袖，纸人似的单薄。周楠的视线转了一会儿，寻到她那双漆黑的眼睛。这屋子里光线不好，她在她眼里瞧不见半点亮光。

"我没有这本书，不过可以帮你在图书馆借。"敛了敛笑，周楠转过身子，收拾起了桌上的杂物，"还要不要一本《圣经》？"

许菡摇摇脑袋："我背得下来。"

随手将一支钢笔插进笔筒里，周楠又笑："那你背一段给我听。"

抠紧书包的背带，许菡望着她的侧脸，一时不肯吭声。她打了耳洞，干净漂亮的耳垂，扎着一颗金色的耳钉。许菡想，扎穿那么一层肉，应该是疼的。

"你平生的日子，必无一人能在你面前站立得住。"她张张嘴，听见自己干哑的声音，"我怎样与摩西同在，也必照样与你同在。我必不撇下你，也不丢弃你。你当刚强壮胆。因为你必使这百姓承受那地为业，就是我向他们列祖起誓应许赐给他们的地。"

周楠靠上椅背，从抽屉里拿出一盒香烟，给自己点燃了一根。

"只要刚强，大大壮胆，谨守遵行我仆人摩西所吩咐你的一切律法，不可偏离左右，使你无论往哪里去，都可以顺利。"许菡看着她，看着她微垂的睫毛，看着那白色的烟圈慢慢溢出她红艳的嘴唇，"这律法书不可离开你的口，总要昼夜思想，好使你谨守遵行这书上所写的一切话。如此，你的道路就可以亨通，凡事顺利。我岂没有吩咐你吗？你当刚强壮胆。不要惧怕，也不要惊惶。因为你无论往哪里去，耶和华你的神必与你同在。"

许菡停下来。周楠不开腔，也不看她。好一阵，她只在那里抽烟。

"这是哪一段？"许久，她问道。

"《若苏厄书》。"许菡说。

再次沉默下来，周楠又把香烟送到嘴边，微仰着头，深深吸了一口。

"你真的信？"吐出那口白烟的时候，她问许菡，"你的神？"

她摇头。

轻笑一声，周楠摁灭那根烟："那你还看什么书，背什么《圣经》？"

"我想信。"许菡告诉她。

食指还掐着烟头，周楠盯着那圈渐渐暗下来的红色火光，好半天才松手，打开抽屉，拿出几张钞票，扔到她脚边。

"东西放地上，你走吧。"她声音冷下来，头也不回地支好镜子，拾起了

手边的眉笔，"下次来的时候，我把书给你。"

许菡便摘下书包，将那袋白色的粉末翻出来，蹲下身搁到地上。

然后她又捡起钱，塞进兜里。

周楠余光瞥到她重新站起身，背好了书包。等了一会儿，却不见她走。

她于是从镜子里对上许菡的眼睛："怎么了？"

"王绍丰让他们在里面掺了东西，"许菡告诉她，"你轻易戒不掉的。"

许菡说完便转身打开门，逃命似的跑了。穿过长长的走廊，经过宿管乱糟糟的值班房。没有回头，也无从知道周楠的表情。只觉得书包里的那本蓝皮字典在跳，心脏也在跳。

跳啊，跳啊，跳到了嗓子眼里。

那之后的几天，许菡一直在等。

等那台黑色的广本，也等瞎子来找她。每回曾景元要见她，都是瞎子来带话的。

马老头什么都不知道。他还是白天去讨饭，偶尔在兜里揣一块砖头。砖头砸开，里头就是白色的粉末。有时候他也会吞几袋到肚子里，一走便是十几天。

许菡不管他，她只管自己。她每天都会做梦，梦到曾景元踩着她的脑袋，手里拿着大刀。他先砍她的腿，再砍她的胳膊。最后砍了她的头，把她扔进那间面馆的厨房烧。她被烧成一摊油、一堆骨头。

梦醒了，她满头的汗。

连着好几天，没有黑色的车，也没有瞎子的手。只有静悄悄的夜，还有翻垃圾的狗。

到了星期六，许菡又换上那身校服，背着书包，走过通往市立图书馆的大桥。

图书馆一早就开了馆。人们进进出出，有老人，有学生，也有孩子。她坐到图书馆大门前的台阶上，挑了个角落的位置，取下书包，找出一支笔和一本薄薄的语文课本。

就着拼音，开始读课文。

> 农民把玉米种到地里。到了秋天，收了很多玉米。
> 农民把花生种到地里。到了秋天，收了很多花生。
> 小猫看见了，把小鱼种到地里……

周围人来人往，渐渐嘈杂起来。

不少人坐在台阶上看书。也有人捧了书，坐到她身旁。

"阿婆，真不能进去！"一个年轻的声音忽然扬高，突兀地闯进她的耳朵里。

许菡回过头。守门的门卫拦着一个衣衫褴褛的老人，涨红了脸，张开胳膊铜墙铁壁似的戳在那儿，说什么都不让她进去。

"我就给我孙子借本书……他要写作业……"老人使劲扒他的胳膊，压低了声线，不断哀求。她脚边还搁着一大捆废品。啤酒瓶、旧报纸和踩扁的易拉罐，用渔网扎在一起，挑在扁担的一头。

"但是我们馆有规定，真的不能让您这样进去！"门卫不肯让开，一边挡着，一边避开频频回头的路人，一张年轻干净的脸几乎红到了耳根，"这样，您回去换套衣服再来，好不好？"

老人急得拍起大腿："这跑回去一趟多远啊！你都知道我就是捡点破烂卖，不是乞丐——"

"阿婆……"

不再去瞧他们，许菡重新看向腿上摊开的课本，眼睛跟着笔尖，一点一点滑过一行行的课文。

身边坐着的人站起来，她也没留意。

春天，阳光灿烂，田野里百花盛开，白的梨花，粉红的桃花，还有金黄的油菜花，散发出一阵阵浓郁的香味……

"先别争，先别争——"另一个女声打断了争执，"老太太，这小兄弟也是按规矩办事，我看他也挺为难的。不然这样，我看我和您身量差不多，我们到那边的公共厕所去把衣服给换一换，然后您再进去借书，省了一趟跑回家的工夫，行吗？"

食指的移动顿下来，许菡屏住呼吸，仔细地听。

"行，行……谢谢你啊姑娘。"老人松了口气，连连道谢。

门卫的语气也缓下来："谢谢啊，大姐。"顿了顿，又忽然惊叹，"吴所——"

悄悄扭头看过去，许菡瞧见了那个女人的脸。

微胖的鹅蛋脸，大眼睛，厚耳垂。她穿的便服，左手扶着老人，右手抓了什么东西，正竖起一根指头抵在嘴边，笑盈盈地示意门卫小声些。而后她把那东西放进口袋里，对他笑笑："回头我跟你聊聊。"

许菡收好笔和课本，背上书包，一声不响地离开。

她看清了女人手里的东西。那是张工作证，绿皮的，印着公安的字样。

是个警察。

02

赵亦晨伸手打开橱柜时，感觉到口袋里的手机振动起来。

放下锅铲将灶上的火开到最小，他掏出手机接通电话："姐夫。"

"接到阿磊了吧？"那头的医院十分安静，刘志远的声音也小心翼翼地压到了最低。赵亦晨从橱柜里找到一包生粉，拿出来倒进手边拌了蚝油和玉米淀粉的碗里："接到了，正在做饭。"把手机夹到颈窝，他端起碗拿筷子打匀里头的酱汁，"我姐怎么样了？"

"做了个超声检查，说是子宫肌瘤，可能要做手术。"刘志远试着说得简单些，"她还是痛得厉害，今晚要留院观察。我在这里陪她，明天早上你送一下阿磊，好吧？"

反手将酱汁倒进锅中的蒜蓉里，赵亦晨微微蹙起眉头，抬手捉住颈窝里的手机，又用另一只手把火开大："严不严重？"

"问题不大，等明天再详说吧。"对方在电话那头想了想，又补充，"本来也不是什么治不好的病……就是开刀辛苦点。"

从他的语气里听出这是实话，赵亦晨舒展开眉心，拿锅铲拌了拌锅内快要煮沸的酱汁："行，那你今晚辛苦一下，明天我送完阿磊再去医院。"

刘志远应了一声。挂断电话的时候，酱汁恰好煮沸。

关火把酱汁淋上焯熟的生菜，赵亦晨随手拔下电饭煲的插头，转身正要从消毒碗柜里拿碗，便瞥见了身后的两个人影。

动作一顿，他瞧了眼他们，继而打开消毒碗柜，面上神色不改："怎么出来了？"

刘磊牵着赵希善的手，愣愣地盯着他的后脑勺，一时没反应过来。他刚从自己房间里出来，原本是想带着小姑娘一起帮忙端菜，却正好听见赵亦晨打电话。零零碎碎的语句，说的似乎是赵亦清的事。

这会儿找出了三只小碗和三双筷子，赵亦晨没去瞧他，已然开始盛饭。

"爸打来的电话啊？"刘磊终于想起要开口，心里有些慌，"妈怎么了？他们今晚不回来了？"

"先吃饭。"赵亦晨依然没有回头，只盛好三碗饭，口吻平静地告诉小姑娘，"善善带哥哥去坐好。"

赵希善便抬头看向哥哥。

刘磊却越发慌了神，急急忙忙就问："妈妈是不是生什么大病了？"

放下手里的碗，赵亦晨沉默片刻。比起刘志远，刘磊更像赵亦清。心思细腻，但有时也过分敏感。而他们夫妇两个总把他当孩子，他也就少了些主见和担当。这是赵亦晨最不满意的一点。

"子宫肌瘤。你爸说问题不大，只是要动个手术。吃完饭你自己去网上查这个病，了解一下。"言简意赅地解释，他端起两碗饭，转过身对上刘磊的视线，收拢了眉心，"一个男子汉，马上要成年了，不要还没搞清楚问题就自己吓自己。"

　　他语气不自觉变得冷硬严厉，不仅刘磊下意识瑟缩了一下，连赵希善听了也呆呆地朝他望过来，怯怯的模样，有那么点儿可怜。

　　赵亦晨顿了顿，却只说："去端菜。"

　　涨红了脸，刘磊胡乱点点头，松开小姑娘跑到灶台边端菜。留下小姑娘傻傻站在厨房和餐桌之间，又无意识地把手伸到嘴边，咬起了指甲。

　　搁好饭碗，赵亦晨才折回来走到她跟前，把她抱到餐桌边的椅子上坐下。

　　赵希善晚饭吃得不多。

　　由于赵亦清不在，夜里赵亦晨只给小姑娘擦了擦胳膊和背，再帮她打一盆热水洗脚，没有洗澡。直到自己冲过澡掀开被子躺上床，他才注意到小姑娘缩在被窝里，总要时不时挠一挠胳膊。侧过身调亮床头的灯光，赵亦晨竖起手肘撑在枕头边，拉过她细瘦的胳膊，将起松松垮垮的衣袖。

　　皮肤干燥泛红，被她挠出了细细的红印子。

　　"痒？"他抬眼问她。

　　他宽厚的肩挡住了床头灯投来的光，小姑娘侧躺在阴影里，睁着她那双棕褐色的大眼睛，木木地点了点头。一缕细软的头发从她耳边滑下来，他替她将它们将到耳后，又揉了揉她的小脑袋："爸爸去姑姑家拿润肤露。"

　　等他上楼把赵亦清家的那瓶润肤露拿下来，赵希善已经蜷在亮着灯的那头，迷迷糊糊地睡了过去。还是那种婴儿缩在母亲子宫里的姿势，一条小胳膊露在被子外头，袖子挽到了手肘上边。

　　赵亦晨坐到床边，轻轻拉出她另一条胳膊，给她涂上了润肤露。小姑娘缩了缩肩膀，微微张开小嘴，没有醒来。手里的动作停顿一会儿，他抬眼看她，确认她还睡着，才将她的胳膊放回了被子里，看了眼手中润肤露的瓶子。

主要成分是甘油和蜂蜜。他也是头一回注意到。

作为一个男人，他常年独居，工作又忙，生活过得粗糙，家里甚至没有备好润肤露。要不是还有赵亦清这个姐姐住在楼上，恐怕根本没法照顾赵希善。

他把润肤露搁上床头柜，关掉了灯。重新躺下来后，小姑娘像是有所感应，挪了挪瘦小的身子，缩到他身旁。赵亦晨侧身揽住她，在黑暗中合上眼。

他睡得浅，因此后半夜赵希善从他怀里爬出来的时候，他第一时间便醒了过来。

卧室拉起的窗帘只留下一条不宽的缝隙，透进一束街灯昏黄的光打在床尾。赵亦晨感觉到怀中的小姑娘动了动，然后慢慢缩紧身体，爬出他的臂弯。他睁开眼，没有轻易出声。

借着那点微弱的光，他看着小姑娘轻手轻脚地下床，小小的身影摇摇晃晃，摸黑走到衣柜跟前。摸索了好一阵，她才打开衣柜的滑门。衣柜里的衣架轻轻碰撞，发出细微的声响。她爬进去，重新关上了衣柜的门。

室内安静下来。静悄悄的，仿佛从未有过异动。

赵亦晨一动不动地侧躺在床上，黑暗中望着衣柜的滑门，许久没有吭声。

大约过了五分钟，他起身打开床头灯，趿上拖鞋，来到衣柜前。滑门后边听不见动静。他拉开门，视线滑过那排挂得整齐的衣服，落在缩在柜底的小姑娘身上。她压着几件黑色的外套，紧紧抱着自己的膝盖，缩紧肩膀，低下脑袋，下巴抵在膝前，一如他第一次见到她的模样。

听到他开门的声音，小姑娘抬起头，巴掌大的小脸暴露在灯光下，漆黑的眼里盈着水光。看清他的瞬间，她红了眼眶。滚烫的眼泪溢出来，一滴一滴往下掉。可小姑娘没有像上次一样皱起小脸，也没有爬出来抱他。她只是迷茫地仰着脸看他，维持着那个蜷缩的姿势，掉着眼泪，不动，也不出声。

那一刻赵亦晨忽然明白，她不是在等他。

他蹲下身，视线与她齐平，一言不发地同她对视。灯光映着他的侧脸，他看到自己的影子投下来，将她小小的身子笼罩在一片阴影里。他想叫她。他想问她为什么躲进柜子里。他想摸摸她的头发，安慰她。但他什么也没说。

他伸出手，把她抱出了衣柜。

小姑娘睡前喝过牛奶，身上依旧有股淡淡的奶香味儿。温热的泪水濡湿了他的衣襟，他好像没有发觉，只回身将她放回床上，而后重新躺到她身旁，替她掖好被子。她还在掉眼泪，轻轻抽着气，发丝黏在脸上，挡住了眼睛。

拨开那些头发，赵亦晨轻捏她冰凉的小耳朵，一只手绕到她背后，捋着她的背给她顺气。

动了动脑袋，小姑娘缩起腿，慢慢蜷成一团。她冰凉的小脚挨着他的肚子，隔着一层衣料，也仍旧透着寒气。

赵亦晨记起胡珈瑛的脚，冬天里总是生着冻疮，从天黑凉到天亮。

无论他捧在手里焐多久，都从来没能焐热。

赵亦清的手术安排在一个星期后。

她不肯住院，确定了手术日期便急着回家。刘志远犟不过她，只能絮絮叨叨地念她劳碌命，着手给她办出院手续。

星期三这天，赵亦晨开车接她回家，接着就带赵希善出了门。

秦妍工作的儿童心理康复中心开在郊区，半开放式的设计，有诊楼，也有花园。她站在院子的大门边等他们，带他拐进停车场。

待赵亦晨把小姑娘抱下车，秦妍才从容不迫踱到他们跟前，揉了揉小姑娘的额头："早上好啊，善善。这两天跟爸爸一起开心吗？"

赵希善扭头看着她，两只小手还抓着赵亦晨的肩膀，缓慢地点了一下脑袋，表情有些呆。

顺手将了将她额前的头发，赵亦晨将目光转向秦妍："抱歉，临时改时间。"

对方摇摇头："正好我这边有对父母取消了周三的预约。"语罢又对他怀里的小姑娘笑笑，伸出手捏了捏她的小手，小声告诉她："善善，阿姨带你看看阿姨工作的地方。这里有好多小动物，还有很有意思的玩具。"

小小的五指下意识地收拢了一下，赵希善轻轻捏住秦妍的指尖，转过脸去找赵亦晨的眼睛。他垂眼对上她的目光，腾出一只手来覆上她的发顶，神色平静却不容拒绝："爸爸上午有工作，你先待在秦阿姨这里。"

略微低下脑袋，小姑娘看向自己仍然抓着他肩膀的另一只手，只字不语地收紧了手指。

从前天半夜躲进衣柜被发现开始，她就格外黏着他。现在要分开，当然是不愿意的。但赵亦晨只沉默了几秒，便转而捏了捏她的小脸："下午来接你。要乖，知道吗？"

小姑娘依然垂着脸，却总算慢慢点了头。

秦妍从他怀里接过她，抬眼同他交换了一个眼神，示意他不用担心。

临别之前，赵希善伸出手抱住赵亦晨的脖子，亲了亲他的脸颊。他开车离开，快要驶出大门时，从后视镜里看了眼她们的背影。

秦妍已经牵着小姑娘朝诊楼走去。小姑娘低着脑袋，只在秦妍抬手指给她看什么东西的时候，才迟钝地抬起头来。

车子拐出康复中心，她们的身影消失在他的视野里。余下郁郁葱葱的树木舒展开枝丫，在十月底的艳阳天下迎着微风，细细地战栗。

半个钟头后，赵亦晨抵达本地的监狱。

陈智事前同狱警打过招呼，探监的程序因而简化了不少。坐在接见室的窄桌前等待不过五分钟，赵亦晨就听见了手铐上的铁圈相互碰撞的声响。他抬头，正巧见两个民警将曾景元带进接见室。

他穿的是监狱春秋统一的蓝色衬衫，斜条纹，松松垮垮地套在那副枯瘦的身躯上，看上去显得极不合身。同九年前入狱时一样，他还剃着光头，额前趴着一条蜈蚣似的肉疤。撞上赵亦晨的视线时，他笑了笑，本就有些歪的嘴咧开一个不对称的弧度，古怪而阴鸷。

赵亦晨面不改色地同他对视。

九年前，他卧底在曾景元的贩毒团伙内，亲手把他送进了监狱。但也是在那段时间，胡珈瑛突然失去踪迹，再无音信。

那个时候曾景元还不像如今这样虚弱消瘦。离开毒品的这九年，他的身体飞快地垮下来，最糟糕的一年瘦得几乎只剩一把骨头，还曾经被卷入一场监狱里的斗殴，断了两根肋骨。从那以后，他便驼了背，再也没能直起来。

"我说我表哥怎么没打招呼就来了，原来是赵队长。"在民警的搀扶下坐到了赵亦晨对面，曾景元耸了耸僵硬的双肩，身子微微后仰，靠上身后的椅背，"怎么，又来问我把你老婆弄哪儿去啦？"

两个民警退到了他身后。

"我找到她了。"赵亦晨说。

"哟，找着了？那真是恭喜啊。"嗤笑一声，他歪过脑袋，一脸无所谓的笑容，"活的还是死的？"

棕褐色的双眼将他五官歪斜的嘴脸收进眼底，赵亦晨没有说话，目光古井无波。

曾景元从他的反应里瞧出了答案："死的。"他摇摇头，故作惋惜地长叹，"唉，这得多伤心呀？还不如没找着呢，是吧？"

"她的事跟你没关系。"对他刻意的挑衅置若罔闻，赵亦晨注视着他的眼睛，语气平静如常，仿佛半点没有被这冷嘲热讽刺痛耳膜，"当年为什么要说是你做的？"

扯着嘴角别开视线，曾景元挪了挪身子，抬起被手铐束缚的双手，搭上面前的窄桌。前倾上身挨近对面的男人，他压低声音，笑得有恃无恐道："我说过了，我那帮兄弟干的事儿，我不是样样都清楚。他们干的跟我干的，又有什么区别？你老婆那照片我看着是有点儿眼熟，说不定还真跟我手底下的人有关系。"故意将语速放得极缓，他顿了顿，又侧过脸来，斜着目光瞧他，眼里含笑地反问，"再说你把我送进这笼子里，我不得报复你一下啊？"

转眸回视他微眯的眼，赵亦晨脸上没有丝毫表情，仅仅拿他冰冷的目光近乎冷漠地将他的脸锁进眼仁中。

咧嘴笑笑，曾景元微微直了腰杆，再次靠向背后的椅背，口吻变得饶有兴味："对了，你老婆叫什么来着？"

搁在桌面的双手十指不轻不重地交叠在一起，赵亦晨沉吟片刻。

"胡珈瑛。"再开口时，他的语气里仍旧没有透露任何情绪，"她真名叫许菡。"

对方倚向椅背的动作一滞："许什么？"

赵亦晨留意到了他眼中转瞬即逝的诧异。

"许菡。"他答。

猛地抬起脸，曾景元重复一遍那个名字："许菡？"他睁大眼看着眼前的男人，好像听到了什么天大的笑话，几乎抑制不住喉咙里的笑声，每一个字音里都带着隐忍的颤音，"你老婆是许菡？"

随意交叠的十指收紧了一瞬，又很快松开，赵亦晨面色不改地陈述："你认识她。"

紧绷的肩膀颤抖起来，曾景元神经质地笑得浑身发抖，像是根本没有听见他的话，自顾自发笑："难怪……难怪！我就说她那脸看着眼熟——居然是许菡？哈哈——哈哈哈哈！"忽然收住笑声朝赵亦晨凑过去，他前臂撞上桌沿，手铐的铁圈因这猛烈的动作而乒乓作响，"哎，她怎么死的？是不是死在许家的？"

黑色瞳仁中映出他兴奋的脸，赵亦晨端坐在原处，自始至终不为所动。

"与你无关。"他告诉他。

面上亢奋的神情褪了几分，曾景元盯住他的眼睛，抿唇一笑。

"套我话。"他重新慢条斯理地靠回椅背前，微微挑高了下巴，"我知道你们条子的伎俩。"

而后不等赵亦晨有所回应，他又扯起嘴角笑了："这么跟你说吧，赵队长。你老婆死了，你真该去喝两杯庆祝一下。"眯眼晃了晃脑袋，他语速不紧不慢，"这女娃聪明得很，但是蔫儿坏。跟你这种警察啊，完全不是同一种人。"停顿一会儿，还不忘问他，"她以前干过什么事，跟你说过吗？"

平静地站起身，赵亦晨只留给他一个线条冷硬的下颌，将目光转向那两名民警："麻烦把他带回去。"

两人颔首，上前搀住曾景元的胳膊。

嘴角仍然带着笑，他没有反抗，顺从地起了身。

转身离开的时候，赵亦晨听见了他的声音。

"下次再见啊，赵队长。"不慌不忙，饱含笑意，"你还会来找我的。"

脚步没有停顿，他未曾回头，径直踱出接见室。

房门在他身后合上。他穿过没有窗的走廊，步伐沉稳，拳头紧攥。

十分钟之后，身在物证室的魏翔感觉到裤兜里的手机振动，便赶忙掏出手机，四下里看看。确认周围没有他人，他才接起电话，谨慎地放低声线："师傅？"

"一个人？"手机里传来赵亦晨清冷的嗓音。

合上另一只手里拿着的材料，魏翔点点头，把它夹到腋下："对，您说吧。"

"沈秋萍的事，小陈是怎么处理的？"

"通知沈秋萍老家那边的派出所，去联系她父母了。"一早料到对方会询问这件事的进度，他应得及时，"但是他们搬了家，暂时还没找到人。"

"嗯。"电话那头的人缄默两秒，"你帮我个忙。"

魏翔并不意外，只道："好，您说。"

"当初珈瑛失踪，侦查卷宗应该还在。"他语气冷静，条理分明，从声音里听不出一星半点的情绪起伏，"里面有一份材料副本，是她接过的一件法律援助的案子。刑事案件，罪名是贩运毒品，当事人的名字叫马富贵。"

"马富贵？"鹦鹉学舌似的咕哝，魏翔眯起眼想了想，"这名字好像有点耳熟……"

他当年没有参与调查，照理说应该不会对这个名字有印象。

直到赵亦晨提醒他："是曾景元他们那个贩毒团伙的骨干之一。"

立马记起了缘由，魏翔一跺脚，恍然大悟："所以您那个时候才怀疑是曾景元的人绑走了师母！"

赵亦晨对此不置可否："那次和马富贵一起被抓到的，还有另外两个人。法庭当时指派了三位律师给他们提供法律援助。你帮我确认一下，其中是不是有一个成和律师事务所的律师，叫乔茵。"

"乔茵？"魏翔却再度一愣，"呃，我记得肖局的老婆就叫乔茵……而且也是个律师。"

"对。"那头的赵亦晨口吻平静如初，"她是成和律师事务所的合伙人，那个时候还没有和肖局结婚。"

也就是说，肖局的老婆曾经和师母一起接过那个案子？

回了回神，魏翔答应下来："好，我知道了。"接着便想起了什么，"还有，师傅……王绍丰的事，我跟张检察长那边的人打听过了，他们口风都很紧，不肯透露。不过我听说……"顿了顿，才又说，"他们最近在忙着'打老虎'。"

赵亦晨在电话另一头静默了一阵。

"那这件事你不用再继续打听。"良久，他终于开了腔，"等打完了'老虎'，事情自然就会清楚。"

与此同时，秦妍推开了诊楼二楼休息室的门。

护士正陪着赵希善坐在玩具箱边布置小姑娘的"家"，转脸见她进来，便轻声细语地同她打招呼："秦医生。"

小姑娘专心致志地摆弄着小人偶，没有抬头。

回给护士一个微笑，秦妍拿来一张小板凳，坐到了小姑娘的身旁。

玩具箱内已经摆好了沙发、茶几还有电视。赵希善把一个警察的人偶摆坐到小小的沙发上，旁边还有一个小女孩人偶、一个穿着花裙子的女性人偶、一个西装男人偶和一个小男孩人偶。小姑娘拨了拨他们，让他们紧紧挨在一起。

秦妍用食指轻碰那个小女孩人偶，转过头问她："这是善善吗？"

直直地望着他们，小姑娘点了点头。

冲她鼓励地一笑，秦妍又指了指警察人偶："那这个就是爸爸了？"

小姑娘慢慢点头。

她的指尖便依次划过其他几个人偶："这是姑姑，这是姑父，这是哥哥。对不对？"

小姑娘依旧不说话，却也缓缓颔首，给了她回应。

"那……"话语间略作停顿，秦妍略略歪过脑袋，望进她的眼睛里，"善善手里拿的是谁呢？"

空洞无神的双眼缓慢地眨了一下，赵希善低头，看向自己的小手。

她握着一个穿绿裙子的人偶。一直握着，没有松手。

直愣愣地盯着它瞧，小姑娘呆呆的，不再有任何动作。

秦妍留意着她的反应。好一会儿，她才问她："这是不是妈妈？"

小姑娘动了。她没有点头，也没有摇头，只转过脑袋，从脚边大堆的"家具"里，找到了一个奶白色的衣柜。衣柜的门可以打开。她拿起坐在警察人偶身边的小女孩人偶，把它塞进了柜子里。另外几个人偶失去支撑，东倒西歪，她没有搭理。她拿走茶几，将柜子搁在沙发前面，再把绿裙子人偶小心翼翼地放到了衣柜跟前。

做完这些，小姑娘收回手，两眼一眨不眨地盯着衣柜，静静地等着。

等啊，等啊，等到红了眼眶。

眼泪掉下来。她终于伸了手，拿起那个衣柜，打开柜门，取出被挤歪了胳膊的小人偶，贴到倒在玩具箱里的绿裙子人偶面前。

两个人偶脸贴着脸，脸上是一成不变的笑容，亲密无间。

护士迷惑不解，只在注意到小姑娘满脸的泪水时，忙不迭掏出纸巾替她擦眼泪。她抬头想要请示秦妍，却又噤了声。

因为秦妍正眼圈通红地望着小姑娘的侧脸，始终隐忍，没有落泪。

她记起二〇一四年的五月。那天X市下着大雨，她握着手机站在诊楼走廊的窗边，极力分辨电话那头的雨声。

"明天下午两点，大世界的家私广场……会有一辆车牌号是粤A43538的货车把一批二手家具送到那里。"胡珈瑛气息急促的声线被滂沱大雨模糊了尾音，"其中一个胡桃木的衣柜，那里面躲着一个孩子……她是我女儿，叫善善，赵希善……你帮我接到她，把她送去亦晨那里……"

"为什么？你现在人在哪里？"

"我没有时间了，秦妍……你帮帮我……"她喘着气，好像冷得发抖，喉咙里的每一个音节都在细微地颤抖，"一定要记得做好伪装……不要报警，不要让别人看到你的脸……保护好自己……"

"珈瑛、珈瑛你先冷静一点——"努力抬高音量喊着她的名字，秦妍捏紧手机，不自觉加快了语速安抚她，"我知道了，我会过去，也会做好伪装，一定会小心。你现在告诉我，你在哪里？到底出了什么事？"

那头无声了数秒。她绷紧神经，仿佛能看到胡珈瑛合眼屏息的苍白脸庞。

"我会回来的。"她说，"但是如果……一个星期之内我没有回来，就不要再找我了。"

秦妍心头一紧："什么意思？"

对方没有回答。

"告诉善善，要听爸爸的话。"瓢泼雨声中，她听到她最后的哽咽，"妈妈很爱……很爱她。"

大雨倾盆，淹没了她微不可闻的呼吸。

那是九年里，胡珈瑛与秦妍的第一次通话。

也是一生之中，最后一次。

••• CHAPTER 14 •••

孤夜里的星光

那光是真光，

照亮一切生在世上的人。

——《圣经》

01

星期天一早，许菡站在了市立图书馆门前的台阶下。

深秋的清晨空气潮湿，视野内蒙了一层薄薄的白雾。几个人影聚在图书馆门口，仰着脑袋交头接耳。那儿架了一个木梯，一个女人正踩在梯子顶端，将新横幅的一端挂上门楣。许菡背着书包，一声不响地停下来，远远盯着她的背影瞧。

还是昨天那个女警，高高的个子，穿着那套衣领冒了线头的旧便服。她手脚麻利，爬上爬下，很快就把横幅挂好，跳下木梯拍了拍手。

人们越发聚过去，小声议论横幅上的标语。许菡也朝那里看。

红底，白字。印的是"人生本平等，知识无偏见"。

她想起头一天被门卫拦下的老人。

女警从人堆里走出来，抃着腰长吁一口气，转脸便撞上了许菡的视线。她抓着书包背带的手紧了紧，想跑，却忍下来，安安静静戳在原地，不躲不闪地望着她的眼睛。

下一秒，女警冲她笑了。脚步轻快地走下台阶，她来到许菡跟前，两手背到身后："小姑娘，又是你啊？阿姨昨天坐你旁边看书的，记得吗？"

许菡点头，漆黑的眸子里映出她的脸。丰满的鹅蛋形，大眼睛，单眼皮，弓形嘴唇。她的耳垂很厚，瞧上去沉甸甸的。是张笑起来有佛相的脸。

"你星期六星期天都过来？"她两手撑着膝盖弯下腰，始终笑得慈眉善目，说话带点儿北方口音，不像是本地的南方人，"爸爸妈妈呢？"

"上班。"许菡说。

"哦……"若有所思地点点头，女警干脆蹲下来，弯起她那双月牙似的眼睛，平视许蔺的双眼，"我儿子要是有你一半好学啊，也该考上你读的这所学校了。"说罢又记起了什么，一脸好奇，"对了，你几年级啦？"

　　许蔺却捏紧书包背带后退一步，眼神怯怯的，嗓门压得极低："阿姨我还有事，要先走了。"

　　不少经过她们身边的人回头张望。看模样，就好像她遭了大人的欺负。

　　女警一愣，转而又笑起来："小姑娘还挺警惕的。"伸手揉了把小姑娘的脑袋，她抬了抬下巴笑着示意，"行，一个人过马路注意安全。"

　　低下头动了动脖子算作回应，许蔺匆匆同她擦身而过，没走大桥，只随零星几个路人走向公园。

　　过了斑马线，拐一个弯。她回头瞧一眼，确认女警没跟上来，才跑进一旁的公共厕所，在臭气熏天的隔间里蹲下身，掏出裤口袋中的工作证。那是刚刚从女警身上偷来的，绿皮，金字。她翻开，里头有那个女警的照片。

　　吴丽霞，派出所所长。

　　把工作证丢进厕所，许蔺站起来，冲了水。

　　桥东的旧居民楼底下，地下室都出租给南下打工的外地人。天气转凉，马老头就会带着许蔺住到这里。水泥地面，受了潮的衣柜，三张几乎挨在一块儿的窄床。门口的天花板漏水，雨天拿盆接着，早晨起来便能洗脸。

　　深夜回来的时候，许蔺踢倒了门边的易拉罐。外头家养的狗听了，嗷嗷狂吠。

　　她用钥匙打开门，抓着门把的手沾满了铁锈的气味。

　　靠墙的床上趴着个男孩儿。衣衫褴褛，灰头土脸，脚脖子上拴了一根细细的铁链。他跪伏在床沿，淌着眼泪，哇哇作呕。看身形，不过五六岁。

　　马老头坐在旁边那张床上，佝偻着背嗑瓜子，肩头披的还是那件破破烂烂的军大衣。见许蔺回来，他抬起头，冲着男孩抬抬下巴，吐出瓜子壳儿，含糊不清地告诉她："刚买来的，叫狗娃。"

说完又转过头对男孩儿吼："还呕！还呕就要呕出来了！继续吞！"

走到距离门最近的床边，许菡脱下书包，看了眼瑟瑟发抖的男孩儿。他呜呜哭着，撅着小屁股，伸出小小的手，抓起床铺上的什么东西，慢慢往嘴里塞。她看过去。奶白色的薄方块，一颗一颗散落在起了霉斑的床铺上，像水果糖。

不再去打量它们，许菡扭头望向马老头："你问了吗？"

"问什么？"又吐出一口瓜子壳，马老头眯起他那只独眼，拿眼角瞅她，"你还惦记着那丫头啊？"

低头去翻书包，许菡不搭理他。

"脾气还越来越大了是吧？"从鼻孔里哼出气来，他咂巴咂巴嘴，喀喀怪叫两声，别过脸吐了口痰，而后又伸长脖子凑近她，"我跟你说，别再想那丫头了。早不知道卖到哪个山旮旯里去了，哪还找得到？再说你找到又能干啥？"

从书包里翻出那本厚厚的字典，她找出笔，没有吭声。

马老头便再抓起一把瓜子，捏着一颗送到玉米似的牙齿前，咬得咔嘣响："还有啊，这个你可别再像上次那样放了。曾景元出的钱，买来就是为了送货的。"

那头的床上，男孩儿刚吞下一坨"水果糖"，反胃似的哇哇干呕起来。

许菡说："条子都知道你们用小孩送货。"

"你管这么多干什么！他们想了别的法子。"马老头竖起眉毛凶她，"你上次放的那个还不是被逮回来打断腿了？没打断你的腿就是好的。曾景元是看你聪明，才没动你，不然早把你打残了——爹妈都不认得！"

拔下笔盖的手停了停，她垂下眼睛："我今天碰上一个条子。"

他听了连忙吐掉瓜子壳，瞪大眼，小心翼翼地瞧她："没把你逮着吧？"

许菡摇摇头："图书馆门口碰到的。"

"让你不要往那儿跑！那地方条子多！"甩下手里的瓜子，他气得涨红了脖子，额角的青筋突突地跳，"丫头，我警告你啊！曾景元那脾气你也知道

了，像你这样的，要是被条子逮到一回……等放回来以后，保准打残你！"吼完又喘口气，瞪着眼儿提醒她，"你自己心里要有数，晓得不？"

不声不响地坐了会儿，许菡没抬头。许久，她才收了收下巴颔首。

接着便听他气哼哼地对男孩儿低吼："快吃！"

耳边只剩下细如蚊蝇的哭声。

等到一个星期过去，许菡照旧溜进那幢红砖砌的学生宿舍。

116的门为她留了一条缝。她推门进去，看到周楠坐在桌前描眉。从镜子里瞥见许菡关上了门，她笑笑："我还以为你不敢再来了。"

背贴着门板不作声，许菡望着镜子里她那张漂亮精致的脸，迟迟没有上前。

放下手中的眉笔，周楠抬眼，透过镜子对上她的目光："老站门那里干什么？随时准备跑呀？"随手打开抽屉，她拿出一个针线包，回头对许菡笑，"过来，我看看你。"

迟疑一秒，许菡提步走了过去。

待她停在桌边，周楠才伸手将她拉到跟前，捏着她的衣角仔细瞧了瞧那道被钩破的口子，然后从针线包里取出针线，打开台灯，对着灯光穿针。卷翘的睫毛托着光，小扇子似的，微微颤动。

许菡看着她。她今天穿了件水蓝色的旗袍，同她第一次见到的一样。

穿好针，周楠便低下头，替她缝那道破口。

"今天的货也掺了东西？"许菡听到她的声音。

纤长的手指穿针引线，动作熟练。她点了头。

周楠低着眉眼，沉默了一会儿："丫头，我说过我戒过几次，都是请我舍友帮我的。"她沉声开口，语气如她手里的动作，从容而漫不经心，"你救我那回，是最后一次。她们要搬走了，我请她们把我绑在那里。"

顿了顿，她抬眸望进那双漆黑的眼睛："知不知道她们为什么要搬走？"

许菡盯着她的手指，出了神似的呆着，没给她回应。

她便重新垂下眼睑，自顾自地说道："因为他不让我戒。他想用这种方法控制我。所以谁帮我，谁就要倒霉。"

两眼依旧没有挪开视线，许菡却讷讷出了声："王绍丰。"

手里的针穿过那轻薄的衣料，周楠看她一眼，勾起嘴角笑了笑："王绍丰只是替他办事的。一个年轻律师，没那么大能耐。"她引出针线，捏在指间稍稍拉直，"那个人比我大十六岁，有老婆，也有孩子。"

许菡缓缓眨了眨眼。后颈被烟头烫出的伤还在，隐隐地疼。

"你可以不跟他。"她听见自己这么说。

周楠只是笑。

"我贪心，丫头。"她勾着嘴角，不疾不徐地告诉她，"我家住农村，很穷。家里有三个姐姐、两个哥哥。他们都疼我。我想读书，他们就挣钱送我去上学。但他们也要成家，要养孩子。我要读高中、读大学，他们供不起。"话语间略作停顿，嘴边的笑也淡下来，"那个人说，他可以供我读书。他有钱，在我们那儿盖学校，还帮了好几个我这样的人。"

缝好最后一针，周楠翻过衣角，给针脚打上结："一开始我以为，他真的只是个好人，要帮我。"

只字不语地听着，许菡没有打断她。周楠低下脑袋，咬断剩余的线，在指尖缠了缠，便连同针一起，收回了针线包里。

"给我吃好的，穿好的，用好的。等我上了瘾，离不开钱……就该我求着他了。"动手将针线包搁进抽屉，她抬头，拉了拉许菡刚刚缝合的衣角，笑得浅淡平静，"人有多少欲望，活得就有多累赘。怪不得别人。"

许菡不搭腔。她只看周楠的手。青葱似的手指，白白净净，却长着茧子。

周楠松开她的衣摆，抽回了那只手。抓起桌上摆着的烟盒和打火机，她翘起一条腿，给自己点燃了一根香烟。火光照亮瞳仁的那一刻，她咬着烟蒂，双唇微动，自言自语似的问："后悔帮我了吗，丫头？"

安安静静地站了几秒，许菡说："我不叫丫头。"

文不对题的几个字，却让周楠默下来。

"东西呢？"半晌，她吐了口烟圈。

摘下书包翻出那包白色粉末，许菡递给她。

好像从前那样塞给她一卷钱，周楠接下来，又起身从书架上拿下一本书，递到她手边："买的。送你。"

许菡垂眼去看，是一本《圣经故事》。红皮的封面，画了一个抱着孩子的女人。

这回许菡没有接过来。两条细瘦的胳膊垂在身侧，一动不动。

周楠站在她面前，一言不发地等。她另一只手里还掐着那根香烟。白色的细烟冒出来，袅袅上升。

最后，她轻笑。闷闷的，像是从胸膛里发出的震颤。

"丫头，"她说，"这世上只有自保和善良是不需要理由的。"

那天晚上，瞎子在地下室找到了许菡。

他把一捆新的校服丢到她脚边。红白的颜色，和她身上穿的不一样。

"明天开始，你换到东区那头儿的国际小学去。那头儿洋鬼子多。"他抽着烟，一手插在口袋里，瓮声瓮气地告诉她。

许菡颔首，蹲下身捡起那捆校服。

"不问问为啥要换？"头顶上响起他的声音。

她仰起脸看他。

"美术学院那个周楠，嫌你长得晦气，不想看到你。"他居高临下俯视她，眯起眼，弹了弹烟灰，"你招她惹她了？"

温热的灰烬落进她的眼角。她低下脸，揉了揉眼睛，没有回答。

国际小学放学的时间早。

门卫推开门，抱着球的男孩子们便你追我赶地跑出来，又同门外等待的父母撞了个满怀。也有老师领着肤色各异的小朋友走出校门，排好长队，一块儿过马路。他们不背书包，一路蹦蹦跳跳，拉着小手，嬉笑打闹。

许菡牵着狗娃走过人群，慢慢加快脚步，想要跟上前面那队学生。

她穿的还是原先那套旧校服，狗娃穿的却是新的，松松垮垮，不大合身。

"姐姐，肚肚疼。"他抓着许菡的手，磕磕绊绊地跟着她的脚步。

一心留意着周围的人，许菡不看他："我不是你姐姐。"

狗娃皱起小脸，小手抓了抓自己的屁股，小声咕哝："要拉……"

听出他话里的哭腔，她脚步一顿，捏紧他的小手。"忍一下。"压低声音安抚他，许菡想了想，又重复一遍刚才说过的话，"等下不要讲话，让你干什么就干什么，知道吗？"

红着眼眶点头，男孩儿挺着小肚子继续跟在她身旁。

快要追上那队学生的时候，前边的人群里挤出一个人影。许菡脑仁一紧，正要低头避开，就听到那人的声音："哎？小姑娘！今天怎么跑这里来啦？"

攥着男孩儿的手停下来，她眼见着吴丽霞走到了自己跟前。还是穿着便装，头发盘在脑后，满脸笑容，看上去惊喜得很。

"阿姨。"许菡叫她，"我接弟弟放学。"

"你一个人下了课还跑这么远来接弟弟呀？"对方诧异，眼球一转，迅速打量了一眼她牵着的男孩儿，"那你们住得远吗？要不要阿姨送你们？"

许菡摇头，已经注意到她的视线："妈妈说不能让不认得的人跟着回家。"

"你妈妈倒教得对，要小心坏人。"吴丽霞没有强求，咧嘴一笑，突然发现了什么似的睁大眼，指了指她背后的书包，"唉，你书包拉链没拉上，阿姨帮你拉上吧？"说完便不等她反应，弯腰探出身子替她拉动拉链，"好了。"

她动作很快，但许菡分明感觉到拉链被拉了两回。

吴丽霞在查她书包里的东西，可惜什么也没查到。

"谢谢阿姨。"她向她道谢。

深深瞧了她的眼睛，吴丽霞摆摆手："没事，赶紧带弟弟回去吧。"

许菡于是乖巧地点头："阿姨再见。"

而后拉了拉还在挠屁股的男孩儿，跟上了等在马路这一侧的那队学生。

绿灯亮起来，队伍最前头的老师开始领孩子们过马路。男孩儿挠着屁股，终于没忍住，眼泪汪汪地仰头看向许菡："想拉……"

触电似的低头看他，许菡还没来得及竖起食指让他噤声，便听到几步外吴丽霞赫然提高的声音："小姑娘等一下！"

听见她掉头追过来的动静，许菡旋即拽紧了男孩儿的手："跑！"

她拖着他，拔腿就跑。

走在前边过马路的学生们回过头，见他俩跑过他们身边，冲向马路对面。男孩儿摇摇晃晃，中途磕绊了一下，摔倒在地，脱了许菡的手。

许菡刹住脚步要去拉他，却见吴丽霞快要追上来，便顿了一顿，丢下男孩儿，发足狂奔。

逃到马路对面时，她背后传来男孩儿的哭声。

"姐姐……姐姐……"

恐惧，战栗，撕心裂肺。

那个瞬间，她记起了妹妹小声的祈求。

"求你保护我，如同保护眼中的苹果。"

许菡往前跑。就像两年前牵着那个女孩儿的手，没有停下脚步。

"被抓的娃娃都跟他们说什么了？"曾景元含笑的声音在她脑中响起，"傻的傻，残的残，是没什么好说的。"

脚下的步子越来越快，马老头的脸浮现在她眼前。

"像你这样的，要是被条子逮到一回……放回来以后，保准打残你。"

她不要命地跑着，想起那青白的天、黑色的人；想起蓝色的血、纸叠的青蛙；想起甜腻的蛋糕和滚烫的烟头。

周楠抽烟的模样闪过她的脑海。隔着烟雾，她看不清她的表情。

——"丫头，这世上只有自保和善良是不需要理由的。"

猛然顿住脚步，许菡扔下书包，从裤兜里掏出一把军刀，掉过头跑了回去。

震荡的视野里，她看到吴丽霞把男孩儿拖回了马路对面。他不停哭喊、挣扎，不论她怎么安抚都不肯停下来。

绿灯成了跳跃的数字。还剩十五秒。

许菡冲过马路，使尽全身的力气，一头撞向毫无防备的吴丽霞。两人一块儿摔倒，男孩儿跌到了一旁。混乱中许菡抽动军刀，割向了吴丽霞的脚踝。听见女人倒抽一口冷气的同时，她扭头冲着男孩儿大吼："跑！快跑！"

男孩儿哭着爬起来，跌跌撞撞地跑过马路。

还有八秒。

许菡翻过身子，屈起发抖的腿，想要站起来。

吴丽霞却在这时咬牙伸出手，一把扯住了她的胳膊，打掉她手里的军刀。

绿色的数字跳转成五，男孩儿跑到了马路对面。

扭头咬住她的手，许菡拼了命地挣扎，嘴里冒出一股子血腥味。吴丽霞死死捉着她细瘦的胳膊，不肯松手。

红灯亮起，车流涌动。

许菡回过头，看见男孩儿的身影消失在拐角。

咔嚓。

冰凉的手铐铐住了她的手腕。

人声嘈杂中，她脑海里的声音渐渐平息。再无纷扰。

02

二〇〇五年七月，胡珈瑛从原先工作的律所辞职，加入了成和律师事务所。

成和律所距离他们的住处不远，与赵亦晨工作的刑侦支队却有一段不短的距离。七月底的酷暑，气温到了傍晚也不见下降。他拎着刚从菜场买来的菜走到律所门前时，已是满身的汗。薄薄的衬衫紧贴着背，能用手抓出水来。

胡珈瑛下班出来，抬头便看见了他。她驻足，愣在台阶的最顶端。

"前几天没回家，今天换班就比较早。"赵亦晨拎高手里那条鲈鱼，逆着光冲她一笑，"我发工资了。回去给你蒸鱼。"

终于莞尔，她下了台阶跑向他，脚下的高跟鞋将瓷砖地板踩得嗒嗒轻响。

赵亦晨注意到她左脚有些跛。虽说极力掩饰，但依旧瞧得出来。他皱紧眉头，等她停到自己跟前就伸手扶住她一条胳膊，低头看向她的脚："脚怎么回事？"

拎过他另一只手里的几袋青菜，她摇摇脑袋，轻轻蹬了蹬左脚以示无碍："鞋子有点打脚，没事。"

分明能从鞋后帮的边缘瞧见她脚跟磨出的血泡，赵亦晨没有戳穿她，只转过身蹲下来，稍稍偏过头示意她："上来，我背你。"

知道犟不过他，胡珈瑛只能叹一口气，从他手中接过菜，趴到他背上，圈住他的脖子。他两手穿过她的膝窝揽紧她的腿，起身背起她往车站走。胸前的两袋青菜轻微地晃动，菜叶上的水濡湿了他的衣襟。

连着工作好几天，加上天气闷热，赵亦晨本来是又累又困，使不上什么劲。可胡珈瑛细瘦的胳膊圈着他的脖子、温热的身子紧贴他的背脊，他竟不觉得热，也不觉得乏。他想，可能背老婆都是不会累的。

胡珈瑛不知道他在想些什么，只贴在他耳边问："这几天按时吃饭了吗？"

又是那副温声细语，却又带点儿严肃意味的口吻。

赵亦晨笑笑，稍稍用力将她背上来一些："听了你的，至少吃一个鸡蛋。"

"鸡蛋饱肚子。"她顺势调整了胳膊的位置，不让手里的鱼和青菜挨在他胸口，"你们工作强度大，老往外跑，所以更要注意身体。"

"有你这么整天在我耳边念，想不注意都难。"周遭来来往往的不少人都忍不住多瞧了他们几眼，他却神态自若，不忘调侃她这么一句。胡珈瑛不说话，仅仅是微不可察地从嗓子眼里轻哼一声算作回应。他清楚她平时就不爱娇嗔，大庭广众之下更不会和他计较，顶多白他一眼，还叫他看不见。

想到这里，他又忍不住笑，接着便问："新律所怎么样？"

"很好。可能因为大家都比较年轻，干劲很足。"两条胳膊微微收拢，她声线不自觉清亮了几分，似乎总算有了精神，"乔律师原先在京工作，把那边的一套运行模式也带过来了。案子到手都是大家一起讨论交流，最后再决定由谁来接。这样新人也能很快融入进来。"

"嗯，环境重要。"顿了顿，赵亦晨动动脑袋，碰了碰她的侧脸，"你最近还在做刑事的案子？"

下意识地沉默了片刻，胡珈瑛点点头："大部分是未成年人犯罪。"

毕业之后成为律师，她的工作一直以刑事案件为主。代理费很少，因而收入也不多。夫妻俩过得拮据，其中一部分原因便是这个。赵亦晨知道她心有愧疚，但他并不介意她的选择。他只在意别的："故意杀伤、强奸、抢劫、贩毒、投毒、放火、爆炸。"将脑子里记得起来的内容悉数背出来，他背着她不紧不慢走向车站，嘴边的笑容早已敛去，"主要也就这八种，不过都是重罪。尤其贩毒，可能涉及团伙。你做这些案子要小心，记住安全第一。"

略微紧绷的胳膊放松下来，她短叹一声，凑到他脸边贴了贴他满是汗珠的额角，然后才说："好。"

"叹什么气？"他问她。

"我还能记着安全第一，不像你。"喃喃自语似的咕哝，胡珈瑛攥紧了手里的塑料袋，"你们警察都是哪儿危险就往哪儿跑，还得冲在最前面。"

说的像是抱怨的话，语气却轻飘飘的，让人听了没法来气。赵亦晨便顺着她的话一本正经道："所以我才佩服你。"

"我？"她鬓间细软的发丝蹭过他的脸颊，那触感有些痒。

他翘了翘嘴角，口吻依旧是严肃的："明知道我要当警察，还敢一毕业就跟我结婚。"

从他的角度看不见胡珈瑛的脸。但他听得到她的呼吸，也知道她愣了一愣，而后笑了。

"你说过你想像你妈一样，一辈子过得踏实，对得起良心。"她的声音很近，又轻又稳，贴在他耳畔，清晰可闻，"我也喜欢你这样。"

车窗被敲响，梦境毫无征兆地结束。

赵亦晨睁开眼便被满目的夕阳余晖扎痛眼球，他抬手挡了挡，一时分不清自己是在梦里，还是已经醒了过来。

所幸车窗外传来闷闷的人声："赵队长吧？"

转头循着声音望过去，落入眼中的是一张老人精神抖擞的脸。她站在他的车边，灰白的头发统统梳到脑后盘起来，略略弯着腰，身上穿的干净汗衫，被汗水打湿了一圈衣襟。鹅蛋脸，大眼睛，丰满的弓形唇，以及厚大的耳垂——从长相上来看，她极易辨认，以至于赵亦晨第一时间认出了她：吴丽霞。

拔下钥匙打开车门，他刚下车便被她牵着的狗扑了个满怀。是条毛茸茸的拉布拉多，吐着舌头，摇着尾巴，从车门底下钻出来，扑到他身上哧哧哈气。

没料到老人还牵了一条狗，赵亦晨稍稍一惊，两手接住它的前爪，睡前握在手里的记事本便掉下了地。

"吴所……"他匆忙抬头去找她，意识到自己的语气竟像孩子似的手足无措时，不禁一愣。倒是吴丽霞自然而然地收紧了狗链，叫一声"回来"，便让拉布拉多听话地收回了爪子，一边摇尾巴一边掉头回到她脚边。

她弯腰捡起那本记事本，拍了拍上头沾上的细沙石，笑着递给他："肯定是小李教你的！早就不是吴所了，还这么叫。"说完便招招手，牵了狗转身朝前边那幢居民楼提步，"我接到小李打来的电话了，刚刚在外头遛狗。走，进屋去坐吧。"

接过记事本，赵亦晨跟上她的脚步，正要说点什么，却忽然注意到记事本摊开的那一页上写着几行字。到了嘴边的话顿时收住，他垂眼看向手里的记事本。还是那本胡珈瑛留下的摘抄，刚才从手中掉下去，封底的硬纸脱了皮套，露出原先夹在内侧的一面。

是首短诗。胡珈瑛的字迹，没有题目，没有作者，也没有英文。

我从未说过爱你

爱你正直，勇敢，担当

爱你的朴实

爱你偶尔的笑

爱你一生光明磊落

爱你给我勇气

追逐太阳

我从未说过爱你

但你当知道

你是我的太阳

我追逐，拥抱

我竭尽一生

只为最终

死在阳光之下

夕阳橘色的光线铺上硬纸光滑的纸面，在他的指缝里留下一圈浅黑的阴影。

他脚步一顿，梦里的声音又闪过脑海。

"你说过你想像你妈一样，一辈子过得踏实，对得起良心。"

温和，含笑。

——"我也喜欢你这样。"

"赵队长！"吴丽霞远远响起的喊声拉回了赵亦晨的思绪。

他抬头，见她正站在一幢居民楼楼底的铁门前冲他招手。将那张硬纸重新夹进皮套，他合上笔记本，抬脚小跑上前，随她进了楼。

与赵亦晨从前同母亲生活过的那间房子一样，吴丽霞的住处也在老城区。居民楼大多有十年以上的房龄，物管松散，违规改建的商铺随处可见。她住三楼，屋子底下便是一间打通了里层的小卖部。

　　楼道的白墙早已污秽发黄，写满了办证的号码，还有孩子的鬼画符。赵亦晨跟在吴丽霞身后上楼时，留意到她腿脚似乎有些不方便，每上一级台阶都要捂一捂膝盖。想要扶她，却被她摇摇手笑着拒绝。倒是那条拉布拉多活泼敏捷，一溜烟蹿到了阶梯顶端，回过头蹲坐下来，摇着尾巴哈气，等她慢慢上去。

　　好不容易进了屋，她行动才再次利索起来，抬着膝盖左右敲敲，请他在客厅坐下，自己则从厨房里端出了一套旧茶具。拉布拉多一路跟在她后头，片刻不离。她坐到茶几边舀出一勺茶叶，它也凑上来闻。拿手肘推开它，老人白它一眼，没有责骂，却让它懂了她的意思，乖乖地趴到了她脚边，抬着眼睛可怜巴巴地瞅她。

　　赵亦晨将他们的互动收进眼底，又抬眼瞧了眼前方的电视柜。正中央摆的是一台旧彩电，只一旁的机顶盒是新的，上头还搁着三张镶在相框里的照片：正值壮年的夫妻俩，都穿着警服；吴丽霞和一群孩子一块儿站在客厅里，孩子们有大有小，都系着红领巾；她同儿子、儿媳坐在沙发上，背后的墙还贴着一张福字。三张照片的背景都是这间屋子，前两张似乎已经年代久远，可见更久以前这里曾经十分热闹。

　　但如今屋子里收拾得干净简单，像是常年只有老人独居。

　　"您现在一个人住？"赵亦晨的目光转向了吴丽霞。

　　"还有这小家伙。"老人刚巧起身，拿脚碰了碰伏在她脚旁的拉布拉多，转身拔掉窗台边电热水壶的插头，端起了水壶，"我老伴过身得早，儿子又是做警察的，跟你一样。"重新坐回茶几边，她把开水浇进茶壶，唇边自始至终挂着笑容，"三天两头不回家，结了婚之后就更少过来了。我们干这行的都这样，习惯啦。"

　　一壶茶很快沏好，她给他斟上一杯，递到他手边。

"谢谢。"接过茶杯，他思忖片刻，最终开口，"家母也是警察。"

"我知道，你母亲的葬礼我也去了。你那时候还小，可能没印象。"替自己也倒了杯茶，吴丽霞短叹一口气，再抬起头来却又对他笑笑，眼尾堆满了细纹，"她要是知道你这么有出息，一定高兴。"语罢便喝掉杯中的茶水，习惯性地拍了拍膝盖，敛下嘴边的笑，望向他的眼睛，"今天来，是想了解跟曾景元有关的事？"

喝一口茶，赵亦晨放下手里的茶杯，微微弯下腰颔首，手肘搭上了膝盖。

"他的团伙最开始是在这片地区活动。"他交叠起十指，"据说还是二十世纪八十年代的事。"

抿唇点头，吴丽霞绷紧了下巴，将茶杯搁回茶几上。

"赌场、'洗脚店'、毒品，什么来钱搞什么。"两手覆上膝盖骨，她皱起眉头回忆，"我们察觉的时候，已经有一定的规模了。但是他们做得很隐蔽，一直抓不到证据。尤其是贩毒这一块儿，隔三岔五地出新花样。有段时间为了掩人耳目，专让乞丐运毒，还都把东西藏在小乞丐身上。等我们发现这种套路了，又让小孩子扮成学生的样子运毒。"说到这里，她默了默，才继续道，"全省最早开始'人体运毒'的，估计也是他们。而且一开始用的还是小孩子。"

赵亦晨隐约记起九岁那年第一次同母亲一起去市立图书馆，他在路上注意到的那个抱着断脖女婴的小姑娘。他还记得当时母亲反复问她，她身边的那个老人究竟是不是她的爷爷。或许从那时起，母亲作为警察就已经发现了这种现象。

只不过事实太残忍，她那时从不与他详说。

"不能进食，也不能喝太多水。"略微垂下眼睑，赵亦晨听到自己的声音，"就算是成年人，也有忍不了的。"

"还很危险。"吴丽霞接下他的话，摇了摇脑袋叹息，"要是包装被胃液融化，那些玩意儿流出来，命就没了。"

点了点头，他抬起双眼对上她的视线："那些孩子都是他们从人贩子那里

买来的？"

"基本上是的。"从始至终紧蹙眉心，她神情凝重，"你也知道这些被拐的孩子最后都去了哪里。"

出于习惯，赵亦晨抽出右手伸向口袋，想要掏出烟盒抽根烟。摸到裤兜边缘时突然意识到这是在老人的家里，他动作一滞。

"卖到穷乡僻壤，或者卖给'洗脚店'。"收回自己的手，他重新十指交叠，"还有您说的这种。"

老人颔首，重重地叹了口气。

"最开始那段时间我们抓到十四岁以下的孩子还会放回去，"拉布拉多抬起头拱拱她的腿，她便垂手挠了挠它毛茸茸的下巴，目光仍旧停在赵亦晨的眼里，"后来发现那些被抓了又放回去的孩子都没什么好结果……要么被打断腿，要么坏了脑袋。所以后来都不敢再放，尽量把他们安排到安全的地方，再帮他们找家人。"手中的动作停下来，她掌心还覆在舒服地眯起眼的拉布拉多嘴边，偏首望向窗外，视线越过重重旧楼，浅灰色的眼仁里映出远方的天际最后几片橙色，"不过人手不够啊。那个时候也没有什么失踪人口数据库，有些孩子找不着家，就只能送去福利院，或者干脆我们自己带着。光是我这里就收留过好几个。"

顺着她的视线望了眼窗外渐深的夜色，赵亦晨沉默良久，最终还是出声打断了她的回忆："听说您还留着那些孩子的照片。能看看吗？"

静坐几秒，吴丽霞站起身，走向卧室。

拉布拉多连忙爬起来，紧紧跟着她的脚后跟。

一人一狗再出来时，她手里多了一本厚重的册子。

"你是想找什么人对吧？"扶着膝盖在茶几边坐下，她抬头问他。

相互交叠的十指略略收紧，赵亦晨迎上她的目光，简短而郑重地颔首，面色平静如初。

"她叫许菡，是我妻子，已经过世了一年。"他说，"有些事情我想查清楚。我怀疑她小时候在曾景元的团伙里待过一段时间。"

得到答案的吴丽霞点点头，不再追问："许菡这个名字我没有印象，如果她真的在这个团伙待过，可能用的也不是真名。"她将手中的册子放上茶几，推到他面前，"你找找看吧。"

他道谢，拿起册子翻看。

是个活页文件夹，用报纸包了封面，保存完好，塑料膜内页里的纸张边角早已泛黄。翻开第一面，顶部便是一张女孩儿的照片，底下则记录着姓名、性别、年龄、收养时间、去向，以及其他信息。他的目光落在照片里的女孩儿身上。

看上去不过十一二岁的年纪，瘦瘦小小的个子，穿着不大合身的袄子和棉裤，两条羊角辫被梳成紧绷绷的麻花辫，身形僵硬如这两条辫子，挺直腰杆坐在客厅里一张孤零零的椅子上。她瘦削的脸上五官清秀，却面无表情。弯弯的眉毛底下是一双漆黑的眼睛，淡漠而平静地望着镜头。

胡珈瑛。

看清女孩儿眉眼的瞬间，赵亦晨便认出了她。

预料之中的事，大脑却依旧有一两秒的空白。他视线下滑，扫向照片下方的资料——姓名是丫头，骨龄测出不超过十四周岁，自称十二岁，于一九八九年十一月被吴丽霞收留，对家庭情况毫无印象，一九九〇年一月二十四日凌晨偷偷跑出家，失踪。

盯着"失踪"两个字看了许久，赵亦晨没有吭声，也不再翻动册子。吴丽霞起身打开了客厅的顶灯，灯光投向纸面，被塑料膜托起一层刺眼的反光。

她坐回茶几旁，见他半天没再动作，便忍不住瞅瞅他："怎么了？"

把册子掉转一个方向，他递给她看："这是您收留的第一个孩子？"

"对，我按时间顺序排的。"仅仅瞄了一眼，吴丽霞就肯定地点了点头，"抓这姑娘费了点劲，她当时把我脚脖子都给割坏了。"说着还弯下身子拉了拉裤脚，"喏，还留了道疤。"

"她胳膊上有没有一块狗咬伤的疤？"

"有。"她从他的问题里摸清了大概，稍稍抬高眉毛，抛给他一个疑问的

198 …

眼神，"她就是？"

赵亦晨的手机恰巧在这时振动起来。掏出手机，来电显示是陈智。

"抱歉，接个电话。"

赵亦晨站起身走到窗边，划动屏幕接通了电话："小陈。"

"赵队。"陈智那头有点儿嘈杂，依稀听得见车来车往的声音，"这事儿我觉得得跟您说一下。两个小时前有通接警电话，说是江湾大桥那边有人跳桥自杀。是个女的，我们把人打捞上来的时候，已经断了气。我看她长相眼熟，就确认了一下，结果是王绍丰的女儿王妍洋。"他顿了顿，语气里透出几分迟疑，"而且我们还没来得及通知家属，张检那边的人就下了通知，要把消息暂时封锁。您看这……"

没再说下去，陈智静下来，像是要等赵亦晨回应。

王妍洋不仅是王绍丰的女儿，还是省内某位高官的儿媳。她身份敏感，跳桥自杀的消息要被封锁，并不奇怪。怪就怪在，第一时间办这件事的是省检察院的检察长张博文。

联系上午从魏翔那儿得到的消息，赵亦晨已经心中有数。

"不用急，听张检的安排。"他告诉陈智，"小魏在不在你旁边？"

"哎，他在。"

"你把电话给他，我交代他一件事。"

"好，您等等。"陈智似乎把手机拿远了些，扬声喊道，"魏翔——"

电话那头一阵杂音，接着便响起魏翔的声音："赵队？"

"你找个理由去趟检察院，带句话给张检本人。"将另一只手拢进口袋，赵亦晨低下眼睑，看向窗户下方那盏路灯。飞蛾扑扇着轻薄的翅膀，一次次撞向明亮的灯罩。

半秒不到的停顿过后，他掀动双唇，声线微沉："告诉他，如果要找周楠，我知道她在哪里。"

市区暮色方起的时候，九龙村唯一的学校刚刚下课。

沈秋萍牵着儿子方海阳的手，慢慢走出学校砖砌的围墙。婆婆孙孟梅走在她身旁，另一边跟着的则是沈秋萍的侄子方东伟。这所学校只有一栋教学楼，还是栋老旧的危楼。统共两名教师，一个教小学，一个教初高中。孩子们不分年级，聚在一起上课。

已经快要立冬，夜晚来得早，村里前两年通了电却没有修路灯，有的家长便会来接孩子放学，免得他们贪玩，夜里碰上山猪。

孙孟梅时不时左右看看，再偷瞄一眼沈秋萍。见她一直面无表情地平视前方，偶尔同方海阳说几句话，才悄悄松了口气。孙孟梅知道这两天有城里的记者来采访这儿的老师，因此来接孙子的时候总是一颗心高高吊起来，生怕沈秋萍撞见记者，说些不该说的话。

可怕什么来什么，他们刚走出学校几步，候在外头的女记者便带着摄影师小跑了过来，气喘吁吁停在他们跟前，视线在四个人脸上转了一圈，最终落在沈秋萍身上："您好，我是本地卫视的记者，来采访乡村教师的，请问能耽误您一点时间，请您说说对李老师的印象吗？"

沈秋萍一愣。孙孟梅慌慌张张地正要阻止，就听见她点了头答应："好。"

赶忙掐她一把，孙孟梅冲她挤眉弄眼，压低声音用当地的土话提醒她："你别搞些有的没的！不然回家阿华又打你！"

转眸看了看她，沈秋萍好像没有听到似的，只抬手指了指学校教学楼前的旗杆，勉强支起嘴角对女记者笑笑："我们就到那边谈吧。"然后又捏了捏方海阳的手，弯下腰细声细语交代他："先跟奶奶一起等一下，妈妈很快就来。"

她说的是带点儿南方口音的普通话，方海阳张口，答的也是脆生生的普通话："好，妈妈快点。"

摸摸他的脑袋，沈秋萍领着女记者和摄影师往旗杆那边走去。

他们逆着人群走，身边经过不少嬉闹的学生，吵吵嚷嚷，尖叫着打闹。女记者趁着吵嚷声不断，不着痕迹地加快脚步走到沈秋萍身旁，小声道："沈秋

萍，我是市刑侦支队的警察徐贞。"

心下一惊，沈秋萍触电一般扭头，却见对方依然面不改色地望着前方。她因此收起脸上惊讶的表情，朝着旗杆的方向望去，同样将声线压低，小心翼翼地问她："是赵队长收到我的信了吗？"

徐贞幅度极小地点了点头："我们在联系你的家人，但他们搬了家，又去了外地打工，很难找到，还需要时间。"

迎面跑来一个正扭着脑袋与同伴打闹的孩子，一不小心撞进了沈秋萍怀里。她神色恍惚地扶稳他，等他们嘻嘻哈哈地跑开了，才意识到自己已经走到了旗杆底下。徐贞示意她一块儿坐到升旗台边，指挥身后的"摄影师"程欧打开摄像机。

"请问您贵姓呢？"她拿出笔和本子，好似普通的记者，神色如常地开始提问。

两手交握在膝前，沈秋萍不自觉地抠弄了一下拇指："我姓沈。"

"沈小姐，请问您觉得李老师是个什么样的人？"

"他……他人很好，教孩子很认真，也很用心。"搜肠刮肚地找出几个形容词，她咬了咬嘴唇，余光瞥见不远处孙孟梅伸长脖子往这儿张望，便终于忍不住红了眼眶，口吻近乎哀求地小声开口："求求你们，一定要帮我。"

徐贞低头在硬皮本子上写下采访记录，不露声色地颔首，嘴上却只继续问："听说李老师已经来这里教书十年了，您还记得他刚来的时候是什么样子吗？和现在有什么不一样的地方呢？"

"我来这里差不多两年，李老师就来了。"借着将头发的动作悄悄揩去眼角快要溢出的眼泪，沈秋萍压下不住涌上嗓子眼的哽咽，"读了大学出来的老师，一开始听不懂这里人说话，也不习惯乡下的生活。不过现在不一样了，现在不仅能听，还能讲。一眼看上去和这里的人差不多。"

孙孟梅带着两个孩子向他们走过来。

留意到她的动作，徐贞飞快地低声抛给沈秋萍一个问题："你让这个李万辉给赵队送信，他可靠吗？"

对方正准备回答，便由余光注意到孙孟梅已小跑着过来，因此仅仅摇了摇头，没有出声。

配合默契地点头，徐贞在本子上写了些什么，紧接着又若无其事地再问："那您的孩子现在多大了？也是李老师在教吧？"

"他八岁了，也是李老师教的。"沈秋萍说。

"好了好了，说完了没有？"孙孟梅跑到他们跟前，操着一口含糊不清的土话，推搡她的胳膊催促，"快走吧，还要回去做饭。"

沈秋萍只得磨磨蹭蹭地起身，垂在身前的左手紧紧掐着右手的手背。她深深瞧了眼徐贞，眼底藏着慌乱与不安："不好意思，要回去了。"

跟着她站起来，徐贞摆摆手以示无碍，满脸期待地看看她，仿佛两人聊得极为投机："沈小姐，我们会在村里住几天，对李老师进行跟踪采访，还有各种拍摄。下次我们能再约时间和您了解一下李老师的情况吗？"

暗淡的双眼重新亮起来，沈秋萍点点头，声音里多了丝颤抖："可以，当然可以。"

孙孟梅见势不好，连忙拽着她的胳膊拖她离开。

徐贞并不阻拦，仅是抬高嗓门告诉她："那我们下次再见！"

背着书包的方海阳跑上前，拉住了沈秋萍的手。她握着孩子温软的小手，在孙孟梅的推搡催促下朝前走。三步一回头，始终不愿好好去瞧脚下的路。

就好像担心这只是一场染了暮色的美梦，一旦梦醒，希望便会同那夕阳一样沉入漫漫黑夜，永无天明。

CHAPTER 15

暗夜的回响

我将要起航，

因为我日日夜夜

都听到那水声轻拍着湖滨；

不管我站在车行道还是灰暗的人行道，

我都能在心灵深处听见这回响。

——威廉·巴勒特·叶芝

01

派出所的询问室里只亮着一盏灯。

许菡坐在那张询问桌前的椅子上，沉默地低着脑袋，两眼盯住自己的衣摆。蓝色的短袖，白色的衣摆。她穿的是校服，却从没去过学校。

"小姑娘，你叫什么名字？"对面的女警问她。

这个问题他们已经重复了无数次，仍然没有结果。

许菡抠弄起自己的手指，好像没听到似的，一言不发。

"今年多大了？"另一个女警又问。

摸了摸衣摆上那道补好的破口，许菡还能记起周楠替她补衣服的模样。

"你记不记得自己家在哪儿呢？爸爸妈妈呢？"

全无回应。她面无表情地垂首坐着，像个哑巴。

询问桌对面的两个女警相互交换了眼神，叹一口气。

询问结束以后，女警安排许菡睡在休息室。

她脱掉鞋，爬进她们替她卷好的被窝里，听到女警离开前关了灯，合上门。黑暗中只剩下壁钟秒针跳动的声响。

床是用几张椅子拼的。天气转凉，民警又从家里抱来了一床棉被，以免许菡感冒。她把鼻子埋在被子里，闻得到干燥、温暖的气息。但她已经习惯了潮湿黏腻的感觉。她在黑暗里睁着眼，没有入睡。

"这都三天了，还是一句话也不说。"门外传来低低的交谈声，"不会是个哑巴吧？"

"不可能。"回答她的是吴丽霞，"我跟她说过话。"

谈话声渐渐远去。一片阒黑之中，许菡闭上了眼。

第二天一早，她又被带到了询问室。

吴丽霞坐在询问桌前等她。领着许菡进门的女警向她点头示意，然后便离开了询问室。许菡站在门边，看到吴丽霞冲她招了招手。她于是走到那张椅子前坐下。

交握的两手搁在桌面，吴丽霞打量她一番，脸上不见半点笑意。

"小姑娘，我知道你听得懂我说的话。"她说，"你现在还没满十四周岁，做这种事，是不需要负刑事责任的。按规矩，我们不能把你抓进看守所，只能把你放了。但是我得告诉你，在你之前，我们也抓到过好几个像你这样的小孩子。"说到这儿，她刻意停顿几秒，才接着道，"放了他们以后，我碰巧又遇见过其中几个——他们不是变得傻乎乎的，就是被打断了腿，趴在马路旁边乞讨。"

垂着脑袋一动不动地坐在她对面，许菡不吭声。

询问室的窗户外头种了棵杧果树。结果的季节已经过去，树上只剩下繁密的枝叶从窗口探出脑袋。几只麻雀落上枝丫，在晃动的枝叶中叽叽喳喳地吵闹。

吴丽霞的目光自始至终没有离开许菡的脸。

"你自己应该也清楚，如果回去，会变成什么样子。是吧？"她问她。

麻雀扑腾着翅膀飞开。

转头往窗外看去，许菡只瞧见一角青白的天。她没有开腔。

等待许久，吴丽霞终于起身。被划伤的脚踝还裹着纱布，她一瘸一拐地走出询问室，带上了门板。又有一对麻雀飞过窗口，落在摇晃的枝头。许菡维持着扭头的姿势，木木地望着它们。其中一只麻雀歪过脑袋，拿尖嘴轻啄羽毛。

"吴所，不然还是放了吧。"有人在门外轻声叹息，"还小，但也是有记性的年纪了，说不定自己记得家在哪儿。"

另一只麻雀扑扇起翅膀，不住转动脑袋，灵活地四处张望。

"要真是被拐来的，就算记得，也多半远得回不去。"吴丽霞的声音隔着门板闷闷响起，"不能放。放出去就是前有狼后有虎。"

从椅子上跳下来，许菡慢慢走到窗边，两手扒住窗沿，仔细盯着两只麻雀瞧。

"那也不能一直这么拖着……"

值班的民警骑着单车赶到了派出所的院子里。麻雀被这动静惊起，仓皇逃离了树枝。她仰起脑袋往它们离开的方向望去，眼里只有无垠的天际。阴云低垂，天光黯淡，风卷着潮湿的气味，大雨迟迟没有落下。

她记起几年前的夜晚，屋外电闪雷鸣，大雨瓢泼。她和妹妹挤在卧室角落小小的帐篷里，腿缠着腿，紧紧挨在一起。

"姐姐，外面是什么样子的？"妹妹咬着指甲，额头轻轻抵着她的前额，细软的头发蹭过她的眼角。

"外面很好。"许菡说，"比这里好。"

妹妹于是点点头，又小心翼翼地问她："那我们什么时候去外面？"

"嘘——"竖起食指示意她要小声些，许菡在黑暗中摸了摸她的小脑袋，"很快了。"

闪电劈过，亮光乍现。响雷轰鸣的时候，妹妹打了个激灵，一把抱住她的脖子，缩进她的怀里。

许菡轻拍她的背，贴到她耳边，轻声告诉她："小涟不怕。"

一滴冰凉的雨点打上了脸颊。

愣愣地立在询问室的窗前，许菡的手还抠着窗框，视野里再没有那两只麻雀的身影。细细密密的雨丝滑过她的脸、她的手背。她望着瞧不见尽头的天，动了动干裂的嘴唇："小涟。"

空荡的询问室中，无人回应。

傍晚时分，吴丽霞推开询问室的门，手握门把站在了门边。

许菡闻声抬头，见她手里拎着自己的书包，一如最初出现在图书馆门前的模样，冲她笑了笑，说："走吧，我带你回家。"

紧挨着墙站在角落里，许菡遥遥看着她，没有任何动作。

无奈叹了一口长气，吴丽霞蹚到她跟前，将手中的书包塞进她怀里。

迟疑几秒，她抱稳它，伸手打开。里边是她的课本、笔，还有那本蓝皮的字典。

跟着吴丽霞回家的路上，总算下起了大雨。

吴丽霞只带了一把伞，一路紧紧搂着许菡的肩膀，带她避开水洼，穿过几条弯弯绕绕的街巷。狂风夹着雨刮向后背，耳边湿漉漉的头发紧贴脸颊。许菡悄悄抬起眼睛，从没有被雨伞遮挡的一边看到巷子上空灰色的阴云。杂乱的电线将阴云割裂，豆大的雨刺出缝隙，重重摔在她的眼旁。

重新低下头，她看向吴丽霞的脚。雨水溅湿她的裤管，浸透那层裹在她脚脖子上的纱布，猩红的血一点一点渗出来。

她们最终停在一幢居民楼脚下，经过小卖部，打开铁门，钻进了楼内。

三楼的屋子不潮，门窗紧合，静悄悄的，没有人声。满身的湿气走进屋，便会觉得暖和。许菡戳在玄关的鞋柜边，环顾一眼客厅，不再朝里走。跟在她身后进屋的吴丽霞关上门，脱下鞋揣进鞋柜，又拿出一双小拖鞋，摆到她脚边。

"这是我家，以后也是你家。"放下还在滴水的伞，她转个身蹲到许菡面前，替她脱掉打湿的鞋袜，"我还有个儿子，万宇良，跟你差不多大，你叫他阿良就行。屋子小是小了点，不过也够我们三个住了。"

赤着的脚踩进小拖鞋里，许菡安静地听着，不作声。

吴丽霞给她脱下湿了衣袖的外套，胳膊揽过她的腿将她抱起，这才发现她的裤腿也湿了大半截。"哎哟，裤子也打湿了。"拧起眉头歪过脑袋瞅了一眼，吴丽霞赶忙抱着她往主卧走，"先脱下来，我给你找条裤子穿。"

主卧算不上宽敞，只摆了衣柜、床和一张书桌，窗子向阳，也同屋里的其他角落一样，暖和、干燥。打开衣柜底下的抽屉，吴丽霞蹲下身翻箱倒柜地找裤子。许菡光着两条腿站在她身后等待，一双漆黑的眼睛慢腾腾地转了一周，把卧室的每处地方都打量一遍。她的视线最后落在床头柜上摆着的相框里。

黑白照，里面是个穿着警服的男警。

蹲在衣柜前的吴丽霞站起身，抖开一条短裤。

"我儿子的裤子。他跟你一样，也瘦得跟猴子似的。"她转过身对许菡笑了，拿上裤子走到她跟前，抓着裤腰带放低，示意她把脚踩进裤筒里，"你先穿着，回头我再给你买新的。"

抬起脚穿上裤子，许菡低下头看了看。裤腿又长又宽，遮掉了她半截小腿。

吴丽霞动手帮她把裤带子系紧，又理了理衣摆："今天开始你就跟我睡。明天我把你的情况报上去，尽量让你下学期就开始正常上学。小孩子啊，学业最不能耽误。我看你之前也在自己看书，没错吧？"

许菡点头，见她起身把书包放上书桌，打开台灯，从抽屉里找出几张干净的纸和铅笔。

"先坐这里玩会儿吧，看会儿书画会儿画，东西随便用——或者你想在屋子里转转也行。我去厨房做饭，等下阿良回来了差不多就可以吃饭了。"她说着又回头瞧了眼许菡，"知道厕所在哪儿吧？想去就自己去，啊。"

等她一声不吭地点了头，吴丽霞才笑笑，揉一把她的脑袋，脱掉身上的警服外套，转身去厨房做饭。趿着拖鞋到主卧门边，许菡看着她走进厨房，打开了灯。

外头依然暴雨如注。

回到主卧，许菡看了会儿躺在书桌上的纸笔，便悄悄走回了客厅。站在主卧门口能看见玄关紧合的大门，以及客厅茶几后头的藤条沙发。窗外天色已经暗下来，吴丽霞没有开客厅的灯，整间屋子只有厨房和主卧隐隐透出亮光。

她干站了一阵，又绕进主卧隔壁的小房间。

一张小床，一个书柜，一张书桌。这里的东西不比主卧多。许菡走到书桌跟前，看了眼胡乱摊在桌面上的练习本。封面的姓名那一栏里，歪歪扭扭地写着"万宇良"三个字。

反身要走，许菡却踢到了什么东西。她垂下脑袋看过去，是一本掉在地上的字帖。

弯下腰去捡它的时候，她听到了钥匙开门的声响。

"妈妈我回来了！"客厅响起男孩儿的喊声。

许菡直起身子，手里拿着那本字帖，僵在了原地。

吴丽霞的声音从厨房的方向传出来："打伞了没有啊？"

"打了！"接着便是噔噔噔的脚步声。

不等许菡反应过来，一个瘦瘦高高的男孩儿就出现在了次卧门前。

他跑得急，原是要冲进房间，猛然看清屋里多了个人，才匆匆刹住了脚步，睁大眼睛瞅着她。和许菡的扮相一样，他穿的短袖短裤，留着扎手的平头，胸前一片汗渍，一条胳膊还抱着一个滴着水的足球。

她在看他，他也在看她。两人大眼瞪小眼，谁都没吭声。

几秒钟过后，他回过身跑向厨房。

"妈妈我房里那是哪个！"

没过一会儿，吴丽霞便推着他来到次卧，顺道打开了墙上的开关。

顶灯闪烁两下，终于照亮了房间。许菡依旧竹竿似的立在书桌边，直勾勾地望向他。

"这就是阿良。"把男孩儿推到她面前，吴丽霞在胸前满是油渍的围裙上擦了擦手，又低头给他介绍："阿良啊，这个小朋友以后跟我们住一起，就是我们家的人了。"说完还捏了捏他的肩膀，"你当哥哥，要保护好妹妹，知不知道？"

"哦。"不痛不痒地应了一声，万宇良上下打量许菡一番，最后看向她那双黑漆漆的眼睛："你叫什么名字？"

身形一顿，吴丽霞抬头去看许菡。

小姑娘无动于衷地站着，仿佛没听见他的问题，神情麻木而沉默。

吴丽霞只好张张嘴，正要同万宇良解释，忽然听到一个沙哑的声音："丫头。"

到了嘴边的话被咽回肚子里，她愣了愣，将目光转向许菡。

"我叫丫头。"她微微张开干燥开裂的嘴唇，重复了一次。

表情仍旧木木的，却开口说了几天以来的第一句话。

忍不住笑起来，吴丽霞抬手覆上万宇良的脑袋，一本正经交代他："丫头晚上跟我睡，你平常要是出去玩，也带上她一起。"

他抓了抓大腿，一脸不情愿："我不喜欢跟女孩子玩。"

吴丽霞听了便板起脸，用力一推他的脑门儿，竖起眉毛准备训斥。

瞧出来她要发作，万宇良马上转移了话题："妈妈我要写作业了，你还没做晚饭。"语罢还摸摸脑门儿，小心地拿眼角瞅她。

深吸一口气瞪他一眼，吴丽霞只好作罢，对许菡抬了抬下巴："那丫头你也看会儿书，等下就吃饭。"转过头来再冲着万宇良呵斥："快写作业！"

把足球丢到一边，他跑到书桌跟前拉开椅子坐下，从抽屉里拿出习题本。

吴丽霞轻轻踢一脚足球，见它滚到墙角，才又擦了擦手，回身离开。

房间里只剩下许菡和万宇良。

她看着他摁亮台灯，开始埋头写作业。纸笔相接，窸窸窣窣地响。

盯着他的背影瞧了几分钟，许菡的视线缓缓挪向书柜。好几层的搁板上头，一本本书紧挨在一块儿，码放得整齐。书柜靠墙摆放，正对着万宇良的床。

"你要是想看，就自己拿。"他突然出声。

回过头看看他，许菡犹豫片刻，走上前打开书柜的柜门，踮起脚，取出一本书。

蓝色的封面，是海明威的《老人与海》。

这一晚，许菡做了噩梦。

梦里她乘着一条小船漂洋过海。海上刮起了风，下着暴雨。她在海浪颠簸中尖叫，迎着雨，睁不开眼。她听到哭声，小姑娘撕心裂肺的哭声。

然后所有的声音平息下来。许菡睁开眼，从洗脚店旁楼道里的洞边栽下去，摔在一个打着赤膊的男人旁边。他只穿一条底裤，四仰八叉地躺在水泥地上，张着嘴，没有动弹，也没有流血。

她扭过头看他，眼前的一切都蒙上了一层蓝色。男人变了个模样，成了桥西臭水沟里的尸体。蓝色的肉虫从他的眼睛里爬出来，一点一点拱动着身子。她看向自己摊开的手。蓝色的手，手心里有一只蓝色的纸青蛙。

许菡从抽噎中醒过来。

窗外已经没有雨声。屋子里很静，只有挂钟嘀嘀嗒嗒的轻响。吴丽霞躺在她身旁，轻轻拍着她的背。

抽着气合上眼，许菡装作没有醒来，收拢蜷在胸前的手，悄悄攥紧了衣领。

她想，她的命不如那条大黑狗，但她杀了它。

早在那个时候，她就是应该要死的。

02

二〇〇八年一月底，罕见的大雪侵袭南方，冰霜封冻了京珠高速的大半路段。车祸频发，电网瘫痪，无数春节前走往家乡的人被困在寒冷拥堵的高速公路上，等待救援。

两省的交界口已经封闭，赵亦晨的车被堵在了邻省边界。他带上自己的证件找到当地武警，协助转移滞留在高速上的车辆和旅客，不眠不夜工作了整整五天。二月初打通韶关路段的前一天，他在鹅毛大雪中步行到最近的服务区，打算小憩一会儿。

冰凌压塌了输电铁塔，附近的供电尚未恢复，人们挤在光线昏暗的快餐店里，搓着手哈气。赵亦晨推开快餐店的门，听见婴儿和孩子有气无力的哭声。冷风灌进室内，搅乱了污浊的空气。不少缩紧脖子的人转过头来看向他，也有蜷在角落的身影动了动脑袋，却没有起身。他环顾一眼店内，意识到这里已经没有落脚的地方。

退出快餐店合紧大门，赵亦晨拉紧领口，两手拢进外套的衣兜，转身走向洗手间。

自来水管没有结冰，拧动水龙头还能接出一捧水。他用冰冷的凉水洗了把脸，而后倚到避风的角落里，掏出烟盒和打火机，给自己点燃了一根香烟。

茫茫白雪铺满视野，映出令人眩晕的荧荧天光。轻盈如棉絮的白色压断光秃秃的树丫，也压塌了一整座城市的光与热。他吐出一口烟圈，看着风雪一点点埋没他来时的脚印。

二〇〇六年年初他曾到韶关出差，也是在那回第一次见到了雪。临行前胡珈瑛替他收拾行李，一边将他最厚的毛衣卷成紧紧的筒塞进包里，一边事无巨细地嘱咐："其实最冷是雪融的时候，把热气都吸走了。你到时不要见雪融了就急吼吼地减衣服，不然有你受的……"

"嗯。"赵亦晨在汗衫外头套上了毛衣，把胳膊伸进衣袖里，"你看过雪？"

她最后将两双厚毛袜搁进他行李箱侧面的袋子内，顿了顿，才说："小时候跟爸妈去过北方。"

"我倒是没机会看。"他又披上大衣，随意理了理衣领，便略微低头整理袖口，"要是这边也下雪，就叫天有异象了。"

"没什么好看的，也不像你想的那么冷。"背后传来她拉好行李箱拉链的声音，"我觉得这边的冬天反而比较冷。"

侧过身瞧她一眼，赵亦晨不以为然地一笑："怎么可能。"

余光却瞥见她站起身来，慢慢走到他跟前。"真的。湿冷，刺骨。"她抬

手替他翻好后领，语气轻描淡写，微垂的眼睫毛挡住了投进眼底的灯光，"感觉是那种会要人命的冷。"

赵亦晨用力抽了口烟。

浓烈的烟熏味充斥口鼻，麻痹了他的大脑。胡珈瑛单薄的身影立在他眼前给他翻衣领的画面渐渐模糊，他还记得当时卧室床头摆的照片，记得衣柜未经磨损的纹路，甚至记得天花板上顶灯灯罩里污渍的形状，但他记不起她的脸。

他偶尔会想起来，她已经失踪近两年。

就像他来时踩在雪地里的鞋印，不过几分钟就被风雪覆盖，再也找不到踪迹。

"先生？"陌生的女声闯进耳中。

两耳被寒风冻得麻木，赵亦晨转眸，身旁不知什么时候站了个女人。黑色长皮靴，紧身牛仔裤裹住修长笔直的腿，上身一件猩红的短羽绒，貂子毛领后边露出被长领毛衣护住的纤细脖颈。他指间夹着烟，视线缓缓上移，目光落在她的脸上。

巴掌大的瓜子脸，弯刀似的柳叶眉，还有一双眼尾勾人的丹凤眼。她乌黑的长发披散在肩头，面上的皮肤因干燥而紧绷，手里捏着一根香烟，毫无血色的嘴唇一翕一张，呵出的热气极快消散在风中。

她说："借个火。"

伸出插在裤兜里握着打火机的手，赵亦晨随手将香烟送回唇边，摁下打火机的开关。

女人向他走近一步，手中的烟头凑到那跳动的火焰边，很快就被点燃。她算不上高，从他的角度可以看清她垂眼时微微颤动的眼睫毛，浓长，微翘，尾端盈着几颗雪花融化后留下的水珠，在火光跳跃中透亮扎眼。

尽管形容憔悴，也依然是个漂亮的女人。

拇指松开开关，火焰熄灭。

女人退后两步，学着他的模样倚在冰冷的瓷砖墙边，微启双唇，深深吸了口烟。

重新望向室外的大雪，赵亦晨从浓郁的烟草气味里嗅到了她那支香烟的味道。他对这个味道并不陌生。

沉默地抽了会儿烟，他主动开了口："去湖南？"

眯眼吐出一团白雾，女人望着屋檐上的冰锥，漫不经心地颔首："回老家过年。"

"堵了几天？"

"八天。"

温热的烟熏感翻入口腔，赵亦晨缓缓呼一口气，任凭白色的烟雾溢出唇齿。细细密密的温度让冰冷的嘴唇微微发麻。

他掐灭烟头的火星："快了。"

而后将烟蒂扔进手边的垃圾桶，戴上外套的帽子，双手插进衣兜，再次步入凛冽的风雪中。身后的女人没有道别，也没有说话。

左后方响起一道喊声——"周楠！"

隔着寒风，声线模糊。但赵亦晨停下了脚步。

他回过头，看到一个男人正从停车场跑向那个靠在盥洗台边的女人。风雪眯眼，赵亦晨却还是将男人的脸看得一清二楚。略微发福的身躯依然西装革履，方脸，剑眉星目，皱起眉头的样子咄咄逼人。

他认识他。王绍丰。

赵亦清在客厅的沙发上醒来。

电视里还在重复播放早晨播报过的新闻，她看了眼墙壁上的挂钟，意识到已经下午六点。窗外的天色开始暗下来，屋子里安安静静，没有人声。她赶忙爬起身，从沙发尽头的小圆桌上捞过电话，拨出刘志远的手机号码。

电话很快被接通，那头传来刘志远闷闷的声音："喂？亦清啊？"

"怎么还没回来？接到阿磊了吗？"她掀开身上的毛毯，放下腿穿好拖鞋。

"还没有，我刚从学校出来，今天开个会耽误了。"电话里车门被关上的

动静有些刺耳，他嗓音又提高几分，像是在低着脑袋翻找什么东西，"对了，你晚上别做亦晨的饭，他刚才打电话给我说他有工作回不来，让我去把善善也接回来。"

赵亦清急急忙忙系扣子的手一顿："啊？又有工作？他们肖局不是给他批了两个星期的假吗？这才几天啊？"

"好像是有紧急的案子吧，他毕竟是刑侦队长，你又不是不知道。"

摸了摸自己的额头，她头疼地拧紧眉头，握着电话叹了口气。

"好吧。那你先去接善善还是先去接阿磊？"

"小秦他们的儿童心理康复中心离阿磊他们学校挺近的，我让阿磊先去接善善，然后我把他俩一块儿带回来。"刘志远给自己系好安全带，转动车钥匙热车。

别无他选，赵亦清只得点点头叮嘱："行，接到人了就回个电话给我。"

挂断电话，四周又静下来。她坐在沙发边，环顾一眼空荡荡的屋子，起身走向厨房。

夜幕将灰黑的一角伸向遥远的地平线。

合贤中学的教学楼陆续亮起了灯。三五成群的学生在教学楼和食堂之间来回，或是背着书包走向校门。学校坐落在郊区，后门面朝山头和菜地，只有正门门前一条环形的单行车道供家长接送学生。校外没有餐馆，逆着单行车道走下四百余米长的坡道才能抵达距离学校最近的公交车站，因此学生大多选择在校内的食堂解决三餐。

刘磊顺着车流上坡。

马路的一侧正在维修，回市区的车辆便不得不绕上这条单行道。恰好是下班的高峰期，绕行的车流与学校门前接送孩子的车辆堵作一团，喇叭声此起彼伏，车龙半天不见流动。他沿着绿化带往前走，眼睛四处寻着那些堵在单行车道上的小轿车，视线一一扫过它们的车牌，找不到熟悉的车牌号。

学校距儿童心理康复中心不过五分钟的脚程。刘磊接到赵希善的时候，秦妍还没有下班。她把他们送到院子门口，最后审视一眼兄妹俩，依然不大放心："真的不用我送？"

"真不用，我爸开车过来的，就是正好前面修路，又碰上高峰期，所以这块儿路堵。"刘磊一手牵着赵希善，一手拉了拉肩膀上的书包带，笑得礼貌而腼腆，"我带善善走到路口就行了，谢谢你啊秦阿姨。"

抬眼瞧了瞧路边堵成一条长龙的小车，秦妍两手插在白大褂的衣兜里，略略拧眉轻叹一口气，目光落回他眼里："那等下见到你爸爸了，记得回个电话或者短信给我。"

刘磊点点头："好，知道了。"

颔首以示回应，她又看向一旁的赵希善。小姑娘左手牵着哥哥，右手还紧紧抓着那个绿裙子的人偶，清瘦的小脸表情麻木，唯独那双棕褐色的眼睛直愣愣地看着她，眼眶仍有些泛红。捋顺衣摆蹲下身，秦妍弯腰平视小姑娘的大眼睛，小声告诉她："善善，阿姨还要去见另一个小妹妹，今天就不送你们了。你跟哥哥一起回去，路上要注意看车，好不好？"

脸上呆呆的神情没有变化，小姑娘凝视她的眼睛，缓慢地点了点头。

牵动嘴角对她露出一个微笑，秦妍摸摸她的小脑袋，又说："爸爸工作忙，善善要是觉得不开心了先跟阿姨说，我就写字告诉姑姑。今天我们试过的，还记得吗？"

小姑娘想了想，再次点头。

像是没有半点起色，仍旧不说话。

牵着她小手的刘磊暗自叹一口气，却见秦妍不露丝毫沮丧的神色，浅笑着亲了亲小姑娘的脸颊，柔声鼓励她："善善真棒。阿姨知道你最勇敢，是个好孩子。"

赵希善动一动小脑袋，也慢腾腾地伸出一条细瘦的胳膊搂住她的脖子，亲了一下她的耳朵。

刘磊一愣，不再作声。

下坡的路上，他带小姑娘抄了绿化带里侧的小路，避开车龙的扬尘。

一路不言不语，赵希善低着头安静地跟在刘磊身旁，视线一点一点追着自己的脚尖。路灯拉扯他们的影子，时而伸长，时而缩短。他时不时拿眼角瞄瞄她，只能瞧见她头顶的发旋。思来想去，刘磊瞥了眼小姑娘另一只手里握着的人偶，小心地笑着开了腔："善善，那个娃娃是秦阿姨给你的啊？"

她没有抬头，只幅度极小地收了收下巴。

见她有所反应，他不由得松了口气。

"善善喜不喜欢这种娃娃？"

小姑娘盯着脚上的小皮鞋，又一次沉默地点了点小脑袋。

"那下次我给你夹。你见过娃娃机吧？就是那种商场里面很大的，投币夹娃娃的机器。"刘磊便笑起来，语气也不自觉轻快了几分，"我每次都能夹到。"

背后却在这时赫然传来另一个声音："学霸！"

脚步僵在原地，刘磊嘴边的笑容凝固下来，脑子里一片空白。

他感觉到赵希善也停下了脚步，转过头朝他身后望去。一只手搭上他的胳膊，伴着一股子扑鼻而来的烟草气味，慢悠悠地经过他身侧。

"这么巧，你也走这条路啊？"来人转了个身在他跟前站定，斜挎着书包，掐灭了手里的烟头，转眼便注意到一旁的小姑娘，"哟，哪来的小姑娘？"

李瀚。

和他一道的还有另外两个穿校服的学生。刘磊记得他们的脸。

绿化带外边的车流终于开始涌动。不远处吵闹的喇叭声逐渐平息，开着远光灯的车拐过弯道，车灯打进绿化带，扫过他的脸庞。

两眼一眨不眨地望着李瀚唇角微斜的脸，赵希善小心翼翼地收拢五指，抓紧哥哥的手。

刘磊绷紧全身每一寸肌肉，忍住后退的冲动，稳稳回握她微凉的小手，浑身僵直。

喉结上下滚动了一下，他听到自己说："我妹妹。"

"你妹妹？真的假的？我看不像你啊。"李瀚夸张地扬起眉毛，而后弯腰嬉皮笑脸地凑到小姑娘跟前，将手中的烟头戳向她的额头："哎小妹妹，你叫什么名字？"

陌生人靠近，赵希善下意识地退后一步，躲到刘磊身后。脑子里紧绷的那根神经突然便断了，气血冲脑，刘磊仿佛触了电，几乎是反射性地推了李瀚一把，抬高嗓门吼他："你别动她！"

对方毫无防备，被推得趔趄几步，险些栽倒。旁边的两个学生旋即谩骂着冲上前。

刘磊脑核一紧，第一时间推开腿边的小姑娘："善善躲开！"

下一秒便来不及反抗，被他们一人捉住一条胳膊狠狠推弯了腰！

双手被反剪在身后，一只粗糙的手掌按住他的脑袋，揪紧他的头发用力甩了甩。他挣扎，却被踹了一脚膝窝。有人踩住他的背，硬生生让他跪在了湿软的泥地上。膝盖砸向小石子，麻痛感电流似的传遍四肢。他被迫埋着脑袋，抖动的视野里出现一双跑鞋。

"哎哟，又牛起来了。"李瀚含笑的声线在头顶响起来，"不记得上次的录像啦？"

被"录像"两个字彻底激怒，刘磊使尽全身的力气挣动身体，红着眼抬起了脑袋，目眦尽裂地望向李瀚笑得痞气的脸，嘶哑的怒吼被不远处再度起伏的喇叭声淹没，"你要是敢把录像放上网，我就去告你！告死你！"

制住他的两人越发用力地摁紧他。

被推到一边的小姑娘怔怔地望着他们，抱紧了怀里穿着绿裙子的人偶。

又有车经过弯道，灯光扫过他们的脑袋。她看到他们的脸亮了一瞬，又很快暗下来。

李瀚不紧不慢蹲到刘磊跟前，咧嘴笑了笑。

"告我？你要告就告呗，我会怕你啊？我巴不得你把这事儿搞得全校都知道呢。"他懒洋洋地抬手，冲按着刘磊的两人打了个手势，"摁紧了，我看看他口袋。"

刘磊剧烈地挣扎起来，一下子翻过了身体，踢腾着腿要踹他。他们便架着他的胳膊把他拖起身，抬脚去踩他的肚子。

"你们这他妈是抢劫、敲诈！是犯罪！"他涨红了脸，哑着嗓子挣扎嘶吼，"滚！不要碰我！"

李瀚抬起膝盖，狠狠顶向他的小腹。

剧痛袭脑，刘磊弓紧身子，声音卡在了嗓子眼里。

他们从他裤兜里摸出一张五十元的钞票，松开他的胳膊，把他推趴在地。他颤抖着挪动右手，捂住钝痛的腹部。

"就说你交了五十，应该还剩五十嘛。"李瀚拿着钱，捏在手里拍了拍他的后脑勺，"明天再带一百过来，听到没有？"

刘磊一动不动地趴着，没有吭声。

不再搭理他，李瀚慢条斯理站起身，领着两个同伙从他身上跨过去，走到赵希善跟前。

她抱着她的绿裙子人偶，眼睛看着刘磊的方向，目光呆滞，一言不发。

李瀚的手摸上她的脑袋："小妹妹，不要乱说话，知道吧？"

一脸木然地站着，小姑娘没有摇头，也没有点头。

他们总算离开。

立在原处许久，赵希善慢慢走上前，抓着绿裙子人偶，蹲在了刘磊身旁。

绿化带外不断有车经过。车灯晃现，车轮碾着温热的水泥地，发出咯吱咯吱的轻响。他还趴在那里，无声无息，像个死人。她伸出小手，轻轻摸了摸他的脸颊。

眼泪混着细碎的沙石，沾满了她的手心。

浓稠的夜色淌满了天际。

山区的夜晚胜过城市，抬头便能看见漫天的星河。村子里一间亮着灯的平房那儿传来狗叫，余音回响在山间，久久不息。徐贞坐在卧室的床头，从窗口凝望黑夜中远山的身影，抱着膝盖沉默不语。

房门被敲响，李万辉推开门进屋，手里端着两杯热茶。

"不好意思啊，不知道电视台要来人，我也没什么准备，只能先请你们一起挤这间屋。"他用脚绊上门板，抬眼撞上徐贞的视线，便不好意思地笑笑，"等我明天把里边的屋子收拾好了，就可以住了。"

徐贞和程欧要对他这个乡村教师"跟踪采访"一周，他当然是盛情邀请他们住到了自己家里：一排平房，五间屋子连在一块儿，能住的却只有两间。李万辉独居，拾掇起来更加麻烦。

"没事没事，不用收拾了李老师，您白天要上课，晚上还得帮我们收拾屋子——太辛苦了。"徐贞连忙下床接过他递来的茶杯，面上挂起笑脸，扭头去看程欧，"睡这屋挺舒服的，我跟程欧都住得惯，是吧？"

正坐在墙边的椅子上摆弄手里的摄像机，程欧听见自己的名字才抬起头来，好像后知后觉地一笑，也看向李万辉，附和道："对，您就别麻烦了。"

"你们城里的记者跑到这么偏远的地方来不容易，是该好好招待的。"对方笑着朝他走来，把另一杯茶递给他。

"都是我们应该的。"夜里气温降得厉害，徐贞已经裹了件外套，捧着热茶暖了暖手，坐回床边对他笑得灿烂，"不跑这么一趟，怎么会知道有您这么好的老师十年如一日地在这里为教育事业做贡献啊？现在这个社会太浮躁了，就是需要有您这样的榜样。"

在程欧身旁那把椅子前坐下，李万辉愣了愣，瞧瞧她，又转头瞅瞅程欧，挠挠脑袋笑了："讲得我都有点不好意思了。"

"我说的是实话，您不用不好意思。"徐贞弯了眼大方地回他一个笑容，她抿一口茶，又忽然想起什么似的抬起眼睛，"哎对了李老师，我们今天采访了一个您学生的家长，她姓沈，好像是叫沈秋萍吧。我看她不像当地人的样子，也没什么口音，是不是外地嫁过来的呀？"

李万辉随意搁在椅把上的手收了收五指，表情微微一变。程欧垂着脑袋擦拭镜头，余光瞥见他这个微小的反应，眸子一转，不动声色地观察起了他的神色。

"哦，对，阳阳的妈妈。"抬起一只手揉了揉鼻尖，李万辉答得含糊，"我记得是湖南人吧？怎么嫁过来的我也不太清楚。"

徐贞缩了缩肩膀，仿佛没有察觉他态度的微变，捧着茶杯好奇地追问："我看今天跟她走一起的是她婆婆？还有一个大点的孩子是谁呀？我以为也是她儿子呢。"

"大点儿的那个是小伟，方东伟。沈秋萍的侄子。"放下手搓了搓膝盖，他紧绷的双肩稍稍放松，讲话又恢复了一开始的利索，"小伟的爸爸过世得早，所以一直都是他爷爷奶奶还有阳阳的父母在照顾他。"

"哎？那孩子的妈妈呢？"程欧停下手里的活儿，忍不住插一句嘴。

"小伟的妈妈……"欲言又止片刻，李万辉一拍膝盖，摇摇头长叹一口气，"唉。小伟的妈妈整天给关在家里，我也不太清楚，都是听人家说的。不过我见过她几次，确实……"他皱起眉头斟酌了一会儿用词，最后意有所指地指了指自己的脑袋，"确实有点疯疯癫癫，傻里傻气的。大家都叫她阿雯，也没人知道她全名是什么。"

"哦……"徐贞恍然大悟，"那，这孩子没遗传他妈妈的？"

"没有，小伟聪明着呢。"提到学生，他重拾了笑容，不再无意识地搓揉自己的膝盖，"再说他妈妈也不是先天这样的。听说是小时候从山上滚下来，摔坏了脑壳。村里边的人都说她很小就到方家了，是他们家远房亲戚过继给他们的，做童养媳。"

两个外来人相互交换了一个眼神："这样啊。"

肯定地点点头，李万辉张张嘴，身形顿了一顿，才接着说："还有啊，徐记者……这话我可能不该说，但是……"他犹犹豫豫地舔了舔嘴唇，"你们下次还是别找阳阳的妈了。她……不太方便。"

"不太方便？"徐贞一愣，"我今天才跟她约了下次聊呢，因为村里人讲土话，我们都有点听不太懂……"她满脸迟疑，将求助的视线抛向程欧，"但是沈小姐讲普通话挺好的……所以……"

马上明白过来，李万辉神色一松："哦哦，是这样——那我明天去找主任说说情况，让他先跟方家打个招呼。"

徐贞听了眨巴眨巴眼，看了眼同样迷惑的程欧："怎么这事还要跟主任说呀？"

"你们不知道，阳阳他爸——方德华，管老婆管得紧，不准她跟外面来的人讲话。"站起身关上了身后的窗户，李万辉自言自语一般压低声音解释，"要是没让主任提前打招呼啊，搞不好又得把阳阳妈打一顿。"

"啊？还有这种事？"瞪大漂亮的杏眼，徐贞脸上写满了惊讶，"怎么会不能跟外面来的人讲话呢？"

"可能……阳阳妈漂亮，方德华怕她被人家骗吧。"插好窗边的插销，他回过身搓搓手，目光略有闪烁，"人家屋里头的事我们也不好插嘴。"说完便侧了侧身，冲她略微抬抬下巴示意，"我先去把水烧上，一会儿徐记者你要洗澡的话就可以直接用啊。"

徐贞赶忙给他一个感激的微笑，她点点头应道："哎，好，麻烦了。"

李万辉摆了摆手，转身踱出卧室，合上了门。

屋子里静下来。

将摄像机放到一旁，程欧起身，轻手轻脚来到房门前，透过门缝往外头探视了几眼。等到确认没人在外头听墙脚，他才来到窗边关好床头的那扇窗，扭头把视线转向徐贞："怎么样？"

"李万辉知道沈秋萍是被拐来的。"脱下鞋缩回床上，徐贞靠在角落里，手捧茶杯压低了声线，"沈秋萍只比李万辉早来两年，反而那个阿雯比他来得早多了。阿雯小时候那么久远的事李万辉都知道，更何况沈秋萍的来历。"

屋子里陈设简陋，对面的墙壁还裂了一条浅浅的缝。程欧后退几步坐到李万辉给他临时搭的床边，接上她的分析小声道："我估计那个阿雯也是方家买来的。这个村子封闭，每家每户都是自己种地自己养家禽，好几代人一辈子没走出过这块地方。男的长到一定岁数找不到媳妇，就得买。李万辉在这里待了将近十年，肯定已经见惯了这种事。他要是帮着外人把村里这些不法勾当讲出去，以后就没法在这儿教书了——所以才会睁一只眼闭一只眼，刚才又不跟我

们说实话。"

沉吟片刻，徐贞垂眼盯着茶杯里浮在上层的茶叶，略略颔首。

"也难怪沈秋萍说他不可靠了。"她咕哝一句，继而又皱紧了眉头，抬眼去瞧他的眼睛，"但是既然这样，她又是想的什么办法让李万辉给她送信的？"

程欧对上她的视线，不答反问："你觉得呢？"

她迎着他的目光，陷入沉默。

"肯定是给了李万辉什么好处。"半晌，她才掀动嘴唇，"沈秋萍被方家管得这么紧，私房钱是绝对没有的。要是许诺将来逃出去了再给钱，李万辉也不会轻易相信。"然后停顿一下，再度垂下眼睑，"那大概就只剩一种可能了。"

"我看也像。"错开视线，程欧捏了捏自己的手指，"刚刚李万辉提起方德华的时候，口气很微妙。他八成是对沈秋萍有意思。"

徐贞没吭声。屋子里静悄悄的，窗户外边又传来不远处的狗吠。

好一阵过去，程欧突然出声："其实还有说不通的地方。"

缩在床角的徐贞抬了抬眼皮："什么？"

"沈秋萍说她比李万辉早来两年，也就是二〇〇三年左右被拐来的。那个时候她二十二岁。"他踢开自己的鞋，盘腿坐上床，抹了把脸，"嫂子比她大三岁。如果真跟我们推测的一样，嫂子是十二岁的时候被人贩子卖给胡氏夫妇的——那沈秋萍是她妹妹的话，就应该是九岁左右被拐的。难道她是先被卖给了沈家，然后念完了大学出来打工……又被骗子卖到九龙村这儿了？"

思量几秒，徐贞开了口："沈秋萍在沈家上了户口，也有出生证明。其实不像是沈家人买来的。"

"如果不是沈家人买的，而是沈家亲生的——那嫂子跟她应该就没关系。"早料到她会这么说，程欧拧紧眉头看看她，"所以嫂子为什么要大老远来，找这么个跟自己没关系的人？"

脑海中浮现出胡珈瑛瘦削的背影，紧接着又飞快地闪过沈秋萍牵着儿子频

... 223

频回头的画面。徐贞合上眼，按了按涨痛的太阳穴。

"等到时候把沈秋萍救出去就知道了。"她说。

她知道，他们的到来对于沈秋萍来说，是一次机会。一次她不惜用身体换来的机会。

渺茫，却近乎最后一根稻草。

所以不论如何，他们不能袖手旁观。

CHAPTER 16

多少门曾无风自开

有多少严闭的门，

无风而自开，

搏动的心，

都是带血的。

——木心

01

身旁躺着的人悄悄起了身。

许菡虚了虚眼，看到吴丽霞轻手轻脚换好衣服，离开卧室，合上门板。

轻微的脚步声往厨房的方向远去，隔着门板，许菡听不到别的动静。她安静地蜷缩在床上，半天没有动弹。拉紧的窗帘边缘漏出一圈外头路灯的灯光，打进昏暗的室内，斜斜地投在衣柜的侧面。

天还没有亮。

等到厨房隐隐传来声响，许菡才从床上爬起来，趿上拖鞋跑去厕所。

洗脸台边搁着三个漱口杯，蓝色的小杯子放在中间。那是吴丽霞昨天给她买的。拿起杯子和牙刷，许菡抬起眼睛，在镜子里看见了自己。乱糟糟的头发，面黄肌瘦的脸。她穿的万宇良的旧汗衫，袖口垂下来，瞧得到一半的腰。

她看着自己漆黑的眼睛，好像在看一个陌生人。

把蒸架搁进盛了水的锅里时，吴丽霞听见了身后的脚步声。

她回过头，见许菡站在厨房门口，还穿着那身不合身的衣裤，垮着瘦小的肩膀，两手紧紧捏着衣角。"哎，丫头起来了。"吴丽霞便冲她笑笑，从冰箱里拿出馒头放上蒸架，再扭头去看她，"刷牙洗脸了吗？"

许菡点头。

转过身拧开水龙头，吴丽霞冲洗了一下煎锅满是油污的锅盖："行，等我擦个手，给你梳头发。"

一声不吭地立在门边，许菡望着她的身影出神。

万宇良的房间里忽然炸开闹钟的吵声。她偏头望过去，瞧见他边拎裤子边冲出房间，在客厅里转了一大圈，而后噔噔噔地跑进了厕所。吴丽霞走到许菡身边，往厕所的方向探了探脑袋，抬高嗓门喊："快点啊阿良！要吃饭了！"接着便不等他回应，轻轻推了推小姑娘的胳膊："走，回房间梳头发去。"

不像吴丽霞满头粗黑的长发，许菡的头发又细又软，发根隐隐发黄。头一天晚上已经替她剪掉了开叉的发尾，吴丽霞不紧不慢地帮她扎好两根羊角辫，又从抽屉里找出五颜六色的小皮筋，给她编起了麻花。

"怀阿良那会儿，我一直不知道自己肚子里是儿子还是闺女。"透过桌上摆着的小镜子瞧她一眼，吴丽霞弯着眼睛笑，眼尾堆着细细的皱纹，"当时老想着是闺女就好了，以后天天给她梳好看的辫子。"

从镜子里凝视着她的脸，许菡神情麻木，自始至终没有出声。

没过一会儿，吴丽霞就替她编好了辫子。动手摆正那面镜子，她笑着问她："好看吗？"

许菡盯着镜中的小姑娘，摸了摸紧绷绷的羊角辫。吴丽霞扎得紧，每一根头发都在用力拉扯她的头皮，有点疼。

但许菡摸了摸左边，又摸了摸右边，最后对着镜子点了点头。

早餐是馒头、榨菜、鸡蛋汤，还有炒莴笋。

万宇良一手抓着馒头，一手端着盛汤的碗，咬一口馒头便要喝一大口蛋汤。吴丽霞忙着给许菡碗里添莴笋，瞄了眼他从头到尾没有动过的筷子，忍不住瞪他："吃点青菜！"

胡乱点点头，男孩儿咽下最后一口馒头，抓起筷子夹了一大把莴笋塞进嘴里，咀嚼两下便吞进肚子："妈妈今天要不要去上班？"

"当然要去啊。"

"那丫头去哪里？"

埋着脸咬馒头的许菡抬起头。

"跟我一起去所里。"吴丽霞再次往她碗里夹了一把莴笋。

"哦。"男孩儿咕哝一声，低下头把嘴凑到碗边，一口气喝完剩下的汤。他没去瞧许菡，只放下碗筷跳下椅子，一溜烟跑回了自己的卧室。

许菡默不作声地拿起筷子，挑起一点莴笋送进嘴里。

噔噔噔的脚步声忽然靠近，她还没来得及咽下嘴中的菜，就见他将一本书搁到了她手边。"这个你带着看吧。"匆匆这么说了一句，男孩儿没有停下脚步，头也不回地飞奔到玄关，踢掉拖鞋跑出了门，"我去学校了！"

吴丽霞坐在餐桌边扯着嗓子提醒他："过马路看着点车！"

回应她的是男孩儿猛地摔上门的声音。

许菡愣愣地望了会儿紧合的门板，低眼看向肘边的书。是她昨天没有看完的那本《老人与海》。

"其实以前挺爱吵的。去年他爸爸走了，他就不怎么讲话了。"一旁的吴丽霞循着她的视线看过去，摇摇脑袋叹气，"尽学他爸爸的样子。"

记起卧室床头柜上的那张黑白照，小姑娘转过脸，漆黑眸子里的视线移向了她。

换来的却是对方淡淡的笑："我老公也是警察，缉毒警。"默了默，又说，"去年殉职的。"

上午八点，吴丽霞把许菡留在派出所的办公室，独自骑着单车外出办案。

偌大的办公室里只剩下一个人。环视周围，许菡一一看过台柜上的奖章和照片，才坐到办公桌前面的小椅子上，打开自己的书包，拿出那本蓝色封皮的《老人与海》。

屋子里安安静静，整个上午都没有人进出。

隔壁办公室时不时传来电话的响铃，门外脚步声来来往往，偶尔有人谈话，声线也压得极低。

"哎，吴所办公室里那小姑娘是谁呀？"

"就上次吴所收留的那个，叫丫头。"

许菡低着头，默念书页上一排排紧挨在一起的文字。

第一批星星露面了，他不知道猎户座左脚那颗星的名字，但是看到了它，就知道其他星星不久都要露面，他又有这些遥远的朋友来做伴了……

"哦……想起来了，老不说话的那个。那吴所人呢？又出去啦？"
"连环抢劫那个案子还没破，吴所能不出去吗？你又不是不知道吴所的脾气，犯人没逮着，她一天都不会休息……"
目光落在其中一个段落上，许菡默念一遍，再默念一遍。

于是他替这条没东西吃的大鱼感到伤心，但是要杀死它的决心绝对没有因为替它伤心而减弱。它能供多少人吃啊，他想。可是他们配吃它吗？不配，当然不配。凭它的举止风度和它的高度的尊严来看，谁也不配吃它……

"好了不说了，我得给丫头送饭进去，别让她饿着了。"
门外的交谈声停下来，有人推门走进了办公室。
许菡抬头转身，对上来人的视线。是个女警，穿着警服，拿着饭盒，笑盈盈地走到她跟前，将饭盒摆上办公桌："来，小姑娘，你的午饭。"
转眼看向饭盒，许菡一时不作声。
米饭、白菜、豆腐、腊肉，满满一盒，冒着热气，香味扑鼻。
"在看什么书啊？"女警弯下腰，好奇地捏了捏她手里的书。
瘦小的手覆上书页，许菡挡去刚才反复默念的段落，低声开了口："谢谢。"
女警没有听清她的话："嗯？"
遮在书页上的手微微收拢五指，许菡垂下眼睑："谢谢你。"
片刻的沉默过后，女警伸出手，轻轻拍了拍她的小脑袋。

暮色四合，吴丽霞依然没有回派出所。

许菡趴在办公桌边，握着铅笔，一点一点演算课本上的课后习题。写下数字3时，她听到了门外女警说话的声音。

"阿良来啦？"稀松平常的语气，像是在笑。

"妈妈没回家，我来吃晚饭。"这是万宇良的嗓音。

不再一笔一画地写公式，许菡一只手扒住演草纸，抬起脑袋朝门的方向看去。

"吴所可能还要一会儿，你先进去她办公室写作业吧，丫头也在里面。"女警在门板后头小声交代，"等会儿我就给你俩把饭端来啊。"

"嗯，谢谢阿姨。"

门被推开，万宇良立在门口，直勾勾地撞上许菡的目光。他还像昨天那样，一身短袖短裤，胳肢窝里夹着脏兮兮的足球，汗水将胸口的衣服浸湿了大片。

两人对视一阵，他什么也没说，只把足球丢到角落，踱到办公桌前，脱下书包坐到她对面，然后埋下脑袋翻出作业和文具盒。许菡看着他。从她的角度，只能看见他的发顶和脑门儿。

男孩儿却没有搭理她。他摊开作业本，趴到桌边，抓起笔写作业。

良久，她重新低头，计算剩下的应用题。

　　一缸水，用去二分之一和五桶，还剩百分之三十……

"你今天看那本书了吗？"万宇良突然开了腔。

许菡抬起眼皮，见他稍稍仰起了脸，灰黑的眼睛里映出她小小的剪影。她想了想，点点头。

"写的是什么？"他又问她。

"一个故事。"许菡说。

扁了扁嘴，万宇良憋出一个干巴巴的回答："哦。"说完就低下脸，继续

写他的作业。

她也半垂脑袋，再看一遍刚才的题。

一缸水，用去二分之一和五桶，还剩百分之三十……

余光瞥到男孩儿再次抬起刺猬似的小脑袋，毫无征兆地问道："你为什么要住我家？"

视线停在题目的最后一个标点那里，许菡不抬头，也不说话。

"不说算了。"他嘀咕一声，又去瞧作业本，绷着脸，满脸不高兴。

两条胳膊还搭在冰凉的桌面，她胸口抵着桌沿，只字不语地盯住了自己握着铅笔的手。

"我做坏事，"半晌，她才找回自己的声音，"是坏人。"

偷偷拿眼角瞄她，万宇良垮下嘴角，学着大人的模样，一面写字一面开口："你还小。"他说，"我爸爸说过，小孩子是要被保护的。"

"但我是坏人。"许菡的语气木木的，就像她的表情。

男孩儿皱起眉头瞪她一眼："那你也是小孩子。"

凶巴巴的口吻，有意要吓唬她。

许菡慢慢眨了眨眼，垂首看向演草纸，不再吭声。

夜里回到家，吴丽霞给她洗了头发。

浴室的灯烧坏了一盏，只剩下一个灰蒙蒙的灯泡，打亮昏暗的一角。许菡穿上新买的背心和裤袜，坐在一张小板凳上，张着光溜溜的腿，弯腰埋着头，头发垂在盛满热水的脸盆里。

吴丽霞用浸过水的毛巾打湿她的头发："丫头，你今天跟阿良说话了？"

细瘦的胳膊缩在胸前，许菡微微捏着拳头，感觉到有水从头发里滑下来，钻进她的耳朵。

"以前我就告诉阿良，不要去跟虐待小动物的人玩。那种人不管是大人还是小孩子，都坏。"吴丽霞的手抓着她的头皮，不轻不重，缓缓揉出泡沫，"可能天生就坏，也可能是摔坏了脑壳才变坏的。"

缄默地动了动脚趾，许菡目不转睛地盯着自己开裂的指甲瞧。

"至于你们啊……你们还小。可能会做错事，也可能会做坏事。这没什么奇怪的。大人也有做错事、做坏事的时候。有的是自愿的，有的是被逼的。一句话说不清。"头顶的声音还在继续。闷闷的，隔了一层带着泡沫的水。

另一只脚浮现在许菡眼前。穿着黑色的皮鞋，鞋底很硬。鞋尖踩在她手上，用力地踩。

她记得那只脚。曾景元的脚。

"但是你们这么小，很多时候没法选，也不知道该怎么选。"粗糙的手指有一下没一下地抠弄她微痒的头皮，吴丽霞放缓了语速，腾出一只手来拎起水里的毛巾，将温热的水淋上小姑娘堆满了泡沫的脑袋，"所以你们做错事或者做坏事了……其实都不怪你们。是爸爸妈妈没有教对你们，也是我们这些做警察的没有保护好你们。"

泡沫水从眼角滑进了许菡漆黑的眼睛，刺痛眼球。

闭上眼的前一刻，她的视线扫过自己的裤裆。干净的裤衩裹住耻骨，只露出两条竹竿似的腿。

她紧紧合住眼皮，捏紧了蜷在胸口的拳："我怕。"

吴丽霞替她冲洗泡沫的动作一顿："什么？"

一片黑暗之中，许菡想起曾景元房里的那个小姑娘。她一动不动地趴在床上。

许菡缩紧身子，听到了自己的声音。

"我怕疼。"她说。

第二天一早，吴丽霞带着许菡来到了市立医院。

替她检查的是个女医生。瘦瘦高高的个子，戴着眼镜和口罩。

从诊室出来以后，许菡便坐在挨近门边的椅子上，等吴丽霞领她回家。走

廊里挤满了病患和家属，有男人，有孕妇，也有尚在襁褓中的婴儿。克制的嘈杂声里，间或响起护士的叫号声。

一个挺着大肚子的女人经过许菡身旁。她跳下椅子，走到诊室的门前。

"会阴二度撕裂。"门板敞开一条不宽的缝隙，她站在门边，隐隐听见女医生压低的嗓音，"缝过针，看样子已经有四五年了。应该是当时处理得及时，才没有引发感染和别的问题。"

大肚子的女人坐上了许菡空出的位子，呼出一口气，揩了揩额角的汗珠。

"那还有没有别的什么……"诊室里的吴丽霞欲言又止。

"宫颈组织有损伤，如果不注意，很可能会出现宫颈糜烂……"

靠在门框旁，许菡侧过脸，从门缝中望向她的背影。

面朝大门的女医生注意到她，悄悄示意吴丽霞。她回头，恰好同许菡视线相撞。

逆着光线，许菡只能看清她紧绷的下颌，以及微红的眼眶。

那天下午，吴丽霞跨上单车，载着她骑向市公安局。

她单枪匹马闯进会议室的时候，许菡就站在门外，瘦削的背紧贴着冰冷的墙，沉默地听她愤怒地质问。

"她才十一二岁！十一二岁就有这样的旧伤！四五年前她才多大？六岁？七岁？"一声声反问响彻空荡荡的长廊，不住敲打许菡的耳膜，"在座的各位都是有子女的人——我相信没人会希望自己的孩子在那么小的年纪就遭遇这种事！但是这样的事——这样的事它现在就发生在我们管辖的这块地方！"

倚着墙壁滑坐下来，她抱住膝盖，无意识地抠弄自己的手指。

"除了门口的那个小姑娘，还有很多的孩子正在经历这些！孩子啊——他们都还是孩子啊！但是我们在干什么？我们身为人民警察，甚至腾不出人手来彻查来帮助这些手无缚鸡之力的孩子！"

桌面被拍得砰砰作响。

许菡挪动一下脑袋，将脸埋向膝盖。

她仿佛又回到几年前的那个夜晚，窗外昆虫鼓噪，屋子里没有开灯。

黑暗中她缩在大床的角落里，满脸的眼泪。

"姐姐，姐姐……"妹妹摸黑爬到她身边，小心翼翼地推她的胳膊，一遍遍叫她，"姐姐疼不疼？"

温热的液体从腿间流出来。许菡缩成一团，蜷紧脚趾，浑身颤抖。

"姐姐不哭，小涟的糖给你吃……"小手胡乱摸着她的脸，妹妹掏出兜里偷偷藏好的糖果，拆开包装，推到她嘴边。

许菡还记得，那是颗奶糖。

沾着眼泪含在嘴里，又腥又咸。

02

"怎么知道她的？"

"二〇〇八年雪灾，在服务区偶然碰到的。当时她跟王绍丰一起，我以为她是王绍丰的情妇。"

"后来呢？"

"我找机会跟踪王绍丰，发现他只是负责接送周楠。根据王绍丰的人脉关系网，我推测周楠应该是其中某位官员的情妇，所以这几年一直在让线人留意周楠的行踪。"

张博文陷入了短暂的沉默。

十月底的夜晚，这座南方城市仍旧没有大幅度降温。办公室里的空调嗡嗡轻响，天花板上的白炽灯投下昏暗的光。他坐在自己的办公桌后，手肘撑着桌沿，交叠的食指有意无意地遮挡在嘴边，丝毫不掩饰探究的目光。

他在审视静立桌前的赵亦晨。

"当初为什么要跟踪王绍丰？"张博文紧盯着他的眼问他。

"他曾经是我妻子在律所的师傅。"神色不改地回视他的双眼，赵亦晨回

答得有条不紊，就好像在汇报与自己毫无关系的工作，"二〇〇六年我的妻子失踪，王绍丰在接受调查时向侦查员暗示他和我妻子有过肉体交易。我怀疑我妻子的失踪跟他有关，跟踪他也许能找到线索。"

右手拇指无意识地摸索着左手拇指的关节，张博文目不转睛地与他对视，沉思片刻。

两人相识的时候，他已经当上刑侦队长，为了方便一线的侦查工作，极少穿全套的警服。因此在张博文眼里，此刻的赵亦晨看上去并不陌生：高壮似一堵铜墙的笔直身形，窄长而线条刚劲的脸，还有眉峰微挑的浓眉下那双深棕色的眼睛。他两手垂在身侧，右手手心里还抓着一件浅灰色的外套，面色平静，视线直勾勾地迎上张博文的端详。

习惯于审讯中的施压，大多刑警即便在日常生活里，也会不自觉让自己的言谈举止带给旁人压迫感。赵亦晨并不例外。

哪怕是提及自身的软肋，也半点不曾卸下武装。

"小赵，你已经当了三年的刑侦队长，对我们的工作也非常清楚，所以我就不绕弯子了。"半晌，张博文终于开了口，"小魏过来替你带话给我之前，正在处理王妍洋的事。加上你跟踪过王绍丰，现在我有足够的理由相信你已经推测出我们这次行动的目标是谁。"他的目光依旧没有离开面前这个男人的眼睛，不肯放过他一丝一毫的情绪变化，"但我想明确的是，你在这个节骨眼给我们提供关键证人的线索，有没有别的目的。"

赵亦晨神情平静如初。从交代魏翔带话开始，他就做好了准备。他知道只要稍有不慎，一句错话都可能毁掉他的前程，甚至威胁自己和家人的人身安全。

"如果我没猜错，接下来您打算用王妍洋的死说服王绍丰成为检方的关键证人，对他和他的家人进行秘密保护。"片刻的斟酌过后，赵亦晨从容出声，语气平稳如常，"孤证不立，除了王绍丰，找到另一个证人是当务之急。作为人民警察，我有义务配合检方的工作。"顿了顿，他注视着张博文深邃的目光，嘴唇微动，"我没有别的目的，只想有机会见王绍丰一面。"

张博文微微挪动的拇指停下来。

"为了你妻子的事？"

赵亦晨颔首。

松开十指交叠的双手，张博文靠向椅背，拧起眉头，紧闭着嘴从鼻腔里呼出一口长气，抬手摸了摸下巴。

"必须有我们的人在场，"再开口时，他抬眼重新看向赵亦晨，"而且你们的谈话需要即时录像留证。"

言下之意是，他同意他的要求。

紧攥着外套的手松了松，赵亦晨垂眼埋首："谢谢张检。"

离开检察院时，已经是晚上九点。

赵亦晨开车经过市区，渐渐又绕到了附近的老城区。

在吴丽霞的住处楼底停下车，他转头望向她住的楼层，依稀还能从光线昏暗的窗洞里看到闪烁的蓝光。老人节约，恐怕是关了灯，正坐在客厅看电视。

转动钥匙给车熄火，赵亦晨抬手想要打开车门，却忽然记起几个小时前他切断与陈智的通信之后，吴丽霞说的那番话。

"是这样，赵队长。"当时她撑住膝盖颇为费力地站起了身，好尽可能平视他的眼睛，"我理解你想要弄清楚你妻子以前的事，不过另一方面，我是个女人，也接触过这小姑娘——所以我也明白她瞒着你这些事的原因。我希望我能找到一种合适的方式，尽可能不伤害她，又让你知道事情的经过。但是今天我还没有准备好。"然后她瞟了眼他刚揣进兜里的手机，"我看你好像也有别的事要忙，不如等我们都做好了准备，改天再谈。你说这样行不行？"

当然没有拒绝的余地。

再次拧转钥匙，赵亦晨收回手扶上方向盘，把车开出弯弯绕绕的街巷，驶向刑警队。

事故多发的路口有交警在抽查酒驾。穿着荧光背心的交警打手势拦住他的车，握着酒精检测仪叩了叩车窗。

摇下车窗，赵亦晨接过检测仪，听对方的指示呼气。

周围车辆来往，车灯打在交警的荧光背心上，在赵亦晨呼气的瞬间映入他眼中。

视野内荧光闪动，他没有来由地记起了胡珈瑛。

瘦削温暖的身躯被他压在身下，两条细细的胳膊环过他结实的背，指甲修磨得平滑的手指紧紧掐着他舒展的背肌。他每一次进入她的身体，她都忍不住绷紧浑身的肌肉，仿佛既痛苦，又忍耐。

但她只用颤抖的唇贴紧他的耳，沉默地回应，喘息着承受。

"好了，没问题。"交警看了看检测仪上的数据，示意他可以离开，"走吧。"

关上车窗，赵亦晨拨动换挡杆，踩下油门重上马路。

路灯的灯光不紧不慢地划过他的眼底。他记得吴丽霞说过，曾景元的团伙不仅贩毒，还开地下赌场，经营"洗脚店"。他敢利用未成年人运输毒品，自然不惮于把他们送进自己的"洗脚店"。

那些孩子就像当年的李君。只不过比起那个姑娘，他们更加没有反抗的能力。

他想，胡珈瑛或许就是他们当中的一个。

解剖室的门被推开。

法医林智强正站在解剖台前为王妍洋的尸体进行尸检，听到动静便抬起头来，恰好撞上赵亦晨的视线。不同于往常的打扮，他换上了一次性手术服，戴着头套和口罩，一面拉了拉不大合手的手套，一面冲林智强略微点头，口罩上方露出的眼睛眸色平静："小林。"

微微一愣，林智强反应过来，点头回应："赵队。"

法医鉴定中心修建在名校A大的北校区，几年前才申请到一整套最新的设备，如今任何人要进解剖室都需要先在更衣室更衣，再到风淋室狠吹几分钟的风。鉴于程序复杂，如果不是遇上重案要案，一线的侦查员已经很少造访解剖室。

"情况怎么样？"赵亦晨慢慢走向解剖台，手里还在调整手套的松紧。

"目前判断应该是自杀。"早已习惯不受打扰的工作，林智强放下手中的手术刀，不太自在地向他进行报告，"不过死者身上有生前遭到反复击打的机械性损伤，可能遭到过长期的虐待。"

视线扫过解剖台上平躺的尸体，赵亦晨注意到她性敏感区内的伤痕，语气平平地陈述："包括性虐待。"

"对。"林智强空着两只手附和，一时不知是该接着解剖尸体，还是继续向他汇报。几秒的思考过后，他选择接一句不痛不痒的解释："您也知道死者的身份，其实像这种性虐待最常出现在两种群体里，一种是贫困人群，另一种就是这些……社会地位很高或者家境很富裕的人群。"

终于不再拉扯那副几乎快要被扯破的一次性手套，赵亦晨对他后面的话置若罔闻，只又问："家属来认领尸体的时候是什么反应？"

"王律师很受打击，强烈要求查清死者的死因。"

闻言略略颔首，他稍抬下巴示意："你继续。"

这才松了口气，林智强伸手拿起手术刀。

目光停留在王妍洋被江水泡得略微发肿的脸上，赵亦晨一动不动站在一旁。他不是第一次看法医解剖尸体，也不是第一次见到与自己相识的人躺在解剖台上。过去的这几年，他甚至曾经梦到胡珈瑛躺在这里，赤裸着她骨骼纤细的身体，脸色苍白，轻合着眼，好像只是已经沉沉睡去。

直到他得知，她死在了冰冷的水里。

赵亦晨突然很想抽一根烟。

解剖室的空气受到严格控制，微量物质不能超标。他不过忖量两秒便转身离开，还能听到身后林智强在兀自嘀咕："超过五十米的桥，内脏基本都已经破裂了……"

待解剖室的门在背后合上，声音才被彻底隔绝。

换回自己的衣服径自走过低温检材存放室，赵亦晨听着皮鞋踩在大理石地板上轻微的声响，将右手拢进裤兜，抓紧了打火机。一盏接一盏的顶灯随着他脚步的前行闪过他的视野。他脑海中浮现出王妍洋尸体的脸。而那张脸的五官逐渐变化，最终成了胡珈瑛的眉眼。

　　回到自己的车里，他掏出打火机，给自己点燃了一根香烟。

　　烟熏味浓郁，一股脑冲进他的口腔。呼出第一口白烟，他在尼古丁的麻痹下平静下来。摇开车窗，他一条胳膊搭在窗沿，把夹着香烟的手随意伸出窗外。

　　二〇〇五年五月的某一个晚上，胡珈瑛头一次同他提起王妍洋。

　　那天她回家很晚，他在卧室听到开门声的时候，已近夜里十点。

　　赵亦晨走到玄关，见胡珈瑛正扶着门框弯腰脱鞋，脚下摇摇晃晃，像是随时都要跌倒。他于是上前扶住她的手臂，又替她拎起了手里的包："怎么今天回来这么晚？"

　　脱下一只高跟鞋，她抬起头略显迷蒙地看看他："我以为你不在家。"

　　"正好结了案。"闻到她身上淡淡的酒气，他皱起眉头，"喝酒了？"

　　笑着点点头，她弯下腰去脱另一只鞋："师傅的女儿要结婚了，请律所的同事吃饭。"身子有些站不稳，她晃了两下，总算顺利将鞋脱下来，"男方是常院长的儿子，常明哲。"

　　"那王律师高兴也正常。"注意到她已经脚步不稳，赵亦晨便矮下身把她打横抱起，动脚拨开她歪倒在一边的鞋子，走向亮着灯的卧室，"有了这层关系，以后办事方便。"

　　"常明哲风评不好。妍洋……就是师傅的女儿，我见过几次。是个挺单纯的小姑娘。"抬起细瘦的胳膊圈住他的脖子，胡珈瑛梦呓似的咕哝了这么一句，在他胸口挪了挪脑袋，难得地像在撒娇，"头疼，不想洗澡了。"

　　知道她喝多了有时会说胡话，赵亦晨翘起嘴角一笑，紧拧的眉心舒展开来。

　　"明天再洗。"将她抱上床，他调暗床头的灯光，宽厚的掌心蹭了蹭她的额头，"自己先眯会儿，我去给你弄杯蜂蜜水。"

她合着眼点头，又迷迷糊糊别过了脸。

再端着一杯蜂蜜水回来时，赵亦晨却见她睁开了眼，一手搭在自己的小腹上，歪着脑袋安静地凝视他。他来到床边，她就轻轻拉他的手，不喝蜂蜜水，只说："你上来。"

自上而下俯视她的眼睛，他瞧出她心情不好，便也爬上床，躺到她身旁，揽过她的肩。

翻个身挨近他胸口，胡珈瑛缩在他身边，任凭自己陷入疲惫的沉默。

"我想换个地方工作。"良久，她轻轻出声，"换一间律所。"

灯罩顶部漏出的灯光照亮了半边天花板。赵亦晨看着那条明暗交界线，松开覆在她肩头的手，揉了揉她细软的长发。

"你最近压力太大。如果换个环境更好，就换。"他说。

或许是被酒精扰乱了情绪，她埋着脸，竟轻声笑了笑："都不问我为什么啊？"

赵亦晨没有撤开逗留在明暗交界线上的视线："要是想说，你自己会告诉我。"

胡珈瑛重新安静下来。

"我就是突然觉得，有人活了大半辈子，都不知道自己真正想要的是什么。"她的声线很闷，还带着点儿鼻音，"欲望太多了，就会盲目追求。到头来不仅发现自己活得没什么意义，还伤害了很多人。"伸出左臂抱住他，她长长地叹息，"不像你，知道自己想要什么，也知道自己想变成什么样的人。"

大抵明白了她的想法，赵亦晨嘴角微翘，瞥了眼她的发顶："很难。"

"嗯？"胡珈瑛从鼻腔里哼出一个疑问的音节。

"当初我读警校，我姐最反对。她大半辈子都在替我操心。"用另一只手摸摸她埋在他睡衣里的脸颊，他粗糙的掌心替她揩去快要干掉的眼泪，"还有你。跟着我每天都要提心吊胆，而且买不起不打脚的鞋，过不了好日子。天底下没那么多好事，既能走自己想走的路，又不伤害身边的人。"

她从头到尾闭着眼，睫毛微微发颤，却始终睁不开眼："不一样……"

看出来她已经乏得意识不清，赵亦晨给她拉了拉薄被，应得心不在焉：
"哪不一样了？"

没想到她稍稍一动，与困意做了一番斗争，含糊不清地呢喃："我是你老
婆，你是我老公……我支持你……就跟你支持我一样……没有条件……"说到
最后，字音难以分辨，人也落进了梦乡。

赵亦晨亲了亲她的头发，关掉床头灯，在黑暗中回忆她那些含混的发音。
寻思许久，他终于拼凑出了她最后没有说清的话。

她说，只要他们在一起，别的都不是问题。

嘴唇夹着烟蒂，他深深吸了口烟。

夜风灌进车窗，卷着夜色，吹散他唇齿间溢出的袅袅白烟。他仰头，后脑
勺靠上椅背上方的枕圈。透过风挡玻璃能够看到不远处一排漆黑的梧桐，树影
摇曳，时而会遮住夜空中那颗最亮的启明星。

赵亦晨曾听年轻人埋怨过这座城市的环境。

但他们不知道，再往北走，更多城市的夜晚甚至看不到这颗孤星。

小时候赵亦清就常常指着这颗星告诉他，母亲去了天堂，会变成天上唯一
的、最亮的星星。赵亦晨从来不信。

他再次吐出一口烟圈。烟雾缭绕，隐去了他视野中忽明忽暗的那一点亮光。

"珈瑛。"他听到自己的声音。

平静、笃定，就好像在等待什么人的回应。

四下里一片寂静。

他便想起自己读过的唯一一部剧本，名字叫《等待戈多》。

什么都没有发生。谁也没有来，谁也没有去。

第十二秒

SUNNESS

从阳 著

下

The twelfth second

中国出版集团　现代出版社

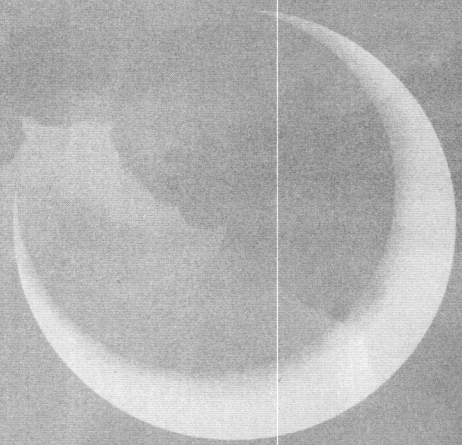

目　录

··· C H A P T E R 1 7 ···

我终要寻她而去

原来鳟鱼变少女，

头插花朵，一路跑来，

又消失在天际，

久经浪迹，

千山万水走遍，

我终要寻她而去。

——威廉·巴勒特·叶芝

01

一九八九年十二月，扫黄大队闯进桥西居民楼底下私改的商铺，带走了一批嫖客，以及十几个未成年的"洗脚妹"。

面馆被查封，拐角破洞的楼道被水泥填补，从那生锈的楼梯再也爬不进昏暗闷热的楼道，没有人知道面馆厨房外边黑黢黢的墙壁经历过什么。冬季悄悄到来，这儿成了真正的居民楼，冷清、潮湿，鲜少有衣衫褴褛的乞丐徘徊。

天气转冷的时候，吴丽霞带着许菡到裁缝店里做了件袄子。

穿衣镜斜斜地架在角落里。她站在镜子跟前，穿着新做的红袄子，梳着两条硬邦邦的麻花辫，清瘦的小脸颧骨微凸，眼神空洞，表情麻木。吴丽霞走到她身后，扶着她的肩膀蹲下来，冲着镜子里的小姑娘笑笑。

"红色好看。"她边说边替许菡理了理衣领，"小孩子就要穿得艳一点。等要过年了，再给你做件别的色的。"

默了一会儿，许菡盯着镜中的自己，慢慢点了点头。

一月初，万宇良的学校放了假。

元旦那天下午，许菡坐在客厅写数学题，没过一会儿便听到他在楼底下的喊声。

"丫头——丫头——"

她搁下笔起身，跑到客厅的窗边，扒着窗沿探出脑袋往下面看。万宇良就站在一楼的小卖铺前边，仰着刺猬头似的小脑袋冲她挥动胳膊："下来玩！快点！"

许菡一言不发地瞅瞅他，又扭过头去瞧餐桌上摊开的稿纸和习题。恰好吴丽霞听见声音从厨房走出来，撞见她的视线，笑着拿手里的毛巾擦了擦手："没事，下去玩吧。大过节的，你都憋了好几天了。"

　　许菡于是点点脑袋，抓上钥匙跑出了门。

　　和万宇良一起的，还有个眼生的男孩儿。矮墩墩的个子，跟瘦瘦高高的万宇良站一块儿，像极了她在电视里看到的相声演员。许菡刚推开铁门跑出来，就瞧见男孩儿垮下了脸，转头操着一口乡音问万宇良："你喊女娃娃下来玩做莫子嘛。"

　　刹住脚步，她听懂了他的话，只木木地望着他们，没再往前走。

　　万宇良却板起脸，伸长了胳膊把她拽过来，告诉她："这是耗子。"然后又扭头给男孩儿撂下话："我妹妹跟我一起，你爱玩不玩。"

　　耗子噘了嘴，满脸不乐意。

　　"你跑不跑得快咯？"他去瞧许菡的眼睛。

　　仔细想了想，她点头。

　　对方马上说："那就你当小偷。"

　　许菡刚要点头，便被万宇良捏了捏手。他一条胳膊挡在她跟前，脖子一梗，有模有样地学出大人不容置喙的语气："不行，要石头剪刀布，谁输了谁当小偷。"

　　抓抓自己的腿，耗子垮着嘴角不高兴，却没敢吭声。

　　他们石头剪刀布，一起出了手。

　　两个石头，一个剪刀。

　　耗子指着许菡跳起来："她输了！她当小偷！"

　　垂下黑瘦的小手，她漆黑的眼睛去找万宇良："怎么玩？"

　　"我们当警察，你当小偷。跑就行了，我们抓你。"

　　耗子费劲地捋起肥厚的袖子，插嘴："要是我们抓到你，你就输了，下一轮还当小偷。"

　　环视一眼群楼之间弯弯绕绕的巷子，许菡再问："我跑到哪里会赢？"

万宇良抬胳膊指向这条巷子直通的正门："碰到正门的梧桐树就算你赢，我们下一盘重新剪刀石头布。"

她听明白，微微颔首："好。"

担心他俩反悔，耗子赶紧说："数三下就开始。"

三个小家伙都做好了准备。

"一……二……三！开始！"

话音落下，许菡拔腿便冲进了一旁的巷子里。

居民区的巷子大多互通，只要不拐进死胡同，怎么跑都能跑到最外边的马路，沿着马路碰到正门的梧桐树。许菡反应快，跑得也快，拐了几条巷子就甩掉了两个男孩儿，只远远听见耗子哀号："这女娃娃跑太快咯！"

倒是万宇良有了主意，立马指挥他："你抄近路去梧桐树底下堵着！"

许菡收住脚步，扎进路线更短的巷子。

两个男孩儿穿的硬板鞋，脚步飞快地穿梭在巷子里，鞋底拍打着地面，啪啪啪地轻响。她脚下踩的软底棉鞋，动静小，自然叫他们发现不了。

一边听着他们的脚步声一边顺着巷子狂奔，许菡忽然注意到一个脚步没了声音。她停下来，屏息细听。身后不远处有很轻的脚步。猛地回头，她瞧见一个影子从巷子口闪过去，是万宇良。

即刻沿着原先的方向跑起来，她拐了个弯，又拐了个弯，最后钻进一个小单元昏暗的楼道里，轻轻喘着气等待。

半晌，一个轻微的脚步声经过这条巷子，停顿了一下，而后很快远去。

许菡躲在楼道里候了好半天，才轻手轻脚跑出去，左右看看，松了口气。

没想到余光一瞥，万宇良又从左边巷子口的拐角猛然冲了出来！

身子一抖，她撒腿往右跑，却不及男孩儿跑得快，没跑出两步就被他揪住了后领一拽："抓到了！"

跟着他的手劲摇晃了两下，许菡收回跨出去的脚，踉踉跄跄地停下来，回过身看他。松开她的领子，万宇良弯下腰，细长的腿屈起来，两手撑着膝盖

歇气。

她半张着嘴喘气，他也在呼哧呼哧地喘。两人你看看我，我看看你，谁都没有开口。

歇了好一会儿，万宇良才望着她说："你反侦察能力挺好的。"

手探进领子里抹了把汗，许菡看看他："什么是反侦察？"

"我跟踪你，叫侦察。你防备我的跟踪，叫反侦察。"总算缓过了劲，他站直身子，两手叉腰，"这个以后如果读警校，是要考试的。"

胸膛里的心脏依旧跳得厉害，她还在小口喘息，眼睛瞄向他的鞋，指了指右脚散开的鞋带："但是你抓到我了。"

"那是我厉害。"蹲下来系鞋带，他揪着两根脏兮兮的带子三下五除二地绑紧，"我长大要当警察，像我爸爸一样。"末了又抬头去瞧她，两只浅棕色的眼睛里映着青白的天光，"丫头，你也当警察吧，你反侦察肯定能过关。"

许菡望着他的眼，小喘着摇摇头："条子也有坏的。"

万宇良蹿起来推了把她的小脑袋："坏人才喊条子，不准这么喊。"

摸摸被他推疼的地方，她低下头，没反驳，也没答应。

隔天一早，吴丽霞骑车去市立图书馆还书。

许菡穿着红彤彤的棉袄和黑色的棉裤，脖子上圈着厚实的围巾，两只小手抓住吴丽霞的衣服，坐在她单车的后座。

临近春节，街道上人来人往，也有瘸了腿的乞丐捧着生锈的饭碗，灰头土脸地乞讨。许菡把大半张脸藏在围巾后边，只露出一双眼，目光沉默地滑过那些蓬头垢面的身影。也有人在看她。黑白分明的眼睛慢悠悠地转着，始终将她鲜红的袄子锁在瞳仁里。

冷风在轻微的摇晃中刮过她干涩的眼球，她松开一只手揉了揉眼角，额头轻轻抵住吴丽霞的背，低着头闭上了眼。

单车穿过大桥，微微颠簸着停在了市立图书馆旁的停车架前。

许菡跳下车，抱住吴丽霞递来的书，等她锁上车轮。

正是星期六早晨，图书馆还没开馆，已有不少人徘徊在正门的台阶边。老人居多，捶着腿蹬着脚。也有打扮得体面的中年人，模样斯斯文文，像是老师。转动眸子一一扫过他们的脸，许菡又望见一个邋里邋遢的女人。她坐在台阶上，叉着两条细长的腿，一只手翻着摊在腿间的书，一只手拽着渔网兜的废报纸。

定定地瞧了她一阵，许菡挪动视线，看向门楣上方挂着的横幅。

还是当初吴丽霞挂上去的那张，红底白字，在猎猎作响的风中不住腾动。

锁好车，吴丽霞来到她身旁，循着她的目光瞅了几眼，翘起嘴角问她："丫头，看什么呢？"

眼里还映着那红色的横幅，许菡仿佛走了神，仅仅是讷讷地念出来："'人生本平等，知识无偏见'。"

吴丽霞因此去看那张横幅，咧嘴笑了。

"我把这横幅挂上去那天，你也在，是吧？"

小姑娘抱着书点头，表情木然，瞧不出情绪。

"我是在北方的大院长大的。那会儿邻居不是军人，就是警察。跟他们待久了，眼里总是容不得一点儿沙子。"长叹一口气，吴丽霞弯下腰从她怀里抱过那几本书，接着牵起她微凉的小手，引她朝台阶踱去，"当时很怪，稍微说错一句话，都可能变成人人喊打的过街老鼠。这还是轻的，严重的时候，命都可能丢掉。我的老师就是这么死的。"她停了一下，又继续道，"跟我住同一个院子的男孩儿，因为不喜欢老师，就捏造了一个莫须有的罪名给这个老师。好事不出门，坏事传千里。这个莫须有的罪名被我那些眼里容不得一点沙子的朋友传啊传，隔天就传到了大人物的耳朵里。"

两眼追着自己的脚尖，许菡垂着脑袋静静听着，好像既不好奇，也不厌烦。

"我看着那些人把我的老师倒吊在树上，烧十几壶滚烫的开水往他头上浇。我想上去帮他说话啊，结果被我母亲捂着嘴拖住。她一直在我耳朵边上说，'闺女，闺女，我求求你，你可千万别去。你要是去了，被吊在那里的就

是你啦'。"扮着母亲夸张的语气，吴丽霞学得焦急而小心翼翼，压低了声线，真像回到了当时的情景似的，叫许菡不自觉抬起了脸。

但她什么也没瞧见。从她的角度，只能看到吴丽霞的下巴。圆润，却绷得紧紧的。

"所以我就眼睁睁地看着我的老师被烫死了。"她听到她说。

平静的语调，就好像刚才的紧张和入戏都是错觉。

许菡又听见她叹息。

"那个时候我在想，人真是可怕啊，任何时候任何原因都能划分成不同的群体，相互攻击，相互践踏。如果没有一条明确的规矩约束我们，让我们明白人和人之间是平等的，没有哪个人有资格剥夺另一个人的生命和基本权利——否则这个世界就真的要乱套了。"她捏捏许菡的手心，忽然驻足，歪了脖子低下头来冲她一笑，语气轻松，眉眼间却尽是她看不懂的无奈，"你想想，每个人的好恶和是非底线都不一样。要是一个人或者一个群体用他们的观念说你得死，你就必须得死……这一天能死一大半人了，是吧？"

同她一起停步，许菡抬头望着她的眼睛，突然就记起了马老头的那只独眼。

他说他把老幺卖给了牙子的那天，也是这么眯着眼睛。眯成一条细细的缝，缝里头亮晶晶地闪着光。

她于是愣愣地盯着那双眼，忘了吱声。

见她半天没有反应，吴丽霞终于笑了笑，放开她的小手，揉揉她的脑袋。

"从那时候起我就一直记着，所有人都是平等的。哪怕是对我们亲手抓回来的犯罪分子，也要有起码的尊重。不能虐待，不能想杀就杀。"重新牵起她往前走，吴丽霞带她踏上台阶，一步步拾级而上，"你说对犯了罪的人都要尊重，更何况那些没犯错，就是穿得稍微邋遢点的人呢？"

许菡握紧她的手，没有搭腔。

人们小声的交谈渐渐融为一片嘈杂。

她想起马老头把她背到满是大学生的街边，哭天抢地地乞讨。那时她躺在破布上，就像被剖开了肚子的鱼。警笛一响，人们便从她身上踩过去。

　　她流着泪，淌着血，眼里只有青白的天，和黑色的人影。

　　除夕临近，吴丽霞出门的次数越来越频繁。

　　有时连着几天在外巡班，她白天夜里都不回家，只能托邻居给两个孩子做饭。还把一沓红纸留在家里，让许菡学着剪窗花玩。

　　最冷的那个早上，许菡睁开眼，仍旧找不到吴丽霞的影子。

　　椅背上却搭了一件新的袄子，湖蓝的颜色，水似的干净。她爬起来，赤着脚丫跑上前，小心地摸了摸垂下来的袖口。有松紧的袖子，跟那件红的一样。

　　那天深夜，许菡忽然醒过来，在黑暗中睁开了眼。

　　屋子里有人在走动。她摸黑坐起身，被一只粗糙的大手压着脑袋捂住了嘴。脑仁一紧，她正要挣扎，就听见那人凑过来出声："嘘——"他说，"丫头，是我。"

　　沙哑，低沉。是马老头的嗓音。

　　许菡僵住了身体，不再动弹。

　　摸索着拧亮床头的灯，马老头就站在床边，披着那件破洞的军大衣，佝偻着背，眯着独眼，上下打量她一眼，咧嘴露出一排玉米粒似的黄牙，哼哼冷笑："你这日子过得挺舒坦啊。"

　　抓紧被子，许菡留意着隔壁屋里的动静，却听不见半点声响。

　　"阿良怎么了？"她问他。

　　"吹了点药，小屁股睡得跟死猪似的！""喀喀"怪叫两声，马老头往脚边的垃圾桶里啐了一口，一屁股坐到床沿，拽了她的胳膊恶狠狠地瞪她，身上一股子腥臭扑过来，"你跟那些条子都说什么了？曾景元的洗脚店都被抄了！他现在到处找你，逮着了就要剁碎了喂狗！"

　　许菡蜷紧了埋在被子里的脚趾。

　　"狗娃呢？"

"死了！"他甩开她的胳膊，使劲扯了把肩膀上的军大衣，指头直戳她的脑门儿，竖起眉毛龇牙咧嘴地骂起来，"东西烂在肚子里，刚回去没多久就死了！我早告诉过你不要管闲事！他被条子逮着就逮着，顶多放回来以后打断条腿——你说你这么插一脚能有什么用？他死了，你还惹了曾景元，照样活不了！"

说完还狠狠一推她的脑袋："还硬脾气是吧！啊？"

怔怔坐着，她任他推搡，脑子里一片空白。

马老头喘着粗气，两手拍上膝盖，瞪圆了那只独眼瞧她。"牙子现在跟曾景元掰了，准备回东北老家去。我让他明天晚上过来接你，悄悄走，免得被曾景元抓回去。"他说，"牙子欠我一条命，到时候在东北那边给你找个好爹妈，不会亏了你。"

许菡望见屋里的灯，墙上的影。

整间屋子静悄悄的，只有卧室亮着灯。光从门框投出去，在客厅的地板上打出一个方形。她想到她来的那天，吴丽霞抱着她穿过屋子，走进这间卧室。

许久，她听见自己说："我不走。"

"你不走？你不走就等着被剁碎了喂狗！"马老头赫然抬高嗓门，他涨红了脸，隔着被子用力掐了把她皮包骨的腿，"你以为我是怎么知道这条子住哪儿的？啊？你晓得曾景元为啥到现在都没被抓？啊？他后头有人！"他胸脯剧烈地起伏着，探过身子逼近她的脸，那段腥臭的味道再次扑进她的鼻腔，"这条子又算什么东西？小小派出所所长，不说她本人，就那屋里睡得跟猪似的小屁股——动点手脚就能弄死！你不想他们死吧？啊？"

周围静下来，静得只有两人的呼吸声。许菡盯着他，看得清他眼里的每一根血丝。

马老头眯起眼，松了掐她的那只手，拍拍她的膝盖。又重，又缓。

"丫头，听我的，赶紧走。"他轻声告诉她，"我这是保你的命，晓得不？"

许菡不说话。她扭过头，看向床头摆着的照片。那是吴丽霞丈夫的遗照。

黑白的照片，肃穆的人。

不像那件水蓝的袄子。

她从相框的玻璃片里看到了自己的身影。漆黑的轮廓，遮着背后的光。

她的脑袋动了动，点了头。

02

卧室的房门被叩响。

刘磊转头，恰好见刘志远将门板打开一条缝，探进脑袋瞅了瞅。

"爸。"放下手里的笔，刘磊转动转椅面向他。

"复习呢？"彻底把门推开，刘志远端着一盘哈密瓜走进屋，又合上身后的门板，"作业写完了吗？"

瞄一眼他手里的水果盘，刘磊搭在桌面的右手微微一动，伸长五指碰到那支笔，紧紧攥到手里，而后才点点头："写完了。"

刘志远便走到书桌边搁下水果，顺势在床头坐下来，摸摸自己的膝盖。"说说吧，今天怎么回事。"他端详刘磊一番，微锁眉心，口吻严肃，不像进门前那样小心翼翼，"怎么突然就摔了一跤啊？还把善善都吓到了。"

几个小时前他牵着赵希善和刘志远碰头的时候，浑身脏兮兮的，说是一不小心摔了一跤。但作为一个老师，刘志远对学生情绪的变化非常敏感，知道事情绝对不是这么简单。要不是碍于当时小姑娘在场，也不至于拖到回家才追问。

抓紧那支笔，刘磊舔了舔下唇，手心里渗出汗珠。李瀚的脸浮现在他的脑海里。光影交错中，那张脸微斜着嘴，长长的刘海儿几乎要遮住眯起的左眼。小腹隐隐作痛，刘磊在父亲的注视下垂首，不自觉按住了自己的肚子。屈辱和愤怒再度涌上心头。

"肚子痛？"留意到他的小动作，刘志远疑惑地挑高了眉梢。

摇摇脑袋，刘磊没有抬头。

不同于赵亦晨，刘志远虽然严肃，但不会给人压迫感。刘磊在心里权衡。理智告诉他，让爸爸知道事情真相是最好的。他是老师，清楚最佳的处理方案。

咬紧下唇，刘磊将按在腹部的手攥成拳头。他感到耳根发热，喉咙发紧。嘴唇像凝成了石膏似的难以动弹。

"其实……"

厨房传来碗碟摔碎的动静，紧接着又响起赵亦清的呻吟。

触电一般站起身，刘志远慌了神，赶忙冲出卧室，往厨房的方向跑去："怎么了怎么了？又痛啦？"

等他摔上了门，刘磊才回过神，腾地一下从转椅上弹起来，跟着他跑出了房门。这时刘志远已经扶着赵亦清走出厨房，慢慢朝客厅的沙发挪："快快快，去坐着休息，碗我来洗……"

脸色苍白地点头，她一手被他搀着，一手还捂着肚子，隐忍地弯着腰步履维艰。赵希善小小的身影跟在她身旁，左手还抱着那个绿裙子的人偶，右手则轻轻捏着她的衣摆，抬着小脸睁大那双棕褐色的眼睛，小心翼翼地怯怯瞧她。

没忘了身边还跟着孩子，赵亦清转过脸忍着疼安抚她："善善没事，姑姑休息一会儿就陪你下楼睡觉啊……"

傻傻戳在过道里看着他们，刘磊手心里的汗珠还没有干，那些复杂的情绪却被硬生生地压了下去。他喉结上下动了动，又转眼去看厨房池子里没洗完的碗筷，还有满地瓷碗的碎片。转身到阳台拿上簸箕和扫帚，他边把碎片扫到一块儿，边提高嗓门对刘志远说："爸，碗我来洗，你们先带善善下楼吧。"

"会洗吗？"对方在客厅喊着回他。

刘磊抬了抬脑袋："又不是没洗过。"

"也行，你都这么大的人了。"客厅里的刘志远嘀咕，"来，下去休息。"

被他搀扶着经过厨房，赵亦清驻足，伸长脖子对儿子交代："早点复习完，早点休息啊。"

刘磊把头点得像小鸡啄米，手里的活儿没有停下："妈你别操心了，赶紧睡吧，下星期还要动手术。"

话音刚落，又听见有轻微的脚步声靠近。

拿着扫帚抬起脑袋，他对上赵希善的视线。小姑娘独自走进了他的视野，只字不语地立在餐桌前，表情木然地望着他。她两只小手垂在身前，依旧紧紧抓着那个小人偶。

明明她一个字也没说，刘磊却好像忽然明白了她想说什么。

他张张嘴，犹豫几秒，到了嘴边的话又被咽回去，最后只说："善善乖，跟姑姑一起早点睡。"

小姑娘的眼神直勾勾的，好一会儿过去，才缓缓收了收下巴。

他们关上玄关的大门时，刘磊已经收拾好摔碎的碗，捋起袖子抓起被搁到一旁的洗碗布。

刚打开水龙头，裤兜里的手机就振动起来。他在身上擦擦沾湿的左手，掏出手机看看，是同桌黄少杰发的短信："磊哥磊哥，数学卷子写完没有？选择填空拍张照片对对答案呗！"

抿抿嘴，他言简意赅地回复："你自己写。"

确认信息发送便要把手机重新揣回兜里，但手机再次一振，又收到一条彩信。依然是黄少杰发来的，图片是他给自己的作业拍的照片，还配上一行文字："我都写完了！就想跟你对对答案！"

见卷子上的名字的确是黄少杰三个字，刘磊叹一口气，把自己记得的答案编辑下来，给他发了过去。那头很快回他："谢啦！"紧接着又追发一条："对了，群里那个视频你看了没有？"

视频？

"什么视频？"

等了一阵，黄少杰才回复一条短信："就是我们年级私群里那个视频啊，

刚刚有个马甲加进来上传的！你快去看，不然过会儿就要被群主删了。"

刘磊兴致缺缺："我早把QQ卸了。是什么视频？"

屏幕上显示短信发送成功，他把手机搁到一边，捡起池子里的碗开始清洗。

油腻腻的锅里盛满了水，碗筷堆放在锅内，被水花冲出泡沫。他刷了一遍碗，又擦干净锅底的油，将它放回灶上。手机振动了一下，他没有搭理。

动手拧开水龙头，他拿刷过的碗在清水底下冲洗。

手边的手机再次振动。弯下腰把冲洗好的碗筷放进消毒碗柜，刘磊蹲下身，伸长胳膊捞来手机，挠着脑袋解开锁屏。黄少杰发了两条短信给他，都是大段大段的内容，感叹号让人看着头晕脑胀。

"就是一段录像，拍的四个男的在打一个男的，还扒了他的裤子！五个人都穿的我们学校的校服，打了马赛克，我看那楼梯间也像我们教学楼的，可能是实验室那边下楼的地方！现在都在议论，说不知道被打的是谁，打人的又是哪几个！不过平行班混子那么多，估计难找！"

瞧清内容的瞬间，刘磊挠头皮的手顿了下来。

脑子里像是有颗白色炸弹炸开，他耳际一阵嗡鸣，突然便无法正常思考。

出于本能，他眼球转动，看向下一条短信。

"刚才宋柏亮把视频删了，还给人禁了言，说要把这事汇报给级长！我就搞不懂他那脑子了，这点小事用得着嘛，还跟级长打小报告！那个被打的也是孬，看那样子也不是第一次！要是换我，被打一次肯定就叫上几个兄弟打回去了！太没种了！"

刘磊盯住这条短信，一动不动蹲在原地。长时间的沉默过后，他低下头，抱住了自己的脑袋。

那天淅淅沥沥的雨声又回到了耳畔。硬邦邦的台阶，窄长的玻璃窗。他记得他的头顶亮着一盏白炽灯。灯光让他晕眩，恶心。

缩紧身体，他咬紧牙关抱着头，发起了抖。

夜色渐浓。

凌晨过去不久，赵希善从睡梦中醒来，睁开了眼。

卧室里又静又黑，只有赵亦清躺在她身旁，呼出轻微的鼻鼾。一声不响地爬起身，小姑娘抱紧怀里的绿裙子人偶，赤着脚丫踩上木地板，小手扶上窗沿，摸索着走出了房间。

客厅阳台的落地窗早已紧锁，厚重的窗帘拉得密不透风，挡住了外头全部的灯光。她摸黑走在一片阒黑之中，摇摇晃晃，终于找到沙发的一角，轻手轻脚爬了上去。等爬到沙发的尽头，她伸出手，想去够小圆桌上的电话，却不小心碰翻了座机的听筒。

按键亮起蓝色的光，听筒跌在一旁，传出绵长的嘟声。

条件反射地收回手，赵希善趴在沙发边等了等，才又捡起听筒，小心拿到耳边。

她把小人偶夹在颈窝里，探出另一只手，在亮蓝色的按键上轻轻拨出一串号码。

直到等待接通的声音传进耳朵里，她才把手缩回胸前，安静地等待。

嘟……嘟……嘟……第三声戛然而止。

听筒里一阵杂音，接着便响起一道熟悉的女声："喂？"

揪紧电话线，赵希善没有回应。

电话那头的女人默了默："是善善吗？"

小姑娘手里还揪着僵硬的电话线，仍旧不吱声。

女人却好像越发确定是她，自顾自地继续问道："善善？这几天在爸爸那里住得习不习惯？要不要小姨给你带点吃的过去看你？要的话就敲一下话筒，嗯？"

将听筒放回座机上，赵希善挂断了电话，重新抱住绿裙子人偶，小小的身躯蜷在沙发的尽头。

她记得，最后一次跟母亲说话的时候，周围也像现在这样黑。

"善善，听妈妈的话。"当时母亲就站在柜门前，紧紧牵着她的小手，小声叮嘱她，"躲到柜子里，不管谁叫你都不要出声，好吗？"

"杨叔叔和小姨叫我都不行吗？"小姑娘揉着惺忪的睡眼嘟囔。

短暂地沉默了几秒，母亲似乎摇了摇头。

"就当这是个游戏，好不好？"她摸摸她的脑袋，"要是善善赢了，就可以见爸爸了。"

"真的啊！"赵希善听了睁大眼，困意不知被扫到了哪个角落里，"真的可以见爸爸吗？"

"嘘——"竖起食指抵到唇边，母亲示意她要小声说话，"真的。"

连忙捂住自己的小嘴巴，小姑娘点了点脑袋，然后慢慢松开手。

"因为爸爸工作不忙了吗？没有好多好多案子要办吗？"她抓住母亲的手，轻轻地、兴奋地追问，想要在昏暗的光线里瞧清母亲的表情，"我们可以跟爸爸一起吃饭、一起去动物园吗？晚上可以跟爸爸一起睡吗？"

母亲好像笑了："可以，都可以。"

"那我要去把我的奖状找出来，都给爸爸看！"险些高兴得跳起来，赵希善忙松开她，迈开小腿就要跑回自己的房间。母亲却及时拉住了她："等一下，善善——"捉着她的小胳膊将她拉回跟前，她压低声线告诉她，"奖状我们不带，以后会有机会给爸爸看的。善善只要乖乖躲在柜子里，无论如何都不能出声，记住了吗？"

黑暗中小姑娘看不清母亲的表情，但依稀感觉得到母亲的紧张。

她安分下来，用力点头："记住了。"

"乖。"母亲便捏了捏她的耳朵，就像从前每一次哄她入睡那样，嗓音轻柔好听，"善善很快就会见到爸爸的。"

赵希善从沙发上坐起身。

室内静悄悄的，能听见挂钟秒针跳动的声音。她抱着绿裙子的人偶，赤脚走到阳台的落地窗前，把窗帘拉开了一条不宽的缝。街边昏黄的灯光投进来，被落地窗外的防盗门割开，在她瘦小的脸庞打下一道阴影。

她望着楼底空无一人的街道，额头抵到玻璃落地窗前，微微翕张了一下嘴。

她想喊，妈妈。喊不出声，也无人回应。

与此同时，与她远隔六百公里的Y市市区依旧灯火通明。

许涟坐在私家车的副驾驶座，手里握着许菡死后留下的那台手机，神情冷硬地平视前方风挡玻璃外的车龙，漆黑的眼睛里时而有汽车尾灯映出的光斑闪烁。

距离刚才赵希善挂断她的电话已经过去了五分钟，她一句话不说，驾驶座上的司机也不敢开口。他只能时不时偷偷瞄她，直到从后视镜里注意到某台小轿车，才总算找到了说话的机会。

"许姐，又是那台沃尔沃。"

许涟转眸，目光落在她这一侧的后视镜上，瞧清了那台车的车牌号。

"这是第几天了？"她问他。

"第五天。"司机试探性地看她一眼，"还跟前几天一样，甩掉？"

从手包里找出自己的手机，许涟拨通一个号码。

"不用。下一个红绿灯急刹，撞它。"

司机点点头，以示明白。

电话很快接通，那头是杨骞低沉微沙的嗓音："许涟？"

"又看到那台沃尔沃了。我们今天会晚点回去，你守在别墅，不要出来。"

杨骞沉默两秒："你觉得是郑国强声东击西？"

"有可能。"视线再次转向后视镜，她从镜子里看到那台黑色沃尔沃里只坐着一个人，脸庞隐没在车顶投下的阴影里，"再把家里检查一遍，许菡很可能留了证据给他们。现在善善不在了，那些照片和杂物也可以一起处理掉。记得不要扔，能烧的都烧了，不能烧的就打碎了丢进珠江。"

他在电话那头应了一声："知道了。"

车已行至下一个路口。许涟挂断电话，捉紧车窗上方的拉手，最后睨一眼那台尾随在后的小轿车。

身旁的司机猛地踩下急刹，她听到砰一声巨响，身子随着车身的震颤狠狠一颠。

两车相撞。

黎明时分，赵亦晨下车，站在老城区的街头抽了一支烟。

清晨的视野里蒙着一层薄薄的白雾，空气湿凉，身上也有些黏腻。他呼出一口烟，身体里的湿重感渐渐褪去。街道尽头传来一阵清脆的车铃声，他抬起头，望见薄雾中显出一个陌生的人影，骑着老旧的单车，慢悠悠地穿过长巷。

手机在外套的衣兜内振动。赵亦晨收回视线，掏出手机扫了眼来电显示。

周皓轩。

接通电话，他走向停在电线杆下的车："老周。"

"老赵。"电话另一头的人声线又沙又沉，"昨天白天你让我查的事我已经查到了，你现在方便听电话吗？"

摁下车钥匙的开锁键，他看到车灯一闪："你说吧。"

"跟你想的一样，许菡和许涟都不是许云飞的亲生女儿。"周皓轩的声音闷了几分，似乎正把手机夹到颈窝里，腾出手来翻了翻手中的东西，窸窸窣窣的响动没有停下，"许云飞自己的户口是农村户口，后来发家了也没改过。许菡和许涟一九八三年落的户，当时五岁，正好许云飞的老婆牛美玲五年前难产死了，他们就说这对双胞胎姐妹是牛美玲当年难产生下来的女儿，又花了点钱，把户口上好了。要不是我对了一下他们一家四口的血型，还真发现不了问题。"

驻足车旁，赵亦晨打开车门跨进车内，稳稳碰紧车门。

"要是走的是正当领养程序或者过继，就不需要动这些手脚。"

"对，我也是这么想的，所以我估计许云飞是从人贩子那里买了她们，又或者——你等等啊，我喝口水。"咕咚咕咚的闷响阻断了他的话，他歇了歇，嗓音总算不再那么干哑，"八三年那个时候Y市乱得很……唉，不说Y市，全省都挺乱的。我妈不是在老教会待过吗？她原先跟我提起过，那几年蛮多教会福利院都倒了，福利院里的那些孤儿啊就没地方去，情况好的是被其他福利院收容了，情况不好的就重新上街讨饭，还有一部分……为了解决福利院资金问题，被偷偷从黑市卖到了海外。"

风挡玻璃正对着的那栋楼有了动静。楼底的铁门被推开，吴丽霞牵着她那条拉布拉多踱出楼道。

赵亦晨坐在车里，远远地看着她。他既没有出去叫住她，也没有打断周皓轩。

"我也就是这么猜啊——许云飞的具体情况我不太了解，不过你看他这么一个乡下穷爷们儿，又没什么文化，虽然后来赚到钱了还搞了个基金会，但是他一开始那第一桶金是怎么来的呢？"

"这个我调查过。"把手里的香烟摁灭在肘边的烟灰盒里，赵亦晨的眼睛追着吴丽霞的身影，面上没有任何表情，"许云飞老家的人说他有亲戚会几门外语，以前还当过汉奸。后来许云飞离开老家出去做生意，经常来往的也都是外国人。"

"那还真有可能跟我猜的差不多。"周皓轩在电话那头叹了口气，"总之吧，不管他干没干这事，我反正是查了一圈当年倒闭的教会福利院，结果真的查到一间收容过差不多岁数的双胞胎姐妹。但是八三年福利院倒闭之后，包括这对姐妹在内的所有孤儿都没消息了，跟人间蒸发了似的。"

"应该就是她们。"脑海中闪过许涟的脸，他垂下眼睑，拧动车钥匙，"你什么时候方便，把资料给我看看。"

"正要跟你说这个。这些资料都是手写的，也没有备份，带不出来。"对方替他出了个主意，"要不你什么时候亲自过来看看，正好我再帮你找找有没有在那个福利院工作过的人还能联系得上，方便确认消息，也好打听一下那个时候的情况。"

思忖片刻，赵亦晨抬起右手，扶上方向盘。

　　"好，我过几天过去，确定了时间提前告诉你。"他停顿一下，"谢谢。"

　　"多少年的兄弟了，还说什么谢谢。"又往嘴里灌了几口水，周皓轩喘一口长气，"倒是我有点好奇……你怎么会想到她们可能不是许云飞亲生的？"

　　赵亦晨没有即刻回答。

　　他握着手机，看到吴丽霞牵着狗的身影逐渐远去，消失在朦胧的薄雾中。

　　"我去见了曾景元。"视线停留在吴丽霞离开的方向，他感觉到对方的呼吸有短暂的停滞，"他听说珈瑛的真名是许菡，表现得很奇怪。而且还问我，她是不是死在了许家。"还能记起曾景元说这话时的神情，赵亦晨话语间未曾停顿，只声线沉稳地继续，"加上当年许菡走失的时候许家没有报案，只有两种可能。一是她被绑架，二是她自己逃出了许家。联系曾景元的话，我觉得后者的可能性更大。"

　　"如果许家当年干的真是那种事，她要跑也正常。"手机另一头响起划动打火机开关的叮当脆响，周皓轩停了停，兴许是抽了口烟，"你说……他们把这些……亚裔的小孩卖到国外是要干什么啊？"

　　"一般是为了人体器官。"赵亦晨给自己系上安全带，"也有送去黑市拍卖的，当性奴。"

　　周皓轩缄口不语。

　　"老赵。"十余秒之后，他才再度开口，嗓音恢复了一开始的沙哑，"多余的话我就不说了，你自己拎得清。我只提醒你，不论事情真相如何，不要再冲动，行吧？"他用力抽一口烟，吸气的声音清晰地传进赵亦晨的耳中。又过了会儿，他吐出一口气："当初监狱里你把曾景元揍了的那事我还记着。不仅没结果，你自己也没少吃苦头，是吧？所以不要再有第二次，ok？"

　　换挡踩下油门，赵亦晨把车开出巷子："我知道。"

　　电话那头的周皓轩从嗓子眼里哼出一个音节。

　　"等把事情查清楚以后，这事儿就算彻底过了。"他说，"都是男人，要拿得起，放得下。"

　　副驾驶座上，被耳机线缠得紧紧的MP3滑到了座椅的一角。

　　赵亦晨抬眼，从后视镜里看到自己的脸。冷漠，疲惫。眉梢眼角瞧不出半点情绪。

　　那只MP3里仍旧只有一个音频文件。

　　十一秒的录音，得不到回应的求救。

　　"我知道。"他听见自己的声音。

　　他知道。

　　但他做不到。

CHAPTER 18

但愿我是黑暗

但愿我是黑暗，

我就可扑在光的怀里。

——木心

01

一九九〇年一月二十四日，许菡离开了吴丽霞的家。

那天气温很低，打开窗户便有冷风灌进屋子，张嘴能呵出一团白汽。许菡穿上旧棉裤和旧袄子，摸黑背起她的旧书包。跟来的时候一样，书包里装着课本、笔，还有那本蓝皮的字典。

她站在书桌跟前，摸了摸那件蓝色棉袄的衣袖。桌子上还摊着一套新的课本，是吴丽霞给她买回来的。元旦之前，许菡考过了小学的入学考试。吴丽霞告诉她，等春节一过，她就能跟万宇良一起上学。

松开蓝袄子的袖管，她最后看一眼练习本上没有写完的数学题，转身走到床头柜边，垂眼望向相框里吴丽霞丈夫的遗照。她双手合十，闭上眼睛。

"求你保护他们，如同保护眼中的瞳仁。"

小声地祈祷过后，她张开眼。

照片里的男人在黑暗中望着她。一如她最初见到的样子，黑白的颜色，肃穆的神态。

许菡想起万宇良说过，要变成像他一样的警察。

客厅里静悄悄的。小卧室没有光，也没有声音。许菡把写着"谢谢"的字条压在餐桌的杯子底下，戳在一旁看了看。她字写得不漂亮。万宇良把他的字帖给她练过，但她没练多久，还是写得歪歪扭扭，不好看。

从书包里掏出一支笔，她趴在餐桌边，借着窗外路灯的灯光，在"谢谢"后面加上个小小的"你"。

写完后盯着字条瞧了一会儿，她又埋下头，一笔一画，在"你"后头添了一个"们"。

街头亮着一盏孤零零的灯，巷内空无一人。

临走时，许菡停在路灯底下，回望一圈静谧的街巷。街角的垃圾桶里一阵窸窣，一条老狗走出来，抬起脑袋朝她看过来。秃毛，满身的癞痢。许菡见过它。

走远的牙子贴着墙根的阴影，扭过头来冲她扔了一颗小石子。老狗听见动静，掉头跑开。它踢翻了垃圾桶边的塑料袋，脚步啪嗒啪嗒，又轻又快。

许菡转身跑向牙子，没再回头。

牙子姓蔡，曾景元叫他蔡老。他尖嘴猴腮，一双眯眯眼，眼仁儿精亮，总是咕噜咕噜地转。

蔡老八岁起就偷东西。他偷玉米，偷鸡，也偷猪圈里的猪崽子。长大以后，他偷钱，还偷小孩子。他偷了大半辈子，从没被逮住过。

"有一回倒是险，"他在臭气熏天的长途汽车上告诉许菡，"荷包刚摸到手，就被一个条子的男娃发现了。那男娃一叫，条子就上来追。骑着车追的，车轱辘都要跟上来了，结果一台小轿车横过来，转背就把她给撞飞出去。"拿脏兮兮的手比画了一下，他咧嘴笑起来，两条裂缝似的眼睛眯成细细的线，"我看着那条子就这么飞出去呀。还是个女的，摔到地上，估计活不成。"

车子拐上坑坑洼洼的大道。摇晃颠簸中，许菡一语不发地坐在靠窗的位子，怀里抱着脏兮兮的蛇皮袋，眼睛盯着沾了泥点的鞋尖。

他们搭了一天一夜的车。第二个凌晨，大巴在邻省边界的火车站停下，蔡老扛上蛇皮袋，带着许菡一步步颤颤巍巍地爬下了车门。站台只有一个，候车室里挤满了人。小卖铺的锅里煮着茶叶蛋，白布盖上热玉米，隔开腾腾上蹿的热气。有人缩在座位上嗍面条，有人仰着脑袋打鼾，也有衣衫褴褛的老人穿着厚实的棉袄，紧挨着蜷在墙角，屁股底下只垫一层薄薄的报纸。

蔡老从贴身的兜里掏出零钱，买了根玉米。他领着许菡走到墙边，蹲下身坐到蛇皮袋上，又拍拍身旁的地板，让她也坐下来。

"一会儿上车，你注意车上的人。"他把玉米掰成两截，一截放到嘴边啃，一截抓在手里，含糊不清地教她，"眼睛滴溜溜地转的，不是条子，就是贼。"

身子底下是冰凉的地板，寒意一点一点爬上来。许菡静静听着，抱着胳膊蜷紧身体，默不作声地点了点头。

挤在人堆里检票时，许菡抬眼打量周围的人。

检票员耷拉着眼皮，一手检票，一手拿着喇叭，时不时喊一回车次。人头攒动，熙熙攘攘。蔡老的手伸进一个女人的兜里，摸出荷包。女人一脸疲色，神情麻木，没有察觉。

许菡看看她，然后低下脑袋。

上了车，蔡老便踩着座位，把蛇皮袋塞进了行李架。

对面的年轻女人踮着脚尖，抬不动行李。他没有上前帮她，只在自己的座位坐下来，挤到许菡旁边，小声问她："看清了没有？"

许菡点头，从袖子里伸出手。她手里攥着一捆卷成筒的零钱，是蔡老搁在衣服内衬的口袋里，贴身收着的。蔡老一看，一双眯眯眼瞪大，嘴里咕哝起来，骂了句螳螂捕蝉，黄雀在后。

"小丫头片子，还挺上道的。"他说。

许菡把钱给他。

"我想上厕所。"

"关着呢，车开了才能去。"蔡老说完，转头朝过道里吐了口痰。

没过一阵，车厢便抖动了一下，缓缓往前挪起来。车轮碾过铁轨，咕咚、咕咚。许菡从座位上滑下来，跑向厕所。穿着制服的乘务员还站在厕所门前，慢悠悠地开门。背靠墙一声不吭地等待，等到乘务员开了门走开，许菡才一头

扎进厕所，紧紧关上了门。

火车拐弯，厕所颠簸得厉害。她蹲下来，在坑眼里看到底下晃动的轨道，掏出领子里藏着的本子。巴掌大的软皮本，是蔡老的本子，里面记着他偷的小孩子。刚刚她偷钱的时候，一道从蔡老那儿偷了过来。马老头告诉过她，蔡老天天带着这个本子，以免哪天被逮住，能讲出孩子的去向，少蹲几年号子。

许菡打开本子，一页一页地翻。

七九年、八〇年、八一年……

咚咚咚，有人用力叩响厕所的门。

"谁在里面啊？怎么这么久还没出来？"

翻到八八年，许菡停下来，视线扫过一排排名字。

门口的人骂骂咧咧地走远，不再等待。

兰兰、阿欣、小晴、雯雯……

雯雯。目光转回去，许菡再看一遍这两个字，双手微微颤抖。

雯雯，一九八八年，乂市街口芙市场，九龙村。

"九龙村。"她一字一顿，轻轻念出来，"九龙村。"

火车从南方驶向北方，开了一天一夜。

许菡窝在靠窗的位子，做了一个长长的梦。梦里女警骑着车追蔡老，被横开过来的小汽车撞飞出去。许菡跑上前，看到她倒在血泊里。一眨眼，她的脸又成了吴丽霞的脸。

"长春——长春站要到了啊——长春——"

慢慢从梦中醒来，许菡动了动发麻的手臂，听到周遭压抑的嘈杂声，还有身旁的蔡老轻微的鼻鼾声。乘务员推着盒饭车走过车厢，混浊的空气里飘着腊肉的香味。

"长春——长春站——"

揉了揉眼角，许菡坐起来，望向车窗外边。远处是山，近处是雪。白茫茫的一片，偶尔露出几叶红色的屋顶。高压电塔孤孤单单地站在满目的白色里，架起电线，头顶灰色的天。在玻璃窗上看了眼自己的影子，她偏首去推蔡老的胳膊："长春到了。"

东北的冬天很冷。在站台上走了不过五分钟，许菡的手便冻得发疼。蔡老搓着手，带她到路边的餐馆吃了一盘窝窝头。

夜里他们在一间宾馆落脚，蔡老搁下行李就出了门，一整晚没有回来。许菡缩在冰冷的被窝里，脚压在膝窝内侧，时不时挠一下，冰冰凉凉，又痒又疼。

第二天一早，他拎着馒头包子回来，满嘴过了夜的恶臭。

"丫头，我打听过了。"他盘腿坐到床上，抓起两个馒头递给她，裹着袜子的脚和嘴一样臭，"小两口生不出娃，怪挑的，要买个男娃。我问女娃要不要，他们不要。结果来他们老家探亲的另外两口子听见了，说要女娃，得先见见你。如果喜欢，就买了。"说着又咬了口包子，"这两口子年纪大了，南方农村来的，看样子也没几个钱。要是他们买你，估计没几天就会带你回南边儿去。你先跟着他们，等到了火车站，再偷偷跑。记住这地方，跑出来了就来找我，晓得吧？"

许菡抓着馒头，没有咬："那钱呢？"

"废话，钱都给了，当然就是我们的了！"嘴里的肉末溅到她脸上，蔡老瞪她，用力推了把她的脑袋，"曾景元咋还老说你聪明？我看你啊，蠢得很！"

擦擦干痛的脸颊，她垂眼看向馒头，一个字也不说。

下午三点，他们收拾了些行李，赶上去二道白河的最后一班客车。

司机从南方来，当过兵，东北口音，一路上同前排乘客聊他在长白山见过的熊，没有片刻的歇息。许菡挨着蔡老坐在后排，听了一路，也沉默了一路。

不过四点，窗外的太阳就落了山。她在余晖中侧过脑袋，余光瞥见一只小

狐狸从车子后头跑过去，飞快地扑进了雪地里。

她看着它离开的方向，缓缓合上眼，陷入一片无边无际的黑暗。

要买许菡的夫妇姓胡。男的叫胡义强，女的叫胡凤娟。他们都是胡家村的人，五十出头的年纪，慈眉善目，和大多南方人一样矮小。

蔡老把许菡领到他们跟前时，胡凤娟的表妹也站在一边，拿挑白菜的眼神上下打量她。

"看着是挺好。"她说，"没什么病吧？"

蔡老啐了一口："你自个儿出去问问，我几时卖过有病的。"

"那，那怎么不讲话呢？"胡凤娟立在顶灯底下，小心翼翼地瞧着。

推一把许菡的肩膀，他冲她抬抬下巴："丫头，叫阿爸阿妈。"

她抬起漆黑的眼，望向两张陌生的脸孔，垂在身侧的手捏紧了袖口。

"阿爸，阿妈。"

胡凤娟笑了，胡义强也咧开了嘴。

"还会背九九乘法表，聪明得很。"留心着他俩的反应，蔡老见机又瞅了眼小姑娘，悄悄掐了掐她的胳膊，"背一个给阿爸阿妈听。"

垂下眼睑，她动动干裂的嘴唇，机械地从嗓子眼里挤出沙哑的声音："一一得一，一二得二，一三得三……"

当天晚上，胡义强和胡凤娟便买下了她。

许菡跟着夫妻俩住在胡凤娟的表妹家，吃了顿热气腾腾的晚饭。

甜糯的玉米，咸香的排骨。她扒着米饭，每吃一口，胡凤娟都要往她碗里添一筷子菜。碗中的热气冒出来，扑上她的脸，熏疼了她的眼睛。她揉一揉眼角，埋着脑袋安静地吃，自始至终没有吭声。

炕下早早生好了火。睡前胡凤娟端来一盆热水，冲缩在炕头的许菡笑笑："来，闺女，洗个脚。"

一点点挪到炕边，她垂下两条细瘦的腿，弯腰脱袜子。

胡凤娟搁下水盆，捉着许菡的小脚正要放进盆里，忽然就注意到她脚上的冻疮。手里的动作一顿，她又将许菡的脚放回被窝，端起水盆离开。没过一会儿，她换了盆水回来。小姑娘坐在被窝里，眼睛直勾勾地望着她，只字不语。

　　"生了冻疮，泡不得热水。阿妈给你换了温的。"重新在她脚边蹲下来，胡凤娟笑盈盈地从被窝中捉出她的小脚，"这几天啊，我们先不洗澡。东北这边太干，洗了澡不舒服。等后天我们回到家了，再洗。"

　　低着眼睑看她头顶的发旋，许菡不点头，也不摇头。温热的水没过她冰凉的脚，皲裂的伤口细细密密地疼。

　　洗完脚，胡凤娟再给她敷了一块马勃。磨成粉，铺在干净的白布上，把两只脚裹成小粽子。夜里熄了灯，许菡一个人睡，没再像头一个晚上那样痒痛。她却睁着眼，盯着黑森森的屋顶，听见外头窸窸窣窣地下雪，没法入睡。

　　隔壁屋子里隐隐传来人声。

　　"车票买了吗？"许菡听出来，这是胡凤娟表妹的声音。

　　"买了。"胡凤娟回答。

　　"身上还剩多少钱？"

　　"没事，回去够的。"

　　"你说你们也是，花这么多钱，买个女娃娃做什么。"表妹压低了声线数落她，"到时候嫁出去了，还不是别人家的姑娘。再说这丫头已经这么大了，指不定还不听管教。"

　　"我看挺乖的。"胡凤娟的声音很轻，慢慢悠悠，却是带着笑的，"而且我们两口子岁数都这么大了，还是带个闺女好。闺女贴心，小棉袄。"

　　表妹轻哼："也就你们两口子心宽。"

　　许菡蜷在炕角，渐渐被炕头的温度焐热了胳膊。她翻了个身，想着白天见到的那只狐狸，总算合了眼。

　　翌日清晨，天还没亮，胡义强和胡凤娟便带着她搭上了表妹夫开的卡车，赶往城里的火车站。

他们到得早，火车却来得晚。检票员拿喇叭喊着晚点的车次，声音在挤挤攘攘的候车室里回响。排在检票口的队伍逐渐散开，胡凤娟去了趟厕所，只留下胡义强背着行李站在墙角，满是茧子的手紧紧牵着许菡的小手。

"饿不饿？"他小声问她，"早知道火车晚点，应该带个茶叶蛋出来的。"

许菡摇头。

胡义强抬起脑袋左右看看，瞧见人们挤在小卖铺跟前，叫嚷着买玉米和茶叶蛋。他便捏了捏她的手心，低头嘱咐："在这儿等着啊，阿爸去给你买根玉米。"

顿了一顿，小姑娘颔首。他于是摸摸她的脑袋，松开她的手，走进了那头的人堆里。

许菡远远瞧着他的背影，再望一眼厕所的方向，悄悄挪动脚步，往人多的地方走去。她还记得蔡老的交代，也记得那间宾馆的名字。只要扎进人堆，她就能跑。

她一边小心地穿梭在人群中，一边注意着胡义强的身影。脚下的步子愈来愈快。

扭头要跑的那一刻，她耳边响起吴丽霞说过的话："但是你们这么小，很多时候没法选，也不知道该怎么选。"

她跨出第一步，脑海中闪过万宇良蹿起来推她脑袋的动作："坏人才喊条子，不准这么喊。"

另一只脚也抬起来，却没再跨出去。许菡停在人海里，身旁经过陌生的人，漆黑的眼仁里映出黑色的剪影。

十分钟后，胡义强回到墙边，找到等在原地的许菡，把刚买的玉米递到她手里："先焐会儿手，别烫了嘴。"

小姑娘点头，抬起胳膊，重新握住他的手。

那年春节，胡氏夫妇带她回到南方，寻了一个算命先生。

算命的说，她跟佛有缘。

他们便从佛经里摘一个"珈"，替她取了名，叫珈瑛。

02

门板被推开的时候，发出吱呀一声尖细的哀号。

许涟蜷缩在角落狭小黑暗的帐篷里，抱紧怀里的被子，把脸埋进干燥温热的被褥。

"要走了。"门边传来男人沙哑低沉的声音，"小涟呢？"

"小涟还在睡觉。"许菡就站在帐篷外边，小心翼翼的嗓音离得很近，"爸爸，今天会疼吗？"

窗外暴雨如注。轰隆隆的雷声在远处翻滚，许涟发着抖，没有听到男人的回答。

"那……那能不能，我一个人去？"瓢泼雨声中，许菡的询问断断续续，"小涟怕疼，会哭的……"

男人的声线在一片杂音里模糊不清："你不怕疼？"

有那么几秒钟的时间，许涟听不见许菡的回答。她屏住呼吸，发起了抖。

片刻之后，帐篷外响起许菡细细的、带着哭腔的回应。

"我是姐姐，我不哭。"她说。

男人什么也没有说。许涟一声不吭地躲在帐篷内，隐隐听见许菡的脚步声。门被彻底打开，而后又重重合上。

卧室回归死寂。雨点敲打着玻璃窗，急促而低沉。

许涟独自躺在黑暗里，不敢哭，也不敢说话。她死死抱着被子，在雷声轰鸣中捂住自己的耳朵。

"许涟？许涟？"

轻微的摇晃让黑色的梦境断了线。

许涟睁开眼，微张着嘴喘息，眼球转动，在昏暗的光线中看到杨骞的脸。他躺在她身旁，一条胳膊支起身子，眉头紧锁，滚烫的右手紧抓她的肩膀。

"又做噩梦了？"她听到他问她。

仰起下巴长长地吁了口气，许涟动了动胳膊，撑着床褥坐起身。伸手摸开自己这一侧的床头灯时，她才发现身上的睡裙早已被汗水浸湿，紧紧贴着自己瘦削的背脊。

杨骞也坐起来，捞过床头柜上的水杯递到她跟前。

推开冰凉的水杯，她抿唇按了按太阳穴："公安那边来电话了吗？"

窗帘的缝隙里透出室外灰蒙蒙的天光，许涟扫了眼床头的电子钟，时间显示的是早晨六点。"还没有。跟踪你的肯定是他们的人，不然不可能五个小时了还没讯问出什么名堂。"只好又把水杯搁回床头柜，他挠挠后脑勺，抄过遥控器把空调的温度调低，"估计正在想办法糊弄我们。"

墙上的空调不断发出嘀嘀的提示声。她重新躺下来，拉了拉腰间厚软的蚕丝被。十月底的天气，其实已经不需要开空调。但她习惯一年四季都开着，在寒冷密闭的空间里裹紧被子入睡。

"我累了，杨骞。"将被角拉到胸口的时候，她听见自己这么说，"等手续都办好，我们就各自出国，分开吧。"

打着赤膊的男人不再摁动手里的遥控器。他回头看向她，半边脸沉在了阴影里。

"不是说好了一起走吗？"

许涟翻个身背对他，厌倦地合上眼："财产分你一半，别的不要再说了。"

身边的男人沉默几秒，接着便冷冷出声："你还是怀疑许菌是我故意杀的？"

近乎质问的语气激怒了她。猛然翻过身来，她撑起上身逼近他下颌紧绷的脸，漆黑的眼睛直勾勾地望进他眼底："她好好地在这里待了八年，连孩子都生下来养大了——怎么可能突然就要偷偷跑回去？"下意识地眯起双眼，她控制不了自己愈来愈快的语速，竭力克制的嗓音也赫然抬高，"她那么聪明，会不知道后果吗？我早就跟她说过只要她敢跑我就敢杀她——她以为我是开玩笑？"

不躲不闪地同她对视，杨骞压抑已久的怒火蹿上喉头。

"那天的监控录像和追踪定位记录难道你没看过吗！"他几乎是吼着逼问回去，"她不仅要把善善偷偷送出去，自己也跑到了X市刑警队附近——就算她不是故意跑去那里，你有没有想过她老公是刑侦支队支队长！万一那天她正好碰上她老公，你觉得她会怎么跟他解释这几年的事？！还有郑国强——从许菡死掉开始，他就一直阴魂不散地调查我们！如果不是前几年许菡偷偷跟他透露过什么消息，他一个小地方的刑警队队长，怎么敢跟我们过不去？！"

额角的青筋突突直跳，他猛地一抬手，掀掉床头柜上那半杯水："当年许菡回来的时候我就说过要处理掉她！要不是你跟老许一直护着她，我们今天也不至于要逃出境都这么困难！"

玻璃杯滚落到铺着地毯的木地板上，发出一阵闷闷的响动。

他的胸脯剧烈地起伏，一时间房内只剩下他粗重的呼吸清晰可闻。

许涟目光冰冷地注视着他。

"出去。"她掀动嘴唇，面无表情，"不要让我说第二遍。"

早上六点五十分，刘磊急匆匆地捞起书包跑过客厅。

"妈我走了！"

还站在厨房煮姜茶的赵亦清关掉灶台上的火，扬声问他："苹果吃了没有啊？"

"哦哦——"客厅噔噔噔的脚步声刹住，刘磊似乎又跑回了茶几边，胡乱往嘴里塞削好的苹果，然后再次慌慌张张地跑起来，喊得含糊不清，"我吃了——拜拜！"

玄关那儿关门的动静旋即响起。

"一大早就急吼吼的。"忍不住咕哝，赵亦清把锅里的姜茶盛进一只画着笑脸的马克杯，转身端到餐桌旁，"来善善，不啃馒头了，先把红枣姜茶喝了。晚上别再自己跑到沙发上去睡了，容易感冒，知不知道？"

赵希善坐在餐桌前，手里抱着啃了一半的馒头，呆呆地抬头看她。

后半夜小姑娘一直睡在客厅里，着了凉，一早便在吸鼻子。将马克杯搁到她面前，赵亦清抽出她小手握着的馒头，从手边纸巾盒里抽出一张纸巾，替她擦掉鼻子底下淌出来的清鼻涕。小姑娘又吸了吸鼻子，挪动两只小小的手去够杯子，却被烫得缩回了手。

见她怕烫，赵亦清赶忙抓过她的手，小心搓了搓："烫吧？"想了想，最终端起杯子，牵着她的手引她站起来，"走，到沙发那边去慢慢喝。"

客厅的茶几上摆着水果盘，切成块的苹果剩下大半，氧化成了浅浅的褐色。赵亦清叹口气，推开水果盘，找出茶几底下的小板凳让小姑娘坐下，抬起脑袋才注意到不对劲。

"咦，我放在这里的水果刀呢？"随手把马克杯摆到赵希善面前，她左右瞅瞅，没瞧见那把折叠水果刀的身影。恰好这时兜里的手机振动了一下，赵亦清掏出来一看，注意力顿时转移过去。"是阿磊的班主任。"喃喃自语地坐到沙发边，她仔细看一遍短信的内容，微微拧紧了眉心。

小姑娘自己伸出手，小心地捧住杯子挪到下巴前面，低下头看了看杯子里的姜茶。泡得胖嘟嘟的红枣浮在杯口，她慢慢凑过去，拿嘴唇碰了碰，再舔一舔嘴。是甜的。

余光瞧见她的动作，赵亦清放下手机，端过马克杯替她吹了吹。等到姜茶不再烫嘴，她才把杯子放回小姑娘手边，摸摸她的小脑袋："善善，哥哥的老师要找家长聊聊，所以中午我们去一趟哥哥的学校，好不好？"

像是没有听到她的问题，赵希善只安静地捧起杯子送到嘴边，缓缓尝了一小口。

又甜又辣的味道，她想。跟妈妈煮的一样。

这个时候，秦妍也走进了自家的厨房。

她看了眼手机屏幕上显示的时间，一边从门把上取下围裙，一边给赵亦晨发了条短信："现在方便接电话吗？"

刚系上围裙，便接到他回过来的电话。

划开屏幕，电话那头传来他沉稳如常的嗓音："秦妍。"

"你已经回家了？"拉开消毒碗柜，她弯腰拿出煎锅。

"没有。工作还没结束。"赵亦晨那边静得出奇，听不见任何杂音，"善善有新情况？"

"可以这么说吧。"把煎锅放上灶台，秦妍立在一旁，不再有动作，"记不记得我上次跟你说过，善善有很强烈的自责自罪情绪？"

"你说她是把母亲的死归责于自己。"

"嗯。现在我认为，这或许也是她失语的原因。"她停了一下，斟酌着用词，"不说话可能是孩子对自己的一种惩罚。也许在善善心里，一直觉得就是因为自己说话才导致妈妈离开。这种错误的印象究竟来自哪里目前还不清楚，但它一定是给孩子留下了很深的心理阴影。"

电话另一头的男人有片刻的缄口不语。

"前几天带她出去玩的时候，我暗示过她珈瑛的死不是她的错。"几秒钟后，他再度开口，"我觉得她听懂了，也在努力跨过这道坎。"

"对，我也看出来了。你引导得很好。"

"但是还有反复。"他说，"我跟你说过她躲在柜子里的事。"

随意搭在工作台边的手抠紧了灶台的边缘，秦妍垂下眼睑。

"这个现象我也在想办法挖掘原因。你不要急，孩子还小，肯定会有脆弱的时候。再说人要走出这种自责自罪情绪，本来也是需要时间的。"她松开收拢的五指，习惯性地将手拢进薄外套的衣兜里，"就像我们心理咨询上常说的心灵监狱，人一旦陷入这样的自责自罪情绪，就相当于把自己关进了监狱里，自己出不来，别人也进不去。实际上，钥匙总是在人们自己手里。只有自己原

谅了自己，才能真正走出来。"

顿了顿，又告诉他："善善很勇敢，一定会慢慢好起来的。"

赵亦晨静默一阵，简短地回道："冇时间我会多陪她。"

知道这种态度意味着他很快就会提出挂断电话，莫名的紧迫感撞击心脏，秦妍来不及思考，张张嘴便脱口而出："还有件事……"她迟疑半秒，"下次见面的时候，我想跟你说。"

她话语间微妙的停顿让电话那头的男人沉默了片刻。

几秒钟的无言里，她能够清楚地听到自己的心跳。

"电话里不能说？"最后，他仅仅是这么问她。

紧绷的双肩一松，她垂眼看向自己的指尖："我觉得当面说比较好。"

"好。"他的口吻平静而稍显冷淡，"我先挂了，还在蹲点。"

点点头，秦妍不再多言："回见。"

电话挂断后，她没有垂下举在耳边的手，只静立原地，望着灶上的煎锅略略失神。

身后轻微的脚步声也未曾引起她的注意。

"妈妈……"迷迷糊糊的稚嫩女声忽然响起来，秦妍一愣，转头向身后看去。

七岁的女儿不知什么时候已经走到了厨房，瘦小的身子裹在宽松的睡衣里，嘴边还沾着没有擦去的牙膏泡沫。她双眼无神而呆滞地平视前方，两只小手扶着墙壁，正摸索着往她的方向走过来。

"起来啦？"对小姑娘淡淡地一笑，秦妍走上前抱起她，带她坐到餐桌边拉开的椅子上。

拿来一张餐巾纸擦掉女儿嘴边的泡沫，她替她将了将额前的碎发，温声细语地告诉她："等等啊，妈妈给你煎个荷包蛋。"

眼睛依旧直直地望着前方，小姑娘点头，应得乖巧而温顺："嗯。"

亲了亲她的额头，秦妍走回灶台边，开火往锅里淋上一层薄薄的油。

再回头望向餐桌时，女儿还坐在原处，扒在桌边的小手不安地绞在一起，神情茫然而困倦。秦妍冲她微笑，她却没有半点反应。

秦妍知道，这是因为女儿看不到。

从出生开始，她的世界里就没有半点光亮。

合贤中学的早自习七点四十分开始。

刘磊刚到教室便从书包里翻出登记表，急急忙忙跑到讲台上，拿物理作业本拍了拍讲台："收作业了！"

大半趴在桌上打瞌睡的学生都闻声抬起头来，嘴里嘟嘟囔囔地找作业。椅子划动的声响此起彼伏，他们陆陆续续来到讲台前，把作业送到他手边。坐在第一排的两个女生最先将作业递给他，回到自己的座位之后便闲聊起来。

"哎，昨天私群里那个视频你看了没有？"

"什么视频啊？"

刘磊摞作业的手僵在半空中。

"哎刘磊，这道题你选的什么啊？"一个男生挤到讲台前举起作业问他，却没得到他的反应。

"就是那个四个人打一个人的录像啊，把人家裤子都给扒了。"前排的女生还在小声地继续，"好像就是在我们学校的楼道里拍的，都是我们学校的学生。"

"啊？真的啊？我要去看看。"

"刘磊？"男生晃了晃手里的作业。

"嗯？"恍惚间回过神来，刘磊定睛看了看，"哦……我选的D。"

对方了然地颔首，飞快把答案填上交给了他。

"没了没了，宋柏亮已经把视频删了。不过我手机里下了的，一会儿给你看。"

"好好好，不过到底是哪五个人啊？"

默默听着两个女生的交谈，刘磊俯下身，在男生的名字后头打上一个钩。手心里渗出一层薄汗，他感觉到自己抓笔的手有些打滑，笔尖隐隐颤抖。

"打了马赛克，看不到……"

"不要讨论了！"中气十足的男声打断她们的话，同时响起的还有什么东西轻敲桌沿的声音，"本来就不是什么好事，天天拿在嘴边说，要是受害者听到了怎么想？"

刘磊抬头，看到班长宋柏亮站在其中一个女生的桌前，手里握着卷成筒的作业敲敲她的桌子以示警告。她扁嘴瞪他一眼，显然不大乐意，所幸还是理亏地点了点头："哦。"说罢便和同桌的女生一块儿收了声，从抽屉里拿出课本，开始准备早自习。

见两人安分下来，宋柏亮旋身把自己的作业递给讲台上的刘磊。他是最后一个交的，刘磊在他名字后头打钩，作业登记表上不再有空缺。宋柏亮扫了眼登记表，神情严肃地冲刘磊招招手："刘磊，过来一下。"

不自觉收紧握着笔的手，刘磊抿了抿嘴，抱起作业跟他走出了教室。

宋柏亮带他在走廊的角落里停下，四下里看看，才抱过他怀里半打作业，咧嘴笑笑："你跟田老师打听一下这星期周测安排在什么时候，行不？我家里有事，可能要请一天假，怕正好赶上周测。"

"哦、哦……"刘磊心头一松，"那，那我去问一下再告诉你。没别的事了吧？"

"就这个事。"

抿唇颔首，刘磊不想再同他多谈："我先去把作业给老师。"

宋柏亮于是笑眯眯地把作业放回他怀里，在他转身的时候无意间瞥到他鼓起的校服裤兜。"哎等等——"条件反射地叫住他，宋柏亮指了指那块凸出的地方，"你兜里揣的什么啊？鼓鼓囊囊的。"

四肢僵硬地停下脚步，刘磊低着脑袋，没去看他的眼睛："维C……泡腾片。"

"感冒啦？"

"有点着凉，我妈让我带着喝。"

"哦。"宋柏亮想了会儿，"其实喝这个没什么用，你要不今天中午跟我们一起去打球，出一身汗就没事了。"

对方摇摇头："我还要写作业。"

早知道他不爱运动，宋柏亮也没有抱多少期待："行吧，赶紧把作业送过去吧。"

赵亦清带着赵希善抵达合贤中学，已经到了上午十一点半。

高三毕业班的教室在六楼，老师的办公室则在五楼。她牵着赵希善的手找到办公室，轻轻叩了叩敞开的门，往里头探探脑袋："李老师？"

午休时间，老师大多已结伴去食堂，办公室只剩三个人，李慧航微微发福的身影尤为显眼。她闻声扭头，推了推鼻梁上的眼镜架："哦，刘磊的妈妈是吧？"赶忙起身简单收拾好桌面，她拿起桌上的水杯和钥匙，快步走到姑侄俩跟前，右手搭上赵亦清的肩膀，"我们到隔壁去聊。见过刘磊了吗？"

随她踱出办公室，赵亦清摇了摇脑袋："还没呢，他中午一般在图书馆写作业，就不打扰他了。"

"也是。"掏出钥匙打开隔壁会客室的门，李慧航注意到她牵着的小姑娘，"这是？"

"我侄女，善善。生病了，所以暂时没上学，待在家里。"低头捏捏赵希善的手心，赵亦清小声给她介绍："善善，这个是哥哥的班主任李老师。"

小姑娘木木地戳在她身边，置若罔闻地盯着门板瞧，甚至没有抬眼看看面前的女老师。

只得仰起脸给李慧航一个歉疚的笑，赵亦清道歉："不能说话，不好意思啊李老师。"

"没事没事。"她使了点劲推开门板，走进会客室打开顶灯，"我记得您弟弟是警察吧？"

"对，就是他女儿。"牵住小姑娘跟着她进屋，赵亦清点头，"最近家里挺多事的。"

"哦……难怪，刘磊精神状态不太好，老是很紧张。"匆匆来到饮水机前

拿一次性纸杯接了杯热水，李慧航弯着腰回头瞧她一眼，"我看您脸色也不太好啊？没哪儿不舒服吧？"

"子宫肌瘤，下个星期要动个小手术。"

"啊这样！不好意思啊，不知道您的情况，还让您跑这么一趟。"外间只有一张单人沙发，她连忙走上前扶住赵亦清的胳膊，引她走到里间的软椅边坐下，再把水递到她手旁，"来来来，快坐下。唉，女人这毛病最麻烦了。"

"是啊……"禁不住叹气，她接过水杯，"谢谢。"

"小朋友也喝杯温水吧，嘴巴都有点起皮了。"转过身又给小姑娘接一杯温水，李慧航将杯子端在手里，左手轻轻扶了扶小姑娘的肩骨，环顾四周一番，"这里没多的椅子，要不让她坐那边的沙发上去，我给她找本书看看？"

"没事没事，不麻烦了。"赵亦清摆摆手，换一只手拿杯子，小心拉来赵希善的小手，"善善，先坐到外面的沙发上等一下姑姑，好不好？姑姑跟李老师聊聊。"

表情木然地看着她的眼睛，小姑娘似乎想了想，才慢慢点了点头。

赵亦清摸摸她的头发："那善善就坐在那里，不要乱跑啊。"

再一次点头，她回身慢腾腾地走向外间，听见身后李慧航在另一张椅子上坐下的声音。

"其实今天就是想了解一下刘磊在家里的情况。刘磊成绩还是挺稳定的，就是最近好像太紧张了，情绪总是很低落……我觉得长期这样可能对复习影响不太好，毕竟是高三，压力本来就大……"

外间的沙发有点儿凉。小姑娘爬上去，趴到窗口往外看。

从会客室的窗户能看到楼上实验室那一侧的楼梯口。她愣愣地望着，直到刘磊闯进她的视野。

他穿过走廊，背着书包跑进了楼道。

远远瞧不见他的表情，赵希善两眼一眨不眨地追着他的身影，直到他消失在楼道里。

很快，又有两个人尾随他钻进楼道。鬼鬼祟祟，交头接耳。

她认出了他们。

刘磊在楼道里被截住去路。

李瀚带着昨天和他一道的两个学生，前后两头将他堵在了四楼。

"还去图书馆啊？心理素质不错嘛。"手里不再掐着香烟，他两手拢在裤兜内，微弓着背笑着走近他，"昨天群里的视频看了吗？"

背脊紧紧靠向墙壁，刘磊拎住书包的右手攥紧书包带，指尖因为过于用力而渐渐发白。

"是你们放上去的。"他死死盯着李瀚的脸。

"不然呢？"讥讽地嗤笑一声，他一脸好笑，看看两个同伴，又转眼去看他的双眼，"昨天不是还挺牛的吗，啊？还说要告我？"

尾音带笑的字句声声扎进耳膜。刘磊咬紧牙根，腮帮随着极力克制的呼吸颤动。

"群里的视频是删了，但是删之前下载量已经过百啦。你说现在我们学校多少人的手机里存着啊？"李瀚的声音仍在不断跳进耳朵，穿过耳边的嗡鸣，每一个音节都深刺他跳痛的神经，"我估计已经有人认出你咯。这么瘦不拉几的能有几个啊？"

右手摸向裤缝，隔着口袋，刘磊碰到了里头的折叠水果刀。他五指紧抠墙壁，生生掐进脆弱的墙漆。

收拢，又松开。

"认个错呗？"丝毫没有留意到他的小动作，李瀚咧着嘴笑道，"趴下来叫声爷爷，我就不把没打马赛克的放出来。"

猛然抬起头，刘磊冲他脸上啐了口唾沫："你他妈想都别想！"

温热的唾沫溅到脸上，李瀚的笑容凝固在了嘴边。

一旁的两人反应过来，第一时间冲上前把刘磊按倒在地。

"裤子扒了。"压抑着怒火用力抹一把脸，李瀚脸色阴沉地拿出手机，"底裤也一起扒了，我拍他的鸟！"

"你们敢！"涨红了脖子嘶吼，刘磊踢腾双腿拼命挣扎，"放开！放开！"

两人一时有些摁不住他，抬脚便踩上他胸口，用力踹上两脚。刘磊却越发不要命地挣动，两条腿不要命地踢踹，差点踹倒站在一边录像的李瀚。混乱之中有什么东西忽然冲上前撞向了李瀚的腿，他一惊，狠狠一脚踹开："什么玩意儿？！"

咕咚、咕咚，被他踹开的小小身影滚下楼梯，撞到了墙角。

刘磊余光瞥过去，陡然睁大了眼："善善？！"

不可置信的怒吼中，几个人都停下动作，朝楼梯下方看过去。

小姑娘一动不动地倒在冰凉的瓷砖地上，一头细软的长发凌乱地遮住了脸。墙角雪白的墙壁上一点猩红的颜色扎眼，李瀚见了立马回过神。

"妈的，流血了！"他喊起来，冲两个同伴招了下手，撒腿就跑，"跑！"

另外两人面面相觑半秒，紧跟着他跑下楼梯。

他们脚步急促地经过小姑娘身旁，没有一个人停下片刻。

"善善……善善——"连滚带爬地滑下楼梯，刘磊发着抖扑到她跟前，捧起她的小脑袋，拨开她被鲜血粘在脸上的发丝，露出苍白的脸。

小姑娘合着眼，没有任何反应。

他抽出一只颤抖的手，汗水混杂着温热的血，成了深浅不一的粉色。

赵亦晨等在A大南栋教工宿舍的楼底。

王绍丰作为关键证人已经开始接受全方位的保护，张博文为了不耽误接下来的计划，安排他今天就同赵亦晨见面。

年轻男人从楼道的阴影里走出来，向他出示了工作证："赵队长，可以上去了。"

沉默地颔首，赵亦晨掐灭手中的香烟，旋身随他一同走进楼道。

兜里的手机振动起来。男人回过头看他一眼，便见他面不改色地将手伸进兜里，掐断了电话。脚步停顿一会儿，他才领着他继续上楼。

手机却再次振动。

驻足在一级台阶上，赵亦晨忖量两秒，掏出手机瞥了眼来电显示：陈智。

他划下接听，重新迈开脚步，握着手机搁到耳边："小陈。"

"赵队！"手机另一头传来陈智焦虑的喊声，"刚刚赵姐打电话来办公室，说善善出事了！"

眉心一紧，赵亦晨脚下的步伐彻底刹住："什么？"

"赵姐说善善从楼梯上摔下来磕破了脑袋，现在正送去医院……"

"我马上过去。"打断他气喘吁吁的解释，赵亦晨挂断电话，反身疾步走向楼道的出口。

原先走在他前边的年轻男人已然滞足，及时叫住他："怎么了赵队？"

这才记起自己的现状，赵亦晨停了停脚步，侧过身面向他。

"我女儿从楼梯上摔下来了，现在在医院。"他说，"抱歉，麻烦你跟张检说一声……"

对方了然，点点头答应："不要紧，赶紧去看孩子吧。"

"谢谢。"来不及多做解释，赵亦晨颔首，转身离开。

室外阴云满天，迟迟没有下雨。

他绕到教工宿舍背后，还在十余米之外就对着自己停在露天停车场的车摁动了车钥匙。车灯一闪，车门解了锁。

快步来到车门前，赵亦晨正要打开门，突然听到"砰"的一声巨响。

紧接着响起的是陌生女人的尖叫。

动作一滞，他下意识抬头循着声源看去。

一个教师打扮的女人站在一台红色大众旁，惊恐地后退了几步。车顶凹陷，一条胳膊露出来，皮肤偏黑的手无力地摊开。

坠楼。

心下做出判断，赵亦晨和几个路人一同上前。出于职业习惯，他将受到惊

吓的女教师拉开，而后转眸望向摔在车顶的男人，在看清他的瞬间一怔。

　　已知天命的老人，西装革履，剑眉星目。发福的身躯呈一种怪异的姿态陷在凹陷的车顶，满是细纹的脸上双眼圆睁，嘴唇微张。恐惧凝固成他最后的表情。

　　——王绍丰。

生命和信仰的归宿

大批大批的人类，

在寻找生命和信仰的归宿。

——顾城

01

一九九六年八月，胡家村的第一个大学生离开了家乡。

那是个闷热的阴雨天。村长和书记将她送到村口，她撑着伞坐上三轮车，在发动机吭哧吭哧的响声中颠簸远去。

途经拜山的小路，三轮车停下来。她跳下车，独自爬上泥泞的山坡。

胡义强和胡凤娟的墓碑静立在蒙蒙细雨里，立碑人的位置刻着他们的独女胡珈瑛的名字。

她来到墓前，搁下行李和伞，慢慢跪到雨中，伏低身子，重重地磕了三个响头。

翠色的山峦被如雾的细雨笼罩。

那一年，她背井离乡，从此再未回来。

九月的X市多有阵雨。

A大新生注册那天，胡珈瑛冒着雨从食堂跑回宿舍，一面拂去怀里新教材封皮上的水珠，一面穿过光线昏暗的楼道。楼梯口停着一个单薄的身影，背上背着鼓鼓囊囊的行李包，正吃力地用两只手拎起大皮箱，小心翼翼抬脚，试图挪上一层台阶。她浑身已被大雨浇透，湿漉漉的长发披在肩头，浸湿的短衫紧贴瘦削的身体，忽然一个激灵，便打了个喷嚏。

无意间抬头瞧见她，胡珈瑛加快脚步走上前："要帮忙吗？"说完就伸出手，扶住皮箱的底部，将它倾斜着抬起来，托住了大半的重量。

女学生抬起脑袋，露出被头发挡住的鹅蛋脸，柔和的眉眼神色一愣，旋即反应过来，反手托起皮箱的顶部，同她合力把箱子抬起来，而后对她一笑："谢谢。"

胡珈瑛摇摇头，和她一起抬着箱子上楼。

"同学你也是新生？"女学生问她。

略略颔首，她抬了抬另一只捧着书的手："这栋楼住的都是新生。我是法政学院的，名字叫胡珈瑛。"

"我是心理学系的，秦妍，女开妍。"女学生弯着眼笑，"你的名字是好消息那个佳音吗？"

她们经过二楼的拐角，有走廊里匆匆忙忙收衣服的姑娘冲胡珈瑛打招呼。她只是点头，微提嘴角，眼睛里的颜色却很深，没有半点笑意。

"都是王字旁的字。佛经里经常出现的珈，瑛瑜的瑛，后鼻音。"她说，"不过我老是读不准。"

侧着脸观察她漆黑的眼仁，秦妍若有所思地收了收下巴："好特别的名字。对了，你住哪间寝室？"

胡珈瑛转过视线，目光蓦地撞进她眼里："和你一样，518。"

那个瞬间，秦妍分明看到她笑了。浅浅淡淡的笑，染在那深邃的瞳仁中，竟有些温柔。

"我在宿管的名册上看到过你的名字。"她听见她这样说。

同寝室六个姑娘到齐的那个晚上，她们一起在川菜馆吃了顿饭。

"所以咱们是三个历史学系的，两个法政学院的，还有一个心理学系的。"东北来的李玲欢开了瓶二锅头，面色潮红，嗓门也渐渐收不住，转眼便朝秦妍看过去，"哎，我看心理学系的人好少，这个专业是冷门啊。秦妍你为什么要学这个？"

往自己碗里夹了块夫妻肺片，秦妍低下眼睛笑笑："之前看过一些这方面的书，觉得很有意思，就想学这个。"

"哦，是兴趣啊。"合上嘴打了个酒嗝，李玲欢又去瞧坐在对面的舍友，

"法政学院的人也挺少的，好像是四年前才新组的学院吧？你们俩为啥要学这个呀？"

"我爸妈让我学政治，我听他们的。"

"没啥主见啊老三。"她取笑对方，"小胡你呢？"

眼皮稍稍抬了抬，胡珈瑛手里的筷子伸向大盆红汤里的水煮鱼片。

"有人跟我说过，如果没有一条明确的规矩约束我们，这个世界就要乱套了。"她答得不紧不慢，手中的动作也不慌不忙，"我想了几年，觉得这个规矩应该就是法律。"

点点头算作附和，李玲欢板起脸认真道："你也挺适合当法官的，从来都不笑。我看法官都这样。"

在场的姑娘都笑起来，胡珈瑛也禁不住一笑。

李玲欢见状大笑着拍起了桌子："笑了笑了——还是会笑的嘛！"

那天夜里，秦妍爬下床打算洗漱休息时，才发现下铺的床帐里还隐隐透着灯光。

她轻轻撩开床帐的一角，见床头架着一个手电筒，胡珈瑛背靠着墙坐在床沿，正低着脑袋翻开腿上的书。

"挺晚了，还不睡？"秦妍小声道。

已经快要凌晨一点，寝室里已经能听到轻微的鼻鼾声，只有她们俩的床帐里依旧亮着灯。胡珈瑛瞧她一眼，扯了扯睡裙的裙摆，而后合上手里的书搁到床头："就睡了。"

秦妍于是晃晃手里的漱口杯："我去刷牙，要不要一起？"

夜深人静，宿舍楼的走廊空无一人。她们结伴走到洗漱间的时候，水池的一头摆着一个黄色的水盆。盆里泡着揉成一团的衬衫，没有拧紧的水龙头滴着水，重重打在满盆的泡沫里，啪啪闷响。秦妍走上前把水龙头扭紧，胡珈瑛便到一旁漱了口，挤好牙膏刷牙。

好一会儿，秦妍才走到她身边，拧开水龙头接满一杯水。

"其实我学心理不是因为兴趣。"动手将牙膏挤到牙刷上时，她忽然开口，"我妈妈是得抑郁症自杀过世的。我一直觉得，如果当时我能懂她在想什么，或者从头到尾都陪着她，她就不会走了。"

弯腰刷牙的动作一顿，胡珈瑛沉默片刻，吐掉了嘴里的牙膏沫子。

"不是你的错。"她说。

平静而又肯定的语气，让秦妍忍不住垂眼笑笑。

"现在大多数人都不太了解心理这个领域。就算是抑郁症，也可能被说成能遗传给下一代的精神病。"简单漱一下口，她弯下腰打湿牙刷，"我怕我说出来，会让人误解。所以撒了谎。"

胡珈瑛端着漱口杯看向她："那为什么要告诉我？"

原是要把牙刷塞进嘴中，秦妍手里的动作停下来，眉眼弯弯地咧嘴笑了："我相信你。"

第一个学期的期末考试结束后，法政学院组织大一的学生旁听市中院的庭审。

宽敞的刑一庭一时人山人海，旁听席座无虚席。胡珈瑛坐在几个同班的学生中间，腿上摊着法条和笔记本，边听书记员宣读法庭纪律，边将诉讼法中规定的庭审过程窸窸窣窣地写上笔记本。

穿着看守所囚服的被告人被两名法警带到被告人席前，背对着旁听席站定。

胡珈瑛抬眼望过去，只瞧见一个瘦削羸弱的背影，佝偻着背站在高大的法警中间。

庭审如她笔记本上所写的流程有条不紊地进行。直到法庭调查阶段开始，审判长在检察员宣读完起诉书之后，将视线投向被告人席前的瘦弱男人。

"被告人杨成对起诉书指控你的犯罪事实有无意见？"

"我……我不是自愿的。"被告人含含糊糊地出声，缩紧了双肩，话里带着外地鲜见的口音，让人难以听清某些字眼，"他们骗我说是国外的工作，到

了缅甸才知道是贩毒。我不肯，他们就打我，逼我吞那些药包……"

旁听席上顿时响起一阵窃窃私语。

学生们都知道，这意味着检方审查认定的事实有误，被告人极有可能翻供。

"被告人杨成，这跟你之前几次接受讯问时说的不一样。"公诉席上的检察员收拢眉心，忽然拔高了嗓门，语气生硬而严肃，"你有义务说实话，知道吗？"

"我、我刚刚说的都是真的！"对方慌乱辩解。

"警方对你进行了四次讯问，我们检察院也对你进行了讯问。为什么当时不向我们反映这个情况？"

"我跟警察说了！但是他们逼我说是我自愿的，不然、不然就不让我睡觉，也不让我吃饭……"

旁听席的窃窃私语演化成一片克制的哗然。胡珈瑛手中的笔顿住，再次望向那个背影。带队老师清了清嗓子，抬起手示意。周围的学生很快安静下来。

检察员拧了拧领带，显然也对这突然的控告感到意外："被告人杨成，你现在的意思是警方对你刑讯逼供了，是吗？"

"刑……刑什么？"杨成矮瘦的身躯缩了缩，结结巴巴地不解道。

"刑讯逼供。"检察员意识到他不明白这个名词的意思，"你只要回答刚才你说的，警察不让你吃饭睡觉，是不是真的？"

"是真的。"

"他们还对你做什么了？"

"就是不让我吃饭，不让我睡觉……"

"为什么我们检方对你进行讯问的时候，不向我们反映这个问题？"

"我不知道可以说……"

胡珈瑛的目光在两人之间来回兜转。她坐的位置距离庭审台很近，从她的角度甚至能够看清检察员眉心的褶皱。那深色的皱痕里，藏着她读不懂的复杂情绪，有不耐烦，有慌乱，也有焦虑。

"这下好了，本来只是走个过场让我们看看庭审程序，结果被告人当庭翻供了。"身旁的女学生拿手肘捅了捅一边的同伴，"你说他说的是不是真的啊？"

"他看起来胆子小，应该不敢在审判长面前说谎。"

"那可不一定，说不定就是看我们围观的人多了，觉得有机可乘，就当庭翻供了呢。"坐在后排的男学生凑过来，压低声线加入他们的讨论，"人心隔肚皮，这些贩毒的人可坏了，谁知道他们动的什么歪脑筋。"

"他提出有刑讯逼供的情况，应该就需要再进行审查。"有姑娘将法条翻得哗哗轻响，"至少能争取到延期判决。"

带队老师却抿唇摇摇脑袋："不一定。"

胡珈瑛只字不语地听着，目视台上的检察员皱紧眉头，再度抬高了音量。

"被告人杨成，我最后提醒你一次，你有义务如实回答公诉人提出的问题！"

咄咄逼人的讯问仍在继续。

她合眼，放下了手中握着的笔。

一个小时过后，合议庭对杨成进行了当庭宣判。

十五年有期徒刑，比起公诉方在量刑建议中提到的无期徒刑，不多，也不少。

被告人席上的男人吊着脑袋忏悔，放弃了上诉的权利。

直至散场，辩护人席依然空无一人。

当晚留在518过夜的，只剩下胡珈瑛和秦妍。

大多数学生在入夜之前便离校回家，整栋宿舍楼里安安静静，夜里能听见一楼宿管老式收音机里的音乐声。

胡珈瑛躺在冷冰冰的被窝里，脚上的冻疮隐隐痒痛。她盯着身侧的白墙，借着床帐缝隙里透进来的光，可以瞧清靠近床头的那一点蚊子血。暗红的颜

色，在昏暗的光线里近乎漆黑。

睡在上铺的秦妍翻了个身，床板咯吱作响。

"珈瑛，你睡了吗？"

静默几秒，她说："没睡着。"

上铺的秦妍再次翻身。

"你今天怎么了？"

"什么怎么了？"

"心情不太好的样子。"

胡珈瑛安静下来。

"没什么。"良久，她才重新开腔，"我很小的时候，看到过一条得了病的老狗。满身的癞子，长得很可怕。爷爷跟我说，它是生了怪病才变成那样的。"顿了顿，她缓慢地张合一下眼睛，"后来搬过两次家，都是离得很远的地方。我才发现不管到了哪里，都能看见那样的狗。"

床板在头顶嘎吱一响。

"怎么突然想起这个？"秦妍的声音近了些，像是把脑袋探出了床沿。

"今天也看见了。"胡珈瑛回答。

"哦……"秦妍想了想，"可能是狗经常得的病吧。而且应该是流浪狗，没人照顾，生病也正常。"

"嗯。"

上铺再次传来响动，她躺回了床的里侧："哎，你上次跟我说的《刀锋》，我看完了。"

视线转向她的床板，胡珈瑛问她："感觉怎么样？"

"看完之后想了很久。"头顶传来秦妍梦呓似的轻柔嗓音，"我对拉里和神父的那段对话印象比较深。'归根结底，是上帝创造了人类；如果上帝创造的人类能够犯罪，那就是他要他们犯罪。如果我训练一只狗去咬闯进我后院来的生人的咽喉，它咬了生人的咽喉之后，我再去打它，那是不公平的。如果一个至善和万能的上帝创造了世界，为什么他又创造恶呢？'"

双脚的痒痛清晰起来。胡珈瑛轻轻翻身，屈起细瘦的腿，脚背徒劳地蹭了蹭床单。

"拉里就是因为想要弄明白为什么世界上会存在恶，才走了一条与众不同的路。"

"是啊。"秦妍叹了口气，声音倏尔又清醒了几分，"你觉得人为什么会犯罪？"

蜷紧身子，胡珈瑛用自己冰凉的手裹住同样没有温度的脚，依稀听见窗外有雨声。

"贫穷、富有、空虚、困境、自保、愚昧、基因……有很多原因吧。"

心不在焉地应了一声，对方沉默一阵，又问："那这本书里，你最喜欢哪句话？"

微弱的细雨渐渐成了滂沱大雨。胡珈瑛睫毛微动，漆黑的眼睛望着墙上那抹蚊子血，一时没有作声。

瓢泼雨声中，她听清了宿管收音机里播放的歌，是凤飞飞的《追梦人》。

半晌，她翕张一下嘴唇，记起了脑海中的答案。

"'你终究会成为你正在成为的人，你的每一个选择都是来自你人生意义的诘问。'"

南方城市的冬季很短。

暖流从沿海地区汹涌而上，也带来了初春的回南天。

第二个学期匆匆开始，不少学生已时不时出入附属于学院的律师事务所，替律师打杂、整理案卷。胡珈瑛便是其中一个。

披着一身破旧军大衣的邋遢老人闯进律所时，她正在刘律师的办公室拖地。老人破门而入，嚷嚷着输了官司，一把将办公桌上的电话摔到一旁，抬手掀翻了桌子。恰好是清明假期，律所内没有律师上班，前台和后勤的姑娘都神色惶遽地聚在门前，没有人敢进屋帮忙。

"抱歉李先生，我们理解您的心情，但是现在刘律师……"

"理解个屁！理解还能输了官司吗？！"老人一脚踢开身边的椅子，脸红脖子粗地大吼大叫，胳膊一挥便又扫下柜台上的奖章和花盆，"什么狗屁律师！说好了不会赔钱的，现在怎样？！钱都赔光了！"

花盆摔碎在胡珈瑛脚边，湿润的泥土撒了一地。

她立在满室狼藉里，背脊僵直地动了动垂在身侧的手，努力平复因紧张而紊乱的呼吸，嘴唇微掀，想要再说点什么。

有人叩响了办公室敞开的门板。

已到嘴边的话被咽回肚子里，她转头，对上一双陌生的眼睛。

是个高高壮壮的年轻男人，穿着深色的警服，铜墙似的戳在门边，警帽底下是张窄长而线条刚劲的脸。他一手握着门把，一手夹着一打资料，眸色深沉的眼睛隐在帽檐投下的阴影里，直直地将目光投向她的眼睛，面色从容而威严："要不要帮忙？"

或许是看清了他身上的警服，披着军大衣的老人没再怒气冲天地发火，只恶狠狠地扶起椅子，一屁股坐下来，别过脸看向窗外。

余光瞥见他不再动手，胡珈瑛悄悄松了口气，摇摇头对门边的年轻男人解释："这位是我们的客户，发生了一点小误会，没关系。"

"确定？"他的视线没有离开她漆黑的眼仁。

肯定地点头，她道谢："谢谢。"

对方颔首，口吻如他的表情一般平静："张教授托我交代你一些事，我在外面等你忙完。"

胡珈瑛一愣，而后了然。"好。"她说。

等安抚好老人，已经到了中午吃饭的时间。

胡珈瑛把老人送到前台的沙发坐下，才又回到走廊，找到了站在照片墙前的年轻男人。他身形笔直，不知何时摘下了警帽，把帽子随意夹到臂弯里，微仰着下巴审视最顶端的照片，脸上神情平淡，看不出任何情绪。

或许是听到了脚步声，他扭头朝她看过来，棕褐色的眼睛撞上她的视线。

心头微微一跳，胡珈瑛脚下的步子顿了一下。

"您好。"她走上前，"请问张教授有什么事要告诉我？"

他不慌不忙地把手上那沓资料交给她："一份资料。"

伸手接过来，她抬起脸回他一个微笑："谢谢你。"

既是为他特地跑一趟，也是为刚才的解围。

反手将帽子扣上头顶，他点头算作回应，习惯性地将手插进裤兜里："你是张教授的学生？"

胡珈瑛也点点头："我叫胡珈瑛。"她注意到他警号里的字母X，"你是警校的学员。"

对方翘了翘嘴角，从一开始便没有表情的脸竟露出一个短暂的笑容。

"赵亦晨。"他告诉她自己的名字。

不等胡珈瑛回应，走廊另一头就传来了急促的脚步声。

"珈瑛珈瑛……"在前台值班的女学生慌慌张张跑来，刹住脚步抱住胡珈瑛的胳膊，顾不上外人在场，只气喘吁吁地问她，"真、真的要带那个谁去食堂吃饭啊？"

胡珈瑛看看她："他不是说了要去食堂吃吗？"

"他穿成这样……"姑娘一脸为难。

"都是客户，没什么不好意思的。"停顿片刻，胡珈瑛叹口气，"要是你不想去，就我去吧。"

姑娘这才笑逐颜开，抱着她的胳膊撒娇似的晃了晃："那辛苦你了，我留下来看着。"说完生怕她反悔，转过身一溜烟蹿进了刘律师的办公室。

无奈地见她关上了门，胡珈瑛回头正要开口，冷不防又同赵亦晨视线相撞。

他依然静立原地，沉沉的目光落在她身上，好像自始至终都没有挪开过。

不是恶意的探视，也不是怀疑的审视。他神色坦然，眸子里映出她背光的剪影，眼神平静而又专注。

胡珈瑛面上一热，原本要说些什么，脑子里却突然没了头绪。

最终只能张张嘴，强迫自己看着他的眼睛，干巴巴地道别："不好意思，我要先带客户去吃饭了。"

赵亦晨抬手拉了拉帽檐，笑了："回见。"

低头和他擦肩离开，胡珈瑛不再多看他一眼。

她听不到自己的脚步，只感觉得到胸腔里如鼓的心跳。

赵亦晨。她想。

她记住了这个名字。

02

赵希善牵着母亲的手走出学校大门。

六一的文艺会演刚刚结束，不少小姑娘还穿着花花绿绿的裙子，跟在父母身旁嬉笑着经过他们身边。赵希善一反往常地低着脑袋，卸了妆的小脸干干净净，却垮着嘴角闷闷不乐。留意到她情绪低落，许涟冲许菡使了个眼色，便拐去校门旁边的小卖铺，打算给小姑娘买冰激凌。

跟着母亲站到树荫底下等小姨，赵希善盯住自己小皮鞋的鞋尖，看得到摇晃树影间的点点光斑。她沉默一会儿，终于捏着母亲的手抬起了小脸。

"妈妈。"

"嗯？"许菡垂下眼睑，对她微微一笑。

"我是不是做错事了？"抬着小脑袋望进她漆黑的眼睛里，小姑娘不大确定地眨了眨眼，"不该告诉老师的。"

"没有啊。"母亲伸出另一只手替她将了将额前的碎发，指尖有些凉，"我们善善做得很好，这样婷婷就不会再被欺负了。"

"那为什么我跟婷婷都要转学？"噘起嘴晃了晃母亲的手，赵希善满腹委屈，棕褐色的大眼睛里蒙上一层水汽，"妈妈我不想转学，朵朵和阿华他们都在这里。"

隔着那层水汽，她瞧不清母亲的表情。倒是许涟的声音由远及近，忽然横进来，带着点儿蛮横的味道："善善不想转就不转。"

什么东西被塞进了手里，小姑娘眨巴眨巴眼，泪珠子成串地滚下来，也让她看清了手里的冰激凌。巧克力口味，裹着蛋筒，是她最喜欢的。许涟摸摸她的脑袋，肩上的书包带滑下一根，又被她随意提上去。

"本来做错事的就不是我们家孩子，要转也让那几个欺负人的孩子转。"赵希善吸吸鼻子，听到小姨这么对母亲说。

许菡却不作声。

她松开小姑娘的手，转过身子在她跟前蹲下身，从包里拿出一包纸巾。

"善善，有时候惩罚可能只会告诉你谁做对了，谁做错了。但它不能保护你。"轻轻用纸巾揩去她脸颊上的眼泪，母亲温声细语地告诉她，"善善做的是对的，很勇敢，也保护了婷婷。那几个小朋友被老师批评了，代表他们犯了错误，受到了惩罚。不过小朋友犯错，不可能一次就改得过来，对不对？你看，善善咬筷子，妈妈骂过你好多次，你也是好多次以后才改过来的，对吧？"

仔细想了想，赵希善抿紧嘴巴，点点头："嗯。"

母亲弯起眼笑了。

"所以啊，在那几个小朋友改正错误以前，我们必须保护自己，这样在他们再犯错误的时候，我们就不会受伤呀。"她起身重新牵起小姑娘的手，领她沿着人行道走向学校旁侧的停车场，"善善跟婷婷转学，不是因为你们做错了。你们只是在保护自己，知不知道？"

红着鼻子咬了口冰激凌脆甜的蛋筒，赵希善幅度极小地点了点脑袋，眼眶里却再度蓄满了泪水。

"但是转学不开心。"她含糊不清地咕哝。

"你这么跟她说，她哪儿会懂。"走在一旁的许涟听了，忍不住瞥一眼身侧的女人，不冷不热埋怨道，"换个新环境得花多少时间适应？小孩子懂什

么，只知道转学不开心。以后再碰上这种事，也不敢站出来了。你这叫退缩，根本不叫保护。"

仰起小小的脑袋看向小姨，小姑娘嘴边一圈黑乎乎的巧克力酱，想要说点什么，又没敢开口。母亲注意到她的小动作，翘起嘴角捏了捏她的小手："要是下次还有小朋友被欺负了，善善会说出来吗？"

偷偷拿眼角瞄许涟，赵希善舔掉嘴角的巧克力，小心颔首："会。"

对方朝她看过来，她连忙低头，眼神躲闪过去。

母亲始终拉着她的手，笑着鼓励她："告诉小姨，为什么会说？"

瞪着自己的鞋尖想了好一阵，小姑娘总算抬起脑袋，鼓起勇气去看小姨的眼睛。

"妈妈说，对的事，要勇敢做。"她说，"我要当勇敢的好孩子。"

医院的急诊科人声嘈杂。

赵亦晨冲进候诊室的时候，两个年轻人正将一个浑身是血的男人架向挂号台，护士赶忙上前帮忙搀扶。闹肚子的男孩哇哇大哭，老人坐在座椅上仰头喘气，穿着短裙的姑娘捂住肚子弓紧身体缩在角落，中年男人握着手机对另一头儿的人低声训斥。

视线扫过一张张陌生的脸孔，赵亦晨很快在人群中找到了赵亦清的身影。

她坐在一间诊室门边的候诊椅上，瘦削的肩微微颤抖，垂着脑袋不住地抹眼泪。

提步跑到她跟前，他弯下腰扶住她的肩膀："怎么样了？"

乍一听他沙哑的声音，赵亦清颤了颤，抬起泪眼对上他的眼睛。赵亦晨穿的还是前一天早上出门时那身衣服，襟前浸出大片汗渍，袖管胡乱捋到了手肘的位置。他下巴一圈淡青的胡楂儿，棕褐色的眸子一眨不眨将她锁在眼仁里，面上神色仍旧镇定，却微喘着气，满头的汗。

"在、在里面缝针……"通红的眼眶里又涌出咸涩的水，赵亦清情绪忽然崩溃，抽着气呜咽起来，"都是……我的错……没看好、善善……磕了、好大个口子……你说这要是破相了……可、可怎么办啊……"

一句话说得断断续续，带着点儿哽咽和抽泣，几乎没能回答他的问题。

但赵亦晨已经听出了大概。在诊室缝针。他想。没事，没生命危险。

紧绷的神经松了松，他放开扶在赵亦清肩头的手，反身倚到一旁的墙边，下意识地掏出兜里的打火机和烟盒。从烟盒抽出一根香烟，他动作一顿，记起这是在医院，便又拿食指把那根冒出头的烟按回了烟盒。

身旁的啜泣断了线似的收不住，他却只靠在墙沿，片语不发。

候诊室内孩子的哭声不止，母亲低声的安抚时远时近，像是在抱着孩子来回走动。护士搀着浑身是血的男人从他们跟前疾步经过，猩红的颜色晃过眼前，有那么一瞬间让赵亦晨的大脑陷入了短暂的空白。

一阵急促的脚步声靠近，他侧脸看过去，是刘志远匆忙赶了过来，半张着嘴，一脸惊慌和茫然。他的视线在两人之间兜了一圈，最终落在赵亦晨脸上，张张嘴找到自己的声音："阿磊跟李老师在挂号机那边，"顿了顿，又看一眼诊室紧闭的门，"孩子没事吧？"

"缝针。"重新将烟盒拢回兜中，赵亦晨直起背脊，抬手搭上赵亦清的左肩，颔首示意他，"我去看看阿磊。"

李慧航正陪着刘磊等在走廊自动挂号机旁的角落里，手扶着他的背给他顺气，细声细语地说着什么。他埋着脑袋，佝偻着背，校服领口的衣扣不知被谁给扯拽下来，右臂自始至终挡在眼睛前面，身子因隐忍而颤抖，偶尔哆嗦似的猛抽一口气。

远远便瞧见他腰间散开的裤腰带，赵亦晨脑海中闪过上回接他回家时他仓皇跑出校门的样子，心下已有了数。

同赵亦晨有过一面之缘的李慧航无意间瞥见他走过来，便拍了拍刘磊的肩膀，率先弯腰道歉："不好意思赵队长，这事也是我们学校监管不严造成的，我们会尽快找到几个那肇事学生。"语毕还不忘拽一把学生的衣袖，"好了刘磊，不哭了，跟你舅舅说说，到底是怎么回事。"

赵亦晨在两人面前驻足，目光转向还在张着嘴抽泣的刘磊。

他今年已经十七岁，精瘦的个子，比大多数同龄人要矮上一截。站在赵亦晨的角度，低下眼睛只能瞧见他的发顶。

"楼、楼道里……我去……吃饭……碰到李瀚、他们……"没有拿下挡在眼前的胳膊，他维持着低头弓背的姿势，抽抽搭搭地从嗓子眼里挤出声音，"后来……打起来……他们、三个……我一个……然后善、善突然……出来……抓住李瀚……想帮、我……结果李瀚把她……踢、踢下……楼梯……"忽然咬紧下唇，他竭力控制自己混乱的呼吸，"他们看到出事……就跑了……"

"孩子本来是跟我还有赵姐一起在会客室的。"自觉接上他的话，李慧航拧起眉头扭头去瞧赵亦晨的眼睛，"那里有个小外间，放了张沙发。里间椅子不够，我们就让孩子坐在外间的沙发上等一会儿。她可能是看到哥哥了，就跑出去找哥哥。"末了又叹口气，"怪我没注意，不该让孩子一个人……"

话音还未落下，就被赵亦晨近乎冷淡的声线打断："这是第几次？"

愣了一愣，她抬眼看看他神情冷漠的脸，才意识到他不是在问自己。

那双棕褐色的眼睛，从头到尾都在看着她身旁的刘磊。

挡在脸上的右臂细微地动了动，他捏紧拳头，咬住嘴唇屏息，身体的每一寸肌肉都因紧张而绷紧。

"刘磊，头抬起来。"赵亦晨没有半点温度的嗓音再次响起，语气平静而不容置疑，"我问你这是第几次。"

这时刘志远从候诊室跑了出来，急急忙忙找到他们，刹住脚步原是要说些什么，听到他的话便及时收了声，转而望向依旧低着头的儿子。

只有李慧航不知所云，瞅瞅赵亦晨，再瞧瞧刘志远："什么第几次？"

赵亦晨面无表情地注视着眼前缄口不语的年轻人。

"上次说买复习资料的钱丢了，是不是那几个人抢的？"

对方一声不吭，好像顿时失了声，啜泣也不再继续。

"说话。"他给他最后两个字，字音略略加重。

眼泪滑下胳膊，刘磊哽咽一下，喉咙里发出轻微的抽噎："是……他们……抢的……"

刘志远身形一晃，想起头一天晚上没有问完的话，眼前不禁有些发黑。

"之前还有几次？"赵亦晨再度抛出一个冷冰冰的问题。

"五、五次……"

"他们跟你动手了吗？"

"几个人……打我一个……"

旁观的两人面面相觑，总算听出了事情的原委。

忍不住狠狠推一把刘磊的胳膊，刘志远涨红了脸低声呵斥："怎么不早跟我们说！"

周围来来往往的路人以为发生了争执，不由得侧过脸来多瞥几眼，想要一探究竟。刘磊越发埋下脑袋，缩紧身子紧咬牙根，满臂的眼泪糊花了脸颊。

赵亦晨神色不改地凝视他。

"有没有跟你说过碰到这种情况要怎么办？"他听见他这么问道。

抿紧唇角颤抖的嘴，刘磊流着眼泪，没有吭声。

头顶的声音却冷硬如初："问你话。头抬起来说。"

肩膀细微地颤动了一下，他缓缓挪动胳膊抹了把脸，而后垂下手，攥紧拳头憋住不稳的气息。

"说过……要……告诉家里人……"

"为什么不说？"

"他们……扒我裤子……录了像……"他抽一口气，"要是说了……就会放上网……"

"什么时候录的？"

刘磊低下头，滚烫的眼泪掉出来，又一次没了回应。

赵亦晨蹙起眉头："我问你什么时候录的。"

猛然抽泣一声，刘磊抬起双手捂住了脸："买复习资料……那次……"

早在听到"录了像"三个字时便瞪大了眼，李慧航不可置信地看着他，双

唇徒劳地一张一合，半天才找准第一个字的发音："宋柏亮说的QQ群里那个视频……就是他们拍的？"

指尖用力抠紧额头，他发着抖蹲下身，脑袋埋到两膝之间，捂着脸的双手指节发白。

转头撞上刘志远惊疑的目光，李慧航愣了好几秒，直到余光瞥见赵亦晨也冲自己看了过来，才终于记起要解释："打了马赛克的视频……说是昨天晚上有人传到了他们的年级群里……我们正准备调查这个事的……"

嗓音越来越小，她面色一阵青一阵白，后知后觉地意识到事情的严重性。

脸色平静地瞥她一眼，赵亦晨转眸看向刘磊："之前几次没录像，为什么不说？"

蹲在他跟前的年轻人将脸紧紧埋入掌心，指缝间溢出压抑的呜咽。

"自己想想，要是一早就告诉家里人，会不会有今天的事。"语调没有因此而和缓，赵亦晨微垂着眼睑俯视他头顶的发旋，脸上的表情没有任何变化，"想清楚了再告诉我。"

眼泪混杂着鼻涕滑到嘴角，刘磊更深地埋下头，两手划过脑侧，慢慢抱紧了脑袋。

将儿子的每一个动作都收进眼底，刘志远皱紧眉头合眼，微颤着叹一口气。

"这事也怪我……"他别过脸，"我昨天其实问过他……后来亦清又疼起来了，就没顾得上继续问……"

"是怪你。"冷冰冰的视线移向他的脸，赵亦晨收拢眉心声色俱厉，一点不留情面，"你一个十几年的老教师，学生工作做了这么久，是不知道这种情况不能耽误，还是根本没把你儿子当回事？"

刘志远翕张一下嘴，面露难堪，被他问得哑口无言。他清楚赵亦晨的脾气，哪怕面对的是家人，他多数时候也依然是个警察。

"我也有责任。"一旁的李慧航赶忙出声，"这段时间也是看出来刘磊有点不在状态……我以为只是压力太大，早应该找他好好聊聊的……我，我现在就去跟级长反映这个问题，尽早把那几个学生找出来，按规定处分。"她说完便舔了舔下唇，连连向刘志远鞠躬道歉，"不好意思刘磊爸爸，是我这个班主任当得不称职……"

忙不迭摆手扶她，他一时手足无措，直甩脑袋。

"校内学生抢劫的犯罪行为恶劣，而且有这种把被害人被打视频传上网的情况，造成的负面影响你们校方也清楚。"赵亦晨未见半点动容地立在原地，等到李慧航饱含歉意和内疚的眼睛迎上来，才做了最后的交代，"加强校园安全和道德教育，尽快按程序处理这件事。"

对方答应下来，蹲身去扶刘磊。

赵亦晨于是也朝他看过去。刘磊还蹲在他脚边，颤抖着抱住自己的脑袋，眼泪一颗颗掉下来，无声无息。

这是他外甥。他们关系算不上亲昵，但赵亦晨看着他出生、长大。

再开口时，赵亦晨明显察觉到自己的语气有所缓和。

"跟班主任回学校。"他说，"到时候会有民警询问调查，照实说。"

二十分钟后，赵希善被送进单人病房。

她已经恢复意识，只眉心一处磕到台阶尖角的伤口缝了几针，有轻微的脑震荡，需要留院观察一晚。赵亦清受到太大的惊吓，看过她之后便被刘志远带回了家，留下赵亦晨在医院守夜。

等病房里只剩下父女两个人，他才来到床边摇高床头，替小姑娘竖起枕头垫在身后。在床畔的椅子前坐下来，赵亦晨拨开她额前的碎发，盯着她苍白的小脸瞧了一会儿，最终问道："痛不痛？"

安静地坐在床头，赵希善摇摇脑袋，慢慢眨了眨眼。她脸颊上几处擦伤被涂上了药水，前额的伤口已用纱布和医用胶带包扎起来，遮住了扎进皮肉里的狰狞的线。或许是因为伤口还有些疼，小姑娘脸上的表情比从前更加麻木，与他如出一辙的大眼睛却亮了几分。她抬起一只小手，在半空中比画一下，试图向他表达什么。

赵亦晨从她的手势里看出了她的意思："要写字？"

放下小手，她收了收下巴点头。

考虑片刻，他伸手揉了揉她的小脑袋："等一下。"语罢便起身离开。

在周围的病房转了一圈，他最后从护士台借来了本子和笔。

小姑娘留着一道小擦伤的手握紧笔杆，只在本子上写了两个字："哥哥"。

她举起本子，眼睛直勾勾地望向他，像在等一个答案。

稍稍垂下眼睑，赵亦晨读懂了她的眼神。

"哥哥没事，已经回学校了。"他告诉她，"老师会把那些欺负哥哥的人找出来。"

小姑娘点点头，抓着本子搁回了膝前。

望着她眉心的纱布沉默几秒，他启唇问她："为什么要一个人跑去哥哥那里？"

听到爸爸的问题，小姑娘抬起眼睛看看他，随即低头，在那页纸空白的地方写下自己的回答："看到坏人在哥哥后面，就跑过去。"

末尾的句号画得小心而郑重。

垂眼看清了她的答案，赵亦晨神情平静，只又去瞧她的眼："一个人去，不怕吗？"

小姑娘抬头木木地同他对视一眼，再翻过一页，笔尖在纸面窸窸窣窣地挪动起来。

"妈妈说爸爸 zhuā 坏人，"她写，"想和爸爸一样勇敢。"

再简单不过的理由，却让赵亦晨陷入了沉默。

这是她第一次提起胡珈瑛。"妈妈"两个字落入眼里，竟变得陌生而刺眼。

"爸爸是警察。"他不动声色，仿佛没有从她这句话中得到任何一点关于胡珈瑛的信息，仅仅是平淡地教她，"保护你们和抓坏人都是警察的工作。你还小，最重要的是保护自己。碰到这种事，可以先告诉姑姑，或者先告诉爸爸。"

缓慢点了点头，小姑娘在本子上写："妈妈说过。"

同样的字眼再度闯进眼里，赵亦晨膝前交叠的双手略微收拢。

半晌，他抬起右手，将她鬓间的头发捋到耳后："下次要记住。"

小姑娘没有点头，也没有摇头。

她握着笔，慢慢在本子上写下一行字，然后举起来，给他看。

歪歪扭扭的字迹，写的是"梦到妈妈"。

赵亦晨坐在病床边的椅子上，深邃的眼里映出这四个结构简单的字，只字不语。

好一会儿，赵希善放下本子，又埋起小脑袋，继续写起来。

这回他没等她举起本子，便看清了她写的内容。

"想妈妈。"

三个字，她一笔一顿，写了很久很久。

再抬头看向他的时候，小姑娘的眼眶红了一圈。赵亦晨回视她的眼睛，眸子里缩着她小小的身影。她觉得他是想说话的。但他仍然没有开口。

许久，温热的眼泪淌过脸颊，她嘴唇微动，皱紧眉头，小手死死抓住笔和本子，好像在使出全身的力气，推出哽在喉中的东西："爸爸……对不起……"

沙哑的声线一点点冲破那层阻碍，每一个字都带着颤音。

无比艰难，却又无比努力。

"爸爸"两个字在空气细微的震颤中敲响耳膜，赵亦晨一动不动地看着她，就好像不曾察觉她的声音，平静如初的眼神专注而没有动摇。

"为什么要说对不起？"他听到自己的声音。

泪珠子掉下来，小姑娘红着眼眶，麻木而呆滞的表情渐渐化开，皱起巴掌大的小脸，喉咙里溢出哽咽和哭腔："因为我说话……妈妈才死掉的……"

她说得那么慢，那么轻。直到最后一个字音落下，才呜咽着哭出来。

就像任何一个孩子，在遭受伤害的那一刻，哭得无助而伤心。

赵亦晨伸出手，将她抱进了怀里。

那股淡淡的奶香味被药水的气味掩盖，他闻不到，也不希望闻到。

我没有时间憎恨

我没有时间憎恨，因为
坟墓会将我阻止，
而生命并非如此简单
能使我敌意终止。
——艾米丽·狄金森

01

胡珈瑛站在洒着水的楼道里。

又湿又热的气息从脚底扑上来，她摇摇晃晃转过头，背后的破洞外头是洗脚店潮湿生锈的楼梯。趴在洞口，她能瞧见面馆的厨房，还有那堵黑黝黝的墙。她往铁楼梯底下看过去，那个只穿着裤衩的人就倒在那里，四仰八叉，睁着眼，张着嘴。

扶着身边的墙壁站起来，胡珈瑛后退几步，沿着阴暗的楼道拾级而上。

经过三楼，路过四楼。没有人在五楼的拐角等她。

她停在五楼，望向尽头的那间屋子。

半晌，胡珈瑛挪动了脚步。

整栋楼里都静悄悄的。只有她的脚步声，嗒、嗒、嗒、嗒……

那扇老旧的铁门忽然变成了褐色的红木门。

她脚下的步伐一顿，怔怔地僵在原地。恐惧伴着尖锐的疼痛像潮水一样涨满她的身体，她没法再抬脚，甚至没法转身逃开。

被挡在门后的哭喊声隐隐传出来。胡珈瑛静立在门前，呼吸越来越急促。剧痛撕扯她的身体，恐惧抓紧她的大脑。她汗流浃背，浑身颤抖。

等到那哭喊响彻耳际时，她意识到声音就在自己胸口震颤。

是她在喊，她自己。

猛地睁开双眼，胡珈瑛仰躺在床上，剧烈地喘息。

有那么几秒钟，她不知道自己人在哪里。直到隔着蚊帐看清墙上那抹蚊子血，她紧缩的脑仁才渐渐放松。上铺安安静静，寝室里有轻微的鼻鼾声。摸了摸手腕上的菩提手串，她的喘息平复下来。

小腹有点儿坠痛，胡珈瑛好半天才记起这天挨近什么日子，但她不敢动。她四肢软瘫，头皮还有些发麻。她已经不记得梦里的场景，但身遭的黑暗让她忍不住后怕。梦已经结束了，在这里，没人能保护她。

一动不动地躺了一阵，她合眼，又睁眼，最终从床上爬起来，拿上换洗的衣裤，轻手轻脚离开寝室。

廊道里亮着灯，一直通往尽头的洗漱间。

胡珈瑛把换下来的裤子浸到水里，就着肥皂，一点一点搓洗干净。

第二天晚上，法政学院承办的讲座结束得很晚。

胡珈瑛和同班的两个姑娘一道回宿舍，择了条小路，要穿过学校体育馆后头最大的体育场。五月中旬的天气，这座南方城市已经迎来第一波暑热。夜跑的人越来越多，安全起见，学校便打开了体育场的大灯，遥遥隔着也能望见一片敞亮。

体育场一侧的篮球场却被砸坏了路灯，又有一排郁郁葱葱的树遮挡，夜里光线昏暗，冷冷清清。经过篮球场，胡珈瑛没再仔细去听两个姑娘热烈的讨论，只静下来留意四周，注意到球场一角一个徘徊的人影。

似乎是听见了姑娘们的声音，那个人摇晃一下，好像正朝她们走过来。

已经能远远听到体育场那头的嘈杂人声，胡珈瑛收回视线，压低嗓门提醒身旁的两人："我们走快点吧，这里没灯，不安全。"

踩着凉鞋的姑娘没能领会她的意思："前面就是操场了，大灯开着的，没事吧？"

胡珈瑛没来得及开口解释，那阵急乱的脚步便忽然靠近了。

一张男人的脸暴露在树影间投下的光斑里，三四十岁的年纪，胡子拉碴，佝偻着背，单穿了件长长的风衣。他瞪着一双布满血丝的眼睛停在她们跟前，满脸让人毛骨悚然的笑容，不等她们反应，霍地揭开了自己的衣衫："小姑

娘，看！"

借着灯光，她猝不及防瞧清了他风衣底下一丝不挂的身体，还有硬挺充血的丑陋生殖器。

"啊！"

耳侧响起两个姑娘惊恐的尖叫，她从怔忪中反应过来，下意识伸出胳膊将她们挡到身后，一手摸进斜挎的小包里，攥紧随身带着的折叠水果刀。

男人神经兮兮地笑着，又冲她们走近一步，挺着胯晃动那狰狞的玩意儿："陪我玩会儿吧？好不好？"

脑仁一紧，胡珈瑛掏出水果刀指向他："走开！"

余光恰好瞥见几个人正从通往体育场的小铁门走进来，她护着两个姑娘后退半步，接着便放开嗓子大喊："有流氓！抓流氓！"

那几个身影一顿，其中一人反应极快，猛然冲上前就将那毫无防备的男人撂倒在地，踩着他的背拽过他的胳膊狠狠一拉，在他痛呼的那一秒反剪他的双手，右膝往前顶，压得他狼狈地趴在水泥地上，没法再抬起头来。

其余几人也赶忙跑到他们身边，帮着把那个穿风衣的中年男人押起身。

"只穿了一层衣服！"注意到的人骂骂咧咧地嚷嚷起来。

有人听了便忍不住踹了中年男人的屁股一脚："啧，大晚上不回家睡觉跑出来耍流氓！"

听嗓音都像年轻男人，胡珈瑛拦着身后还在哆嗦的两个姑娘，没有轻易上前。首先冲上来帮忙的那人站起来，高大的身影背着光，瞧不清脸孔。他好像望向了她，顿了顿，忽然出声："胡珈瑛。"

字正腔圆的三个字，有些耳熟。

"怎么，赵亦晨，有认识的？"踢人的青年走到他身旁，"姑娘几个没事吧？"

赵亦晨几个字钻进耳朵里，她记起那天穿着警服的高高壮壮的身影，紧绷的身体放松下来。刚要说点什么，小腹强烈的坠痛突然就清晰地漫上大脑——胡珈瑛哆嗦一下，两条腿也被那突突直跳的痛感抽空了力气，身子脱了线似的往下滑。

所幸两个姑娘手疾眼快扶住她，架住她的胳膊没让她摔倒："哎！珈瑛！"

手里的水果刀掉在地上，她捂住肚子低下头，咬了咬牙根，脸色惨白。

赵亦晨三两步赶到她跟前，伸手扶住她的肩膀，扫了眼她捂着肚子的手，而后视线就转向她的眼睛："肚子痛？"

忍着痛点点头，胡珈瑛一时间说不出话。

"赶紧送医院……"和赵亦晨同行的青年于是要上前扶她，却被赵亦晨一条胳膊不轻不重地挡开。她愣了愣，还没顾得上反应，便被他拉着手臂绕过肩头，弯身托起腿轻而易举地背到了背上。

"我送就行。"他平静的声音近在咫尺，"你们先把几个姑娘送回去，晚上黑，别又碰上混子。"

"行。"押着中年男人的青年应了声，手上使劲，把他拧得呻吟起来，"再把这流氓送去保卫处。"

赵亦晨颔首，背着胡珈瑛转身就走。

两个姑娘不放心，小跑着追上来拉住她："珈瑛没事吧……"

他脚步因而停下来，让她喘了口气，勉强从嗓子眼里挤出声音，小声问他："那都是你同学？"

侧过脸来看她一眼，赵亦晨的耳朵蹭过她的脸颊，呼吸近了些，声音像是贴着她的脸响起来，沉稳而有力："都是警校生，放心。"

小腹还阵阵作痛，她的脸却热了。只能转开脸去瞧两个同伴："你们回去吧……没事。"

校医院在学校的东南角，从体育场过去得横穿半个学校。

赵亦晨一路疾步而行，却始终没跑起来，生怕颠着胡珈瑛似的，脚步又快又稳，额头上没一会儿便冒出了汗。他穿着警校的长裤，上身一件薄薄的黑色背心，宽厚的肩膀汗津津地挨着她的胳膊。她伏在他背上，感觉到他肩胛结实

的肌肉抵在她胸口，随着呼吸一紧一松地起伏。

这感觉既陌生又熟悉。她绷紧身体闭上眼，脚趾禁不住蜷起来，不知是因为疼痛，还是因为恐惧。

"胡珈瑛，"耳边忽地响起他的声音，"你们学校的医院在哪儿？"

胡珈瑛一愣："你……不知道啊？"

"不知道。"赵亦晨答得平平淡淡，理直气壮，"刚才光顾着不让他俩碰你了。"

一句话堵得她心头一跳，埋脸默不作声。

下一秒他却笑了。轻微的震颤从胸膛传到脖颈，顺着颈侧跳动的脉搏，痒痒地传进她耳中。

"逗你的，"他说，"上回来过，知道在哪儿。"

然后他又侧了脸，耳垂擦过她的唇角，顿了下，才问："还痛不痛？"

往后缩了缩脑袋，胡珈瑛垂下眼睑："没刚才那么痛了。"

他转回脸点头，揽紧她的腿，脚下的步子快了些："忍忍，很快。"

细瘦的胳膊圈着他的脖子，她脑子里拉紧的那根弦松了松，紧蜷的脚趾慢慢展开。一盏接一盏的路灯把橙色的灯光打在他们身上，投下短短的影子。她盯着那团黑影，一会儿走在光里，一会儿闯进黑暗。

她合上眼，清醒着，终于不再害怕。

急诊室的值班医生正嗑着瓜子，乍一瞧人高马大的赵亦晨背着胡珈瑛冲进来，手一抖，瓜子便撒在铺了玻璃隔板的桌上。她急急忙忙站起身，以为又是打架斗殴，赶紧上前帮他把胡珈瑛扶上椅子，粗略扫过一眼她苍白的脸："怎么回事？"

知道赵亦晨还站在一旁，胡珈瑛捂着小腹埋低了脸，只细声说："例假，疼得厉害。"

他身形一顿，兴许也自觉尴尬，略略侧过了身，却没有离开。

医生了然，整个人放松下来，坐回桌前，轻车熟路地从抽屉里抽出一本新病历："带病历了没？"

胡珈瑛脸热，肚子钝痛不止，干脆没把头抬起来，摇了摇脑袋。

医生抓起笔。

"名字？"

"胡珈瑛。"

"多大了？"

"十九，大一。"

"以前也会疼吗？"

幅度极小地点了点头，她应一声："会。"

抬眼瞥了眼站在她身后的赵亦晨，医生继续问："有没有性生活？"

呼吸停滞一瞬，胡珈瑛总算抬起脸，面无血色地迟疑片刻，才摇头："没有。"

对方误解了她的反应，再瞄一眼赵亦晨，视线落回她脸上："确定没有？"

这回明显注意到了她的眼神，胡珈瑛明白过来，没有血色的脸顿时充了血似的红到耳根。她张了张嘴，只憋出干巴巴的三个字："真没有。"

分明感到窘迫，脱口的语气却不自觉带了点儿委屈和娇嗔。

背后有声低低的笑。气音，很轻，但清楚地传进了她的耳朵里。她绞紧手指，脸热得发烫，没再把头埋下去。

医生给她开了止痛药。胡珈瑛就着温水吞下药片，坐在走廊的候诊椅上休息。

长廊空荡安静，壁钟的时针挨向数字10，只剩急诊室和输液室还亮着灯。她捧着热水呆坐了一会儿，等听见楼道里的脚步声，才扭头看向那里。是赵亦晨走了出来，手里拿着刚从外头买来的热水袋，踱到她跟前递给她："有没有好些？"

她颔首接过热水袋："歇会儿就行了。"停顿一下，又不疾不徐地补充，

"刚刚主要是吓的。"

"我也吓到了。"他随意坐到她身旁，笔直的背挨上座椅冰凉的靠背，微微伸直了长腿，十指交叠的两手搁在膝前，"又瘦又小的一个姑娘，居然挡在最前面。"

像是调侃的话，却口吻严肃，听不出半点玩笑的意思。

把鼓鼓囊囊的热水袋压在肚子前面，胡珈瑛想了想："她们太怕了。"

"你不怕？"

"没她们那么怕吧。"

赵亦晨沉默了几秒，在开腔时，声音里仍旧没有任何情绪："都是姑娘，肉长的，没什么谁不怕就该挡前面的道理。"

胡珈瑛转头看他。

察觉到她的视线，他也转过脸，面色平静地对上她那双漆黑的眼睛："怎么了？"

她从他脸上读不出情绪，便错开了目光，望向墙角的一点："今天招警考试？"

他还看着她的脸，点了下脑袋："你们学校设了个考点。"

"你已经毕业了？"

"还没。跟你一样，下学期大二。"视线终于转向正前方，他抬手，想要拉一拉帽檐，食指却扑了个空。意识到自己今天没有戴警帽，他放下手，拢进裤兜，"今天就是过来看看招警考试的情况。"

冰凉的手心被热水袋焐热，胡珈瑛注视着墙角，点了点头。

"今天谢谢你。"半晌，她说，"你早点回去吧，我坐会儿就走。"

赵亦晨摇头。

"我送你。"轻描淡写的一句话，却又没给她拒绝的余地。

回去的路上，两人谁都没有说话。

他一声不吭地背着她，直到停在她们宿舍楼底下，才转身背对着台阶将她放下来。

"下次别再一个人挡在前面。"重新面向她的时候，他双手又插进兜里，面上从容而严肃，"不过最好不要有下次。"

胡珈瑛低着头，捋了捋衣角："嗯。"

"你怕我？"头顶响起他突兀的问题。

她抬头瞪大眼同他对视，一时不知所措："没有啊……"

"那你紧张什么？"赵亦晨面无表情，两眼一眨不眨地直视她的眼睛，"脸都红了。"

脸上再度一热，胡珈瑛翕张一下嘴，愣了半天也辩不出一个字。

好在他很快又一笑，眼仁底下压着路灯投下的光："开个玩笑。就想让你看看我而已。"

那心跳如鼓的感觉回到胸腔里，她垂眼，什么都不说，把手里的热水袋抵到他跟前。片刻，他没吭声，也没动作。最终只把它推回来，嗓音沉稳如旧："拿回去，早点休息。"

不再推拒，胡珈瑛点头，思忖一会儿，还是抬眼看他："回去注意安全。"

简单一句嘱咐，他听了一愣，随即竟翘起嘴角，再一次冲她笑了："好。"

那一晚，胡珈瑛梦到了胡凤娟。

她替她熏了艾条，躺在她身旁，一面念佛经，一面轻拍她的背。

满室的艾香里，胡珈瑛闭上眼，沉沉陷入梦乡。

02

Y市刑侦总队的法医实验室就在总队的办公楼内。

临近换班的时间，郑国强在副队长的催促下从队长办公室出来，手里拎着

包，却不知道该去哪里。他在刑侦队的院子里溜达了几圈，最终还是趁着换班的时候，偷偷溜进了实验室。

偌大的实验室，只剩下法医杨涛还坐在工作台前，戴着手套小心翼翼地翻阅一本旧书。

听见有人进来的动静，杨涛回过头，推了推鼻梁上的眼镜："郑队？你还没下班啊？几天没回家了？"

"我换班来的，白天回过家了。"清了清嗓子，郑国强走到他身旁拉出一张凳子坐下，随手将自己的包搁到一边，"还是没有检查出什么有用的东西？"

"翻了十几遍了，每页纸都做了检验，没有任何有价值的东西，就是本普通的书。"合上手里捏着的书页，对方长叹一口气，脱下一只手套挠了挠耳朵，皱起眉头打量封皮上印刷粗糙的"心血运动论"几个大字，"郑队，你确定线索就在这本《心血运动论》里面吗？"

郑国强抿嘴，伸出一只手想去翻翻这本书，又在半路停下来，最终落回膝头，焦躁地摩挲了一下裤管。

"许菡特地把这本书藏在暗格里，肯定是因为它有不一样的价值。"他把另一条胳膊搭上工作台，喃喃自语似的说着，两眼紧盯着书封不放，"她知道一旦她出事我们就会想办法去搜查她的房间，所以这本书应该就是她留给我们的线索。"

"会不会事发太突然，她本来是想把线索放在书里的，结果没来得及？"

转过身子将右臂也放上工作台，郑国强摇摇头，两手交叠在一起，十指无意识地一紧一松："她心思很缜密，不会临事发才做准备。"顿了下，又说，"而且线索也不可能那么容易看出来，不然如果先找到这本书的是许涟他们，关键证据就可能已经被销毁了。"

可许家人看不出来，并不代表他们警方就能看出来。杨涛泄了气，倒向身后的椅背，两只手钻进厚重的镜片底下揉揉眼睛，而后垂下两条胳膊，无奈仰头。"要不还是请赵队来帮忙吧。"他咕哝，"他毕竟是许菡的老公，两个人一起生活那么多年，肯定很了解对方。指不定赵队就知道这里边有什么提示呢……"

"彻底查清楚之前，不能让赵亦晨参与。"松开绞紧的双手，郑国强直起腰杆，展开肩膀将一条胳膊绕到了椅背后头，"我怕他知道真相之后会失控，到时候不听指挥，打草惊蛇。"

杨涛斜了眼睛瞧他："我看他上次挺冷静的啊。"

"表面上越冷静，越说明他心里头憋着情绪。这种情况，最危险。"郑国强说完便瞄到他向自己投来了不解的目光，懒于解释，赶苍蝇一般挥了挥手敷衍道，"等你结了婚就懂了。"

皱皱鼻子撇过脑袋，杨涛悄悄翻了一个白眼，不置可否。

注意力再度绕回工作台上那本《心血运动论》，郑国强往前探出身子，两条胳膊交叠着摆到桌沿，专心致志地盯着它瞧了会儿，忽然出声："哎，这本书……它写的是什么？"

"威廉·哈维的心血运动论。"撤开抵在椅背上的后脑勺，杨涛学着他的模样趴到工作台边，"就是以前啊，人都以为血是可以不停地造的，不知道血液有限，是个循环系统。哈维这本书写的就是血液循环，算是对理论的一种革新吧。"

"所以内容上也没什么提示？"

他垮着嘴角摇头，下巴埋进臂弯里。

"不过说到心血运动论，还有个笑话。最早的时候，理发师不仅要负责理发，还得做外科手术。后来医生这个职业出来，他们才开始抢顾客。以前不是还不晓得有血液循环嘛，很多医生就都用放血这种办法来治病，治死了好多人。那个时候红白条纹的意思其实就是放血的鲜血、绑带、水蛭还有……疼痛吧？唉，差不多就这个意思。"杨涛抬高脑袋扶了扶眼镜，"后来有心血运动论了，静脉被证明存在，蓝色才代表静脉被并进了红白条纹里。所以理发店门口那个红白蓝三色柱转啊转啊，其实就是亨利八世合并的理发师外科医师公司的意思。"

语罢，他打了个哈欠，转过头正要申请去休息室睡一会儿，便毫无征兆地被郑国强重重一掌拍塌了左肩。

险些从椅子上摔下来，杨涛吓一跳，手忙脚乱地扶着工作台对上他的眼睛："怎，怎么了？"

对方瞪大双眼微张着嘴，一脸恍然大悟。

"小邓他们调查许菡行踪的时候，是不是说过她每次理发都去同一家理发店？"

杨涛惊魂甫定，困意早不知被扫到了哪个角落里："是……吧？"

"好，很好。"郑国强神经质地点着头，收回搭在他肩头的手，霍地就站起来，步履如飞地离开了实验室。

直到大门砰一声被甩上，杨涛才迟迟回过神："不、不是，郑队你怎么包都没拿啊！"

同一时间，合贤中学毕业班的晚读已经开始。

刘磊从后门走进教室，可以听见寥寥读书声中一阵阵低声的议论。好些人三三两两将脑袋凑到一块儿交头接耳，手中竖着的书成了摆设。这不是实验班惯有的景象。他埋着头，穿过小半个教室，回到自己的座位前。身遭的讨论声停歇下来，他感觉到几乎所有人的目光都黏上了自己。

低头拉开椅子，刘磊坐下身，从抽屉里拿出必背古诗词篇目。读书的声音多了几个，有人翻动书页，有人把声线压得更低，窃窃私语。邻座的黄少杰从语文课本后头探出脑袋，小声叫他："哎，磊哥……那视频里的……真是你啊？"

捏紧手里的资料，刘磊垂下眼眶通红的眼睛，找到自己用荧光笔标记的段落。

　　扪参历井仰胁息，以手抚膺坐长叹。问君西游何时还？畏途巉岩不可攀。

黄少杰不可置信地张大眼，伸手推了把他的胳膊，压低嗓门道："你没搞错吧！怎么不早说啊！"

捏着资料的手越收越紧，他指节发白，眼泪模糊了视线，却咬着牙，继续在心里默读。

但见悲鸟号古木，雄飞雌从绕林间。又闻子规啼夜月，愁空山……

"你告诉我也行啊！我带陈昊他们去帮你打回来啊！"

黄少杰恨铁不成钢的声音仍在刺痛他的耳膜。

刘磊低着头，眼眶里打转的泪水终于不堪重负，沉沉砸上手臂，碎片溅落在干净的A4纸上，浸出一点浅蓝色的印记。他腮帮微抖，颤着牙，在朦胧的视野里死死盯住那团荧亮的颜色，紧涩的喉咙艰难地发出声音："蜀道之难……难于上青天……使人听此凋朱颜……"

教室前门响起脚步声。宋柏亮领着历史课代表一起踱进来，见教室里嘈杂一片，锁紧了眉头走上讲台，用力拍了拍桌面，抬高嗓门喊："吵什么？没看到晚读开始了啊？语文课代表呢？带读带读！快点！"

语文课代表赶忙摸出必备科目，带着满教室的学生从最短的古诗读起来。

等到教室里只剩下琅琅读书声，宋柏亮才走下讲台，停在刘磊桌前，蹲下来抬眼瞧他。原本想说点什么，但瞧见他红着眼睛目不斜视地读书，宋柏亮张了张嘴，最终只抠着桌腿告诉他："李老师让你去校长办公室。"

翕动的嘴唇僵下来，刘磊盯着手里的必备篇目，微不可察地点了点头。

等在校长办公室的不只校长和李慧航，还有李瀚，以及中午赵希善滚下楼时在场的另外两个男生。一个小时以前在名册上指认照片的时候，刘磊才知道两人的全名：黄伟东、陈舸。

他们同李瀚站在一起，都是背着双手垂着脑袋的姿势，偷偷瞄刘磊一眼，神色各异，却没有半点紧张或懊悔。刘磊驻足在办公室门前，直直望着他们的身影，没再挪动脚步。

　　"刘磊，来。"校长冲他招招手，待他僵直着身子一步步挪近了，就揽过他的肩膀，把他带到三人跟前，"是这样，因为我们了解到你们讲的情况不太一样，所以现在一起最后核实一下。"

　　三个男生皆是乖乖吊着脑袋反省的模样，埋下脸，只留给他们头发或长或短的发顶。

　　视线一一扫过他们的脑袋，刘磊抬眼，最后看向站在他们身旁的李慧航。她紧抿着嘴唇，身前的两只手不安地绞在一块儿，目光闪烁，眼神里有他读不懂的复杂情绪。微微张开嘴，刘磊突然意识到了什么。他浑身僵硬。

　　"刘磊，你说你们之前总共发生了八次冲突，是吧？"校长已在一旁问他。

　　下意识地点了点头，刘磊垂在身侧的手攥紧了裤管，手指还能隔着裤子碰到兜里的水果刀。

　　"那他们有几次向你索要了财物？"

　　"七次。"他照实回答，"头两次是三十，后来都是五十。一共三百一。"

　　黄伟东忽地抬起脑袋，愤怒地冲他吼起来："你怎么诬陷人啊你！"

　　脑子被这突如其来的吼声惊得一片空白，刘磊震惊地戳在了原地。

　　"吼什么！在校长办公室还敢吼！"

　　校长一声呵斥，黄伟东才又愤愤低下头，不再吭声。

　　收起脸上的怒火，校长转过头，再问刘磊："每次他们三个都在场，是吧？"

　　愣了几秒，他点头，张合一下嘴唇，找回自己的声音："有时候还有另外两个人……"

　　"校长，我们做错事了，我们承认。"一直埋着脸的李瀚忽然出声，大约是因为没有抬头，嗓音闷闷的，听上去带着点儿鼻音，"这件事真的很对不起刘磊，我们也是爸妈不管我们，实在饿了没钱吃饭，才管他要钱的。毕竟认识，以为他会愿意借给我们。他不愿意，我们就急了，所以才动手的。每次拿了钱我们都说了一定会还，后来录像是因为刘磊说要告诉警察我们抢劫，我们怕坐牢，就录像威胁他。"说到这里，他顿了顿，抬起眼皮瞧了他一眼，而后重新低下头，"您也知道他舅舅是警察，我们是真的害怕……"

声音越来越小，他没再接着说下去。

刘磊瞪大眼看着他，满脸错愕，如遭雷击。

借？什么叫借？

"而且我们根本没拿那么多次。"陈舸同样是一副老老实实的模样，紧接着李瀚的话补充，有意无意抬眼去看刘磊，"就上次买复习资料那次，还有昨天、今天我们都没打算要钱，就是正好碰到他了，跟他打声招呼，没想到吵起来了。他妹妹突然扑上来，李瀚吓了一跳，不小心才把她碰倒摔下楼梯的……"

"你们胡说八道！"他涨红了脸，额角青筋直跳，扯着嗓子便吼了回去，"根本就不是这样！"

"刘磊！"沉默已久的黄伟东再次抬脸，赫然抬高嗓门，"我们是对不起你，我们道歉！但是你也不能讹我们吧！就仗着你舅舅是警察，欺负我们这些家里条件不好的，有意思吗！"

声声质问理直气壮，好像当头一棒，猛然砸蒙了刘磊。

怒火霎时间膨胀，他胸脯剧烈地起伏："我——"

"好了好了！不要吵了！"校长怒喝，一巴掌拍响办公桌。

四个人都安静下来。刘磊望着他们，突然感到一阵恶心的晕眩。楼道里那盏白炽灯又回到他的脑海。它照着他的头发，他的脸。灯光惨白，令他作呕。

"这件事情学校的调查差不多就到这里，你们两方的说法我已经弄清楚了。钱不多，不管是三百一还是一百，其实都构不成警方那边的立案标准。你们又都是毕业班的学生，现在闹这么一出分散心思，对谁都不好。"他听到校

长的声音，像是商量的语气，忽轻忽重，敲击他跳痛的神经。

　　"要不这样，刘磊，学校会给他们三个记过处分，今天也会让他们给你道歉。那些钱我让他们限期还给你，还会联系他们家里人，给你妹妹赔礼道歉。具体的赔偿问题，我到时候再联系你们几个的家长，一起协商……"

　　他的声音渐渐远了。刘磊意识到校长已经说完的时候，看到他转向了那三个人。

　　"视频在哪里？"

　　李瀚掏出手机调出视频，递给了校长。

　　校长接过来，低眉瞥了一眼，递到刘磊面前给他看。屏幕上的视频画面定格在他被摁倒在地、拼命挣扎的瞬间。刘磊看着视频中的自己，脸上没有任何表情。

　　校长当着他的面删掉视频，示意他："删了。"

　　手机屏幕的画面自动跳向上一个视频。镜头下的东西变成一条被蚂蚁掏空了一半的狼狈的毛毛虫。

　　"对不起。"李瀚在向他道歉，"我真的错了，刘磊。下次再不这么干了。"

　　"对不起。"

　　"对不起刘磊。"

　　陈舸和黄伟东的道歉紧跟其后。

　　呆呆地立在校长身边，刘磊表情木然，片语不发。

　　"刘磊啊，你们都是同学，你平时成绩很好，很懂事。他们三个呢，家里又各自有难处。现在视频也删了，他们也道歉反省了，将来学校会让他们好好改过。"旁侧的人继续劝解，"所以你看看，今天要不就先原谅他们，好吧？"

　　耳边有嗡鸣声响起。刘磊愣愣地站着，记起教室里一束束异样的目光，记起黄少杰的责备，记起宋柏亮的欲言又止，也记起赵亦晨冷冰冰的质问。

　　"之前几次没录像，为什么不说？"

"要是一早告诉家里人，会不会有今天的事？"

他又记起赵希善沾着血的头发底下那张苍白的小脸，记起她小小的身子猛地被甩出去、滚下楼梯的样子。

"为什么不报警？"他听见自己低哑的嗓音。

"刚刚不是说了吗……"

"为什么不报警？！"胸腔里爆发的怒吼打断了校长的回答，刘磊红着眼看向他，攥紧拳头后撤一步，再也没法压抑喉头发烫的怒火，"家里困难就是借口吗？！那么多人家里困难，难道都跟他们一样抢同学的钱吗？！"

对方吓了一跳，还没来得及反应，就见他转身疾步冲向李瀚，发了疯一般扑向他们："你们录他妈的视频是怕我报警吗？！啊？！"

李慧航手疾眼快地扑上前拦住他，胳膊一使劲架住他抡起来的拳头："刘磊！刘磊！"

"刘磊冷静一点！"总算被眼前的一幕拉回理智，校长也连忙上前拽住他的胳膊，"冷静一点！冷静一点！"

但刘磊眼里只剩下那三个背着手往后退了几步的人。李瀚嘴边讥讽阴鸷的笑容转瞬即逝，他看得一清二楚。越发不要命地扑上去，刘磊一双充血的眼睛里映出他们的身影，在嘶哑的咆哮声中震颤、模糊："你们他妈好意思说只有三次吗？！撒谎也他妈叫道歉反省了吗？！啊？！说啊？！"

"刘磊！"拦在他跟前的李慧航冲他大吼，"够了刘磊！"

什么够了？够什么了？凭什么够了？

"我不原谅他们！他们做那么多坏事我凭什么原谅他们啊！"他胡乱挣扎，不住嘶吼，早已失去了全部的理智，"我妹妹还躺在医院里啊！所有人都看过那段视频了，删了有个屁用啊！"

胃里的恶心感翻涌而上，酸臭的秽物从喉咙眼里冒出来。他倏尔脱了力，弯下腰一阵呕吐。扑鼻的气味在脚边散开。刘磊低着头，看到滚烫的眼泪掉下去，摔进裤管，也摔进那摊恶心发臭的呕吐物里。

裤兜里的手机振动了一下。

他滑坐下来，坐到冰凉的地板上，吐了。

灰黑的夜幕渐渐爬上天穹。

听见玄关开门的动静时，吴丽霞正站在自家的厨房，打算炒菜。

"妈？"客厅里传来万宇良的喊声，"娅文还没到啊？"

守在脚边的拉布拉多犬一溜烟便蹿了出去，她摇摇头，擦干手，也跟着踱出了厨房。万宇良瘦高的身影被热情的拉布拉多堵在了鞋柜边，他倒不介意，咧嘴一笑，蹲下身轻车熟路地挠起了它的下巴："毛毛最近听不听话？啊？"

拉布拉多舒服地抬高脑袋，蹭了蹭他的脖子，鼻子顶在他左肩下边空荡荡的袖管里。吴丽霞望着那袖管愣了好一会儿，才记起儿子早已没了一条胳膊。

"接孩子去了。"她轻描淡写地回答了他的问题，又瞪他一眼，虎着脸教训，"你自个儿的儿子，别老让你老婆去接。像什么话啊？"

"我不是不加班就会去接嘛。"万宇良笑笑，不以为意地站起身，视线越过鞋柜，无意间扫了眼茶几上没来得及收拾的茶具，"家里来客人了？"

回身进厨房的动作一顿，吴丽霞扭过头来瞅了瞅，后知后觉记起昨天的茶具没有清洗，便走上前弯腰收拾："你还记得丫头吧？"

见她走动了，原本缠着万宇良的拉布拉多犬也甩着尾巴跟上去。

他唇边的笑容一滞："哪个丫头？"

"还能有哪个！你头一个妹妹，丫头。"顺手拿茶几上的抹布擦了擦桌面的水渍，吴丽霞端着茶具直起身，转过身对上他的视线，"昨天她老公找过来了，说是丫头已经过身了一年，他现在要调查一些事情，所以想跟我打听丫头以前的经历。"

万宇良还立在鞋柜旁边，听到丫头的死讯，竟不见半点惊讶的表情，只拧紧眉头问她："她老公长什么样？"

从他的问题里听出一丝不对劲，她手端茶具，一时没有迈开脚步。

"高高壮壮，浓眉大眼的。脸挺瘦，五官也挺俊。"她仔细回忆赵亦晨的长相，"还是个刑侦队长，年纪轻轻的，蛮有出息。"

"赵亦晨。"万宇良说。

"你跟他打过交道？"

"都是警校出来的，我比他早一届。"他弯腰打开鞋柜，拿出一双自己常穿的拖鞋，"而且曾景元那个案子，当初也是我们缉毒队跟他们支队合作破的。"

无法从他平静的表情中判断出什么，吴丽霞听了仅仅是颔首。

"丫头命不好。我一直以为她从我们家跑出去，可能就凶多吉少了。没想到安安稳稳长大，还结了婚，生了孩子。"她一面端着茶具往厨房走，一面不轻不重地感慨，"一般人活到这岁数，后半辈子都没什么大风大浪了。偏偏她不一样，年纪轻轻又走了，只留了孩子，也是可怜。"

万宇良一言不发，弯腰脱下脚上的运动鞋。

经过他面前，吴丽霞摇摇头，忍不住叹了口气："下回我拎点吃的去看看那小姑娘。真要说，她也算是我外孙女儿……"

"妈。"一只脚跋进拖鞋里，他冷不丁开口，叫住了她。

一早就在等他吭声，她刹住脚步，回头朝他瞥过去。

"其实我见过丫头。"万宇良的另一只脚也跋上拖鞋。

吴丽霞一愣："什么？"

"你记不记得当初抄曾景元他们老窝的时候，有线人给我提供了他们几个关键上线的画像，还有老据点的位置？"矮下身用自己的独臂捞起脚旁的运动鞋，他把它们搁进鞋柜，然后直起腰，面色平静地转头望向她的眼睛，"那个线人就是丫头。"

CHAPTER 21

当漫长的黑夜刚过

你无法扑灭一种火，

有一种能够发火之物，

能够自燃，无须人点，

当漫长的黑夜刚过。

——艾米丽·狄金森

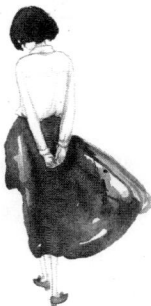

01

一九九七年六月，胡珈瑛独自在省人民医院的妇产科做了检查。

"没什么大问题，平时注意不要那么紧张，坚持锻炼一段时间就会好些。"女医生低着头，手里的笔不停挪动，在病历本上留下大串龙飞凤舞的字，"实在痛得不行，再到学校医院开点止痛药。不过止痛药不能经常吃，知道吧？"

胡珈瑛点头，又沉默一会儿："跟我以前的旧伤没关系吧？"

"这个目前来看没有关系，但是一定要注意个人卫生。"在左下角签好自己的名字，对方推了下鼻梁上的眼镜，抬起头看向她的眼睛，"还有，不能有过激的性行为，而且性行为也不能太频繁。你这个情况，稍有不注意就可能出现宫颈糜烂的问题，到时不仅影响生活，还可能影响你的正常生育。"

漆黑的眸子里不见神色变化，她再次点头，目光转向那本病历："我知道了，谢谢医生。"

循着她的视线瞧了眼病历，医生出于习惯，又推了推眼镜，而后重新去看她。

"很多幼年时期发生性行为的姑娘会有慢性盆腔炎这类的炎症，那样一般就很难怀孕。你算是……"到了嘴边的话一顿，她望着她的眼仁迟疑半秒，接着便低下头拾起笔，只说，"目前没有检查出来这种病，所以不用担心。"

胡珈瑛微微垂下眼睛。

"近期有性行为吗？"医生转而问她。

"一直没有。"她说。

"排便有没有影响？"

"会有点痛，但是比以前好多了。"

"不流血？"

"不流血。"

"不要有太大压力。"在最下方补上几行字，医生合上病历，慢慢推到她跟前，"要是心理有障碍，可以去看看心理医生。你现在还年轻，不要因为以前的事影响将来。"

捏住病历的一角，胡珈瑛将它拿到手里："谢谢医生。"

从诊室出来以后，她背着包，坐到了妇产科外的候诊椅上。

头顶那盏灯的灯罩蒙了一层灰，光线比别的灯要弱些，灰蒙蒙地投在她手心。妇产科人来人往，各异的身形晃过她眼前，带着各异的表情，走向各自不同的方向。她沉默地看着不远处的垃圾桶，在压抑的嘈杂声中，记起医生欲言又止的神色。

胡珈瑛知道她当时想说什么。

"你算是幸运的了。"可她没有说出口。

胡凤娟曾经告诉过胡珈瑛，人的内心深处总归是慈悲的。这或许就是善良不需要理由的原因。

坐在她身旁的孕妇站起了身。一个年轻男人从护士台朝她跑过来，搀着她走进妇产科的诊室。胡珈瑛转过头，看到了与她相隔一张候诊椅的中年女人。她垂着头，并拢两条细瘦的腿，交叠的双手放在膝前，紧紧相扣。盘得紧紧的头发扯着她的头皮，但她的眉毛依然垂得很低，画得弯弯的眉尾延伸到眼角，几乎与细纹相接。

胡珈瑛凝视着她，也凝视着灯光在她油光发亮的头顶映出的一圈白色。

脑海中浮现出一首短诗，是胡珈瑛几天前看到，一笔一画摘抄下来的。顾城的《小巷》。

小巷

又弯又长

没有门

没有窗

我拿把旧钥匙

敲着厚厚的墙

护士台的护士叫起了号。

中年女人站起来，拿上自己的手包，挺直腰杆，一步步朝诊室走去。那里挤满了试图插队咨询的病患和家属，伸长脖子，满脸急切。她只身一人，背影单薄，从容不迫。

胡珈瑛看了一会儿，也站起身，收回目光，离开了医院。

期末将近，宿舍的姑娘大多埋头于图书馆，寝室里只剩下三个人复习。

法政学院的考试结束得早，胡珈瑛考完婚姻法回来便开始收拾教材和笔记。秦妍从她的书桌书柜后头探出脑袋，眨巴眨巴眼瞧她："珈瑛，你有没有婚姻法的法条？"

"有。"手里收拣钢笔的动作停了下，胡珈瑛在肘边摆好的资料里抽出法条递过去，"你要这个干什么？"

寝室的书桌两两相对，她俩的书柜靠在一起，伸出手就能摸到对方的台灯。弯着眼笑笑，秦妍接下法条，把脑袋缩了回去，只有声音在书柜后边闷响："暑假要做个关于现代女性婚恋观念的调查报告，我想研究一下婚姻法，看看女性的婚恋观念和法律有没有关系。"顿了顿，又稍稍提高嗓门，"哎，你们希望未来的老公是什么样的人？"

"狄仁杰那样的。"历史学系的许可馨正咬着笔头翻看教材，头也不抬地回答，"多厉害呀，敌我双方都赞同他。这就是人格魅力。"

秦妍回头瞧了眼她烫得漂亮的卷发，扬起眉毛佯装惊讶："我还以为你比较喜欢潘安那样的。"

撇嘴抬头瞪她一眼，对方假装生气："我是那么肤浅的人吗？"

被她们俏皮的模样逗笑，胡珈瑛摇摇头，将手里的钢笔插到笔筒里，又伸手去捡掉在脚边的草稿本。秦妍转过脑袋再问："珈瑛你呢？"

"我没想过。"食指够到草稿本的边缘，胡珈瑛捡起来，站直了身子。

"那现在想想嘛，反正总有一天要想的。"许可馨插嘴。

把草稿本和废稿纸堆放在一起，胡珈瑛想了想，脑子里不自觉闪过赵亦晨的身影。

她记得在校医院那天，他就坐在她身边，抬手想要拉一拉警帽的帽檐，却扑了个空。一瞬间的怔愣，有些可爱。

也是奇怪。她想。他又高又壮的，一副内敛沉稳的样子，竟然会有点可爱。

略微垂了眼睫毛，她随口一答："正直、勇敢……有担当吧。"

秦妍听了笑她："就这么点要求啊？没有长相身材方面的标准？"

无意间一句话，忽然点醒了胡珈瑛。意识到自己在想的是谁，她耳根一热，张张嘴，顿了几秒才平静下来。"可能壮一点会更好，但只要有前面那三点，瘦也没关系。"她不紧不慢地挪开台灯，踮起脚将厚重的教材放上书柜，"我会负责把他养壮的。"

她和赵亦晨第三次见面，是在篮球场上。

那天全市大学生篮球联赛开始决赛，学校组织学生观赛助威，胡珈瑛便跟着同班的姑娘一起坐上了观众席。她们到得早，球场上只有警校的球员在进行赛前练习。她无意中抬眼，忽然就看到了他。

穿着松松垮垮的球服，一边运球一边控场。他始终维持着微压上身的姿势，浑身每一寸肌肉都没有松懈，却又一如他脸上沉稳而平静的表情，自始至终有条不紊，时不时抬起胳膊或是抛给队友一个眼神，冷静地指挥攻防。

不到开场，赵亦晨已经大汗淋漓。只那双深邃的眼睛，眼神依然清醒如初。

胡珈瑛的视线几乎没有离开过他，但他并没有发现。他专注于练习赛，从头到尾都没有分出半点注意力到观众席上，不笑，甚至时常会因队员配合不佳而皱起眉头。

她想，他果然是不爱笑的。

练习赛结束的时候，赵亦晨走回场边，一手扯起领口抹了把满脸的汗水，一手捞起休息椅上的水瓶，仰头给自己灌了大半瓶水，而后又将剩下的水淋上脑袋，甩了甩头。

胡珈瑛坐在观众席的第七排，原以为他不会注意到她，却没想到他转身要回球场的瞬间顿了顿，突然抬起眼皮朝她坐的方向看过来。距离太远，她甚至不能确定他看的是不是她。可她还是对他笑了笑。下意识地，没有过多的思考，也不抱得到回应的期待。

远远看见他望着这个方向直直地瞧了会儿，面无表情，不见反应。

然后，他放下水瓶，转身背对观众席，侧过脸来，屈起食指抬手，做了个拉帽檐的动作，笑了。

赛场人声鼎沸，那一刻胡珈瑛却觉得周围十分安静。

安静到只能听见自己的心跳。

那年暑假的第一天，赵亦晨只身来到了胡珈瑛的学校。

他告诉她："我中意你，我要跟你处对象。"

简单，直白，不带一丁点的怀疑和犹豫。

于是他们走到了一起。

十二月中旬，南方的冬季迟迟而来。

大二的期末考在月底，胡珈瑛已经没有晚课。她夜里洗完澡回到寝室，便

撞见李玲欢她们嘻嘻哈哈地回来，隔着一条走廊遥遥喊道："珈瑛，赵亦晨在楼下！隔三岔五来找你，感情挺好呀！"

脸上一臊，胡珈瑛端着盆闷不作声地钻进寝室，换好衣服，披上外套出门。

入夜以后起了风，她下楼匆忙，穿得少，刚走出宿舍楼就被寒风扑了个哆嗦。赵亦晨站在台阶下等她，抬头见她已经出来，便上前将她拽到避风的地方，脱下身上的厚袄子给她披上。

胡珈瑛个子又瘦又小，大半个人被裹进他暖烘烘的袄子里，一时不知道动作，只眨巴着眼看他，嘴里呵出一点白汽。

"也不多穿点。"赵亦晨语气冷硬，皱着眉头帮她扣紧扣子，又去捏她冰凉的手。他的手很热，手掌宽厚，指头修长，轻易就把她一双瘦小的手攥到掌心，不客气地搓热。

她也没被他训人似的语气唬到："天都这么冷了，还整天过来。"

抬眼对上她漆黑的眼，他一翘嘴角，像是被她气笑了："我俩处对象，你不去找我，我还不能来看你啊？"接着不等她反驳，握住她的左手带她走下台阶，"行了，另一只手塞兜里。去操场走几圈，我跟你说会儿话。"

本想说点什么，胡珈瑛却没有开口。她跟在他身旁，慢慢舒展五指，同他十指相扣。

他说要跟她说会儿话，其实话却不多。

年轻的情侣大多爱在隐蔽的树林和小路独处，赵亦晨却从不带胡珈瑛去那些地方。她跟着他，通常只在操场的跑道上走。

宽敞，明亮。不用担心危险，也不用担心迷失方向。

初冬的夜里少有人夜跑，冷风拉扯着冬季树木不落的枝叶，树影在昏黄的灯光下挣扎呜咽。零星几个跑步的身影扣紧帽子，试图在避风的拐角打羽毛球的人四处捡球。

很长一段时间，他们两人谁也没说话。

走到第七圈，赵亦晨忽然捏了捏她的手。

胡珈瑛侧过脸看他，见他抬了抬下巴，示意她去瞧青黑的夜空："启明星。"

顺着他的目光看过去，她只望见一颗星星，在远处那排梧桐摇曳的树影中时隐时现。

"你还认得星星。"

"只认得这颗。"他口吻平静，面上没有多少表情，"以前我姐老说，妈死了会变成这颗最亮的星星。我倒从没信过。"

头一回听到他提起自己的母亲，胡珈瑛一愣，随即平复下来。她仍然握着他的手，没有扭过头看他，也没有安慰。静默片刻，她只说："我们农村有种说法，说人死了以后，瞳孔里会留下一个人影，是生前看到的最后一个人。"

赵亦晨笑笑："这就是胡扯了，都没有科学依据。"

缓缓颔首，胡珈瑛并不反驳。

"我也不信。"她说，"但是有时候又会觉得，如果是真的，那也挺好。"

他沉默下来，许久，笑了声，松开她的手，紧紧揽住她瘦削的肩膀。

走回宿舍楼底时，胡珈瑛脱下他的袄子还给他："下次我去你学校吧，还没去过。"

"哪能真让你去。"赵亦晨轻车熟路地将胳膊拢进袖管，随手拉上拉链，"到时候你去了我又不放心你一个人回来，还得送你。"

知道他说的是实话，她便没再坚持。

"你们也快考试了，这段时间就别老往我这里跑了。"走上一级台阶，她替他翻出夹在颈侧的领口，"每天早上还要早训，来回跑这一趟太累了。"

"行，都听你的。"他低下头，捏着衣摆扣上最底下的扣子，"寒假回不回家？"

捏着他的领口一顿，胡珈瑛半垂眼睑："回。回去过年。"

赵亦晨抬起眼睛："真回去？"

她垂着脸，没有正视他。

"不回了。"双手从领口撤下来，她转而给他扣好第一颗扣子，语气平平，听不出情绪，"家里没人，我正好留在这里，过年打工还能多挣点钱。"

顺势捉住她的手，他揉了把她的头发。

"那就跟我回家。"她听到他说，"我已经跟我姐说好了。"

胡珈瑛仰起脸，撞上他的视线。他平静地注视着她，一如他当初在球场上的模样，清醒而又专注。

一旁的路灯将灯光打上他们的头顶。飞蛾扑扇着轻薄的翅膀，一次次撞向明亮的灯罩。

她记得胡凤娟说过，光是蛾在夜里唯一的方向。

如果不曾穿过黑夜，便不会义无反顾地扑向光源。

胡珈瑛合眼，感觉自己点了点头。

"好。"

02

李慧航带着刘磊回到了教室的后门。

亲自进教室替他收拾好书包，她一路监督自习的学生，慢慢走出教室。

刘磊还站在门口，低着脸，一言不发。他校服领口、袖口还有些皱皱巴巴，是刚刚李慧航拉架时攥出来的。她在他跟前站定，他也仍旧不抬头。垂眼看着他，李慧航还能想起他流着眼泪呕吐的样子。从校长室出来以后，他便没有再说过话。

将书包递给刘磊，她见他伸手接过去拎住了，才轻轻拍了拍他的背示意他："走吧，老师陪你下去。"

他不点头也不吭声，却还是在她轻微的推动下，挪动了步子。

“你也别想太多了。”领他拐到楼梯间，李慧航一面陪他下楼，一面斟酌着安抚，“学校是中间方，要考虑双方的家庭条件啊、对外影响啊这些问题……所以倾向于私了，和解。今天校长让他们回去跟父母联系，主要也是想看看你们双方家长的态度。你晚上回家，好好跟父母聊聊……”

“我知道。”突然开腔打断她的话，刘磊停下脚步，嗓音低沉而沙哑，“我可以自己回去了。老师再见。”

从他生硬的语气里听出了抗拒的意味，李慧航皱起眉头抿了抿嘴唇，想说点什么，却又无从开口。她看看他头顶的发旋，最终叹了口气。

“注意安全，回去之后发个短信给我。”

刘磊点了下头，脚伸向下一级台阶，只字不语地背着书包离开。

头顶的白炽灯在脚前拉出一小片阴影。他一步步下楼，走过一个拐角，再走过一个拐角。

快到一楼和二楼中间的那个拐角时，刘磊驻足。

夜风刮过他的脸。他抬起头，可以看见教学楼中心的天井，还有四周亮着灯的教室。那些灯光远远照亮他脚下的路。

他蹲下来，抱住腿，缩成一团。

学校附近没有地铁站，刘磊只能沿着那条半环形的路走下去，搭公交到距离最近的地铁站回家。

恰好是下班高峰期，公交车随着车流停停走走，车内乘客拥挤。他被挤到车窗边，扶着手边的椅背站稳，忽然感觉到裤兜里的手机振动了一下。过了几秒才迟钝地回过神，刘磊掏出手机，解锁了屏幕。

三条未读短信，屏幕上只显示了最新的一条，是黄少杰发来的。

“你收到就回个信啊！不是真答应和解了吧？！”

表情麻木地盯着两行字看了许久，刘磊关掉界面上浮出短信的窗口，没再看另外两条短信。消息栏里提示还有一条被拦截的信息。他顿了顿，点开被拦截的信息，看到一串陌生的号码，还有几行简短的内容。

"孙子，想搞你爷爷我啊？手机里的视频删了，U盘、硬盘、网盘、光盘还有邮箱……备份多得是。你想不想再搞我试试？啊？"

白底黑字，在屏幕微亮的光线里，映入他的眼底。刘磊好像有些看不懂。

他看了一遍、两遍，机械地看完第三遍的时候，他关掉拦截信息，怔怔盯着屏幕瞧了一会儿，而后缓缓打开剩下两条未读信息。不出他所料，都是黄少杰发来的。他按顺序读下去，第一条和第二条的接收时间是在半个多小时前。那个时候刘磊还在校长办公室。

"学校是不是劝你们和解了？"

"磊哥我跟你说，这事你绝对不能和解！李瀚他爸妈都是部队的，学校就是怕得罪他们家才这么干的！部队怎么了？！军人犯罪不也得管啊？！我们必须让他受点教训！"

"你收到就回个信啊！不是真答应和解了吧？！"

报站声响起，公交车在站前停下来。刘磊在刹车时轻微摇晃了一下。他听到车门打开，外头一阵嘈杂。人们在往窄小的车厢内挤，有人撞到他的书包，扯直的肩带箍紧他的肩膀。他锁上手机屏幕，将它揣回兜里。

车门关紧，车厢内的空气越发混浊。刘磊的视线转向车窗外。

南方的天总是黑得很晚。已经晚上七点半，浓郁的夜色才彻底裹覆这座城市的天空。公路上车水马龙，哪怕是在不那么热闹的郊区，街道边的商铺和写字楼也透出了一片灯火通明。霓虹灯的光斑划过他的眼底。他在玻璃窗上看到了自己的剪影。

车龙涌向市中心。十字路口的红灯闪烁，踩着斑马线的人影加快了脚步。

那里头有几个年轻的身影。他们穿着校服，单肩背包，勾肩搭背。

眼球不由转动起来。刘磊的目光追着他们，直到车流重新挪动，他们的背影渐渐远去。

临近八点半，秦妍赶到了医院。

她刚从康复中心下班，臂弯里还搭着要拿回家清洗的白大褂，原本挎在左肩的包滑到了手肘处，微微张嘴喘着气，脚下步履如飞，显然来得匆忙。赵亦晨走到病房外接电话，微侧过脸，遥遥瞧见她，冲她略略颔首。

　　"姐夫。"划下手机屏幕上的接听键，他叫电话那头的人。

　　"亦晨啊！"刘志远那边有汽车驶过的声响，他似乎在室外，语气焦急不已，"刚刚李老师打电话给我们问阿磊回家没有，说他将近一个小时之前就出了学校了……一般二十分钟应该就到了，我想会不会是下班高峰期，但是我给阿磊手机打电话，是关机状态啊！"刺耳的喇叭声从手机里传来，他却没有片刻的停顿，还隐约有些喘，像是在边跑边说，"李老师说校方那边的意思是倾向于和解、不报警，还说阿磊情绪很激动……他、他不会想不开做傻事吧？！"

　　秦妍在赵亦晨身旁刹住脚步，往病房里探了一眼，又将目光移向他。

　　"我想办法找他，你们在家里等，不要急。"他的余光将她的动作收进眼底，但没给她回应，只平静地向刘志远交代了这么一句，便挂断了电话。

　　"怎么了？"她在一旁问道。

　　"阿磊不见了。"他答得言简意赅，垂眼编辑短信，把刘磊手机的账号密码发给队里的技术员，让对方用电脑云端定位手机位置。

　　"你们下午有没有好好疏导他？"早先听说了今天发生的事，秦妍拧起眉头，一字一句轻缓地提醒他，"这个年纪的孩子自尊心最强，尤其是男孩子。所以碰到这种被羞辱、被欺负的事，他们一般不会告诉老师或者家长。刘磊很聪明也很懂事，现在善善受伤了，他肯定会把责任往自己身上揽。"

　　短信几乎是刚发出去就收到了回复，技术员答应两分钟内给他消息。

　　"我知道。"确认对方收到了信息，赵亦晨才把手机揣回兜里，"等查到他手机的位置了我就去找他。"

　　他口吻平淡，面上依旧是瞧不出情绪的淡漠神态。秦妍仔细瞧着他的侧脸，已然记不清他当初和胡珈瑛在一起时的笑脸。秦妍和赵亦晨打的交道不多，但她知道他们夫妻都是不爱笑的。只有在彼此面前，他们才从不吝啬

笑容。

"有时候，你表达关心的方式可以换一下。"犹豫片刻，她柔声开了口，伸手把滑到肘部的包提到肩头，垂下眼睫毛，没去瞧他，"我知道你当了这么多年的警察，有些职业习惯难改。但是对家里人，多聊聊、多袒露心扉总是好的。可以加深你们相互之间的理解，也能一定程度上避免隔阂。"

走廊里人来人往，她的视线逗留在不远处的某一点，于他的沉默中听着或轻或重的脚步，经过他们身前。

"你之前说有话要当面告诉我，是什么事？"十余秒过去，她才听到他再度出声。

攥紧了搭在左臂上的白大褂，秦妍屏息收拢五指，又松开："今天不是时候。"

赵亦晨沉默下来。

所幸他的手机很快便振动一下，动静清楚得秦妍都能听见。她余光瞥见他拿出手机看了一眼，便将它拢回裤兜。"我先去找阿磊，善善麻烦你看一下。"语罢，赵亦晨绕过秦妍，提步拐进病房。她反应过来，快步跟上去，刚走进病房就见他站在病床边，弯腰摸了摸赵希善的头发，沉声交代："听秦阿姨的话，爸爸找到哥哥就回来。"

小姑娘倚在摇高的床头，拿红红的眼睛看着他，点了点头。

得了她的回应，赵亦晨直起身朝秦妍颔首示意，然后便疾步离开。

直到他的脚步声彻底远了，她还偏着脑袋眼巴巴地望着门口，苍白的小脸不再像从前那样神情呆滞，往日无神的大眼睛里却蓄满了泪水，微微垮着嘴角，仿佛随时都要落泪。秦妍立在原地注视了她半晌，而后来到病床边，挪了挪椅子坐下，抬手轻轻拨开小姑娘额前的碎发，瞧一眼她额角遮盖伤口的纱布："还疼吗？头晕不晕？"

收回哀哀望向门口的目光，小姑娘垂下脸，缓慢地摇头。

秦妍笑笑，又摸向她的小手。察觉到赵希善的手有点儿凉，秦妍便将它们焐在手心里，语调轻缓地告诉她："要是有哪里不舒服，就告诉秦阿姨。"

小姑娘收了收下巴，没吱声。秦妍知道她今天开口说了话，现下不愿意说，还需要引导。她因而不急不躁，再接着问："想不想听秦阿姨说会儿话？"

　　安安静静地垂着眼，赵希善没给她回答。病房的灯光投下来，在她的眼睫毛底下描上一小片浅浅的影子。"听说善善今天跟爸爸讲话了。"秦妍握着她的小手，亦不等她答应，轻声同她讲起来，"爸爸很高兴，马上就打电话告诉秦阿姨了。爸爸也跟秦阿姨说，善善很勇敢。"

　　她停顿一下："善善今天还帮了哥哥，是吧？"

　　对于这个问题终于有了反应，小姑娘小幅度地点点头。

　　"他们……打哥哥……"她仍然没有抬起脸，只动了动嘴唇，努力地、艰涩地出声，"是……坏人……"

　　秦妍静静等她把话说完，正要说点什么鼓励她继续，却忽然见小姑娘眼中的泪水掉了下来。"杨、叔叔也是……坏、人……他骗我……"她断断续续、一字一顿地说着，像是没有发觉泪珠子已从自己的眼眶里滚出来，咸涩的眼泪渗进脸颊上的伤口里也不喊疼，"还……把妈妈……摁到……浴缸里……"

　　心头猛地一跳，秦妍恍惚了一下："杨叔叔？是不是跟善善小姨住在一起的那个叔叔？"

　　缓慢地点了下脑袋，赵希善掉着眼泪，目不转睛地盯着她的手。她没有把自己的小手抽出来。

　　秦妍翕张嘴唇，竭力找回自己的声音："他为什么要把妈妈摁到浴缸里？"

　　眼泪再次模糊了视线。小姑娘记起母亲的样子——母亲狼狈地趴跪在浴缸边，被杨骞抓着头发按进水里的样子。她挣扎得那么厉害，比赵希善学游泳憋气的时候挣扎得还要厉害。可他不让母亲起来。小姑娘哭着、喊着，不住地尖叫。她想让杨叔叔放开妈妈，可他没有。

　　"妈妈要带我……去看爸爸……"她抽着气，吸着鼻子，努力地、竭尽全力地要把话说完，"妈妈要我……躲在柜子里、不能说话……但是杨叔叔叫

我……杨叔叔说、妈妈生病——生病了……"

滚烫的眼泪爬满了脸颊。她记起母亲渐渐停止挣扎的模样。母亲不动了。不论小姑娘怎么哭喊，母亲都不动了。她的手垂下来，再没有动过。

"杨叔叔骗我……他骗我……"赵希善哽咽着哭起来，"他把妈妈淹死了……妈妈没了……"

脑中的答案呼之欲出，秦妍不自觉松开小姑娘的手，眼前一阵发白。

小姑娘涨红了小脸，皱起鼻子，终于呜咽出声。

"因为我说话……妈妈才死掉的……"她哭着重复，"因为我说话……因为我说话……"

每回夜里哭醒，她都会想问妈妈，能不能再来一遍。再来一遍，她躲进柜子里，妈妈来接她。再来一遍，她不说话，妈妈很快就回来。

她不见爸爸也可以的，只要妈妈回来。

但是她知道，妈妈回不来了。

再也回不来了。

这里都是深紫色的花

我倒并不悲伤，

只是想放声大哭一场。

——木心

01

一九九八年一月，胡珈瑛跟着赵亦晨回家过春节。

赵亦清给他们开门时，手里还拿着一块半湿的抹布。她神情有些忐忑，伸出手想要和胡珈瑛握手，却忽然意识到自己手脏，赶忙缩回来贴着裙摆胡乱抹了两下，而后又小心翼翼探出来。

中午胡珈瑛坚持要帮着做饭，赵亦清慌了手脚，最后还是赵亦晨将她打发到客厅接着打扫卫生，才总算消停。

厨房里剩下他和胡珈瑛，一个择菜，一个拿着不锈钢盆洗排骨。

她掐下菜叶上的虫眼，听着客厅里打扫的动静，回头瞧了一眼，瞥向身旁的赵亦晨："你也不去帮忙。"

"都扫了好几遍了，平时根本没这么干净。"他手里抓洗排骨，翘了嘴角一笑，"她是看你要来，才反反复复打扫。"

想到屋子里每个角落都一尘不染，胡珈瑛垂了脑袋，一时也忍俊不禁："我以为你姐会是比较精干强势的样子。"

将盆里的肉扣进漏盆，他端着盆沥干水，轻描淡写道："我爸早年在港做生意，后来破产，跳楼自杀。"指甲挿进青翠的菜叶里，她顿了下，没去看他，只听到他面不改色地继续，"妈一个人带着我跟我姐住过来，卖了原先的房子，从刑警队调到派出所当所长，就是为了多腾出时间照顾我们。我十一岁的时候，妈也出车祸殉职了，剩下我跟我姐。为了供我读书，我姐没上大学，读完高中就去帮别人看店。她看着柔弱，经常哭哭啼啼的，实际上很坚强，什么事都熬过来了，还把我拉扯长大。"

一声不响地听着，胡珈瑛打开水龙头。

清水冲击盆中的菜叶，冰凉的水珠飞溅。几秒钟的时间里，他们都只能听见水声。

她拧紧开关，水声戛然而止。

"女子本弱，为母则强。她对你也是一样的。"她说。

漏盆内的水已经沥干，赵亦晨把排骨搁到手边，拿下墙钩上干净的毛巾，转头回她一笑。

"等下烧碗排骨给你试试。"

当天夜里，胡珈瑛同赵亦清一块儿睡主卧。

翻出几本从前的相册，赵亦清打着灯给她看他们一家人的照片。最初是一家三口，穿着警服的母亲，衣着体面的父亲，还有扎着两条小羊角辫的女孩儿。后来多了母亲抱着新生婴儿的照片，又多了女孩儿怀抱婴儿怯怯地冲着镜头笑的留念。

一家三口变成一家四口，直到婴儿长成四五岁的男孩儿，照片里才渐渐再也找不到父亲的影子。

赵亦清慢慢翻着相册，嘴边的笑容淡下来。

"爸走的时候亦晨还小，没什么印象。"

旧照片中的男孩儿时而戴着母亲的警帽坐在单车的后座，时而握着一把竹枪有模有样地摆出射击的姿势，像是在配合她的话，总是精神抖擞、神气十足。她忍不住又笑笑，接着往后翻："他从小就喜欢跟在妈屁股后头跑。妈去派出所，他也去。认识的、打交道的都是警察，所以他也就想当警察。八岁的时候啊，他还帮邻居家破过一个盗窃案。那阵子他就爱拿着妈给他做的竹枪，在这周围到处走，说是巡逻。"

恰好有张男孩儿腰杆笔直地站在街头的照片，他绷紧了脸警惕地朝镜头看过来，裤腰的松紧带里头插着那把竹枪，还真有几分警察的威严。

坐在赵亦清身旁的胡珈瑛也笑了。

再向后翻看，春节时母亲带着一对儿女拍的全家福，紧跟在后头的是赵亦清的毕业照。高高瘦瘦，长长的麻花辫绕过肩头搭在胸前，与前一张全家福里她初中的样子相比，要成熟许多。看上去像是高中毕业时的模样。照片按时间顺序收集，在此之后便是她年纪更大时的旧照。赵亦晨偶尔会出境，频率却越来越低，脸上也不见从前的神采飞扬。

大多数时候，他只是站在姐姐身边，不论变得多高、多结实，都仅仅面色平静地望着镜头的方向，一如胡珈瑛第一眼见到的样子，沉稳，不出风头，鲜少流露出情绪。

母亲的身影再未出现。

这中间似乎有一两年的断层，没有照片记录，唯一的痕迹便是姐弟俩的眼神。

"妈走了以后，亦晨再也没以前那么神气了。"赵亦清的叹息在胡珈瑛耳旁响起。

胡珈瑛垂下眼睛，动了动轻扣在相册边缘的手，指尖摩挲旧照片里赵亦晨没有笑容的脸："听说阿姨是车祸走的。"

"他不太爱提这个事。"赵亦清慢慢点头，"那天他学校已经放假，我还在考试。一大早的，他就跟着妈一起去派出所值班，路上停在包子铺买包子。亦晨发现有扒手偷东西，于是就喊了妈。妈第一时间骑车追小偷，没想到经过十字路口，被车撞了。"

顿了下，她叹口气，抬起头看向窗外漆黑的夜色："亦晨是亲眼看着妈死的。我听别人说，当时妈被车撞飞出去，甩开了好远。"

脑海中闪过大巴车窗外颠簸的街景，胡珈瑛一愣，忽然记起了蔡老尖嘴猴腮的脸。

身旁的赵亦清直直地望着窗户，好像已经陷入久远的回忆。

"那以后有一两年的时间，亦晨都不怎么说话。他脾气变得很怪，闷闷的，还经常跟人打架。每天放了学，他都在市区到处跑，天都黑透了才回家。我知道他是在怪自己，怪自己当时不该喊妈，不然妈不会去追小偷，也不会死。"眼里渐渐蒙了层打转的泪水,她转头,隔着那模糊的水雾去瞧身边的人,声线里多出一丝哽咽,"但是你说这怎么能怪他呢?"

胡珈瑛回过神,轻轻抓住她扶着相册的手。那是双粗糙的手。胡珈瑛想起胡凤娟。

蔡老的模样便缓缓淡去。

"那个小偷……后来抓到了吗?"

垂下脑袋抹去眼泪,赵亦清摇摇头:"至今没抓到。"

东北冬天白茫茫的大雪于是好像回到了眼前。胡珈瑛还记得那孤孤单单的高压电塔,站在几叶红色的屋顶中间,架起电线,撑起天。她知道他去了哪里,也许一辈子不会再回来。

"后来我读完了高中,就没再读大学,到工厂里打工供亦晨读书。"没发觉她的沉默,赵亦清抹干了眼泪,又捧着相册继续往后翻,"他知道我辛苦,慢慢就收敛了心思,不再像头几年那样浑浑噩噩了。经常帮我干活,打扫卫生,做饭……我要是生了病,家里大事小事都是他来办。小小年纪,已经有个男人的样子了。"

翻到下一页,她停下来,吸了吸鼻子,轻吁一声,既像感慨,又像叹息。

"这么多年,他也就一件大事没听我的劝。"

右上角的那张照片,像是赵亦晨考上警校那会儿拍的。他穿着警服,戴着警帽,身形笔直,眼睛隐在帽檐底下的阴影里,目光深沉锐利,一如胡珈瑛第一次见到他时的样子。她明白了赵亦清的意思。

"读警校,当警察。"胡珈瑛听见自己的声音。

略略颔首,赵亦清松开相册,粗糙的手心覆上胡珈瑛的手背。那也是双粗糙的手。捧在手里,摸得到厚厚的茧。赵亦清低着眉默默地看着,张张嘴,又合上。

"珈瑛啊……"良久,她才从嗓子眼里挤出声音,"我们家出过警察,所以我知道当警察的家属,很难。尤其是刑警,大部分因公殉职,活着的时候家里人睡不了一天安稳觉,死了也要留遗憾,生前聚少离多。"掌心轻轻摩挲胡

珈瑛的手背，赵亦清顿了好一会儿，每个字都又慢又轻，"亦晨学的是刑侦，将来的目标也是刑警……我不知道他有没有跟你提过，但是我希望你能知道这些，做好心理准备。"

说完她再次翕张一下嘴唇，好像想再说点什么，却被堵在了胸口。

胡珈瑛等待许久，最终反握住她的手："我知道，赵姐。"

第二天，赵亦清悄悄起了个早，穿戴整齐，去刘志远家拜年。

胡珈瑛上午帮着赵亦晨准备年夜饭，午后也没休息，坐在客厅的窗台边上，就着外头的天光剪窗花。他午睡醒来瞧见她，便走到她身旁坐下，拾起窗台上几张红彤彤的窗花，翻来覆去看了看，再去瞅她手里的花样："这么复杂的花样你也会剪。"

手中的剪刀小心翼翼地挪动着，她没抬头，只翘了嘴角笑笑："以前我阿妈教我的。"

胡家村的女人都剪得一手好窗花，据说是祖宗留下的手艺。"那是熟能生巧。"赵亦晨又拣了两张别的花样仔细瞧，直到没兴趣了，才搁到一边，捏起她几缕头发把玩，"昨晚听到你跟我姐在屋里说了挺久的话，都聊什么了？"

"赵姐给我看你小时候的照片。"腾出一只手来，胡珈瑛从他手心里抽出自己的头发，身子掉转一个方位侧向他，然后又接着低头剪窗花，"我之前问过你为什么想当警察，还没问过你为什么想当刑警。"

赵亦晨一笑："我要是说不上原因，你生不生气？"

抬起眼皮白他一眼，她也不同他拌嘴。他于是又替她把垂在脸侧的头发捋到耳后，再靠向身后紧合的玻璃窗。

"穷能犯罪，寻仇能犯罪，贪也能犯罪。"习惯性地伸直双腿，他两手十指交叠，随意搁在膝前，"被偷被抢的人穷了，就去偷去抢。被打被杀的人心里有了怨恨，就去打去杀。贪的人多了，清白的人也跟着贪。一旦走错了路，赔上的就是小半辈子、大半辈子，甚至一辈子。有的不仅葬送自己，还害了家人。"

停下手里的剪刀，胡珈瑛看向他，视线撞上他转过来的眼睛。

还是照片里的模样，深沉，平静。她记得他说过，她的眼睛不爱笑。其实他的也是。

可他注视着她，忽然就笑了。和那时球场上的笑不一样，少了点儿傲气，多了点儿水似的柔和。"刑警经手的案子，如果破了，也算是能砍断这种恶性循环。我觉得这样很好。"他说。

胡珈瑛便记起他头一次提到母亲时的样子。她望着他，握着剪刀的右手动了动食指。片刻，她低下头，把剪刀和剪到一半的窗花搁到一旁，摘下了右手手腕上的菩提手串。

空了的左手摊到膝头，她瞥了眼赵亦晨的手："手伸过来。"

猜不到她要做什么，他把手递过去，被她捏着手心，套上了手串。菩提子滚过他的手腕，表面已经被磨得不再粗糙，可见被反复把玩了不少年头。一颗颗串在一块儿，个头不小，掂在手里也有些分量。

等给他戴上了，胡珈瑛又捉着他的手，拈着其中一颗转了转："这是我阿爸留给我的。"

赵亦晨听了便要摘下来："那你不好好戴着……"

"给你了你就戴着。"她不轻不重地拍开他的手，垂下眼睛，松开那颗被搓揉得温热的菩提子，拇指轻轻摁在他的手心，"算命的说我命里跟佛有缘，希望佛祖能保你平安吧。"

沉默一会儿，他反握住她的手，忽然胳膊一揽将她抱到腿上。胡珈瑛僵住了身体，感觉到他干燥的嘴唇贴过来，亲了一下她的脸颊，很快，又很重。她脸上一热，僵硬地被他圈在怀里，一动不敢动。

"突然亲我干什么？"

"想亲不就亲了。"赵亦晨稳稳抱着她，声音从她脑袋顶上传过来，呼吸扫过她耳后，"别紧张，珈瑛。"

他察觉到她紧张，却也没松手。胡珈瑛愣了会儿，慢慢放松下来。她僵在

身前的手滑下去，轻轻扶在他的手边。

"我姐跟他对象，准备明年四月结婚。对方是个老师，文化人，工资不多，人老实，很疼我姐。两口子比较困难，买不起新房，所以结婚之后可能就要住在这里。这么多年，我姐把我拉扯长大，房子是她应得的。我是个男人，将来自己成家立业，自己负担。"她听见他告诉她，嗓音低沉，说得很慢，很稳，"现在跟你说这些，也是想给你更多时间想明白。我想要你，但不是想让你稀里糊涂就跟了我。

"警察工资少，头几年从基层做起，更辛苦。我没房，没车，没钱。你要是跟我，怕是有小半辈子都过不上好日子。等将来进了刑警队，我还会没时间陪你，甚至这条命也不能给你。"

声音顿下来，他像是在沉思，又像是在给她考虑的机会。但他没等太久。他收拢了圈住她的胳膊，下巴不轻不重地挨在她的耳边。"不过如果你想好了，肯跟我——我会让你有吃，有住，有穿。"他说，"可能不比别人的好，但我会尽我所能，把能给的都给你。"

胡珈瑛望着自己的鞋尖，一时没有吱声。她想起一九九〇年的冬天。那天长春的火车站人潮汹涌，她屏住呼吸试图逃走，最终却在人群中停下了脚步。后来胡义强把冒着热气的玉米给她，她将它捧在手里，焐热了手心。

她知道什么是富有，也知道什么是贫穷。她知道什么样的选择，是她真正想要的。

"我妈以前老跟我说，嫁鸡随鸡，嫁狗随狗。但是女人要记得，鸡是鸡，不是它有几斗米；狗是狗，不是它有几碗剩饭。"微凉的手扣住他的食指，她垂着眼开腔，"我中意的是你，想明白了，不后悔。"

身后的赵亦晨默了默，垂下脑袋，把脸埋在她的颈窝里。

她听到他笑了。笑得很轻。

大三的一年过得很快。南方城市回暖不久，最热的暑天已悄然而至。

暑假有不少学生留在宿舍，准备下一个学期的考试。胡珈瑛备考律师资格证，往往要在自习室待到夜里十一点，才慢慢走回寝室。

建军节那天晚上，她踩着门禁的点赶回宿舍，在一楼的走廊碰见了舍友许可馨。

她默不作声地垂着脑袋，平时打理得漂亮的卷发蓬乱地披散在肩头，脚步又慢又轻，好像每一步都拖得疲惫艰难。要不是她背上的书包眼熟，胡珈瑛险些没认出她。

"可馨？"小跑到许可馨身旁，胡珈瑛伸手替她捋了捋脸边的头发。挡在耳旁的几缕发丝被拨开，露出她通红的眼眶，还有脸颊上凝着点点血珠的擦伤。胡珈瑛一愣："脸上怎么流血了？"

下意识别过脸，许可馨抬起胳膊挡开她的手，瓮声瓮气地敷衍："不小心碰的。"

她嗓音沙哑，每个字的尾音都有些轻微的颤抖。胡珈瑛翕张一下嘴唇，岔开话题，不再追问："今天跟你们系主任聊得怎么样？"

许可馨没有回答。她低下头，忽然加快脚步，跑向楼梯间。

留下胡珈瑛怔怔地停步在楼道里，听着那串不轻不重的脚步声远去。

同寝的姑娘只剩胡珈瑛和许可馨还留在宿舍。胡珈瑛回到518时，寝室里空无一人。许可馨洗澡用的脸盆已经不在角落，胡珈瑛望了一眼，便收拾好换洗的衣服，拿上自己的盆走向浴室。

公共浴室只一个澡间拉上了浴帘，帘子后头有水声。她想了想，没有出声打招呼，径自踱进隔壁的澡间。撩起衣摆脱下上衣时，胡珈瑛隐隐听见什么声音。她停下手里的动作，下巴卡在领口，上衣罩住了脑袋。

哗哗的水声里，压抑的细语声时隐时现。隔着一道隔板，胡珈瑛听得不清晰。

"可馨？是你吗？"她穿回上衣，靠近澡间的隔板，试探着扬声，"可馨怎么了？"

隔壁的水声仍在继续，胡珈瑛侧耳贴向隔板。

许可馨呓语似的声线打着战，几乎被哗哗作响的水声彻底淹没。迟疑地走出自己的隔间，胡珈瑛来到隔壁拉紧的浴帘跟前。腾腾热气溢出澡间，攀上她微凉的脸颊。她屏住呼吸，听清了许可馨嘴里断线般重复的话："我不是……我不是……"

收拢眉心，胡珈瑛抓住浴帘："可馨我进来了啊？"

不等里面的人回应，她便拉开浴帘。热气扑面而来，蒸热了她的眼眶。她看到许可馨赤条条地跪坐在瓷砖地上。花洒喷出的热水浇透了她的头发，也浇红了她的身子。她低着脑袋，抱着胳膊，叉开腿一丝不挂地坐在氤氲热气里，狼狈，浑身透红，却好像毫无知觉。

胡珈瑛脑仁一紧，拔腿冲上前，关掉了花洒。几滴热水溅上她的脚背，滚烫而刺痛。她缩了缩脚，回过头。

"我不是……我不是……"许可馨像是未曾发觉她的到来，依旧埋着脸，用发抖的双手不断抓挠自己赤裸的胳膊。她全身的皮肤都被开水烫得发红，却还能瞧见一道道颜色更深的抓痕。然而她仿佛感觉不到痛，还在不住地抓挠自己，哆嗦着重复："我不是……我不是……"

赶忙扑跪到她身旁，胡珈瑛试图钳住她的手："可馨？可馨！不要挠了！"

瓷砖地上的水还留有余温。许可馨在混乱中胡乱挣扎一阵，终于脱力似的松开了手。她弓起身体，瘫软下来。胡珈瑛揽紧她的胳膊，感觉到她的肩骨硌在自己的胳膊前，僵硬，沉重。她的胸腔在颤动。胡珈瑛知道她在哭。挨近了，她才看到她皮肤上异样的痕迹。那是唇齿吮咬过的痕迹，在颈侧，在腿根。胡珈瑛熟悉这种痕迹。

"我不是……不是……"她听见许可馨颤抖的声音，带着哭腔的声音。

茫茫然盯着她腿间的痕迹，胡珈瑛忘记了开口。

她不知道许可馨哭了多久。直到她抱住她的手臂，腰弯得好像再也直不起来，胡珈瑛才重新听清了她的声音。

"好了，好了……没事了……"揽紧她赤裸的身体，胡珈瑛动了动发紧的喉口，"你不是，我知道。不哭，我知道。"

温热的水没过她的脚背。她指腹紧贴怀里滚烫的身躯，指尖微凉。

第二天上午九点，胡珈瑛从自习室赶到了法政学院。

副院长的办公室仍锁着门。她到卫生间外头的盥洗台洗了手，一点点搓掉手背上的墨渍。拧紧水龙头，她没有收回手，只定定地盯着台盆中间的下水口，在金属外壳上看着自己扭曲变形的脸。

身后忽然响起一个声音："珈瑛？"

胡珈瑛回头。是副院长恰巧经过，叫了她的名字。他也是学院里的老教授，身形微微发福，灰白的头发，眼角满是皱纹。他爱笑，总是笑容可掬地面对他年轻的学生。此时此刻，哪怕她没有先同他打招呼，他也是笑的。

胡珈瑛提了提嘴角，回他一个微笑："老师。"

然后他便把她领进了办公室。

"到了关键时候了，这段时间可别分心啊。"安排胡珈瑛在办公桌边的沙发上坐下，老教授才走到办公桌后头，取下斜挎的公文包，"叫你来就是想跟你聊聊。现在准备考研的已经开始复习了，要保研到外校的也开始做准备了。你呢？准备考研吗？"

"我准备参加律师资格考试。"

两手撑住椅子的扶手慢慢坐下来，他看向她："你不打算考研啊？"

"没想过。"她摇头，"我想本科毕业以后就直接去律所工作，当律师。"

"哦……是这样打算的。"点着头拨弄了一下桌面上摆着的钢笔，老教授凝神思索几秒，"女孩子当律师很难，也很辛苦。不过你这两年在学校的律所实习那么久，应该也是跟张老师他们了解过了的。"

"之前跟张老师谈过。"

老教授再次点了点头，抬起右手的食指，推一推离自己最近的那支钢笔，而后抬头对上她的视线，如往常一样笑起来："也行，我看你英语不错，以后

做金融证券方面的业务也是可以的。要是需要我帮忙，我到时就帮你写个介绍信，找个好师傅带着。"

"谢谢老师。"紧了紧交叠在一起的十指，胡珈瑛笑笑，"其实……我是准备主要做刑辩方向的。"

"刑辩？"

"对。"

面上的笑意褪下去，老教授沉吟了一会儿："珈瑛，你了解我们国家刑事案件各方面的现状吗？"

"做过一些了解。"她停顿片刻，平静地同他对视，"我知道老师是为我好，但是我希望能做我想做的事。我不怕的。"

望了她许久，老教授重拾了笑容。

"好吧，毕竟是你自己的未来。"他说，"那下个学期学院安排实习的时候，我会帮你争取到去好一点的律所实习。你要把握机会，跟律所的律师打好交道，尽可能找个好师傅，能在你毕业之后就带你。"顿了顿，又叮嘱，"现在进律所，师傅难找。但师傅又是决定你将来能达到什么高度的，所以你要重视。"

胡珈瑛站起身，面向他，深深鞠躬。

九月中旬，历史系的保研名额最终确定下来。

那天下午，李玲欢冲进寝室，猛地推倒了坐在书桌前的许可馨。椅子翻倒在地，撞到桌脚，也撞到了秦妍的椅背。胡珈瑛同她们隔桌而坐，还能感觉到地面轻微的震动。她抬起头，听到椅脚划过地板的刺耳声响，是秦妍站起了身。

同时传来的，还有李玲欢愤怒的质问。

"你排名比振文低四个，是怎么拿到保研名额的？！啊？！"她的嗓门那么大、嗓音那么哑，引来走廊里一片嘈杂，"同寝三年一直把你当姐们儿！你不知道振文这几年花了多少精力才保持了这个排名、争取保研名额？！你就这么对她？！你就这么想用下三滥的手段上位？！啊？！"

胡珈瑛起身绕过书桌，王振文恰好挤开围在寝室门口的人，冲上前拉住李玲欢。

"好了——好了！"她满脸的眼泪，哭喊着从背后抱住她的腰，不让她再动手，"李玲欢你不要说了！"

许可馨跌坐在冰凉的地板上，埋头捂着脸，自始至终没有出声。座位离她最近的秦妍蹲在她身旁，挽着她的胳膊想要扶她起身，却无济于事。而李玲欢涨红了脸腾动手脚，目眦尽裂地瞪着许可馨，还要上前打她。

老三展开胳膊挡在两拨人中间，慌慌张张地劝解："都先冷静一点，冷静一点……"

"是啊，说不定有误会……"

"误会？！你让她自己说说是不是误会？！"李玲欢打断了秦妍的话，抬起胳膊冲着许可馨的方向狠狠挥动，"许可馨你说啊？！你好意思说你没用下三滥的手段吗？！啊？！送礼了？！还是陪睡了啊？！"

门口聚集的人越来越多。胡珈瑛走过去，关上了寝室的门。

"不要说了……"门板轻轻碰上的时候，许可馨细弱的声音清晰起来，"不要说了……我不要保研了……我什么都不要了……"

沉默地转过身，胡珈瑛看向她。她蜷缩在墙角，抱着脑袋，发着抖："不要了……我不要了……"

胡珈瑛站在门边。

她记得有个雨天，她和许可馨一起赶去同一栋教学楼。路上胡珈瑛同她说起自己摘抄过的一首诗。两行诗，顾城的《雨》。

那时许可馨避开了脚下的一个水洼，举高手里的伞，回头冲她笑起来。

她说："我的盾牌是蓝色的。"

市内最大的体育中心坐落在市中心。

刘磊站在马路边的人群里。绿灯闪烁，黄灯交替亮起。车辆加速驶过，候在斑马线一头的人们待时而动。等到车流逐渐停滞，他跟着涌向马路对面的人潮，迈开了脚步。

人行道旁的小叶榕上挂满了灯带，入夜后满目的火树银花，只在枝叶交错中透出一两片漆黑的夜色。走过斑马线，刘磊在体育中心门前停下脚步。他回过头，望向对面的中信广场。八十层的写字楼直刺云霄，顶端闪烁的红光隐于酒红色的夜幕里，在周围高耸建筑星星点点的灯光下沉默。

城市是地下银河。刘磊曾在飞机上俯瞰过这座城市，却早已记不清它的模样。十月底的夜晚空气还有些闷热，他仰视林立的写字楼，感觉到这些黢黑巨大的影子都在向他压过来。揣在兜里的手握紧那把水果刀，他闭上眼，深吸一口气。

这里靠近火车东站，从前一度是飞车党活跃的区域。商业区渐渐繁荣以后，这片地区得到整治，入夜后的秩序也不再混乱。体育中心附近有个汽车站，因此这个时间段多是下班的白领和年轻学生活动在这片地区。

刘磊跟踪李瀚将近一个小时，背上已经冒出一层薄汗。

体育馆前的广场灯火通明，远远还能瞧见身形各异的人影。他认得出李瀚。他正踩着滑板从斜坡上滑下来。黄伟东和陈舸也在。他们一个坐在一旁的花坛边抽烟，一个立在那圈跳街舞的人里，没有聚在一块儿。

刘磊朝他们走过去。每走一步，他紧绷的神经都阵阵跳痛。

"哎，磊哥……那视频里的……真是你啊？"
黄少杰迟疑的声音反复出现在他的脑海里。

有人走到李瀚身边，低头同他说话。那人身上也穿着合贤中学的校服，外套被脱下来，吊儿郎当地系在腰间。

脚下的步子停顿了一下。刘磊松了松兜里的刀，再握紧。

他记起黄伟东的怒吼。

"你怎么诬陷人啊你！"

身遭时不时有黑色的人影来来往往。刘磊不在乎。他重新提步，握着刀的手心渗出细密的汗珠。

一只脚还踩在滑板上的李瀚没有注意到他。自顾自地掏出手机，他解锁了屏幕，递到身旁的人眼前，眯起眼，咧开嘴笑。手机屏幕的光照亮他的脸，也照亮他微斜的嘴角。他笑的时候，嘴有点歪。像极了他站在台阶上，居高临下地拿手机摄像头对准刘磊的样子。

把刀柄死死攥进手里，刘磊加快了脚步。

"校长，我们做错事了，我们承认。"

李瀚低着头撒谎的模样浮现在他脑海里。

"您也知道他舅舅是警察，我们是真的害怕……"

站在李瀚身旁的那个人抖着肩膀笑起来。李瀚也笑了。他踢开脚下的滑板，从裤兜里掏出烟盒，抽出一根香烟叼在嘴里。

刘磊便想到他弓着背走向自己的姿势。当时他手里没有烟，身上却有股腐臭的烟草气味。

"趴下来叫声爷爷，我就不把没打马赛克的视频放出来。"

眼前不自觉开始发晕，四周的高楼都在缓缓向刘磊压过来。夜风刮过脸，鼻头上的汗水滑过鼻尖。他攥着刀，越走越快。

那条被拦截的短信闪过他的眼前。震荡的视野里，白底黑字模糊而破碎。他发着抖，极力想要看清楚，最终只辨清了开头的那句话。

——"孙子，想搞你爷爷我啊？"

"李瀚！"他刹住脚步，发了狂地吼出声。

那个踢开滑板的人一愣，扭头看向他。等瞧清来人的脸，李瀚便勾起嘴角转过身，面向刘磊，掐灭了手里的烟头。练街舞的那群青年停下来，零零散散地坐在周围抽烟的人陆续站起身。十几束目光循着李瀚的视线转向他，连同那些覆向他的高楼一起，压得他几乎喘不过气。

胸腔中的心脏仿佛要跳到嗓子眼里。刘磊抓紧兜里的水果刀，下意识后退一步。他喘着粗气，眼前阵阵发白。他的脑仁跳痛，喉咙瘙痒难耐。满脸的汗快要被风干，他觉得脸上皮肤发紧，自己的嘴唇好像在打战。

但他还记得自己要干什么。他还记得自己为什么要来这里。

只差几步了，他想。只差几步了，冲过去，快冲过去。

紧了紧发软的膝盖，刘磊看着眼前这群渐渐聚拢的人，吞一口唾沫，咬紧后牙槽。他藏在兜里的手推开水果刀的刀鞘。

"刘磊！"

就在他要拔出刀的那一刻，背后忽地传来一声低喝。

那声音穿透了嘈杂的背景，针扎似的刺进刘磊的耳朵里。他一悚，回头看过去，便见一个高大的男人驻足在离他不远的位置，一堵厚墙一般挡住了广场地上照明灯刺眼的白光。他逆光而立，刘磊一时辨认不出他的脸孔，只能依稀看清他身上的衣物。是再常见不过的衬衫和牛仔裤。

"过来。"那人在他晃神的这么几秒钟里，再度出了声，"你爸妈都在找你，这么晚不回家在这里干什么？"

平静而不容置疑的语气让刘磊回过神来。他张了张嘴，脑仁一阵一阵地发紧，好一会儿才从发紧的喉咙里挤出声音："舅舅……"

"过来。"赵亦晨冷淡地重复了一遍。

眼球渐渐适应光线，刘磊看清了他那双深邃的眼睛，还有面无表情的脸。僵直的两腿开始发抖，刘磊侧过脸，刚好瞥见李瀚对身边的人低声说了些什么，那群聚在一起的青年便飞快地散了。李瀚最后看他一眼，也踩着滑板离开。他知道赵亦晨是警察。

"刘磊。"没有温度的声音又在背后响起。刘磊晃了晃，拖着虚软的脚步往赵亦晨那儿走去。他已经侧过了身，见刘磊跟上前，便转身径直走向停车场。

亦步亦趋地跟在舅舅身后，刘磊不敢开口说半个字。四周的高楼不再如同黑压压的影子那样倒向他，心跳也不再如擂鼓般跳向嗓子眼。但刘磊喉咙紧涩，握着书包背带的手亦满是虚汗。他知道舅舅看出来了——他看出来自己想干什么了。就像上回看出刘磊撒谎，哪怕没有拆穿，赵亦晨也是一眼看出来的。

右手还拢在裤兜里，虚握着那把水果刀。刘磊眼前恍惚一片。

前方有什么东西闪了一下。他回过神，意识到是赵亦晨拿车钥匙打开了车锁，后车灯同时闪烁起来。他已经走到驾驶座旁，打开车门，跨进了车内。刘磊犹豫一下，走到副驾驶座那边，跟着上了车。

系安全带的时候，他的手有些抖。用余光留意着身边的人，他看见赵亦晨系好安全带，插上车钥匙，抬手打开了车顶的灯。他没有急着把车倒出车位，两手搭上方向盘，目视前方的风挡玻璃，平静地开口："兜里揣的东西拿出来。"

刘磊僵住身体，没有回应，也没有动弹。

车头正对着体育中心外边的马路。赵亦晨依然平视前方，透过风挡玻璃凝视涌动的车流。

"要我说第二遍吗？"他问。

刘磊捏紧裤腿，屈起手肘，从裤兜里掏出那把水果刀。

转眸瞥一眼，赵亦晨认出了它，是赵亦清平常用来削苹果的刀。

他的视线转回风挡玻璃外："你刚刚想干什么？"

一言不发地低下头，刘磊不由得开始发抖。他手心里还躺着那把刀。刀一直被他抓在手里，刀柄温热。

赵亦晨冰冷的反问却在他耳边继续："捅人？还是杀人？"

眼泪沉沉掉进摊开的手心，刘磊咬住下唇，忍住到了喉口的抽泣。

随手将一只手伸到他跟前，赵亦晨垂眼，脸上没有任何表情地瞧着他。

"扎一刀。"他说，"你不是挺厉害吗？还想捅人。那就先扎我一刀。"动了动搁在刘磊眼前的手，他语调冷漠，"扎我手上。我是你舅舅，扎伤了不会让你负责。你扎。"

刘磊缩紧肩膀，捂住了脸。

"舅我错了……"他呜咽着落泪，"我不敢了……我再也不敢了……"

半垂着眼睑注视他，赵亦晨没有收回手，也不吭声。他不想多说。可他沉默许久，还是抬手重新搭上方向盘，目光移向了车外。视线扫过后视镜时，他看到了自己的脸。冷冰冰的，毫无情绪的脸。他知道很多时候，他看起来是不会笑的。

"你舅妈以前代理过一个案子。"良久，赵亦晨听到自己开了口，"她的当事人也是个跟你差不多大的男孩子，因为经常被学校里一伙高年级的欺负勒索，就在几个朋友的煽动下拿着刀去找那帮人还钱。结果钱没要回去，还一时激动把对方捅成了重伤。"

猛地抽咽一下，刘磊咬紧牙关，眼泪溢出了掌心。

"他在单亲家庭长大。当时你舅妈带着他妈妈去给被害人家属赔礼道歉，几次都吃了闭门羹。那个妈妈腿脚不方便，但还是坚持去，一边哭一边下跪磕头，求对方原谅。"赵亦晨对他的哭声置若罔闻，只不咸不淡地继续，"之后那个男孩子知道这件事，在看守所哭了一整晚。"

刘磊弯下腰，用力捂住自己的脸，再也掩不住喉中溢出的哭声。安全带勒紧他的胸口、他的胃。他想到了母亲苍白的脸。他想到她扶着腰，艰难走动在家里的样子。他浑身都在抖。

赵亦晨没去瞧他。他两手搭在方向盘边，眼里盈满人行道边各色的灯光，流转成模糊的光斑："我没你舅妈那个耐心。要换我碰到这种案子，只会先把当事人痛骂一顿。既然有胆量去捅人，当时被欺负的时候怎么就没胆量去反抗？你舅妈说他可怜，我觉得他也可恨。"

被那句"可恨"刺痛了神经，刘磊放下捂着脸的手，断断续续地出声："他们……不认错……还倒打一耙……"

"不要拿别人的错误当自己犯错的理由。"不露情绪地打断他，赵亦晨拿过他膝上的那把水果刀，"更何况你要犯的不只是错，你要犯的是罪。"

喉中一哽，刘磊合紧双眼。眼泪滑过颧骨，他没有去擦。

将水果刀搁进车门储物箱，赵亦晨靠向椅背，合了合眼。

"你妈妈身体一直不好。你爸爸平时都在照顾她，工作一忙，有时候就只能过问一下你的学习状况，别的顾不上。我知道你一向听话，搞好自己的学习，其他事情也不给他们添乱。"顿了下，他睁开眼，"本来我也有责任教你。所以现在你碰上这些事，我们都推不掉责任。是我们没花足够的精力教养你，关心你。也是我们没能给你一个顾虑更少的环境，让你在这个阶段安心做该做的事。"

"但是你没必要为我们的错买单，阿磊。"

再次用颤抖的手捂住眼，刘磊终于放任自己哭出了声。

"我们都要改，一起改。这是个过程，慢慢磨合，把生活过得更顺。"他听见赵亦晨告诉他，"一家人，没什么话不好说的。你有困难，就要相信我们。就算我们没办法帮你解决问题，多个人商量，多个人一起承担，也比你一个人要好。"他停顿片刻，"至少我们不会让你这么糟蹋自己。"

刘磊弯着腰，早已泣不成声。

这是他头一次听赵亦晨说这样的话。哪怕他的语气自始至终都平静如初，刘磊也知道，赵亦晨是在尝试同他交流。因为他是他的舅舅。他们是一家人。

回家的路上，刘磊胡乱擦掉眼泪鼻涕，好不容易才收住了崩溃的情绪。

"我、我同学……说……李瀚他们有背景……"他讲话还有些抽抽搭搭，小心翼翼地看看开车的赵亦晨，生怕舅舅再生气。

好在对方只在面不改色地看着前路："你同学？"

刘磊点点头："同桌。"

"他说的不一定对。"沉默一会儿，赵亦晨不紧不慢地回应，"假设是真的，也会有别的解决办法。到时候我们一起商量。"

顺从地颔首，刘磊吸了吸鼻子，刚要习惯性地揉一下鼻尖，又听他接着问："这事你想不想告诉你爸妈？"

抬到一半的手顿下来，刘磊愣了几秒，才明白舅舅指的是什么。

"我等下、跟他们说。"他想了想，憋住胸腔里抽气的惯性，郑重地回答，"我不会……再这样了。"

赵亦晨应了一声，转动方向盘，把车开过一个拐角，转进他们住的小区。

"长大了。"他说。

刘磊低头，揉揉鼻子，没好意思应声。

车停在六栋底下。知道该下车了，刘磊自觉拿上书包，解开安全带。

"善善已经醒来了。"这时赵亦晨冷不丁说了一句，"也开口说话了。"

惊讶地瞪大眼睛，刘磊手里捏着安全带，转头傻傻看向他。

"她醒来第一件事就是问哥哥怎么样。"赵亦晨也转头对上他的视线，伸手揉了把他的脑袋，"我明天带她回家，你精神一点，知不知道？"

"嗯。"赶紧点头，刘磊下了车，碰上车门，又低头隔着车窗跟他道谢，"谢谢舅舅。"

赵亦晨的手覆回操作杆上，稍稍抬了抬下巴示意他："上去吧，我先走了。"

"舅舅——"被他催促，刘磊略微慌了手脚，犹豫一阵，还是斟酌着措辞，"我记得我小时候生病，舅妈喂我吃过面条。"他抿了抿嘴，收拢五指抓紧书包的背带，"我跟爸妈……都记得舅妈。"

车里的人没有说话。站在刘磊的角度，只能看见赵亦晨的左手扶着操作杆，没有半点动作。

心跳又因紧张渐渐加快，刘磊想要弯腰去瞧舅舅的表情，却忽然又听到了他的声音。

"上去吧。"他平静地开腔。

顿了顿，刘磊点头，不再多嘴："舅舅晚上开车注意安全。"

走向中间那个单元时，他听见车子离开的动静。

悄悄松一口气，刘磊抬头，往四楼的方向望去。他看到自家的客厅亮着灯，灯光透过轻薄的窗帘，照亮了半个阳台。那是他的家。他的父母在等他。

胸口闷紧的感觉褪去大半，刘磊视线下滑，看向了他家楼下的那间屋子。

三楼。落地窗前的防盗门紧锁，屋内漆黑一片，没有灯。那是舅舅家。

刘磊的脚步停下来。

他知道那扇防盗门是在舅妈失踪之后才安上的。因为舅妈当年的最后一通电话，就是从家里打了出去。阳台上有外人入室的痕迹，一切都说明她是在家中被带走的。所以后来，赵亦晨安了那扇防盗门。

刘磊还记得在那之后，自己头一次站在这个位置看到赵亦晨立在落地窗前的样子。

他当时就戳在那扇落地窗后头，两手插兜，背脊一如往常挺得笔直。但是阳光将防盗门的阴影打在他的脸上，刘磊看不见他的表情。

他只记得，远远地看着，舅舅就像静立在监狱的铁窗后边。

没人能靠近他，他也不会再出来。

九点二十分，赵亦晨回到了医院。

还没走到赵希善的病房，他就遥遥瞧见了秦妍站在病房门口的身影。她手里什么也没拿，仅仅是站在那里，背靠身后的墙壁，两手环抱着自己。赵亦晨清楚那是种自我防卫的姿态。

他走近她，发现她眼眶通红。

"是杨骞。"秦妍似乎听出了他的脚步声，没等他停下，便率先开了口。

脚下提步的动作一顿，赵亦晨驻足，微微拧眉："什么？"

"是杨骞杀的珈瑛。"转过身面向他，她拿她那双满是血丝的眼对上他的目光，"就是那个跟许涟同居的男人，他叫杨骞。"

脑海里有几秒钟短暂的空白。赵亦晨看着她，在那几秒钟的时间里几乎不能思考。

"我知道他。"然后他听见自己开口，"你怎么知道是杨骞？"

秦妍竭力保持镇定的神情松动了。她的眼里霎时间漫上了泪水。但她很快低下头，再抬起脸时，只隐忍地颤着眉心，迎上他的视线。

"去年五月份的时候……我接到过珈瑛的电话。"她说。

身遭轻微的杂音戛然而止。赵亦晨一动不动地同她对视。

"是个没见过的号码，一开始我以为是骚扰电话，就没有接。但是她连着打了好几次，我接起来才发现是她。"她眼里含着泪，每一个字音的末尾都在细微地颤抖，"她没有解释原因，只让我第二天下午两点到大世界的家私广场，找一辆车牌号是粤A43538的货车。她说车里有个胡桃木的衣柜，柜子里藏着一个孩子，是她的女儿善善。她要我接到善善，把孩子送去你那里。"

入夜后还在进出病房的人不多。走廊里很安静，只有护士和几个家属走动的声响。赵亦晨面色平静地将她锁在眼仁里。他没有动作，也没有打断她。他把她的每一个表情都收进眼底。他试着听清她说的每一句话。

"当时珈瑛的声音听起来很慌，也很害怕。我想让她冷静下来告诉我事情的原委，也想知道她那几年失踪去了哪里。但是她什么都没说，还叮嘱我去接善善的时候一定要做好伪装，要保护好自己。"温热的眼泪不受控制地掉下来，秦妍的眉心和嘴角都在因压抑而颤动。她忍耐着，即便五官痛苦地挤作一团，也依然竭尽全力地忍耐，"最后她说……她一定会回来。但是如果她一个星期之内没有回来，就不要再找她。"

最后一个字音落下，她埋下脸，抬手捂住自己的双眼。

经过他们身旁的护士回过头，脚步停了停。赵亦晨仿佛没有看到她疑惑的眼神。

他问秦妍："这是什么时候的事？"

"去年五月……"

"我问的是具体的时间。"

冷漠的语调让她屏住呼吸，将哽咽咽回肚子里："五月二十七号。二十七号的上午。"

五月二十七号。赵亦晨在心里默念这个日期。许菡的死亡时间是五月二十八号晚上。他记得。他记得清清楚楚。

他张了张口："是哪里的号码？"

"市内的。"

"也就是说，她当时可能在X市。"

"对。"双手抹开淌过脸颊的泪水，她试着忍住眼泪，却只能徒劳地一次次擦去脸上咸涩的液体，"第二天我乔装打扮了一下，在大世界家私广场找到了那辆货车。不过车里没有胡桃木衣柜，我找遍了其他衣柜，也没找到善善。后来我向司机打听胡桃木衣柜的事，才知道原先是Y市的许家要把那个衣柜卖掉，结果他前一天按约定去取货，那家人却突然说不卖了。我顺着这条线索查了一下许家，没想到马上就接到了恐吓电话。"

她停下来，合上眼，嘴唇轻微地颤抖起来："我担心继续干预这件事会给我的家人带来危险，所以没有再查下去，也没有告诉你。"

赵亦晨沉默了会儿，只问："你怎么知道这些跟杨骞有关？"

"刚刚善善跟我说话了……"从掌心里抬起眼，秦妍看向他的眼睛，试图将所有的话全盘托出，"她说珈瑛让她躲在柜子里不要出声，然后就可以见到你。结果杨骞找到了善善……他骗善善说珈瑛生病了，所以善善自己从衣柜里跑出来……"她的视线被泪水模糊，无论如何都瞧不清他的脸，"那个时候珈瑛肯定是被他们找到了，所以才打电话给我……她以为善善还没有被找到，就让我去接善善……她自己回了许家……"

胡珈瑛在滂沱雨声中的哽咽回到了秦妍的耳边。她捂住脸，蹲下身，再也无法抑制喉中的呜咽。

"善善是亲眼看到珈瑛死的……"她声线颤抖地哽咽，"杨骞把她摁到浴缸的水里……她是被溺死的……"

隔壁病房有孩子嬉笑着跑出来。大人追到走廊，低声哄劝，将孩子拉回了病房。

走廊里很静。静得仿佛只有秦妍压抑的哭声。赵亦晨站在原处，维持着最初的姿势，身形笔直。他垂眼看着这个蹲在自己面前的女人，发觉自己浑身的肌肉都很僵硬。有那么一瞬间，他怀疑自己是不是要倒下了。但他没有。

良久，赵亦晨听见了自己平静的陈述。

"她死前回过X市。"他说，"她本来想带善善一起回来。"

秦妍把脸埋进膝盖里。

"对不起……"她颤声开口，"对不起赵亦晨……对不起……"抱紧自己的腿，她痛苦地蜷紧身体，"我女儿先天性失明……我一个人带着她……他们拿她威胁我……我没敢告诉你……"

赵亦晨没有给她回应。他抬眼看向病房门口。赵希善就趴在门边。

她探出那双同他如出一辙的眼睛，掉着大滴大滴的眼泪，怯怯地、哀哀地望着他。就像她还没有找回说话的能力，哭得无声无息。

赵亦晨走过去。他停步在小姑娘跟前，弯腰抱起她。小姑娘搂住他的脖子，把脸埋向他的肩膀。他揽着她的身子，感觉到她温热的眼泪濡湿了自己的衣领。

"不怪你。"右手覆上她的后脑勺，他避开她额角的伤口，贴近她的耳朵，轻声告诉她，"不是你的错。"

小姑娘细瘦的胳膊抱紧他的脖子，瘦小的身躯微微颤抖。

"爸爸……"她小声地叫他。

刻着"爸爸"两个字的相片吊坠还挂在她的胸口。它紧紧贴着他，将他的锁骨硌得生疼。

那一刻，赵亦晨想起了胡珈瑛。大学时期的胡珈瑛。

"最喜欢的是刑法，因为它有谦抑性。"她和他一起走在学校的操场上，眼中盈着光，嘴边带笑，"不要求别人善良，只要求他们不作恶。"

所以，那是最严苛的法，也是最宽容的法。

近夜间十点，Y市刑警队的会议室还亮着灯。

幕布中央投射着电脑桌面上打开的录音文件，播放器的进度条已行至末尾。专案组成员围坐在会议桌边，一时无人吭声。

郑国强两手抱拳抵在额前，紧闭着眼低头，全无率先打破沉默的意思。

半晌，终于有人开口请示："郑队……"

睁开眼放下手，郑国强叹了口气。

"把录音多拷贝几份，移交上去。"他冲技术员交代，而后又看向坐得离他最近的副队，缓慢地搓了搓手，"许家那边情况怎么样？"

"我们的人都跟着，暂时没有动静。"

他颔首："那就继续盯着，等上头指挥再行动。"

"郑队，这事儿上头会不会通知国际刑警那边啊？"被郑国强带进专案组的新人忍不住插嘴，"另一个先不说，许涟和杨骞都不是中国国籍，到时候要是逃出国或者跑到大使馆寻求庇护……"

"能让他们逃出国吗？我们的人也盯着，没那么容易让他们跑去大使馆。"拧起眉头打断他，郑国强屈起右手的食指，叩了叩桌面，"只要犯罪地在我国境内，我们就有管辖的权力。至于要不要通知国际刑警，还得等抓到他们，审清楚了再说。这事儿你不懂就不要瞎议论。"

年轻人缩了缩脑袋，识时务地闭上了嘴。

见他安分了，郑国强又回头问一旁的重案组组长："赵亦晨那儿怎么样了？还在'休假'吗？"

"哦，看样子应该是。小张说自从他们肖局给赵队批了假，他就没回过警队，一直在X市。"对方挠了挠脑壳，赶忙坐直了身子，"不过……他好像查

到了那间教会福利院的事。"

郑国强挑眉："不是一直在X市吗？怎么会查到Y市的教会福利院？"

"其实也不是他查的，"重案组组长思忖片刻，简单扼要地向他解释，"是一个叫周皓轩的律师，他跟赵队是一个警校出来的。这些年他们一直有联系，最近联系得更频繁，所以我觉得这事儿应该是赵队托他帮忙查的。"

"周皓轩？"

"对，他原先也是咱们市的警察。"他捏着手里的笔转了转，"后来结了婚就没干了，考了司法考试，跟人合伙开律所，搞非诉业务。"

郑国强听完，头疼地揉了揉太阳穴。他差点忘了赵亦晨也当了十多年的警察，即使被整个警队排除在外，也能想法子搜集到他要的信息。

"想办法联系他，让他这几天老实点，也顺便看住赵亦晨。"不过思考了一会儿，郑国强便揉着太阳穴，当机立断地吩咐，"要收网了，这种关键时候，不能出差错。"

组长应下来："那这份录音……要不要给赵队一份？"

话还没说完，他就被郑国强瞪了一眼。及时地收住声，他不再吭气。

这晚凌晨，薄雾笼罩Y市郊区。列车在如纱的雾气中穿行，从窗口瞧不见远方的山脉，也瞧不清近处的稻田。一片朦胧的雾色里，只有暗色的绿与黑夜融为一体。

周皓轩接到赵亦晨的时候，已经过了夜里十二点。他搭最后一班高铁，稍有晚点，出站时仅一对晚归的陌生情侣同行。周皓轩在出站口搓手跺脚，眯眼瞧了两眼，透过薄雾，他瞧见赵亦晨只身走出来，肩上搭着件薄外套，什么行李都没带。

揉了下干涩的眼睛，周皓轩笑着迎上去，捶了捶他结实的肩。

两人到大排档吃夜宵，点了两大盘烧烤、几瓶啤酒，算是周皓轩给赵亦晨接风洗尘。

"你也是，说来就来了。"把先开好的那瓶啤酒推到他跟前，周皓轩笑着责怪他，"要不是我今天晚上正好没应酬啊，还没法陪你在这里喝酒。"

"没应酬就早点回去。"提了提嘴角，赵亦晨拿起酒瓶同他轻碰一下，语气淡淡，"也不怕老婆骂。"

瓶口已经送到了嘴边，周皓轩含含糊糊地反驳："她还骂我？我挣钱养家，她才不敢骂我。"往嘴里灌了一大口酒，他才搁下酒瓶，对身旁的人抬抬下巴，"孩子怎么样？好些了吗？"

店家把烧烤送上来，不锈钢烤盘碰上桌角，发出轻微的声响。

赵亦晨默了默，转动手里的酒瓶，只说："今天开口说话了。"

"那是好事啊！这是好转了的意思吧？"

他低眼看着酒瓶上的标签，不摇头，也不点头。周皓轩瞄到他脸上没有表情，便也不追问，再给自己灌了口酒，把烧烤盘往他那边推了推："吃吧，多吃点。看看你都瘦了，成天没日没夜的。"

略微低下头，赵亦晨侧脸靠在自己握着酒瓶的左臂边，合眼一笑。

"你倒是胖了。"

胖了。没从前结实，肌肉好像都成了脂肪，啤酒肚能挨到桌底。十余年的光阴，磨掉了他们的年轻岁月，也快要磨去他们原本的样子。

几个下晚班的男人走进店里，吆喝着要来啤酒。周皓轩在喧哗声中看向他的侧脸，无所谓地笑笑，摇了摇脑袋："胖了，早胖了。身材都走样了。"

而后他看到赵亦晨睁开了眼，翘起唇角把酒瓶伸向他。周皓轩同他碰了碰杯，两人默契地收回手，把瓶里剩下的酒一饮而尽。

市区的夜晚不如郊区寒凉。夜空干净，偶尔露出几片微小的星光，藏在城市刺破夜幕的光里，不起眼地闪烁。

十几瓶啤酒下肚，他们在走回周皓轩家的路上已有些醉意。周皓轩酒量不小，也因为难得喝得尽兴，脑子有点儿犯浑，脚步不怎么稳当。"你上次来还是两年前吧，那会儿我们家婷婷也才三岁。当时我还想啊，连我的孩子都能打

酱油了，你还孤家寡人一个……"他踉踉跄跄地走了一段路，最终一把勾住赵亦晨的肩膀，打了个酒嗝感慨，"现在好啊，现在你也有女儿了，还比我们家的大几岁。"

赵亦晨拿开他的手，没有搭话。周皓轩住的社区不小，沿边是条长长的大路，人行道旁的路灯一直亮到路的尽头。抬眼望着那尽头的一团光亮，赵亦晨的步子有些沉。母亲刚走的那几年，他时常深夜在外头游荡。就像现在，不知道要去哪儿，也不清楚该不该停下。那时候，累了，他就会停一停。歇够了，便继续走。但现在，他觉得他走不动了。

一旁被他甩开的周皓轩也不气恼，摇摇晃晃地走着，时不时拍拍自己的肚子，苦涩地笑起来。

"孩子不好养啊，老赵。她太瘦了你心疼，她太胖了你也担心。你看她刚生出来才那么小一点……转眼就长大了。"他兀自开口，"你要操心她上学，要操心她交朋友……将来还要操心她谈恋爱，操心她工作，操心她生孩子……"

夜里微凉的风拂过耳边，模糊了他的几个字音。赵亦晨慢慢停下脚步，静立片刻，然后转过身，略有些不稳地在花坛边坐下。

周皓轩没有注意到他的动作，仍在慢慢悠悠地往前晃，醉醺醺的叹息里带着酒气："你还有好多事要操心啊，老赵。所以好多事，你不能再像以前一样犟了。"顿了顿，他再叹口气，"犟不得了，晓得不？"

缄默地弯下腰，赵亦晨挪动手肘撑上膝盖，两手扶住前额，托起沉甸甸的脑袋。

存有那段十一秒录音的MP3就在外套的口袋里。或许是因为酒精的刺激，他脑内一片茫茫的白，竟想不起胡珈瑛说最后一句话的语气。

他明明听了无数遍。他明明记得清清楚楚。

"哎——怎么坐这儿了？"周皓轩的声音扬高了些。他似乎扭回了头，拖着歪歪扭扭的脚步朝他走过来。

赵亦晨闭上眼。

"老周。"短暂的黑暗中，他听见自己缓缓开口，"她来找过我。"

"啊？"周皓轩的脚步声止在了不远处。

"珈瑛来找过我。"赵亦晨没有睁眼，只紧合着眼睑，沙哑的声线缓慢而肯定，"我老婆，胡珈瑛，许菡。她来找过我。就在她死的前一天。"

几个小时前，他便找魏翔查到了胡珈瑛打给秦妍的那通电话。她是在公共电话亭打的。如果在交警队调出那天那附近的监控，赵亦晨也许还能看见她最后的样子。但他不敢。他做不到。

"老周，珈瑛来找过我。"他睁开滚烫的眼皮，好像感觉不到从眼眶里掉出的眼泪，平静而专注地看着自己的鞋尖，"她就在刑警队外面。就隔着一条马路。"他说，"我只要出去抽根烟就能看到她。但是我没出去。"

周皓轩晃了晃，嗓音低哑："老赵……"

手指滑过额角，赵亦晨抓住了自己的两鬓。

"我本来可以救她的。"牙关微微颤动，他几乎用尽了全身的气力，也忍不住哽在喉中的泣音，"我找了她九年，老周。我本来可以救她的。"他压下腰，把灼痛的腹部压向膝盖，就好像这样能减轻痛苦，"她来找过我，老周。她在跟我求救。我本来可以救她。"

她当时离他那么近。他本来可以救她。

他怎么可能忘记她。

"老赵……"周皓轩跌跌撞撞地扑到他跟前，"老赵你别这样……"

"她在跟我求救，老周。"赵亦晨仿佛听不见他的声音，只咬着牙，抓着自己的头发，不断地颤声重复，"她在跟我求救。"

她两次向他求救。两次。他本来可以救她。两次。

"那是珈瑛，老周……"他告诉周皓轩，也告诉自己，"那是珈瑛……我的珈瑛……"

那是珈瑛，他的珈瑛。

是他的妻子，他孩子的母亲。

他牵过她，抱过她，背过她。他们曾经生活在一起。

他说过要把自己最好的都给她。他答应过如果她先走，他也会好好过。

但他走不动了。

哪怕他想，他也走不动了。

刻在命运里的路

他固执地走过许多路，

那些路，

早已刻在了他的命运里。

——顾城

01

一九九九年十月，全国律师资格考试如期结束。

胡珈瑛随着人潮走出考场，刚要抬头去找附近有没有同学的影子，便感觉到有人抽出了她手里的文具，而后握住她的手。那只大手拇指指腹有处茧子，她愣了下就反应过来，抬起头，对上赵亦晨转过来的视线。

他也不知道是什么时候挤到她旁边的，身上穿的还是集训时的警裤和黑色短衫。见她望过来，他把文具袋夹到胳肢窝里，腾出左手拉了拉头顶帽子的帽檐，再冲她一笑："考得怎么样？"

这年南方的夏天依旧走得慢，他们都穿的短袖，胳膊挨着胳膊，胡珈瑛也没推开他汗津津的手臂。她从兜里找出纸巾来，给他擦掉额角的汗："什么时候来的？"

"你们上午考第一场的时候。"赵亦晨接过她手里的纸巾，随手擦去另一边的汗水，"怕影响你，中午就没敢找你。"

胡珈瑛笑笑，沉在脚底的疲累也褪去了一些。她牵紧他的手，轻吁一口气："累死了。"

"那就赶紧回去休息。"抽出腋下的文具袋，他带她往人群外头走，"我送你回学校。晚上还有集训，不陪你吃晚饭了。"

她听了抬头，记起现在已经快要五点半。

"集训是几点？你要不先回去吧？还要绕到我们学校，太远了……"

"来得及。"在一旁自己的单车边停下来，赵亦晨将文具袋递给她，熟练地蹲下身开了锁，然后跨上车，对她稍稍抬了抬下巴示意，"上来。"

知道他不爱多说，胡珈瑛便拿着文具袋，坐上了单车的后座。

等她抓住他腰边的衣服，他才蹬动脚踏板。考场设在一所技校，考试刚结束，几个大门来往的车多，赵亦晨带她抄近路，骑过一小段不大平坦的煤渣地，车子轻微地颠簸。胡珈瑛只得抱紧他的腰，听他又问："你们什么时候开始实习？"

"下个月。"她的声音也跟着单车的颠簸，有点儿颤，"我去金诚律师事务所。"

"那不是正好在我们学校附近？特意挑的啊？"

赵亦晨没回头，语气里却染上了笑，颤颤的，她听着也翘起嘴角。

"学校安排的。"

或许是从她的声音里听出了笑意，他回了下头，一双眼睛隐在帽檐的阴影里，也瞧得出是含着笑的。

车头不稳地拐了一下，他转回头稳住，扬高了嗓音："到时候去找你吃饭。"

从背后扶稳他的腰，胡珈瑛没慌，笑着点了点头："嗯。"

十一月初，天气略微转凉。

金诚律师事务所办公区的侧墙上贴着律所里每位律师的照片和简介，合伙人都在最顶排，名字烫金，十分显眼。胡珈瑛和几个同来的姑娘站在一块儿，视线落在某个名字上，久久没有挪开。

王绍丰。

也是烫金的名字，在七个合伙人中间。名字上方是张蓝底的照片，里头的男人看上去不过四十岁，典型的国字脸，西装革履，剑眉星目。照片调过光，他脸色红润，精神抖擞，不像她曾经见过的样子。

她记得那时候，他就坐在那台黑色的广本里。傍晚的天色昏暗，他手里夹着香烟，脸隐在袅袅上升的烟雾中，偶尔露出冷漠的眼睛。

胡珈瑛只见过他那么一次。但她记住了滚烫的烟头摁在颈后的感觉。很

烫，很疼。

周围的同学一阵窃窃私语。她回过神，看到照片里的那个人从前面的办公室走出来，大步流星地来到带队老师面前，同他握了握手。简单的寒暄过后，王绍丰转过脸，面向已经安静下来的实习生，大方一笑。

"各位A大的才子大家好啊。"他嗓音有些哑，却面不改色，笑着正了正领带，"欢迎来我们金诚律师事务所！敝姓王，你们可以叫我王律师。是这样，今天因为律所有点忙，就先不带你们参观了。等下我会安排你们的指导老师，大致情况就是每个律师带一到两个人，你们实习的一些具体评分标准到时候老师都会跟你们说。"扫了眼这些年轻的脸，他的目光最后落在静立在角落的胡珈瑛身上，面上笑容不变，朝她抬了抬手："哎，那个姑娘——你叫什么名字？"

心头紧了紧，胡珈瑛抬头，对上他的眼睛。

"胡珈瑛。"她说。

"好，小胡。"对方颔首，依然笑容满面，"你就到我办公室吧。现在先过去，有个常客在里面，你先陪她聊聊，给她倒杯水，行吧？水我已经烧好了，电热水壶里。杯子放在电热水壶旁边，玻璃杯，两只都是干净的。"

站在前面的带队老师侧过脸，示意胡珈瑛答应。

瞥见他投过来的视线，她点头："好，谢谢王律师。"

弯腰道谢时，她合眼，记起胡凤娟头一次念她名字的模样。

"珈瑛。"她语气温柔，眼角的每一条皱纹里藏着笑意，"就叫珈瑛。"

王绍丰的办公室里站着一个女人。

她倚在窗边，一手抱着腰，一手捏着一根香烟，穿着一袭米色旗袍，还有绿色的针织开衫。胡珈瑛停到门边的时候，女人刚好交叉起脚踝，吐出一口烟圈。只看清她的脸一瞬，胡珈瑛就认出了她。

低下眼，胡珈瑛叩了叩敞开的门板："您好，我是新来的实习生小胡。"

女人的脸隐在香甜的烟雾后头，默默无声。半晌，她才说："我姓周。"

她姓周。周楠。

"周小姐您好。"胡珈瑛仍然低着脸，只看见女人旗袍衣摆底下纤细的腿，"我去给您倒杯水。"说完便转身走向茶水台，碰了碰电热水壶。

指腹贴着热水壶的外壳，就能触到扎手的热气。壶里的水滚烫。

"你全名叫什么？"拿起水壶的时候，她听到窗边的周楠开了口。

水壶边的托盘里有两只干净的玻璃杯。胡珈瑛拿起水壶，给其中一只盛上水："我叫胡珈瑛。"

"胡珈瑛。"女人念了一遍她的名字，停歇片刻，而后问，"这是你真正的名字？"

胡珈瑛手里的动作一顿。杯里的水没有盛满，留着一段不深不浅的口子，水面细微地震荡。她垂眼，又给另一只杯子倒了水："对，我是A大的实习生。"

汩汩水声中，周楠的声音平静而随意："你以前告诉我你叫丫头。"

"周小姐您可能认错人了。"放下水壶，胡珈瑛端起一杯水，转过身对她一笑，"我家是农村的，读大学才来的X市。"

周楠微微启唇，唇齿间再度溢出一股烟气。

"你现在大几了？"她问。

"大四了。"

"那就当我认错人了吧。"在窗台上的烟灰缸里摁灭了烟头，她侧过脸，视线移向自己的手背，"怎么想到要来律所实习？以后想当律师吗？"

"有这个意愿。"端着水走到她跟前，胡珈瑛两手把水杯递给她，"小心烫。"

烟雾慢慢散开，阳光打进屋内，映出空气中浮动的飞尘。胡珈瑛再次看清了周楠的脸。她垂着眼睫毛，弯弯的眉毛，柳叶似的漂亮。她看起来是没变的。只有耳垂上的耳洞已经长合，留下一点浅浅的印记。她没戴任何首饰，长发盘在脑后，耳边垂下一缕乌黑的发，贴着白净纤长的脖颈，滑进针织衫的领边。

"如果想做刑辩方向的，可以考虑跟着王绍丰做徒弟。他也算是省内刑辩数一数二的了。"伸出一只手接过那杯水，她忽然转眼看向胡珈瑛，巴掌大的瓜子脸背着光，牵动嘴角笑了笑，"现在师傅难找，你要有困难，随时通过他联系我。"

那天夜里，胡珈瑛又梦到了那条洒着水的楼道。

她扶着湿冷的墙，一步步拾级而上。经过三楼，路过四楼。她听到自己的哭喊声。

脚下的步子一歪，她扑倒在最后一级台阶前，身体不受控制地往下滑。她挣扎，抓挠。粗糙的水泥地磨破她的手指，磕出她的牙齿。她嘴里含着血，喊不出一个字。

她摔出那堵破洞的墙，摔在那个死去的人身旁。他四仰八叉地倒在那里，只穿着裤衩，睁着眼，张着嘴。胡珈瑛侧过脑袋，看到一条肥腻的白色小虫钻出他的眼睛，一点一点拱动身体。

猛然从噩梦中惊醒，胡珈瑛喘着气，借着宿舍走廊透进来的光，寻到了床头那一抹蚊子血。头顶的床板动了动，是秦妍翻了个身，在梦中发出一两句含糊不清的呓语。胡珈瑛合上眼，在黑暗中平复呼吸。

直到一月初，实习期结束，她都没再见过周楠。

南方的冬季姗姗来迟，为这个暖冬赶来一阵急寒。胡珈瑛开始到各个律所面试时，也裹上了厚重的大衣。

与她一同面试的大多是男性。她往往到得早，便一边熟悉周围的环境，一边打量这些陌生的面孔。或年轻，或年长。有人惴惴不安，有人沉着冷静。每个律所面试的方式不同，有时五六个人一起，通常男多女少，分给姑娘的时间也从来不长。

胡珈瑛奔波一个月，面试过的七间律所都没有回应。

临近新年，她带着教授的推荐信，到市内一间律所参加年前的最后一场面试。

负责面试的是两位男律师，一个年过五旬，一个不过三十。胡珈瑛和另外五个应届生一起，被安排在最后一拨。走进会议室后，她挨着一个姑娘，坐在了靠边的位置。

了解过几个男学生的信息，面试官才将视线转向两个姑娘。

"你是……A大的学生，张教授推荐过来的。"老者扶了扶眼镜，拿起胡珈瑛的简历瞧了两眼，便拿起笔，抬头瞧她，"叫胡珈瑛，是吧？"

她颔首："是。"

"嗯，农村户口。"年轻律师低头扫着简历，没有抬脸，"谈朋友了吗？准备什么时候结婚？"

这是他没有向前面几个学生问过的问题。也是胡珈瑛在头几次面试里，每回都要碰到的问题。

"有对象了，"她顿了顿，膝上的手攥紧了衣摆，"等六月份一毕业，就去领证。"

老者在简历上勾勾画画的笔停下来。他又扶了一次眼镜，放下笔。

"那简单自我介绍一下吧。"一旁的年轻律师合上了胡珈瑛的简历。

春节一过，日子便溜得更快。

警校的毕业典礼安排在六月初。那天胡珈瑛起了个大早，搭公交车赶到警校时，不过早上七点。

她候在校门口，时不时往里头望一眼，等赵亦晨过来接她。六月天气炎热，她穿的短袖长裙，料子轻薄，却还是没一会儿便出了一身的汗。车站离校门近，在她下车后又来了两班车，下来的大都是警校的学生家属。

第三班车刹在车站前，几个身着警服的年轻人下了车，你碰碰我、我撞撞你，勾肩搭背地朝校门走过来。他们穿的是新式警服，大盖帽，西服款式，铁灰色的衬衫，银灰色的领带。身形各异，看上去却都精神抖擞。

胡珈瑛远远地看到他们，不禁抿嘴淡笑。她还记得吴丽霞穿警服的样子。那会儿的警服还是军绿色的，不论款式颜色，都像极了军服。

　　目光掠过其中一人的脸，胡珈瑛愣了愣。那是个瘦瘦高高的年轻男警，勾着身旁同事的肩，不知道说了些什么，瘦削的脸上咧嘴带笑，一双狭长的眼睛弯起来，眼底藏着促狭的笑意。他正过脸来，捏着帽檐看向校门，无意间撞上她的视线，嘴边的笑靥时间定下来。

　　两人相互对视，一时谁也没挪开眼。

　　男警还在跟着同伴往原定的方向走，经过胡珈瑛身边，亦没有停下脚步。但他一直看着她，笑容渐渐淡去，哪怕已经同她错身而过，还略略偏过脸，最后瞄了她一眼。

　　可胡珈瑛没再看他。她收回视线，垂了垂眼，然后重新看向前方。

　　身后的脚步声停了停。有个脚步小跑着折返，飞快靠近了她。

　　那人的手拍了下她的肩膀，在她扭头的时候，又从她身侧绕到她面前。

　　他左手插在裤兜里，右手调整了一下警帽，好像想让自己的脸露得更完整一些。而后他冲她笑笑，明明低着头，两只浅棕色的眼睛里却映着青白的天光：“我们是不是认识？”

　　胡珈瑛记起他上一回用这种表情对她说话的模样。

　　“我长大要当警察，像我爸爸一样。”那个时候他说，“丫头，你也当警察吧，你反侦察肯定能过关。”

　　什么东西钩住了她垂在身侧的手。

　　胡珈瑛一愣，反应过来的时候，赵亦晨已经走到她身边，五指深入她的指缝，同她十指相扣。他低头看她一眼，悄悄捏了下她的手心，才抬头跟站在她面前的男警点头道好：“师兄。”

　　和往常警校生的警服不同，这天赵亦晨身上穿的也是新式警服。天气热，他大约一路跑过来，不仅额头上有汗水，手心里都满是细密的汗珠。胡珈瑛感觉到了，下意识又往斜挎在身前的包里摸摸，翻出条干毛巾，要给他擦汗。

男警的目光在他俩身上转了一圈，最后回到赵亦晨那里，笑着问他："女朋友？"

赵亦晨回他浅淡的一笑："我老婆，胡珈瑛。"

"胡珈瑛？"

"对。"

拽出毛巾的手顿了下，胡珈瑛低着脑袋，没有吱声。

"那是我认错人了，不好意思啊。"男警不再打量她，只不轻不重地捶一下赵亦晨的肩，"加油。"

他点头，男警便没有再逗留，简单同他们道别，提步跑向他走远的同伴。

紧了紧和她握在一起的手，赵亦晨示意她回神："走了，先去接我姐他们。"

胡珈瑛看他一眼，也没回头去瞧那个离开的人，由他牵着往前走，抽出毛巾，替他擦掉手心里的汗："刚刚那是谁啊？"

"万宇良，上一届的优秀毕业生，现在在缉毒队。"

"哦。"把毛巾对叠，她将干净的一面朝上递给赵亦晨，让他自己擦头上的汗。

接过毛巾，他像是被她不咸不淡的回应逗笑了，胳膊轻轻撞她一下，抓着毛巾的手指了指胸口的徽章："你男人也是优秀毕业生，没必要惦记他们上一届老的。"

胡珈瑛失笑，堵在胸口的情绪也散了大半。

她抬手给他理了理这边的衣领："赵姐今天也把阿磊抱过来？"

"来。"赵亦晨颔首，胡乱擦掉额头上的汗水，"我找好了住的地方，等毕业典礼完了就带你去看看。"顿了顿，又再度牵住她的手，"明天白天我们去趟民政局，把证领了。"

另一只手抚平了他的领口，胡珈瑛听出他语气里的笑，也不自觉一笑："好。"

赵亦晨看好的房子在郊区。小平房，七十平方米的空间，户型简单，除开厨房和卫生间，便只剩下狭小的卧室和客厅。

　　"空间不大，离市区比较远，好就好在有单独的厨卫。"他打开所有的灯，屋子里才显得宽敞亮堂些。环顾一圈客厅，赵亦晨的目光停在身旁的人身上，拨开她细软的长发，摸了摸她的耳郭："觉得怎么样？"

　　点点头，胡珈瑛仔细瞧着屋子的各个角落，琢磨一会儿该从哪儿开始打扫："市区的房子租金高，要是没有单独的厨卫，到时候吃饭又是一笔开销。"末了又转头问他，"这里租金是多少？"

　　"这你就别操心了，"不紧不慢地收回手，他后退一步，靠上身后的门框，"喜欢就行。"

　　胡珈瑛望着他的眼，想起他说过会让她有吃、有住、有穿。垂下眼皮，她眨了下酸涩的眼。

　　"我会尽快找到工作。"她说。

　　"不急，你慢慢找。"赵亦晨拉过她的左手，挨个儿捏了捏她细瘦的指头，"听说干律师这行的，领进门的师傅最重要。慢慢找，总能找到好的。"

　　胡珈瑛摇摇头："我尽快。"

　　头顶传来一声轻笑。"你也是犟。"她听到赵亦晨的声音。

　　"到时候户口上到城市，就会好些。"把她拉到身前，他搂住她的腰，下巴轻轻搁在她头顶，声线沉稳而平静，"下回他们要是问你结没结婚，你主动点，说结了，但是五年内不急着要孩子。"

　　她僵了僵，而后回抱住他，脸埋在他胸口，只字不语。

　　"我姐以前都碰到过，我知道。"赵亦晨温热的手掌覆上她的后脑勺，"我们还年轻，本来就不急。你照实说就好。"

　　沉默地听着他的话，胡珈瑛一言不发，耳边是他平稳有力的心跳。

　　良久，她闭上眼，点了头。

　　二〇〇〇年六月四日，赵亦晨和胡珈瑛在民政局办理了结婚登记。

那天夜里，他们挤在出租屋那张小小的床上，第一次睡在了一起。

屋子里没亮灯，他们在黑暗里坦诚相对，胡珈瑛的身体有些抖。赵亦晨的手抚过她的额角，嗓音低哑："怕了？"

他滚烫的掌心托住她的后腰，他们之间没有隔阂，肌肤相亲。

"珈瑛，我是你男人。从今天开始，我们两个在一起就是家。"昏暗的光线里，她看不清他脸上的神情。但她瞧得到他的眼，感觉得到他近在咫尺的呼吸。"我会护着你，对你好。也会占有你，让你痛。"他说，"但我不会伤害你。记住了吗？"

强忍着颤抖，她搂住他的脖颈："我记着。"

他进去的时候，她弓起身体，抱紧了他的背。

那阵阵哭喊回到她的脑海里。她流着泪，记起撕裂的剧痛，记起绝望，也记起心底震颤的恐惧。但她抱紧他，记着他说过的话。没有挣扎，也不再战栗。

一片黑暗里，她尝到的只有咸涩的泪，和他给她的全部自己。

早一点就好了。她想。

早一点。早一点就好了。

02

徐贞被一阵凶猛的狗吠惊醒。

她在黑暗中坐起身，摸到盖在被子外层的上衣，一面胡乱地套上一面起身，踩着鞋打开了屋内的灯。外头的狗叫没有停，远远传来模糊的争吵声，还有孩子的哭喊声。迅速穿好鞋跑到窗边，徐贞小心地拨开窗帘的一角，鼻息间呼出的热气在玻璃窗边缘撞出一片白雾，又很快消失。

白天山间下过一场雨，九龙村头顶的夜幕便越发干净，星河如洗。远近几

间屋子都陆续亮起了灯，徐贞隐约瞧见几个人影在往鱼塘的方向移动，狗吠声响彻夜空，哭喊和争吵持续不停。她转过身抬起房间的门闩，刚踏进正厅，就瞧见对面的房门也被推开，程欧匆匆忙忙钻出屋子，同样衣衫整齐。

临睡前李万辉已经收拾好了那间里屋，徐贞和程欧这晚得以分开住，但他们还是各自和衣而睡，以防出现什么突发事故。两人视线相撞，她下意识先开了口："出什么事了？"

"吵架？"程欧挠挠脑袋，眼睛还在往大门的方向转，语气不大确定。

这会儿却有人从外边叩响了大门，压着嗓门道："徐记者？程记者？"

听出是李万辉的声音，徐贞同程欧交换了个眼神，便上前撤去门闩，打开了门："李老师——"

李万辉钻进屋内，把身后的门板合上，抬头才发现程欧也在正厅："把你们都吵醒啦？"

"外头在吵什么啊？"程欧系上外套的扣子，抬着眉头问他。

焦急地皱着眉张了张嘴，李万辉像是要抱怨什么，最后却忍下来，只道："方德华跟阳阳妈打起来了。"

"怎么突然打起来了？"

"今天我跟主任说了，你们采访的时候可能也要跟阳阳妈聊聊……"李万辉解释得含糊，"主任就跟方家打了招呼，结果方德华觉得这事儿是阳阳妈挑起来的，阳阳妈争了两句，就……"他眼神躲闪，没再说下去。

悄悄瞄了眼程欧，徐贞恰好撞上对方的目光。他们都知道上个月村里发生的袭警事件，当时事情不仅闹到了市刑警队那里，还惊动了武警。冲突的源头是村民收买被拐卖的妇女儿童，村干部事后都被撤职，而有了前车之鉴，新的村主任上任，对外来人都多了几分警惕。

徐贞想了想，又把征询的眼神抛向李万辉："那我们要不要也去劝劝？这事儿说到底是我们要求的，不然我们去解释一下……"

急忙摇摇脑袋，他摆了摆手："徐记者你就别去了，方德华那人平时打人就不分男女的，加上今天还喝了点酒……"而后他停下来，看向程欧，"程记者能来帮忙拉下架吗？还是得说清楚，不然这事儿没完……"

程欧系上了最后一粒扣子："行，走。"

两个男人匆匆踏着夜色出去，李万辉的脚步尤其急。夜里光线昏暗，他们抄近路，踩过抽干了水的田垄，摇摇晃晃往鱼塘的方向走。徐贞站在门口望了一会儿，便远远跟了上去。

九龙村新凿了几片鱼塘，还有几块水田的水没有抽干。虽说白天已经确认过位置，但深夜光线不足，徐贞还是不敢像李万辉他们那样抄小路，只借着邻屋的灯光，打开手机的照明走屋前的大路。

不少村民被外头的动静吵醒，有人从窗口探出脑袋谩骂，也有人走出自家家门，伸长脖子观望。她举着手机悄声经过，也没人留意她。李万辉住得离村里最大的鸡棚不远，她没走多久便闻到一股家禽粪便的气味。隐隐瞧见了鸡棚的影子，徐贞正要绕开一堆杂物摸过去，脚下就踩到一根长长的树枝。树枝没断，她却听到身旁一声什么东西断裂的"咔嚓"响动。

徐贞一惊，转眼便见身边有人扑了过来，一把抱住她的胳膊！

"救我出去，求求你救我出去……"颤抖的女声带着哭腔，来人不断拉扯徐贞的胳膊，浑身都在哆嗦，指甲却用力得好像要抠进她的血肉里，"我不是他们村的，我是被买来的，求求你救我出去，求求你，求求你……"

丢开手中的手机，徐贞猛地抓住这人的手腕，要不是听清了这带着点儿乡音的求救，险些下意识就把她摔出去。稍稍冷静下来，徐贞没松开手，听着耳边不断重复的"救我"，不由记起前一天沈秋萍回望她的眼神。

鸡棚附近没有亮着的灯，手机掉在几步远的地方，黑暗中徐贞瞧不清女人的脸，只能抓紧对方的手，压低声音问她："你是哪家的？从哪里被拐来的？"

不等女人回答，不远处两间屋子对拐的地方便闪出一道灯光，几个男女拿着手电筒寻到了她们。为首的男人大骂一声冲上来，狠狠将女人从徐贞跟前扯开。

"又他妈给老子乱跑！"他抢起胳膊，对着女人的脸扇下两个巴掌，又一

脚踹上她的肚子。

女人被踹得撞向鸡棚，咂喃一声闷响，没了声音。棚里的母鸡受惊，"喔喔喔"地乱叫。

拿着手电筒的几个人赶忙上前把她架起来，错乱的光束里徐贞只看见她乱蓬蓬的深咖色长发，还有脏乱的衣裤。

"你哪个屋的？"动手的男人把手电筒的光扫向徐贞，操着一口当地话问她，"哦，是那个女记者。"

抬手挡了挡光，徐贞垂在身侧的右手捏紧拳头，又松开。她不吭声，兀自转身去捡手机。

打在背后的光束晃了一下，没一会儿就撤开了。

她抬起手机回过头，那群人已经骂骂咧咧地走远。

徐贞赶到鱼塘边上的时候，争吵的动静早已停下来，只剩下孩子沙哑的哭声。

邻近的几家人都打开了屋子里的灯，十来个人影围在鱼塘边，给踩着小船下了水的人打灯、指方向。徐贞望了一眼，认出船上其中一人是李万辉，另一个则是程欧。他们一人撑船，一人握着竹竿往水里探，像是在找什么东西。视线在鱼塘边的人脸上兜了一圈，她没在这些人里边发现方家人的脸，扭头去看方家的屋子，才瞧见一个女人抱着孩子坐在屋门口的小板凳上。

从身形看，是沈秋萍。她身上只穿了件被扯开袖管的蓝底睡裙，头发蓬乱地低着脑袋，手脚并用地将孩子死死困在身前，任他怎么挣扎也不撒手。"妈妈……妈妈……"孩子在她怀里号哭不止，使劲扒着她的胳膊，挣不动便用力捶打，没有片刻的消停。

徐贞借着屋里透出来的灯光看清了孩子的脸。他不是沈秋萍的儿子方海阳，却是她的侄子，大点儿的那个，方东伟。

"这是怎么回事？"徐贞走到鱼塘边，找了个脸熟的村民，小声问道。

"死人咯。"对方回头瞧见是她，无所谓地笑笑，"方德华被捆进屋里去了，他老母刚去喊主任。"

"谁死了？"

"方家的阿雯。"

"她自个掉下去的。"一旁的村民插嘴，"人两口子打架关她莫子事嘛，疯疯癫癫跑出来挡，崴了一下，脑壳碰到石头，掉进塘里没起来了。"

徐贞听完便噤了声。她记得李万辉说起过这个阿雯，那会儿程欧还推测，阿雯应该也是被买进来的。她丈夫已经死了，她也给方家生了儿子，自己常年疯疯癫癫，不知道对方家来说算不算是个累赘。

思忖片刻，徐贞偷偷看了眼沈秋萍怀里的方东伟。十岁出头的孩子，还在用尽全力扒拉着叔母的手臂，一边哭喊一边挣扎。那只狂吠的狗不再叫了，满天星河下边，仅剩他撕心裂肺的哭号。

只这么一眼，徐贞就没再看下去。她转而望向鱼塘，看见漆黑的水面被竹竿划出圈圈涟漪。

那涟漪也是黑色的，黑得发冷。

早上七点，周皓轩敲着涨痛的脑袋睁开了眼。

身旁妻子文娟睡的位置已空，被子掀开了一角，床单还有些皱。他爬起来，抓起搁在床头的手表看了眼时间，然后趿上拖鞋走出了卧室。厨房的方向传来文娟做早餐的动静，女儿的小卧室关着门，她要半个小时之后才起床。周皓轩站在卧室门口打着哈欠抓了抓脑袋，又拐去客房，小心打开门探进脑袋，想瞅瞅赵亦晨是不是还没有醒来。

屋子里静悄悄的，空气中还残留着酒气，窗户半敞开，小床上被褥铺得没有一点儿褶皱。

周皓轩惊了一下，忙又退出来，快步到厕所瞧了一眼。卫生间空着，他检查完就跑到阳台看了一圈，这才确认赵亦晨已经不在自己家了。

在厨房听到他跑动的声音，文娟端着泡黄豆的碗走出来："找什么啊？"

"老赵呢？"周皓轩疾步穿过客厅走向她。

"哦，他大概一个小时前走了。"一只手还浸在水里抓黄豆，她不明所以地看着他，"还让我别叫醒你，说你昨晚喝得有点多。"

"六点就走了？说了去哪儿没有？"

"说是出去转转……再去南郊的公墓看一下……"

去南郊公墓？不是说好了去找那个退休的福利院工作人员吗？周皓轩拍一下自己的脑袋，知道文娟这是被赵亦晨糊弄了。

他又转脑袋去找自己的车钥匙："我车呢？他没借走我的车吧？"

"没有啊……"大约是从他的反应里觉出自己做错了事，文娟有些心虚，拿出搁在碗里的手，走到钢琴边把他放钢琴上的车钥匙拿下来，转过身递给他，"这不在这儿嘛。"

周皓轩见钥匙还在，摸摸胸口，多少松了口气："那还好，那还好……"

滴着水的手里拎着车钥匙，她清了清嗓子，小声补充："但是他借了我的车……"

身子一僵，他瞪大眼："你的车你借给他干什么？！"

"他、他不是你最好的兄弟嘛！"听他抬高了嗓门，文娟也忍不住睁大眼睛吼回去，"他要借车我能不借啊我！"

被她的话噎得不轻，周皓轩憋红了脸，只得摆摆手："行，行，你有道理，我不跟你说。"而后他拿走她手里的车钥匙，衣服都不换就往玄关跑。

"哎你去哪儿啊！早饭都没吃！"文娟忙追了两步。

一脚踩进自己的皮鞋里，他胡乱蹬了蹬鞋跟："我找他去！"

她急了，拍了把自己的大腿："你还开车啊！你不是喝酒了吗还开车？"

"都一个晚上了还酒什么酒啊！"

"那你把车开走了我一会儿怎么送婷婷去幼儿园啊？"

"坐校车！"周皓轩丢下这么一句话，甩门而去。

文娟追到门口，打开门最后冲楼道里喊了一句："你注意安全开慢点啊听到没有！"

十几公里外的江湾酒店里，杨骞刚刚走进电梯，戴上蓝牙耳机，拨通了许涟的号码。

他已经连着两个晚上住在酒店没有回家，许涟超过二十四个小时不主动联系他，好像丝毫不担心在这个非常时期出什么岔子。

电梯经过二楼，电话无人接听。杨骞重拨一次号码，将手机塞进外套的衣兜里。

抵达一楼，电梯门打开，耳机内再次响起等待音。

他踱出电梯，余光瞥见一个倚在电梯间外的年轻人直起身，不远不近地跟在了他身后。杨骞心下一紧，略微眯起眼，神色如常地走到前台退房。耳机里的等待音还在继续，他掏出手机回到桌面，点开相机功能的前置摄像，从屏幕上观察了一圈身后。

那个跟在他后头的年轻男人停在了大厅左侧的休息区，从报刊架上拿出一份报纸翻看；正在拖地的清洁工时不时从帽檐底下抬眼，往前台这边瞥过来；酒店大门的玻璃门外站着一个打电话的中年男人，不慌不忙来回走动，偶尔无意间朝里边看一眼，再无所事事地低头打量自己的鞋。

杨骞的车就停在外头的露天停车场，正对着酒店大门，从屏幕里也能瞧见。他挪动手机对焦过去的时候，恰好有一个人影从车子后方走出来。那人绕过了两台车，消失在摄像头捕捉得到的范围外。

一台黑色越野车倒进了旁边的空车位。

耳边的等待音忽然消失，电话接通，许涟冷淡的声音从手机里传出来："什么事？"

"先生，刷卡还是现金？"前台的接待几乎同时开了口。

杨骞的视线依然停在手机屏幕上，只面不改色地问许涟："你现在人在哪里？"

一家三口从那台越野车上下来，各自背着旅行包。父亲拿车钥匙锁车，车灯闪烁了一下。

"机场，准备去趟越南。"电话那头的许涟顿了顿，"怎么了？"

手机屏幕中，那一家三口快要走到酒店门口，父亲突然停下脚步说了句什么，便又回头走向自家的车。母亲搂着孩子的肩膀在原地等了会儿，才接着往酒店大门走。

"别上飞机。"杨骞听到自己低沉的声音。

"什么？"

来不及同许涟解释，他猛然回身，飞快地冲向大门！

背后响起前台接待的叫喊声，佯装拖地的"清洁工"丢下拖把拔腿就追，站在休息区的年轻男人也即刻甩开报纸翻过沙发。玻璃门外打电话的中年男人第一时间冲到门口，原本要截住杨骞的去路，却不料他突然勾手从后腰的裤腰带边抽出一把枪，对着中年男人扣下了扳机！

中年男人在黑洞洞的枪口对准自己的那一刹那反应过来，连忙闪开，耳边"砰砰"两声刺耳的枪响，子弹擦过脚旁。

女人和孩子的尖叫声霎时间炸开，杨骞闯出大门，一把夺过那个惊恐回头的父亲手里的车钥匙，跑向那台黑色越野。埋伏在室外的便衣警察闻风而动，几声错乱的枪响在耳边跳动，他一口气冲到越野车边，打开车门钻进驾驶座，在枪声中快速插上车钥匙。

"杨骞？！"蓝牙耳机还挂在左耳，电话另一头的许涟听到了枪响。

一脚踩下油门，杨骞咬紧牙关，对着电话那头低吼："跑！快跑！"

从望远镜里看到那台黑色越野冲出酒店停车场，郑国强坐在路口一台黑色沃尔沃的后座，等眼见两台警车呼啸着追过去了，才低头对手中的对讲机道："目标是不是打了电话？"

"目标戴着蓝牙耳机！"负责酒店监控的组员回答。

郑国强便吩咐副驾驶座上的副队："通知小何，杨骞可能联系了许涟，那边如果有什么动作就即时收网，不等她登机了！"

对方点头："收到！"

这时候对讲机里又响起二组组长的声音："郑队郑队！杨骞持枪开车往五

桥的方向跑了！"

"二组三组都跟上了没有？"

"跟上了！"三组组长即刻回应。

郑国强的手重重地拍在副驾驶座的椅背上："通知交警队封锁五桥桥头！路障、路障！"

刚通知完机场布控负责人的副队忙不迭喊："收到！"

江湾酒店就坐落在沿江公路边，一路没有红绿灯，到五桥只需要三分钟。对讲机那头没过几秒又传来三组组长的汇报："郑队郑队，有台白色思域从长江北的路口冲出来，现在也跟在杨骞的车后面！"

猛一下坐直了身子，郑国强皱紧眉头："什么车？许涟那两个助理不是都已经控制住了吗？"

"是没见过的牌照，湘A1E789，车里好像只有一个人！"

本省牌照？

"先不用管他，继续追！"这么交代完，他又拍了拍驾驶座的椅背，"联系那个什么周皓轩，看看那台车是不是他的！"

与此同时，候在省会国际机场布控的何远平通过对讲机下达了指令。

"小谢小苗，注意目标的行动，如有不对立即收网。"

"收到。"

"收到。"苗鹏低声回应。他一路跟在许涟身后，正穿过偌大的候机厅。她的确刚挂断一个电话，但脚步从头至尾没有片刻停顿，步速也仍旧不紧不慢。从苗鹏的角度，只能看见她穿着套裙的背影，瞧不见她脸上的表情。

这个国际机场人流量大，尤其在接近年底的这段时间，旅行团众多。一队服装各异却都戴着红色帽子的旅行团突然横进视野，苗鹏一惊，加快脚步上前，却还是被他们堵住了去路。许涟的身影一时消失在视线范围内，他急忙从队伍这头挤出去。好不容易冲出人墙，他环顾四周，竟再找不到她的人影。

心头一慌，苗鹏绷紧神经再找了一圈，只发现许涟刚刚拎在手里的酒红色

旅行包被扔在了路边。他拔腿跑过去查看,旅行包敞开,里头大半空空荡荡,剩下的只有几件换洗的衣物,还有一件揉得皱皱巴巴的小坎肩。他认得这件坎肩,是许涟刚才一直穿在身上的。

气恼地给了自己的大腿一巴掌,苗鹏掏出对讲机报告:"何指,目标不见了!"

许涟混迹在另一队旅行团里,随手将SIM卡扔进墙边的垃圾桶,随即低着头闪进洗手间。

她肩上挎着从旅行包里拿出来的双面女包,找到一间空隔间便推门进去,反手关上门。包里备有一顶深咖色的长假发和发网,以及一套衣裤、一对夸张的耳饰、一面镜子和一支眉笔。她脱下身上的套裙,正要换上阔腿裤,忽然发现大腿内侧一片殷红的血迹。

动作一顿,许涟摸了摸内裤上湿润的血色,不再耽误时间,快速换好衣服、戴上假发和耳饰,又对着镜子熟练地将眉毛描成挑眉,便翻出女包红色的一面,抓起换下来的套裙塞进包里,镇定地走出洗手间。

距离机场半小时车程的V市沿江公路上,黑色越野车从五桥桥头疾驰而过。

二组组长带着三名警员驱车紧追在后,见状马上冲对讲机汇报:"郑队,杨骞没有上五桥!"

对讲机里继而响起郑国强的指挥:"四组沿江行动,不管他上哪座桥,从东头堵他!"

郑国强话音刚落,二组组长便见前方的黑色越野突然拐弯,冲过单黄线横进了逆向车道!

这一拐突如其来,只有紧跟在车后的那台白色思域急拐跟上,而逆向车道上一台小型货车鸣响了喇叭,为避开黑色越野而猛地右拐,压上单黄线,横在了二组的车面前!组长一悚,旋即踩上刹车——

砰。

车头撞上货车的瞬间他觉得脑子一震，安全气囊扑向他的脸，车辆急刹的刺耳声响同时在脑内划开，他一时分不清那是空气中传来的声音，还是对讲机里的声音。

"郑队，目标拐进了西环路，二组撞到一台货车，我们这边被堵住了！"三组组长的粗哑的声音很快在对讲机中响起。他们的车跟在二组后面，及时刹车没有受创，却也因为前路受堵而被后面刹住的车辆夹在了中间。

在他的话里恢复了几分神志，二组组长扒开安全气囊，动了动不知撞上哪儿擦伤流血的手，艰难地转动脖子往身旁和后座看了一眼：后座的两人扒拉开车门跌跌撞撞地下了车，副驾驶座上的组员也在费劲地拨开安全气囊，没有生命危险。

"二组全员安全……"他便对着对讲机挤出话来，"那台白色思域还跟在目标后面……"

"目标要进市区！"三组组长接茬，"郑队，市区人流量大，要是他在市区下了车我们就很难……"

郑国强在对讲机那头打断他："三组绕回去！走江边抄黄河北路堵他，不能让他进市区！"

"收到！"

喊着应了一声，三组组长猛打方向盘，拐进逆向车道掉头回追。

他听从郑国强的指挥没有紧追着那台黑色越野上西环路，而是从沿江路飞驰到黄河北路路口才拐弯，一路直下，直到被车龙堵在了东湖立交下边的十字路口。已经到上班高峰期，他们正好错过一个绿灯，车流半天不见动弹。

烦躁地拍了拍喇叭，他听见副驾驶座的同伴拿着对讲机向郑国强报告："郑队，我们堵在东湖立交这儿了！已经看不到目标！"

后座的小陈和小黄交换一个眼神，便打开车门下了车。

对讲机另一头的郑国强同时吼起来："下车！下车找！"

两个警员飞奔着穿过车龙找到十字路口，很快就找到停在路边的那台黑色

越野。

　　检查过空空如也的车内，小陈看了眼还插在车上的车钥匙，用对讲机告诉郑国强："郑队，目标已经不在车里！"

　　眼尖地发现不远处那台白色小轿车的小黄也跑上前检查，车内同样不见半个人影。

　　"白色思域里面也是空的！"

　　这时杨骞已经从前面一个路口拐进珠江北路，他徒步而行，趁着人潮汹涌停在路边，拦下一台出租车，还没等车停稳便打开车门跳进后座，喘着粗气道："走珠江南，上四桥！"

　　赵亦晨从他丢下那台黑色越野逃跑开始也下了车，逆着人潮紧追其后。远远望见杨骞跑上了出租，赵亦晨刹住脚步，拦住一台正要开进写字楼地下车库的私家车，掏出警官证贴上车窗："警察，征用你的车！"

　　半分钟后，郑国强在车内接到了他的来电。

　　"让你在东岸的人做好准备，"电话那头的人话语间有轻微的喘气，语调却冷静如常，"杨骞现在正往四桥的方向走，红色出租车，牌照是湘B52741。"

　　没工夫追究赵亦晨为什么要在这次行动里插上一脚，郑国强脑子一转，拿起对讲机指示还候在东岸的四组："四组上四桥！红色出租车，尾号741！尾号741！"他一手握着手机、一手抓着对讲机，吼得嗓音嘶哑，也没忘要再警告电话另一头的赵亦晨，"目标手上有枪，赵亦晨你给我跟紧了，不要挂电话！"

　　语罢，他不等赵亦晨回应，弯起身直拍驾驶座的椅背："抄市政前面那条路，快！"

　　红色出租车绕珠江南路从西头驶上四桥。

这座桥全长三千五百米，主桥一千二百米，不到一公里的路程，普通车速一分钟便能穿越。杨骞拿枪顶着司机的脑袋，在大桥中间下车，退上了桥边的人行道。

桥头已经被封锁，鸣着警笛的警车从两头呼啸而至。杨骞攥紧手里的枪回头，视线越过护栏，落在桥底湍急的江流上。四桥不高，修建得也早，这几年江河水位上涨，他知道有人曾在这里跳下去，没有摔死。

那台在出租车后穷追不舍的私家车急急刹车，他不等车里的人下来，抬腿翻过护栏，从桥边一跃而下！

驱车赶到的郑国强恰好撞见这一幕，他不等车刹稳就撞开车门下了车，提步摸向腰间的枪要冲上前查看情况，却见一旁的私家车上跑下来一个人影，不给他反应的机会便疾步奔向护栏！

郑国强惊呼："赵亦晨！"

冲破喉咙的呼喊没有换来对方哪怕一瞬的停顿，那人翻身越过护栏，一头扎向了桥下！

震惊地疾跑到护栏边，郑国强扶着护栏往桥底下看，入眼的只有湍急的江流，寻不到一个人影。

他真是疯了不要命了！郑国强在心底咒骂一句，想起那个前几天才被赵亦晨从许家带走的小姑娘，心头又紧又痛。

"三组去西岸，四组回东岸——"他扭回头冲着陆续下车的警员嘶喊，"都分两头找，找！"

十月底的江水很冷。

江底有暗流，坑洞附近还有漩涡，一不小心就会命丧那让人窒息的淤泥里。杨骞在浑黄的江水中挣扎，被江流推挤着前冲。落水的瞬间他感觉到有股凉意从肛门钻进他的身体，又在这水流中淌出。寒凉的江水和窒息感一同裹覆着他，他不住腾动双脚，却无法浮上水面。

这一刻他毫无征兆地想起了许菡。

他想起她死前在浴缸中挣扎的样子。他按着她的脑袋、她的胳膊。她拼了命地挣扎、踢腾，有那么一两秒力气竟好像要胜过他。冰凉的水溅在他的手背上，他的脸颊上。那个时候杨骞想，人在死前的样子真丑。丑陋，且狼狈不堪。谁都一样，包括许菡。

　　缩紧双腿往下蹬动，杨骞拨开头顶的水流，使尽全力朝水面游。

　　他嘴里只含着半口气，眼前发昏，只蒙蒙瞧见一点光亮。枪早已脱离他的手，他手中握得到的仅仅是流淌的江水。他的头很凉，手心也很凉。

　　脑袋终于破出水面的时候，杨骞几乎看不到任何东西。他大口大口地呼吸，抬起水里的手揉眼睛。辨清江岸的方向后，他用最后的力气往岸边游过去，直到手指抠进湿滑的泥地里，才手脚并用地爬上岸，趴在岸边喘气。

　　胸脯剧烈起伏，身体也在发抖。落水时他的双腿没有并拢，脚掌麻木，左臂生疼，连嘴唇也好像裂开了几道口子，鼻息间尽是腥气。意识渐渐回笼，他这时候才觉出浑身的不适。

　　但他没死。他没有像那个女人一样，死在冰冷的、没有温度的水里。

　　摇摇晃晃地爬起身，杨骞禁不住痴痴笑起来。

　　我没死。他一面挪动脚步，一面告诉自己。没死。没像许菡……没像她一样……

　　后脑勺突然一阵钝痛。

　　杨骞摇晃了一下，还没意识到发生了什么，便又硬生生挨了一拳。有什么东西扫向他的下盘，他歪倒在地，额头磕上岸边的鹅卵石，视野震荡几下，眼前的一切都变成了蓝色。有人把他踢翻过身，压坐在他腿上，攥住了他的衣领。

　　被拽着衣领抬起脑袋时，杨骞重新看清了眼前的世界。他看到赵亦晨的脸。这个男人浑身都滴着水，额角青筋毕现，头顶和嘴边擦出血的伤口里也渗进了江水。他的拳头攥着杨骞的衣领，手背上青色的血管凸起，即便嘴里喘着气，也好像随时能把他撕碎。

"许菡是不是你杀的？"杨骞听到他问自己。

那低沉的声线极力克制，却依然带着抖音。

他是跟着跳下来的？杨骞看着他的眼睛想。所以，他也没死？

杨骞忽然觉得讽刺，讽刺得让他忍不住发笑。

咳嗽着笑起来，他仰高下巴，笑得差点要断气。

"谁告诉你的？"他嘲讽地笑着，从喉咙里挤出声音，腹部亦开始钝痛，"善善？她说话了？"

伸手把他的脑袋推向满是鹅卵石的地面，赵亦晨一手掐住他的脖颈，赤红着眼睛，面无表情地盯着他的脸。赵亦晨的脑子很乱。他想起赵希善哭着说出第一句话时的模样。他想起秦妍说过的话。他的胳膊和手都在发抖。

"说实话。"他直勾勾地看着杨骞，一点一点收拢了箍在他脖颈上的五指，"说。"

杨骞神经质地笑了。他笑得浑身颤抖，仿佛就要这么窒息下去。但他突然就收住了笑，猛地腾起身体，将赵亦晨掀下来。"就是我杀的！我亲手杀的！"在起身的刹那扯出兜里的短匕，杨骞用尽最后的力气扑上前，手里的匕首扎向赵亦晨，"那个自私自利的婊子就是老子杀的！"

落水时受到挫伤的双腿一时使不上劲，赵亦晨翻身躲过扎下来的利刃，两手擦过岸边鹅卵石旁尖锐的小石子，掌心划出两道血痕。

那个瞬间，他记起了胡珈瑛的脸。那张在他脑海里早已模糊、看不清面目的脸。

手中的短匕扑空，深深扎进了淤泥里。杨骞松开它，转而再度扑向赵亦晨。

"你还以为你得了个什么宝贝？！啊？！"他掐住赵亦晨的脖子，发了狂地嘶吼，声声震耳，"那是许菡——许菡！六岁就被人开了苞了！"

赵亦晨抠住他的手，记起了胡珈瑛的眉，胡珈瑛的眼。她的五官就这么清晰地浮现在他眼前，他甚至记得起她看向他的眼神。她的眼睛是不爱笑的。漆黑、深邃。在那黑色里头还有更深的阴影，压在眼底，压住了她本该有的情绪。

　　杨骞癫狂的声音敲击着他的耳膜。
　　"她伺候得你舒服吧？啊？知道为什么吗？熟啊——熟能生巧啊——"

　　赵亦晨记起她面目清晰地对他笑的样子。他记起那双不常笑的眼睛，总是在对他笑的。她笑起来的时候，眼里有亮光。

　　用力翻身将杨骞掀倒，赵亦晨重新压坐到他腿上，一拳挥向了他的脸。
　　拳头撞向皮肉，砸向骨头。他听到一声闷响，手骨好似也在跟着震动。可赵亦晨没有停下拳头。他红着眼，竭尽全身的力气，一拳又一拳地抡向眼前的男人，就像已经忘了其他的动作，浑身的血液都在逆流。

　　他记起她第一次见到他时怔愣的样子。
　　他记起她把新买的钢笔送给他，笑得有些傻气的样子。
　　他记起她低头抱着他的脏脚，认真地垂着眼给他剪指甲的样子。

　　面前男人的脸被雾气模糊，早已没了声音。朦朦胧胧中，赵亦晨看到他满脸的血。可自己的拳头仍然没有停下来。沾着血的拳砸上那张满是血的脸，红色与红色相撞，把他的拳头撞得生疼。

　　他记起每回他抱她的时候，她僵硬的身体。
　　他记起二〇〇〇年六月四日的那个晚上，她在黑暗里忍住颤抖，呜咽着抱紧他的背。

他恨他的拳头没有千斤重。他恨他们伤害她，带走她，杀死她。

他恨自己没有早一点发现，他恨自己没能救她。

有人架起他的胳膊，试图把他从奄奄一息的杨骞身上拖开。

"赵亦晨！赵亦晨！"那人在他耳边不断低吼，"再打就死了！再打就死了！"

赵亦晨却好像什么都听不见，什么都看不见。

他记得那晚他告诉胡珈瑛，他会护着她，对她好。

她搂住他说，她记着。

她记了一辈子，到死都在向他求救。

到死都在向他求救。

••• CHAPTER 24 •••

似粥温柔的人

念予毕生流离红尘，

就找不到一个似粥温柔的人。

——木心

01

二〇〇〇年六月，胡珈瑛入职金诚律师事务所，师从律所的合伙人王绍丰。

这个夏天格外炎热。王绍丰带她从法律援助的案子做起，头一个月总是在法院、检察院和看守所来来回回地跑，起早贪黑，不比刚进派出所驻所刑警中队的赵亦晨轻松。

她跟着他代理的第一桩案子，是故意杀人案。犯罪嫌疑人五月下旬被带进看守所，警方提请批捕时申请了延长期限，嫌疑人家属已有小半个月听不到他的消息。王绍丰接受嫌疑人老母亲的委托，领着胡珈瑛上看守所跑了三回，总被各种理由敷衍，始终见不到嫌疑人。

第三回，王绍丰就一声不吭地带她蹲守在看守所外头，过了规定的会见时间也不离开。

入夜以后，看守所外边光线昏暗，十余米的范围内只瞧得见一盏路灯。灯光映出空气中飞旋的尘埃，夜蛾扑腾翅膀，飞蚊绕着灯罩打圈。胡珈瑛坐在王绍丰身旁，背靠着院墙，身子底下只垫着一张薄薄的报纸。

执勤的武警换了一拨。手电筒的灯光扫过他们的脸，顿了下，又随着脚步声离开。

王绍丰抹了把脸。

"去吃点东西吧，蹲一天了。"他擦去鼻头的汗水，这么告诉胡珈瑛，"这里我守着。"

挪了挪发麻的腿，她转头去看他："您一个人安全吗？"

看守所在湖边一条小路尽头。沿途寥无人烟，距离最近的法律服务所在五百米外的路口。王绍丰笑笑，摇了摇脑袋："你要我讲实话？多个你这样的小姑娘也没什么用。"而后他停顿片刻，又问她，"你没带什么防身的刀之类的吧？"

　　坐在墙角的姑娘摇摇头："没有。"

　　王绍丰颔首，撑住膝盖站起身，蹬蹬腿，手伸进裤兜。

　　"那些玩意儿不能带。"他说，"我们经常进出公检法，你自己知道是防身用的，人家可管不了这么多。"

　　跟着他起身，胡珈瑛捡起报纸拍了拍，点头答应："我记住了，师傅。"

　　从口袋里掏出烟盒，他犹豫片刻，把它重新推回兜中，腾出一只手来冲她轻轻挥了下："去吧，也给我买份盒饭过来。"

　　胡珈瑛在最近的餐馆，打包了两份盒饭。

　　再回到那个路口，她停下脚步。小道幽深，灯光在榕树枝叶的掩映下晦暗难辨。一眼望去，她瞧不见尽头。

　　路边的垃圾箱旁一阵响动。她拎着装盒饭的塑料袋，往声源处看过去，是只野狗，低着脑袋，用鼻子拱动堆在垃圾箱边的纸盒。它毛发茂密，不像她见过的那只，满身癞痢。

　　定定地望了它一会儿，胡珈瑛迈出脚步，走进小道的阴影里。

　　七月中旬，案子一审结束。

　　胡珈瑛直接从法院搭公车回家，拿钥匙开门的时候，已经过了正午。把身后的门板合上，她扶着门框脱鞋，胳膊上还挂着沉甸甸的包。低头发现玄关多了双鞋，她愣了一下，听到脚步声抬头，就看到赵亦晨从厨房走出来，手里还端着一盆菜薹："忙完了啊？"

　　他穿着背心和短裤，身前还系着围裙。围裙是赵亦清用旧的，紫红的花色，系在他高高壮壮的身板前面，又小又滑稽。胡珈瑛看得忍俊不禁，心头的疲惫也被扫进角落里。她搁下包就走到他跟前，笑着去拽他身上的围裙："今天回来这么早？"

见她笑了，赵亦晨也翘了嘴角一笑。

"发工资了，多买了点菜。"他任由她拽着围裙的一角，转身往厨房走，"今天吃顿好的。"

这是他拿的第一笔工资。胡珈瑛捏着围裙跟在他身后，往前走一点，就能看到他快要咧到耳根子后面的嘴角。"你就鱼蒸得还能吃。"嘴边带笑地随他走进厨房，她发现砧板边不只有条鱼，还有半只光秃秃的鸡。想起家里还有木耳，她计划起晚饭："还买了鸡啊，那晚上烧鸡吧。"

赵亦晨摇摇脑袋，已经从冰箱里拿出一包木耳，随手抓了只碗准备泡木耳："中午一起烧了。"

"行，吃不完晚上就热一道。"胡珈瑛也不反对，拉下他脖子上的围裙，端起他刚放下的那盆菜薹，"我洗菜。"

他笑笑，一面低下脑袋让她摘走围裙，一面给装着木耳的碗里盛满了水。正要拿菜刀接着去剖鱼，他忽然又瞥见她的脚后跟。手里的动作停下来，赵亦晨蹲下身，沾着水的左手掰过她的小腿："脚怎么破皮了？鞋子打脚？"

被他的手凉了一下，她低头瞧瞧，也才发现脚后跟破了几处皮，渗出星星点点的血珠。

上午胡珈瑛就觉得鞋帮把脚磨得有点疼，没想到真磨破了。

"新鞋有点打脚。"抬脚轻轻挣一下他的手，她没当回事，只回过头接着择菜。开庭要穿正装和高跟鞋，新鞋硬，她穿了小半天，磨脚也正常。

身后的人没吭声。等听到赵亦晨搁下菜刀的声响，胡珈瑛才后知后觉扭过头，看见他一声不响走去客厅，拿了酒精和棉签回来。

"又不急这一下。"她失笑，手里还择着菜，没挪动脚步。赵亦晨蹲到她脚边，捏着蘸上酒精的棉签，一点一点给她清理伤口。从她的角度，只能瞧见他压低的眉骨，还有头顶的发旋。

"等下个月工资下来了，看看能不能给你买双新的。"她听见他沉着的声

音，"我看贵点的皮子都软，应该不打脚。"

酒精渗进伤口，细细密密地疼。胡凤娟头一回给她洗脚的时候，温水没过脚踝，也是这样的疼。

胡珈瑛垂下眼睑，打开水龙头，清洗择好的菜薹。

"刚买的新的，又买干什么。"她笑着回嘴，"新鞋都打脚，多穿几次就好了。"

换另一头棉签伸进酒精瓶，赵亦晨垂着眼，没出声。

夜里洗完澡，胡珈瑛没在屋子里找到他。

入夜后为了省电，客厅的灯都没打开，只有卧室开了盏小台灯，从半敞的门边漏出一片光亮。她在玄关看到赵亦晨的鞋，推开门往外头探一眼，发现他就搬了张小板凳坐在门外的路灯底下，叉着腿弓着背，趿了拖鞋的脚边搁着把锤子，手里还抓着什么东西，皱着眉头细看。

胡珈瑛轻手带上门，走近了，才看清他手上的是她白天穿的高跟鞋。

"坐外面干吗啊？"

"刚问了我姐，她说拿湿布盖着敲一敲就软了。"他拿湿布擦掉鞋帮里侧留着的一点血印，而后叠成两层，盖在那块儿磨脚的地方，"我给你弄好试试。"

外头没有风扇，他只穿一件最薄的白汗衫和短裤，也已经满身是汗。她盯着他背后一片汗湿的深色，瞧了会儿，便回屋拿上花露水和蒲扇，又搬出另一张小板凳，坐到他身旁。赵亦晨已经拿起脚边的铁锤，转眼见她坐下了，只得抹一把脸上的汗，用手肘碰她："你也出来干什么，回屋里去，外面蚊子多。"

"正好坐会儿，里面闷。"拨开他的胳膊，胡珈瑛把蒲扇放到腿上，倒一点花露水到手心里，给他抹腿和手臂，"涂点花露水，没事。"

她几乎是从头到脚地替他涂，涂得他边敲鞋帮边躲，板着的脸上也染了笑意，半天褪不下去。等用完了小半瓶花露水，她才笑着拿蒲扇帮他扇风。

"凉不凉快？"

"凉快。"赵亦晨埋着脑袋，手中的锤子轻敲湿布盖住的鞋帮，"涂多了就不知道热，容易中暑。"

她弯了眼笑："你知道啊。"

膝盖一撇，他撞了下她的腿，算是报复。

这晚赵亦晨要值夜班。

八点过后，他洗了澡出门，家里只剩胡珈瑛一个人。她回到卧室，打开台灯，看到小书桌上的记事本。皮面的本子，是他新买给她的礼物，拿来摘抄。摸了摸记事本的皮面，她坐下来，解开记事本的皮扣，再从抽屉里找出一支笔。

笔尖悬在第一面的纸页上，胡珈瑛想了想，写下四行英文短诗。

诗的作者是狄金森。胡珈瑛还记得，这是她逝世后留下的诗稿当中，不大起眼的一篇小诗。

"如果我不曾见过太阳。"在英文原诗旁写下曾经读过的翻译，胡珈瑛笔下一顿，才接着写下去："我本可以忍受黑暗/如果我不曾见过太阳/然而阳光已使我的荒凉/成为更深的荒凉"。

手中的笔停下来，没有像原诗一样，给最后一句添上一笔破折号。她搁笔，伏到桌边。屋子里静悄悄的，只亮着头顶这一盏灯。她听着窗外聒噪的蝉鸣，在此起彼伏的喧闹里，慢慢合眼。

二〇〇二年，胡珈瑛由律师助理转正，开始独立办案。

金诚律师事务所在这年拓宽了办公用地，租下两层写字楼。秋招的收获不尽如人意，唯一一个实习生是胡珈瑛的校友，到了最忙碌的年底便被交给她照应。

元旦假期过后的第二天，胡珈瑛带着实习生出庭，直到中午才回到律所。

电梯间挤满了窃窃私语的陌生人，她领着实习生经过的时候，认出其中几个是在同一栋写字楼工作的前台。她顿了顿脚步，拐过拐角，远远就望见所里的年轻律师李曾蹲在事务所大门前，手里捧着盒饭，饿狼似的埋头猛吃。

穿着工作服的清洁工正拿拖把拖洗门前那块瓷砖地，脸色有些青白。听到脚步声抬头，她看见胡珈瑛，勉强支起一个笑脸："胡律师你们回来啦？"

颔首回她一个微笑，胡珈瑛走上前，恰好对上李曾回头望过来的视线。

他挑起沾了饭粒的筷子，指一指连前台都空无一人的律所："都出去了，你们来晚一步。"

事务所的合伙人说好这天请客聚餐，只留下一个值班的李曾看家。跟在身后的实习生可惜地叹了口气，胡珈瑛只提了提嘴角，目光一转，注意到清洁工桶里淡粉色的水。四下还留有一股不浓的血腥气，她皱起眉头："怎么回事？"

清洁工拎起拖把，重重地塞进桶里清洗："有个当事人家属，在我们门口撞墙自杀。"

胡珈瑛一愣。

"人有没有事？"

"送医院了，不知道救不救得回来。"

实习生听完，小心翼翼凑上来："那干吗要在我们律所门口自杀啊？"

李曾蹲在一旁，往嘴里扒了口饭："还不是张文那个案子，最高院核准死刑了，估计已经执行了吧。"

"啊？张文那个案子？那个案子也是我们律所的律师代理的啊？"

"一审是徐律师辩护的。"嚼着嘴里的饭菜，李曾在饭盒里挑挑拣拣，最后长叹一声，抬头去找胡珈瑛的眼睛。等找到了，他才冲她抱怨："你说这也怪不得徐律师是吧，证据链完整，哪是他们说无辜就无辜的？要是徐律师听了他们家属的做无罪辩护，说不定还要被打成伪证罪吃牢饭。前阵子不还刚进去一个？搞得律协那边三天两头下通知。"

胡珈瑛回视他一眼，又看看地板缝里的几丝猩红，没有回应。

拖把重新拍上地板。水流冲向那几丝猩红，推开扎眼的颜色，融成一股混浊的粉。

王绍丰下午回到律所的时候，已将近三点。

胡珈瑛站在打印室等资料，听见门外一串匆忙的脚步，回过头就瞧见他步履如飞地经过。没过一会儿，他退回来，手里端着自己的茶杯，收拢眉心，捏了捏鼻梁："小胡啊，周楠来了，在我办公室，一会儿要走。你记得进去给她拜个早年。"

这是两年以来，他头一次提到周楠的名字。

打印机吐出授权委托书，嗡嗡轻响。胡珈瑛接住，转头看向王绍丰的脸。

"好，现在去方便吗？"

"行，那我去外头抽根烟。"他满脸疲色，转过身作势要走，而后再次停下，"拜个年就行了，少说两句。"

她抽出委托书，换到另一只手中："我知道，谢谢师傅。"

没时间准备礼物，胡珈瑛便拣了盒备在办公室的茶叶，跟自己新剪的一打窗花一起搁进礼品袋里。

王绍丰的办公室在走廊的尽头，正对着档案室。她正要敲门进去，档案室的门就被推开。徐律师从里头出来，略微低着脸，拧着眉头。他没穿大衣，身上只一件薄薄的羊毛背心，露出衬衫的袖管，胡乱卷到手肘的位置，模样狼狈而疲倦。

抬眼撞上她的视线，短暂的一顿后，他点头算作打招呼，侧身离开。

回头望一眼他的背影，胡珈瑛挪回目光，叩响面前的门板。

周楠没穿旗袍，也没化妆。

她挑了件奶白色的高领毛衣，外头裹着红色的长款羽绒，搭一条厚实的牛仔裤，还有一双干净的跑鞋。胡珈瑛推门进来的时候，她就坐在窗边的茶几

旁，把玩窗台上那盆巴掌大的仙人掌。察觉到开门的动静，她才偏过脸，视线投向门边。

"周小姐。"合上身后的门板，胡珈瑛对她笑笑，提高手里的礼品袋，"给你拜个早年。"

逆着光冲她一笑，周楠招招手，示意她坐到自己身旁："开始自己干了？"

"嗯。"在茶几边的另一张椅子上坐下，胡珈瑛捎过茶壶，给周楠的茶杯里添上热茶。

等她放下了茶壶，周楠便搁下仙人掌，拉起她的左手，捏了捏她的掌心。

那手心很薄。五指细长，隔着皮就能摸见骨头。胡珈瑛任她捏着，记起她从前说过的话。

她说，手心薄的女人，福也薄。

"你也别老接那种赚不了多少钱的案子。"周楠垂眼瞧着她的掌纹，嘴边的笑淡了些，"我看你都瘦得只剩皮包骨了。不论想干什么，吃饱饭才是第一位。"

沉默片刻，胡珈瑛点头："好。"

她答应得爽快，周楠也忍不住笑："今年留在这边过年吗？"

"对，在家里过。"

"跟你老公一起？"

"还有大姑一家。"

她问一句，胡珈瑛答一句。话不多，既不生疏，也不亲近。

周楠松开她的手，面上的笑容褪下去。静默一会儿，她却又笑了。

她说："我今年也回家，陪家里人过年。"

胡珈瑛坐在她身旁，能看见她眼里映出的天光。就像她曾经坐在画架前的长脚凳上，看着那幅新画的样子。胡珈瑛还记得那幅画里的颜色。大片深沉的绿色，几笔零星的蓝色。

"年后还回来？"她听见自己的声音。

面前的女人沉默下来。她低下头，从兜里掏出香烟和打火机。火焰跳动的外焰点燃烟头。火星乍然亮起，又很快暗下去。

她吐出一口烟圈，胡珈瑛看到她颤动的眼睫毛。烟雾遮住她的眼时，她听见了周楠的回答："还回来。"

垂下眼睑，胡珈瑛不语。烟气散开，她没有抬头。

"丫头，我抽不了身了。"半晌，她才等到周楠开腔，"我只能等。"

胡珈瑛抬起脸，望向她的眼。

"等什么？"她听到自己这么问。

周楠默不作声地看着她，薄唇微微张开，唇齿间溢出白烟。

"等时机，也等报应。"她说，"丫头，我得活着等到那个时候。"

好一阵，胡珈瑛没再吭声。

直到周楠快把一根烟抽完，伸手去捞窗台上的烟灰缸，才冷不防听见她开口："我想请你帮个忙。"

碰到烟灰缸的指尖一顿，周楠想了想，将它拉到跟前："说吧，我看看能不能帮。"

"我要找一个人。"胡珈瑛便平静地继续，"女孩子，比我小五六岁，小名叫雯雯。"

把手里的烟头摁进烟灰缸里，周楠垂眼听着，不发一言。

"八八年的时候，她被卖到九龙村。"耳边的声音顿了下，"我在网上查过，能查到的九龙村就有三个。"

"你不知道是哪个？"

胡珈瑛摇头。

"还有没有别的信息？"

她停了一会儿："八八年，在X市街口菜市场丢的。"

纤长的食指反复碾压着烟头，周楠没有看她的脸，却能想到她的表情。好像当年那个站在寝室门前的小姑娘，一半的脸隐在阴影里，平静，没有情绪。

"那是你妹妹？"周楠问她。

"是我拐的。"

指甲掐进烟头残余的灰烬里，有点烫。周楠缓缓眨了下眼，松开烟蒂，望向窗外。

"八八年，你八岁还是九岁？"

"十岁。"

从写字楼的窗口望出去，瞧不见什么风景。满目林立的楼房，灰色的墙，黑色的马路。行人熙熙攘攘，车辆川流不息。周楠望了许久，也望不见她想要的颜色。

"我想办法，帮你找找。"她收回视线，端起手边的茶，"行了，你去忙你的吧。一会儿王绍丰就要回来了。"

胡珈瑛颔首，起身走到门边。抬手握上门把时，她回过头。

周楠恰好抬眼，看到她站在书柜投下的阴影里，一如从前站在那间光线昏暗的寝室中，眼里没有半点光亮。

"我有妹妹。"她告诉周楠，"也丢了。"

派出所节假日加班，赵亦晨迟迟没有回家。

那天晚上，胡珈瑛独自躺在被窝里，蜷紧身体，轻磨脚上痒痛的冻疮，直到深夜才浅浅入梦。噩梦压在胸口的时候，一双温热的手忽然握住她的脚。她一向睡得不深，一时惊醒过来，身子下意识地一抖。窗帘没有拉紧，外头却未透进一点灯光。

黑暗中她听到赵亦晨的声音："吵醒你了？"

紧绷的身体松了松，胡珈瑛舒一口气，想要缩回脚："回来了怎么不睡觉？"说完就要伸手开灯。

"停电了。"使了点儿劲捉住她的脚，他还蹲在床尾，"你睡前没开电热毯吗？脚这么凉。"

"开了也会凉，想着省电，就没开。"轻轻动了动脚，她催他，"快上来睡吧，都几点了。我还以为你又值晚班。"

"本来要烧壶热水灌个热水袋，结果发现煤气用完了。我给你焐会儿。"赵亦晨语气平平，已经连着两天没有回家，也好像一点儿不困，"你就是平时不注意，才每年都发冻疮。"

胡珈瑛的脚很小，有时穿三十五码的鞋都嫌大。不是双漂亮的脚，还满是粗糙的冻疮，每到深冬便痒。他手上长着厚茧，握上去手感更是不好。但他一声不吭，只把她的小脚捧在手里，一点点轻轻搓热。

喉中有些哽，胡珈瑛轻笑一声，爬坐起来："那是小时候冻的。"接着便探过身子，摸索着拉了拉他的胳膊，"你上来吧。你身上烫得跟火炉似的，我抱着你就不凉了。"

这么温声细语地哄了，赵亦晨又给她搓了一会儿才爬上床，躺到她侧旁。她挪动身体缩到他身边，任他伸出胳膊将她揽进怀里，拍拍她的大腿，好让她屈起膝盖，把脚背贴到他最暖和的腿根。

"刚做了个梦。"额头挨在他的胸口，胡珈瑛咽下堵在喉咙里的哽咽，轻声告诉他，"梦到我被人诬陷，结果还碰上蛇鼠一窝。到法庭上的时候，我突然发现……检察院、法院、警察……谁都救不了我了。"

谁都救不了她。她只能等死。

赵亦晨捋了捋她脑后细软的头发，下颌挨上她的发顶。

"是不是白天看到张文的家属了？"他问她。

"你们那里也听说了啊。"

"听说了。"他的胸腔微微震动，声线低缓，"都是他自己选的，跟你们没什么关系。"

轻叹一口气，胡珈瑛把脚挪到他膝间，贴上他发烫的膝窝："我就是想，万一张文真是无辜的，那怎么赔都换不回一条命了。"她记起白天看到的血迹，"他老婆要不是觉得一点希望都没有了，应该也不会怀着孕就自杀。"

"张文这个案子证据确凿。万事都有因果，要真冤枉了他，不可能一点儿蛛丝马迹都没有。"拍拍她的后脑勺，赵亦晨亲了下她的头发，"别想了，睡吧。"

胡珈瑛应下来，侧耳听着他心脏跳动的声音，不再言语。

她已经很久没再做梦。

梦到妹妹，梦到雯雯。梦到青白的天，梦到黑色的人影。梦到大黑狗的血，还有曾景元的脚。

只有看到周楠的脸，胡珈瑛才会想起来，万事也许都有因果。

就像她睡在吴丽霞身旁的第一个夜晚，从噩梦中惊醒的时候，她感觉到身边的人正轻轻拍着她的背。

那个时候许菡知道，自己应该是要死的。

从她选择活下来开始，她就应该是要死的。

02

合贤中学早晨七点的铃声是首悠扬舒缓的钢琴曲。

车子在校门前缓缓停下，刘磊解开安全带，攥紧腿上书包的背带，隔着车窗望向校门。他的腿还有些软，手心里也覆了一层薄薄的虚汗。从副驾能看到食堂通往高中部教学楼的长廊，这会儿正是住宿生结束晨跑去食堂吃早餐的时候，没人会注意到他，也不会有人用异样的眼神打量他。

但他还是有点怕。好像一闭上眼，他就能听见昨天晚读时身遭的窃窃私语。

"去吧。"刘志远松开换挡杆，拍了拍他的胳膊，"等下我去接你妹妹，要是她状态不错，晚上就带她一起来接你。"

压下心底的不安，刘磊点点头，扭回脸朝他看过去："晚上舅舅会不会回来啊？"

"不一定。"右手重新搭上换挡杆，刘志远收拢眉头，"我中午打个电话问问他。"

抿嘴点头，刘磊伸手要开车门，却又在扶上车门把手时顿下来。

"对了爸，那个，我前天找了点书看……"他回过头，犹犹豫豫地开口，"就是，像善善这种情况，能讲话了可能也不代表全好了。康复还需要一个挺长的过程吧……所以我们要多注意她的情绪变化，最好不要放松。"

刘志远一愣，嘴皮子动了动："行，我知道了，我详细问下秦医生。"而后他问儿子，"你在哪儿看的书？"

"学校图书馆不都有嘛。"意识到自己说漏了嘴，刘磊支支吾吾，"我是中午写完作业了，就翻了下……"他没再继续说下去，只抬眼偷偷瞄了下父亲的脸色。所幸刘志远没有生气，只颔首道："你们也快一模了，这个时候看别的书不要花太多时间，复习期间偶尔放松一下就行。"顿了顿，又补充，"要是你对这方面感兴趣，等高考完了可以多买几本回家看。"

刘磊把头点得像小鸡啄米。短叹一声，刘志远挑了挑下巴："去吧，有事就打电话给我。"

连连点头，刘磊打开车门钻出了车子，回过身交代一句："爸你开慢点，注意安全。"

他还是怕被教训不务正业的。刘志远收收下巴，没急着把车开走，远远目送儿子进了校门。刘磊的脚步先还有些快，接近校门时才慢下来，头略微低着，露出剪得过短的头发里几片头皮的颜色。他本来就比同龄人要矮小，也不结实，这么低着头，就更显得势弱。

刘志远看着他，再度重重叹了口气。家里正是多事之秋，他自以为不让孩子管，孩子就不会担心。可这怎么可能呢？孩子大了，已经快成年，早有自己的思想。一味地保护和拘束，都是错的。

他们这些当父母的，也该反思反思了。

单肩背着书包的刘磊已走进教学楼。刘志远再看了会儿，才踩下油门，驱车离开。

依然是个日光混浊的天气。

教学楼走廊的灯尚且没有打开，刘磊三步并作两步爬上楼梯，穿过走廊，

在教室门口驻足，微微喘气。班主任这个时间还没有抵达学校，教室前后门都上了锁，他徒劳地拧动一下门把，最终只得退后几步，趴到走廊的栏杆边。

四面的走廊都对着天井，他伏在栏杆旁望了望对面实验室那头的楼道口，视线下挪，强迫自己看向天井底部的羽毛球场。一只野猫绕着羽毛球网一边的架子转了一圈，甩了甩尾巴，又飞快地蹿进走廊的阴影里，消失无踪。

揉了揉眼睛，刘磊摸摸自己的裤口袋。

校服裤腿的侧面硬邦邦的，他知道里头不是水果刀，只有单词本。他把本子拽出来，翻到第一页，一手遮住左边那列中文，默默地一个接一个认下去。

楼道里传来不重的脚步声，刘磊背得专注，没有发觉。

"刘磊？"

宋柏亮的声音突然响起，刘磊吓一跳，扭头对上对方视线，才张了张嘴，愣愣地挤出一个字："早。"

"你每天都来得好早啊。"宋柏亮还穿着学校夏天的运动服，短袖短裤，胸口被汗水濡湿了一片。他刚跑完步，又吃了热腾腾的早饭，浑身是汗地走到教室后门，边拿钥匙开门边抬头看他："好点儿了吗？"

知道他指的是什么，刘磊喉咙有些发紧，尴尬地点了下头。

好在宋柏亮没再瞧他，身子靠在门板上，开完锁便推开门走进了教室。刘磊埋下脑袋跟在他后头进去，慢吞吞地找到自己的座位，拉开椅子，一声不响地搁下书包。

"怎么都怪不到你头上的。"已经快步走到自己的书包柜前面，宋柏亮蹲下身找出校服长裤和外套，脱掉跑鞋把裤子往自己穿了短裤的腿上套，"李瀚那帮人，留级两年了，也不是第一次搞这种事。我觉得学校这么大事化小小事化了，根本就是纵容。还好这回他自己家里人都看不下去了，要不然还不知道什么时候是个头。"

刚坐下从书包里拿出作业登记表，刘磊听完他的话不禁愣了一下："他家里人？"

"啊。"穿好了裤子，宋柏亮胡乱系上裤带，回头看他一眼，"李老师还没跟你说啊？"

刘磊呆呆望着他，摇摇脑袋。

或许是没想到他还没听说这件事，宋柏亮动作一顿，再抓起外套抖开。

"就是……昨天晚上，第三节晚自习的时候。"他一面把胳膊伸进外套的袖管里，一面斟酌着解释，"李瀚被他爷爷押过来了，说是已经办了退学，找你道歉来的。你不是不在吗？他爷爷就说今天一早会把李瀚送去公安，到时候警方介入了，再按程序办。"

昨天晚上？第三节晚自习的时候？

他记得他昨晚在体育中心和李瀚他们对峙的时候，是九点左右。第三节晚自习十点四十分下课，中间只隔了一个多小时。

"怎么突然这样了啊？"他想不明白。到底发生什么了？

"我们也奇怪啊。"拉好外套的拉链，宋柏亮反手撑住书包柜的柜面便坐了上去，小心地观察着刘磊呆愣的脸，"不过我看他爷爷好像是个军人吧，看起来挺正直的，当着我们的面还把李瀚教训了一顿，就差没上拳头了。估计是觉得丢不起这个人。"

运转迟钝的大脑提醒刘磊，黄少杰也说过李瀚家有部队的背景。

"哦……"呆滞地翕张一下嘴唇，刘磊手里捏着抽出一半的作业登记表，还有些反应不过来。昨晚到今天，他最担心的就是李瀚这个所谓的背景。没想到它非但没成为威胁刘磊的背景，反而还让事情峰回路转了。怎么会这样？

"你……要不先去食堂找找李老师？看还有没有别的要转告你的。"见他一脸怔愣，宋柏亮琢磨着建议，"一会儿再打个电话给你爸妈吧，可能警察会联系他们。"

说完便不等刘磊做出反应，宋柏亮跳下书包柜，挥挥手替他做了决定："去吧去吧，我帮你收作业。"

刘磊被他连拖带拽地赶出了教室。

重新走到楼梯口时，刘磊仍有点恍惚。楼道里的灯依旧暗着，室外阴云污脏，昏黄的天光透进狭长的窗口。他扶着墙，一步一步往下走。教学楼底下渐

渐有了人声，一楼的过道有杂乱的脚步在响。

李瀚的脸闪过他的脑海。刘磊能回忆起他在白炽灯下背光的面孔，还有广场照明灯刺眼的白光里他嘴角微斜的笑脸。光影交织，总是晃得刘磊的神经不住跳痛。既真实，又虚幻。

他在一级台阶上停下脚步，咽下一口唾沫，抬手摸向自己的裤兜。

心跳一时间加快，好像蹿进了嗓子眼里。隔着校服裤粗糙的布料，他摸到了自己的大腿。

没有单词本，也没有刀。

身体像是瞬间被抽空了力气，刘磊挨着墙滑坐下来，两手捂住埋低的脸，哭着笑起来。

早上八点，Y市的乌云散尽，天已大亮。

赵亦晨坐在刑侦总队队长办公室的沙发上，微微弓着背，伸出胳膊任法医杨涛检查伤处。郑国强负手站在一旁，上下打量赵亦晨。他已经换下那身湿透的衣服，穿的是副队给他找来的警裤和T恤。包括那双把杨骞揍得头破血流的拳头，他身上的外伤都被简单清理过，不至于感染。

"就剩许涟在逃了。"盯了他许久，郑国强还是率先出声，"也没登机。现在全网追逃，她出不了境，应该能很快抓到。"

略一颔首，赵亦晨的视线仍旧落在自己的胳膊上，按照杨涛的指示动了动关节，脸上的神色没有变化："怎么从机场跑掉的？"

"变了装，也是查监控录像才发现的。"郑国强没有隐瞒实情，又瞥了眼赵亦晨搁在身边的那台手机，稍稍抬高下巴交代，"我已经让人告诉你那个朋友你在这里了，你手机泡成那个样子没法用，要是还要联系什么人，就先用我的。"

对方沉默地点头，专注于配合法医的检查，没有开腔。

郑国强知道他看起来没什么大碍，但是状态并不好。从被找到开始，除了在接受检查时回答过杨涛的几句话，赵亦晨从头至尾都没有吱过声。就像现在，他坐在那里，微弯着腰，一条胳膊随意地搭在腿边，呼吸已然平静下来，肌肉也不再紧绷。他眼神清明，面无表情，仿佛那个在江边差点把嫌犯活活打死的人不是自己。

"有点软组织挫伤，其他都是皮外伤。要是觉得头还晕，就要再去医院检查。"放下他的手，杨涛起身拍拍衣摆，这么简单做了个总结。赵亦晨活动一下手腕，略微收了收下颌："谢谢。"

杨涛自觉使命完成，便想找借口离开。转过身刚要向郑国强申请，却被他狠狠瞪了一眼。杨涛噎了噎，不得不清清嗓子，又面向赵亦晨教育道："您下次别这么随随便便就跳下去了，很危险的。"

稍稍垂下眼皮，对方只说："我有跳水经验。"

"那就……"冷不防被郑国强踩了一下脚，杨涛倒抽一口冷气，硬生生咽下已经到嘴边的话，僵硬地憋足了气改口，"那——也挺危险。"

"你就算不拿你的命当回事，也想想你们家姑娘。"一旁的郑国强趁热打铁地接上话，"人小姑娘才多大啊？刚没了妈，要是再没了你，你让她怎么办？啊？"

像是对他的反问无动于衷，赵亦晨仍然垂着眼，面不改色地活动着手腕，陈述的语气平淡："当警察的，命本来就不是自己的。"

没料到他还敢顶撞回来，郑国强瞪大了眼。

"你跳下去的时候当自己是警察吗！"他嗓门顿时拔高一个八度，背在身后的手也叉住了腰，脸红脖子粗地弯下腰瞪着赵亦晨的脸，"你想什么你以为我不知道啊？你要当自己是个警察，你能把杨骞往死里揍啊？我没拦着你他还有得活啊他？"

对方眼皮都没抬一下，面色平静地看着自己还能灵活转动的手腕，对他的话置若罔闻。只有杨涛静立在一边，尴尬地看着自己脸已经快涨成猪肝色的队长，大气都不敢出。他进警队七年，没少见郑国强跟经侦队长为了办案的事争得面红耳赤，可像这样仅仅是郑国强单方面发火的，还是鲜见。

大约预感到自己只会一拳打进棉花里，郑国强瞪着牛眼看了赵亦晨近半分

钟，最终别开脸，率先妥协下来。

　　"行了行了，我也不说你从警十几年，碰上这种情况该怎么办了——我不是你，没到你这境地，也没立场说你。"他直起身子甩甩手，环抱胳膊靠到墙边，"说吧，怎么知道杨骞行踪的？"

　　"我这边的线人一直盯着。"赵亦晨答得平静，也当刚才的僵持从没发生过。

　　"那怎么只追杨骞，不管许涟？"

　　"我女儿告诉我，她亲眼看到杨骞杀了珈瑛。"

　　郑国强愣了下："孩子说话了？"

　　"说话了。"赵亦晨放下竖起的手肘。

　　"上次去找孩子的时候，我们在许家找到了一些东西。"沉吟几秒，郑国强斟酌着透露，"其中包括一张写着一个车牌号的字条。孩子有没有提过什么跟车有关的事？"

　　仍在隐隐发疼的后背靠上沙发的靠垫，赵亦晨转眼对上他的视线。秦妍提到过的那个牌照清晰地浮现在他的脑海里。

　　"粤A43538。"他说。

　　一字不差的车牌号让郑国强眉梢一扰。

　　"老赵，我们现在不是在审讯，所以不要相互套话了，行吧？"他抹了把脸，有些无奈，"你把你知道的都说出来。"

　　赵亦晨依然微偏着脸同他对视，面上不见多少表情，没有丝毫要开口的迹象。

　　"好，我先说。"只好举手投降，郑国强烦躁地皱紧眉头，"字条上除了车牌号，还有车到达别墅的时间、目的地，跟要运走的几样旧家具。字迹和许涟的很像，时间又正好是许菡死前近二一六个小时，目的地在X市，所以我们怀疑这跟许菡的死有关系。"

　　目光转向正前方的办公桌，赵亦晨保持沉默，像是陷入了沉思。

　　"善善本来应该在其中一个衣柜里面。"半晌，他才吭声道，"珈瑛想用这种方法把她带回来。"

"结果被杨骞发现了?"

他注视着不变的一点,十指习惯性地交叠在腿间,微微颔首。

"那就怪了。"郑国强的眉头越拧越紧,"如果真是许涟把字条给的许菡,那她有什么目的?杨骞又是怎么发现的?难道他们串通一气,合谋杀害了许菡?"

交叠的十指略微收紧,赵亦晨脸色仍然平静:"二十七号那天许涟人在哪里?"

"白天在国外,晚上九点才回来。"憋了许久的杨涛插嘴,"许家的基金会那天有个活动,她出国了。"

赵亦晨合眼,没有去看他被郑国强瞪一眼后缩脑袋的动作。

他还能回忆起那天在星巴克里,许涟提到许菡时隐忍的神情。赵亦晨从警十余年,不至于轻易动摇自己的判断。

"审吧。审杨骞。"他睁开眼,嘴唇微动,"这件事只可能是一个人策划的。不是他,就是许涟。"

同一时间,辖区派出所的两名民警刚刚在九龙村完成现场笔录。

村民把阿雯的尸体抬到鱼塘边,为了方便民警做尸体体表检查,没用铺盖卷起来。天亮以后,孩子们都结伴跑到附近张望,大胆的还捡了石子往尸体这边扔,被大人叫骂几句才嬉笑着一哄而散。

除去临时过来看热闹的,只剩夜里目睹了意外的几个村民还留在方家门前,面对面,挨个儿做完了笔录。徐贞是事故发生后才到现场的,她独自坐在一边的小石礅上,安静地等程欧和李万辉,自始至终没有插嘴。

身为警察的她跟程欧都知道,证人聚在一块儿做笔录不合规定,但他们谁都没出声指正。来九龙村之前他们就知道,这里地偏民刁,当地的警察只能对村民收买被拐妇女儿童的情况睁只眼闭只眼,哪怕每年都有其他地区来的干警前来解救被拐妇女儿童,除非事情闹大,当地警方都极少配合。

徐贞和程欧是假借电视台记者的身份秘密过来的，如果在这两个民警面前暴露身份，这次的解救行动十有八九要失败。

　　孙孟梅从屋里端出一盘瓜子，一一分给坐在方家门前小长凳上的几个村民。瓜子送到徐贞跟前的时候，她抬脸对孙孟梅笑笑，道了谢，没接。孙孟梅怯怯地看她一眼，也没有多客气，转背回了屋。

　　徐贞的视线便再度移向方德华。他是个五大三粗的男人，看上去比沈秋萍要大几岁，皮肤和大多数南方人一样偏黑，方方正正的脸，五官凶悍，眼角留着几道指甲抓出来的血痕。民警把笔录递给他，他不会写字，只接过印泥，用力在笔录下方按上指印。笔录涂改了几处，每个地方都得按指印，他一个个摁过去，也不管手指头上的颜色已浅，拧着眉头，一下比一下使劲。

　　两个民警见他态度不好，虽然没出声教育，但也脸色难看。还是村主任在一边打圆场，觍着脸问他们："那警察同志，这个还要不要带回去尸检啊？"

　　"已经确定是意外事故了，就让家属处置吧。"高个头的那个民警操着一口带乡音的普通话，收回了印泥，才又看向候在一旁的李万辉和程欧。他的目光在这两人身上转了一圈，没有多关注李万辉，倒是仔细观察了几眼程欧："把尸体打捞上来的是你们两个？"

　　程欧点点头，听身旁的李万辉应道："哎，是。"

　　"那就跟我们去趟派出所，把笔录补充完。"高个头民警把手里圆珠笔的笔头摁进笔管里，"李万辉你有摩托车吧？"

　　一直不发一言的徐贞抬起头，朝他们的方向看过去。

　　被点名的李万辉愣了愣，然后忙不迭点头："有，有，我有摩托，我可以骑摩托跟在后面。"

　　派出所距离九龙村比较远，途中还有很长一段山路，两个民警开了辆七座的警车，能载他们过去，但不能送他们回来。矮个头民警听李万辉答应，便冲着程欧抬抬下巴示意："你就跟我们上车，到时候回来再让李万辉载你。"

　　赔着笑脸点头，程欧应下来，又转头找到早已警惕地抬头的徐贞，扬声向她交代："徐贞啊，那我先去了啊，你……"

话还没说完，进屋安抚两个孩子的沈秋萍突然从屋子里冲了出来，怀中抱着儿子方海阳，一把扑到程欧的脚边，腾出一只手来死死抱住他的腿，仰起脑袋颤抖着乞求："带我们一起走……求求你们带我们一起走……"

　　瘦小的男孩被她压在怀里，惊慌失措地哭出了声。在场的人都大吃一惊，程欧更是没料到这一出，瞪圆了眼对上沈秋萍那双含着恐慌眼泪的眼睛，感觉到她哆嗦的手抓着他的裤腿，皮带把他的胯骨勒得生疼。

　　徐贞腾地站起身，却还是晚了方德华一步。他就站在离他们两步远的地方，一个箭步上前就扯开了沈秋萍的胳膊，扯着她的头发往后拖，狠狠几脚踢向她的背："你发什么神经！发什么神经！进去！给我进去！"

　　孱弱的女人被他踹得嘶声惨叫，抱着哭号的孩子拼了命地挣扎，还是被他掀倒在地，拖耙似的往方家的屋子扯。徐贞脑仁一紧，飞快地冲上前拉住方德华的胳膊，手脚并用地拦他踹向沈秋萍的脚，哑着嗓子吼起来："别打！别打！"

　　"救我！徐警官救我！救我！"沈秋萍听见她的声音，又翻个身疯了一般扯住她的腿，满是血丝的双眼像是要把眼珠子瞪出来，嘴里不住嘶号，"他会打死我——他会打死我——啊！啊啊啊——"

　　听到她嘴中的"警官"两个字，方德华心里一惊，甩开徐贞便越发狠命地掴了沈秋萍一巴掌，再去扯她怀里大哭的方海阳。沈秋萍拼尽全力护着孩子，他见扯不出来，就抬脚跺她的腿，抓着她的头发猛扇巴掌："你是绊坏了脑壳啊你！发什么神经！发什么神经！"

　　徐贞被甩得几步踉跄，眼见着身份败露，第一时间朝程欧看过去。两人视线一对，程欧扭头看向身旁两个民警，见他们好像早有预料似的干站在原地，一时谁都没有吭声。唯独李万辉吃惊地张大眼，被人抽了魂一样愣在警车边，满脸的惊疑。

　　警察？他们是警察？

　　住在附近的村民都被沈秋萍的惨号引出了家门，或近或远地张望着，没有要上前劝阻的意思。徐贞见方德华还在踢打沈秋萍，终于忍无可忍，咬牙

跑上前一把将他扬起的手反拧过来，在他脱力的瞬间狠狠推开他，掏出自己的警官证展示给周围的人，拔高嗓门吼道："我们是市刑侦支队的警察——警察——"

远远围观的村民们聚集起来，有人悄悄跑出人群，去通知更多的村民。

方德华倒退几步，喘着粗气对她怒目而视。早在徐贞出手时就靠过来的村主任扶住他，一手抓着他的胳膊，一手拍着他的背，边安抚边轻声嘱咐着什么。沈秋萍还搂着方海阳痛哭，伸出发抖的手，慢慢抓住徐贞的鞋。

蹲下身扶起她，徐贞摸了摸仍在抽泣的孩子的脑袋，搀着沈秋萍起身，将视线投向警车边那两个缄口不语的民警："现在有证据证明沈秋萍系被拐卖妇女，请你们配合解救，把受害人一起带走。"

"我花钱买的堂客！"方德华听了便大吼，挣开村主任的手就要冲上去，额角青筋暴跳，脸红到了脖子根，"凭什么你们讲带走就带走啊！你们这是抢劫！"

村主任忙又拽住他，伸出一只脚来架在他腿前，压低声音训斥："方德华——方德华！你给我闭嘴！"

这时已经有大半村民闻讯赶来，手里拿着锄头、耙子，一点儿响动都没有，速度把他们几个人围堵在了中间。村主任刚刚上任，他再清楚不过这情形会带来什么后果，当即一面拦着方德华，一面冲这些抄了家伙的村民怒吼："干什么！干什么！你们要干什么！"

方德华使劲挣开他，拔腿就上前拽住沈秋萍的胳膊！女人的抽泣声再度变成失声的尖叫，她胡乱地伸手去抓徐贞，怀里的孩子也再次放声大哭。眼看着她要被拖走，徐贞顾不上其他，扑上前扯住她的胳膊，猛地反身给了方德华一腿！

这个虎背熊腰的男人被她一脚踹得跌倒在家门前，只一个瞬间就引燃了紧绷的气氛。不知是谁先大喊了一声，拿着武器围在四周的村民们便都举起手里的家伙，齐齐向中间涌了过来——

李万辉一早就偷偷溜了出去，此刻见情势失控，傻傻站在外围，一动不敢动。矮个头的警察反应最快,打开车门爬进了警车,翻身跨进驾驶座;高个头的警察也拉开警车的后门,刚要埋头钻进去,就被程欧手疾眼快地拉住了胳膊:"我们在依法执行公务!"程欧掰过他的脑袋对他大喊,"这两天我们都在跟警队保持联系,一旦出事,市局会立刻联系你们分局——到时候追责下来,谁都不好过!"

高个儿的民警睁大眼同他对视,鼻孔外张,胸脯剧烈地起伏。村民手中的武器冲着徐贞砸下来,她扯着沈秋萍躲开,退到警车边,将哭叫着的沈秋萍和方海阳推到高个头的民警身旁:"鸣枪啊!鸣枪!"

背后的警车轻微地抖动起来,他屏住呼吸,知道这是矮个头的民警要发动车子。

农具不长眼睛,锄头、耙子统统朝他们挥过来,他心脏猛然一跳,拔出腰间枪套里的枪,对着头顶的老天扣下扳机——

砰!

明火闪现,枪响炸裂。

喧闹的村民们噤声,大多下意识地往后退,手里的武器没收住,砸上了屋前的水泥地。

"都冷静!冷静!"高个头的民警还举着枪,扯着嗓子冲他们吼,"市局要调查,那就先带回去!吵什么吵!啊?都想被抓起来坐牢是不是!啊?"

空气仿佛有几秒的凝滞,驾驶座上的矮个头民警摇下车窗,朝徐贞他们用力招手:"上车!都上车!"

拿着武器的村民面面相觑,犹疑着不敢上前。村主任趁此机会拦到他们跟前怒喝:"家伙都放下!耙子、锄子都放下!听到没有!"

程欧拉开车门,正要和徐贞一起扶着抖成筛糠的沈秋萍上车,又被挤出人群的方德华打断:"伢不准带走!那是我的伢!"他连扑带摔地冲过来,大手死死抓住了方海阳细瘦的胳膊。

受到惊吓的孩子本就大哭不止,这下更是撕心裂肺地号哭起来。沈秋萍嘶哑的嗓子里发出尖叫,她抱住孩子的腰,踏进车里的一只脚也收了回来,弓紧

身子往车里缩，无论如何都不撒手！

躲在屋门边看了许久的孙孟梅这时也跑过来，帮着方德华拽孩子："我方家的伢——我方家的伢——"

方海阳哭得脸颊通红，尖着嗓子痛叫："妈妈！妈妈！"

霎时间红了眼，沈秋萍抱紧孩子的腰，半个身子倒进车里，抬起脚发狂地冲着那母子俩踢蹬："放开我儿子——啊！啊！放开！放开我儿子！"

"伢不能带走！伢不能带走！"围堵过来的村民们见状又举起手里的武器，作势要冲上来。高个头的民警一慌，反过来抓住程欧的手腕，用劲甩了几下吼道："伢不能带走！要不我们都出不去！"

程欧赶紧去扯沈秋萍勒在孩子腰上的手，抬头对另一边的徐贞喊："徐贞！徐贞拦着她！孩子现在不能带走！"

挣扎中的沈秋萍听到他的话，更加歇斯底里地嘶喊起来："我儿子！我儿子啊！啊——啊——"徐贞咬紧后槽牙扯开了她抱住孩子的手，沈秋萍刚倒进车里就要腾起身，不要命地往车外扑，"阳阳——阳阳——"

"先上车！先上车！"

高个头的民警在外边喊，徐贞抓住沈秋萍踢腾的腿塞进车里，等到程欧先上车箍住了她的两条胳膊，才跟着跳上车。副驾驶座的车门被重重碰上，沈秋萍还在疯狂地挣扎，嘴里的尖叫绝望而癫狂："啊——啊——"

"妈妈——妈妈——"

车外孩子的哭喊声声都扎进耳朵里，徐贞抿紧嘴唇，几乎是使尽了全身的力气，才将车门关上。

驾驶座上的矮个头民警踩下油门，堵在车前的村民纷纷让开，警车很快驶出人墙，拐上了村里的大路。孩子的哭叫声渐渐远了，沈秋萍却还在不住地号叫，扭动着身子试图挣开程欧的钳制。他没有办法，只好借来高个头民警的手铐，反剪她的双手，铐在了背后。

九龙村的大路不平坦，车身在轻微地颠簸。徐贞歪着身子瘫坐下来，牙关都在微微颤抖。喘了一会儿，她心有余悸地回过头，隔着车尾的玻璃朝他们逃出的地方望过去。围聚在那里的一个个人影逐渐缩小，她分辨不清那里面谁是方德华，谁又是李万辉。

视野内闯进一个人影。是个蓬头垢面的女人，跟跟跄跄地从一排平房里跑出来。她跑过长长的田垄，跑上九龙村的大路，一瘸一拐，挥舞着双臂追他们的警车。

"救我啊——救我啊——"徐贞隐隐听到她的哭喊，"莫走——救我啊——"

心下一紧，徐贞抓住车椅的靠背，认出这个女人就是在鸡棚边向她求救的人。她穿的还是昨晚那身衣服，拖着受了伤的腿，哭着喊着追在警车的后面，五官挤成一团的脸上写满了绝望："莫走啊——救我啊——救救我啊——"

徐贞扭头就朝驾驶座上的矮个头民警喊："停车！还有一个！"

对方像是没听见她的话，头也不回地看着前路，不仅没停车，还越开越快。

回头见追在车后的女人越来越远，徐贞咬了牙使劲捶拍驾驶座的靠背："停车啊！停车！"

沉默了良久的高个头民警发起了火，扭过头冲她咆哮："莫吵了！救一个不够你还想救两个啊！到时候我们一个都走不掉！"

徐贞前倾身子还要说点什么，却被程欧抓住膝盖。她顿下来，看向他，见他沉着脸，对她摇了摇头。

理智回笼，徐贞冷静下来，缓缓回过头。

后挡玻璃覆住的小小方框里，那个狼狈地跑着的女人跌倒在路边。有人从那排平房里追出来，对她挥起了拳头。

半趴在徐贞和程欧身上的沈秋萍滑了下去，呜咽着抬起脑袋，一下一下地砸向车门。就像那个男人砸向那个女人的拳头，又重又狠。

"阳阳……阳阳……"

徐贞在这呜咽声中远远看着他们。她看着那两个小小的人影缩小、再缩小，最终融成一团小黑点。然后慢慢地消失，再没出现在她的视野里。

一个小时后，他们抵达了镇上的派出所。

两个民警把他们带到询问室，送来三杯凉水，就不再理会。没等徐贞和程欧歇一口气，沈秋萍就在他们跟前跪下来，哭着哀求："求求你们……我求求你们帮我把阳阳救出来……求求你们了……求求你们了……"

"求有莫子用啊！伢又不是你一个人生的！别个就没得养伢的权利啊？"一旁矮头的民警还满肚子火气，手里的笔重重地敲在桌上，"你自个能出来就够好的啦！还救伢！闹这么大，就不想下被打死了怎么办！"

她痛苦地低下头，整个身子都蜷成了一团，流着泪发抖。

"我的阳阳……阳阳……"

"先起来吧。"没忍心看下去，程欧弯腰扶了扶她的胳膊，叹口气，"他们说的也没错，孩子是你跟方德华的，你是妈妈，他也是爸爸。我们没权利把孩子抢过来，这事儿只能靠之后打官司。"

抖着身子蜷在地上，沈秋萍不住地抽噎，没有起身。徐贞只好站起来，绕到她身边半跪下身，顺着脊柱抚了抚她的背。

"我们已经联系到你父母了。"徐贞轻声安慰，"先回家吧，回家再说。"

听见父母二字，缩在地上的女人颤了一下，哭声短暂地停下来。

片刻，她抬起满是泪水的脸，猛然给他们磕了个响头："我给你们磕头了……"

"哎哎哎！起来起来！"听她的脑门闷声砸上地板，徐贞连忙使了蛮力把她拽起来，以防她继续虐待自己。沈秋萍两腿发软，即便是徐贞搀着也站不稳，最后只得坐上他们推过来的椅子，闭着眼掉眼泪。

"沈秋萍，我们还有件事要问你。"程欧只思索了几秒，便压下心底的不忍，沉下嗓音开口，"你给赵队写求救信，还说你知道胡律师的事，到底是说什么事？你跟胡律师认识吗？她以前为什么总过来看你？"

在沈秋萍身旁坐下来，徐贞继续抚着她的背，等待她的回答。

"她不是来看我……"后脑勺靠在椅背的顶端，沈秋萍仰着脑袋，缓了好一会儿气息，才终于找回自己的声音，"她是来看阿雯……"

"阿雯？哪个阿雯？"问题才刚刚脱口，程欧就记起了什么，略略一愣，"昨晚掉鱼塘里的那个？"

合着眼点头，沈秋萍鼻翼微抖，眼泪成行地往下流。

"她是来找阿雯的……那个时候我刚被拐过来……"她抖着唇说，"阿雯脑子不好，胡律师怕她跟阿雯接触了，方家的人就会打阿雯……所以她让我照顾阿雯……她说只要我能保护好阿雯，她就会想办法把我们都救出去……"

喉中一哽，她记起那张模糊的脸。

"但是她好多年没再来过了……她好多年没来过了……我以为我这辈子都出不去了……"

阿雯的尸体被打捞上来时，沈秋萍只敢看那么一眼。只一眼，她就明白了绝望的滋味。

那个为了救她而掉进鱼塘淹死的女人，曾经是沈秋萍唯一的希望。那么多年，在方家，她也是唯一一个对沈秋萍好的。可直到这一刻，沈秋萍才意识到，自己偷了她的命。

她是偷了阿雯的命，才能活着坐在这里。

眼前浮现出阿雯紧合着双眼的样子，沈秋萍捂住了脸。

"是我对不起阿雯……"她说，"我对不起阿雯……"

轻抚她背脊的手顿住，徐贞转过脸，诧异地同程欧交换了眼神。

谁都没注意到阿雯。那个从小就被卖到九龙村，摔坏了脑袋，成天都被关在屋子里的阿雯。甚至直到她死，他们才第一次见到她。

来迟了。徐贞记起那具被打捞上岸的冰冷尸体，还有她无助哭泣的孩子。

还是来迟了。她想。

远在Y市的刑侦总队讯问室里，杨骞垂着脑袋，已经沉默了小半个钟头。

他刚从昏迷中清醒不久，就被带到这里。顶着鼻青脸肿的模样，他头上缠

了好几圈纱布，昏昏沉沉地陷在铐紧锁铐的讯问椅上，两眼灰败，不论面前的郑国强问他什么，都始终只字不语。

被逮捕的犯罪嫌疑人二十四小时内必须被送往看守所，郑国强没时间再跟他耗下去，五指重重叩了叩桌面："基金会洗钱的事不愿意说，国际人口贩卖跟组织卖淫的事也不愿意说，是吧？"

毫无反应地垂着脸，杨骞直勾勾地盯着自己的膝盖，没给他哪怕一个点头的回应。

"行，那就说说许菡。"郑国强拨了下手边的笔，换了个更舒适的姿势，倚向身后的椅背，"当年你们买通的法医已经招供了。许菡根本不是意外溺死，而是闷死。她是死后才被抛进水道的，对不对？"

迟钝地捕捉到熟悉的名字，坐在讯问椅上的男人略微抬眼。他眉骨很低，从这个角度看，浓黑的眉毛几乎和眼睛贴在了一起。

"你们不急着问我基金会跟小孩子的事，是因为许菡都告诉你们了吧？"动了动青肿破皮的嘴角，他扯出一个笑，"她到底是怎么告诉你们的？之前她女儿全天都在我们的监视里，她就一点不怕我们杀了她女儿？"

郑国强眯起眼："你的意思是，你们一直在以她孩子的安危作为威胁，变相监禁她？"

"哪止啊？还有她老公的命。"眼里渐渐有了亮光，杨骞靠着椅背咧开嘴角，"你们不是已经搞清楚我们这一连串——用你们的话怎么说？利益链条？"他嗤笑一声，语气傲慢，"我们这一连串利益链条是怎么运作的，你们不是已经搞清楚了吗？要不是这回连根拔了，也不敢动到我们这一环来吧。赵亦晨又算什么？还不是跟你们这些人一样，小小的刑侦队长……就算搞不死你们，要把你们搞进号子里也是轻而易举啊。"

听着他满嘴的不屑，郑国强脸色没有变化。倒是一旁负责记笔录的警察顿了顿，悄悄看他一眼，才接着敲击键盘。

"既然是这样，"郑国强目不转睛地凝视着杨骞的眼，"为什么还要杀许菡？"

"还不是她自己找死啊？"从鼻孔里哼出一口气来，对方歪着嘴笑，"不仅自己想跑，还想把她女儿也带走。要不是我们及时逮到她，那天她都要跑到她老公那里去了。她老公是什么人？条子啊。她失踪那么多年突然出现，就算她自己不讲，她老公能不查吗？到时候要堵的嘴可就不止一张了。"

"她是自己要跑的？"

"不然呢？"

拿出那张字条的照片，郑国强把它推到他眼前："那这是什么？"

含笑的目光定在照片上，杨骞过了好几秒才在模糊的视野里看清照片中的东西。他脸上的神情滞了滞，突然神经质地笑起来。

"看到没有？写了让她看完就烧掉，结果这狗娘养的没烧。看到没有？"他抖着肩膀笑得夸张，笑到最后便忍不住开始咆哮，每一声都带着颤抖，不知是因为欢喜还是愤怒，"她没烧……她没烧！她还留给你们！她根本就不相信她妹妹！她就算死了也要拖许涟下水！"

"好好说话！"猛力一拍桌子，郑国强扬声呵斥，"许涟暗示许菡逃跑，然后你们又以逃跑为由杀死许菡——这不是给许菡下套是什么？你还说她是自己跑的？啊？"

"许涟害她——你是说许涟害她？"越发神经质地抖着肩膀哼笑，杨骞好像听了个天大的笑话，肩膀抖个不停，"也就许菡那种自私自利的女人，还有你们……你们这些条子会信。"他喘一口气，稍稍前倾身体，仔细瞧着郑国强的脸，"找人鉴定过了啊？许涟的字迹？我一个三流的仿写也能骗过你们的鉴定机关，看来你们的鉴定也没什么狗屁用……"

郑国强锁紧眉心："这是你写的？"

"啊，我写的。"试图耸耸肩膀，杨骞讥诮地重复了一遍，"我写的。"

"你给许菡下套？"

"当然是我了。"他一脸无所谓的嘲讽，"知道能让孩子藏在衣柜里出去的，除了她们两姐妹，就只有我啊。"

后半句话来得没头没脑，让郑国强的眉头不由得拧得更紧。

"杨骞，这里是公安局。"他警告他，"你最好端正态度，把事情老老实实从头到尾地供述一遍。"

合上眼仰起头，杨骞止不住地哼笑。

"晓得许蔺八岁的时候，是怎么从许家逃出去的吗？"他慢悠悠地开口，"她带着许涟，躲进一个要跟其他旧家具一起运走的衣柜里。还是许老头精明啊，马上就想到了。那批家具被送到火车站，还没卸货就被截下来。你们猜怎么着？"

睁开双眼，他重新看向郑国强的脸，不等他回答，就忽然开始了爆笑。

"她丢下许涟跑啦！跑啦！那是她妹妹啊——她明知道许涟被抓回去会有什么下场，但她还是跑啦！跑啦！"仿佛在宣布什么振奋人心的好消息，他猖狂地笑着，笑得眼角都渗出了眼泪，"那个时候许蔺才八岁！八岁就干得出这种事，你们说狠不狠？啊？"

郑国强平静地观察着他，没有开腔。

"狠啊！当然狠啊！"被束缚的双手紧紧捏成拳头，杨骞涨红着脸直直地与他对望，目眦尽裂地绷紧了肌肉，"但她再狠他们也护着她啊！他们都护着她你知不知道啊！许涟不杀她——许老头不杀她——他甚至可以把许蔺带回来，把所有财产都留给她！就为了牵制我！牵制我！"

前额的伤口裂开，细密的血点渗透纱布，浸染出一片猩红。可杨骞感觉不到痛。他目眦尽裂地望着郑国强，望着这个无动于衷地看着自己的男人。杨骞知道，谁都不可能懂。许涟不可能，许老头不可能，郑国强更加不可能。

身体突然失去了力气。遍体的疼痛涌向他，他瘫坐回椅子里，只有眼睛依然直直地望着面前的人。"我跟许涟一起长大啊。"他听到自己的声音，迷茫而又可笑，"我会伤害许涟吗？他们为什么都觉得我会伤害她？他们为什么宁愿相信许蔺，也不相信我？"

目视着他从极度的愤怒中颓然虚弱下来，郑国强不回答他毫无意义的反问，只接着将另一个问题抛给他："你是说许云飞之所以把财产留给许蔺，是为了防止你为钱伤害许涟？"

缓慢地合眼，杨骞任凭他的声音轻敲自己的耳膜，忽然在一片黑暗中感觉到了疲惫。

"他提防我，所以让许菡带着孩子留下来，陪着许涟。他以为只要她们姐妹两个在一起，许家的财产就不会被我这个'外人'搞走。"他听到自己慢吞吞地、一字一顿地出声，"老了老了，自己以前干的恶心事记不清了，也分不清谁才是外人了。你们肯定也想知道，当年他买了那么多小孩，为什么只把她们两姐妹上到许家户口上吧？"停顿片刻，他合着眼皱起眉头，像是在回忆，"许老头自己说的——他老婆啊，当年难产死的，生下来的也是死胎。死胎，正好是对双胞胎，女孩，跟她们姐妹两个的年纪又对得上。许老头一见她们，就当是自己的女儿了。"

想象着许云飞说这句话的神态，杨骞笑了。

"狗屁，都是狗屁。有当爹的上自己女儿的吗？有当爹的把自己女儿送去当鸡的吗？双胞胎值钱啊。值钱的东西，当然不急着脱手了。"胸腹一凉，他笑得咳嗽起来，"许菡也是走狗屎运啊。什么姐姐要保护妹妹的，哪次都替许涟去了。结果还讨好了许老头，护了许涟两年。"

他始终合着眼，却阻挡不了那个瘦瘦小小的身影出现在他黑暗的视界里。

"许老头疼许菡啊，疼得要死。要不是他疼她，她们逃跑的时候，也不会那么快被发现。明明是她连累许涟，还把许涟丢下来，留了这么多年……"

留了这么多年，留成了现在的样子。

干涩的眼球在眼皮底下转动，杨骞想起了当年的许菡。那个能每天走进许云飞的卧室，受尽"宠爱"的小姑娘；那个沉默地、胆怯地脱下衣服的小姑娘；那个瑟瑟发抖的，颤着声说"不痛"的小姑娘。

有的时候，就连杨骞自己也不明白，他为什么要嫉妒她。她受尽了伤痛、受尽了折磨。可她还是走了。她逃出了那个地方，丢下许涟，丢下许云飞。她丢下了一切杨骞深爱的东西，也丢下了一切杨骞痛恨的东西。

"我没给过她机会吗？"滚烫的眼泪溢出眼角，他像是没有察觉，仅仅是平静地反问，"许老头没给过她机会吗？都是她自己选的。是她一看到有机

会逃跑，就要跑的。她自己找死。她根本不管许涟会怎么样，她只在乎她自己。"慢慢睁开双眼，他麻木地望着天花板，"要是她安分点，就什么事都没有。我早跟许老头说过的。她能抛下许涟一次，就能抛下许涟两次。"

铁窗对面的人飞快地敲击着键盘，把他混乱无序的话如实记录下来。郑国强看了眼他头顶被染出一片鲜红的纱布，半晌不作声。

"你是许云飞的堂侄，因为父母双亡，六岁起被交给他领养。"好一会儿，郑国强才转换了一个方向，掀动嘴唇道，"据我们所知，许云飞贩卖和组织卖淫的不只女童，还有男童。有嫖客曾经见过你，你也是受害者之一。"

他抓起手边的笔，拿笔尖轻轻点了一下桌面："之后呢？为什么你也加入了他们这个组织，参与人口贩卖和组织幼童卖淫？"

嘴边咧出一个浅淡的笑，杨謇收了收抬高的下巴，对上他的目光。

"你问我为什么？你为什么不问问你们自己？"他疑惑地反过来问他，"为什么你们没在我能坐到讯问室的时候找到我？为什么要等到我必须坐到讯问室才找到我？"

郑国强挑眉，不作回应。

杨謇笑笑，也不为难他，替他找了个答案。

"是老天不长眼啊……不管我付出多少，不管我怎么讨好——在他们眼里，我永远都不如许菡那个自私自利的贱人。"他说，"也是因为它不长眼，你们才晚了这么多年来找我啊。"

他好像自己说服了自己，笑得轻松地仰起脸，往身后的椅背倒过去："晚啦，全都晚啦……"

晚了，全都晚了。他告诉自己。

这都是命啊。

命定的，谁都逃不掉。

如果我不曾见过太阳

求你放我在心上如印记，

刻在臂上如戳记。

因为爱情如死之坚强，

嫉恨如阴间之残忍。

——《圣经》

01

二〇〇三年，赵亦晨从派出所被调到区刑侦支队，师从支队长吴政良。

省内大范围禁毒扫黄，涉毒案件激增，各大律所进入繁忙的旺季。十二月中旬，王绍丰出差回到金诚律师事务所，经过胡珈瑛的办公桌旁，停下了脚步。"小胡。"他从公文包里翻找出两份还未装订的案卷，连带一式三份的委托书递给她，"这个案子你带实习生跟进一下，案卷材料在这里，委托书你现在签好给我一份，我给委托人寄回去。"

"好。"她抬头接过来，扫了眼案卷封面上的罪名：贩卖毒品。

抽出笔筒里的钢笔，胡珈瑛仔细看了一遍委托书简短的内容。委托人马玉川已经签上了名字和日期，还留下了电话。犯罪嫌疑人的名字是马富贵。

拔出笔盖的动作一顿，她想了想，签上名字和电话，将其中一份递还给等在一旁的王绍丰："这个委托人是当事人家属吗？"

"当事人的儿子。"对方低头审视委托书，只一眼就抬起头，转身疾步走回办公室。

看着他走过拐角，胡珈瑛才垂眼，目光转向手边的案卷。她盯着封面上那个名字瞧了一会儿，动手翻开案卷，找到印出犯罪嫌疑人身份信息的一页。

马富贵，一九二九年出生，省外籍贯。

视线右移，她看向他的脸。黑白的照片，五官有些模糊。他睁着两只眼，看上去不过四十出头。身份证信息是过期的，照片也是过期的。胡珈瑛合上双眼，记起他当年的样子。独眼，脚有点跛，瘦骨嶙峋，披着件破旧发臭的军大衣。她记起来，他身上总有股浓浓的痰臭味。

捏着案卷的手微微发抖。她重新睁眼，从头翻阅一遍，而后拿起电话，拨打了委托书上的号码。

两分钟后，胡珈瑛站在王绍丰的办公室门口，叩响敞开的门板："师傅。"

坐在办公桌后的男人没有抬头，专心整理桌面上摊开的卷宗："进来。"

小圆桌上的电热水壶烧好了水，开关跳起，咕噜噜的翻滚声渐渐平息。她走过去，从桌上的茶罐里抓了把茶叶，冲好一杯热茶。"我按委托书上的号码联系了一下委托人，但号码是空号。"她把茶杯搁到王绍丰手边，"是不是不小心写错了？"

"哦，没写错。马玉川不想介入这个事，所以不让我们联系他。"摞起整理完的卷宗，他撑着转椅的扶手坐下来，打开右手边的抽屉，边翻找什么东西，边轻描淡写地交代，"这个案子，你不用太使劲。证据确凿，反转是没可能了。当事人七十四周岁，可以争取一下从宽处理。另外就是多去看几次，保障当事人在侦查阶段的健康安全。"

还扶在茶杯边的手紧了一下，胡珈瑛点头，没有反驳："知道了，谢谢师傅。"

侦查机关迟迟不安排会见。

胡珈瑛带着实习生在公安和检察院来回几趟，最终直接找去了看守所。与她相熟的民警负手站在监区大铁门外，始终望着另一头沙地上训练的武警，给她的回应心不在焉："办案领导外出，现在还没办法安排会见。"

"犯罪嫌疑人被送到这里之后，已经被侦查机关提审过两次了。"胡珈瑛抱着公文包，漆黑的眼仁里映出他的脸，面上早已没了笑，"按规定，没有侦查机关的许可，我也是可以会见当事人的。"

对方依然偏着脸，面不改色地摇了摇头："这个案子的特殊性你也知道，领导没回来，我们不能擅自决定。"

"那领导什么时候会回来？"

"等吧，领导外出，我们也没办法多问。"

胡珈瑛沉默下来。正午的阳光压过她滚烫的发顶，压向她隐隐发紧的头皮。她听到实习生李嘉缩到她身旁，小声地开口："那胡律师，我们要不要先……"小心翼翼的语气，又有些胆怯。

转眼看向她，胡珈瑛没有回答。李嘉缩缩手，低下头，不敢看她的眼睛。

她还是应届生，跟在胡珈瑛身边一个月，瘦瘦小小的姑娘，看上去不比她结实。律所今年的实习生有四男一女，男实习生都被迅速瓜分，而提到李嘉，其他律师都含笑不语，没人主动带她。就像当年王绍丰说过的，一个姑娘，留下来也不顶用。

再去看民警无动于衷的侧脸，胡珈瑛垂了垂眼，支起嘴角，给他一个浅淡的微笑。

"没关系，我理解。"她说，"我带齐了材料，就在这里等。什么时候领导回来了，我们也能及时会见当事人。"

而后她转过身，拉着李嘉走到院墙边，挨着墙角坐下来。

还站在铁门外的民警远远望向她，依然背着手，既不让步，也没赶她们走。胡珈瑛瞧不清他的表情，便垂下脸，拍了拍裤腿上的飞虫。

熬过两天，到了第三个早晨，胡珈瑛接到区刑侦支队打来的电话。

赵亦晨出警受伤，右腿中枪，人在医院。她挂断电话，怔愣许久，才支着发麻的双腿，摇摇晃晃站起来。身旁的李嘉扶了她一把。有那么一瞬间，胡珈瑛眼前发黑，以为自己会这么倒下去。但她只晃了一下，抓着李嘉的手，站稳了脚步。

市区堵车，胡珈瑛赶到医院的时候，已经是上午十点。她在洗手间洗了把脸，才找到赵亦晨的病房。六人间的病房，他半躺在离门最近的那张病床上，正反着手把垫在背后的枕头拉高，听见脚步声便扭过头来，上下打量她一眼，提起嘴角一笑："我还想你会不会先回家洗个脸，换身衣服。"

胡珈瑛不言不语地望了他一会儿，走上前，帮他摆好枕头，坐到床边，握住他的手。

"痛不痛？还有没有哪里不舒服？"

"还行。"赵亦晨反过手同她十指相扣，"就是估计得放假到年前了。"

垂眼看着两人相握的手沉默一阵，她又回头，环顾一眼病房。其他五张病床都还空着，房间里很安静，只有他的床脚边摆着开水瓶。她收回视线，再对上他的眼，张了嘴，才发觉自己嗓音有些沙哑："不是说那个特大团伙贩毒案已经结了吗？怎么又被子弹打了呢？"

"我们这是沿海开放城市，这种贩毒团伙不止一个。"动了动拇指摩挲她的指背，他合眼休息，"这两年要大清，跟缉毒队的合作只会多，不会少。偶尔受点小伤是正常的。"

胡珈瑛安静注视着他，半晌，才翕张一下嘴唇。

"都快到零四年了。"她说。

仍然合着眼，赵亦晨略微颔首。

"是过得快。"他声线沉稳，"刚才吴队走之前，我提了一下马富贵那个案子的事。"停顿片刻，他微微收拢与她交握的五指，睁开眼，看进她漆黑的眼底，"你回去洗个澡，休息一晚上。明天再去看守所，那边会安排会见。"

感觉到他指腹间粗糙的厚茧，她定定地看了他几秒。

"怎么知道的？"

"那天晚上打电话到家里没人接，我就问了你同事。"松开她的手，他替她将垂在耳边的几缕头发捋到耳后，"你也体谅一下，这回逮捕的两个人都可能跟贩毒团伙有关系。上头有破案指标，承办案子的压力大，就怕律师到时候见了嫌疑人，再弄出什么伪证。"

垂下眼睑，胡珈瑛颔首，没让他看到泛红的眼眶。

"你休息会儿吧。"她站起身来到床尾，弯腰帮他把床头放低，"我等下回去给你煲汤。"

"刚被他们塞了一大碗饭，还不饿。"已经累得有些支不起眼皮，赵亦晨

任她放低床头，合了合眼，又睁开，歪着脑袋看她朝他走过来，"要不你也上来睡会儿。"

胡珈瑛摇摇头。

"你休息。"她伏低身子，把他背后的枕头抽出来，垫到他脑后，"等你睡着了我再走。"

知道犟不过她，赵亦晨应了一声，拉住她的手，合上了眼。

第二天上午，胡珈瑛和李嘉见到了已被送往医院的马富贵。

他毒瘾频发，多器官功能衰竭，早在一个星期前就被看守所转移到医院，却无人收到通知。承办案件的民警把她们带到病房前，同看守的两名警察打过招呼，便放她们进了病房。

狭小的单人房，没有窗。除去一张病床，房间里空空荡荡。马富贵靠在床头，右手被铐在床畔，一身单薄的病服，佝偻着背，脖子怪异地向前伸长。他睁着一只独眼，痴痴呆呆地望着对面雪白的墙壁，早已松弛的皮肤层层叠叠地耷拉在嘴边，像是被剜去血肉，仅剩皮骨。

胡珈瑛领着李嘉走进病房时，他一动不动，微张着干裂的嘴唇，仿佛半点没有察觉。

脚步停了停，胡珈瑛在病床边的椅子上坐下，两手搁到膝前。

"马富贵，我是您的家属帮您聘请的律师，我叫胡珈瑛。"

布满血丝的眼球转动一下，他缓缓转过脑袋，那只灰蒙蒙的独眼对上她的脸孔。

不自觉屈起十指，她膝上的双手轻轻捏起拳头，又松开。

"您现在能听清我讲话吗？"她平静地同他对视，再度启唇出声，"我看过侦查机关的讯问笔录了，您对侦查机关指控的罪行供认不讳，加上您现在年事已高，只要没有别的问题，到了审查起诉阶段我会积极向承办案件的控诉人争取从宽处理。现在……"

"丫头。"马富贵动了下毫无血色的嘴唇，打断她的话。

胡珈瑛一顿。

"什么？"

"丫头。"他直勾勾盯着她的脸，又重复一遍，"你是丫头。"

病房内有片刻的静默。

"您可能认错人了。"几秒钟过后，她平淡开口，"我是您的律师，我的名字是胡珈瑛。"

"你是丫头。"马富贵望着她的眼神却开始发直，"你化成灰我都认得。"

"马富贵……"

"丫头——"突然伸出左手抓住她的手腕，他压低声音睁大眼，"丫头，你帮帮我……"

那是只瘦得只剩皮包骨的手，手背上插着输液的针头，冰冷，粗糙，硌得她手腕生疼。胡珈瑛甚至没有收拢眉头，只冷静地看着他的脸、他脸上的每一条皱纹，重申她的身份："我是您的律师，我会帮您维护您的合法权益。"

"你帮帮我，帮帮我……"像是听不见她的声音，马富贵浑身哆嗦起来，满是血丝的眼珠就像要跳出眼眶，灰暗的眼仁里只剩她模糊的剪影，"我活不长了，丫头……我晓得我活不长了……我想见我儿子……你带他来见我……"

身后的李嘉后退两步，跑出病房。胡珈瑛目不转视地看着眼前的老人，既不回答，也不挣扎。

"丫头你帮帮我……我活不长了……我想见大川……你带大川来见我……"捉着她手腕的手抖得越发厉害，马富贵张合的嘴边流出口水，几乎要握断她的手腕，"你帮帮我，丫头……你帮帮我……"

守在病房外的民警冲进来，扯开他的手，摁住他的胳膊，将他压向床板。

他四肢抽搐，踢腾挣扎，圆睁的独眼里溢出眼泪，大张的嘴角淌着口水："帮、帮……"

"按住、按住！"

民警七手八脚地把他按到床上，他衣衫凌乱，宽大的袖管滑下去，露出枯瘦的胳膊，青筋满布的脖颈。胡珈瑛起身后退，感觉到李嘉回到她身旁，焦急地扶住她的手臂："胡律师你没事吧？"

直愣愣地望着那个病床上挣扎的人，胡珈瑛反应良久，才慢慢摇头："没事。"

带她们过来的民警没去帮忙，站在床尾回过头，冲她们摇摇脑袋："他毒瘾犯了，现在也不适合会见。今天就到这里吧。"

下意识点了点头，胡珈瑛听见自己的回答："谢谢，辛苦你们了。"

马玉川如今的住址，在邻省的一座小县城。

胡珈瑛搭乘八个小时的火车，又在长途大巴上颠簸了四个小时，终于找到住址的所在。是一家小饭馆，五张四人桌的空间，挤在这座县城一长排矮小的平房中间，门口摆一块简陋的招牌，歪歪扭扭地写着"猪脚饭"。

店里只坐着两个穿灰外套的男人，埋头拿筷子扒着猪脚饭。穿着围裙的男人站在玻璃挡板围住的工作台后头，手里握着刀，将锅中卤好的猪脚捞出来，见胡珈瑛走进店里，便偷空问一句："吃什么？"

他的眉眼和马富贵相似，口音也像。

胡珈瑛转个身面向他："请问您是马玉川吗？"

抬眼端详她一下，男人把猪脚搁上砧板："是我。"

疲惫地松了口气，她朝他伸出手："幸会，我是您父亲马富贵的律师，胡珈瑛。"

手中的刀剁向那段酱色的猪脚，砰一声闷响。

马玉川抬起头，拢紧眉心瞧她，语气变得不耐烦："不是让你们不要来找我吗？"

坐在店里的两个男人都回头看过来，手里还捧着盛猪脚饭的不锈钢盆，好奇地张望。胡珈瑛张了张嘴，放低声线，试图劝解："是这样，您的父亲现在身体状况非常不好，他很想见您一面。您是他的近亲属，可以当他的辩护人，这样审查起诉阶段就能跟我一起去见他……"

"我不想见他！"放开嗓门打断她的话，马玉川扭回脑袋，狠狠将猪脚剁成小块，"你不要啰唆了！哪儿来的回哪儿去！"

"马先生，您父亲真的……"

"他身体变这样是我的错吗？是我逼着他去吸粉啊？"把切好的猪脚扔进不锈钢饭盆里，他一面扯着脖子反问，一面拿汤勺舀出卤汁泼上猪脚，"他把老幺卖了害死了，拿着钱去赌、去吸粉，他管过我们兄弟吗？老二死的时候他都不晓得在哪里吸他的粉！我还给他聘律师，已经够好的啦！"

甩手将汤勺丢回锅里，他冲她挥了挥手里的刀，不愿再多看她一眼："你走吧，不要再来了！他死了就告诉我一声，我顶多去给他收个尸！"

退后一步避开那把刀，胡珈瑛抓紧随身的提包，双唇好像紧紧黏合在了一起，没法动弹。

已经是傍晚，她错过了最后一班大巴，只能留宿在这里。

这座县城没有酒店，也没有旅馆。她找到一间距离派出所最近的客栈住下，夜里用房内的桌子顶住门，和衣躺上床。被子很薄，硬邦邦的，像块木板。她没敢关灯，侧躺在被子底下，长着冻疮的脚隐隐痒痛。

将近凌晨的时候，她握在手中的手机振了振。

是条短信，那个承办案件的民警发来的。他告诉她，马富贵刚刚断气，后天她不用再去医院。

盯着手机屏幕看了半晌，胡珈瑛缩进被子里，闭上了眼睛。

她记得马老头让她写过他的名字。那时候他被她绑在树边，眯起他那只独眼，咧开嘴，露出一口玉米粒似的黄牙。

他说，马富贵，有钱的那个富贵。

客栈外的煤渣路上轰隆隆地驶过一辆货车。地板咯吱咯吱地颤动，木板床轻微地摇晃。

胡珈瑛蜷紧身体，嗅着床单潮湿发霉的气味，再流不出眼泪。

二〇〇四年八月，胡珈瑛和赵亦晨搬进他们的第一套房子，在月底补办了婚礼。

夜里他把她抱上床，自己也倒下来，趴在她身上，颈侧轻轻蹭过她的颈窝："高不高兴？"

"高兴。"她抬手摸了摸他温热的后脑勺。在她耳边轻笑，赵亦晨翻过身，挪了挪身子枕上身后的枕头，然后将她搂进怀里，拨开挡在她脸前的头发。

"总算补回来了。"低头亲一下她的发顶，他呼吸里都好像带着笑意，"有时候我也怕，万一哪天执行任务死了，连个婚礼都没给过你。"

白天太累，胡珈瑛懒于回头瞪他，只叹了口气，动一动脑袋，在他胸口找到一个舒服的位置："不吉利。"

"假设而已。"他胸腔微微震动，脸挨向她细软的头发，像是在笑的。片刻，他贴着她鬓间的发，沉声开口："珈瑛，我们要个孩子吧。"而后他又动了动脖子，拿自己的侧脸去贴她的脸颊，"你想要孩子吗？"

新婚第一晚，家里不能熄灯。天花板上的顶灯亮着昏黄的光，她看到宽敞的房间，看到卧室一角的电视，看到他环在她腰间的胳膊，看到他们交握在她腹前的手。这是她的家，她的爱人。她知道，她的生命从没有哪一刻像现在这样完整。

"想。"忍住喉中的哽咽，胡珈瑛听见自己的答案，"我也想要孩子。"

脸颊边有些痒。她知道那是赵亦晨在提了嘴角笑。"我还怕你嫌我工作太危险，如果只剩你一个，带着孩子更辛苦。"他在她耳边告诉她，"我没你那么心宽，指望你没了我以后赶紧找另一个。"

翘了翘嘴角，她捏住他手腕上那吕菩提子手串："估计找不到比你好的。"

赵亦晨笑笑，不以为然。

"比我好的多了去了。"

胡珈瑛缓慢地摇头，答得笃定："少。找不到。"

身后的人没再接话。他任她拨弄手串的菩提子，许久，才终于出声："我说过我中意你。"

重新将脸埋向她柔软的头发，赵亦晨嗓音低哑。

"我也爱你。"他说，"我是警察，没得选。但是我真的爱你。"

盈满眼眶的泪水掉下来，胡珈瑛合眼，点了点头。

松开那颗菩提子，她反手轻抚他的下颌："我知道。"

她知道。她都懂。

很多年以前，她曾经听说过，上帝会指引世人前行的方向。

如果这就是她的命运，她也许早已到过天堂。

02

南郊的公墓又有新的逝者落葬。

身着黑衣的亲属围聚在墓穴前，落葬师打开了墓盖。行暖穴礼的亲属伏低身子，将点燃的黄纸放进墓穴。袅袅青烟拥抱墓穴外辽阔的天地，留下余温沉穴，在低低的啜泣声中温暖这处安歇之所。

许涟静立在高处，侧着身远观这场落葬仪式。

青烟消散，伏在墓穴边的女人流着泪，把纸箱包好的陪葬品放入穴中。垂下双臂时，她痛苦地弯下腰，好像用尽了全身的力气，拿稳手中千斤重的记忆。许涟看不清她的脸，却能够想象她此刻的表情。

撑伞的主祭人弯下腰，双手捧着骨灰盒，将它安置进保护罩。环绕周围的亲属各自握一把福荫土，低语着最后的祝福，朝穴底轻轻挥撒。

"我把你女儿送回去了。"看着那些好似尘埃那般飘下的福荫土，许涟动了动苍白的嘴唇，"你老公连你的墓都不想迁回去，你知道吗？"

最初行暖穴礼的女人低头捂住脸，颤抖着肩膀呜咽。落葬师在她耳边低声

询问了什么，她啜泣一阵，幅度极小地点了点头。

微凉的风拂过许涟的耳际。她目视那名落葬师走向墓盖，不紧不慢地动手抬起它。

"其实我一直在想，我们两个，也可能你是妹妹，我才是姐姐。福利院的老师不是说过嘛，觉得你更像姐姐，就让你当姐姐了。"她在风中听见自己呓语似的声音，"姐姐要当榜样，姐姐要照顾妹妹，姐姐跟妹妹要相互关爱……他们老这么跟你说，你信了，我也信了。"

群山之上的苍穹万里无云，暮色渐染，远山近水，目之所及都是大片温柔的暖色。哪怕是眼前一片林立的墓碑，也不像她记忆里那样灰暗压抑。许涟记起从前每一个电闪雷鸣的夜晚，她都会搂着许菡的脖子，瑟瑟发抖地缩进她怀里。

那个时候许菡明明也很小。那么小，一双细瘦的胳膊却好像能为她挡去一切伤害。

小涟不怕。她总是这样在许涟耳边安抚，小小的手掌轻拍她的背。小涟不怕。

许涟笑笑，眼前的场景渐渐模糊。

"要是我才是姐姐，你丢下我跑了，我可能就不会那么计较。"她说，"不过也说不清，毕竟我本来就喜欢计较。"

落葬师手中的墓盖掩住了漆黑的墓穴。亲属点烛上香，陆续敬献供品。人群中的孩子摇摇晃晃地将一小束花摆在墓前时，许涟遥遥望着，抽出拢在衣兜里的右手，覆上自己的小腹。

"我也有孩子了，虽然现在好像有流产的迹象。不过还好，我也没打算生下来。"掌心轻轻在抽痛的腹前抚摩，她略略垂眼，不痛不痒地自言自语，"我这样的人不能有孩子，不然报应都会转到孩子身上。"

主祭人来到墓碑前，低诵祭文，伏地叩首。

有风扫过落叶，打着卷涌向许涟的衣摆。她转过身，目光落向许菡墓碑上的照片。

那个和她拥有一样脸孔的女人望着镜头，笑容静止在那张四四方方的纸片里。许涟跪下来，跪在早已封死的墓穴前。

"许菡，我跟你没什么不一样。"她注视着那张照片里的女人，头一次，也是最后一次，心平气和地告诉她，"路是我选的，我的人生，我自己做的主。我跟你选了不一样的路，不代表我就不自由，知道吗？"

揣在兜里的手心被虚汗湿透。许涟紧紧握着兜中的枪，合上眼，听风刮过耳畔的声音。

也许，她想。也许这一辈子里，最美好的一段日子，还是曾经在教会孤儿院，每天识字、背《圣经》的日子。只不过，那个时候她一心期待成为被保护的苹果，却从未得到庇佑；而等到她不再祈祷，却始终逃不出命运的眼孔。

许涟拿出枪，忆起那段往昔中她背诵过的，极少回想的句子。

"那美好的仗我已经打完了。"眼皮遮挡橘色的日光，她念出脑海中浮现的语句，"应行的路我已经行尽了。"

鲜花敬毕，送葬的人们点亮星火，焚烧祭文。

许涟仰起脸，任凭泪水滑过脸颊："当守的道，我守住了。"

腾腾黑烟逃出火焰的束缚，留下蜷曲的祭文化为灰烬。

枪口伸进嘴中，压住唇舌。扣在扳机前的食指微动，许涟不再言语，只在心中默念最后的字句。

"从此以后，有公义的冠冕……为你留存。"

枪声响起，青山依旧。

刑侦总队队长办公室的门被推开。

赵亦晨闻声抬头，见郑国强两手各拿一份盒饭，用胳膊顶着门板转了进来。把其中一份盒饭递给赵亦晨，他自己随手拖了张椅子摆到沙发跟前，在他对面坐下来。

"目前看来，人确实是杨骞杀的。"抽出饭盒里夹着的一次性筷子，郑国强拨开饭盒，翻了翻里头的饭菜，"刚收到X市那边的消息，省检也收网了。

常明哲涉嫌故意伤害，已经被刑拘；他父亲常永胜——也就是张检打的那只'老虎'，你也猜到了吧？"

"猜到是他，但没有猜全始末。"挪动拇指打开饭盒，赵亦晨在悄悄上蹿的热气中垂眼，"他籍贯是不是在Y市？"

"对，你们省的官，咱们省的籍贯。所以才会跟许家有联系。"郑国强弓着背，托住饭盒的前臂搭在腿上，握着筷子的另一只手从饭盒里挑拣出一块肥肉丢进嘴里，"包括你帮张检他们找到的那个周楠——她也是本市的籍贯，只不过是农村户口。常永胜资助过她念书，后来周楠就变成了他的情人。"

饭盒内的米饭上盖着干锅花菜和青椒炒肉，扑鼻的热气里带着一股辣椒的咸香。赵亦晨夹起一颗花菜送进嘴中，直到嚼碎咽下，才再度开了口。

"他调到我们省之后，一直是通过许家的基金会洗钱？"

"没错。许家帮他洗钱，他帮许家斡旋，贿赂边境，把他们收买的人口贩卖到境外。"端高饭盒往嘴里扒了口饭，郑国强又从混杂在一起的饭菜里翻拣出肉片，"许家不仅是这个利益链的一环，还是一个国际人口贩卖组织在我们国家的'供货商'。两年前我们根据国际刑警提供的线索锁定了许家，但是一直没找到证据，所以不能打草惊蛇。倒是隔壁经侦队，发现了一点许家基金会替特区赌场和内地官员洗钱的线索。我们合作调查，在这个过程中还是引起了许涟和杨骞的注意，另外也发现许菡似乎有意向给我们提供证据。"

辣椒刺激着味蕾，一点点麻痹的感觉在口腔中扩散开来。赵亦晨垂首咀嚼着嘴里的饭菜，没有打断。

"那个时候许菡行动相对自由，我们也找过她，她什么都没说。现在也确定了，是因为你们女儿还被许家控制着，她不能冒险。"郑国强偷偷抬眼观察他的反应，"去年许菡意外死亡，我们就借着这个由头敲打了许家一阵。没什么效果，他们防范得很紧。直到那天你带了照片过来，我们有机会进那幢别墅，才在许菡房间的暗格里发现线索，找到了证据。"

坐在沙发上的男人依旧微垂着脸，咽下口中的食物，接着拿筷子翻找饭盒里的辣椒，"所以那天你急着把魏翔赶走，就是怕他发现不对劲，把情况都告诉我。"

"事实证明我判断的也没错。"咕哝着低头，郑国强也不否认，"而且刚刚张检那边还给了我一个消息，跟周楠有关的。"

说到这里，他把手中的筷子插进饭菜里头，侧身伸长胳膊，从办公桌上的纸巾盒里抽出一张餐巾纸。"王绍丰死了这你是知道的。虽然还没找到证据，但肯定是常永胜找人干的，没差了。"回过头擦擦嘴，他冲赵亦晨仰了仰下巴，"周楠知道之后，又给省检提供了一个证人。你猜是谁？"

停住手里的筷子思考片刻，赵亦晨夹起肉片送到嘴边："曾景元。"

郑国强一愣："这都能猜到？"

"曾景元的团伙能在X市猖狂这么多年，当然有后台。"回想起那张嘴角歪斜的脸，赵亦晨语气淡淡地解释，"前两天我去见过他。他知道珈瑛就是许菡以后，断定我还会再去找他。"

叹了口气，对方点点脑袋。

"曾景元的后台就是常永胜。"他重新拿起筷子吃饭，"王绍丰也替常永胜办事，负责接送周楠的也是他。"

"这就是他把女儿嫁给常明哲的原因吗？"

"应该吧。"再扒几大口米饭塞进嘴里，郑国强边嚼着嘴中的东西，边含混不清地开腔，"根据我们的调查来看，当年可能是常明哲强奸了王妍洋，王绍丰不能追究他的责任，迫于无奈才选了这个折中的办法。王妍洋和常明哲婚后关系也不好，常明哲长期家暴王妍洋，还经常跟别的女人鬼混。王绍丰估计也是忍了很多年，所以等王妍洋被逼得自杀了，他就答应张检去做证……"

敲门声打断了他的话。

副队长推开门，一只脚跨进来："郑队，发现许涟了。"

赵亦晨的目光转向他。

赶紧把嘴里的饭菜强咽下去，郑国强伸长脖子问："抓到了吗？"

"也没法抓……"对方一脸尴尬的无奈，"她在南郊公墓那里，吞枪自

杀了。"

郑国强霍地站起身，嗓门霎时间拔高："自杀了？你们怎么让她自杀了？"

早料到他会是这种反应，副队长连忙解释："不是，是墓地管理员报的警，当时他听到枪响，就看到许涟已经自杀了。"

愤恨地猛拍了下大腿，郑国强搁下盒饭，扭头对赵亦晨交代："我去看看，你留在这里。"语罢便迈开大步，抓起搁在沙发一头的外套要离开。右脚刚刚跨出门框，郑国强又记起了什么，脚步一顿，回身看向赵亦晨。

"对了，许菡给我们留的证据里面，有段录音是给你的。"他原本还想措辞委婉一些，嘴皮子动了动，却快过脑袋地说了出来，"因为是证据，我们也听过了……我让小夏截下来给你拷贝了一份，他一会儿会拿给你。"

手里还捧着饭盒的男人看着他，那张神情平静无波的脸上像是毫无反应，也像是来不及反应。

几秒钟之后，郑国强看到他翕张了一下嘴唇。

"谢谢。"他说。

技术员把录音交给赵亦晨的时候，已经过了下午六点。

录音被拷贝在一个用旧的随身听里，警队的人借给他耳机，他同他们打过招呼，便带着随身听离开警队，到附近的江边走走。

恰好是学生放学的时间，江畔的人行道边有不少背着书包的年轻人走动。沿江的石子路上也有老人饭后散步，赵亦晨脚步平缓地同他们擦身而过，遥遥望见一对负手而行的老夫妻，正慢慢朝更远的四桥走去。

低头将耳机插上随身听，他戴上耳机，打开机器里那个被命名为"许菡"的录音文件。

耳侧响起交流电细微的噪声。脚步没有停下，赵亦晨一手拢进裤兜里，一手握着随身听垂在身侧，看见卖气球的小贩骑着单车，挨紧人行道，从遥远的前方缓缓靠近。

"亦晨。"许久，耳侧忽然传来一道女声，"有些事，你可能已经听说了。"

脚下的步伐一滞，赵亦晨望着那个小贩不断放大的身影，看清了他消瘦疲惫的脸，也看清了他身后四散的气球。细绳绷得那么紧，它们却兀自飞舞在另一头，轻盈可爱，五彩斑斓。只停了一会儿，赵亦晨就再次迈开脚步，向着好似没有尽头的小路继续前行。

"其实我也不知道该跟你解释什么。但是如果这段录音最后交到你手上，我大概……"耳机里那个熟悉而陌生的女声稍稍一顿，"已经回不去了。"

江边的丛丛芦苇低垂着脑袋，枯黄的腰身沾染了暮色。他转头望向波光破碎的江面，再望向更远的水平线，望见半边被云层挤破的夕阳，还有溢满天际的晚霞。

"我原来的名字是许菡。允许的许，菡萏的菡。我有个双胞胎妹妹，她叫许涟。我们在Y市一所教会福利院长大，直到我们五岁的时候，福利院倒闭，一个叫许云飞的人收养我们，当我们的爸爸。"

耳机里的声音时停时缓，一字一顿，低沉，沙哑。

"后来我才知道，其实不只我们进了许家。福利院里大半的孩子都被卖给了许云飞，再由他转卖到国外。为了让我和妹妹听话，许云飞告诉我们，那些被卖走的孩子都没有好下场。他们是黄种人，漂亮的变成性奴，健康的是器官容器，瘦弱的被买去做非法人体实验。我和妹妹，还有另外几个孩子，都留在了许家。"

她停下来，咽下一声哽咽。那哽咽那么轻，他却听得一清二楚。

"我们的工作……是服务嫖客。偶尔……也会服务许云飞。"

弯腰拾起一颗石子，赵亦晨走下草坡，穿过成丛而生的芦苇，踱至江边。

"太小了……那个时候我们太小了。就算马上得到医疗救治，也很痛，真的很痛。"

将手里的石子抛向江面，他目送着它弹跳几下，越跳越低、越跳越远，最终沉入江底。

"所以八岁的时候，我找到一个机会，带着妹妹逃跑。许云飞很快追上来，我怕痛，我想活下去，我丢下了妹妹。"她的呼吸很轻，轻到像在掩饰她话语间的颤抖，"我一直逃，逃到了X市。我开始跟一个老人一起乞讨。他吸粉、欠钱，招惹上了毒贩。他们要拿我抵债，把我送去洗脚店。我不想过上以前的生活，所以我帮他们拐卖孩子，帮他们送货。"

　　回过身爬上草坡，赵亦晨回到那条不宽的石子小路，朝着原定的方向提起脚步。

　　"一个女警抓住了我。我没满年龄，她没有追究我的责任。但她也没放我走，她收养了我。可是那个团伙的势力太大了。如果我继续在那个家待下去，会连累他们。先前一直带着我的老人让一个人贩子把我送到东北，躲开毒贩的报复。我被卖给一对胡姓的夫妇，就是我告诉你的阿爸阿妈。"

　　迎面跑来几个脖子上还系着红领巾的小学生，家长跟在后面，扯着嗓子叮嘱。赵亦晨听不见他们的声音，耳边只剩下胡珈瑛低缓的声线，夹杂着交流电的噪声，模糊又清晰。

　　"阿爸阿妈对我很好，像你一样，对我很好。但是我忘不了以前的事。不论是跟他们在一起的时候，还是跟你在一起的时候……我都忘不了以前的事。"她说，"我做过太多错事了，亦晨。我忘不了我摧毁过别人的人生，忘不了我有罪。我想挽回，也想改变。所以知道你们正在调查的案子跟曾景元有关以后，我偷偷去给缉毒队的警察提供了线索。"

　　不远处的人影逐渐清晰。扶着长竹竿的小贩停在路边，竹竿顶端的泡沫塑料上插满红彤彤的糖葫芦。年轻的情侣手牵着手，驻足在小贩跟前，耳语一阵，掏出口袋里的零钱。

　　"可是我没想到，许家和曾景元的团伙在同一条利益链上。曾景元的团伙快完了，站在他们后面的人让许家调查内鬼。许家马上发现了我。"交流电的杂音弱下去，赵亦晨终于听清了她每个字音里的颤抖，"之后我才知道，我原来从没有逃出去过。我逃不掉，我们都逃不掉。是我害你也暴露在他们眼皮底下。"

夜色驱逐最后的黄昏，华灯初上，他看到路边亮起的街灯，也听到她再无法抑制的哽咽。

　　"所以我不能回来。我知道你一直在找我，但是我不能回来。"

　　一个老人走过人行道通往这条小路的石阶，而后转过身，去扶跟在身后的老伴。

　　"对不起。有时候我也会想，早点告诉你就好了。早点把所有事都告诉你，就不会变成现在这样。"

　　他们的身影模糊起来。赵亦晨还在向前走，哪怕看不清前路，亦没有停下脚步。

　　"是我太胆小，太懦弱。每次要撒谎瞒着你的时候，我都很怕。真的很怕。"她的嗓音终归带上了哭腔，声声颤抖里，隐忍的哭腔。"我希望在你眼里，我只是胡珈瑛。在胡家村长大，搭火车进城的胡珈瑛。"浓重的鼻音中，他听到她压抑的低语，"我想干干净净地认识你，干干净净地跟你在一起。"

　　插在裤兜里的手捏成拳头，微微发抖。赵亦晨听着她克制的抽泣，看着远处大桥通明的灯火，视野模糊复又清晰。

　　"善善很像你。像亦清姐给我看过的照片，也像她给我讲过的你。不过善善也挑食。她不吃萝卜，不吃洋葱。你让她多少吃点，挑食不好。"她短暂地沉默几秒，"这次我是真的走了。你们都要好好过。吃好，喝好，睡好……好好过。"

　　微颤的呼气过后，她轻轻地、艰涩地问他："尽力去做，好不好？"

　　紧咬的牙关止不住地发颤，赵亦晨低下头，再也拖不动脚步。

　　"以前总是你跟我说对不起，其实应该是我跟你说对不起。"耳机里的女声终于泣不成声，"对不起啊，亦晨。对不起。"

　　赵亦晨蹲下身，弯起腰，发着抖，抱住自己发烫的脑袋。

　　"我爱你，真的。"她在他耳边告诉他，"我很爱你……很爱很爱你……"

眼泪砸向脚下的石子地，溅起尘土，一点一点，留下片片深色的印记。

他哽咽，低号。

这是他头一次知道，人是可以这样哭的。

CHAPTER 26

于白昼之前

但我仍要坚持，

向着纯美和永恒，

不论是幸福的死，

还是痛苦的生。

——顾城

01

二〇〇六年五月，胡珈瑛独自前往省人民医院的妇产科。

从诊室出来以后，她拿着检查结果，坐到了科室外的候诊椅上。头顶那盏灯的灯罩蒙了一层灰，光线比别的灯要弱些，灰蒙蒙地投在她手心。妇产科人来人往，各异的身形晃过她眼前，带着各异的表情，走向各自不同的方向。她静静地看着不远处的垃圾桶，在低低的嘈杂声中，记起很多年前她坐在这个位置时见过的，那个与她相隔一张候诊椅的中年女人。

当时她垂着头，并拢两条细瘦的腿，交叠的双手放在膝前，紧紧相扣。盘得紧紧的头发扯着她的头皮，但她的眉毛依然垂得很低，画得弯弯的眉尾延伸到眼角，几乎与细纹相接。而胡珈瑛凝视着她，也凝视着灯光在她油光发亮的头顶映出的一圈白色。

胡珈瑛记得那个女人走向诊室的样子。

听到叫号，她站起身，拿上自己的手包，挺直腰杆，就那么一步步朝诊室走去。那里挤满了试图插队咨询的病患和家属，伸长脖子，满脸急切。她却只身一人，背影单薄，从容不迫。

那个时候胡珈瑛在想，她心中念的是什么呢？是什么样的信念，什么样的情感？

胡珈瑛无从得知。过去如此，现在亦是。但她知道，此时此刻，她也有了类似的东西。她垂下眼，轻轻抚摩自己尚且平坦的小腹。从前反复背诵的《圣经》浮现在脑海里。

"你必坚固，无所惧怕。你必忘记你的苦楚，就是想起，也如流过去的水一样。"她回想着那愈渐清晰的字句，含着笑，轻声低语，"你在世的日子，要比正午光明，虽有黑暗，仍像早晨。"

有人走过扶手电梯所在的拐角。是对年轻的夫妻，男人小心扶着腹部高高隆起的女人，四处张望，不停寻找。女人掐了下他的胳膊，指一指产科的方向。男人笑了，挽着她的手臂，与她一同走向这里。

胡珈瑛望了他们一会儿，收回目光，将夹着检查结果的病历放入包中，而后慢慢起身，直起腰杆离开。

那天夜里，赵亦晨刚坐到餐桌边吃一口晚饭，就接到了吴政良打来的电话。连应几声后，他挂断电话，抓起椅背上的外套要走。

胡珈瑛愣了愣，放下碗筷站起来："有案子？"

"枪击案，紧急警力调动。"他轻车熟路地穿上外套，已经走到玄关。

"你晚饭还没吃，带个鸡蛋。"匆匆从碗里拿出一个煮鸡蛋在桌角敲开壳，她追上去，手忙脚乱剥下鸡蛋壳攥进手心里，停到他跟前时还在捏掉煮鸡蛋光滑的表面上沾着的壳屑，手心的碎蛋壳掉下来也顾不上，"嘴张开，现在就吃，别待会儿噎着了。"

刚穿好一只鞋，赵亦晨抬头张嘴接了她塞过来的鸡蛋，胡乱嚼几下便咽下去，动手穿另一只鞋："你不是有事告诉我吗？现在说吧。"

"等你回来再说。"她没答应，"一定要注意安全。"

赵亦晨点头，不再追问。"这两天律所要是没什么事，你就少出门。"穿了鞋站起身，他打开门跑出去，头都来不及回，"走了。"

胡珈瑛应了一声，见他没开楼道的灯，赶紧趿了拖鞋追过去。

他跑得太快，她追过一个拐角，拍亮一层的灯，又追去下一个拐角。直到拖鞋脱了脚，她追到最后一个拐角，喘着气停下脚步，也没有追到他的背影。她久久地站在安静的楼道里，看着楼道底端空荡荡的出口，看着室外路灯投进来的一角光明，听见自己如鼓的心跳。

良久，她回过身，沿着被光照亮的前路，一步一步，拾级而上。

她回到家，走进卧室，从赵亦晨送给她的皮面记事本里，抽出一张布满折痕的纸条。纸条上的字迹潦草，写着一串号码，还有万宇良的名字。她拿起床头柜上的手机，拨打了那个号码。

等待音在耳边响起，胡珈瑛转眸，看向桌上摊开的记事本。

封底的硬纸壳脱开了皮套，露出原先夹在内侧的一面，也露出她用黑色钢笔写下的那几行字。

> 我从未说过爱你
>
> 爱你正直，勇敢，担当
>
> 爱你的朴实
>
> 爱你偶尔的笑
>
> 爱你一生光明磊落
>
> 爱你给我勇气
>
> 追逐太阳
>
>
> 我从未说过爱你
>
> 但你当知道
>
> 你是我的太阳
>
> 我追逐，拥抱
>
> 我竭尽一生
>
> 只为最终
>
> 死在阳光之下

指腹抚过最后几行句子，胡珈瑛合上眼。她告诉自己，等他回来，她就要告诉他，他即将成为一个父亲。

而她即将成为一个母亲。

"阿良。"电话接通的那一刻，她不再犹豫，"我有一些关于曾景元的线索，想告诉你。"

二〇〇六年十月五日，市公安局接警中心接到一通报警来电。

是个女声。气喘吁吁，尾音发颤，戛然而止。

"我想找我丈夫，他叫赵亦晨，是刑侦支队缉毒组的警察……能不能帮我告诉他——"

通话进行到十一秒便被掐断，胡珈瑛失踪，从此再无人知晓那等不到的第十二秒。

除了胡珈瑛。只有胡珈瑛知道。

仓皇地跑过熟悉的街道，在震荡的视野中看见家门的那一瞬，她知道。扶着生锈的栏杆，挺着沉重的腹部攀上楼梯的那一瞬，她知道。挣扎地抓起座机的话筒，用发颤的手指摁下号码的那一瞬，她知道。

"我想找我丈夫，他叫赵亦晨，是刑侦支队缉毒组的警察……能不能帮我告诉他——"

能不能帮我告诉他，我会回来。我会回到他身边。

哪怕竭尽一生，也要死在阳光之下。

02

二〇一五年十一月二日，赵亦晨从轻微的颠簸中醒来。

耳边还有列车碾过铁轨的咯噔轻响，他盯着上铺床底贴有碎花墙纸的床板看了一会儿，而后坐起身，掀开身上的被子，在床底找到自己的鞋。

早晨六点，天光微亮。车窗外倒退的仍是烟雾缭绕的山脉，山麓墨绿，仰头却瞧不清躲藏在云雾间的本貌。赵亦晨瞥了眼对面空无一人的下铺，把外套留在床上，起身去盥洗台简单洗漱。

　　火车刚刚经过一个小站台，有独行的旅客背着背包在车厢里走动。过道内还能依稀听见此起彼伏的鼻鼾声，准备下车的乘客大多已经醒来，也有人踩在靠窗的翻板凳上，伸长手拉扯行李架上的行李。赵亦晨经过时搭了把手，换得对方一句道谢，他也只是摇摇头。

　　盥洗池前站着一位母亲，正拿一次性纸杯给孩子漱口。

　　赵亦晨于是等在吸烟区，倚着墙，望向下一节车厢。两节车厢的连接处总是摇晃得最为厉害，站在他的位置看，那节车厢方方正正的端口似乎随时要脱离。他拿出手机看了下时间，刚过六点。他是凌晨从Y市火车站上的车，没搭高铁，选了普快。中途列车临时停了一次车，还要两个小时才会抵达X市东站。

　　额头有些发烫。赵亦晨抬手探了探，没出声。

　　盥洗台那边的母亲轻轻打了两下孩子乱动的手背，一面低声斥责，一边扶着他小小的肩膀，推他往车厢里走。重新直起身，赵亦晨拎着自己的旅行装洗漱品，走到盥洗台前，打开水龙头，接一捧凉水洗了把脸。

　　八点走出站台的时候，太阳已高高升起。

　　这座南方城市尚未入冬，天气炎热如夏，站前人潮涌动，空气里飘浮着汗水酸臭的气味。赵亦晨走在攒动的人头中，抬头看到围栏外举牌接亲的人群，看到排着长龙过检的乘客，看到混杂在人海里眼球直转、手已伸进口袋的扒手，也看到跟在扒手身后的打扒便衣。

　　璀璨的阳光洒向冒着热气的水泥地，刺眼夺目。赵亦晨合了合眼，感觉到一阵头晕目眩。

　　再张开眼时，他看到了站在通道尽头的徐贞。她站在满地阳光里，踮起脚冲他挥手。

拿下搭在肩头的外套，赵亦晨神色平静，缓缓朝她走过去。

　　回去的路上，他一直合眼靠着椅背，坐在副驾驶座上，沉默不语。

　　徐贞偶尔扭头瞄一眼他的侧脸，手里扶着方向盘，几次犹豫，还是小声打破了尴尬："对了赵队……最后查出来打电话和寄照片的是谁了吗？"

　　身侧的男人没有回应。她不由从后视镜里看他，却见他依然闭着眼，清瘦的脸略微偏向车门那边，像是已经沉沉入睡。脑中拉紧的弦松了松，徐贞刚要松口气，又听得他突然开了口。

　　"照片是秦妍寄的。"他说，"打电话的应该是许涟。"

　　说话的时候，他还是维持着那个姿势，甚至没有睁眼。她愣了下，一时不知该不该接话。

　　"哦……"半晌，她从胸腔里憋出声音，"您休息吧，到了我叫您。"

　　但她没来得及叫他。

　　车子停在小区门口，堪堪刹稳，赵亦晨就张开了眼。

　　"辛苦了，早点回去休息。"他解开安全带，没有多言便打开车门，伸腿跨到车外。徐贞见他要走，赶忙也推开车门钻出去，隔着车叫住他："赵队！"

　　赵亦晨驻足，侧过身望向她。阳光之下，有那么一两秒的时间，徐贞看不清他的脸。

　　"下个月……我准备申请调去打拐办了。"她听见自己告诉他。

　　然后她看清了他。他就站在那里，眉眼内敛，面色平静地注视着她。仍旧只身一人，身形笔直，垂在身侧的手插在裤兜里。就像她印象中的样子，一点没变。

　　"想清楚了吗？"他问她。

　　或许是日光太刺眼，徐贞眼里竟涌出了泪水。

　　"想清楚了。"她笑着擦掉眼泪，用力点了点头，"这几年很忙，也

很累。我在警队做得很高兴，但是我不知道我自己究竟想要什么。现在我知道了。"

现在她知道了。或者说，从坐在警车里看到那个追着车跑的女人摔倒的那一刻，徐贞就知道了。她不能只看着他的背影走。她有她的渴望，她的理想，她的人生。她只是等了太久，久到她以为她可以抛弃一切。但她做不到，她没法做到。

模糊光亮的视野里，她看到赵亦晨颔首。

"那就努力。"

依然是平淡郑重的口吻，像极了长辈的语气。徐贞再次笑了。压在她心头的重负减轻了一半。"其实您一直都知道我喜欢您吧。"她抬起头，流着泪对他露出微笑，"如果我现在请你给我一次机会，你会不会答应？"

停步在车子另一头的男人沉默了片刻。

"不会。"她瞧不清他的脸，却听得到他一字一句里的平稳和笃定，"徐贞，决定好了就走，不要有什么留恋。"

盈着光的热泪涌出眼眶，徐贞收紧扶住车门的手。

"已经九年了，赵亦晨。九年了。"她颤声启唇，"珈瑛姐也不会希望你这样。"

赵亦晨看着她，忽地记起多年以前，胡珈瑛靠在他怀里的模样。

那时他捂着她的眼，吻了下她的发顶，湿漉漉的手心里兜着她咸涩的泪水。"你也尽力去做吧。"她话里的每一声哽咽都那么清晰，"好不好？"

前额的温度抓紧了他的太阳穴。他揣在兜里的手捏紧那只存有两段录音的MP3，感觉到手心发烫，眼皮也在发烫。

"我知道。"他凝视着徐贞，听见自己迟到多年的答案，"但是我做不到。"

小区的侧门正对着中心广场。赵亦晨转过身，踱向回家的路。

已经快到气温最高的时候，他踩着脚边不长的影子，穿过广场，踏上他从未走过的石子小路。烈阳的炙烤躲在楼房的阴影之后，他行过眼前好像在旋转的林荫道，撑着滚烫的脑袋，一步沉过一步。

　　快要走到六栋底下时，赵亦晨抬头，往三楼的方向望去。阳台堆满积灰的杂物，白色的窗帘已经被拉开，一个小小的身影坐在那扇铁窗似的防盗门后边，两手托着下巴，不知在看哪里。他挪动脚步走过去，小姑娘才好像注意到了他，缓缓站起身，靠近落地窗的玻璃门。

　　阳光将防盗门的阴影打在她的脸上，赵亦晨看不见她的表情。

　　拿出钥匙打开楼底大门的那一刻，他告诉自己，那扇防盗门该拆了。

　　他的女儿不该被关在里面，正如他也不该被关在那里。

　　脚步踏进阴凉的楼道，赵亦晨抬手扶住身侧的墙，虚软的双腿一个错步，倒下身，陷入沉沉的黑暗。

　　他又回到了他的家。

　　朝晖透过轻薄的窗帘，没有防盗门的阻碍，倾斜地投进屋子里。赵亦晨站在客厅中间，面前的电视播着新闻，身后是靠墙横摆的沙发。电视里没有声音，整间屋子都安安静静。他走到卧室门前，看着干干净净的门框，找不到马克笔留下的印记。

　　于是他回过身，走向他们的厨房。胡珈瑛就静静站在洗碗池前，背对着他，手肘微动，身上系着油腻腻的围裙。她依旧是她年轻时的模样，穿着深色的衣裙，扎起高高的马尾，露出一段苍白的后颈。

　　一切都是他熟悉的样子，一切都还不曾改变。

　　赵亦晨走上前，停步在她身后，伸出手，缄默地将她揽入怀里。

　　还在洗碗的胡珈瑛一愣，略微回头，无可奈何地笑笑："怎么还没走啊？不是说今天要早点去警队，有任务吗？"

　　她瘦削的背脊紧贴他的胸膛，每说一句话，都带着细微真实的颤抖。赵亦晨低下头，侧脸贴向她温暖的耳侧，没有开口。他感觉到她沾着水的手覆上他

的胳膊，停顿一会儿，在他耳边轻轻问他："怎么了？任务很危险吗？"

"危险。"他搂着她，闭上眼，不自觉颔首，"很危险。"

"那你要注意安全。"面前的人转身回抱住他，细瘦的胳膊环上他的背，手心轻拍着安抚，"到时候回来了，做顿好的给你吃。我蒸鱼。"

眼泪模糊了视线，赵亦晨抱紧她，将通红的眼眶埋向她的颈窝。

"嗯。"他低声嘱咐，"你就在家里等我，不要走了。"

等他回来，不要走。

"我还要去上班呢。"胡珈瑛在他耳畔轻笑，"没事，下班了就回来。"

明知不可能，他还是合上眼，缓慢地点头："好，下班了就回来。"

怀里的人最后拍拍他的背，便推了推他的手臂催促："嗯，快去吧，不要迟到了。"

她把他送到了门口。赵亦晨弯腰穿鞋，而后直起身，一手搭上门把，回头看向她。

胡珈瑛还没摘下围裙，抬眼对上他的视线，只冲他笑笑，摆了摆手。一如他记忆中的样子，脸庞清瘦，眉眼温柔。

"走了。"他动了动嘴唇，对她说。

微微点头，胡珈瑛立在那里，没有说话。

压下门把，赵亦晨转回头，推门离开。他走得很快，经过一个拐角，又一个拐角。他始终没有听见她关门的声音。直到抵达最后一个拐角，他停下脚步，久久地站在安静的楼道里，看着楼道底端空荡荡的水泥地，看着室外灿烂阳光投进来的一角光明，听见了自己平静的心跳。

良久，赵亦晨迈开脚步，沿着被光照亮的前路，一步一步，踏向那唯一的出口。

他知道，这次走出去，他不会再回来。

尾声　醒在黎明

赵亦晨睁开眼，在看清眼前一片茫茫的白色以前，闻到了医院消毒水的气味。

单人病房里只亮着一盏廊灯，他躺在病床上，身上盖着干净的薄被，手背插着输液的针管，浑身刚刚凉透的汗意。靠窗的沙发上躺着一个人影，赵亦晨仔细听了听那轻微的鼻鼾声，判断出这人是他的姐夫。

赵希善蜷在赵亦晨身旁，额头挨着他的胳膊，小小的身躯随着呼吸轻微地起伏。

抬手摸了下她的额头，确认她没有出汗，赵亦晨才拉了拉被子，盖住她瘦弱的肩膀。

窗外的夜色隐约透出一点微弱的亮光。

他醒在黎明，迎接新的白昼。

（全文完）

番外　家书，勿念

　　这阵子还好吗？今年不能陪你过生日，也不能给你煲鸡汤了。赵姐应该不会忘记的，你别太难受。肚子里的孩子没事，快到预产期了，我们这边一切都还好。只要不轻举妄动，我们会很安全。就是很担心你，不知道你怎么样了。我们说过的，要是我先走了，你要好好过。别忘了啊，好好过。

　　如果觉得太难熬，就当我们已经不在了吧。勿念。

珈瑛

2006年12月3日

　　孩子今天早上出生了，是女儿，六斤，很健康。小小的一个，被医生托在手里的时候，好像都只有巴掌大。她现在还没长开，有点皱皱巴巴的，也不晓得以后是更像你还是更像我。

　　先前我一直放不下心，因为这段时间总是很紧张，怕影响到孩子。幸好我们都很好，很平安。不知道你现在在干什么，是不是还在找我们。如果能给你报平安就好了。

你要好好照顾自己，等我们回来。勿念。

珈瑛

2007年1月5日

这两天在想孩子的名字。有点后悔了，要是早点听你的开始想，现在可能已经有几个备选的。不过我也想了个好的，你应该会喜欢。"希善"，希望她善良，希望她被善待。小名就叫善善，听着也挺可爱，是吧？

我会保护好她，你不要担心。照顾好自己，勿念。

珈瑛

2007年1月7日

善善满月就开始长开了，鼻子不是很挺，像我。眼睛和眉毛像你一点，很有神。希望她以后喜欢笑，笑起来肯定像你。我没跟你说过，你笑的时候其实比较神气，我第一次看到就记住了，印象一直很深。

我记得你当初说我不爱笑，但是看到你就笑。你还不是一样的，也不害臊。

网上有个英国的街头实验，是把一支笔横着放在嘴里，做一个微笑的表情。实验结果说，这样笑久了，人也会变得心情好。你要是看到这个实验了，也试试吧。勿念。

珈瑛

2007年2月23日

善善老是晚上醒来，已经有力气翻身，醒了就不停地动，有时候还咿咿呀呀地叫。还好我已经习惯你总是晚上回家，没怎么影响睡眠。要是在家里，你肯定喜欢她这样，正好你回来就看到她醒着。不过这种习惯不好，我在帮她调整。你也是，如果没任务，就不要经常熬夜。

最近开始把蛋黄捣碎了给善善当辅食，可能也是因为这个，我这段时间好

几回梦到你不按时吃饭，鸡蛋都送到你嘴巴边上了，你也不张嘴。醒来以后我就睡不着了，翻来覆去到天亮。

勿念。切记勿念。

珈瑛

2007年8月12日

好像很久没写点什么给你了。现在是凌晨，善善睡得很香。她学会了几个简单的发音，每次我叫"善善"，她都会抬一下小手或者小屁股，用力"嗯"一声。我经常教她喊爸爸，所以有时她"啊啊啊啊"的，也不晓得是在喊爸爸还是喊妈妈。我上午一般会带她去和别的孩子玩，她喜欢跟在大一点的孩子后面爬，总是爬得又快又高兴，张着嘴巴，口水流到围兜上面。我给她拍了很多照片，也录了很多视频，以后有机会给你看就好了。

今晚有点失眠，可能因为一直记着是你生日，不知道你今年是怎么过的。我记得我们结婚第一年，你生日那天我煲了鸡汤等你回家，结果八九点了还没等到你，就把汤盛到保温盒里给你送去派出所。后来你跟我说，那天你是快换班的时候临时出警，耽误了时间。我们那晚没回家，在派出所对面的小餐馆吃了馄饨，又到那个私人电影院看了一个晚上的电影。放的都是那年获奖的电影，有的没翻译，画质不好，你还看得津津有味的，没合过眼。

其实今天下午我也带善善一起看了电影，《哈利·波特》。你可能不喜欢这个题材，不过善善很喜欢。魔法世界看起来离现实很远，可是仔细想想也挺有意思，如果我们的女儿也是个小巫师，拿根小魔杖就能把你变到我们跟前了吧？

今年快结束了，望你新的一年一切都好。要是有什么危险的任务，一定要记得回家。我私心里还是希望你多惦记我们的，有记挂，才会想着尽可能活下去。但是如果老记着这些事会很难受，你就别放在心上。

勿念。

珈瑛

2007年12月3日

你肯定想不到善善是怎么学会走路的。这小姑娘牙都还没有长齐，就总喜欢抱着东西啃。这一个月她最喜欢啃的是她断奶的时候咬的奶嘴，抱在手里不撒手。今天许涟把奶嘴拿走了，善善坐在地上拼命哭，大概是见我们都没搭理她，她没哭几声就急得站起来，摇摇晃晃去追奶嘴。才走出第一步就想跑，结果摔倒了，倒没哭，爬起来继续追。委委屈屈的样子，看起来可爱又可怜。

　　午睡前我又把奶嘴还给她，抱着她亲了好几口，把你的份也亲够了。你别担心，地板上都铺了毯子，也有地暖，不会摔伤，不会着凉。

　　我新录了好多视频，将来给你看。勿念。

珈瑛

2008年1月2日

　　这几天雪灾严重，警队是不是很忙？

　　看到新闻里说好多人被堵在了京珠高速上，还有产妇在客车里临盆的，幸好母子都平安。你零四年的时候也是这个时间去韶关出差，今年应该不去吧？要是也被堵在路上了，记得安全第一。

　　算了，刚写完就想到，万一你真被堵在路上，估计也会下车去帮忙。这一年多我老围着善善转，有时候会忘记你是个警察，你有你的职责。你也别怪我，好好照顾自己。我跟善善都希望你平安。

　　我们没出门，这边也没受雪灾影响断电，一切都好。勿念。

珈瑛

2008年1月12日

　　看到新闻，大部分地区都恢复供电了，高速路段也基本疏通。

　　你忙完了吗？要好好休息。

　　勿念。

珈瑛

2008年2月8日

善善长胖了点，喜欢吃辣，这点像你。我老怕她不长肉，三餐总是尽量给她多吃点，她吃辣下饭，我看也吃得挺开心。但是他们都说我给她喂得太多，可能会撑坏肚子，所以这两天我给她减了饭量。她觉得吃不饱，一碗饭完了还会张嘴，这里看看那里看看，"啊啊啊"地要。不知道是不是已经把胃撑大了？

我偷空想了下，我这毛病大概也是跟你待久了养成的。你一忙起来都不老老实实吃饭，又经常没日没夜地工作，我就总想着这个事，怕你吃不饱，营养跟不上。其实你这么大的人了，应该要有自觉的。身体是本钱，别忘了。

另，鸡蛋饱腹，但是也不要多吃，胆固醇高。

我们很好，勿念。

珈瑛

2008年3月26日

从新闻里听说了地震的事。灾难一来，生死好像只是一瞬间的事。

你会去参加救援吗？要是能抱抱你就好了。不管你去不去，我和女儿都会等你回来。做你想做的，勿念。

珈瑛

2008年5月13日

没什么重要的事，只想知道你最近过得怎么样。

我们很好，勿念。

珈瑛

2008年5月28日

可能会有很长一段时间不能写信给你了。

那个人检查出了肺癌，情况不乐观，不知道能挨多久。他最近对善善的态度比以前更好，希望是人之将死其言也善吧。我向他要了一张你的照片，他也给我了。是证件照，你几年前刚从警的时候拍的，还很年轻。我想多拿照片给善善看，让她认得你的脸，知道你就是爸爸。

接下来这段时间，我会尽力劝那个人把生意断了，也会尽可能说服许涟。不一定能成功，因为许涟固执，杨骞态度很强硬。但我能做的只有这些。我会尽我所能。

我和善善会好好的，你也要好好的。勿念。

珈瑛
2008年7月9日

生日快乐。

今天也陪善善看了电影，不知道你是怎么过的。她长高了很多，眉眼越来越像你，就是比你看起来要开朗很多。我也不是嫌你不开朗，你知道你平时都喜欢板着脸，又很少笑得开，当然跟善善这种无忧无虑的样子不一样。

我们离开也已经三年了，你应该缓过来了吧？

对不起，现在还是不能回去。那个人最后选了带癌生存，也许还要个几年才能过身。

我把你的照片放进一个小坠子里，给善善戴上了。坠子上面刻了"爸爸"。这样不论她到哪里，都会记得你。小姑娘正好是动脑筋的年纪，问的问题很多，这两天老盯着你的照片看，问了我好几次，"爸爸看起来怎么这么凶"。你以后要是见到她，一定要多笑笑。

我们都很安全，也都在努力。勿念。

珈瑛
2009年12月3日

昨天看到新闻，南站正式启用了，从我们这里到你那里，只要两个半小时。

科技发展好快啊，空间距离都好像缩短了。我记得有一年你来这边出差，

搭火车还要一个晚上的时间。可能等我们再见面的时候，这段路半个小时就能来回一趟。

其实我不嫌时间长。路程再远，能马上回去就好了。有时候胡思乱想，会担心到时候我们一回家，就发现你已经再婚，有了孩子。明明当初说过，万一我死了，希望你能尽快再找个伴。现在一想到这些，又想反悔了。我是不是真的挺自私的？不过也只是想想而已，你别怪我。

善善经常想你，别的一切都好。勿念。

珈瑛

2010年1月31日

这两年天灾人祸好像变得特别多。

现在这样带着善善跟你分开，我都经常会觉得日子太难熬。没法想象生死离别是什么样的感觉，但时常还是会想到，对于你来说，其实每分每秒都在被这种感觉折磨。

最近在陪着善善看《哈利·波特》的书，要是看完能学会魔法就好了。给你来个"一忘皆空"，你就不会太难受了吧。

望平安顺遂。勿念。

珈瑛

2010年4月14日

十五的月亮十六圆。

今晚月色很好，你看到了吗？

已经过了团圆的日子，我们一切平安。勿念。

珈瑛

2010年9月23日

第五次错过你的生日，还是想跟你说声生日快乐。

这两天早上都在用新的豆浆机打豆浆，昨晚就梦到我跟善善回到了家里，我一早起来打豆浆给你们喝。梦里面她长大了一些，开始上学了；你还在刑警队，每天早出晚归。你还记不记得，以前我们每天早上都在刘婶那里买豆浆，一块钱一杯，觉得又香又浓，也不算贵。其实自己打了豆浆才知道，刘婶还是卖贵了。自家做的东西，外面的到底不能比。

对了，善善现在挑食很严重，特别不爱吃胡萝卜，像你。你视力好就算了，善善还这么小，长期不吃胡萝卜对眼睛肯定不好。今天让她吃一点，她还闹脾气，我就拿筷子打了她的手掌心。小姑娘哭得厉害，一听她哭我心里就难受，想抱抱她安慰她，又怕这样太惯着她。

还是你严厉一点，以前看你教育阿磊也是一点都不心软的。我要有你一半严，教善善就省心多了。

万事安好，勿念。

珈瑛
2010年12月3日

新闻里说了动车脱轨的事。

每次听说这种意外，我都怕你正好也碰上。也是电视剧看多了，其实哪有那么多巧合，是吧？可是对很多人来说，还是有的。

大概是跟你分开太久了，现在看到这种生死相关的事，情绪起伏都很大。

每次让你勿念，也不能真正说给你听。但还是勿念吧，这样心里会舒服一点。

好好过日子，勿念。

珈瑛
2011年7月24日

你看到那条新闻了吗？小女孩被车碾压三次，路人都没去救的事？

我看了那段视频，看不清小姑娘的脸，但总是联想到我们善善。可能是印

象太深了，连着几天晚上做噩梦，都梦到是善善躺在那里，被车轮胎反复压过去。还好那只是梦。不然我宁可被压在车轮底下的是我，别是我女儿。再不听话，她也是我的宝贝。我一定会好好保护她，把她送回你身边。

你再等等，好不好？

祝安，勿念。

珈瑛

2011年10月19日

生日快乐。

今天带善善去公园，她玩了一下午的打枪射气球。准头很好，还赢了个娃娃。小姑娘自从知道你是警察，就最喜欢玩枪。还有半年多就要上学了，我怕她太皮，将来要是跟男孩子打架就不好了。

看她玩的时候，我想起我第一次跟你一起去公园，你也玩了三把打气球，赢了一个水晶球送给我。后来我一直把它收在衣柜最底下那一格的小箱子里，不晓得你丢掉了没有。我身边都没留什么跟你有关的东西。我很想你。

勿念。

珈瑛

2011年12月3日

孩子长得真快啊。明明刚出生的时候那么小，一只手就能托起来的。

没想到转眼就长这么大了。

我也变了很多。有皱纹了，开始老了。很想看看你现在变成了什么样子，希望没有瘦。你平时那么累，要养壮也不容易。我们这里刚开始换季，你那里夏天应该来得早，但是不要贪凉，少吃点冰的，你抽烟，牙本来就不好。

善善快上学了，每天都很高兴。你好好的，勿念。

珈瑛

2011年6月1日

上学第一天，善善就拿了个小红花，还有一张奖状。她很高兴，跟同学玩得也好，就是不太喜欢班上一个嗓门很大的男孩子。她说他爱欺负人，还偷拿同桌的课间餐，揪她的头发。希望不是个小恶霸，我会多注意的。你不用担心，善善很勇敢，知道怎么保护自己，也会保护好朋友。

另，听说你当上队长了，不知道原先送你的那支钢笔还在不在，所以我又给你买了支新的。不过你应该还是更喜欢跑一线，不爱坐办公室。反正不管多忙，记得要按时吃饭，别把胃折腾坏了。

善善给你画了个大盖帽，跟她的奖状放在一起，准备以后拿给你看。

我和她一切都好，勿念。

珈瑛

2012年9月2日

那个人已经过了身。

这段时间发生很多事情，想跟你说，又不知道该从哪里说起。

我总是做梦，梦到买了回家的高铁票，赶去高铁站的路上又总是出事。要么是水灾，要么是坐了反方向的车，最后都错过了那班高铁。我想了很久，觉得还是走路回去更安全。不过这样就要久一点了。

你再等等吧，好不好？就算我回不去，也会把善善送回去的。你再等等。勿念。

珈瑛

2013年1月1日

这一年没给你写什么信，幸好没像去年一样，忘了你的生日。

生日快乐。七年多了，有时候不看你的照片，我一时半会儿都想不起你的样子。身形还是记得的，就是五官的细节记得不是很清楚。你是不是也是这样的，记不起我的脸？

听许涟说你还在找我的时候，我心想，人也是很奇怪。哪怕都记不得对方

的长相了，也还是很想念。就像我还是想回到你身边，你还是想找到我。

生日快乐，亦晨。勿念。

珈瑛

2013年12月3日

清点了一下给你写的信，加上这封，总共二十六封。

一会儿写完以后，我会一起烧掉。我知道这些信一封都寄不出去。现在寄不出去，将来也寄不出去。但总还是想写点什么，想象可以寄给你，告诉你我们一切都好。

我打算冒一次险了。如果能成功，应该很快就会见到你。到时候再接上善善一起。

也可能会失败。不过你放心，我都做好了准备。善善会回去的，回到你身边。

如果我失败了，你要记得我们约好的，要吃好、喝好、睡好。别对善善那么严厉，多笑笑，多安慰她。

我很爱你们。勿念。

珈瑛

2014年5月26日